第三卷
东方(一、二、三部)

这时只听店里有人喊道：

"那不是嘎子吗？嘎子！"

大家扭头一看，只见小店里走出一个胖乎乎的汉子，腰里系着水裙，肩上搭着手巾，赶过来用两只手攥着年轻人的手说："嘎子！你回来啦！多少年了，还记得我呗？"

嘎子哈哈大笑说："烧饼老王，忘了你可就没有烧饼吃了。"原来这人做的烧饼方圆三五十里出名，就得了这个绰号。

老王拉着他笑了一阵说："快进来歇着！嘎子，这些年你钻到哪儿来着？这街上的人老念叨你，说，这么多年，也不知道我们的嘎子哪儿去了！"

大家到小穿堂屋坐下。赶车的问：

"他是哪个嘎子？"

老王眉毛一扬说："你这人真糊涂！坐你一路车，还不知道车上的大哥是谁！他就是那个烧炮楼、打汉奸、捉日本鬼子的嘎子呗！还有哪个嘎子？"

"哟！他就是嘎子！"那个媳妇惊讶地说，"早就听人说嘎子长，嘎子短，我老想看看他那嘎样儿，这回说了一路话，还不知道是他！"

"他刚才还说自己是个通讯员呢。"姑娘用指头点着他说，"怪不得人叫你嘎子，你真嘎呀！"

"嘎不嘎，反正把我摆弄得够呛。"赶车的擦着汗，气喘得很不匀实。

老王弄明白是怎么回事，把脸一抹哈哈大笑着说："人的心眼儿是七十二窍，他这心眼儿三百六十窍也多，连日本鬼子都斗不了他，你还斗得了他？"

姑娘说："听说你扮新媳妇拿了大李村的炮楼，你是怎么装扮来着？"

嘎子只是笑。

"光龇着牙笑哩，你可说呀！"姑娘又催。

嘎子嘻嘻一笑说："那一回，我们政委给我借了个大花裤子，还有四两粉。大花裤子我倒是穿上了，就是那粉，我搽了半夜也没搽白，弄得我困得不行。第二天在轿里，我抱着一挺机枪睡了一小觉，就走到了……"

着红穗,斜倒在路上。小青骡子走走停停,老是把头向两边探着,车已经走得越来越慢。

"你看把孩子热的!"那位大嫂用手给孩子遮着阴凉,对姑娘说,"来凤,你催催赶车的大哥快一点儿吧!这样天黑能到家吗?"

"我保你吃饭以前赶到!"赶车的打着喜诨。

"嘻!你看你多会耍嘴!半夜赶到,不也是吃饭以前到家吗?"那个叫来凤的姑娘说。

人们笑了一阵。赶车的还是不慌不忙。1950年那个时候,在冀中平原上,就有些富裕中农看上了赶脚这行买卖。地里活雇上个人用不了几个钱,他们赶一趟脚倒挣钱不少。这样倒腾两三年,就能买房置地。这匹小青骡子,就是赶车人的心尖子,他怎么肯累着它呀!

这时,我们的主人公忽然笑了笑。他把包袱上系着的小桶悄悄解下来,用孩子的小褥子一盖,就挤挤眼说:

"赶车的,你那个给牲口饮水的小铁桶怎么不见了?"

"啊?"赶车的扭过头来,"糟了!不知什么时候掉了!"

"我刚才还见着哩。"

"过那棵大柳树的时候还有吗?"

"有。"

"那,掉下的工夫不算大。"他把鞭子递过来,"麻烦麻烦,你替我赶一会儿,我去找找。"

"那你可得买包烟请请我!"

"行!行!"

赶车的一踊身跳下车向后跑去。车上的姑娘媳妇拼命地忍住笑。鞭子换了主人,乒乒两声脆响,虽然并没有挨着小青骡子,但它已经觉得马虎不得,立刻丢下高粱穗子走得起劲了。蚂蚱飞溅着,烟尘腾起,姑娘媳妇咯咯笑着,很快就赶出了十几里,在预定打尖的村庄一家小饭铺门前停下了。

等赶车的满头大汗赶回来,这位年轻人正用小桶给牲口饮水哩。他摸出烟荷包,递给赶车的说:"你看,车也给你赶到了,小桶也给你找着了,也不让你买烟,来,先抽我一锅吧。"逗得姑娘媳妇又笑了一阵,姑娘笑得弯着腰,把眼泪都快笑出来了。

浓发。他个子不算太高,但显得十分灵活敏捷。那一双眼睛,流露着坦白、直爽、快活,甚至还有一点顽皮孩子的神气。他同人们好像没有一点隔阂,跟那个抱孩子的妇女叫大嫂,跟那个十八九岁的姑娘叫大妹子,很快就混熟了。

"同志,你是哪村的?"姑娘问他。

"凤凰堡。"

"家里还有什么人哪?"

"有爹,有娘。"

"出去年头不少了吧?"

"有个几年子了。"

"我舅舅也在部队里,我这次去瞧他了。"姑娘接着问,"你在部队里做什么工作?"

"你猜猜看。"

姑娘歪着头端详了一会儿,说:

"你是个通讯员吧?"

"哈哈,你猜对了。"

他嘻嘻一笑。真的,在哪儿驻军,房东没有不把他当成通讯员的。部队一驻下,他在炕头上两条腿一盘,就同老乡家长里短地扯起来。满口婶子大娘叫得真甜,那些穷苦人眉开眼笑,没有不喜欢他的。他同那些通讯员差不了几岁,又常同战士们滚蛋子,一时真看不出有什么不同。等到部队集合起,他站在100多人队列前讲话,这才知道他就是连长。

花轱辘马车慢悠悠地走着。路两旁,高粱穗又大又红,密密地排列着。满耳都是高粱叶哗哗的响声和蛐蛐的歌唱。当小青骡子的蹄声临近时,蚂蚱蹦跳着,展翅飞到远处。蛐蛐的歌声也停了。等到车轮过去不久,它们又唱起来。

"快醒醒吧,天下雨了!"姑娘忽然向那个赶车的身上拍了一下。原来他正抱着长鞭子打盹,小青骡子探头揪着高粱叶,车停下了。赶车的揉揉眼,轻轻地挥了挥鞭子,车又走动起来。

这一带,路两边都是高粱地。冀中土地肥美,庄稼人种地贪馋,地边儿紧挨着车道沟。大车走到这儿,就像钻进一个没有头的长胡同,碰得两边的高粱叶哗哗地响。不断有一两枝高粱,被风吹得垂

第一章 故 乡

平原9月,要算最好的季节。春天里,风沙大,就是桃杏花也落有细沙。冬景天,那紫微微的烟村也可爱,但那无边平野,总是显得空旷。一到青纱帐起,白云满天,整个平原就是一片望不到边的滚滚绿海。一座座村镇,就像漂浮在海上的绿岛似的。可是最好的还要算是秋季。谷子黄了,高粱红了,棒子拖着长须,像是游击战争年代平原人铁矛上飘拂的红缨。秋风一吹,飘飘飒飒,这无边无涯的平原,就像排满了我们欢腾呐喊的兵团!

现在一辆花轱辘马车,正行进在秋天的田野上。老远就听见它那有韵节的车声。细小的铜铃声也很清脆。

这辆马车是从京汉路的一个小站上来的。一大早起,它就载着旅客,离开了那笊篱上垂着红布条的村野小店。小青骡子刚刚吃饱饮足,正像爬山没有经验的青年人,一上路就打冲锋,使得心疼的主人也勒它不住。早晨风小,草棵里露水很大,小青骡子蹄子湿漉漉的,走得十分起劲。不到小晌午,就赶出了30多里。现在已经是正晌午了,太阳晒得人老是擦汗,可是它却慢下来,还没有赶到打尖的地方。赶车人由它走着,尽管人们催促,赶车人可有赶车人的主意。

这车上原有六名旅客,中途下去了两个,还是很挤。车尾上用绳子煞着高高的行李卷儿。小青骡子的料袋子,带着长绳子的小水桶,也在那里系着。车厢里两个妇女一个孩子就占满了。我们的主人公,坐在车前面,两条腿在车下不住地悠打着。他已经多年没有回到自己的故乡了。

他卷了一支大喇叭筒纸烟,含在嘴里,正在同人们亲热地谈话。因为天气热,他解开了军衣扣子,敞着怀,手里拿着军帽,露出一头

第一部
山　雨

第四章　山前 …………………………………………（193）

第五章　胜利声中 ……………………………………（201）

第六章　青坪里 ………………………………………（208）

第七章　团党委会 ……………………………………（217）

第八章　幽谷 …………………………………………（227）

第九章　军中便宴 ……………………………………（237）

第十章　小试 …………………………………………（247）

第十一章　小鬼班 ……………………………………（259）

第十二章　苹果园 ……………………………………（267）

第十三章　溪畔 ………………………………………（273）

第三部　风　雪

第一章　寂寞 …………………………………………（283）

第二章　取经 …………………………………………（292）

第三章　待月儿圆时（一）……………………………（303）

第四章　待月儿圆时（二）……………………………（311）

第五章　待月儿圆时（三）……………………………（319）

第六章　大炮与手榴弹 ………………………………（327）

第七章　课本 …………………………………………（333）

第八章　闸门（一）……………………………………（343）

第九章　闸门（二）……………………………………（353）

第十章　闸门（三）……………………………………（364）

第十一章　追击 ………………………………………（371）

第十二章　会师 ………………………………………（381）

第十三章　另一个"围歼" ……………………………（388）

第十四章　在亲人心里 ………………………………（404）

第十五章　琴声 ………………………………………（412）

第十六章　雪夜 ………………………………………（425）

第十七章　狂欢声中 …………………………………（432）

目　录

第一部　山　雨

第一章　故乡 …………………………………………（3）
第二章　柳笛 …………………………………………（8）
第三章　母亲 …………………………………………（19）
第四章　大妈 …………………………………………（27）
第五章　金丝 …………………………………………（40）
第六章　村长 …………………………………………（48）
第七章　地主 …………………………………………（56）
第八章　消息 …………………………………………（66）
第九章　惊梦 …………………………………………（76）
第十章　分别 …………………………………………（88）
第十一章　路上 ………………………………………（95）
第十二章　征鞍 ………………………………………（104）
第十三章　营长 ………………………………………（118）
第十四章　争论 ………………………………………（128）
第十五章　政委 ………………………………………（139）
第十六章　江边 ………………………………………（148）

第二部　火　光

第一章　开进 …………………………………………（165）
第二章　木屋 …………………………………………（174）
第三章　侦察 …………………………………………（185）

的考虑。我非常高兴听到你的意见。

1978年底于山西长治

们看到作家在《东方》里的某些手法,是非常巧妙的。他轻轻的几笔,这个人物就站在你面前了。如金丝、小契,以及花正芳,这几个影影绰绰的人物,出场不多,用力不大,可是很活。写作手法的运用自如,重要的还是由于作者经常与他的人物亲切相处,否则是不容易达到的。

"四人帮"鼓吹的什么"三突出"等谬论在我们文坛上流毒很深。他们要在每篇作品里,突出英雄人物,又要把这个英雄人物写得毫无缺点,脱离群众,脱离环境。为了不能有分毫的矛盾感情以损害这个英雄形象,如若是女主人公,则丈夫最好是当兵去了,开会去了,或者就是死了。千篇一律,使人掩卷。但英雄人物要不要写呢?我看还是要写的,还要多写,要写得好。读者是愿意看非凡的人物的。他们爱这种人物,爱英雄;英雄又教育读者。有多少读者能忍受着满纸的千言万语,津津有味地去咀嚼一个落后人物呢?尽管写得细致,越分析读者会越厌烦;越感到了作者对这种人物的同情,越会反感。如果作者是带着批判和讽刺,那自然当作别论。

"四人帮"为患十年来的社会风习,变化很大。我们民族的优良传统、革命传统不被重视。甚至你同某些人谈到这些,反会引来讪笑,说是封建迷信,愚忠愚孝,落后的,民主革命时代的思想意识……你是青年人,我不知道你作何想法。但我却认为《东方》中的这些人物和几年来涌现的反对"四人帮"的年轻一代英雄们一样,我们应该大力宣扬! 我们的民族,我们的事业,需要的还是这些有崇高理想,为人民、为共产主义事业,毫无私心、毫无畏惧,能够全力以赴,贡献出自己所有力量和生命的人。我们就要拿他们的伟大精神来教育我们年轻的幸福的新一代。

《东方》中写了一个恋爱故事。一段时期一般文学作品对恋爱生活常常采取避开的办法,不敢大胆去写。但魏巍写郭祥与杨雪的一段感情关系,写得却不落俗套。郭祥的真挚深沉是很感动人的。杨雪一度受蒙蔽,也使人很同情。他们之间的感情将长时间留在读者的回想中,低徊咏叹。这是许多年来在文学作品中少见的一段亲切感人的哀曲。

我不是理论家,我不是在评论。我只不过想向你推荐,引起你读这本书的兴趣,同时希望对你创作道路上可能遇到的问题引起你在《东方》的70多万字里，整个抗美援朝战争的发展，是比较清楚的；约20来个主要人物的描写，其个性也是比较分明的。作家花了很大的精力科学地组织起这部长篇，笔力始终不懈，感情贯串到底。这在只有一般文学基础，刚刚开始写作的人是难以达到的；即使与魏巍同时代，功夫较深，有成就的作家也不是随便能够达到或超过的。魏巍同志在部队工作，从抗日战争开始直到现在，积40余年的积累，生活不可谓不深厚。在40余年的工作中，他一直没有放弃写作诗、散文，以及长篇小说。因此，生活中的人物，与作者心中创造出来的人物，互为补充，反复印证；再生活，再创造，再提炼。于是形成较精练较完整较成熟的人，这个，那个，干部，群众，男女老少，很自然的，一个一个地成长，而且站立起来，活动着，丰满、多姿。在这本书里有多少使人喜欢、使人景仰、使人深思、使人怀念的优秀的人啊！

凡是在老根据地生活过，同八路军、新四军干部接触过的人，都很容易在这本书里找到老熟人，这样就使人更感亲切。如书中的杨大妈就是一个很普通而又很典型的子弟兵母亲。她豪迈、热情、直率，爱嘛爱得要死，恨嘛恨得要命，遇着天大的困难也是一往直前。她胸怀广大，细腻体贴，是一个得到无数人们歌颂的女性。在《东方》里，作者更集中地再现了我们这位永远不会忘记的贴心人。团长邓军难道不是我们经常遇到的果断勇敢、朴素真诚、严厉而又慈祥的我们部队的指挥员吗？郭祥也是我们千万个钢铁般的坚韧不拔、无坚不摧、纯洁高尚的典型人物的代表。只有共产党员，只有共产党领导的军队的战士，只有深受封建地主阶级的压迫而又有高度觉悟的人才能具有这种品质。我们看到郭祥在多次不同的战役中表现出来的机智勇敢，舍生忘死，实在激励人心，但郭祥并不像"三突出"的英雄那样从天而降，高不可攀，而是亲切感人。其余的人物，如周仆、花正芳、乔大个、调皮骡子王大发等人，都一个一个跃然纸上。这么多的人物，有很多相似之处的人物，写来都不雷同，各有特点。其原因就在作者生活之深厚，感情之专注；也就是我们常说的到战斗的生活中去改造我们的世界观，从群众中来到群众中去。

有许多人物是我们大家都熟悉的。但要把这个人物画出来，让读者认得，理解，体会，引起自然的爱和憎，是需要许多手法的。我

我读《东方》
——给一个文学青年的信

丁 玲

你上月同我谈到的那本小说《东方》,不知你读完没有。我一口气在前几天读完了。原来想等你把读后的意见告诉我以后再谈谈我的印象,但我近年来记忆力退化得厉害,因此就趁现在刚读完不久、印象较深时写上一点。

魏巍是一个老文学工作者,是一个一直使我注目的同志。他在抗日战争时期就写过很多好诗。他的著名的散文《谁是最可爱的人》,也曾使我崇爱过。《东方》的前几章在《人民文学》月刊一发表,我就读了,很喜欢,曾想写一篇文章,表示我对这一新作的拥护,只是想到那时我还是一个无权发表意见的人,只得压制住这一冲动。这次我是又从头读起的。尽管有人曾经对我说过,后边没有前边写得好,但我仍然一口气读完了它,而且觉得后边也写得很好。

《东方》是一部史诗式的小说,它是写中国人民志愿军在抗美援朝战争中创造的宏伟业绩,是一幅绚丽多彩的画卷,是一座雕塑了各种不同形象的英雄人物的丰碑。以前我们也读过许多描写抗美援朝的短篇作品、长篇小说,以及诗歌、散文、电影……但《东方》却包括得更广更深。它几乎写到了抗美援朝战争中的几个阶段和全部有名的战役。魏巍同志不是在故纸堆里寻章摘句,主观铺陈,或者反复从已有的戏剧形式中来再现生活。他是从他的长期战斗生涯中提炼出他的人物、生活、情操……表现了一个时代的最精粹、最本质的东西。因此不管整个小说中也还有某些小小的芜杂之处,但它是正确地、满含诗情地歌颂了一个伟大时代和一群具有特点的新人,"最可爱的人"。

姑娘咯咯地笑着，又问：

"那年，听说在这铺子里也打过一仗？"

老王正给大家做面条，小铁勺儿叮当乱响。这时扭过头来说："你就别提了，差点儿没叫他把我吓死！"老王顺手一指，"那回嘎子就在这个地方坐着，他正端着碗冬瓜汤喝哩，我眼一扫，从对过来了一个日本兵，一个特务。把我的脸都吓白了。嘎子手疾眼快，把我那脏水裙一束，拿起抹布就抹桌子。那两个家伙一进门，嘎子就笑嘻嘻地迎上去说：'太君的请坐！'那两个家伙坐下了，我才放了心，就给那俩家伙张罗吃的。谁知道那个特务眼尖，浑身上下老是打量嘎子。嘎子正端着两碗汤走上去，那个特务突然说：'你是什么人？'嘎子说：'我是跑堂的。'那个特务说着站起来就要搜他，我心想坏了，可是嘎子嘻嘻一笑，说：'别忙，你先喝碗汤吧！'说着他把两碗滚汤兜头泼过去，烫得那两个家伙怪叫，正要掏枪，嘎子那把大净面盒子已经逼住了他们：'不许动！'……哈哈，他在我这儿喝了一碗冬瓜汤，捉了两个俘虏。可也真把我吓死了，好几天我心里还扑腾。"

"别说了，老王。"嘎子说，"那时候，你呀，就怕在你这小铺里打仗。"

"那也难说。"老王说，"我这政治觉悟是不高，可我一家老小就指望着这个小铺子吃哩！你在这儿一打，我这饭碗就得叫你踢了。可是你们也没少打呀！别人专爱在僻静地方躲着，夜里出来打；你倒好，专爱找热闹地方。你说说这明月店每逢大集，你哪回不来？倒是也沾了你的光，那些汉奸特务收税的，到底来混闹的少了。"

大家扯了一阵闲话，汤面、烧饼已经端上来了。大家匆匆吃过，付了钱，走出门外。

这时候，小青骡子也吃饱了。它是在街上吃的，面前摆着一条长凳，上面放着半筐青草，不用说，它早已习惯了这种打尖方式。

大伙上了车。听说嘎子回来了，有不少人挤到车前来看。弄得嘎子怪不好意思的，他笑着说："我是新媳妇吗？你们这么看我？"

"嘎子，你比新媳妇还稀罕哩！"一个老头笑着说。

"回去吧，乡亲们，有工夫再来看望你们。"

那辆花轱辘马车已经开动，它又滚动在那高粱叶像流水一样哗哗响动着的平原上了。

第二章　柳　笛

离开明月店,走了30多里,前面就是梅花渡。那个姑娘和媳妇兴奋地说:"可到家了!"马车赶过堤坡,就看见了大清河。太阳已经平西,那一湾满荡荡的绿水,抹上了一层红色。对岸那棵老柳树上,系着一只木船。旁边有一个纸烟摊子,散坐着几个人。卖纸烟的正在晚风里收卷起他那白色布篷。

大伙下了车。赶车的摆着手喊:"老波哥!快摆过来吧!"

只听对面说:"老亨!你捎来好东西没有?"

"我可养活不起你们这帮大肚小子。"赶车的和对岸那几个人笑骂着。

说笑间,船撑过来了。撑船的和人们亲热地打着招呼,花轱辘马车上了摆渡,小青骡子单另由赶车的牵着,人们坐好,船就开动了。

过了河,大家随意付了渡钱,船家也不争执,只是对赶车的说:"老亨!你这人是光吃不拉,小心撑破了肚子。"赶车的打着哈哈。原来他来往过路熟了,也不拿渡钱,只在逢年过节带来一瓶半瓶酒,算作报酬。

进了梅花渡大街不远,姑娘和媳妇就嚷:"停下吧!到了。"嘎子用眼一扫,这一带都是一色青砖瓦房,占了小半道街。嘎子问:

"这不是许家大院吗?"

"是呀,"来凤下了车回答说,"现在我们就在这儿住呢,是土改时候分的。"

"怎么院墙不见了?"

"你说的是花垛口大高墙呀,早就拆了。几十家进出一个大梢门,真别扭,咱们又不防穷人,也不要他那个势派!"

"门口那眼井呢?"

"你眼花了,那不是吗?"来凤顺手一指。

原来那眼井就在眼前。水井旁边有一大块青石。嘎子看着看着,不由一阵激动,背过脸去。临分手时,那姑娘叫他嘎子哥,那媳妇跟他打招呼,他都没有听见……

出了梅花渡大街,这辆马车就滚动在迷离的月色中了。真是最快活的人也害怕孤独。嘎子顺手扯了一片高粱叶子,卷着卷儿,望着在夜色里微微发白的路。13年以前,也是这样的黑夜,那个11岁的嘎子,光着小黑脚丫从家里逃出来,走的不就是这条路吗!在刚才那块大青石上哭的,不也是他吗!想起这段辛酸的往事,嘎子把那片高粱叶子扯碎了,滴落了一滴晶亮的眼泪,因为夜色的掩护,没有人知道……

1937年春季。一个大风天,又黑又瘦的小嘎儿,正爬在一棵高高的榆树上去捋榆叶。树底下放着他的小棉袄和一双小鞋。他光着膀子,只穿着一条开花棉裤坐在树杈上,两只小黑脚丫在下面搭拉着。树枝上吊着小篮子,风一吹,小嘎子和他的小篮子就随风摆动。他愉快地捋着榆叶,还不时地唱一两句小戏。

他的伙伴小堆儿在另一棵树上。树底下有一个七八岁的小女孩,穿着小破花袄,在那儿挑野菜。

快晌午了,小女孩挑的野菜才刚刚盖住篮底子。她就仰着头喊:"嘎子哥!给我扔下几枝儿吧!"

"那你可得接住!"

小女孩同意了。小嘎子用小镰砍了几枝扔下来,小女孩在树底下接。小堆儿在那边树上喊:"小雪!我也给你几枝儿!"

小雪就在两棵树下来回跑着,笑着。突然,小嘎子一个不小心,镰刀掉下来了,不知碰到小雪哪儿,小雪蹲在那里哭起来了。

小嘎子赶忙下了树,一看小雪的小腿上,破了一个小口子,流出了几滴血。"别哭啦,还没瓜子皮儿大哩!"小嘎子伸手捏了一撮细沙,捂在小口子上。又说:"你别告我妈,我给你做个柳笛儿!"

小嘎子腰里别上镰刀,像小猴子一样爬上柳树,砍了几根柳枝跳下来。他皱着眉头拧了好半天,才做成一支柳笛递给小雪。小雪开头有点儿不好意思,接过来一试,嘟嘟地响,不由得笑了,就一面嘟嘟地吹着,跑到那边孩子群里编她的柳笛去了。

等到嘎子刚刚爬上榆树,就看见小雪一路哭着跑回来,说有人夺去了她的柳笛儿。

"是谁?"嘎子在树上探着头问。

"是谢家小子。"小雪哭着说。

一提谢家小子,小嘎子就知道是本村大地主谢香斋的小子家骧。

"他还骂我,"小雪越发哭得伤心,"说我娘还是他家的使唤丫头哩……"

小嘎子的小拳头攥起来了。

小堆儿也在那棵树上挥着拳头喊:"下去,打他个财主羔子!"

小嘎子急手忙脚地两手抱着树干,哧溜一下就下了树,老榆树皮把他的小肚子擦了一道道红印。

"走,找他去!"小嘎子登上开花鞋,提着小破袄,在前面领着小雪。小堆儿也下了树,握着小拳头跟在后面助阵。

他们在村头一片枣树地里找见了谢家小子。那谢家小子跟嘎子差不多一般大小年纪,穿着蓝色茧绸小袄,头戴着缀着红珠子的小瓜皮帽,正把弄着柳笛吹呢。

小嘎子把小破袄往地上一摆,走上去说:"你干吗抢她的柳笛儿?"

"你管不着!"谢家小子瞪着眼说。

"我怎么管不着?那是我给小雪拧的。"

"树还是俺家的哩!"

小堆儿也抢上去说:"是你家的,你干吗不自己拧一个?"

谢家小子看他们人多,把柳笛往口袋里一装,拔腿想跑。小嘎子上去一把拉住,就伸手去夺那个柳笛。小堆儿也上了手,柳笛就扯破了。

"嘎子打人哩!嘎子打人哩!"谢家小子鬼叫起来。

"你还叫哩!"嘎子想,上去就是两拳头,把他那个小瓜皮帽也打掉了。小堆儿在一边助阵:"打呀,哎呀呀,打死王八我还喝汤呢!"那谢家小子一路大哭大叫着跑回去了。

大家打了胜仗，不由一阵高兴。嘎子望望天，天空也显得格外瓦蓝。他正想唱几句小戏，忽然想到篮子还在树上吊着，就拼命地跑起来了。小堆儿也跟着跑。弄得小雪都有点儿跟不上了，但是她老是想笑。

等到小嘎子提着篮子，一路唱着小戏回到家门口的时候，小嘎子瞅瞅太阳，心才有点慌。心慌的倒不是刚才那件平常小事，而是妈正等着他的榆叶下锅哩，已经响午错了。但是他看了看满满一篮子榆叶，心想随便编个什么瞎话也混得过去，就推开小栅栏门，走进了院子。

刚要跨进他那小破坏屋，只听屋里妈妈抽抽咽咽地哭，还听见爹粗声粗气地骂："还哭哩！不是你那混账小子，怎么会给我惹下这么大事！"妈妈哭着说："我孩子混账，可小孩子打架格孽的，也不能吐我一脸哪！"爹又说："吐你一脸是小事，你没听见人家太太还说：你们要不想种我这地，就言一声！我看你没有地种，跟你那混账小子喝西北风去吧！……"

小嘎子一听，事情坏了！一时拿不定主意是进去好，还是不进去好。正犹豫不定，只见爹跨出门来，他扭头要跑，被爹上前一把抓住说："你这小兔崽子可回来了！"说着褪下一只鞋来，按倒就揍。小嘎子觉得小屁股烟熏火燎地疼，就哭着喊："妈呀，不怨我呀！不怨我呀！""不怨你？我这一辈子背兴就背在你身上了！"爹一边说，一边不住地打。妈妈冲出来死拉硬拽，好半天才把父亲拉开。小嘎子的泪在地上流湿了一小片，篮子早滚到一边，满满一篮子榆叶撒了一地……

嘎子爹是个胆小怕事的人。因为他只有三亩来地，主要靠种谢家几亩租地过活。虽然一年起早贪黑，辛苦到头，粮食落不下多少，可是要失去这几亩租地，就更没有一点儿活路。刚才谢家婆娘来这里说了几句恫吓话，早已使嘎子爹魂失魄散。就在这个下晚，嘎子爹让嘎子洗了脸，给他拍了拍身上的土，空着肚子，硬拉着他到谢家赔罪。嘎子半道要溜，又被爹打了两巴掌，才赶进谢家大门。谢家婆娘和谢家小子大模大样地站在台阶上，他父子俩站在台阶底下，嘎子爹磕磕绊绊说了无数好话，又强捺着嘎子爬在地上磕了一个头，最后还说："少爷，过几天到俺家去吧，叫嘎子给你做好多好多柳笛儿!"嘎子哭了,谢家小子笑了。

一回到家,嘎子就全身发烧,倒在破炕席上,饭也不吃。娘也没有吃饭,爹也没有吃饭,全家守着嘎子,嘎子满眶眼泪。他弄不懂这世界上怎么会有这样的事!他恨那个戴瓜皮帽的谢家小子,他恨那个鹰钩鼻子的谢家婆娘,他恨他们的花垛口、黑梢门。他也怨不讲理的父亲。他说着胡话,迷迷糊糊地睡了……

这当然不会是一件事情的终结。

过了没有几日,这一天日丽风和,谢家出门打猎。在大清河北,这家地主虽不算最大,可一切行动都颇有些势派。谢香斋在前面骑着一匹雪白大马。他兄弟谢清斋坐着一辆两套骡子的轿车。谢香斋的孩子家骧,谢清斋的孩子家骥也坐在里面。骡子带着满脖子的铜铃,双双地响着。后面跟着六个长工把式,每人的袖子上都套着皮筒子,站着一只大鹰。其中有三只黄鹰,三只"秃葫芦",全戴着精致的小皮帽子,还垂着两个小皮耳朵。一到村外就在田里一字儿摆开,白马走在正中,不管是谁家的田、谁家的地,就这么平推着践踏过去。那辆轿车走走停停,在大道上随行观看。

小嘎子的家紧靠村南头,这时他也丢下活,立在墙头上看。多有趣呀,小嘎子一霎时竟忘记了这是谢家的大鹰。只见那两只腾起的大鹰,时高时低,盘旋飞翔。突然间,一只大鹰像疾箭一般地俯冲下来,好家伙,比嘎子站在高岸上向水里扎猛子还利索哩。说话工夫,场里一群鸡咯咯乱叫,小嘎子追上去救,他家的一只芦花公鸡已经溅着血死了。……从此,嘎子不仅恨那个谢家小子,恨他们的花垛口、黑梢门,也恨他们家的老鹰。

给爹娘说是没有用的。他需要自己想一个主意,而且要什么人也不知道。

第一天,小嘎子没有想起什么主意。第二天,主意想起来了,他高兴得要命,可是白天玩得太厉害,晚上睡在那儿,睁开眼已经大天亮了。他打了自己两拳头,恨自己没有志气。第三天,他决定动手干,妈妈又叫他到姥姥家借东西,他叹了一口气,只有等到第四天……

第四天的晚饭,小嘎子吃得最饱,也就是说,比平常多吃了一倍的糠饼子和榆叶汤。他抹抹嘴,对妈妈说:"妈,小堆儿叫我跟他就伴哩,我去了。""明天可早点儿起来。"妈妈说,他连声在黑影里答应,摸了一件什么往口袋里一掖就出去了。他的开花鞋踢里踏拉的,"就是这个讨厌。"他心里想。

浓墨一样的黑夜。小嘎子很快就走到了谢家的后门。"可不要碰见那条大黑狗。"这样一想,老像看见那条大黑狗闪着绿荧荧的眼要跳出来。他摸了摸自己的小腿肚子。"真是胆小鬼!"他骂了自己一句,又往前走。"要碰见人怎么办呢?"他又站住了。"不要紧,我就说找许大伯借东西。"这样想着,他就一闪身进了后院。

这是一个很大的院子。有两排矮房:一排是碾棚、磨房,一排是长工屋和马棚。那几只大鹰就养在紧挨着马棚的一间闲屋里。这是小堆儿对他说的。小嘎子一走进来,长工把式的屋里全点着灯。"糟了,人还没有睡呢。"他几乎嚷出声来,怨自己来得早了。要是不性急就更好了。一阵心慌意乱,他就往黑影里钻,一钻就钻到磨房里。

多么黑的磨房呀,黑洞洞的,什么也瞧不见。他蹲在磨道里,一时听见脚步声响,觉得有人要来套磨了;一时又觉得那个谢家小子站在黑影里说:"哈哈,我看见你在这儿藏着呢!"他的心老是怦怦地跳。"不要害怕!"他鼓励着自己,"只要等他们睡了觉,就能办事!"可是,时间是多么地长呵,简直比一年还长。他不断地把头伸出门外去看,终于对过小窗户上的灯光,一个个地灭了,好像合上了眼睛似的。他高兴得要命,现在只剩下那个鹰房的灯还亮着,只要这盏灯一灭,他就要立刻像小猫一样地蹿出去。嚓!嚓!这就没有什么好客气的了。

可就是这盏灯古怪,它老是亮着。还听见里边不断地喊:"呀!呀!""嘘!嘘!"小嘎子想:"莫不是我进门不小心,叫他们瞅见了吧?他们许是知道有人来偷鹰了吧?"小嘎子火烧火燎的,再也忍耐不住,就钻出磨房来。他迎着鹰房的门口一看,只见黄鹰站在架上,那养鹰把式跟它面对面不断地挥着手,"呀!呀!"地喊着,弄得那鹰不时地扑扑翅膀,咭咭地叫。嘎子不知道这就是"熬鹰",要让它终夜不能合一合眼,要熬去它那在山野里养成的举翅万里的性格,为这有花有鸟的庭院服务。嘎子不知道这些,暗暗地骂那个养鹰把式:"你的精神头倒不小!天这么晚了,还逗着它玩呢!"他又想:"哼!

你总不能不拉屎尿尿!"嘎子的胆也大了,这次他没有钻进磨房里去,就往碾盘上一蹲,这座碾棚正对着鹰房。

夜静更深,斗转星转。不知熬了多长工夫,嘎子忽然惊醒,原来他也打起盹来。他揉揉眼,向鹰房一看,只见灯还亮着,可是已经没了人,也再没有那"吓!吓!"的喊声。"哈哈,你也困觉去了!"嘎子得意地想,摸摸口袋,轻轻跳下碾盘,就蹑手蹑脚地朝鹰房走去。一进门,就看见那六只大鹰,都栖在架上,脚上有一条红绸带子在架子上系着。它们用一只腿立着,踡起一只爪托着嗉子。嘎子从口袋里摸出小镰,几天以前他就将木把卸掉,磨得飞快。现在他的计划就要实现了:要马上把鹰的脖子割断,然后神不知鬼不觉地溜回家去睡觉。"先杀那只大家伙吧,也许就是它抓的小芦花鸡。"说着,就立刻伸手去抓。谁知脚尖踮得老高,还是够它不着。他就把墙角那只独凳搬过来,爬了上去。他原先想,抓住它,嚓地一刀,无非是像杀鸡一样,可有什么难的;谁知伸手一抓,那恶鹰脖子挺起,咕咕乱叫,爪子一扬,弄得小嘎子顺手流血。小嘎子费了好大事,才捉住它的脖子,那鹰的长翅在他怀里扑啦啦的,打得他的半边小脸生疼。小嘎子割断红绸带子,把小镰放进口袋,用两只手才将它结结实实地捉住。这时其余几只鹰也惊动起来,扑着翅膀怪叫,把窗台上那盏小油灯也扇灭了。"糟了!养鹰把式要进来可怎么办呀?"小嘎子心慌意乱,抱着鹰跳下凳子就跑。他在院里摔了一个跟头,爬起来开开后门,拼命地向田野里跑去。……"就是你们追上来,我也不给活的!"小嘎子掏出小镰,一边跑一边割鹰脖子,割了好几刀,才把鹰往地上一掼,那鹰在夜色里霍地腾起好几丈高,又从半空中掉下来,满地扑啦啦地打旋。小嘎子听见谢家大院一片喧嚷,接着是两声清脆的枪声……

这时,小嘎子觉得有无数追兵从后边赶来。有谢家的长工、养鹰把式,有看家护院的,还有谢家小子,他们全提着枪狠狠地追。他们的猎狗、大黑狗也伸着舌头在两边飞跑。嘎子越发跑得快了,不管方向,不管道路,不管庄稼地、柳子地,跌倒了又爬起来,他的一双小黑脚丫不停地向前跑去……

不知跑了多久,也不知走了多远,小嘎子听了听后边没有动静,脚步才放慢了。他觉得两条腿又酸又疼,有一只小脚丫也扎得难受,他摸了摸,不知道什么时候那只鞋早跑掉了。他坐在一棵小枣树下歇了一会儿。怎么办呢?回去吧,还脱得了爹的一场毒打吗?不又要爬到地下,去给那个混蛋小子磕头吗?不行,决不能回去。就是要饭,也不能回去。他站起来,又向那黑茫茫的大野走去。

走了很久,小嘎子下了一个土坡,忽然看到有许多星星在脚下闪动,原来是一条大河挡住了去路。"可不能过河!"他想,"过去河,谁知道是什么地方呀,以后想回家也找不到路了。"他就顺着堤坡走,进了一个黑魆魆的村子。一进村子,小嘎子觉得又累又饿,渴得难受。他找到了一口水井,井上没有柳罐。他见旁边有一块大青石,就坐上去等着打水的人。这时虽然鸡声四起,可是村庄还在沉睡,四外没有一个人影。小嘎子坐着坐着,第一次感到了孤独,妈妈现在干什么呢?小堆儿、小雪也看不见了,小雪的妈妈杨大妈也看不见了,她待自己多好呀。他哭了一阵,什么时候躺在石头上睡着的,自己也不知道……

小嘎子被人推醒的时候,已经大天亮了。他骨碌坐起来,揉揉眼睛,才看见是一个挑水的,穿着破棉袄,腰里束着褡裤,高高的个儿,满脸胡子,像父亲那么大的年纪,非常慈祥和善。那个人问他:

"小崽儿!你是哪里的呀?"

"我,我是大周各庄的。"他瞪着小黑眼珠随机应变地说。

"你怎么跑到了这儿?"

"可不能说实话。"他心眼里想,就说,"我爹娶了个后娘,把我赶出来了。"他翻翻眼睛,看那人是不是相信。那人怜惜地叹了口气,小嘎子才放心了。

等那人把水打上来,他立刻扒着桶錾儿猛喝了一气,又觉着饿得难受,想要点吃的又张不开口,就说:

"大叔!你们吃过饭没有?"

"你还没有吃饭吧?"

他点点头。那人就说:"你跟我来!"说过,挑起水桶在前面走,他低着头在后面跟着。这时他才注意到自己光着一只脚丫,只穿着一只鞋子。自己觉得好笑,就干脆脱下来用手提着。

进了那花垛口大院,那人放下水桶,就把他领到长工屋里。又给他拿来几个红饼子,提了一壶水。小嘎子饱饱地吃了一顿。那人扫了扫炕,把条脏被子摊开,指着说:"这是我的铺,你睡吧!"说过,那人把门一关就走了。小嘎子躺在那儿,正在胡思乱想,只听窗外有人说话:

"唉!这孩子真可怜!叫后娘赶出来,腿都跑肿了。"正是那人的声音。

"老康!你认他做你的干小子吧!"另一个人说。

那人嘿嘿笑了几声:"我老康可没这个福气!"

从此以后,小嘎子就在这许家大院做了一名小做活的。不用说,这是老康向许家地主的求告。小嘎子白天喂猪,扫地,帮助长工们做各种杂活,晚上就挨着老康睡觉。由于老康对他十分疼爱,两人就如同父子一般。嘎子倒也觉得新鲜快活。却忽然有一天,小嘎子蒙着被子大哭起来,老康三番五次追问,他也不讲,原来有一件传闻刺疼了小嘎儿的心。这件传闻哄动了方圆几十里的村镇。听了这传闻的人,有人觉得新奇有趣,有人再也压不住自己的怒火,有人暗暗伤心流泪,悲叹着穷人不幸的命运。

传说在40里外的凤凰堡村,出了一个强盗。这强盗是一个八九岁的孩子,姓郭,生得聪明伶俐,胆大无比。有一天半夜,他越过了谢家大院一丈多高的围墙,杀死了谢家的黄鹰。这只黄鹰是谢家最心爱的宝贝,取名飞虎。这事情办得麻利干脆,连那些看家护院的都不知道。可是这孩子有一点儿失着,他丢下了一只小鞋、一把小镰,被谢家拣去。第二天谢家把他的父亲找来,桌上摆着两把鞭子,地上放着一桶冷水,向他提出了三个条件:第一,究竟把儿子窝藏到哪里,赶快交出;第二,将死鹰隆重安葬,要选茔地一座,做上等柏木棺材一口,刻墓碑一幢,雇响器四班,以及其他花费,概由姓郭的负担;第三,在安葬那天,要由这孩子的父亲,亲自披麻戴孝送往墓地。这孩子的父亲只是哭,说情愿变卖土地,再买一只好鹰赔给谢家。那谢香斋看他不肯答应,皮鞭蘸凉水,打得他死去活来,还说:"赔?这是南京一个大官买来送给我的,卖了你的皮你赔得起吗?"这孩子的父亲挨打不过,答应了头两个条件,惟独第三条就是不肯接受。一直打了好几个死,都用凉水喷过来,全身上下没有一块好地方。最后这孩子的父亲大哭一场答应下了。……风水先生选了墓地,择了"吉日",给死鹰出殡下葬。出殡头一天,就在街中心搭起了一座高高的灵棚。出殡这天,四班鼓乐吹奏,死鹰用一匹蓝缎裹了,在柏木棺材里成殓。直闹到小晌午,这才响了三声火铳,开始起灵。那孩子的父亲,全身披麻戴孝,手里打着招魂幡,由两个看家护院的把式看着,走在死鹰前边。灵柩穿过大街,沿路还要设祭,让这孩子的父亲跪下磕头。"给你飞虎爷跪下磕个头吧!"谢香斋说。这孩子的父亲不肯,看家护院的就连推带搡,把他按在地上。一直闹到响午大错,才将死鹰送到墓地埋了。据说,比庄稼人的坟头大好几倍。坟前还立了石碑,上面刻了一只大鹰,还刻了六个大字:"谢家飞虎之墓。"埋葬完了,这孩子的父亲已经昏倒在地,后来来了好多邻舍亲友,才将他抬回家去……

在听到这段传闻以后的许多日子里,小嘎子心神不宁,他立志要永远永远和谢家势不两立,要迟迟早早为被污辱的父亲报仇。他曾经几次偷着要跑回家和仇人拼个死活,都被老康从半道上追回。不久,卢沟桥响起了炮声。又不久,那支戴着斗笠穿着草鞋的队伍就开到了冀中平原。人都说,这是好队伍,穷人的队伍,老康当了几个月的农会主席,就撇下小嘎子跟这支队伍走了。小嘎子也兴冲冲地跑到队伍里去,人家说他小,没有要他,小嘎子哭着回来。他又在这许家大院捱了两年,已经13岁了,个子长高了些,就又跑去哀求,队伍上还是嫌他小,他直哭了一个下午。这次他早已下定了决心:就是你打我、骂我,我也不走了,我赖也要赖上这支队伍。

"小鬼,你还没枪高哩!"那个邓连长说。

"我就长不大吗?"他翻翻眼说。

"你走得动?看你多黄多瘦!"那个周指导员又说。

"我要吃点儿好的,模样马上就变过来了。"

连长、指导员哈哈大笑地说:"当八路军可是苦呀!你吃得了苦?"

"你们受得了,我就受得了。你们走到哪儿,我就跟到哪儿,你们一步也拉不下!"

"你叫什么名字?"

"我叫郭祥。别人都叫我小嘎儿。"

"唉!那就收下他吧。"

从此小嘎子就背起了一把黄铜军号,穿起了那身小大氅似的军衣,走在这支队伍的行列里转战四方去了。生活虽然很苦很累,可是他走得很快活,唱得很快活,因为在他脚下,是一条崭新的路……这些事想起来就叫人心酸难过,可是又怎么能叫人忘得了呢?郭祥挥挥手,把那片扯碎的高粱叶子扔在车下。他心里想道:你们这些妖魔鬼怪,想当初是多么凶恶,多么猖狂呵!简直就像是搬不动的大山似的;可是现在呢?你们的威风哪儿去了?你们到底被推翻了,被踩到脚底下了!……想着,想着,不由地微笑起来。他望望天空,星星像也在对他微笑。

"到了!"赶车的用鞭梢一指,"那就是凤凰堡!"

车声在深夜,显得越发轻快,好像春夜的雨声……

第三章 母　亲

那辆花轱辘马车赶到凤凰堡村南,已是午夜时分。村庄寂静,夜风清冷。郭祥提着两个包袱,向村里走去。不知怎的,离家愈近,心里也越发忐忑不宁。

按常理说,一个人最熟悉的,莫过于家乡的路。那里一个井台,一个小洼,一株小树,一条田间抄道,都从童年起刻在了他的心上,直到老死,也不会忘记。因为在那座井台上,从三四岁就跟母亲抬过水呀,在那株小树上有他抹过的鼻涕呀,在那个小洼里他摔过一个碗挨过骂呀。这些童年时代说不尽的英雄业绩和同样多的丑事,都同这些一起深藏在记忆中了。郭祥还清楚记得,在他六七岁的时候,有一天拿了一支小竹竿儿,闭紧眼睛装算命瞎子,他竟从十字街口一直走到他家的小坯屋里。可是现在他沿着村南头走了一遭儿,却不能判定哪个是自己的家门。

郭祥记得他的栅栏门前,有一株歪脖子柳树。母亲总是站在这株柳树下喊:"小嘎儿! 回来吃饭吧。"可是现在没有栅栏门,也找不到那株歪脖子柳树。郭祥的左邻右舍,原都是一些又破又旧的小土坯房,连个院墙也没有。现在却添了好几处砖房,围着秫秸篱笆。郭祥知道这是农民翻身以后盖的,心里十分高兴。可是究竟哪个门口是自己的呢?

他停下脚步。忽然记起,在他的门旁边,有一个旧碌碡,他常常端着碗,蹲在上头吃饭。有一回不是还摔破一个大黑碗吗! 那是小堆儿从背后冷不防给了他一家伙跌到地上摔碎的,他倒挨了大人两巴掌,还哭得怪伤心哩。……他拐回头走了几步,果然发现那个旧碌碡,在地上露出个头儿,想来这里是发过大水,它淤到地里去了。

郭祥放下包袱,走到小黑门前,叩起门来。一连叩了几声,里边没有一点儿动静。他又喊道:"妈! 我回来了。"喊了几声,听听还是没人答声。他心中疑惑,看见那边有一个墙豁口,就纵身跳了进去。走近北房一看,才看出房子没有门窗,没有房顶,屋里堆着破砖烂土,像是被烧毁的样子。院子里长满了一丛丛青草,秋虫细声鸣叫。他开门走出来,这时,月亮已经平西,像是一盏红纸糊得太厚的灯笼,挑挂在远处。郭祥心中一阵迷茫慌乱,不知道家里发生了什么变故。

正犹疑间,只听左邻的一扇小门呀的一声开了。从里面走出一个人来,咳嗽了一阵,问:"谁叫门咧?"郭祥走上去,见是一个肩宽背阔的老人,披着衣服,须发都斑白了。郭祥辨认着,想起他就是扛了 30 多年长活的许老秀。这个人是一位田园巧匠,耕作技艺,方圆三五十里驰名。他耕的地,不论地垄多长,比木匠打的墨线还直。地主雇他都要拿双倍价钱。郭祥走近去说:"大伯,我把你吵醒啦!"许老秀说:"这没有什么! 同志,你是要号房吧? 咱家地方宽绰,就是我跟老伴两个。"郭祥见他没认出自己来,又说:"许大伯! 我是嘎子呀。""你? 你是嘎子?"许老秀凑到他脸上去看,叹息了一声,"唉,小嘎儿! 你出去了这些年,也不捎个信儿,把家里人都快想疯了。"郭祥忙问:"我家里的人呢?"许老秀又重重叹了口气,说:"你娘这会儿临时在村东头住着。细情等会儿说吧,我先把你领去。"说着,老秀舒上袖子,把衣裳穿好,领着郭祥向村东头走。走了没有几步,老秀忽然停住,回身拉住郭祥说:"我看还是把你大娘喊起来给你做点儿吃的。你吃过饭,天也就亮了,再到你妈那儿去。"郭祥执意不肯,老秀也就作罢,边走边说:"小嘎儿,你可别拿老眼光看你大伯,咱家里生活可不像以前那么窄卡了。你大伯扛了几十年长活,还是光棍一条,如今总算有个家了。做点儿什么吃的也都便易。"郭祥说:"大伯,你几时结的婚哪?"老秀嘿嘿一笑说:"还不是土改以后! 那年我就小 60 了,有人给我提亲,我想年纪这么大了,还闹这个不怕人家笑话? 又一想,一辈子也没成个家,找个人总是进门来有个说话的,出去了有个看门的。这人是东庄的,比我小两岁,人身子骨不算强,有个气喘病,可是待人强,心眼不赖!"

说着,来到村东一个栅栏门前,老秀轻轻架开门,两个人就走了进去。老秀叩着小东屋的窗棂说：

"他婶子！你家嘎子回来了！"

"谁呀？"郭祥听出是娘的声音。

"我是老秀。你家小嘎儿回来了！"

"唉！老秀，你老诓我干什么呢？"

"这回可是真的！"老秀嘿嘿笑着对郭祥说，"你看，你娘还说我诓她呢！"

"妈！是我回来了。"郭祥忙接上说。

只听屋里一声唏嘘，一阵响动，什么东西乓的一声跌在地上。门开了，母亲穿着一个破蓝褂子，掩着怀走出来，在门坎上绊了一下。月色底下，郭祥看见母亲老了，鬓发白了。

老秀笑着说："他婶子，你看是诓你的不是！"

母亲走到郭祥身边，从上到下打量着他，围着他转了两三个磨磨儿，又扳过他的脸凑近看看，看着，看着，一头扎在郭祥怀里啜泣起来。郭祥鼻子酸酸地强忍住自己的眼泪。

"他婶子别哭了。"老秀立刻劝慰地说，"儿子多年不家来，家来了，这是大喜，你光哭反叫他心里难过。"

母亲拾起衣襟，擦擦眼，收住了眼泪。

老秀又劝嘎子早点儿安歇，说过回家去了。

娘儿俩进得房来，黑洞洞的。母亲在地上摸索了许久，原来刚才把灯碰落到地上去了。母亲拾起灯点上，又添了些油，从头上拔下一根针，把灯拨亮。郭祥记得，这还是多年前那盏破旧的铁灯。

母亲忙着到院里抱柴禾准备做饭。郭祥把东西放在炕上，一看这座小东屋十分破陋。炕上只有一床粗布被褥。一个迎门橱，烟熏火燎成了黑色，还断了一条腿用砖头支着。外间屋有几个盆盆罐罐，一个郭祥幼年坐过的小板凳。郭祥心里疑惑，不知为什么经过土改，家里头还是这样。父亲也不见了，郭祥心头沉重，已经有了不祥的预感。

母亲抱了一抱烂豆秸，坐在灶前点着了火。郭祥抢过去烧火，母亲不让，她说："孩子，你歇歇吧。你在外头这么多年，风里雨里，马不停蹄，不知道吃了多少苦呵！"

"在外头不苦。有吃有穿，同志们在一块儿可乐和哩！"郭祥安慰妈说。

"唉,别哄妈了,八路军吃的那苦你当我不知道?"

这时郭祥忍不住问:

"妈,我爹哪儿去了?"

这一问不要紧,母亲的泪,扑簌簌地迎着灶门口,像一串水珠似的滚落下来。

"你再见不上你爹了……"母亲擦了擦泪,极力克制着悲痛,接下去说,"自从你走后,因为一只死鹰,你爹让人硬逼着披麻戴孝,回来就病了半年,没有起炕。那场花费,把咱家的三亩地一指甲没剩通折卖给谢家了。就这么人家还说不够,还要你爹给他家做活顶账。我打死你家的鹰,我赔你鹰,为什么就不依呢?还是你杨家大妈眼尖,人家是故意杀鸡给猴看,好显显他谢家的威风势派,叫穷老百姓乖乖听他的!从那时候起,家里没吃没喝,妈就藏起个破瓢,本村张不开口,就到外村讨饭。要回点稠的,就热一点给你爹吃。……孩子,我早知道你在梅花渡藏着,我没有给你捎信,一来怕走漏了风声,二来怕你知道了心里难过。妈只要受得了忍得住,就不能让你知道……

"你爹病好了些,谢家就找他去做活顶账,一个钱不拿。直到八路军过来,减租减息,这才算喘了口气。你爹就扛了板凳磨石,到各村去给人家磨个刀子剪子,挣点钱糊口。赶日本'五一扫荡',冀中地区变质,谢家就当了汉奸。谢香斋当了大乡长,谢家骧当上了警备队,威风更大了。修炮楼,修公路,派款派伕,不到一年,就要了20多顷地,比原先的地多多啦。这一带村子,差不多都成了谢家的地了。那时候,家家没吃的,吃麦苗、树皮,谢香斋穿着长袍,戴着礼帽,拿着文明棍,在这街上一摇三晃,还跟穷人说:'我这肚子不盛粮食子儿,净酒净肉!'隔了两年,八路的势力又壮起来,攻据点,拿炮楼,这帮兔子王八才夹着尾巴跑到县城里去了。可是日本一投降,国民党一来,谢香斋又升了县长,谢家骧又当了什么剿共队长,还是不断出来'扫荡'。……"

"妈,那时候我们开到西边打顽固军去了。"郭祥说,"直到张家口撤退,我们才返回来。有好几回离家只有十几里路,想回来看看你,也没有时间。"

"那没有什么,孩子,也就从你们大部队过来,妈才算出了口气。你们来了个'一锅端',县城打开了,把谢香斋也拿住了,就是不小心,让谢家骧这小子蒙混过去跑了。这时候,咱这里正闹土改,闹翻身,群众就把谢香斋要回来处治。那天诉苦大会,到了好几千人。谢香斋绑着两只手,耷拉着头,这会儿他可不威风了。你杨家大妈头一个跑到台上,一边哭,一边说,全场几千人没有不掉泪的。说到痛处,你大妈刷地把怀解开,大家看到她那胸脯紫乌乌的,奶都抽抽得看不见了。大妈指着怀说:'谢香斋,这是你用大把香烧的不是?'谢香斋说:'是。'大妈又说:'这是你用红烙铁烙的不是?'谢香斋低声说:'是。'大妈上去两个嘴巴子,说:'谢香斋!我扒了你的皮,也不能解恨!'群众一齐喊:'打死他!!!''打死他!!!'你爹这个老实头儿,窝囊了一辈子,从来不敢在人多的地方讲话,这回也上台去了。提起修鹰坟这事,说不上三句,一口气没上来就昏倒了。你杨家大妈大声对大家说:'乡亲们!这鹰坟是谢香斋看着修的,今天得让他看着我们把它平了。他修这坟,不光是欺负老绵,是杀鸡给猴看,是镇压咱们贫农!是叫咱们贫农看的!今天我们不平了它,就不算翻身。'群众吼吼着:'平了它!!!''平了它!!!'人们回去拿了铁锹,推着谢香斋,可街筒子朝鹰坟那里涌。孩子,那鹰坟就在咱村西不远,平时妈出来进去都绕着走,为的是一见它,就气得浑身打战。妈在人堆里挤着,涌着,就是掐不死他,也得咬他两口。等妈挤上去,坟也平了,那畜类也叫大伙打死了。妈砸了他两砖头,想起过去的事,想起你,总觉得没有出了这口恶气。妈坐在那里,哭了好大一阵……"

"妈,"郭祥说,"这些情况,我在外头也陆陆续续听人说过;就是我爹的事,人们都瞒着我。我爹到底是怎么死的?"

"他死得好惨哪!"母亲又落下泪来,沉了半晌才接下去,"土改时候,村里看咱家是赤贫户,分给了咱家九亩好地,一头黑母牛,谢家的三间东房。还有一个小箱子,一个大红立柜。你爹再也不用背着磨石板凳东村串西村了。你妈17过门,什么时候见他,都是耷拉着头,哭丧着脸,这会儿也有了笑模样儿。人也爱干净了。有时候还帮我扫扫地,抹抹桌子。有事没事,都到地里转几遭儿。那条大黑母牛,成了他的心尖子,我说给它搭个牛棚,他老是牵到屋里,怕把它丢了。在谢家东屋里住了几天,想起以前受屈的事,还是心里不痛快,你爹跟我商量了一下,就把东屋拆了,在咱老庄户那里翻盖了三间铁桶似的北屋。使咱那旧房的土坯也修了个院墙。那工夫,你爹贪早恋黑,丢下这就是那,一天价忙个没完没了。我怕他累病了,他总说:'干这么一点儿活,哪就累着了?'那年收成也好,咱家里就有了存粮,还添了好几床被窝。妈从来没过过这种舒心日子。

"那时候,别的县城解放了,可是新城县还没解放。你知道,这县城四面是水,铁杆汉奸王凤岗,就凭仗着这个地势跟咱作对。谢家骧又逃到这里,成立了还乡团。等野战军走远了,就瞅空儿出来烧杀。有一天早起,咱们这大黑母牛快下小牛了,你爹找了一只旧鞋正忙着准备,外面嚷嚷着敌人来了。我们跟村里人就慌慌促促往村南跑,在野地里藏了起来。你爹老惦着那个母牛,急得什么似的。天晌午错了,远远看着敌人往西走了。你爹提着那只旧鞋就要家走。你杨家大妈拽住了他,说谢家小子心毒手黑,诡计也多,不知道玩什么把戏,还是等等再说。他听也不听。我上去拦他,他一甩手:'把小牛糟蹋了,你就乐意了!'说过,就往村里走。果然呆了不到一顿饭工夫,敌人就卷回来,村里就响起枪,起了火。我知道事情坏了。等下晚我们回到村里,看见咱家和几户贫农家的房都点着了,你爹给人家弄了个开膛破肚,把心肝挂在树上,鲜血泼了一地,树身上还贴了一个条子:'郭老绵,请你翻身去吧!'……孩子,这就是那个谢家小子干的……"

母亲哽咽着说不下去,伏在那满是尘土的风箱上,呼哒呼哒的风箱声也停住了。

"那谢家小子现在在什么地方?"郭祥问。

"听街上人说,咱们解放天津把他拿住了。他就装成当兵的,补在咱们部队里,不久就跑掉了。有人说他逃到了台湾……"

"他家还有什么人?"郭祥又问。

"他娘那个刁婆子还在村里,谢清斋的老婆死了,他们就在一起不清不白地混过。谢清斋的小子谢家骥,听说在北京上大学,家里还有个侄女叫俊色……"

"谢清斋那坏蛋,为什么不处理他?"

"他这人和他哥不一样,是表面好,内里坏。他哥是见穷人一说话三瞪眼;他是见穷人又说又笑,还打个哈哈。听说那修鹰坟的事,就是他出的主意。……他这一两年,在村里装得很老实。出门请假,回来汇报,屁大一点儿事,也故意到干部那儿请示。可是自朝鲜打起来,腰板又挺起来了。"

"他有什么表现?"郭祥警惕地问。

"什么表现? 走在街上步子慢慢的,脖子梗着,见人阴阳怪气地笑。对,过去他从不看咱们的报,这几个月专门订了一份报,钻在家里看。他暗地里说:'朝鲜打成了血胡同了,世界大战就要爆发了,美国人说话就要过来了。'昨儿后晌,他还到咱家来,把咱那个小红箱子拿回去了。"

"什么?"郭祥惊讶地问,"什么红箱子?"

"就是土改咱分他家的那个小红箱子,不大,上头描着金花儿。这是房子着火时候你金丝嫂给我抢出来的。那谢清斋一进门就瞅住它说:'嫂子! 这小红箱子我看放到你这儿也没用,你看落的这土! 都快变成土疙瘩了。我拿回去擦擦,给你侄女盛几件衣服。'说着,就端起要走。我说:'那可不行,这是俺家分的。'他边说边走:'什么分不分的。嫂子,如今这世界可是不平和,这脑瓜儿还说不定是自己的不是自己的咧!'说着就把小红箱子抱走了。"

"他这叫夺取胜利果实!"郭祥愤愤地说,"你跟村里反映了没有?"

"我还没讲哩。"

"我明天找他。"

"你可别打人!"母亲警告他说,"你杨家大妈,是党里支委,你有事先跟她商量商量再办。"

"妈,你别把我当小孩看了。"

锅开了。母亲在一个瓦罐里摸了半晌,只摸出一个鸡蛋。她叹了口气:"你看我这记性! 昨儿晌午我才把小半罐鸡蛋换成盐了。多年不回来,想叫你吃个荷包蛋也吃不成。"

郭祥见母亲又有些难过,忙说:"妈,把它冲了喝吧,我喜欢冲的!"

母亲把那个鸡蛋打了,冲了满满一碗端过来。

郭祥从包里取出两封点心,解开了一封,捡了一块枣泥月饼递给母亲。母亲老是瞅着,半晌没有吃。

"妈,你吃吧。"

母亲轻轻咬了一小口,像寻思着什么,说:

"小嘎儿,我问你个事儿。"

"嗯。"郭祥端着碗应了一声。

"这以后还要打仗吗?"她的眼睛睁得大大的。

"只要有敌人,就会要打仗。"

"美国人真的会过来吗?"

"过不来!他们让朝鲜人民军快赶下海去了。"

母亲松了口气:"什么时候世界上没有这些畜类就好了。"

母子分别多年,话是说不尽的。等郭祥睡下的时候,满村鸡鸣,天已经亮了。

第四章 大　妈

郭祥匆匆吃了早饭,准备去瞧杨家大妈。

他没有见杨家大妈也有许多年了。这是他心目中最亲近最钦敬的人物之一。自郭祥记事起,两家就是近邻。他常常领着大妈的小女儿小雪去拾柴禾,挖野菜,有时候就在杨家吃饭。他淘了气,大妈就把他偷偷地用笸箩扣起来,使他免去父亲的追打。这一切,都记得是多么地清楚呀。郭祥在大清河南敌人的堡垒丛中活动的时候,就听说过大清河北有一位赫赫有名的杨大妈。游击战士们传颂着这样的歌谣:

　　杨树飘洒洒,
　　大妈赛亲妈。
　　只要找见她,
　　就是到了家。
　　饿了有吃喝,
　　负伤有办法,
　　安安生生睡一觉,
　　临走还送我烟叶一大把。

在那敌人的炮楼星罗棋布、汽车路密如蛛网的地带,有吃有喝也就很不容易,竟然负了伤还有办法,还能安安生生地睡上一觉,这是多么难得的一个去处呵。无怪这歌声这么动听地唱到了大清河南。人们还说,这大妈是"革命的五大员":第一,她是炊事员。在她家里抗战人员来往不断,她家的灶火,每天要烧十几顿饭。只要你是抗日战士,有饭蹲下就吃。第二,她又是护理员。在她家的地道里,护理着轻重伤员。机会赶巧,你还能尝到她从集上买来的新下来的葡萄。第三,她又是情报员和侦察员。她有时扮作讨饭老婆,扛着破竹篮,拄着枣木棍,出没在敌人的炮楼附近;有时穿得干干净净,提着红包袱,到敌人占据的县城,去跟内线关系接头。最后,她还像个指挥员。在那敌情紧张的深夜,窗上遮着被子,门外站着哨兵,她和那些游击队长、政治委员、县委书记聚在一盏昏黄的灯光下,共看着一张地图。她披着衣服坐在炕上,听他们交流情况,分析敌情。她身向前倾,头微微低着,严肃地沉思。然后就毫不自卑地拿出自己的意见,就好像在讨论她的家事。她那特殊的细心、机敏与果断,和她那从游击队长们不知不觉学来的干脆、果决的手势,都流露着指挥员英武的格调。那些领导人也尊敬地喊她大妈,跟她交谈,跟她辩论,也不知不觉地把她看做自己中间的一个。听说巧袭小李村炮楼,就是采纳了她的主意。因此人们又把她的家称做"两部一站",既是后勤部,又是司令部,还是情报站。它是党和游击队领导人的聚散地,是大清河北一个小小的抗战中心。

　　郭祥也像其他战士一样爱她,钦敬她,也爱唱"杨树飘洒洒"这支歌。但她活动在大清河南,属另一个分区,没有见到过她,更不知道她就是自己幼年的伙伴小雪的母亲。他也没想到,这位普普通通的近邻,成长得这样快,这样英雄出众。后来,因为杨大妈的名字太红,别说是自己人,就是炮楼上的伪军也给她取了一个外号,管她叫"老八路"。杨大妈从此就成为敌人指名捉拿的对象。尤其是谢家父子,吃了她许多苦头,有好几次几乎被八路军捉住,也就对她更加仇恨,三天两头来找寻她。这时在伪军中还流传着一句口号,叫做"捉住杨大妈,金票有得花"。敌人对她的头,宣布了十万元"老头票"的悬赏,另外还要官升三级。这不但没有把大妈吓住,反倒更鼓起了她那战斗豪情。她常常拍拍自己的脑瓜儿,对战士们玩笑地说:"小伙子们!你们可要好好保护你大妈的这个宝贝,我可没想到它这么值钱!"由于村里群众对她的掩护,再加上她机敏过人,她在这家和那家躲闪着,敌人捉她多次,她都机智脱险。随着环境的险恶,斗争的残酷,一些人叛变投敌。这些人吃过她的饭,睡过她的炕,知道她家隐蔽的地道口,给了她最大的威胁。她在家呆不住了。

她的丈夫和两个孩子就转移到外村亲戚家里。她从这时起,就行进在游击队的行列中。她和战士们一起风餐露宿,给战士缝缝补补,她不像民,又不像兵,老百姓都很诧异行列里的这位中年妇女。也就是从这时,当这支游击队转移到大清河南的时候,郭祥偶然遇见过她,才知道原来她就是那赫赫有名的大妈……

抗日战争末期,在某地的英模大会上,杨大妈被誉为"子弟兵的母亲"。不久,她又加入了中国共产党。抗日战争胜利后,国民党军队向解放区进犯,大妈就把她的女儿杨雪送到部队,让她参加了这一场新的斗争……

郭祥要去看望的,就是这样一位英雄的母亲。

他一边帮母亲刷锅洗碗,一边问母亲:

"大妈现在住在哪儿?"

"一说你保准知道,就是你闹事的那个地方。"母亲带着笑嘲弄地说。

郭祥一听,就知道说的是谢家。他羞愧地笑了一笑,故意装糊涂说:"我知道你说的是哪儿呀,我闹的事多啦。"说着就跨出门去。母亲觉着儿子回来什么也没有吃上,怪委屈的,就揭开炕席拿了几个钱上集去了。

郭祥缓步穿过小胡同,向村里正街走去。这凤凰堡原有四条小街,像一个方方正正的"井"字。"井"字中心,就是原来谢家小城墙式的大院。挨着大院是一些相形见绌的中农房舍,散在村边的就是贫农们又低又矮的土屋了。如今经过十几年激烈的社会变动,已经有了很大改变。村四外起了不少新房,因为盖得错错落落,杂乱无章,使郭祥绕了不少弯儿,才走上正街。那村中心的花垛口高墙,已经消逝得无影无踪,好像它根本没有存在过一样。只有从那两个被推倒的石狮子,才可以辨认出原来谢家的大门。郭祥不由想到,当他幼年走过这里的时候,总是觉得阴森森的,心老是一阵阵地发紧,连脚步走得都不自在。尤其走过这个门口,得时时提防着那几只大黑狗冷不丁地蹿出来。连那两头石狮子,也觉得像是活的那样可怕。现在呢,那个门脸已经改换了样子,整个地被牵牛花爬严了,一眼望去,红澄澄的,总有好几百朵。牵牛的阴凉下,挂着"凤凰堡小学校"白底红字的牌子,从里面传出了孩子们整齐悦耳的读书声。

这书声,带着十足的奶腔味,被秋风吹得一时高一时低,显得这乡村更加宁静、安详和可爱了。'

郭祥知道,小学校占的就是谢家的第一套院,后面第二套院,就是现在杨大妈住的地方。那里新开了一个侧门,郭祥走进去,一眼就看见正房那高高的石阶,下面是青砖铺地,一点不错,正是多年前父亲领着他磕头赔礼的去处。谢家婆娘和谢家小子站在石阶上那一副带搭不理的样子,那尖刻讥讽的笑,一下出现在眼前,头轰地一下子像着了火似的。他定了定神,极力让自己平静下来。

他打量了一下这个院子,像是住了四家人。由于换了新的主人,那种阴森森的气氛没有了,现出一派农家风味。家家房檐下都垂着一嘟噜一嘟噜半干的红辣椒,地上晒满了一片一片的茄子干,院子里还系着好几根绳子,上面搭满了小白菜。东屋窗前有一个遮荫的南瓜架,垂着三四个金红色的大瓜,还挂着两个青秫秸茬儿扎的蝈蝈笼子。西房根种了一小片花,有三两棵鸡冠花,两棵很高的西番莲,一棵紫的,一棵白的,几个小盘盘似的花朵,都快要碰到窗格子上去了。

院子寂静无人。屋门虚掩着。人们大概都下地去了。郭祥正回身要走,忽听噗啦啦一阵响动,原来在南瓜架后面的墙拐角里,有一个十四五岁的半大小子,背朝外,光着膀子,穿着小裤衩儿,正蹲在那儿聚精会神地摆弄什么。郭祥问:

"大妈在这儿住吗?"

"嗯。"那小子头也不抬地说。

"她在家吗?"

"地里去了,你到地里去找她吧。"他还是不动身,一个劲地摆弄他的。

郭祥走近一看,原来这小子正抱着小白鸽子给它装鸽哨呢。他的肩膀上还站着一只小红嘴鸽子,歪着脑袋看人。他老是装不好,累得小圆脸上都是汗。郭祥看那眉眼,很像大妈,也很像小雪。就拍了他一把,问:

"你叫什么?"

"我叫大乱。"他这才抬起头来,一双调皮的眼睛巴眨巴眨的,"你是县武装部的吧?有小刀不?掏出来我使使!"说着就伸出手

来,要到郭祥的口袋里去摸。郭祥摸出小刀微笑着递给他,他一面修理鸽哨,一面说:

"那里还有两只。"他顺手朝西房檐一指,那里悬着一只精巧的小木笼,"一只'大鼻子',一只'莱花'。要是抱出蛋来,我把'大鼻子'送给你。"

"现在送给我行不?"郭祥装作认真的样子。

"现在——"他翻了翻眼,"那得有条件!"

只听门外说:"什么条件?你个小兔崽子!"

郭祥还没来得及分辨是谁,大乱把鸽子一扔,抓起草筐就溜。郭祥回头一看,进来的正是大妈,她拿着一把镰,背着一大筐满是露水的青草,两只脚也是湿漉漉的。她披着一件不知道是谁留下的十分破旧的棉军衣,看来她很早就到地里去了。

"大妈!"郭祥欢快地叫了一声。

大妈也一眼就看准了他:"没错,你是嘎子!"她说着,放下草筐,快步走过来。

郭祥看到,她的面容虽然比以前见老,但是步伐还是那样敏快,眼睛还是那般清亮,流露着坚定和机警,丝毫没有减失游击战争年代赋予她的光芒。

郭祥迎了上去,大妈用两只手捧着郭祥的脸,仔细地看了看,竭力地控制着自己的感情。她把手一甩:"孩子,屋里坐吧。"她走到屋门口,又扭过脸指着大乱说:

"饶你一回!告你爹,叫他马上到集上去,就说嘎子回来了,晌午要吃茴香馅饺子。快去!"

大乱卖了一个鬼脸,一蹦两跳地去了。

大妈把郭祥扯进了西屋。郭祥看这屋子宽敞明亮。里间屋一铺大炕,也扫得十分干净。迎着炕贴了一幅毛主席像。只是屋子里的东西很少,不仅没有箱柜,连个迎门橱也没有,只有一张旧八仙桌子,一条长凳,显得异常空落。

"脱鞋,上炕!"大妈催促着说。

郭祥在炕上坐定,大妈不一时就烧开了水,又在灶里烧了几个红枣,将灰吹去,泡了两碗红酽酽的枣茶端上来。

随后,她也上了炕,把烟笸箩放在两个人中间。她抽旱烟袋,郭祥就卷大喇叭筒。

郭祥说:"大妈,你这几年生活还是很困难吧?"

"不算困难!"大妈说,"吃的有了,差一两个月的,吃点菜也能对付过去。"

"你这家具,我看怎么比以前还少呵?"

"家具?"大妈哈哈一笑,"连一块破铺衬,连你大妹子小时候的尿席子,都叫敌人烧净了。他们对我不客气,我对他们也不客气。双方一样!"她仰起脸看看房顶,说:"就是这房没烧,他们还想着回来住哩!实在说,孩子,我真不愿住在这肮脏地方!以前把我卖到这家当使唤丫头,我受的是什么罪?你没见过,也听说过。你想,我住在这儿,想起来能不难过?可是我还要住!穷人不敢住,我就要领着头住。我要让他们看看,到底是谁把谁打倒了!他们一天价喊打倒共产党,叫他们看看共产党倒了没有!"

"对!就是要让他们看看。"郭祥猛力吸着大喇叭筒说,"不过你的身体还要注意,我看不抵以前了。"

"没啥。"大妈挺了挺腰板,"我腿脚行,眼也挺好使。去年听说一个同志要结婚,我还扎了对绣花枕头给他寄了去。就是钻地道、睡高粱地多了,落下了个腰疼病,瞧了几次,白花了钱,也没治好。我看一下半下不碍。"

"孩子,"大妈又拧了一锅烟点着,向郭祥身边移了移,缓缓地说,"说实在的,这穷,这苦,这病,都不算什么。就是有一件事叫我心里难过……"

郭祥见她眼圈发红,就听她说下去:

"穷算什么!你大妈原先比谁不穷?苦,你大妈比谁不苦?病,这又算什么!残酷时候,敌人三天两头来抓,不知什么时候活,什么时候死。这统统不算一回事。孩子,只有一点儿我受不了,我就是离不开八路。从事变以后,我那穷家,哪一天断过八路军呢?人来人往,不是干部,就是战士,不是大队,就是小队,弄得我没有时间渣儿,累得我站都站不住,只要同志们吃上喝上,我就心里痛快。可是猛古丁地都开走了,不知道开到什么地方去了。我睁睁眼,看不到一个穿军装的,你说这是怎么个滋味?我心里空落得像是没有个抓挠头似的。夜里睡不着觉,我就一个一个挨个儿想你们。你们的模样儿,家乡住处,脾气秉性,谁我也没有忘。可你们连个信都不给我打一封来……"

大妈滴下了眼泪。

"不能这么说,大妈,"郭祥说,"同志们都没有忘记你。"

"去吧,"大妈擤擤鼻涕,"那为什么不来个信?"

"大家忙呀!"

"忙?我问你:你们拉屎不?尿尿不?"

郭祥笑了。

"兔崽子,你别笑。"大妈把烟锅乓地一磕,"你回答我的问题!"

郭祥笑着说:"就是再忙,还能不拉屎尿尿!"

"着哇!"大妈说,"你们就用拉屎尿尿的工夫,也能给我写几个字嘛!"

大妈说着生起气来,把烟袋一放,两手向外推着郭祥:"去去去!"

"你不要,我还不走哩!"郭祥缩缩脖,装个丑样儿。

"不走,我就揍!"

"来吧,我代表大伙挨揍!这是光荣的。"郭祥说着,把头伸给大妈,"我看你还是舍不得吧!"

大妈噗哧一声带着泪花笑了。

郭祥接着装了一锅烟递给她,大妈盘着腿抽着,心平气和了许多。她问:

"南蛮子现在怎么样了?"

"哪个南蛮子?"

大妈跳下炕,把墙上挂着的一个装相片的镜框摘下来。用袖子轻轻擦了擦土,递给郭祥,指着其中一个说:"就是他!"

"咳,我道是谁,原来是我们邓团长。"郭祥说,"他去年打兰州负了点儿轻伤,还在医院里休养呢。"

"我不信。"大妈说,"要是负了点儿轻伤,他会一直住在医院里?"

"确实,伤不太重。"郭祥带着笑安慰说,"现在快好了。"

"怪不得他不来信。"大妈又是怜惜又是赞叹地说,"这个人革命可真叫坚决。一打仗就往前冲,当了团长还是那股劲。他那爱人还是我介绍的哩！现在两口子过得怎么样？"

"很好。生了个白胖小子，听说有十来磅重。"

大妈笑起来，小烟锅子在炕沿上磕得乓乓的响。

郭祥看到，在这个四四方方的红枣木镜框里，挤满了军人照片。其中有他现在的团政委周仆，他现在的营长陆希荣，还有许多他不认识的人。这些人大都穿着当年的粗布军衣，也有的是农民打扮，手巾包着头，腰里束着皮带，皮带上掖着盒子。一个个面容清瘦，但精神奋发，姿态英武，充满了游击战争年代的风采。大妈对这些人一一问了一遍。可惜有许多人，郭祥不认识，未免使大妈感到遗憾。

她小心地把镜框挂在墙上，坐下来，轻轻叹了口气：

"小迷糊不知道哪儿去了，连个相片也没有他的。"

"哪个小迷糊？"郭祥问。

"你不准知道。"大妈摇摇头忧郁地说，"他年纪太小。他爹妈都叫日本用刺刀挑了，11岁就参加了咱们军队。人猴瘦猴瘦，走也走不动，部队就把他托给了我。晚上不喊醒他，就给你尿一大炕。就那还非跟我钻一个被窝不行。天气热了，我说：'小子，这么热你还要跟我钻一个被窝？'你猜他说啥？他说：'妈，那咱俩就伙盖一个被单儿吧！'自他一来，大乱不能跟我睡一个被窝了，觉得吃不开了，就时常跟他打架，还说：'这是我亲妈，你算哪里的野小子！'小迷糊就哭了。我说：'小子，什么是亲的后的？你再长两年，好好抗日，你就是亲的；他不好好抗日，调皮捣蛋，我就把他轰出去。'小迷糊就笑了，说：'妈，我一定好好抗日。'这小子其实也不迷糊，也知道待我亲。他见到别人乱使我的烟袋，就用小刀刻上记号，专让我使。他一直在咱家呆了半年，后来部队又把他领走了。我真不愿让他走，弄得我哭了好大一阵。这多年，我老打听，谁也不知道他在哪儿。有时候做梦，还梦见他给我捅烟锅子呢……"

这时，只听屋门"哐啷"一声，大乱跳着走了进来。"报告！任务完成。"他故意装作军人的样子，在炕沿下打着立正，嗓音洪亮地叫。

"你看他那怪样儿！"大妈用烟袋冲他一指。

"我瞧瞧你的钢笔！"大乱说话就爬上了炕，扳住郭祥的脖子。

"下来！"大妈威严地晃晃烟袋杆儿。大乱手疾眼快，把钢笔抢到手里，拔开笔帽，在指甲盖上画起来了。

"你瞧见没有?"大妈指着大乱对郭祥说,"从小就是这样。不管是司令员、政委,一下就爬到人家脖子上。不是捅这,就是捅那。以前是让机枪班给他做弹弓,以后就死求白赖地要子弹壳,换底火,翻造子弹,打枪,瞄准;你们都野战走了,这又玩鸽子。你瞧瞧他那脸蛋上是什么?"

郭祥这才注意到,大乱的左眉梢上有一个小小的窝窝儿。

"那就是他跟人家玩弹弓英勇负伤的地方!"大娘嘲弄地说。

大乱翻翻一双猫眼:"我的好处你干吗不说?"

"你有什么好处?"大妈说,"你不过就是给八路送了两回信!还差点儿出了大事。你有你姐姐去的多吗?小雪又给我送信,又在门口给我放哨,一站就是半夜,一次亏都没吃过。叫你放哨,你净打瞌睡!还自己吹,'我要当通讯员,准是个好通讯员!'……"

"我不是把信团成蛋儿吃了吗?我又没暴露军事秘密!"大乱梗着脖子。

"我问你,"大妈又用烟袋指指,"今天你嘎子哥来,你这个好通讯员干吗不到地里喊我?"

"他也没对我说他是嘎子哥!"

大妈用手一指:"你听听!这小兔崽子嘴有多巧!"

"八路军可不许骂人!"大乱把头一歪,"你还吹自己是老八路呢,你让嘎子哥听听!"

"得,得,"郭祥笑着说,"你别喊我嘎子哥了,我看你小子比我小时候还嘎!"

"这都是八路军惯的。"大妈说,"我一打他,他们就拦住我,就把他惯到天上去了。你瞧着,我迟早要把你送到军队里去,叫八路军来管管你!"

"去就去。"大乱说,"我也不怕打仗!"

"老东西来了。"大妈说着欠身下炕。

郭祥静听,才听出"踢——啦""踢——啦"的脚步声。就从这脚步声,也可听出这是那种性格缓慢但却扎实的人。郭祥真佩服大妈分辨风吹草动的好耳力。这也是游击战争年代养成的。

老杨大伯进来了。手里提着沉甸甸的一大块猪肉,怀里抱着一大捆小茴香菜。他向郭祥嘿嘿一笑,没有说出什么,手里的东西,一时也不知道放在哪儿好。

大妈接过东西,就皱了眉。她把小茴香捆一拨开,对杨大伯说:"你瞧瞧,这准不是今儿早起割的。一辈子想叫你办个漂亮事也难。"大妈把茴香择了择,哗啦捶了一瓢水,动手洗菜。又对大乱说:"去!磨磨刀。"

杨大伯不反驳,也不言声。从腰里摸出一盒"大婴孩"香烟,撕开个小口,抽了一支,抖抖索索地递到郭祥手里。然后佝偻着腰坐在炕沿上,从腰里解下旱烟袋,装了一锅,用胳膊夹住,打起了火镰。显见这盒烟,是他特意为郭祥买的。

这杨大伯比大妈大十五六岁,已经60开外;郭祥看他那被烈日烤晒了一生的皮肤,还是红刚刚的,显得异常坚实。他的容貌和举止,都流露出朴实和善良。

大妈剁着肉馅指责地说:"嘎子多年不回来,你就找不着一句话?真是三锥子扎不出血来!跟你一辈子,没有把我屈死!……"

大伯还是不响,看来他听这话有多少遍了。

"我这个家,数这个脑瓜儿落后!"大妈又说。

"我,我怎么落后?"大伯开言了。

"嘎子说,你闺女也入党了,现在除了大乱,全家都是党员,就你一个挂翅膀的!"

"那,那是你们支部不讨论我。"大伯说,"你凭心说,革命工作我少做了不?"

"没少做!"大乱正在那儿烧火,插进来说,"黑间开门,领道儿,号房,领柴禾,领米,全是我爹。下大雪,牵着牛,尾巴上吊着扫帚,给八路军扫脚印,也是我爹。领着八路突围,摔得他乓的一个跤,乓的一个跤。八路来了,我爹就起来开门儿,回来往墙角里一蹲;我妈炕都不下,盘着腿一坐,衣裳一披,净动嘴儿,和人讨论讨论,像个司令员似的……"

大伯脸上露出笑容,看了看郭祥。

"烧你的火!"大妈斥责着,又面向大伯,"可你怎么不申请呢?"

"我不申请!"大伯说,"你有眼就看。"说过,他把烟锅乓地一磕。

"大伯,我给你写申请书!"郭祥把袖子一挽。

"不,不,"大伯连忙摇摇手,"侄子,你不知道,我60多岁的人啦,递上去,支部一讨论不准,我脸上挂不住!"

"你条件也不够!"大妈说。

大伯欠欠身子:"我怎么不够?"

"凭你说这话就不够。"大妈一只手从面盆里伸出来,指着他,"那年,敌人把房子烧了,你说的什么?你说:'看你住到哪儿?八路不管你了吧!'你不给我消愁,还给我添腻味,散布坏影响!我问你,你说了没说?"

"我,我,"大伯脸霎地红了,舌头打着结,"那是我的错误,影响是不太好。"

大妈像少女一般地好胜,乘机警告说:

"你听着!往后我们家一个落后的不要。"

"我看你也有点儿那个……"大伯还嘴,声音低低的。

"有点儿什么?"

"骄傲。"

"嫌骄傲,咱打离婚!"

"离就离吧,老用这话压我!"

"你别光欺负人哪,大妈。"郭祥笑得嘎嘎的。

"你不知道,小嘎儿。"大妈说,"按理,你是下辈儿,这话我不当讲。我这人说话就不管他上级下级,长辈晚辈。你想想,我十六七过的门,我花枝儿似的,他比我大十五六岁,要不是谢家那王八蛋,我怎么会落到这步!你说我心里屈不屈?"大妈的声调里带出了伤感,这是平时很少听到的。

郭祥从小就听说,大妈原先是谢家的使唤丫头,至于怎么嫁给大伯的,却不知细情。原来这也是凤凰堡的一段血泪故事。大妈是附近孙家庄人,也是谢家的一个佃户。有一年大旱,颗粒不收,大妈的父亲交不上租子,出于无奈,就将女儿以工顶债,这样到了谢家。大妈那年才十二三岁,每天挨打受气,自不用说。等到大妈长到十五六岁,由于人品出众,那谢香斋就生了歹心,要纳她做小。这大妈是宁折不弯的性子,哪肯答应,就在一天深夜只身出走,逃到一个亲戚家里。谁知第二天,就被谢家捉回。那谢香斋心毒手黑,狠狠地骂:"我娶你不成,也得把你毁了。"就找了三五个打手,将大妈的上衣剥去,由两个大汉扭住她的两个膀子,其余的点起成捆的香,伸到她怀里熏她、烤她、烧她,将她治得死去活来,整个胸脯都烧烂了。大妈的父亲听到此事,痛不欲生,就托人说情,情愿还清欠债,将女儿赎回。但是这个穷得当当响的贫农,衣食尚且无着,到哪里去找这笔款子呢?就放出话说,谁替他还了这笔账,就将女儿嫁他。这时杨大伯正在谢家扛活,已经30多了,还没成家。亲戚邻友就撺掇他说:"老杨,你看这姑娘怪可怜的,你不如收留了她,大家帮补你一些,你再摘借摘借,也将就着把事办了。"杨大伯好容易将钱凑够,这才把大妈领到自己家里。大妈虽然逃脱虎口,但一看男人比自己大十五六岁,自不免有委屈之感。刚才大妈说的,就是这段心酸的往事。

她一边揉面,一面继续说:

"那时候,我真想跟他离婚,可是别说离婚,连离婚这个名词儿也不知道。我想,我这一辈子就算完了吗?夜里一宿一宿地睡不着,两只眼泪巴巴的,连枕头都打湿了。可是他睡得死猪似的,一点儿都不知道。我暗暗下了决心:我一定要走,要跑,我要走南闯北,任他狼拉狗啃,死就死了,活就活了。可是,我又一想,我也多亏了他!走东邻,串西舍,给我求医问道,洗伤抹药,我这伤才好了,是他救了我。我要扔下他走了,丢下他孤零零一个,谁照管他?我也对他不起。我不是亏了心吗?唉,算了,虽说他比我大这么多,可是心眼儿实在。人说,丑人还有个俊影儿呢!我这才有心跟他过了。直到八路军来了,共产党来了,同志们一天价给我讲这个,说那个,我就觉着这天也大了,地也宽了,眼也亮了,心气儿也高了。浑身上像长了翅膀,老想飞,想跳,想说,想唱。一个劲儿地追革命!奔革命!没有第二个心眼。伪村长要让日本鬼、白脖儿吃面条,我就要给八路军吃烙饼;他们要吃炒豆腐,我就要给八路炒鸡蛋。我一定要压倒他!因为这共产党、八路军就是我的。我要跟着他!扶着他!举着他!我不能听一个人说他一个不字。是水,是火,他说过我就过,他说跳我就跳!我恨不得把那些日本鬼、汉奸、地主、恶霸、国民党像苍蝇、跳蚤似的一个个掐死,捏死,一古脑儿地扫平!……"

郭祥看到,大妈的眼睛闪着青春时代的火星。从她那眼睛、眉毛、脸盘都可以看出,她年轻时是一个美丽的女子。她的声音一时又变得柔和起来:

"也就从这时候,我对他那不如意,才一点点儿淡了。到这会儿,总算有了个家,儿是儿,女是女,离婚,我才不离呢!你倒说'离就离',卷个小包袱儿,滚你的蛋吧!一晃几十年,我的好时候也过去了。小嘎儿,像现在八路军兴自由、当面挑,那多好!可惜共产党来得迟了……"她叹了口气,恨恨地说,"想起旧社会,真他妈的没有一条儿好处!"

"大妈,"郭祥笑着说,"这离婚是刚才你先提起的呀!"

"我是出出这股闷气,"大妈噗哧乐了,"也捎带着警告他一下!"

"要说心眼实落,大伯在凤凰堡得占第一!"郭祥有意安慰地说。

大伯高兴地瞅瞅大妈。

"说得也是。"大妈同意地说,"人也不算忒笨,他种的烟叶全村出名。抽着有那么一股格别的香味。挑到集上去卖,给人的斤两又大,一哄就抢光了。挑去十斤,最多只换回八斤的钱。"

"那,那,"大伯受了表扬,心里乐滋滋的,笨笨磕磕地说,"一个自己种的,咱能少给?让人家吃亏?"说着嘿嘿地笑了。

大妈把面揉得白生生的,不硬不软。馅儿已经拌好了,又汩汩地加进了不少香油,郭祥在炕上就闻见了喷鼻的香味。

"我显显手艺。"郭祥兴奋地叫着,急忙下炕。大妈拦住他说:"去你的吧!多少八路军我都伺候下了,还要你来?"说过,小枣木擀杖清脆地响着,不一时,篦帘上摆满了精致的小饺,包得又好,摆得又齐,像是一大盘初五、六的新月。

郭祥看天还不到小晌午,就说:

"大妈,我瞧瞧齐堆去,回来再吃饺子行不?我跟小堆儿从小在一块儿,参了军他东我西,真想得慌,听说他不是复员了吗?"

"真是不巧!他昨儿个到省里开民兵会去了。"大妈说,"这孩子也是个人尖子,他是两次参军,两次复员,叫干啥就干啥。家里姐妹都出嫁了,留下一个瞎爹,饭也不能做,我正张罗着给他找对象哩!"

郭祥只好作罢,又卷了一个大喇叭筒,准备提起昨晚母亲所谈的问题,忽听窗外有一个非常柔婉的声音叫:"大妈在家吗?"郭祥听声音很生疏,不知道来的是谁。

第五章 金　丝

郭祥从纸窗上糊的小玻璃镜向外一望,见窗外站着一个个儿高高的美丽的女人。她约有三十左右年纪,一头丰茂的黑发,用酱紫色的卡子挽在脑后,脸色略显有些憔悴。她穿着黑色宽腿裤子,用白线和紫花线织成的小方格土布褂子。手里拿着鞋底子,一面低头做着活儿,一面柔声地说:

"大妈,我想找你谈个事儿。"

"快进来说。"大妈热情地招呼着。

"谁在屋里呢?"

"你进来呀,跟他相相面就知道了。"大妈开着玩笑。

她红红脸走了进来。靠着隔扇门,瞅了瞅郭祥,说:

"咦!这不是大兄弟吗?长得这么老高了!"她说着温顺地垂下长长的睫毛,像是不好意思老瞅着别人似的。

郭祥一时想不起这个女人是谁。大妈说:

"小嘎儿!你小时候还穿过她做的鞋呢,你就把她忘了?"

经大妈一提,郭祥这才猛然地想了起来。

"谁说我忘了?这是金丝嫂子。"他连忙遮掩着说,"娶她那天,看的人真多,一挤把我挤到桌子底下去了,气得我一挺腰儿,桌子就翻了,溅了她一身水,我还挨了我妈两巴掌哩!"

金丝笑了。

这金丝是郭祥的远门嫂嫂。她是凤凰堡有名的巧女,能织各种色样的花布,还能剪花、绣花,做各种花鞋、花帽。她赶集上庙,最爱看的也就是这些花布,跟那花鞋花帽上的花样儿。凡是那些好看的,秀气的,经她眼梢一过,就能记住。她那颗心整个地就像印满各种花卉的画页。因此,她出的那花样儿,也就格外新鲜别致,逗人喜爱。许多外村姑娘,常常跑几里地前来求她,她比比,想想,一剪就是好几份让她们带走。她18岁过门,丈夫郭云比她小四五岁,这使她很不如意。婆婆惟恐她走了,像亲闺女一样待她。她心软口软,别的话也说不出口来。有一夜,她摸着睡在身边的这个孩子,流着泪说:

"我就拿你当亲兄弟看吧……"过了几年,郭云大了,八路军也过来了,郭云在村里当了青抗先的队长,她参加了妇女工作,两口子一齐入党,在一个屋子里举行了入党宣誓。这新的生活,新的斗争,竟使他们的爱情枯木逢春。不久,她动员郭云参加了八路军,要算是凤凰堡第一名"送郎上战场"的女子。在一些小事情上,她是那么绵软,可是在大事情上,她却能作出果断的决定。

几年后,郭云残废复员回来,参加了地方工作。后来担任了县抗联会的主任。隔长补短地家来,两口子过得很好,生了一个孩子。不料抗战胜利前夕,郭云在敌占区活动的时候被捕了。他坚强不屈,十分英勇。最后敌人使出了最残酷的手段,我们的这位年轻干部,就在一群日本狼狗的恶噬里丧失了生命。这消息,对任何亲人该是多么沉重!而这个一向被认为是性格绵软的女子,在人面前,竟没洒过一滴眼泪。只是有一次,她趁婆婆孩子不在家,才悄悄钻到屋里,插起门来,整整哭了半日。有人发觉前去劝她,她在屋里洗了脸,拢了头,照照镜子,看看脸上没有一点儿泪痕,头上没有乱发,这才拿起针线活,开开门,安详地坐在那儿,装作做活的样子。

几年过去了。同志们——县干部们,村里的党员们,在闲谈中间,曾经透露出给她另找对象的意思。她总是脸红一红,笑一笑,也不答应。后来同志们批评她封建意识,她才说婆婆年纪大了,年景又不好,她打算再织下几个布卖了,积攒下一些钱来,留给婆婆,好让这老年人不致挨饿。事情就这么一年年地拖了下来。因为她性子绵软,待人和善,村里烈属都喜欢接近她,党里也就分配她多做烈属方面的工作。她分的房子是地主谢清斋的,地方很宽绰,烈属中有几个和她年纪相仿的妇女,常常拿着活,到她家里来,跟她一起做活说笑。天气晚了,或是刮风下雨,她就留下她们跟自己做伴,她们像亲姐妹似的,一起用纺车声送走那风雨的长夜……

金丝靠着隔扇门站了一会儿,用眼扫扫大妈,见她忙不过来,就放下活儿,洗了洗手,赶过去帮助。大妈也不拦她。她包的这饺子另是一路:又小又巧,还绕着弯弯曲曲的花边。

"金丝!你找我要谈什么心事话呀?"大妈把身子靠向她亲切地问。

金丝的嘴唇发白,手指也有些轻微的抖动:

"我看他们又多刺儿了!"

"谁?"

"还有谁!"金丝气愤地说,"谢清斋昨儿晚上跟我吵了一架,今天早起又吵了一架……他要不从那院里搬出去,我就搬出来!"

大妈脸上立时现出了怒容,把手里的饺子片一丢。

郭祥也睁大了眼睛,他要金丝详细谈谈。

"大兄弟,你出去多年,你不知道。"金丝说,"那年闹土改,村里看咱家是烈属,就把谢家的三间楼屋、三间东房分给了咱,指定谢清斋搬到村南头去。那谢清斋三天两头跟我说好的,要我答应他在东屋里先住几天,等村南那几间房修好了,马上搬走。我心想,住几天就住几天吧,心里一软就答应了,谁知道就把事情弄坏了……"

"你当初就不该答应。"大妈瞅了金丝一眼。

"是,是该怪我!"金丝红了红脸,"人家欺负我,我就恨人家;人家低下了头,我就又可怜人家。谁知道日久天长,他反倒找起我的茬儿。那些闺女媳妇,都爱找我做活,闷了爱唱个歌儿曲儿。孩子们也爱到楼上去玩。那谢家婆娘就咬着牙偷偷地骂:'一天价唱,不知道唱啥哩!唱得人脑瓜仁儿疼!'孩子们在楼上一跳着玩,她就瞪起那黑豆眼:'跳吧,把楼板儿跳塌,摔死你,你就不跳了。'我生了气,就催他们搬家。那谢清斋就说:'他金丝嫂子,你别跟她一样,那球攮的娘儿们就不懂事。你放心,我早晚得搬,谁叫我过去剥削人哩!'……他们就这么耍赖皮,死赖着不走!看起来这些东西,就是不能可怜!"

她把饺子抖抖索索地放在箅帘上,又继续说:

"谁知道朝鲜一起战事,他们那气儿就更粗了。以前是小声地说,现在是大声地骂,见我在院里晒干菜,就骂:'他娘的,这么大院子,弄得没个插脚地方!'昨天,我搬梯子想到楼屋顶晒点儿干菜,不小心碰下了一块瓦,他一下就从屋里跳出来,指着我说:'我问你:你住过楼屋没有?冬天,你不扫雪,冻得楼屋裂了大宽的缝;秋天,你登梯爬高,登碎楼上的瓦。平时你招来一大群王八蛋孩子,恨不得把楼板给我揭走。你睁开眼看看你住了几年,把这楼住成个啥样?你知道不知道楼屋是怎么个住法?'气得我在梯子上直打哆嗦。我可向来没生过这么大气,我说:'你知道是怎么个住法,你怎么不搬进来住呢?'他一连气冷笑了几声,说:'不住?是不到时候。到时候,你看我住不住!我不住,说不定还有人趴在地上磕头,求我去住咧。你这个娘儿们说话可别说绝了,这个世界可不大平和!'我说:'不平和你敢怎么的?'他嘿嘿一笑说:'那就骑驴看唱本——咱们走着瞧吧!'我说:'走着瞧就走着瞧!'……"

大妈脸色发青,也不插话,一个劲地听着。

"这是昨天下晚的事情。"金丝接着说,"今天早起,我就听院里那个谢家婆娘说:'伢不收拾咱收拾,横竖过不了几天,咱不就搬进去了!'过了不大会儿,我就看见谢清斋拌了一小桶石灰,手里提着,就来勾这楼屋的墙缝子。我就走出去说:'谢清斋!你这不是明摆着欺负人吗?'他说:'你把这楼住成了这样,我来收拾收拾,怎么算欺负你?'我看他还不停手,就一把夺过他的灰桶子说:'这楼屋是我的,用不着你拾掇!要这么着,连东屋你也给我腾了,这也是我分的,不能叫你白住!'他把袖子一挽:'你的?这房明明是经我爷儿们的手盖的,怎么就成了你的?你不斗我第二次,这房就不是你的!'那谢家婆娘也跳出来,指着我的脸说:'你的!你的!你的命还是阎王爷的哩!我问你,你男人是怎么死的?他要不丧良心,他就不能叫狗啃了。你还不知道是井里死河里死哩!'……"

金丝气得嘴唇都白了。一双手哆哆嗦嗦的,连饺子馅都装不进去了。

"要造反了!"大伯忍不住说。

"造反?"大乱把烧火棍一晃,"我他妈把他们全嘟嘟了。"

大妈沉思半晌,转向大伯,决断地说:

"你去,把小契找来!把整个情况研究一下。"

大伯在鞋底上磕了磕烟灰,把烟袋往腰里一掖,就蹑蹑地走了。

郭祥也把谢清斋昨天抢夺小红箱子的事告诉了大妈。

大妈点了点头,说:"我看他是先向孤儿寡妇开刀!"

正说着话,只听窗外有人唱道:

　　一马离了……西凉界……
　　不由人,一阵阵……泪洒在胸怀……

接着,一个人头戴破草帽,下身只穿着一个小裤衩,光着两条长腿,带着两脚稀泥,一只手拎着鱼网,一只手提着两条黑鲇鱼走了进来。他把鱼网往门口一丢,用京戏的道白说道:"末将参见元帅,不知有何吩咐。"

他一抬头看见郭祥,嘿嘿一笑:

"侄子,我一大早起就听说你回来啦。我想捞两条小鱼儿,咱爷儿俩喝两盅儿!刚下上网,忽听圣旨到,就把我给提溜来啦。"他眨巴着一双快乐的红眼睛,"你瞧,这两条黑鲇鱼可不怎么太好。"

"小契,"大妈打断他的话,"你这个治安员是干什么吃的!一天价打鱼,养鸟,喝酒,村里发生的事儿,你知道不?"

小契噗嗵把鱼撒在水缸里,见炕上有一盒"大婴孩"烟,拿过来就抽。然后不慌不忙地说:

"放心吧,情况掌握着哩!"

"最近有什么情况?"

"有谣言。"

"嘎子,"大妈说,"你把笔掏出来给我记记。"

小契抽了一大口烟,坐在炕上,从内衣口袋里取出了一个小本本,瞧了瞧说:"这谣言有四句:走了口上口,来了天上天,五洋闹中华,九女守一男。"

大妈寻思了一会儿问道:"这是什么意思?"

"你瞧,"小契用手指头从水碗里蘸了点水,在桌上画道,"这'口上口',不是个'日'字吗?两个天字对着头,是个'美'字。就是说:日本人走了,美国人就要过来了,要打世界大战!——金丝,给我找块破布,我擦擦脚!"

金丝找了块破布撂给他,插嘴说:"哼,他们就是盼望着美国哩!"

"这是不是谢清斋说的?"大妈问。

"还没弄清。"小契说,"反正不是他说的,就是一贯道王老元说的。"

"没弄清的,单另写在一张纸上。"大妈嘱咐着郭祥,"还有什么?"

"还有谣言说:五星红旗是代表黑夜,星星不能见太阳,太阳一出,星星就完了。"

"谢清斋还夺了胜利果实没有?"

"有,有。"小契答道,"前天谢家婆拿走刘二奶奶的一个簸箕,大前天拿走桂金家的一个笸箩。她还说:'我那东西,除了我那二毛皮袄分给了谁我不知道,我那桌椅板凳,犁耪锄耙,就是粪叉子在谁家,我都知道。你现在不给我,你以后得敲锣打鼓给我送回来,我还不定要不要哩!'……另外,谢清斋还到了富农李建章家。"

"他搞什么来?"

"他半夜到了李建章家,把门一插,对李建章说:'现在形势不同了,美国有好几百万大军开到了朝鲜,说话就进来了。今天盼,明天盼,这一天总算盼来了。我对你说,咱们可是一个阶级,以后要多联络联络。'还说:'这几年可把我愁死了,他娘的,人走了赖时气,连屎壳螂落到头上还螫人哩!共产党一天价讲为人民服务,什么为人民服务?我看他对咱就是一党专政!'"

"他算说对了。我们就是要专他的政!"大妈冷笑了一声,"你是怎么听来的?"

"这你就不用管了。"小契眨巴着因长期熬夜变成的红眼睛,得意地望着大家。他把那"大婴孩"烟又燃着了一支:"我给你们说,那个当过土匪的张小奀,也多刺儿了。大前天,他砍了许老秀一棵小树。许老秀把他扭住,问他:'你为什么砍我的小树?'你猜这老土匪说什么?他说:'砍你鸡蛋粗一棵小树算什么?赶到这年头儿了,要搁过去,房子也敢给你点了。'我已经让民兵把他送到县里。他在路上还说:'他妈的,这群干部一天想弄咱,等以后变了天,都在咱手心里捏着哩!'另外,那个翟水泡胆子也大了……"

"哪个翟水泡?"郭祥问。

"就是在梅花渡炮楼上的那个翟水泡。"小契答道,"那小子当伪军小队长,见了老百姓,一巴掌下去,打得人顺嘴流血。他押着老百姓修汽车路,腰里掖着鞭子,打得老百姓爹妈乱叫。最近他在大街上公开说:'搞个女人也算犯法,这是啥鸡巴年月! 等着吧,等以后,老子随手抽出个金条,要三个五个,十个八个的娘儿们有的是! 都给我在那儿摆着哩。'"

"你听听!"大妈扫了大家一眼,"刚刚闻见一股潮气儿,这些乌龟王八、虾兵蟹将都出笼了。要让美国人过来,他们不把天给你戳塌!"

"嫂子,首先你这个脑瓜就保不住!"小契指着大妈嘻嘻笑着,好像是一件很轻松的事情,"他们要过来,头一个杀头的是你,第二个就是我。这一点我心眼里清楚!"他搓着两只泥脚,脸色严肃起来。

"光杀你们俩吗?"金丝涨红着脸说,"我看咱凤凰堡大伙儿的头都保不住! 他们连不懂事的小孩儿都恨死了。小孩儿们在我院里玩儿,那谢家婆就说:'等我家家骧回来,这些小鸡巴孩儿也不能留,你瞧一个个的德性! 都是共产党的种子!'"

"他们想砍我的头么,"大妈梗梗脖子,轮了大伙一眼,"我看不那么容易! 日本人在这儿,我这头值十万;等美国人来了,你瞧着,我还得让他们给我涨价!"

"妈,再打仗我可不当通讯员了,我得扛机关枪去!"大乱插嘴说。

大妈没有理他,兴奋地立起身来,只顾说自己的:

"你瞧,那些地主、恶霸、国民党、帝国主义烂杂碎,对咱多不满意! 骂咱们清算了他,斗争了他,可是早先咱并没有清算他、斗争他,他对咱们讲客气吗? 你就说嘎子他爹,那个老实头儿,早先斗争了他家什么? 清算了他家什么? 他们是怎么对待他的? 再说我,我个十二三岁的小女孩儿,弄到他家,我斗了他什么? 分了他什么?他是怎么对待我的?……"她缓了缓气,把手一挥:"他们越讨厌斗争,我这人就怪,我是越爱斗争。一说斗争,我就来了精神! 别看我这弱帮子,斗起来,熬个十个八个通夜,走个七八十里地,也觉着没什么问题!……金丝! 饺子下锅!"

锅里水已经开了,滚得咯荡荡的。

大妈说:"小契,金丝,你们俩都别走了。把嘎子妈也请来,都在这儿吃。咱们一边吃,再讨论讨论,集中集中。现在支部书记不在家,他到保定找工作去了。我的意思是,咱们讨论以后,我就去找村长,看是把谢清斋送到县司法科,还是在村里处理。反正这几天他夺的果实,得让他全吐出来,还得让他承认错误。他占金丝的东房,叫他马上搬出去!"

郭祥说:"大妈,我听你指挥!你看我干点什么?"

"你什么也别干。"大妈说,"你好好歇两天!你家那房也该拾掇一下。我让你大伯给你帮忙!"

郭祥笑着说:"我就没有发言权了?"

"不,不,"大妈比个射击姿势,"等美国人过来,你用这个去发言!"

金丝说:"我得家去一趟,家里已经做上饭了。"

"算了!你总是这么客气!"大妈说。

"你瞧我!"小契眨巴着红眼睛,"我一进门儿,就没想走。对了!我那儿还有半瓶酒呢!"

大妈一拍手说:"好,土改时候,咱们还在一块儿喝了一回齐心酒哩!今天咱们再喝它一回!"

小契跳下炕,唱着小戏拿酒去了。

郭祥的母亲正在家里给儿子包饺子,被大乱不容分说一路拖了来,还沾着两手面。

不一时,箅帘上那一行行新月形的小饺,绕着花边儿的小饺,就被金丝的巧手,推到正翻滚着的大锅里。它们不大会儿就漂浮起来,像一尾尾的鱼儿……

喝酒中间,大伯只是望着人笑,桌上切开的咸鸡蛋,一牙儿也舍不得吃。大妈趁人不在意,就往他碗里夹了两块。郭祥眼尖,用筷子指着大妈笑着说:

"大妈,我这才看出来,你那会儿说的话都是假的,最疼大伯的还是你呀!"

"你不知道,嘎子,他这人傻,别人要不结记着,他就吃不到嘴里。"

大妈说着,温柔地笑了。

第六章　村　长

真真是一场热闹的聚会。小契喝醉了,郭祥和大乱把他搀回家去。大妈心里有事,锅碗也顾不得刷洗,就动身去找村长。

这村长名叫李能,识字不多,但很有才干。人说:"不怕事儿难办,只要李能的眼珠儿转一转。"他生着一双大眼,那滴溜溜的眼仁一转,就来了主意。上面下来什么工作,他都布置得头头是道,常常是最先完成;还能把工作经验,一套一套地汇报到区县里去。特别是他说话和气,对上对下,人缘全很好,因此在区县干部和村里群众中,他都很有威信。人们给他取了个外号,叫他"大能人",说他跳到井里,也能找出个干地方儿。

据老年人说,他原籍不是凤凰堡人。是他爹逃荒用一条扁担把他挑来的。乍来时,他和父母就住在村东头的小庙里,靠讨饭过日子。后来他爹在谢家扛了长活,也就在这里落了户。他爹是一个极有心计舍命苦干的人,看扛长活实在落不下钱,就辞去了长活,白天打短儿,夜间编柳罐。每进来一文钱都捏得汗淋淋的。日久天长,竟买了几亩地。有了地,他心气儿更高了,家规也更严了。全家大小,白天下地里干活,黑间编柳罐,一年到头,只睡半宿觉。打下粮食,大部存起来,一年四季不是粗糠就是细糠。直到大年初一早上,才能吃一顿净粮食面做成的饽饽。这样经过20年的苦拽,就零零星星置买了十五六亩地,勉强成为凤凰堡的一个中农。可是李能一家已经筋疲力尽,李能的母亲像一个耗尽灯油的干捻子似的去世了。这时,发生了一件意外的事情。谢家露出口风,要李能的爹把邻近谢家的一部分土地转卖给谢家。这事真如同晴天霹雳,李能的爹死也不肯答应。谁知几天过后,半夜里突然来了一帮土匪,把李能绑架走了。李能的爹哭了几天几夜,才忍痛卖了十几亩地,把李能赎回。李能的爹从此变得半疯半傻,一天傻坐着,也不做活,也不说话,痴呆呆的。不久,他腰里又生了一个疮。请医抓药,剩下的几亩地不到半年就踢蹬光了,最后,人扶着他在卖契上画押的时候,他咽了气……

父亲的死,使李能对谢家非常仇恨,但又无可奈何。眼前黑茫茫的,看不见一丝出路。七七事变前几年,地主剥削农民还有一种很厉害的方式,就是贩卖料面①。只要抽上它,用不了多久,就会倾家荡产,乖乖地把土地交到地主手里。李能竟跳到了这个陷阱。不久,就把仅剩下的两间房子典押给谢家,又住到当年全家逃难住过的小庙里去了。瘦得皮包着骨头,披着破衣褴片,人不人,鬼不鬼,情景十分可怜。

直到八路军过来,强迫这些不幸的人把料面瘾戒掉,这才将李能挽救过来。大妈常常劝导他,分配他做一些抗日工作。抗日后期,他就已经是村里很顶事的民兵。不过他最出色的表现,还要算参加土地改革的斗争。

在那些日子,他仿佛突然有了用不完的精力,样样走在前面,表现得非常勇敢。那谢家也像其他地主一样狡猾,他们很早就听到了风声。一切值钱的东西,都埋的埋了,藏的藏了。农民们除了土地和笨重的农具外,几乎没有落到什么东西,所以又来了一次复查。在复查期间,李能手里拿着一根细长的铁钎,领着贫农团的人们,在谢家的屋里屋外,宅前宅后,向地下探寻着藏东西的地方。结果地主的夹壁墙被发现了,秘密的地窖也被发现了,找出了谢家不少的贵重衣物、用具。可是谢家的白银和元宝却一直没有找到。村里的贫农们都很焦急。李能饭也吃不下去,整日整夜地在谢家院子里转游着,用铁钎将屋里屋外的地探遍了,还是没有结果。在人们已经失望的时候,李能灵活的大眼忽然发现,庭院里的一棵丁香树,有几片黄叶飘落下来。这正是六月天,为什么树上有了黄叶?仔细一看,树叶干巴巴的,像是移动过的样子。李能的眼珠一转,果断地说:"刨这个地方!"贫农团的人们动手一刨,把树移开,果然发现了

---

① 料面:海洛因的俗称,是鸦片一类的麻醉剂。

一个半人多高的大瓮,一打开,是满满一瓮亮锃锃的白洋和元宝。这是凤凰堡贫农团一个很大的胜利。从这时起,村里的贫农们对李能非常敬服。土改以后不久,李能就同其他一些积极分子参加了党的队伍。接着,又当选了这村的武委会主任。

经过土改,李能分了七八亩好地和一个小院,又娶了一个寡妇,还带来了一个十三四岁的小子。从此就结束了他那段悲惨的生活。过了几年,孩子长大了,劳动力又不缺,日子就一年好过一年。也就从这时候,他父亲当年那发家致富的灵魂又在他的身上复活了。但是,比起他父亲来,他是多么聪明的人哪!他睁着一双精明无比的眼睛,察看着他的周围,在这世界上探寻着一切可以找到的轻巧的门路。

有一天,他在街上闲坐,从人们的闲谈里,有一件事引起了他的注意。人们说,邻村里有一家张姓兄弟,因为不和分家了。分家以后,哥哥为了表示对分家不公的气忿,新盖了三间北屋,屋子的拱门上修了很好看的塑花。塑的是两枝大仙桃,红嘴绿叶,人人称赞。兄弟媳妇气不过,就怂恿丈夫也盖了三间房,跟哥哥那三间遥遥相对,并且赌气要找一个能工巧匠,做出更好的塑花来,压倒对方。房子盖好了,可是还没有找到塑花的人。因为哥哥门上的塑花,是方圆三五十里闻名的巧匠做的,再也没有人敢和他相比。李能听了,心里暗暗盘算,什么都是人做的,不妨试试。于是,他就到了那张家弟弟的家里,自称在大地方学过这行手艺,不做便罢,要做出来,如果盖不过对方,就一个钱不要。就这样把活接过来了。可是不要说雕塑,他连平常的泥水匠也没有做过。他就借口做准备,用了几天工夫,跑了十几个村子,凡是拱门上有塑花的,他都站下来细看。回到家里,就倒在炕上,闭着眼苦苦地揣摩。开工了,他就到了张家门上,画了又改,改了又画,直做了半个月,简直不成个体统。张家弟弟急了,他说:"你别急,常言说'慢工出细活',你这房子不是住了一辈子就不住了,将来传到孩子手里,也得叫他们看了高兴。"这样,他整整做了33天,才做成了。张家弟弟一看,这拱门周遭,被五颜六色的花朵快包严了,一眼看去,真是华丽非凡。村里不少人闹哄哄地挤在门前指点观看。这李能当场指给主人说:"常说会看的看门道,不会看的看热闹,这些花鸟都有个讲究。你看,这上面是凤凰戏牡丹,这就叫'花开富贵';这两边是菊花,'菊'和'举'同音,这就叫'举家欢庆'；还有这下面，是笨鸟口衔莲花，为什么单塑个笨鸟？这也是取它的音，叫'辈辈连生'。……"大家看着，尤其对那一嘟噜葡萄，感到有趣。那都是小孩玩的玻璃球嵌上去的，葡萄叶上还翘着用细铁丝做成的葡萄须，看去像真的一样。大家不由得称赞起来。他笑了一笑说："这都不算什么，还有一个地方，你们没有看到。"他指了指门框，原来门框上摆着两小筒干电池。他一通电，忽然那凤凰的眼珠闪闪地亮起来，原来那里镶嵌着一个手电筒的小电灯泡儿。大家齐声叫起好来。主人夫妇眼花缭乱，笑得合不拢嘴儿。他们的愿望实现了，终于压倒了他们的哥哥。对于邻村这位素昧平生的巧匠，真是说不尽的崇敬和感激，大大宴请了他一番。席间又提出要跟他结为异姓兄弟。这使李能感到突然。不答应吧，抹不过面子；答应了吧，还怎么张口要工钱呢？但他那滴溜溜的眼珠一转，马上答应了。过了一个月，他借口要做一个小本买卖，要他的盟弟添个本儿。结果他这盟弟给了他大约比工资多一倍的钱。——这就是李能独立决定生活道路时的第一个成功。

　　这个成功，给他的生活增添了不小的勇气。谁家的水桶漏了，他也敢答应换底；谁家的铁锅破了，他也敢答应修补；谁家的铜锁老旧得不管用了，他也能抠抠搜搜地给你修好。时间不长，他竟成了许多职业的大胆尝试者，因为他心灵手巧，竟是无往不胜。也就从这时，他得到了"大能人"的声名。

　　解放战争正炽热的时候，这地方，机关、部队、老百姓以及过路客商很多，可是飞龙镇只有一家车子铺，真是应接不暇。李能看准了这个机会，到车子铺喝了两次水，抽了一次烟，经过短期的观察研究，购置了些零件，就在飞龙镇这交通要道上挂起了"李能车子铺"的招牌。当天下晚，就有人推来了一辆车子，一进来就说："喂，掌柜的，你骑骑我这车子，看看有什么毛病？"这真让李能挠头，因为他从来没骑过车，但他仍平静地不慌不忙地打喜诨说："咳，您太客气了！您就说吧，我给你快点修好，你好上路。"幸亏那个人没有坚持原来的方案。谁知第二天一大早起，就有人推来一辆车子，从来没见过这样的牌号。他心里惊讶，肚里为难，眼珠一转，张口要了一个大价，要一口袋米，还起码要五天时间。谁知车主都一一答应下来。车主走了，他把车子卸开，面对着好多小零件，干瞪眼，就是找不到毛病。他一天一夜没睡觉,终于发现是千斤磨损了,就到别的车子铺讨了一个换上,——就把那一口袋小米揪过来了。

那时候,国民党继日寇之后,对根据地进行了严密封锁,就是买一两煤油,一盒洋火,一包牙粉都很困难。这时,城乡的商人小贩,往往用各种方式把货物偷运出来,获取厚利。尤其是染料,要弄出一筒来,就能赚好几倍的价钱。李能的注意力又转移了。他把车子铺换下来的破旧零件,整成了一辆虽然难看但却很牢固的车子,就投身到这个带危险性的行业里去。他把染料装到车子的轮胎里,在大道上呜呜飞驰。这新的职业,带给他最大的成功,使他觉得他以往从事的那些"小勾当",简直是一个可笑的笨汉的做法。

平津解放,大军南下,村长和支部书记都调去开辟新的地区了。这时李能就担任了村长。随着大城市的解放,李能面前展开了更广阔的天地。他来往于北京、天津、保定之间,有时贩运布匹,有时贩运铁器,有时驮来一些破旧衣服、布头子,在集上出卖,赚了不少的钱。时间不长,他已经置买了一辆胶轮大车,一匹大黑骡子,成为凤凰堡日子最红火的一家。

大妈匆匆走着。李能的家住在街东头,并不算远,不一时就来到了。这是一个大黑梢门,门前停着一挂崭新的大车,一个精干结实的小伙子,正端着半簸箕高粱给那匹大黑骡子加料,好像要走远路的样子。

"小锁!"大妈招呼了一声。

小伙子转过头来,他在太阳地里晒得满头是汗。大妈问:"你爹在家不?"

"在哩!"那小伙子向家里摆了摆头,"可是我们马上就要走了。"

大妈顾不得细问,就走进院里。她好久没有来了,没想到院子有这么大的改变。她惊讶得几乎叫出声来。那正房东西间,都换上了明光瓦亮的大玻璃窗。从玻璃窗里,可以看见雪白的蚊帐。门上垂着竹帘。门口两边,一左一右摆着两大盆夹竹桃,开得红艳艳的。西边是一溜牲口棚,换了一个大青石槽,槽上拴着一个小骡驹。鸡窝也修得非常考究,还有两扇小木门。就是墙角里那堆煤,你都不可能看到主人有一点马虎。大块放在下面,中溜块在中间,小块摆在顶上,堆成了很整齐的宝塔形。特别使大妈惊讶的,这整个小院的地,平展展,光溜溜,竟同城里的洋灰地一模一样,不知主人是怎么搞的。

"他大哥在家吗?"大妈叫了一声。

"在,在,"只听门里一阵响动,竹帘一扬,走出一个身穿洁白裤褂的中年人来,正攥着一张葱花油饼吃着,两只手油晃晃的。他笑嘻嘻地随口谦让着:"婶子,你里边吃点儿?"话虽这么说,但他却把门挡了个严,惟恐大妈再跨进一步。

大妈斜了他一眼说:"你这院子拾掇得好漂亮呀!"

"嘿,什么物件都在人收拾。"他满意地笑了一笑,"其实并没有花几个钱!你就比如这烧了一冬的炉灰,你们怕都扔了,我是一小撮也没抛撒。你瞧这地,就是用炉灰搀上石灰砸的。你跟天津、北京那洋灰地比比,我看也不在以下。刮起风来,连一点儿尘土都没有。你再比如……"

"他大哥,我找你打算商量点事儿。"大妈打断他的话说。

"咳,真不凑巧。"他皱皱眉为难地说,"我马上就得赶路!"

"你要到哪儿去?"

"到山里去。"

"到山里干什么?"

"哎呀,我的婶子,你怎么越过越糊涂了?"他把最后一块油饼塞到嘴里,"你算算再呆几天是什么日子?……连八月十五你都忘了?我得赶紧去拉一趟鲜货。"

"你明天赶早动身不行?"

"老天爷,你算算有多远哪!"李能扳着他那油晃晃的指头,"这儿离易县山边子,足有200里路。来回400挂零。今天傍黑,我得赶到梅花渡过河,明天这档子还不知道能不能赶到。办了货,马上往回返,怕还赶不上飞龙镇的大集哩!"

"你就不会让小锁去?"

"他?秤高秤低,还看得出来;要说办鲜货他就不懂眼了。常说,'有同行的货,没有同行的利'。年前我让他到山里拉核桃,争点儿没把我气死。人家跟他一样拉了一车,就比他多挣了半口袋小米!再说,他还有他的事。我让他今天就得赶到保定,去弄一批镰刀回来,眼下正秋收,这也不能误了。"

大妈有些生气,但竭力忍住说:

"这么说,村里天塌下来,你也不管了?"

这李能异常机灵,听大妈口气不对,眼珠一转,连忙说:"好,好,你就简单地说一说。"他又回过头去:"小锁妈!油瓶挂到车上了吗?"

"还没有哩。"竹帘里有人应声答道。

"你是死人吗?屁大一点儿事也得我结记着!"

屋里人低声低气嘟囔着:"人家正刷碗呢。"

"刷碗,我们起身了,你不会刷吗?你办事有没有一点儿计划?"他向屋里不满地斜了一眼。

屋里走出一个脸孔黄瘦的女人,也顾不得跟大妈打招呼,在牲口棚里找出一个黑瓷油瓶,提着到梢门外面去了。

"多膏点儿油!"李能在后面大声说,"来回几百里,拉上千斤货,不是闹着玩的!"

当——当——屋里传出很好听的白鸣钟的声音。

"两点了。"李能搓了搓手,对着大妈,"你说,你说。"

大妈不耐烦地从口袋里取出郭祥帮她写的纸片,递给李能:"你看看吧!"

李能皱着眉头看了几行。

"这是谁写的呀!这个乱劲!"他撇了撇嘴,"一个笸箩,一个簸箕,一个小红箱子,一个……这是什么意思?"

"什么意思?"大妈说,"这是地主夺咱们群众的胜利果实。人家听说美国出兵朝鲜,又骑到我们头上来拉屎了,你说这是什么意思?"

"有这样的事?"李能怀疑地说,"我看他们不敢!"

"怎么,你还不相信吗?"大妈接着把谢清斋这两天的猖狂活动说了个大概。

"他妈的!"李能骂了一句,"那谢清斋刚才还来我这里说,金丝和一群妇女,天天骂他。还故意把楼房碰坏来气他。他好心好意帮她收拾,金丝劈头给了他两脖子拐,打得他膀扇子都抬不起来了。"

"依我看,这不是小事儿,咱们得赶快处理!"大妈说。

"对,我们决不能让他们反水。"李能也说。

大妈这才显出欢喜的样子,说:

"那好。咱马上去找小契他们,开个支委会,今天下晚就把这事办了。"

"这,这……"李能的大眼珠来回乱动。

这时,小锁走进来说:

"爹,倒是还走不走?刚才老亨的大车已经过去了!"

"他怎么不等等我?"李能着急地问。

"他说再晚就赶不到梅花渡了。"

"这小子抓得真紧。"李能骂了一句,接着对大妈说,"就这样吧,婶子,你也别忒心急。咱们当领导的,重要的是掌握原则,不能听见风就是雨。等我回来,把事实调查一下再处理吧!"

李能说着就往外走。

这时大妈再也忍不住了。

"李能!你停一停。"说着,她赶了上去,"要像这样,我就有意见。"

"什么意见?"李能在梢门洞里停住脚步。

"我看人不要太顾自己了。"她愤愤地说。

"你说谁净顾自己?"李能也激怒了,"我比谁参加工作也晚不了多少,别这么教训我!"他瞪着鼓鼓的大眼睛,"我1939年就当民兵,提着脑袋干革命是为了自己?土改时候,我十天半月地不合眼,这是为了自己?请问,那谢家的大大小小300多个包袱,是谁领着找出来的?那一大瓮白花花的大洋和大元宝是谁找出来的?带头的是我,得罪人的是我,可是我比谁多分了一指甲的东西?……"

"你没有多分,是支部对你抓得紧。"大妈也分毫不让地说,"你没有把谢清斋的狐皮袍子抱到你家里吗?依着你,金丝住的楼屋也得归你……"

"我没时间跟你争论!"他气昂昂地跳上了车,"现在革命成功了,自己想点生活,我看也算不了什么错误。"他向小锁把手一摆:"快走!"

小锁把鞭一扬,鞭声清脆地响了一声,车走动了。

不一时,大车就走到村中间了,车上又传过来李能的喊声:

"小锁妈!你好好结记着小骡驹,可不能给我饿瘦了。"

接着,在大路上,扬起一片浓重的灰尘。

第七章　地　主

　　大妈站了好半晌,才呆呆地走开。她回头望了一眼这个大黑梢门,不由地腾起一种厌恶的情感。

　　她心里又是生气,又是难过。刚才来的时候,她是多么兴奋呵,她满心企待着,李能会把她接在小屋里,关起门来,开始一场低声的亲切的交谈,然后筹思一个巧妙的对策。在过去艰难的年月里,每当敌情严重的时候,或者是上级布置下一件重要任务,在灯光暗淡的小屋里,在夜色迷蒙的庄稼地,有过多少这样的交谈呵;尽管有时争得面红耳赤,可这是同志间才有的那种亲密、坦白和随便的谈话呀。而今天,她在李能的台阶前站了半天,竟连一句热情的话都没有,连往屋里让一让都不敢张口。……他究竟要变成什么样的人呢?

　　她抬头望望,太阳已经偏西了,柳树上一树蝉声,叫得人心烦。她现在去找谁呢? 自从老支书和老村长这两个凤凰堡的"顶梁柱"南下之后,村里的党支部只剩下五个支部委员:新任的支部书记是人们常说的那种"老好子",怕得罪人,在支部发生争论时,常常是模棱两可,摇摆不定。大军渡江前,调南下干部,他也不愿去;胜利后,他听到出去的人当了县区干部,又后悔不及,现在跑到城里找他的老战友"找工作"去了。再就是村长李能,已经觉得担任村里的工作,对他的发家致富是一个妨碍。还有一个是青年团支部书记,出外办事还没回来。剩下的就是小契和她了。在村里发生了严重的敌情,地主阶级和一切封建渣滓们又蠢蠢欲动的时候,连支部委员们也召集不起来,大妈的心里怎么会不着急呢? 她感觉到,胜利了,和平了,乡村的工作反而不如在战争的年月里来得顺手。

"问题一定要解决,决不能让谢清斋他们多刺儿!"

大妈这样想着,拢拢被风吹乱的头发,擦擦脸上的汗,就往小契家里走去。

小契住在老村北,紧巴着村边儿。这是一个十分破旧的院落,说它破旧,还不如说是滑稽,你就是走过几个省,也难看到这样的地方。院子里的几面墙都没有了,可是惟独那个砖门楼却好端端地立在那儿。仿佛向人表示:"既然我的主人把我留在这儿,我只好听命;至于你们,客人们,你们爱怎么进来,那就一切悉听尊便。"原来,这也是分地主的一座院落,三面都是砖墙。几年前,小契已经故去的妻子建议养猪,没有砖垒圈,小契就把墙拆了一个豁口,打算日后补上。谁知这个盖房砖不够了要借50,那个要垒鸡窝没有砖要借30,既然墙拆开了,小契也就一律慷慨答应。这样,渐渐墙拆光了,就只剩下那座孤零零的被遗忘了的门楼,成为小契家最独特的标志。

大妈向院子里一看,里面也乱得厉害。墙角里堆着断了把儿的木锨,破了的犁铧,剩了两股的三股叉等等杂物。窗台上堆着男人、女人和小孩的破鞋,还有几个长了一层红锈的臭了的手榴弹。房檐下垂挂着山药干、破鱼网和十几张野兔皮。

大妈看了一眼,轻轻地叹了口气,走进院子。

"小契!"大妈叫了一声。

听听没有动静。她料想小契酒还没醒,就推开了屋门。到里间屋一看,见小契果然四角八叉地在炕上仰着,打着呼噜,睡得正香着呢。他的一个五六岁的男孩,也拱在他的胳肢窝底下睡着了。

大妈看着这屋子,真是要多乱有多乱。两个大立柜,一高一矮,完全是缺乏计算地并排摆着。立柜的一个铜环上挂着一面孩子玩的小鼓,另一个铜环上,是小鼓的近邻——一个大葫芦,里面装着一只刚长起茸毛的小鸡儿,叫人怎么也想不到它们会摆在一起。绳子上搭满了衣服,七长八短地拖拖着。墙角里有一个没有靠背的罗圈椅,上面堆的也是衣服,羊皮袄的一条袖子搭到地上。墙上挂着一条车子带,顶棚上挂着两个粉纸糊的灯笼,一盏提灯。在这些杂乱无章的天地中,还有一架漂亮的穿衣镜,蒙满了灰尘,它鹤立鸡群地站在那儿,仿佛满含委屈地抱怨主人没有根据它的身价给以特别的优待。这里的一切东西,都好像悄悄地说:"主人哪,只要你稍稍地调整一下,我们就可以各得其所了。"可是在搭衣服的绳子上挂着的笼子里,有两只俊俏的白玉鸟,却毫不介意地轻灵和谐地歌唱着。好像说:"算了,算了,你们还是多多谅解一下主人的具体困难吧,当然,主人习惯上的缺点也是不可否认的。……"

"唉,家里没个人儿就是不行。"大妈又叹了口气,坐在炕沿上去推小契,"醒醒!醒醒!"

"嗳!……咱爷儿们多年不见了,再喝两盅!"小契迷迷糊糊地说。

大妈又推了他一把:"这个混球儿!你睁睁眼!"

小契睁了几睁,才把那双红眼睁开。

"我还当是嘎子呢!"他噗哧笑了。

说着一骨碌坐起来,揉了揉眼,关切地问:

"你到大能人那儿去了没有?"

"别提了。"大妈生气地说,"他不管。"

"为什么不管?"

"他正急着做他的买卖呢!"

"哼,我早看他跟咱不一心了!"小契跳下炕来,"走!他不管,咱们管!"说着往外就走。

"看你慌的!"大妈指着他说,"你要到哪儿去?"

"到谢家去呀!"

"你就光着膀子去?"

小契嘿嘿儿一笑,跑到院里,从水缸里搋了一大瓢水,咕嘟咕嘟,一气喝下了半瓢。又搋了两大瓢水,弯下腰往头上哗哗一浇,水淋淋地跑回屋里,看也不看,从绳上揪下一件衣服就擦,边擦边说:"真痛快!这个酒劲儿一点儿也没有了。嫂子,走吧。"

大妈移过一个油腻腻的枕头,让孩子枕好,又扯过被角儿给他搭上小肚子,两个人就走了出去。

"嫂子,"小契忽然想起了什么,"你看,要不要喊两个民兵来压压阵势儿!"

"不用。"大妈望着小契,高兴地一笑,"有你保镖就行了。"

大妈心情愉快,刚才的闷气一扫而光,两个人说说笑笑地走出了院子。

当他们走出这个孤零零站着的门楼时,大妈回头望了一眼,叹口气说:

"小契,你怎么就不听我的话呢?"

这声音沉重而又温婉,在大妈平常的讲话里,很少听到这样的调子。

小契疑惑不解地说:"嫂子,你说调查就调查,说斗争就斗争,我怎么不听你的话呢?"

"不,我说的不是这个。"大妈摇摇头,边走边说,"你瞧瞧你这屋子、院子!猪窝似的,你都不兴拾掇拾掇!"

"我没有工夫儿。"小契说,"党里让我担任治安委员,一到黑间,我就睡不踏实,老怕出事儿。这儿转转,那儿蹲蹲,就到后半夜了。"

"白天呢?白天你做什么?"

"白天……"

"又去抓鱼、捞虾、打小牲口去了,是不?"

小契像孩子似的羞涩地笑了。

"你再瞧瞧你那庄稼地!"大妈又指责地说,"种得像狗啃似的,别人打几百斤,你打五六十斤儿就是好的。怎么不越过越穷?"说到这儿,大妈叹了口气说,"自然,你也有你的难处。自打他婶子去世,里里外外都靠你一个人,工作又这么忙……不过,你也得抓紧一点儿!"

"不知道怎么搞的,河里一涨水,庄稼一倒,我那心就关不住了,就全被那些小东西勾了去了。要是不出去,就心里痒痒得难受!"

大妈忍不住笑起来,说:"你把这点劲头儿,分到庄稼地里一半,也就好了。"

"唉,说了容易做了难哪,嫂子。"小契说,"我给你实说吧——"

说到这儿,迎面过来了下地的人们,小契就把话停住了。等人们走过去,他才接着低声地说:

"我实说吧,嫂子。……环境残酷那当儿,打仗,给炮楼喊话,带担架队支援前线,跟同志们在一块儿,亲亲热热的,我觉得怪有劲儿的;胜利啦,和平啦,个人低着头儿啃一小块地,耕过来,耕过去,还是它!我就觉着没有劲儿啦。我嘴里没说,心里老是觉着没有什么意思似的！……种这么屁股大一片地,每年交几十斤公粮,这也叫革命?"

"怪！他跟我心里想的一样。"大妈心里暗暗地说,一时竟想不出说服他的词儿,只好说:

"可是你也得照顾影响呵！土改时候,你分的六七亩地,已经卖了一半儿;房也卖了;要不是你哥哥不在家,我看你住在哪儿?"

"好吧,"小契为难地说,"往后你就多监督着我点儿！"

说话间,金丝家已经到了。

这是一个青砖砌成的月亮门,迎门是一面白影壁墙,上面的山水画,已经有多处剥落。大妈每逢走到这里,想到当初作践她的谢家人们还在这儿住着,血不由得就涌上来。她稍微定了定神儿,把她那被风吹乱的头发往后一拢,和小契交换了一个眼色,就走了进去。小契的脸色也严肃起来,跟在大妈后面。

西房凉儿下摆着一张半旧的布躺椅,谢清斋正在那儿躺着看报。他的大腿压着二腿,高高地跷着,逍遥自在地晃动着。看见有人进来,他把脸孔遮得严严的,装作没有看见的样子。

"谢清斋！"小契首先威严地喊了一声。

"呵哈,我道是谁呢！主任、治安员来了。"他连忙起身,掩饰着惊恐的表情,满脸堆下笑来,"你瞧,我正看报哩。最近我不顾生活困难,专门订了一份《人民日报》,每天在这儿改造……您请坐吧！我去给你们沏茶。"

大妈用严峻的眼色止住了他。

他穿着一件半旧的黑缎子夹背心,劈开两只麻秆儿腿站着,个子又瘦又矮,脖子却伸得老长,看去像一只鹳鸟。他的一双小眼睛,眨巴眨巴地审度着眼前的局势。

"谢清斋！"小契拉长声说,"你最近在搞什么活动?"

"活动? 什么活动也没有呀！"他咬咬眼说,"国家的政策我了解,《论人民民主专政》我读了几十遍了,毛主席叫我们不要乱说乱动,我还敢有什么活动?"

"我问你,"大妈瞅着他说,"你为什么夺群众的胜利果实?"

"什么?"他把两只手一摊,装作异常惊讶的样子,"这是从何说起呀,这是?"

"别装糊涂!"小契冷笑了一声,"刘二奶奶家的簸箕,桂金家的笸箩,是谁拿走的?你说!"

"哦哦,原来你说的这个!"谢清斋装作恍然大悟的样子,"是这么回事:那天我嫂子去磨面,什么家伙儿也没有,我说:'你去借一借,乡里乡亲的,只要张开口,还能不让使!'就这么借来了,原来准备今天就还的,可可儿你们来了,真真是一场误会。"说着,他哈哈地笑起来。

"胡说!"大妈质问道,"你嫂子到刘二奶奶家说,现在要不给她,将来得敲锣打鼓给她送回去,你家借东西就是这么个借法?"

谢清斋打了一个撂儿,接着说:

"群众分我们家的东西,这是'土地还家','物归原主'嘛!怎么还能叫群众给送回来?我看我嫂子不准说过这话。"他扭过头对着东屋问:"嫂子!你说过这话没有?"

"没有,我没有说。"东屋竹帘里传出一个硬邦邦的女人的声音。

谢清斋嘻嘻一笑:"你瞧,我说她不会说出这话嘛!"

"我去找桂金和刘二奶奶去,叫她们来对证。"小契拔腿要走。

"不忙。"大妈止住了他,又说,"谢清斋,我再问你,你把嘎子妈的小红箱子抱走,还吓唬她说,什么你的我的,这世道可是不平和,将来这脑袋瓜儿还不知道是谁的哩!你说没说过这话?"

"我我……是说过这话。"谢清斋的小眼睛一眨巴,"我怎么是吓唬她呢?实说吧,自从朝鲜起了战争,美国出了几十万兵,又有飞机,又有大炮,还有原子弹。你们干部、党员害不害怕,我不知道;我自己可是怕得不行。我儿子在北京上大学,美国人要过来,还不先割了我的头吗?……我看,你们党员儿心里头也不准不嘀咕这事儿!"

"你别吓人!"小契冷笑了一声,"美国人怎么来,叫他怎么滚回去!变不了天!"

"那太好了。咱们的解放军要有这么大力量,那敢情太好了。"谢清斋撇撇嘴,笑了一笑。

"小契,没有时间跟他谈这个。"大妈向楼屋一指,冲着谢清斋说,"你为什么到金丝的楼屋上勾墙缝子?你安的什么心?你这不是想变天是什么?"

"这,这可是我的一片好心哪!"谢清斋显出十分委屈的样子,"金丝的男人死得那么可怜,老是老,小是小,做活没有人手……"

"我没有下帖子请你!"金丝从楼屋里走出来说。原来她早就靠着门框,聚精会神地听着。

谢清斋转向金丝说:

"请不请,常言说,远亲不如近邻,你有难处,我也不能瞪着眼不帮忙呀。他金丝嫂,我们平常可都相处得不错呀!"

"谢清斋!"小契跨进了一步,把袖子一捋,"你再胡搅,小心我用大耳刮子扇你!"

"看这这这是干什么?"谢清斋向后倒退了一步,"有理不在高言,咱们慢慢地说呀!"

金丝从台阶上走下来,在谢清斋面前站定:

"我问你,这东房是分给我的,你为什么不给我腾房?说我的命还是阎王爷的哩,叫我井里不死河里死,这也是帮忙吗?你们说了这话没有?"

"是呀,你说过吗?"大妈厉声问。

"他金丝嫂,你再想想,我可没有说过这话。"谢清斋说,"这话是我那嫂子说的。她一个妇道人家,向来是刀子嘴,豆腐心,动起肝火,什么话也兴说。咱们这当干部儿、当党员儿的,可不能跟我那混账嫂子一样呀!"

小契见他编法儿骂人,怒不可遏,上去揪住他的脖领子。大妈把头一摆:

"撒开他,别脏了手!"说过,又转过脸对金丝说:"我站乏了,去给我搬条凳子,我要坐到这儿谈。"

凳子搬来了,大妈沉着大方地在凳子上坐定。

"站过来!我告诉你。"她指着谢清斋,充满了威严。

谢清斋闪着一双黑豆眼,迟疑地移动着脚步。

"依我看,你这个谢清斋还不算有本事!为什么自己拉出屎来还要吞回去呢?你要真有种,咱们面对面真刀真枪地干,背地里偷偷摸摸欺负孤儿寡妇,算什么能耐?!"大妈轻蔑地笑了笑,"你不是说这东房要斗争你第二次才是金丝的吗?"

"我,我说的不是这个意思,我是说……"

"说过有什么关系?"大妈打断他的话说,"你还有这点胆子,那很好;可惜你太沉不住气了,高兴得有点儿早了。美国人还远得很。就是来了又怎么样?按你想,美国人一来,全村人都得趴下给你磕头,求你老饶命,把房子、地都退还给你,你又搬到大楼屋里,吃香的,喝辣的,摆起你的威风势派!全村人又服服帖帖地给你种地,听你的支使!是不是?"大妈直射着他的眼睛,冷冷地笑着,"你办不到!永远也办不到!想当初,你家里又有县长,又有团长,还有蒋介石几百万军队给你们撑腰,多凶呵!多了不起呵!你们三天扫荡,两天清剿,炮楼都快修到我的炕头上来了。可是我问你,凤凰堡的老百姓低头了没有?杨大妈眨一眨眼没有?最后是谁滚蛋了?"

大妈声音清亮地笑了一阵。

谢清斋拿着的报纸轻微地抖动。

"谢清斋!"大妈提高声音说,"你不是要同我们斗第二次吗?我告诉你,你要斗多少次,我们就同你斗多少次!谅你也知道,杨大妈是搞斗争出身,在这方面我是不外行的。"大妈站起身来,"今天,这不算斗争,这只是先给你一个小小的警告:第一,你要马上停止一切反动活动,你要活动也由你;第二,把金丝的房子腾出来,限你半个月时间……"

"那,那半个月不行呀,村南头那房子太破了……"谢清斋说。

大妈没有理他,接着说:"第三,你夺的胜利果实,现在马上给我送回去!"

"嫂子,不,主任,"谢清斋说,"你看天也晚了,你们也够累了,我借的这些东西,赶明天送回去也就是了。"

"不,立刻就送!我亲眼看着。"大妈斩钉截铁地说。

谢清斋偷眼看了一下大妈,犹豫了一会儿,脖子伸得更长了。

小契用手一指:"你送不送?"

"我没说不送呵!"谢清斋撇撇嘴,向东房喊道,"嫂子,你给伢送回去吧,往后再难也别借了。"

只听竹帘里说:"我就是不送!说我想变天,我就是想变天!"

"你要刁吧,"小契向帘子里一指,吼道,"司法科有你蹲的地方!"

"你出来!"大妈眼都红了。

"别,别跟她一样。"谢清斋一面说好的,一面跑到东房台阶上说,"想找死吧!你瞧瞧是什么地方?你想变天,我不想变天!新社会这么好,有什么要变的?"

说着,他揭开竹帘,到屋里咕哝了一阵,谢家婆娘才一手拎着筐箩,一手提着簸箕,迟迟疑疑地走出来了。她一副大白脸,鹰钩鼻子,仇恨地望着众人。

谢清斋在后面推着她说:"快快,快给伢送去吧,你老站在这儿干什么!"

"小红箱子呢?"大妈问。

"她拿不了,让她再送一趟。"

"不!"大妈果断地说,"你送!"

"谁送还不是一样呵?"

"谁有胆子夺,谁就有胆子送。"

谢清斋磨磨蹭蹭地回到屋里,把小红箱子抱了出来,瘦脸上冒着明晃晃的汗珠。

太阳已经落下去了,满院子的阴凉儿,只有金丝的楼脊明晃晃的。金丝的脸,又现出温柔的神态,从内心里发出微笑。

"正好,正是人们从地里回来的时候。"大妈愉快地想。她挥了挥手:"快走!"

谢清斋和谢家婆娘抱着东西在前,小契、金丝、大妈在后,走出了院子。

街上的人,果然已经不少。有在门口闲坐的,有背着草筐、牵着牲口陆陆续续往家走的,见到这情形,都围上来观看。孩子们,放学的小学生们,在后面跟了一群。

"奶奶,奶奶,这是干什么去呀?"有好几个小学生拉住大妈的手问。

"干什么?"杨大妈为了让大伙听见,故意高声地说,"你们瞧瞧吧,地主又想变天了。这是他们夺群众的胜利果实,现在让他们送回去!"

"他们还不死心哪!"有人说。

"哼,狗改不了吃屎!"有人接上去说。

小孩子唱起来:

呸，呸，呸，
　　顽固分子见了鬼……

　　人们涌着,扬起一片烟尘。一路上小契领导群众高喊着口号,往村东头刘二奶奶那个半瞎的孤老婆子家里去了。

第八章　消　息

郭祥已经家来四五天了。他看看母亲住的小东屋,房顶上长了不少乱草。他原想把草割一割,把房顶漏雨的地方泥一泥,等过了秋忙再说;谁知爬上房顶,脚一踏上去,就蹚了一个大坑。原来苇箔早就朽了,房太老了。他决定干脆换换顶,就是往后离家日子长了,不管走到哪里也心里踏实。他这次家来,公家照顾了 200 斤米票,加上自己积攒下的残废金,用来买了 20 多个苇子和一些柳木橼子,就动了工。杨大伯和几位邻居,谷子顾不上打,就赶过来帮忙。郭祥光着膀子,穿着小裤衩儿,挑土和泥,钉橼子,铺苇箔,整整忙了一天,才把房子修好。他又把屋里屋外,拾掇得干干净净,连那盏点了好几辈子的老铁灯,也拿出来擦了。母亲里里外外一看,自然欢喜不尽。

这天,郭祥秋收回来,刚吃过晌午饭,正寻思着把母亲睡的土炕也泥一泥,只见大乱一溜烟跑来,叫:"好消息!好消息!"说着,拉起郭祥就走。郭祥挣脱手说:

"你别缠我,有什么好消息呀?"

"你到我家看看就知道了!"他说。

"你不说,我就不去。你这小子鬼名堂多得很!"

"好吧,告诉你,"他眨了眨眼,"你们队上来了一个人,说要找你。"

"你要蒙我呢——"

"要蒙你,我是小狗子!"

郭祥只好随他走去。他不时翻翻猫眼,瞅瞅郭祥,露出一脸鬼笑。

郭祥一踏进大妈的院子,果然听见屋子里一片欢笑声,有一种素日少有的欢乐气氛。

大妈在门口扫见郭祥,满脸是笑地说:

"嘎子快来!看看是谁回来了!"

郭祥往屋里一看,望见一个女同志苗条的后影,她裸露着两只圆圆的黝黑的长臂,正弯着腰儿洗头。短袖的白衬衣,煞在绿色的军裤里,脚上穿着一双鲜亮的白帆布胶鞋。

一听郭祥来了,她用手巾把脸一蒙,咯咯地笑着。

郭祥一眼就看出这是大妈的女儿杨雪,他少年时的伙伴。

"嗬!你也回来了。"郭祥走进门,愉快地说。

她把手巾往面盆里一丢,带着一头白花花的胰子泡儿,赶过来和郭祥握手。她的头发本来剪得很短,这一来更像一个男孩子了。

郭祥握着她的手,一边笑着对大伙说:

"瞧,人家多讲卫生,真是卫生人员儿!"

"卫生人员儿怎么的!比你这个大连长矮一头吗?"她甩开手,和郭祥并着膀比量着,"妈妈你看!我们俩谁高?"

"你不许提脚跟!"郭祥说。

"你站的是个高地方呀!"她说着,把郭祥推在一个小坑洼里,竭力挺起身子,仰着她那黑红俊气的脸儿,"看,我比嘎子还猛哩!"

大伯蹲在长凳上,见女儿出落得这么齐整、漂亮,一脸笑眯眯的。

许老秀也在这儿坐着,他磕磕烟灰:

"这闺女出去了几年,我看长了一个头还多!"

"可不!"大伯说,"我看她妈这年纪儿,还不准有这么高哩!"

"嗬!你今儿个也发言了。"大妈嘲弄地说,"你就不想想,她吃的是什么,我吃的是什么!你们家的扁担、大筐,没把我压到地底下去!"

杨雪带着一脸满足的神气,又去掬水洗头,听见这话,转过脸说:

"我也没有白吃饭哪,妈妈。一行军,我就给病号扛大背包儿;战斗时候背伤员,那些小伙子,哪个也不下一百二三十斤儿!我背着,就像闹着玩儿似的。你扛过吗,妈妈?"

她的眼睛叫胰子水蜇得睁不开,尽力挤着,下巴颏上噗哒噗哒地往下滴水。

"哼,有你说的!"大妈努着嘴,却掩饰不住一脸幸福的微笑,"不管怎么说,你们是我的小崽儿!是我领导过的兵!"

"瞧!我妈又摆老资格了!"大乱说。

郭祥靠着炕沿,含着烟管,慢声细语地说:"这不能怪大妈!凡是老资格,嗓子眼儿里都长了块痒骨儿,到了节骨眼儿上,要不说两句,就老是痒痒地难受!"

大家哄笑起来。杨雪仰起脖儿笑得咯咯的,头发上的水也流到脖子里去了。

"算,算,你们别围攻我这个老婆子了。"大妈也笑了,"要不是我闺女回来,哪个也饶不了你们!"

杨雪洗了头,用干毛巾揉搓着她那乌油油的头发。

金丝一直在笑微微地望她,她那俏丽的眉眼,多么美,多么有神!她那黑里透红的脸膛,就像是垂在最高枝的苹果,过多地、贪馋地亲近了太阳。

金丝把她一把拉过来,坐在自己身边,无限爱慕地说:"你瞧,我妹子长得多俊哪!"

"别夸我啦,嫂子。"杨雪有点儿不好意思,"人家都说我长得黑,管我叫黑姑娘。还,还叫我……"

"叫你什么?"

"叫我——非洲同志!"

杨雪伏在金丝的肩上笑了。

人们也笑了一阵。金丝问:

"妹子,你才到队上的时候,才十四五,爬山过岭的,走得动吗?"

"哼!他们哪个也拉不下我!"杨雪仰仰下巴颏儿,"有些大小伙子还累得张着大嘴哭咧!"

郭祥撇撇嘴:"人家是马上干部,敢情一天走200也不在乎!"

"你别揭我的底了!"杨雪说,"开头儿,一行军,我们卫生部的政委就把我抱到骡子上,走到哪儿,大伙老瞅我,弄得我可不好意思哩。往后一抱我上去,我就往下跳!"

她一低头儿,金丝见她的脖子后,有一条伤疤,像一个蚕儿爬在那里。金丝惊讶地说：

"呀！这是什么？"

"那是叫小虫儿咬的。"她微微一笑。

"什么虫？长虫吗？"

郭祥说："嫂子，你别听她胡诌，那是枪伤。"

"是呀，我本来说的就是小铁虫儿。"她巧辩着。

听说是枪伤，大妈急忙走过来，拨开头发瞅了瞅，责备地说：

"怎么负了伤，也不告妈一声儿？"

"你瞧呵妈！刚刚擦了一层皮儿，只流了几滴儿血，还没有瓜子皮儿大咧。"她辩白着，"再说，可逗笑哩！战斗就快结束啦，伤员也都抬下来啦，我们正在山坡上歇着，我想摘点儿红酸枣儿，给伤员们解解渴，刚爬上山尖儿，才摘了一小把儿，嗖的一声，就碰上了。我觉着脖子挺湿的，还当是流的汗珠哩，真是，一点儿价值也没有。"

"不论你怎么说，都该告诉我。"大妈轻轻抚摸着她那一条紫红色的伤疤，由于怜惜，心里很有些不满，"按你想，一给我说了，就得把妈吓死！可你妈要真是那么落后，会送你参军吗？"

"好吧，好吧，"杨雪攀着妈妈的脖子笑着，"往后，在外头叫蚂蚁咬了一口儿，也给你来信！"

"你真能搅！"大妈推开她的手，说，"快说，我给你做点什么吃的？"

"我还是爱吃秫面饼卷小鱼儿。"

许老秀慨叹着说：

"人常说，美不美，乡中水！这孩子出去了这么多年，还是稀罕咱这家乡饭食。"

"可怪哩，"杨雪一面梳着头发一面说，"走了这么多地方儿，我就没觉着什么比这好吃。那年在冀东'牵牛鼻子'的时候，过小西天，下了一天雨，爬了一天才爬到顶。什么吃的也没有。嘎子，那天你怎么样？"

"那天我们连里饿死了两个，我也饿得够呛。"郭祥说。

"嘿，那天我可会了一顿餐。我靠着石头一坐就睡着了，吃了一顿烙饼卷小鱼儿，可美极了！醒来以后，还直流口水呢。"

大妈叹了口气说："别说了！反正你今天吃不上。等明天我让小契给你打点儿!"

杨雪说:"妈,那你就给我烙两张饼,我裹小葱儿!"

大妈马上让大伯去园子里拔葱,大乱烧火,自己动手烙饼。

许老秀说:

"闺女,你还有一样儿爱吃的,可惜回来得晚了,吃不上了。"

"什么?"杨雪问。

"甜瓜呀! 我以前给谢家种瓜,你十来岁上就去偷,你就忘了?"

"哟! 你见我偷瓜来着?"

"嘿嘿,我把你的小花鞋都捡着了。"

"我当你还不知道呢!"杨雪笑了,"实说吧,许大伯,那是我妈叫我偷的。"

"死丫头!"大妈转过脸,"什么时候,我让你去偷瓜来着?"

"妈,你就忘了?"杨雪笑着,"那年,老陆在咱家养病,想吃葡萄,你没买着,你就说:'去,小雪,给他摘几个瓜解解馋。'大早起,我提了个小口袋儿就去了。一路我利用着地形,就爬到了一块棉花地里……"

"别夸大了! 你那时候就知道利用地形?"郭祥撇撇嘴。

"一天看战士们练操,怎么就不知道? ……那回我先趴在棉花地里,让棉花棵挡住我,一看,许大伯正坐在瓜棚里吧嗒吧嗒地抽烟哩。我爬过去,专拣大个儿的扭,一点都不害怕,心想:你看见了,你老腿老胳膊的,也追不上我。许大伯一咳嗽,我抱着瓜就叽里咕噜地跑了。那天吃得老陆半夜里直窜稀,没把我笑死!"

说到这里,她禁不住又咯咯地笑起来了。

老秀也笑着对大妈说:

"嫂子,说实在的,那时候,我光觉着瓜少了,可就是不知道是谁偷的。后来我白天黑价在瓜棚里呆着,吃饭也不离那地方儿,有些好瓜,准备留种的,还做了记号,可是第二天又没有了。我真纳闷儿。明明没有人来呀! 我想着想着,就害起怕来。人都说,这地方不洁净,怕是狐狸仙也稀罕上我种的大白瓜了。我也不敢言语,心里说:老仙爷! 我许老秀一辈子也没做亏心事,这几亩香雪脆,也是给别人种的,你老要稀罕,就算我孝敬你的,我一个无儿无女的苦光棍儿,只求你不要缠我……"

人们笑得前仰后合,连温柔的金丝也笑出声音来了。

"呸!"许老秀止住笑说,"直到我后来捡了一只小花鞋儿,才知道是你!"

大妈用袄袖拭了拭笑出的眼泪:

"要说这丫头,从小是不算傻。"她情不自禁地夸起了闺女,"残酷那时候儿,咱们家一天不断人儿,不是首长,就是战士,不是不担心哪!俺家门口,原来不是有块破影壁吗,不论白天黑价,五冬六夏,她穿着件小破花裖子,在那儿放哨。别人还当她在那儿玩呢。一刮风下雨,冻得她打嗰嗰;瞌睡上来,用小手掐自己的脸;顾不上吃饭,就吃块干饽饽,回来喝口凉水;几年里头也没出过一回岔儿!……这闺女有胆气,心眼也灵!有一回……"

"别夸我了,妈,看当着别人多不好。"杨雪不好意思地说。

"这是外人吗!"大妈反驳着;由于兴奋,只顾说自己的,"有一回,我们都逃出去了,只剩下她一个人,叫敌人堵了门,她出不去,眼一撒,看见同院一个没出嫁的闺女在晾衣裳,就叫:'妈,我饿了,给我块饽饽!'一下弄了人家一个大红脸,到屋里给她拿出了一个红饼子,她接过来蹦着跳着就出去了……以后人家闺女说起这事儿,还红脸呢!……又一回……"

"妈!你把饼吹煳啦!"

果然,锅里冒烟,满屋子的煳味。人们笑起来。

大妈赶忙把饼翻过来,已经焦黑了一大片。大妈笑着说:"真是!人一高兴,也出事儿!"

杨大伯抱了一大掐绿莹莹的小葱走了进来,杨雪忙迎上去接了,用水哗哗地冲了几个过儿,切去葱根,扯出一张烙饼,就要裹小葱吃。大妈止住她说:"你先等等!"说着从桌底下的灰瓦罐里夹出了十几个咸鸡蛋,又搬开墙角里一些乱七八糟的杂物,露出一个小黑瓷坛子,尘土很厚,口上还压着大半截砖。大乱不转眼珠地向那儿望着,口水都快流出来了。

"瞧吧,老太太要献宝了!"郭祥望望大伙,诡笑着。

大妈也不说话,一脸是笑。搬开砖,还有一张猪尿泡在坛子口上紧紧地扎着,好容易才解开,一边用筷子在里面探着,一边说:

"年上我给你腌了一坛子,直等你到腊月。这又是今年春上腌的。要不是平日看得紧,准叫大乱都偷吃了。"

大乱哭丧着脸说:"过年你也不让人家吃,好的都腌上了!"

坛子口小,好半天才夹出三四方猪肉。大妈端到女儿跟前,用筷子指着,眼睛放光地说:"你瞧,都是好肉膘子! 多厚!"

许老秀笑着说:"别说啦。再说,我们的腿可就走不动了!"说着站起来,推说忙着打场,出门去了。金丝也立起要走,大妈拦住她,扯过两张饼,卷了几个咸鸡蛋,让她带给孩子。

郭祥刚刚立起身来,杨雪喊住了他。

"你等等儿!"她严肃地说,"我要给你谈个重要情况。"

"什么情况?"郭祥问。

"目前形势。"她压低声音说,"朝鲜战争起了变化,你知道不?"

"人民军不是进展得很顺利吗?"

"开头是很顺利。"杨雪悄声地说,"不过,最近在一个什么仁川地方,美国军队登陆,把人民军的后路切断了。……"

大妈正在切肉,也放下刀过来听着。

郭祥说:"怕是特务造谣吧?"

杨雪摇摇头,眉头微微皱着:

"是真的! 我临走那天,听上级说形势严重! 昨天报上就登出来了。我在火车上还买了一张《人民日报》哩。"

说着,就去翻她那褪了色的帆布挎包,翻了好久也没找到。

"大概是丢了!"她甩甩手,"反正美国人出动的飞机舰艇很多。那地方也很重要。"

大妈脸色忧虑地问:"人民军还能退回来吗?"

郭祥也问:"这仁川究竟在什么地方?"

"谁知道呢!"杨雪说,"从前只听说有个高丽国,在我们东边儿。……唉,我这文化水儿!"她叹了口气。

郭祥望着大妈:"能不能找本地图看看?"

"怕不好借。"杨大伯在外间屋里插嘴说,"谢家闺女人家上中学,这地理图我想不能没有。"

"不借!"大妈把头一摆,"那老狐狸,看到你借地图,就会猜咱恐慌了!"她寻思了一下,就吩咐大乱到小学校李老师那儿去借。

大乱慌忙跑出门去,刚走到窗外,大妈又喊住他说:"大乱!"

"嗳!"

"看你慌的!不要显出这种样子!"

地图拿来了。这是一本十分破旧的中华民国二十五年出版的《最新世界详图》。

郭祥和杨雪并着肩膀儿伏在炕沿上翻找着。朝鲜这一页翻出来了。他们有生以来第一次面对着这个狭长的国家,这块陌生的土地,在成百成千个密密麻麻的地名里,寻找着仁川这个地方。

大妈两手支着下巴,神情严肃地坐在炕沿上。大乱挤在姐姐的身后,伸着头瞅着。大伯,这个辛酸一生满脸皱纹的老农,坐在灶门口,含着烟管,也向这边凝望。他们都没有意识到,他们都是第一次如此关切着一个陌生的国家、陌生的土地。

找不到仁川!仁川,它在哪里呢?是在东,还是在西?是一个有名的大城,还是一个无名的村镇?

最后两个人顺着海岸一个一个地找,才算找到了。

郭祥用一根掐断的火柴棒儿,当作比例尺,认真地量着从仁川到大邱的距离。

"咱们的人还能退回来么?"大妈又问。

郭祥把火柴棒掷在地图上,叹了口气:

"看样子有1000多里路呢!"

大家沉在思索里,屋里静悄无声。

隔了半晌,大妈语气坚决地说:

"咱们的人绝不会叫他们消灭。可是,这1000多里路,一路打,一路走,有了伤员可怎么办呢?也不知道有没有人照管他们?……"说到这里,她转为愤恨,"怪不得谢清斋那么得意!今天一大早起,他就在地里转游,一扫见我,老远就笑哈哈地说:'嫂子,今年这秋庄稼长得可真不赖呀!'笑得我这身上直冒冷气。我就知道有事。"

"咱们中国人刚扒上碗边儿,他们就又来了。"大伯含着烟管喃喃地说。

郭祥脸色有些发黄。他问杨雪:

"部队有没有什么行动?"

杨雪摇摇头说:"没有传达。"

"光要听传达呀,"郭祥说,"你当了好几年兵,就不会闻闻味儿?"

杨雪噘着嘴说:"光是让大家讨论,已经讨论好几次了。"

郭祥兴奋地把腿一拍:

"那就有门儿!你瞧着吧,不会没有行动!不会没有咱这个军!……反正我是呆不住了!"他的眼里射出小火焰似的光彩。一种征服敌人的渴望又在他的心底燃烧起来。

肉炖熟了。大妈整好摆了满满一桌子。郭祥陪着杨雪略吃了几片,就回家去了。

每个女儿家来,都是家庭的女皇。大妈只嫌杨雪吃得少,把大乱几乎放到一边儿。饭后,大妈把炕扫得干干净净,铺上新洗过的被单,把苍蝇也轰了,门帘放下来,才让女儿休息。一家人又忙着下地秋收去了。

晚上,杨雪挨着母亲睡下,母女俩的话,像抖开的线穗子,说个不尽。大伯和大乱早已入睡。谁家的鸡,已经叫了头遍。这时大妈从枕头上略略抬起,轻声地问:

"你有了么?"

"什么?"杨雪反问,其实她早知道说的是什么。

"对象。"

"我才不找呢!"她把头蒙起来吃吃地笑着。

"你把妈当成什么人了?"大妈生气地说,"你负了伤,也不告妈一声,这事儿也想瞒我!"

"人家不是正要对你说嘛!"她把头投到母亲怀里,低声地说,"定了。"

"谁?倒是谁呀?"

"老陆。"

大妈沉吟半晌。

女儿急了:"你觉得他怎么样?"

"人倒挺精干,长相也俊。"大妈寻思着说,"就是我觉着,觉着,他在咱家住的时候,好像不那么实在似的。"

"什么叫实在?"女儿不高兴地说,"人家是大功功臣,战斗上可出色啦,文化又高,再说待我可热情啦……"她把头移到自己的枕头上去了。

大妈见女儿生气,不言语了。大妈一生,只有在女儿面前有时收敛起自己的锋芒。

女儿也觉得话说硬了,改了口气:

"你提吧,妈妈。你提了我让他改。"

"我没有料到。"大妈试探着说,"我是想,你跟嘎子从小就在一处……"

"他呀!"女儿笑了。

"他怎么样?"

"人倒是很不错的。作战很勇敢,立功不少,就是爱犯点儿小错误。还蹲过禁闭。"

大妈有些吃惊:"当干部还蹲禁闭?"

"嗯,那是他当排长的时候。"女儿描绘说,"在娘子关,他领着一个排,攻下了雪花山,打得很好。一个女学生听说他的事迹,感动得流了眼泪,马上解下自己的表寄给他。表寄来了,你猜他在哪里?在禁闭室里蹲着哩。……他违犯了俘虏政策。"

大妈笑了,宽容地说:"他是有点儿小孩脾气!"

"他见我嘻嘻哈哈的,从来也没有向我提过。"女儿又说。

大妈也不再说什么。她们刚合上眼,鸡已经叫第三遍了。

第九章 惊　梦

郭祥回到家里，已经是起晌时候。房门上挂着铁锁，母亲想必下地去了。他本想和泥抹炕，刚抓起扁担，就觉得淡淡的没有情趣。又到地里挑了两趟高粱，也觉得没有心花儿。他坐在门限儿上歇了一会儿，院子里的大榆树上，不知道有多少伏凉儿，它们的鸣声是那样无尽无休，令人心烦。

晚饭过后，他觉得精神困倦，就躺在炕上歇着。蒙眬间，忽然听见窗外有人叫他："连长！连长！"仿佛是通讯员花正芳的声音。他问："小花子！你做什么来了？"只听花正芳说："你还问哩，部队早已经出发了！"郭祥腾身坐起，抓起小包袱就走。谁知推门一看，外面并没有花正芳的影儿。只见一个人，戴着顶破草帽，手里捧着一嘟噜黑乎乎的东西，直橛橛地立在墙角里。郭祥走近一看，原来是自己的父亲，面孔鳖黑，还带着几道血迹。郭祥问："爹，你手里捧的是什么呀？"只见爹把那串黑乎乎的东西抖了抖，说："孩子，你不认得这东西么？这就是我的心，我的肝哪！是谢家给我挖出来的！他们把它挂到树枝上给我晒干了。孩子，你给我装进去吧！"郭祥哭了。他哭着说："你等着吧，爹，我一定给你报仇！"郭祥走着，跑着，跑着，走着，回到他的营房里，营房里已经空无一人，部队已经出发走了。他见一条大路上，有许多散碎的马粪。"部队一定是从这条路上走的！"他想，就顺着这条路拼命地追。追了好久，看见前头有一个挑担子的。追上一看，是司务长老康。"老模范！"他高兴地叫道，"部队还有多远哪？"老康只顾走自己的，见了他理都不理。郭祥走上去说："老模范，你怎么不理我？"老康把担子一放，指着他，满脸怒容地说："现在打仗了，你躲在家里，不敢到前边去。哼！我没看出来，原来你也是个落后分子!"郭祥气得跳起来,跟他争辩,老康还是不听。郭祥带着怒气继续向前追赶。远远望见尘土飞扬,有一支部队正在飞快地前进。"怪不得我老追不上,他们跑得多快呀!"他想。他跑步追了上去,可是越看越不像自己的部队。仔细一望,每个人的鼻子都是高高的,戴着船形帽,背着一色的卡宾枪。"糟了!追到美国人的部队里去了!"他正在嘀咕,只见几匹马冲到面前。有一个军官模样的人,洋洋自得地骑在一匹大白马上,用军刀指着他说:"姓郭的,多年不见了,你还认识我吗?"郭祥站定脚步,仔细一看,不是别人,正是谢家的大小子谢家骧。不由怒火腾起,心想,报仇的机会可来到了。他摸出驳壳枪,瞄得准准的。谁知一扣扳机,子弹臭了,那谢家骧在马上哈哈大笑。他正要把臭子弹退出来,继续射击,只见谢家骧命令士兵推出一伙人来,一个个都用绳子捆着。谢家骧大声说:"姓郭的,你认识这些人吗?"郭祥一看,不禁惊叫了一声,这里捆着的,正是他的母亲,还有杨大妈、杨大伯、杨雪、大乱、许老秀、金丝、小契以及全凤凰堡的群众。只见谢家骧把明晃晃的军刀抽了出来,说:"多谢美国人的帮助,你们今天总算又落到我手里了。姓郭的!我今天要当你的面,杀给你看!"说过,手起刀落,郭祥看见自己的母亲,那披着苍白头发的头,就滚了下来。他惊叫了一声,急忙扑上前去,被那白马的蹄子,踢昏在地。他在地上挣扎着,全身动转不得,喊也喊不出声来,好像被绳子捆着的一样……

"嘎子!醒醒,醒醒!"

郭祥醒了。睁眼一看,桌上那盏铁灯,暗幽幽的,母亲正深深垂着头坐在灯前做活。

他出了一身冷汗。

"嘎子,"母亲回过头说,"你刚才做什么梦呢,呜呜哑哑地叫?"

"我,我,没有做什么梦。"他含含糊糊地说。

"我听见你又是哭,又是笑,又是冲呀杀的,好像是打仗似的。"

"许是夜狐子把我压住了。"

"你瞧,"母亲责怪地说,"从小我就老是说你,睡觉时候不要把手压住胸脯,这么大了,还记不住!"

郭祥勉强笑了一笑,心里却酸辣辣的。那沉重迷离的梦境,像是还没有从这小屋里退去。

母亲做着针线,头垂着,像是对那件衣服说话似的:

"人说,梦是心头想。你离家走了,你爹也死了,我怕胡思乱想,弄坏身子,大白天也不敢一个人呆着,总往人多的地方挤。听人说说笑笑的,什么也不想;可是黑间一睡下,还是做不完的梦。不是梦见你,就是梦见你爹。一梦见你爹,就看见他……"

母亲停住针线,墙壁上晃动着她抖抖索索的身影。

"天不早了,妈,快睡吧!"郭祥赶忙截住她的话说。

"看你这领子破成什么了,还能穿得出去?"母亲说着,又继续缝缀起来。她的眼已经花了,常常扎错地方,显得很吃力。她嘱咐郭祥,将来到城市里,买一副老花镜给她。她说别的老婆们,都有老花镜,她也借着戴过,做起活来,得劲得不行。她流露出十分羡慕的样子。

郭祥看母亲的神色快活了些,就说:

"妈,我对你说一件事,你别着急。"

"说吧!"

"你不着急,我才说呢!"

"我不着急。"

郭祥鼓鼓勇气说:"我打算回部队去。"

"怎么?"母亲停住针线一愣,"你不是请了一个月的假么?怎么只呆了七八天就要回去?"

"我在部队惯了,在家呆着腻味得慌。"

母亲半晌无语,针线也停住了。

郭祥见坏了事,便坐起来,正想劝慰母亲几句,只见母亲摆摆手说:

"别哄我了,孩子,妈不是那种不懂事的。"她抚摸着郭祥的头,又说,"情况我已经知道了。走就走吧,你妈也知道工作重要。"

油灯上结着一颗很大的灯花。郭祥紧紧攥住母亲的手,心里真是说不尽的感激。

"小嘎儿,我还要问你一件事儿。"母亲轻声地说,"你跟妈说实话,你到底有没有对象?"

"没有。"郭祥坐起身来,摇了摇头。

"我跟你说,"母亲把声音放得很低,"有一天,我跟你大妈在树凉下纺线,说起小雪的亲事,我听你大妈老是夸你,我就听出话音来了。那闺女,我看比她娘年轻时候还俊! 就是脸黑一点儿,我看那也没啥。你看呢?"

"她已经订婚了。"郭祥低下头,深深地叹了口气。

母亲一怔:"跟谁?"

"别问了。"郭祥心烦地说。

"唉!"母亲也叹了口气,"要不我把你姑家的闺女给你说说,那闺女也长得不丑!"

"妈,我困得眼都睁不开了,明天再说吧!"郭祥说过,脸朝里躺着去了。

母亲见孩子没趣,不好再问。匆匆缝好领子,插起针,也躺下睡了。不用说,郭祥根本没睡。他的情感,像海浪般地起伏着,而这些是谁也不知道的。……

那少年时的青梅竹马,在他的心灵里留下了多少难忘的记忆呵! 在蚂蚱飞溅的草丛里,他们争吃过也合吃过一个"蜜蜜罐儿";在花生地里,他们偷扒过人家还没有成熟的花生,一同承受过欢喜和惊怕;在水塘边,他们迎着夕阳挨着肩膀洗过他们肮脏乌黑的小脚丫;在雨后,在僻静的树林里,他们烧着小铁筒儿,分尝过蘑菇的美味。至于那可笑荒诞的事情,当然也是有的。那是一个寂静的中午,他们一同拾柴禾回来,白沙在地,蓝天如洗,他们就在那沙地上,插起三根草棍儿,小雪的小歪辫上插着一朵野花,他们双双跪下,万分诚恳地叩了三个响头,然后,"新娘"和"新郎"才背起柴筐手挽着手儿回家去了。……这故事也只有那歌唱的蝈蝈知道。

此后,小嘎子因为一枚柳笛,一只黄鹰,离开了自己的家乡,也离开了童年时的伙伴。假若两人从此不再相遇,那童年时的友谊,也无非散失得像轻云一样;可是,谁让他们又偏偏相遇,在战争的烟火中,又有那样多的往还?

郭祥清楚记得,在战火重新燃起的1946年,一个9月的日子,他们正驻在易县城郊。那天,郭祥正蹲在村边和同志们说笑,有人冷不防从背后用双手捂住了他的眼睛。"去你娘的!"他粗鲁地说,"我早就知道你是花机关!"他说的"花机关",就是本连最爱开玩笑的司务长。因为他满脸的大麻子,就被人奉送了这个绰号。谁知这一猜,倒引得周围的人哄堂大笑。他知道猜错了,探过手去摸那人的脸,没有摸到,又去摸那人的手,只觉得小小的,嫩嫩的。这是谁呢?除了连部那个调皮的通讯员还有谁呢?他就又粗鲁地说:"我还不知道你是连部那个小鸡巴孩子儿!"这一说,又引起一场大笑,连给自己开玩笑的人,也咯咯地笑得撒开了手。郭祥回头一看,咦,原来是一个长得那么俏丽的脸色黝黑的姑娘!她穿着稍长的新军衣,打着绑腿,束着皮带,短发上嵌着一顶军帽。她两手交叉着站到那儿,脸红红的,望着他悄声不语。郭祥登时涨红了脸,仔细一看,才蓦地想起这就是他一别多年的童年时的友伴!从此,新的战斗岁月,又给他们童年的友谊续上了无数闪耀的珍珠!

　　自从小雪来到部队医院担任卫生员之后,就很惹人喜爱。自然,她年纪太小,饭不管凉热,拿来就吃;睡觉也不像个样子,睡着,睡着,就在炕上横过来了。不是把腿压在别人的胸脯上,惹起别的女同志的抗议,就是把被子蹬在炕底下,只抱着个枕头睡觉。至于行军、爬山,也免不了要给首长们、同志们添些麻烦。这是她有时候感到羞愧的地方。但是,就整个地说,她是一个多好的护理人员哪!她不像有些护士那样,嫌脏,嫌累,甚至害怕战士们身上的鲜血,仅仅为了克服这一点,就要经过很长的过程。她是不嫌脏的,因为在家里她不知给伤病员们端过多少屎尿;她是不怕血的,因为她跟母亲一起,给战士们洗过不知多少血衣。她是那样热爱战士们,在情感上丝毫不嫌弃他们。从小,她就攀着战士们的脖子打滴溜儿玩,今天,人家说她年纪大了,不断提醒她是"女孩子",才使她稍稍收敛一些,但他们仍然是她亲密无间的哥哥。在郭祥负伤住院期间,亲眼看到他的童伴,这个小小的新任职的卫生员,是多么能干和劳苦。人们知道,血迹用热水是洗不掉的。十冬腊月,滴水成冰,就在那样的季节里,她的一双小手,一大早晨就泡在冰水里,洗呀,搓呀,洗搓着那一件件发硬的血衣。她的头发上染着霜雪,一双小手冻得像红萝卜一样。她一天要洗出好几十盆。有时她太困了,洗着,洗着,她的头深深垂着,短发搭到水盆里,搭到战士们的血衣上。"你歇歇吧!"同志们说。"你歇歇吧!"郭祥心疼地说。她抬起头,睁开眼,对着郭祥笑了,笑得很不好意思,笑得很羞愧,连忙又洗起来了。她干活永远是那么急,不干完就不愿停止,不管有多少!直到把干衣服缝好,送到战士手里,这才喘一口气,可是又跑到病房里说笑,给战士们唱歌去了。她走到哪里,哪里就有了生气,就是那死气沉沉的人,脸上也漾出了笑纹。大家尚且这样地欢迎她,何况她童年的友伴呢!

至于说郭祥从什么时候起,从什么事情上爱上了她,日子没有给我们这样的印记,事件也没有提供足够的凭证。常常是这样,一个人悄悄地爱上了另一个人,连他自己也不知道。而且,在相当长的时期里,郭祥自己也分辨不出,这究竟是一种同志之爱,兄妹之爱,或者是别的。渐渐地,他发现自己每次战斗胜利,总要留下一件心爱的胜利品悄悄赠给她,而且惟恐别人知道。渐渐地,他又发现,在两个战役之间休整的日子里,如果见不到她,就感觉到仿佛短缺了一点什么。

真实的、郑重的爱情,总是那么难以启口;即使对于一个勇敢的人,也不能说不是一个难题。1947年红叶飘飞的秋季,杨雪办一件什么事,顺路去看他。临走,郭祥送她经过一道深沟。这道沟,长十里,名叫红叶沟。沟底一湾碧溪,两旁崖畔上,满是柿子树;柿子红了,叶子也红了,一眼望去,整个一道沟,都是红澄澄的。杨雪在前,郭祥在后,他们踏着鲜艳的红叶,向沟里走去。

"是时候了!"郭祥四望无人,捏了捏驳壳枪的木壳子作了决定,"到那棵最大的柿子树跟前,就开始谈!"

他们走着,走着,眼看就要到那棵大柿子树的跟前了,郭祥的心猛然噗咚噗咚地跳动起来,不知怎的,被那棵老柿树隆起的粗根绊了个趔趄。

"摔着了吗?"杨雪回过头问。

"没有。"郭祥涨红着脸回答,心里骂,"真成问题! 眼也不受使了!"

"还是到前面那块大红石头跟前谈吧!"他恢复了平静,又这样想。

前面,那壁立在溪水里的,其实是一块很大的青石,不过被爬山虎的红叶绣盖严了,所以看起来红通通的。

他们又这样走着,走着。眼看走到那块大石头处,正张口要说,"不行!"郭祥又忽然发觉自己的第一句话并没有想好。

一路上,杨雪絮絮不休地谈着伤员和女伴中的一些趣事,郭祥"嗯嗯"地应答着,实际上并没有听见。眼看已经过去六七里路。他想,爬过前边那道山坡,是绝对地不能够再迟疑了。

过了山坡,他鼓了鼓勇气:

"小雪!"他叫着她的奶名。

杨雪回过头来。

"你瞧我有什么缺点?"他竭力装作满不在乎的样子。

杨雪低头想了想,提了两条:一条叫做小孩子脾气;一条是在医院里休养的时候,跟别人吵过一次嘴。不过,她又补充说:"我自己的小孩脾气也挺大的。"

"我以后要坚决克服!"郭祥坚定地说,后面的话,又接不下去了。

红叶沟已经走出,迎面过来大队驮柿子的驮子。郭祥的计划就这样吹了。

"打过这次战役再说。像洋学生那样谈恋爱不行,下次我要单刀直入!"这是他回来路上所作的结论。

下次战役打得很好。郭祥率领的全旅驰名的"小鬼排",简直可以说大获全胜。这次共抓了五六十个俘虏,还缴获了两门美式山炮,而且伤亡也不甚大。小鬼们真是高兴得要命,他们的排长领着头儿骑在山炮上,饭都不顾得吃了。别人休息了,睡觉了,他们还是不厌其烦地谈论着这两门山炮和自己的战斗经过。谁知敌人增援来了,接着就是一个120里的长途行军。这一下小鬼们熬不住了,一边走,一边睡,有一个还差点掉到井里,队伍沥沥拉拉走得很不像个样子。"这哪像个打胜仗的样子?"排长懊恼地想。他发了脾气,谁知作用不大。他又编了几个有趣的故事,也没有起到应有的作用。郭祥开动脑筋想了想:"我非出一个花招儿不可!"他走着,走着,看见村边有几只大芦花公鸡,懒洋洋地在那儿漫步。他灵机一动,瞅瞅连的干部不在,从米袋子里掏出一把米来,然后就捉住了一只。那只鸡惊慌地咯咯地叫着,他解开怀,把它藏在怀里,又扣上了纽扣。走了几步,他就卧倒在路旁,两手抱着肚子叫道:"哎哟!哎哟!"小鬼们见排长病了,眨巴着睡眼围上来,有人掏仁丹,有人掏水壶,有人喊卫生员儿。这位排长见时机已到,纽扣一解,那只大芦花鸡噗啦啦地从人头上飞过,逗得小鬼们哈哈大笑,瞌睡被赶跑了。郭祥站起来说:"好了,戏法你们看过了,现在你们要好好地走!要走得有精神一些,前面就要过镇店了!"果然,小鬼们精神奋发,在镇店的大街上,走得很像个样子。

谁知一到宿营地,就出了岔儿。郭祥被带到连部。连长、指导员、副连长、副指导员四个人,直批评了他大半个钟头,对他别出心裁的鼓动方式,给予了彻底的否定。当然,这笑话很快就风传到整个的纵队。

杨雪前来看他。按照预定计划,本来到了实现那条"单刀直入"方针的时候,而且,缴获了两门山炮的小鬼排长,该是多么扬眉吐气呀!可是完全没想到竟出了这样的岔子!糟糕之极!郭祥懊丧地垂着脑袋瓜儿,躲起来没有和杨雪见面。"等到下次战役,恢复恢复名誉,再说不迟!"他作出了新的决定。

下次战役,郭祥他们果然又打得很好。雪花山悬崖上一座最险峻最坚固的堡垒被小鬼排攻克了,虽然伤亡较大,但为整个战役打开了顺利发展的道路。郭祥的战斗事迹,第一次登载在《晋察冀日报》上。《晋察冀画报》还刊登了郭祥和小鬼排的照片。一位女学生写了一封十分热情的信,外附一块怀表(她父亲的遗物),指名赠给郭祥。信上用激昂的调子说:"让这块表给我们的英雄指示胜利的时刻吧,它比在我的手里更有用!"信末还附了一首诗:

想起了我们的英雄,
像看见一只飞鹰,
你飞到了雪花山上,
雪花山也胆战心惊!
你两次被埋入土中,
又钻出来勇敢冲锋,
我们一定要向你学习,
把敌人的碉堡扫平!

旅政治部接到了这块表和这封信,专门派了一个干事去送给本人。政治部主任并且特别指示这个干事说,最好要团里或者营里召开一个军人大会,当众把信和表交给他,以扩大影响,增强斗志。干事到了团里,说明来意,谁知团政治处主任又是摇头,又是叹气地说:"东西你送给他本人就是,反正大会是不能开的!"原来,这个仗打得比较苦,两个班长和郭祥心爱的几个战士都牺牲了。他们冲进碉堡的时候,敌人一直抵抗到最后才缴了枪。小鬼们眼都红了,有的说:"毙了他妈的吧!"郭祥说:"行!都是还乡团,老地主,比蒋介石的正规军还顽固,毙了没什么可惜的!"就这么着,把为首的一个反动军官打死了。因为违犯了俘虏政策,这个排的主要负责人,现在正在禁闭室里蹲着哩。这个干事只好找到禁闭室——一个农家的磨房——把东西交给他。他的眼泪啪啪地打在信纸上,把信纸都打湿了。

事后,有人编了段快板:

姑娘寄来一块表,
到处来把英雄找,
营部连部都找遍,
不知英雄哪去了?
原来英雄搬了家,
地方清静屋子小,
门口还有警卫员,
解除疲劳实在好。

郭祥的原定计划,就这样一次一次地吹了。他想:"她是个好姑娘,而我的缺点这样多,老出漏子,就是她答应下了,心里也不痛快。不如推到来日再说。"谁知,事情不知不觉中竟起了根本变化。

那是今年春季,部队完成了解放大西北的任务之后,就驻在银川附近的黄河岸上。这时的郭祥已经是连长了。有一个星期天,郭祥刚刚开罢了连务会,就见通讯员走进来说:

"准备点好吃的吧,有人找你!"

话没落音,杨雪就进来了。

郭祥见她容光焕发,头发乌亮,无论眼角眉梢,都带出喜滋滋的样子,衣服也穿得格外整洁,像是专意打扮过的。

"请坐吧,班长!"郭祥玩笑地说,这时的杨雪已经是护士班长了。

"别闹!"杨雪扯着他说,"你出来,我跟你谈个事儿。"

郭祥毫不迟疑,就跟她走了出来。"太好了,她倒先找我谈,我的心事叫她看出来啦!"郭祥一边走,一边高兴地想。

出了西门,城外有一个小湖。湖虽不大,却有不少的野鸭常常落在那里。岸边,有两株桃树,桃花开得特别的好。

他俩坐在桃树下,四外静悄悄的,只有战士结扎的一条木筏,在水边荡来荡去。

"有一件事儿,"杨雪红着脸,低着头说,"我早想同你谈谈。"

"你说,你说。"郭祥脸上兴奋得发光。

"咱们俩是从小在一块儿长大的。"她诚挚地望着郭祥,"你听了,一定要说实话。"

郭祥摘下帽子,搔搔头皮:"你就说吧。"

"你一定要好好儿地给我参谋参谋。"她又说。

郭祥焦急地又把帽子戴上:"小雪,你怎么变得这么啰嗦!"

杨雪笑了一笑:"有人追我。……你知道是谁?"她偏着头瞅着郭祥。

"我不知道。"郭祥笑了。哈哈,那还有谁!

"你猜一猜!"

"我猜不着。"

"猜一猜嘛!"

"这黑丫头要玩花招儿!"郭祥心里想道,就随口说:"是胡医生不是?"因为他住院时有些风闻。

"他呀!"杨雪用鼻子哼了一声,"我一辈子不结婚也不找他!最近开刀,连棉花球儿都给人缝到肚子里去了,还一天价擦雪花膏哩!"她大笑起来。

郭祥也笑了一阵。又猜:"是不是医院的李文书呀?"其实他明知道不会是李文书,虽然他也追得很紧。

"他呀!小脸儿长得不错,就是不像个男的!"她又嗤嗤地笑起来,显见她又想起什么有趣的事情。

郭祥说:"我猜不着!"

"从你们营的范围里猜吧!"她调皮地望了郭祥一眼。

郭祥笑而不答,心想:"你早晚总得归入正题。"

"我对你实说了吧!"杨雪脸上闪耀着幸福的光辉,望着湖水,"就是,就是……那个人哪,高高的个子,讲话声音挺洪亮的,还是一个大功功臣!你说是谁?"

郭祥的脸色紧张起来。

"是我们营长吗?"他惶惑地问。

杨雪点点头,笑了,接着问:"你看他行不?"

"你看呢?"郭祥躲过她的眼睛。

"我呀,我觉着他挺不错的。"她有点儿不好意思,"人家是大功功臣,战斗上很好;文化水儿吧,也不像我只埋住脚脖儿;在群众里头威信也高……而且对我挺热情的……"

郭祥脸色发白。

"你觉着他不行吗?"杨雪担心地问。

"不。"郭祥竭力地克制着自己,使自己镇定清醒。他把手一挥,"你可以下这个决心!"

说过以后,他还勉强地笑了笑。

第一次沉湎在爱情幸福中的姑娘,竟然未能察觉郭祥深深埋藏在心底的不曾吐露的情感!"好吧,那我就到营部回答他,他还等着我哩!"说着,她站起身来,把手里的草叶用力地掷到湖水里,走了没几步,就一蹦一跳地跑进城门去了。

这时候,郭祥再也控制不住自己的情感,因为四外无人,他已经忘记了自己是五尺多高的男子汉,望着湖水上刚才被丢落的草叶,眼泪唰唰地滴落在湖水里。可以说,郭祥第一次发现自己是那样深切地爱她。这时候,假若你遇到我们的主人公,你绝不会想到,这就是当年在敌人炮楼丛中神出鬼没的嘎子,这就是攻克天险雪花山的郭祥,这就是那位遇事总有办法的永远欢乐的人物!只有孩子,才能像他哭得那么专心。有一只水鸭,大胆地飞到他的身边觅寻鱼虾,把头深深地探到湖水里,他都没有发现。有一个戴白帽子的回民老头,经过他的身边,他躲闪不及,就捧起湖水,装作洗脸的样子,眼泪还是照样地流到那碧清的湖水里去了。

"我应该给她写一封信。"他忽然闪过一个念头,"她爱我也罢,不爱也罢,我的这颗心,应该让她知道。"

他擦擦眼泪,掏出他那个写满了武器、弹药、军歌,以及各班发生问题的小笔记本,用那支蹩脚钢笔唰唰地写起来。虽然平时给文化教员作一篇文,使他深感头痛,现在却写得很快,不一时就写了好几页。

写完之后,他翻来覆去地看。

"多可耻呀!"看到第二遍的时候,他忽然骂了自己一句,"什么祝你幸福!这不是搞破坏吗?如果自己真心爱她,为什么要妨碍她的行动,使她精神不安呢?营长是我的老战友,为什么要影响他们的关系呢?这是一个共产党员做的事吗?……"

他抓起那封信,几把就扯得粉碎,把它狠狠地掷到湖水里去了。

"告诉你,今后再不许想她!也不许做出任何对营长不利的事情!"当他在乱麻一般的思绪中严厉警告自己的时候,天已经亮了。小窗上流进来清泉一般的晨光。

第十章　分　别

郭祥辗转不能成寐。第二天一大早,就到大妈家辞行,告知她明天回部队去。大妈心如明镜,一听就知道是昨天的消息使他急了。

"你是怕打不上仗!"大妈指着他的鼻子说,"是不?"

郭祥笑了。

杨雪正在梳头,听说郭祥要走,嘴上叼着发卡儿,从里间屋走出来,说:

"我也要走!咱们俩就伴儿。"

"你马上走!"大妈生气地说。

"走就走!"女儿分毫不让,"形势一时一个变化,我还怕落后哩!"

郭祥正要劝杨雪多住几天,大妈瞅着他说:

"傻小子!我问你明天是什么日子?"

"中秋节呀!"郭祥说。

"是呀!"大妈说,"你出去了十三四年儿,明天是八月十五,撂下你妈独自个儿吃泪泡西瓜,你想想是什么滋味儿?"

郭祥沉默不语。

"就这么定了!"大妈决断地说,"吃好吃歹,明儿个在家团圆团圆。后天一早儿,我送你们俩上车,任你们飞上天去!"

他们就这样取得了协议。

郭祥回家对母亲说了。母亲原本也是这个心意,只恐怕拗儿子不过,没有敢提,现在听说儿子晚走一天,自然欢喜不尽。她把儿子的破衣褴袜找出来,该洗该补的,紧赶着做。另外,还托金丝给儿子做了一个小棉坎肩儿,准备在秋深冬初棉衣还没有发下的时节,好套在单衣里面。郭祥也抓紧时间,打场,抹炕,还把那个发黑的破风箱,也修理了一下,好使母亲日后做饭,少花一点气力。

中秋节,招引着家人的团聚,也容易给孤零的老人们增添无端的悲凉。郭祥惟恐母亲想起那些悲惨的往事,就灌了两斤白酒,约请了大妈一家、金丝一家、小契一家共度佳节。这一晚秋风飒飒,月色满院。郭祥一开头就讲了几个有趣的战斗故事,特别是中秋夜袭占敌人据点吃西瓜吃得全连跑肚子的事,逗得大家哈哈大笑。最后,郭祥又偷偷告诉小契,叫他切西瓜时切一个奇数。按民间旧俗,在西瓜中部插花切开,如果瓜牙儿的数目是个奇数,一年内就会有添人进口的喜事。这一晚,小契切瓜时,果然母亲不言不语带着异常虔诚的神态注视着。小契在西瓜的绿皮上刺成了锯齿形,然后用力分成了两半。母亲就悄悄地数起来了,当她数到第九个时,望望郭祥,脸上充满了微笑……总之,这一晚母亲特别高兴,郭祥的部署取得了圆满的胜利。

第二天一早,郭祥就收拾停当,准备起程。他和杨雪本来打算徒步走,大妈坚持要雇一辆大车,而且说已经雇妥了,郭祥只好等着。谁知左等也不来,右等也不来,直到小晌午了,还不见影儿。郭祥急了,就跑去问大妈。大妈说:"想是赶车的吃饭晚了,你且回去耐心地等他一会儿。"郭祥只好回家等着,看看天已近午,又跑去追问大妈。大妈只是笑,也不答话,问得急了,才忍不住笑起来说:

"小子,人都说你嘎,我看比起你大妈来,还是缺个心眼儿!"她笑了一阵,"放心吧,等明天再不让你们走,我就真是落后分子儿了。"

次日一早,果然街上响过一阵清亮的铜铃,一辆马车在杨家的门口停住。

郭祥和母亲走到大妈门口,一看赶车的还是老亨,而那匹小青骡子,已换成一匹又高又大的黑骡子,屁股蛋子圆墩墩的,像黑缎子一般明亮。

郭祥跟他打过招呼,带着笑嘲弄地说:

"你倒挺发财的,不几天就倒腾了这么一匹漂亮骡子!"

"光拉脚能挣几个?"他撇撇嘴,"前几天我跟你们村长拉了几趟鲜货,倒挺顶事。"

郭祥母子到大妈家坐了一会儿,等杨雪吃完饭,才一同提着包袱上车。这时候,除了小契、金丝、老秀等几家知近亲友,街坊邻舍来送行的,也很不少。人们纷纷慨叹着询问着一些类似的话:

"出去了这么多年,怎么住了几天就走了?"

"人家惦着工作哩,"有人代替回答说,"人家连长,还管着一百多号人哩,哪能像咱们似的!"

"什么时候再回来呀?"又有人问。

"别问这扯淡的话吧,"有人反对说,"当兵打仗,山南海北,这哪有个准儿!"

"嘎子兄弟!"一个大嫂说,"你二十大几啦,再回来,可得给我们带回来一个! 要再是这么一个人,我们可不能让你进村儿!"

人们笑着,问着,郭祥笑着,应答着。有时同一类问话,甚至要回答好几遍。在杨雪那里,也围着一群人,大都是些老婆、媳妇和姑娘,喊喊喳喳更没个完。

这时候,本村最老的老人郭老驹,也扶着拐杖挤了过来,满头白发,胡子白得像银条似的。他早就100岁开外了,可是每年老对人说是98岁。他也挤到郭祥的身边来了。

"老爷爷!"郭祥连忙亲热地招呼他,"您身子骨儿硬朗呀?"

"就是牙口儿不大好使了!"他指指自己的嘴。

"您多大岁数儿啦,老爷爷?"

"98啦!"

人群里马上扬起一阵轻微的笑声。他慢悠悠地转过头,瞅了大伙一眼,又往前迈了迈,抚着郭祥的肩头,缓缓地说:

"小孙孙! 别忘了咱这个家! 我这个孙子媳妇儿,"他指指郭祥的母亲,"一个人在家过日子,不容易! ……"

郭祥的母亲眼里噙着泪花。

"老爷爷! 快让人上车吧!"人们纷纷地催促着说。

"我嘱咐他几句! 等他下次回来,我怕就见不上了。"他神态庄重,一字一板地说,"小孙孙! 咱们郭家,我记事儿,就没吃过饱饭。这几年,才扒上了碗边儿,吃上了舒心饭。这不容易! 你在外头当兵,要好好看着,别叫洋鬼子、国民党再回来! 他们再回来,只有等死,我是再也跑不动了……"

"你放心吧！老爷爷！"郭祥热血沸腾,在人群里高声说道。

"老爷爷！快让人上车吧！"人们又催促着。

"好,你上车吧！"老人叹息了一声,"多好的孩子！要是他爹活着,能看见他,该有多好！"说过,一滴老泪洒在车道沟旁的灰土里。

"别提他了！"郭祥的母亲用衣袖拭拭眼泪说,"要不是他用鞋底子死打,孩子怎么会那么小就跑出去！"

人们都心里难受,也埋怨老人多话。

小契看见这种情形,马上分开众人,摆手让郭祥、杨雪上车。又走到郭母的跟前说：

"嫂子,眼里别老出汗啦！叫我说,这两鞋底子打得好：一鞋底子打出了个功臣,再一鞋底子又打出了个连长。要是俺爹活着,我还想叫他打两鞋底子哩！"

人们笑起来。郭祥的母亲也拭去眼泪,空气变得舒缓了些。

郭祥、杨雪上了车。老亨把鞭梢一扬,马车刚开始走动,郭祥听见一个阴阳怪气的声音说：

"嫂子,别哭啦。孩子出去个三头二十年不回来,那算什么！这是为人民服务,是光荣的！"

郭祥一看,是地主谢清斋。原来刚才他背着个粪筐子,站在对面门台上看热闹,不知什么时候,也挤到人群里来了。

"唷！"郭祥喊了一声,把骡子止住。

"你说什么？"郭祥瞅着他问。

"哦,哦,侄子！我刚才听说你走,也赶来送送！"谢清斋满脸是笑,点头哈腰地说。

"我问你,刚才你说什么？"

"我,我,"他呃呃嘴,"我说你荣任了连长,又是人民功臣,真是太光荣啦！"

"光荣不光荣,只要打倒那些吃肉不吐骨头的家伙就行！"郭祥冷笑着说。

"那,那个自然！"谢清斋流露出得意的神态,"你走得这么急,敢是世道有点不平妥吧？"

"不平妥不是也很好吗？你这个粪叉子,就可以变成文明棍儿了。"郭祥又冷笑了一声,指着他对众人说,"你们大伙瞧瞧,凭他这个样儿还想变天!"

大伙瞅着他那尖嘴猴腮、小胳膊细腿的神气,瞅着他那穿着破缎子背心背着粪筐的架势,不由得哈哈大笑起来。

"别逗笑啦,侄子,"谢清斋隐藏起撕心的激怒,"咱们都是一个立场。我就是担心美国的飞机大炮,怕咱们抵挡不住!"

"那你等着瞧吧!"郭祥响亮地说。

"好,我等着。下次回来,我请你喝胜利酒!"

"那太好了!"郭祥指着他说,"如果我碰到你们家的团长,我会把他送到俘虏营里,叫他来凤凰堡陪我们喝!到那时候,我们一定要喝个痛快!"

人们笑起来。

郭祥从老亨手里抢过鞭子,啪地摔了一个响脆,车开动了。

秋风飒飒,铜铃爽爽。现在,这辆花轱辘马车,已经载着我们的年轻人,离开了凤凰堡奔向西南。

按常情说,一别多年的故乡,一别多年的父母,匆匆一面,又即刻离去,该会有多么的惆怅和眷恋!可是我们的年轻人哪,在他们的远方,还住聚着另一个家庭,另一个世界。这个家庭,就是他们的战斗大家庭,在这个家庭里,充满了无与伦比的阶级友爱;这个世界,就是他们为革命理想献身的世界,而且,惟有这种一往无前的献身精神,才是他们的道德规范。他们就是在这个家庭,这个世界里长大的。尽管这个家庭经常与困难结伴,与呼啸的风沙和漫天的火光为邻,但他们离开了这个伟大的战斗集体就不能够生活。也许在战斗的间隙里,他们想过自己的故乡,自己的父母,也想过有一天能够回到他们的身边,吃几个煮鸡蛋或是煎小鱼吧;可是当他们真的回到家里,呆上三五天也足够了,再要延长,就从心里烦了,腻了,仿佛是住在旅店里的生客。这时候,他们发现,自己更其渴念的倒是那个战斗的家,倒是自己的首长和同生共死的伙伴。离开了他们,离开了斗争,就不能生活下去。何况今天,当远方又起了一场浩大的战争!

凤凰堡村西,有一大片垂柳围绕的水塘。送行的亲人们,站在水塘岸上,刚才连他们的倒影都看得见,现在马车拐上西南,就被那一簇簇的树丛影住了。杨雪正要转过头来,只见大乱从一片大麻子地里钻出来,向这边慌慌张张地跑着,后面还跟着一个小花狗儿。

杨雪挥挥手,朝着他喊:"大乱!你来干什么?"

"送你们一截儿!"

大乱一边跑一边答话。等离得近了,才看见他背着一个小背包儿,斜挎着一个褪了色的军用挎包,里面鼓鼓囊囊不知装了些什么。他迈着大步,显出一副战士行军的英武样子。两个小脸蛋绯红绯红。那只小花狗一时舐他的脚跟,一时又跳跃着赶到他的前面,回过头向他摇着尾巴。

郭祥用手点着他说:"说实话,你倒是来干什么?"

"送送你们哪!"他眨巴眨巴猫眼,"送你们到周各庄我就回来。"说着,就要伸手扒车。

杨雪从车厢里欠起身子,止住他说:

"你别蒙人儿!说,你倒是干什么?"

"嘿,"他嬉皮笑脸地说,"你们多年不回来,人家送你们一程就不行吗!"

"别装蒜啦,"郭祥笑了,"你这鬼名堂我一看就破!到了周各庄你说送梅花渡,到了梅花渡你说送固城车站,到了固城车站你又要送我们到部队,你是想让我们把你带到部队里去,是不?"

大乱脸上显出两个小酒涡儿,羞涩地笑了。他摆摆手:"好,算你猜对了!说干脆的,给你当通讯员你要不要?"

杨雪故意装出十分严肃的样子,斥责地说:

"你给娘说了吗?你给爹说了吗?像你这无组织无纪律的兵,哪里也不能要!你就是跟到固城,也不给你买火车票!"

大乱没有料到这最厉害的一着,脚步不由得慢下来。那只小花狗就凑上去舐他的脚后跟。

郭祥也绷着脸说:"兄弟!你要听话,等明年我回来,保准把你带去。你要不听话,我通知所有的部队,哪个也不收你。"

大乱在车下有气无力地走着,哭丧着脸,抬起头问:

"要是你说的话不算数呢?"

郭祥把腿一拍:"那你就骂我是小狗子好了。"

大乱迟迟疑疑地停住了脚步。车走远了。

等大车赶出很远很远，只要回头一望，还可以看见在那秋天的阔野里，站着一个背着小背包儿的孩子。他呆呆地在那儿站着，那只小花狗还在舐他的脚后跟哩。

杨雪鼻子酸酸地说："说良心话，我真喜欢我这个弟弟。要不是可怜我妈，我真想把他带出去锻炼锻炼！"

郭祥点头同意："要放到我们团里打几个滚儿，战斗作风准错不了！"说过，朝老亨背上拍了一掌，催促着说："怎么样？我来替你赶一程吧！"

"算啦，嘎子兄弟，我知道你那一手！"老亨嘿嘿笑着，惟恐郭祥再使什么花招儿，就在猎猎的秋风中扬起鞭子，骡蹄子踏着落叶，发出了急雨般的响声……

第十一章　路　上

凤凰堡越来越远,渐渐隐没在发黄的树丛里。这时候,也许还有人在那里站着吧,也许还有人踮着脚尖在瞅他们的亲人吧;可是我们的年轻人,心里想着的却是远方,远方……

中秋已过,地里的庄稼大部分收割完了,这时的平原又显得是多么地开阔哟。只有贫农们小心留下的三五株晚熟的高粱,摇曳着火红的穗子,点缀着平原的秋色。

"真是!不回家想家,家来不到三天就腻味啦。你说是不是,嘎子?"杨雪盘起腿儿坐在车厢里,尽量把她穿着白胶鞋的脚压在腿底下,中秋过后的早晨,风已经很有些凉了。

"谁说不是!"郭祥吊着腿坐在前面车沿上,"一家来,第一天热乎,第二天就蔫乎了。门口转到屋里,屋里转到门口,直矗矗当街一站,没事拉叉的,像是叫牛笼嘴拘着似的。"

这时候,从北方靛蓝色的天空里飞过来一群大雁。杨雪用手一指:

"你瞧,这大雁也像咱们这些当兵人似的,今天飞到这里,明天飞到那里。"

"这话也对。"郭祥说,"不过咱们是哪里艰苦就到哪里去,这大雁倒是专找寻不冷不热的地方。"

那群大雁已经"咯儿嘎、咯儿嘎"地飞到头顶上来了。杨雪仰起脸儿目送着它们,轻声唱着:

大雁大雁排齐咧,
后头跟着你老姨咧;

大雁大雁排好咧,

后头跟着你姥姥咧……

郭祥立刻想起,这是他们儿时常唱的一首曲儿。那时候,他们总是手拉着手唱着,来欢迎欢送那从故乡田野上飞过的雁群。

她一直把大雁目送到很远的地方,才转过脸来说:

"你还记得咱们小时候常唱的这支小曲儿吧?"

"你既是不喜欢我,还提这干什么?"郭祥心里懊恼地想。

杨雪以为他当真想不起来,就咯咯地笑着说:

"哈哈,连这你都记不得了?"

"真是记不得了。"郭祥乘机抓了抓头发,叹了口气。

真是最快乐的人也有烦恼的时候。我们的郭祥一向是多么快乐的人呀,真是人走到哪里,笑声跟到哪里,如果他那嘎样儿引不起你发笑的话,那就不成其为嘎子了。可是你瞅他现在,眉头皱成了一个疙瘩,多难受呀。

"究竟她是一个傻姑娘呢,还是装糊涂呢?"他又第几百次向自己提出这个叫人困惑的问题。郭祥想道:说她傻,她比谁不机伶呵!而且肯定她是有心计的。当她还是一个洗衣员的时候,她就能够说得出上百个药名。即使她周围的人,也说不出她究竟是什么时候学会的。她只不过是往病房里送送衣服,医生身边站一站,药房里转一转,说说笑笑,完全是一副心不在焉的样子,可是就在她那眼角一撒一撒中间,那些知识,早已经印花布似地印在了她那灵巧的心上。对郭祥印象最深的是一次晚会。那次,师里的文工队到团里来演戏,演出那天下午,一个女队员突然得了急病,不知谁出的怪主意,就把她临时"借"去了。她那时候还不识多少字,不能看剧本读台词,导演急得满头是汗,只好一句一句教她。临演出,台词才刚刚教完,全体演员都为她捏一把汗,心里噗咚噗咚地跳。结果,竟出人意外,不仅台词上没出什么大差错,而且她演的这个地主家的使女被赶出来的时候,表演得是多么真挚动人呵!她的泪真的流下来了。当时坐在台下的郭祥,掏出手绢儿,竟哭得像个泪人儿似的。……能说她不聪明吗?可是,这位百伶百俐的姑娘,为什么,为什么对于一个长期倾心相慕的人的情感,就没有察觉呢?为什么,为什么她就不讲出口来呢?哼,她必定是瞧不起我。我以后不要理她就是。可是,正像往常一样,每想到这里,自己就又为她辩解:"你不要那样想,那会屈冤人的!你一个男子大汉,自己还讲不出口来,为什么倒去怨恨一个姑娘呢?"想到这里,他就暗暗对自己说:"郭祥呀郭祥!过去有那么多好机会,你偏偏一字不谈;现在生米已经快做成熟饭了,你还嘀咕这些做什么!"想到这儿,气得他把腿一拍,懊恼地说:"你真是一个混球儿!"

糟糕!郭祥一时没注意,竟说出声音来了。

"你说谁是混球儿呀?嘎子!"杨雪问。

"我是说……"郭祥抓耳挠腮的,"一个小虫子钻到我耳朵里去了。"说着,他就用手指头往耳朵里乱抠。

"别乱掏呀,"杨雪欠起身来着急地说,"让我瞅瞅!"

郭祥连忙摇摇手说:"不要紧,它自己会爬出来的!"

车轮滚滚,思绪纷纷。郭祥没有注意,马车已经上了堤坡,下面就是大清河的一湾清流。在贴近岸边的水面上,漂着不少早落的柳叶。

"可是,可是……"郭祥继续想着,"事情也不能全怪我呀!我本来是准备向她提出来的,谁知道正要开口哩,事前没有任何迹象,就突然起了那么大的变化!这究竟是怎么回事?等有了机会,我还是问她一问。"郭祥就这样做了决定。

一路上,人少车轻,赶得很快。中午略略打了个尖儿,太阳大高,就赶到了固城车站。

说是车站,其实除了一处票房,几家骡马大店,跟普通的乡村没有多少区别。两个人图节省,就将家里带来的烙饼让店家烩了烩,只出了个油钱。饭后,因为离上车还早,就到村头遛弯去了。

村南有两三棵老梨树,叶子红得耀眼,怪叫人喜欢。两个人就随便坐下歇着。远处有几家农户正在忙着打场。

"看起来,"杨雪说,"今年的大秋还是很不错的。"

"不错。"郭祥随口应和。

"你们营的庄稼也很不错吧?"

"不错。"郭祥又说。

"领导生产怕很不易吧?"

"头一年开荒,一点半点困难还断得了!"

"你们……你们营长的领导怎么样?"杨雪的脸红了一红,不过红得不算厉害。

"他,很有办法。"郭祥满口称赞地说;一面心里暗想,"你瞧,她到底把她高兴的话题引出来了。"

"别夸他啦。"杨雪撇撇嘴说,"要说战斗、工作,他是有一套;要说生产,恐怕他不在行。"

"你瞧,一提他,她高兴得眼睛都放光了。"郭祥想道,"我不如就趁这时候,把那个问题问她一问。"

他摘下帽子来,摔了摔土,装作很随便的样子问道:

"小雪,你能不能给我讲讲,你们俩到底是怎么样搞成的呀?"

"这个……"杨雪低下头咯咯地笑了一阵,"这有什么好说的!"

郭祥又带笑说:

"我记得你说过,就是天皇老子你也不谈这个问题。大概……这是烟幕弹吧!"

"怎么是烟幕弹呢?"杨雪笑着说,"一入伍,我就有爱人了,可热乎哩!"

"谁?"

"姓文。"

郭祥想不起一个什么姓文的,忙问:

"他叫什么?"

"他叫文化。"杨雪又咯咯地笑了一阵,然后收住笑说,"说真的,那时候我真迷上它了。你想想,一入伍,全班就数我文化低。有一回军邮交给我一封信,我就拿着到班里大吵大嚷:'这是谁的信哪,快来拿呀!'人们一看,就哈哈大笑起来,把我笑得愣乎乎的,原来这就是我的信!连自己的名儿都不认识,多惨哪! 我想,我要不好好学习,我就跟不上革命的发展,将来要变成废人了。我就下了决心。你知道,那时候,我一天要洗几十件血衣,晚上还要烫了,整了,只有天亮以前,悄悄起来,点上灯学一会儿,我哪里还有别的心思!再说那时候,我才十六七,懂得什么叫恋爱!有一次,我和护士大刘病了,留到后方,孔医生就托人给我送来一大包苹果,我一看那苹果真好,一气就吃了两三个。那大刘就龇着牙笑,还说:'小杨,孔医生为什么单单给你送苹果呀？'我一想：'对呀，这么多女同志，为什么单单给我送苹果呢？'你瞧，我那时候儿多傻，想都没想一下就把人家的东西吃了！果不其然，第二天就接到了他一封信，里面写了那么多的碜话；我瞧着，瞧着，就哭起来了，连饭也不吃了。政委把我找去，问我哭什么哩，我把信一甩说：'你瞅瞅吧。'政委一看哈哈大笑，他说：'小杨！你这个小姑娘，还不懂得这个，每个女孩子都要过这一关的。你不同意，拒绝他就是了。'他最后还告诉我，应该学一点对付这种那种情况的办法，我这思想就武装起来了。追求我的，还真是不少，有当面献殷勤的，有派警卫员来给我送胜利品的，有借谈工作为名找我个别谈话的，还有一味死瞅你、死缠你的，通通叫我一个一个地顶回去了。从此以后，他们就给我取了一个外号，叫我是'攻不破的堡垒'！"

"嘿，看起来我当时没有向她张口儿，还是对的。"郭祥心中想道，接着又问："以后呢？"

"以后，"杨雪笑着，从地上拾起一片红叶，卷着卷儿，"我这'堡垒'不就叫他给攻破了吗！……到底人家聪明人是有办法。"她瞅着那片红叶微笑着，音调里充满了赞赏。

"什么时候？"

"那也难说，"杨雪说，"我自己也是不知不觉的。……那还是我在团卫生队工作的时候，虽然也听人说他这好那好，我根本就不在心儿。有一天，他突然跑到卫生队瞧病来了，我还是不在意，一直低着头在那儿练字。正在写着，写着，听得背后有人说：'这小鬼学习可真努力！'我回头一瞅，原来是他笑吟吟地偷看我写字哩。羞得我就连忙把字捂起来了。他说：'小杨，拿过来让我看看。'我说：'这有什么好看的，像狗爬似的。'他又亲切地说：'别小资产了，谁也要经过这个过程。我刚才看你写了好几个错字。'我看他挺庄重，不像是跟我打喜诨的，就把手挪开了。他弯下腰来，看得可严肃可仔细哩，接着就掏出钢笔，把错字一个个改了，一笔一画，比文化教员改得还认真哩。改过以后，说还有要紧事，就急急忙忙走了。我想，这人多亲切呀，多热情呀，人家虽说是营首长，一点架子都没有。隔了几天，他又瞧病来了，一见我就热情地说：'小杨，这几天学习怎么样？'我就把学习中遇到的困难跟他讲了。他说：'我也考虑了一下，你学习很积极，就是方法还不很对头。

方法对了,可能快得多。'我一听就乐了,忙问他有什么巧法。他说:'你会注音字母不会?'我说不会。他说我假若学会注音字母,就可以查字典,很快就可以看书了。一听说会看书,乐得我嘴都合不拢了。他又说:'小杨,你别高兴!我可以教会你,但是我不一定每天都有时间。'我说:'营长,我不能占你太多的时间,只要你到团部开会的时候,顺便拐个弯儿教我几个就好。'从这以后,我们俩就'ㄅㄆㄇㄈ'起来了。"杨雪笑了一阵,沉了沉,又说:"人哪,真怪,有时候他时间长了不来,我还觉着怪别扭哩。当然,我也想过:他这么尽心竭力地教我,是不是还有别的意思?可是整整几个月,人家没有说过一句淡话,没有任何不庄重的地方,我呀,千万不要冤枉了好人!……哈哈,一直到我们的关系确定以后,他才向我坦白了。嘎子,你知道他说什么?……他说这就叫'诱敌深入'!"

杨雪笑得咯咯的,靠在那棵老梨树上,把那片揉碎了的红叶扔到一边去了。

郭祥也勉强地笑了一笑。

"当然光这个也不行,还有哩。"杨雪收住笑说,"就在那些日子里,我平常接近的人,比如说护士大刘,我们卫生队的队长,还有侯医生,他们同我扯起闲话来,都不断称赞他。有一次,贺华姐姐病了,我去看望她。正好团长也在家。我在外间屋里帮他们的孩子洗尿布,听见里间屋里团长对贺华姐姐说:'一个干部要全面很难。有的人是文的来得,武的来不得;有的人是武的来得,文的来不得。像我还能冲几下子,将来胜利了,搞建设了,准叫干部部门儿发愁。'又听贺华说:'你瞧咱们团的干部,有没有是文武双全的?'团长马上说:'怎么没有?我看一营营长陆希荣同志就是一个。'这时,我的心就跳起来了,但我还是装作毫不在意的样子,洗着尿布,支起耳朵听。接着贺华又问:'他打仗很行吗?'团长说:'嘿,他军校毕业分到我这营当排长,头一仗就打得不错。那时候,老实说,我这轻视知识分子的毛病还没有改,以前分来几个学生,平常训练还能来几下子,一到打仗就顶不住个儿了。陆希荣来的时候,我一看他高高的个子,人长得很漂亮,军风纪也很整齐,我心里说:"哼,这人拿去演电影倒不错。"临发枪,我话都没有讲一句,心里说:我不指望你完成什么大任务,你不要丢了我这枪就行。第一次打仗,他就赶上了走马驿伏击战。敌人突围了,眼看就要从那个山口子突出去,我问守山口的是哪个排,三连连长说就是陆希荣带领的三排。我一听就火了,我说:"你为什么单把那个学生排长放在那里?要是这几十个日本鬼子跑了,我要撤你的职!……"哈哈!谁知道,这小伙子还真的把鬼子顶回去了,这是我没有料到的。战斗结束以后,陆希荣背后对人说:"我来了几个月,今天咱们邓营长第一次对我笑了一笑。"是的,是的,我对他是的确比较满意的。'团长说到这里,贺华插嘴说:'他文的方面也很行吗?'团长嘿嘿笑了几声,满口称赞地说:'你没有听说过吗?他们家乡一带都管他叫"才子",还有人说他从小就是个"神童"!人们说,他们县里曾经举行过一次中学生的作文比赛,他那时候只刚刚十岁,还没有上高小哩,他就去报名参加。好多人劝阻他,讥笑他,结果,你猜怎么样?他竟考了个全县第一!据说作文题叫什么《中秋之夜》,这有什么好写的!可是他就写出来了。里边有这样的句子:"月儿升,秋风起,这时我仰望天空,也不知道是月走,也不知道是云飞。"你光听听这几句,有没有点儿才气?'贺华就笑着说:'这几句就是写得不赖。'只听团长又说:'这还不算,人家还写得一笔好字。那年执行任务路过他们县一座大庙,有人对我说,这庙里有一幢碑是他写的。我根本不信。下了马到里面一看,果然后面落的名字是:"后学十三岁少年陆希荣沐手拜书。"我当时想,吓,这人是不简单!是有点子名堂!再说,像这样的人,最容易骄傲了,可是他对我们团领导一直很尊重。不管大小事都来请示,虽然有些地方做得过分些。他对下级的关系也很好,很能同战士打成一片。你知道他还拉得一手好胡琴,会唱京戏,据说还很有梅派的味道。一有空,他就到班里去,同战士们拉拉唱唱,说说笑笑。有一次,我亲眼看见好几十个战士围着他,喊着:"再来一个!再来一个!"他又奏了一个曲子,仔细听,先是画眉,后是百灵,随后是鸽子、鹌鹑、布谷、黄莺等等各种各样的鸟叫。我一问,原来这个曲子叫什么《空山鸟语》,是他最拿手的。一个人的十个手指头有这么巧,这真是个多才多艺的家伙!……'团长说到这里,只听贺华说:'这人就是不错。不知道他在家结了婚没有?'团长连声说:'没有,没有,像他这样好条件,不知道哪个有福气的姑娘才配得上呢!……'我在外间屋里,最初是边洗边听,到后来就光是听忘记洗了。再往下听,谈话已经结束,灯已经熄了。实说吧,就是从这时候起,我的心才有点儿活。……过了不多时,就过年了。你还记得吧,那时候咱们为了庆祝大西北的解放,大搞文化娱乐工作,我不是扮了一个坐旱船的姑娘吗?……"

杨雪望望郭祥,郭祥苦笑着点了点头。她又接着说:

"就是那天晚上,我卸了妆以后,他要送我回卫生队。谁知道在路上,他就直截了当地提出了问题,弄得我躲也躲不及,闪也闪不开,我这'攻不破的堡垒'就垮台了!"

杨雪低着头笑了一阵,才抬起头来望着郭祥说:

"你知道他搞的这叫什么战法?他事后才告诉我,团长和贺华姐姐,还有卫生队的干部,都是他事先去说好的。他说他的战法,先是'诱敌深入',接着就是'严密包围',最后就是'勇猛突击',争取'一举歼灭'!……你说说,叫我有什么办法!"

杨雪的脸透出幸福的红晕,就像飘到她脚下的那几片红叶似的。

这时候,传来火车威严的汽笛声。郭祥趁机站起身来说:

"快走吧,车进站了!"

两个人跑步进了剪票口,不一时火车进站,车上人很挤,穿了好几个车厢,才找到了座位。火车在这里只停了一分钟,就长鸣一声,继续向南驶去。

这条纵贯中国大地的铁路线,穿过故乡的千里沃野,一直到祖国遥远的南方。如果是在平时,在郭祥情感平静的时辰,这条路该引起他多少回忆呀!自从党的军事力量发展到北方以来,这条先是日本帝国主义后是国民党反动派所占据的铁路线,就始终是铁路两边千百万群众的冲击目标。尽管敌人在铁路两侧挖了一两丈深的大沟,沿路筑了密密的碉堡,铁甲列车在不断地巡逻,从黄昏到拂晓都没有停止过更梆,可是十数年来,没有一个晚上不燃起爆炸的火光不响起袭击的枪声。有时候,几百里铁路线,就在同一分钟一齐瘫痪在熊熊的火光里。我们的郭祥,自从光着小脚板背着小马枪的时候起,就没有断过同它打交道。他能够一字不差地扳着手指头讲出从北京到石家庄每一个小站的站名;他记得在哪里放过炸药,在哪里打过铁甲车,在哪里歼灭过敌人某团某营;他也记得自己的哪个战友在哪里负了伤或者洒尽了自己的鲜血。……不要讲整个国家,就是单讲夺取这条铁路也是多么不容易呵!而今天能够坐上自己的火车,在这条线路上飞驰,该是多么地愉快!要搁平时,他一定会说上一路,笑上一路,唱上一路,可是现在……

这条线路的路基,由于过去激烈斗争的年代损坏得过于严重,又没有来得及修得平整,车身晃悠得厉害,再加上明晃晃的夕阳直射车窗,不知什么时候,杨雪已经歪着脖儿睡熟了。她的黑发垂在了一个白发老大娘的肩头。

郭祥的思绪,现在像一团乱麻似的。除了平常千百次困扰着自己的那些想法之外,现在又增添了一种强烈的冲动,这就是要向她当面表白一下自己的内心。尽管这样做已经迟了,而且他丝毫无意来转变她的感情,可是他现在总觉得要把这些彻底地谈一谈,把自己经年累月埋藏起来的感情连根挖出来扔掉,这件事情才结束得痛快。从今以后,就再不想她,免得对自己也对别人产生任何的影响。是的,是的,就这么办吧。他要立刻把她叫醒,在前面路上已经越来越少这样的机会了……

时间已经到后半夜了。车声隆隆,大约正行走在一座大铁桥上。杨雪睡得很熟。当郭祥正要去推醒她的时候,他不由得从内心里惊叫了一声:"天哪,你是在做着怎样的事呵!"他立刻意识到,刚才的想法是一种错误!我郭祥决不能做这样的事!对她表白自己长时间的感情,只不过图一时痛快,究竟有什么意义呢?有什么好处呢?难道这对别人已经形成的感情不会有损害吗?这不同样是搞破坏吗?何况她是我的知心朋友,营长又是我的上级和同志呵!想到这里,他的脑筋,豁然清醒过来。他甚至从内心里把营长和自己做了一番比较,觉得营长许多方面都比自己要强。杨雪同他一起生活,一定会得到他很多帮助,今后一定会进步得更快。他觉得自己不仅不应该烦恼,而且应当为她,为自己少年时代的朋友高兴……

火车轻快地向南急驰。夜,大约已经很深了。全车厢的人都沉在睡梦里。不知什么时候,我们的郭祥也斜靠着车厢睡熟了。在桔黄色迷离的灯光里,可以看到他的头发覆盖着前额,嘴角含着笑容,在他那褪色的军衣的前胸上,还像孩子似的流着一小片提起来叫人害臊的口水。

第十二章　征　鞍

北京的秋夜是这样静谧,静谧得就像平静幽深的湖水一样。即使在这山雨欲来的时刻,你从外面也看不出它有任何不安的征兆。

可是新从外地来的一位年迈军人,却辗转反侧不能入睡。

他住在北京饭店的三层楼上。虽然这里是闹市区,但夜晚11时过后,喧嚣的市声就已经平息下来。来往汽车很少。古旧的有轨电车,也叮叮当当地回厂去了。街头卖夜宵的摊贩,正在纷纷散去。偶尔有一辆三轮车走过,显得格外冷清。稀疏幽暗的街灯,也似乎昏昏欲睡。窗外,除了风吹落叶的簌簌声,几乎没有什么声音来打扰他。可是不知为什么竟是这样难以成眠。

他是今天奉急令从西安赶来的。自从大西北解放以后,他就被任命为西北军区司令员兼西北局的书记和西北军政委员会的主席。真是忙得不可开交。大前天,他同西北人民度过了开国后的第一个国庆节,还在庆祝大会上讲了话。会后正有一大堆事情要做,突然今天中午从北京飞来一架专机,接他到中央参加政治局会议。通知急若星火,要他即刻动身,一分钟也不要停留。这样,他连换洗的衣服也没有带,只带了洗漱用具,就从办公室赶到机场来了。同行者只有秘书林青和警卫员张秋囤两人。幸亏天气晴和,于下午两点二十分就飞抵北京西苑机场。接着就赶往中南海颐年堂了。

当他穿着一身褪了色的黄军服,风尘仆仆地走进会议厅时,显然会议早已开始。他立刻感到一种异乎寻常的严肃气氛。政治局委员们到得很齐,还有几位老总也列席了。人们见他进来,纷纷站起来同他握手。毛主席也站起来笑着说:"彭德怀同志,你来得好哇!"说着坐下来,又说:"恐怕催你催得急了一点,可是这有什么办法,是美帝国主义要请你来呀!"大家笑了一阵。毛主席又说:"我们的恩来同志早就警告过,说你不要过三八线,你要过了这条线我们就不能置之不理。可是人家就硬是不信,硬是过来了,我们可怎么办哪?究竟是出兵参战,还是听之任之。请你彭老总也准备发表意见。"毛主席说过,点了一支烟,继续听别人的发言,脸上又恢复了潜心思虑的表情。彭总一听讨论的原来是这样一个重大问题,不由心里一震,脸上也严肃起来。他一言不发地坐在那里,静静地抽着烟,听着一个又一个的发言,沉重地思虑着……

他听来听去,基本上是两种看法。一种是主张不出兵或暂不出兵,理由是:第一,我们连续打了22年仗,战争创伤极为严重,财政经济十分困难;第二,广大新解放区(三分之二以上的国土)土地改革还未进行,人民群众并没有发动起来;第三,国内大约有100万左右的土匪、特务和国民党残余武装,还不断在各地骚扰破坏;第四,我军的装备相当落后,训练也很不充分;第五,打了这么多年的仗,一部分军民已产生了厌战情绪。……总之,我们还没有站定脚跟,一切都没有准备好,如果贸然出兵,将会使刚刚诞生的新中国遇到极大的风险。而另一种意见是积极主张出兵,理由是:第一,我们准备不够,美帝也准备不够。他们兵力不足,补给线过长,弱点很多,战争很难持久。第二,如果使美帝得逞,国内外反动派必然会嚣张起来,不仅国防边防会处于极为不利的境地,新生的人民政权也难以巩固。第三,三年以后再打,松口气当然好,但是我们这三年辛辛苦苦建设起来的东西,还是会被打得稀烂。既然如此,就不如打了再建设。第四,中国革命的伟大胜利,已经改变了世界力量的对比,产生了深远的影响,如果只看到本民族的利益,对朋友见危不救,袖手旁观,就会使世界人民对我们失望,这也将是难以弥补的……

会议开得很晚,还有多数同志没有发言,毛主席就把手里的纸烟熄灭,笑着说:"我看美帝国主义要打,饭也要吃,还是明天晚上接着开吧!"说过,慢吞吞地站起身来,缓慢而又沉重地说:"同志们,你们说的都有理由。但是别人要亡国,我们站在旁边看,不管怎样说,心里也难过呀!"这句话声音虽然不高,彭总听来却像雷鸣电闪一般震撼心魄。

他回到饭店,已感到相当疲劳,匆匆吃了饭就睡下了。可是会议上提出的问题,却依然在脑海里没有平息下来。从内心说,他是倾向于出兵的,可是事情是如此重大,关系到整个民族的兴衰存亡,作为党中央政治局委员,一言兴邦,一言丧邦,这是不能不严肃考虑的。这样考虑来考虑去,也就睡不成了。在平江起义以来的22年中,他什么地方没有睡过?你说是山高风寒的黄洋界,你说是烟雨泥泞的烂草滩,还是一点烟火也没有的破窑洞,只要下面有一束干干的草,上面有一条薄薄的军毯,就可以睡得那么香甜,哪管它枪声如潮,炮声震天。可是今天软软的床,厚厚的被却睡不着了。他看看表,午夜已过,忽然懊恼地埋怨起这张软床来:"哼,准是我彭德怀没有福分,睡这样的鬼弹簧床不习惯呵!"说着,他扭开灯,立刻跳下床来,把床上的被褥枕头统统搬到地毯上。然后心安理得地躺下来。

然而,为时不久,就证实了这个硬板板也并不优越。于是,他下定决心,不睡了,干脆继续深入地考虑一些问题。

首先,他认真地考虑了那些不主张出兵的理由,觉得每一项都是确切的事实。他从西北来,也许体会得还要深切。想起人民的困难,他的眼前忽然又闪现出那幅终生难忘的图画。那正是解放大西北某个战役的前夕,他经过连夜行军来到一个村子,天还没有亮,他想叫开一家老乡的门休息一下,可是门却久久不开,过了很大工夫,才从里面出来一位瘦骨嶙峋的老人。进去用电棒一晃,原来全家五六口人,男女老少都赤条条地蹲卧在炕上,炕上连个毡片也没有。他这时才明白,这家人也许只有一套破烂衣服,此刻正披在那个老人的身上。看到这种景象,他立刻退出门去,眼里滚落了几滴灼热的泪水。从此这幅图画就像用火钎刻在他的心里,时时刻刻在警醒他,鞭策他。茫茫的大西北,约占祖国三分之一的版图,除了一小片老解放区,全是新解放的土地,这里该有多少那样的人家!所以西北一解放,他就定下一个决心:至少要让他们"都能过上中农的生活"。他为此没明没夜地干,并且做了许多计划和设想,可是这些都要暂时地放弃了。他想到这里,轻轻地叹了口气。忽然,那个熟稔的声音似乎又在耳边说:"你们讲的都有道理,就是别人要亡国,你站在旁边看,不管怎么说,心里也难过呵!"他接着念了好几遍这句话,越来越觉得分量不同,最后竟像千斤重锤落在心上。他自言自语地说:"是呵,是呵,别人都要亡国了,你站在旁边看,讲一千条一万条理由有什么用?如果这些理由不同朝鲜的危急情况联系起来,只看到本民族的利益,那就是一个民族主义者而不是一个国际主义者。"他觉得毛主席的话虽然不多,却是把爱国主义同国际主义结合起来了。想到这里,他深切感到毛主席的眼光、情感、胸襟毕竟不同,一种亲切崇敬之情油然而生,觉得这正是毛泽东伟大的地方。

"出兵是必要的!肯定是应该的!但是关键是能不能打胜。"他在地板上翻了一个身,又进一步想道,"军队的装备和国家的经济力量,毫无疑问是很重要的,但是革命力量和反革命力量相比,什么时候是处于优势的呢?"想到这里,他眼前又浮现出一幅图画。那是长征结束到达陕北安塞的一天,这时正是夕阳西下,秋风凛冽,举目一望,眼前只不过是一座荒凉的小城,山坡上只有几眼破破烂烂的窑洞。一支历尽艰险的饥饿疲劳的队伍,看到这番景象,也确实感到凄凉。有人就叹口气说:"唉!跑了两万五千里,到了这儿,想不到就是这么几眼破窑洞!"可是,今天看来,不就是这几眼破窑洞换来了一个崭新的中国?!……他不禁又想起胡宗南进攻延安的日子,那形势也是很严重的。胡宗南的兵力是23万人,而他指挥的兵力却不过2.3万人。那可真是"黑云压城城欲摧"了。可是不到一年时间,胡宗南就屁滚尿流滚出了延安。在他身经百战的一生中,无数这样的事实,构成了他牢固不拔的信念:真理的力量无坚不摧!革命的力量,只要它真正代表人民,就可以战胜千险万难!

他,长期的军事生活养成了一个习惯,不管睡得多晚也起得很早;可是今天却未免例外,待他醒来时,已经旭日临窗了。经过一夜的思虑,他心里格外清爽,就像这面承受阳光的窗子一样敞亮。不知怎的,他心里还腾起一种渴望,想找毛主席亲自谈谈,一来看望看望他,二来也倾吐一下自己的心迹。

这样想着,他就从地铺上坐起来穿衣服。警卫员小张推门进来,一看彭总在地下坐着,就皱着眉头说:

"你怎么睡到地板上了?"

"这里舒服噢!"他摸摸自己的光头,半开玩笑地说。

"舒服?我看还是这大沙发床舒服。"

小张嘟囔了一句。这小张来这里工作还不到半年,文化程度很低,字识不了几个,但是工作特别认真,为人又很忠实。只是有点认死理,爱同人抬杠,在彭总面前也免不了要嘟囔几句。彭总因为自己从小受苦,特别疼爱那些贫苦家庭出来的孩子,所以也从不计较。

"也不知道开什么会,风风火火的,这么急!"他一边整理床铺,一边又嘟囔起来,"弄得什么也没有带,我看洗了衣服换什么!"

"什么会?反正是个重要的会哟。"彭总笑着说。

"那当然,要不人家就不给你派飞机了。"

彭总穿好衣服,就推开前门站在阳台上。他朝下一看,人们正是上班时候,车流人潮,好不热闹。两边人行道上,一群群上学的孩子,戴着红领巾跳跳蹦蹦地走着,更使他看得神往。彭总一向喜欢孩子,简直喜欢得有点出奇。可是他自己却没有孩子,后来就把几个侄儿侄女收养起来。这时,他看见街上的孩子,就想起他们来了。

"过两天,把小白兔也接来吧。"他回过头对小张说。

"行。我找饭店再要间房子。"

"不好!你怎么能随便要!"

"不要,住在哪里?"

彭总转过身,指指地板:

"这地方就很好嘛!"

"真是……"小张嘟囔了一句,嘴噘起来了。

"你这个小鬼,"彭总批评道,"在兰州你就不注意关灯!我得跟你屁股后一个一个去关。这得浪费多少小米子呀!"

小张静静地听着,彭总瞥了他一眼,又说:

"哼,要是你在家里点灯,就不会这样了!"

"司令员,"小张说,"这你就批评错了,我们家从我记事儿就是不点灯的。"

说到这里,彭总也忍不住笑了。

下午,彭总同主席的秘书约好,决定提前到中南海去。因为距离很近,汽车只走了几分钟,便进了中南海的东门。他下了车,沿着一道弯弯曲曲的花墙信步走着。这时正是下午三点钟的样子,斜阳照着碧水,显得分外明净。岸上的垂柳,黄了一半,还绿着一半,长长的柳丝垂到湖水里。那一株株白杨,却满眼黄澄澄的,像挂满了金片一般,只要一阵小风就纷纷飘落下来。再往前走,有一座汉白玉筑成的玉带桥，横卧在秋水之上。桥左岸是伸到湖中的一座小岛，名唤瀛台，桥右岸就是要去的丰泽园了。彭总昨天来得仓促，一切都未曾细看，现在停住脚步，向对岸一望，只见那瀛台修在一座高坡上，层层叠叠的画楼掩映在黄绿相间的树丛之中，看去虽然壮观，只是年久失修，都破旧了。这边丰泽园的大门，也是如此，油漆都剥落得成了暗紫色，看去颇像一座古庙。这一切都说明，一个古老的国家刚刚新生，真是所谓百废待兴。

彭总向两个年轻的哨兵亲切地还了礼，就进了丰泽园的大门。穿过屏风，就是昨天开会的颐年堂了。这个方方正正的大院子，有两大棵多株海棠，叶子稀稀落落地快要掉净，但满树红澄澄的果子，却在阳光里红得耀眼，比春天的花还要可爱。

这时，一位年轻的秘书已经笑嘻嘻地迎了出来，谦恭有礼地说："主席早就起来了，正在等着您哩！"说过，就引着彭总转过右侧的走廊，向东面一个跨院走去。

这个跨院，门外有八九株高大的古柏，翠森森的，门上挂着一块绿色小匾，上刻"松竹斋"三个字，看去也是很古旧的了。秘书笑着说："这里以前叫'松菊书屋'，原是一个藏书的地方，因为离颐年堂近，开会方便，主席也就住在这里。"彭总踏着石阶进了门，院里又是几株参天古柏，还有一株挺拔的古槐，浓荫几乎遮住了半个院子。这院子东厢房是主席办公室，西厢房是书库，北房便是主席的住处了。秘书推开东厢房的门，正要把彭总让进办公室去，只听北房里有人用浓重的湖南乡音亲切地说道：

"还是到这里来吧！"

说着，毛主席已经从北房里走了出来。他穿着一件相当旧的驼色毛衣，披着一件褪了色的灰布制服，脚下是一双圆口布鞋，笑微微地站在台阶上说：

"彭老总，你来得好早呵！"

彭总快步赶上去，同毛主席握手，一面笑着说：

"主席，你看天都什么时候了？"彭总说着，眯眯眼看了看太阳。

"可是对于我，这已经是大早晨了。"毛主席笑着说，"你知道，我这个坏习惯已经有很多年了。"

说着，他那高大而微驼的身躯微微地弯了一弯，把彭总让进屋里。

彭总在沙发上坐下,四下一望,靠着墙壁都是书橱书架,摆得满满的全是书。里间屋是卧室,床头前也摆了几个大书架,那些发黄的线装书上,还插着不少小白条子。一张硬板木床上,各色封面的书籍竟占了半床,床头上搁着两盏蒙着布罩的高大台灯,屋里除了两张桌子,几只沙发,惟一的奢侈品,就是墙角里的那台落地式收音机了。

彭总望了望主席的面容,那头浓密的黑发在额头上还是齐崭崭的,白发并不多,只是比以前略显消瘦了些;他的神态仍像素常那样风雅安详,但认真看去,却又似乎掩盖着一些过度的思虑、疲劳甚至不安的东西。彭总问:

"怎么样,你还睡得好吧?"

"不是睡不好,是想睡不能睡嗽!"他微笑着说,"昨天晚上会一散,就来了两个忧国忧民之士,决心要来说服我。最后我讲:'好吧,高岗同志,林彪同志,你们都是为党为国,有意见讲出来就好。你们的意见我一定考虑,我的意见是不是请你们也考虑考虑。'他们走了不久,也就大天亮了。"

"他们在会上不是都讲了嘛!"

"讲是讲了,不过又搞来了不少材料。"毛主席接着说,"我们的林彪同志讲,美国一个军就有各种炮 1500 门,我们一个军才 36 门,太可怜了;坦克更不用说。他还讲,在没有制空权的情况下,如果没有三四倍于敌人的炮兵和装甲兵,对敌人是根本顶不住的。老天爷,这可难了,什么时候我才能比敌人的大炮、坦克多三四倍呢?他们还要我一定考虑到一切后果。我看就是剩下一句话他们没讲,就是说,如果贸然出兵,我毛泽东将会成为千古罪人。……"

由于最后这句话分量很重,彭总端在手里的茶杯忽然停住。室内一时沉静下来。停了半响,彭总才轻轻地将茶杯放在茶几上。

这时,毛主席从烟盒里取出两支"中华牌"的香烟,递了一支过来,一面笑着说:

"彭老总,你是不远千里而来,不知道考虑得怎么样了?是不是也来说服我了?……当然,多摆一些困难也没有什么,总是考虑得周密一点好。"

"我看可以出兵。"彭总性格坦率,说话一向开门见山,"我也是一夜没有睡好。想来想去,如果让敌人占领了朝鲜,同我们隔江对峙,这对东北威胁很大;加上它控制了台湾,威胁着上海、华东,它要发动侵略战争,随时都能找到借口。老虎总是要吃人的,什么时候吃,决定于它的肠胃。我看,不同美帝国主义见个高低,要想建设社会主义是困难的。……"

"好!讲得好!"毛主席显然有些兴奋,反复吟味着,"噢,老虎是要吃人的。对!这是你彭德怀的版权!很可惜,这个常识并不是所有的人都懂得噉!"

他似乎颇为感慨地叹了口气,抽了两口烟,脸上恢复了严肃的表情,凝望着彭总说:

"可是,彭德怀同志,这件事也确实有很大风险。第一,从我们说,不出兵则已,一出兵就要能解决问题。也就是说,准备在朝鲜境内歼灭和驱逐他们。第二,既然打起来,就要准备着美国同我们宣战,就要准备着他们至少要来轰炸我们的大城市和工业基地,使用海军来攻击我们的沿海城市,甚至到处轰炸,遍地下蛋,一直到最后丢原子弹。……"

毛主席讲这些话时,不自觉地站了起来,双目炯炯,手势极其有力,仿佛要把他面前的什么东西推倒似的。显然他早已深思熟虑,下了最大决心。

"这个,我也考虑过了。"彭总刚毅果断地说,"关键是能不能打胜。打胜了,风险就小,打不胜,风险就大。我看最多无非是他们进来,我们再回到山沟里去,就当作我们晚胜利了几年!……即使这样,我看比起哈达铺咱们改编成陕甘支队要好些吧!"

毛主席听到这里,神采飞扬,眼也亮了,禁不住朗声大笑起来,震得一截长长的烟灰落到膝盖上去了:

"好,好,还是你彭老总呵!"

"这也是受到你的启发。"彭总诚恳地说,"昨天夜里,我对你最后讲的那句话,背诵了几十遍,最后总算通了。我在想,中国革命取得了伟大胜利,东方人民,世界人民,都在望着我们,我们怎么能给他们泄气呀!"

"对,对,"毛主席低下头深有所感地说,"我们的民族是伟大的,她应当对世界有所贡献；可惜在一个相当长的时期，这个贡献是太少了，这使我们感到惭愧。……"

室内沉默了一阵。彭总又继续说：

"我们不能轻视敌人，也不能过低估计自己。我们在陕北，不就是几眼破窑洞？比胡宗南差远了，可是我们有群众，我们依靠着陕甘宁100多万老百姓，就打败了胡宗南，现在有全国几亿人民，我就不信一定会失败！"

毛主席兴奋地点点头，含着深意地微笑着，在房间里踱来踱去。

"有些人哪，是只讲唯物论不讲辩证法，讲唯物论又不讲群众，讲辩证法又不讲发展，这叫什么哲学？"

说着，他望着彭总，笑得是这么动人，彭总也笑了。

接着，他像忽然想起了什么，脸上又浮现出一丝不易察觉的愁容，压低声音说：

"可是，这么一件大事派谁去啊？……我同恩来、少奇、总司令都谈了，我们考虑到集结在南满的几个军，过去都是四野的部队，打起来也首先要靠东北支援，这样我们觉得派林彪同志去较为适宜。可是昨天晚上我试探了他一下，他显得很紧张，连忙说，他的身体很不好，每天晚上只能睡两三个小时……"

说到这里，他凝望着彭总，试探地问：

"彭老总，你最近的身体……"

"很好。"

"那么，这个担子是不是由你……"

彭总沉吟了一会儿，那坚毅的颚骨动了一动，两道浓眉一扬，抬起头说：

"我听候主席和中央的决定。"

毛主席深为感动，上前紧紧握住彭总的手，长出了一口气，说：

"这，我就放了心了！"

这时，忽听门外有人说："主席在吧？"接着玻璃门轻微地响了一声，原来是周总理走了进来。他穿着一身整洁的银灰色制服，潇洒自若地站在门口，笑着说：

"哦，原来彭总也在这里。人已经来齐了，我们开会去吧！"

"好，好。"毛主席说着和彭总一起站了起来。

"你昨天的确太紧张了。"周总理转向彭总亲切地说,"事情决定得很仓促,头一天气候不好,飞机不能起飞。"

彭总笑了笑,觉得总理总是这样亲切和周到,事情办得有条不紊。

周总理说过,又转向毛主席说:

"会议今天可能结束不了,我看适当延长一两天也可以。这样重大的问题,还是让大家充分发表意见,这样统一思想才牢靠。另外,列席的同志,特别是几位老总也要请他们发言。主席,你看这样是否可以?"

"可以,就这么办。"毛主席把手一挥。

说着,三个人出了房门,沿着走廊说说笑笑向颐年堂走去。刚踏进颐年堂的院子,彭总猛一抬头,只见那两大棵海棠,在夕阳的红光里,就像两支红通通的火炬,燃烧在碧蓝的天空。他不禁赞叹道:"这两棵海棠真好!"主席和总理也停住脚步,仰起头来。总理说:"据说,这两棵海棠已经有300年了,还这么旺盛!"毛主席点了点头赞赏地说:"是的,看起来,这也同我们这个古国一样,旧的枝条死去,新的生长出来,它自身的生命力也是不可低估呵!"说着,他们踏上颐年堂的石阶,只听里面笑语喧哗,大约人早已经齐了。

这次中央政治局会议又连续开了两天,10月6日晚上,彭总在会上发言,完全同意组成中国人民志愿军入朝作战,态度异常坚决。7日晚上又整整开了半夜,正式作出了出兵决定。随后,毛主席正式发出命令,立即组成中国人民志愿军,迅速向朝鲜境内出动,并任命彭德怀为中国人民志愿军司令员兼政治委员。这样,一副命运未卜的重担,已经牢牢实实地压在这个苦工出身的硬汉子的肩上,他个人的一切都无暇考虑了。人都说,彭老总是"苦命人",什么地方艰苦就到什么地方去,事实确也如此。飞机已经给他准备好了,天一亮,也就是说10月8日一早,他就要飞往沈阳。

会议于7日深夜结束。彭总走出颐年堂,西天一弯月牙已将要落下去了,草丛里虫声唧唧,夜风清冷,身上已颇觉有点寒意。他将要走到停车场时,只听后面一阵脚步声响,回头一看,一个人急匆匆地跑了过来。那人边跑边喊:"彭叔叔!彭叔叔!"彭总停住脚步,路灯光下,看见跑过来一个个子高高的年轻人。他跑到彭总跟前,喘

着气,但是很有礼貌地说:

"彭叔叔!您还认得我吧?"

彭总看了看,觉得有些面善,一时又想不起,就说:

"你是……"

"我在延安见过您,彭叔叔,我是毛岸英呵!"

彭总把他拉到路灯下,细细一看,才看出来了,就连忙拉住他的手,亲热地说:

"天这么晚,你怎么还没有睡?"

"我专门等着您哩,叔叔,您把我也带了去吧!"

"带到哪里?"

这年轻人附到彭总耳边:

"到朝鲜去呵。"

彭总吃了一惊,说:

"这可不行!"

"怎么不行呵,叔叔?"毛岸英感到意外,"我的目标很明确,就是要去锻炼锻炼。我自己小时候在上海流浪,没有机会学习,以后到苏联学习了几年,又只有点书本知识。父亲说我什么也不懂,我很有点不服,后来,我到晋西北参加了一年土改,我才信了。这次行动很伟大,机会很难得,叔叔,你就把我带上吧!"

这孩子就像他父亲那样,感情火辣辣的,辞意又如此诚挚恳切,彭总被感动了,语气也和缓了一些:

"你同你父亲讲了吗?"

"讲了,讲了,"毛岸英一连声说,"我父亲说他举双手赞成!"

彭总迟疑了。他再次打量了一下毛岸英。这个年轻人长得差不多同他父亲一样高了,穿着很不讲究,还是一身很旧的灰制服,上衣有四个吊兜,很像毛主席转战陕北时穿过的。小伙子站在那里,显得生气虎虎,泼泼辣辣,就很有些喜欢他。便随口问:

"你现在做什么工作?"

"我在一个机器厂当总支副书记。"毛岸英说,"我本来下了决心要搞工业,至少要搞上十年。我很想钻一钻工厂里到底怎样做党的工作……"

彭总笑着插上说:

"那不是也很好么？"

"不，一听说有行动，我就坐不住了！"毛岸英果断地说，"这次行动意义很伟大，我不能不去！"

彭总见他如此坚决，沉默了半晌，又说：

"这次出去，会遇见什么情况，很难讲呵……"

这年轻人异常机敏，也相当老练，早已听出话中的含义，立刻接上说：

"彭叔叔，请您相信，我精神上是有充分准备的。"

彭总一时无话。他上前紧紧握住毛岸英的手，又望了望松菊书屋那边透出的灯光，沉到深深的感动里，随后低声说道：

"岸英，那你就做准备吧，等我站定脚跟，就通知你。"

"哎呀，那我得等到什么时候？"

"咳，不要急嘛！你已经是第一个报名的志愿军了！"

"彭叔叔，这我可不敢当，"毛岸英笑着说，"您才是第一名志愿军哩！"

彭总哈哈笑着，把手一挥，向汽车走去。确实的，他已经从心里喜欢上这个年轻人了。

彭总回到饭店，已经过了午夜。警卫员小张早就把小白兔接来了，这个五六岁的女孩子一直在房间里等着伯伯回来，后来就困觉了。小张就安排她睡在地板上。彭总蹲下来，见这孩子盖着大被子睡得正香，小脸蛋红扑扑的，一头柔软的黑发，像满是茸毛的蒲公英似地散在枕上。孩子等了他这么久也没有等上他，这使他心里有点不老忍。他俯下身子，轻轻地把她抱起来放在软床上，严严实实地盖好，然后亲了亲，自己就又躺到地板上睡了。

早晨，彭总刚洗过脸，小白兔就醒了。彭总赶忙跑到床前，抚摸着她的小脸说：

"小白兔，你想伯伯了吗？"

"想了。我等你，你老不来。"

"对不起，小白兔，那是伯伯开会去了。"彭总笑着说，"来，伯伯帮你穿衣服吧！"

"不，我们幼儿园的阿姨说，要自己穿！"

"那好，那好。"

说着,彭总把她的小衣服一件件放在床头上,望着她。她把一只袜子穿反了,怎么也穿不上去,彭总笑着说:"看,还是伯伯来帮帮忙吧!"他提起小白兔的小红毛衣,一看肘弯和领口都破了,就说:

"小白兔,我给你买件新毛线衣好不好?"

"不,我不要,"小白兔说,"我就喜欢我的红毛衣。"

"不要,我看你以后穿什么!"。

"下一次你回来我才要哩!"

"下一次?……下一次你还不一定要上要不上咧!"说着,他捏了一下小白兔的红脸蛋,"咳,真是一个小傻瓜哟!"

"我才不傻哩!"小白兔把脑瓜儿一歪,"我知道你要回兰州。是吗?"

"不,不是兰州。"

"那是什么地方?"

"好远哟,等你长大就知道了。"

说到这里,彭总从小张的挎包里找出针线,就戴上老花镜,把那件小红毛衣抱在怀里缝起来。后来小张推门进来,把红毛衣接过去了。

随后,秘书林青也走了进来。彭总问:

"都准备好了吗?"

"准备好了。"林青说,"只是我们是否给西北局发个电报,因为我们来得仓促,什么也没有交代。"

彭总点了点头。

"家里呢,是否也告诉一声?"

"可以。电报后面加上一句。"

这林青,二十五六岁,作战参谋出身,精明干练,记忆力强,口齿清楚,笔头子也来得,而且还善于观察首长的心意。他很快就拟了一个电报草稿递了过来。

彭总戴上老花镜,看了一遍,然后拔出笔来,郑郑重重在草稿的末尾转告妻子的话中,添了八个字:"征衣未解,又跨战马。"林青接过来,看了又看,然后抬头望望彭总,望了望他那鬓角上初露的短短的白发,想起他戎马半生,从未得到过休息,心里无限感慨地说:"是的,是的,确实是征衣未解,又跨战马呵!……"但是这些话并没有说出来,只是眼睛湿湿地低着头向门外走去。

"小林!"彭总在后面又喊住他,"你从西北还带来不少文件吧?"

"是的。"林青站住说。

"那些文件不要带走,可以存在主席那里。"

"这……为什么?"林青有些愕然。

"你说为什么?"彭总反问,重重地瞅了林青一眼,每个字都很清亮地说,"因为这是战争!"

林青心里像注入一股热辣辣的东西,立刻激起一种出征的勇壮的感情,仿佛已经踏上战场,即刻就要同敌军决一死战。他响亮的回答了一声"是",就迈着有力的步子,咔咔地走出去了。

两小时过后,在北京的西苑机场,一架深绿色的军用飞机,已经风驰电掣一般携着雷声凌空飞起,转瞬间升入高空,然后向着东北方向毅然飞去。它那一往无前的气势和勇猛无比的声威,确实就像战马一般……

第十三章　营　长

郭祥和杨雪,第二天中午赶到了西北闻名的古城咸阳。自从解放大西北以后,他们的军部就一直驻扎在这里。杨雪所在的军卫生部也驻在城里,郭祥的团队驻在城北,离城还有三四十里的路程。

他们下了车,在车站附近卖饸饹的小摊上胡乱吃了点东西,看见阅报栏下摩肩接踵挤了很多人。两个人挤进去一看,大吃一惊,报纸上的大标题是:"美国侵略军已越过三八线,正向北疯狂推进。"看报的人们在窃窃私议,脸上都带着一种忧虑的表情。

两个人无心细看,从人丛里挤了出来。郭祥抗抗杨雪的肩膀,低声地说:

"你瞅瞅,这回咱们俩赶回来,算闹对了!"

"可不,"杨雪也庆幸地说,"要呆在家,部队开走了都不知道。"

杨雪原定同郭祥一起到营里去看看老陆,然后再回卫生部去,这时她又改变了主意,不去了。郭祥劝她还是走一趟,杨雪摇摇头说:

"你快走吧,别给我出馊主意了!"

郭祥没有走出几步,她又喊住他:

"你等一等!给我捎个小条儿。"

说着,她掏出一个小本本儿,蹲下身子在膝头上写起来。写了不到几行,就哧楞撕下来,折叠好,交给郭祥,然后说:

"你可不许偷看,看了烂你的眼边儿!"

"那怕什么!"郭祥笑着说,"赶过年时候我再演傻小子,就省得化装了。"

郭祥装好信,就大步出了北关,沿着正北的大道走去。

咸阳城外,有不少秦汉时代的古冢,每一座都有一两丈高,一个一个像小圆山包似的坐落在原野上,上面长满了青草,给这座往昔繁华的旧都添了不少古意。这里比河北平原庄稼成熟得晚些,人们正在忙着秋收,田野里不时传来一两声秦腔的高亢的曲调。

郭祥走得很快,大约下午两点钟左右,已经赶到他们营连的所在地杨柳镇了。这是一座五六百户的乡村小镇,郭祥所在的三连就驻在村西头几十户低矮的农舍里。

郭祥一气赶了几十里路,并不觉累,还觉得能放开腿走走,比坐火车马车还要舒畅。他进得村来,远远就看见了自己连里的哨兵,心里说不出多么高兴,好像离开了多少日子似的。

他在门口,同哨兵热乎了好大一阵,才进了连部的院子。房东和部队都忙着秋收去了,院子里静悄悄的。郭祥往北房里一看,只有通讯员花正芳一个人迎着门静静地坐着,穿着白衬衣,在那里低着头做针线活呢。他的神态是那样专心,缝几针就停下来,察看一下针脚是否均匀,然后又接着缝下去。连长的到来,他仿佛一点都没有发觉。

这个花正芳,是全连中郭祥最喜爱的战士之一。他在战斗中极为勇猛、沉着,而平时却又腼腆得像个大姑娘似的,同人说话的时候,常常无缘无故地脸红。他又做得一手好针线活,人又长得十分漂亮,所以就得了一个"大闺女"的绰号。

郭祥见花正芳没有发现他,就故意放轻脚步,走到门边说:

"嗬,这是给谁纳袜底哪?"

"连长,你回来啦!"花正芳连忙站起身来,来不及敬礼,红着脸笑了一笑,"你瞧小牛那双袜子,简直没法补了,我想干脆给他换双底子!"

说着,他把针插起,连忙接过连长的东西,掂了掂,笑着说:

"这么沉!连长你给带来什么好吃的啦?"

"你瞅瞅!"郭祥笑着说。

花正芳一探手,抓出一大把红枣,放到嘴里吃了一个,说:"好甜哪!好几年没吃上咱们冀中的红枣了!"

"你给大伙分分!别叫小牛一个人抢了。"郭祥说。

花正芳跑出去拎了一大桶水来,郭祥在院子里拍打着身上的尘

土,痛痛快快洗了一阵,一面说:

"最近有什么情况?"

"咱们种的棒子,可长得不错。这两天正突击秋收哩,连操课都停了。"

"我问的不是这个,"郭祥说,"形势方面有什么?"

"没有传达。光听说周总理有一个声明,说我们不能置之不理。"

"着哇!"郭祥笑着说,"这里面就有文章嘛!"接着他又叹口气说,"你也是个老兵了,什么事还要光听传达!你看后勤部门有什么动作?"

"你平常不是叫我们不要乱打听嘛!"花正芳望郭祥微微一笑。

郭祥也笑了。

"最近形势很紧张,"郭祥说,"你感觉到了没有?"

"怎么没有?"花正芳说,"房东老大伯前些时见了我就悄悄地问:'老解放区都分地了,咱们这里啥时候分呀?'现在也不问了,一天蔫不拉唧地没有精神。……自从美国军队过了三八线,街上的东西价钱眼瞅着涨了很多。你瞅瞅,我买的这条毛巾,前些时才五毛,这几天就要一块,真把人气得……"花正芳这时脸又涨红了,"我看,他要真攻过来,我们就要顶住,再不然,我们就打台湾!"

郭祥很满意他的回答。接着又问了些别的情况,喝了两碗水,就站起身说:"我到营部见营长去。"

"你到营部怕找不见他。"花正芳一笑。

"他在哪里?"

"就在镇东头那座红大门里。人说是西安一个大皮毛商人的家。"

郭祥一惊,又问:

"他在那儿干什么?"

"大概快结婚了,"花正芳一笑,"正忙着布置新房哩!"

郭祥唔了一声,没有言语,接着整整军服,来到镇子东头。这里隔着一条河,对岸有好几十株大柳树。那座朱红大门就掩映在浓密的树荫里。

郭祥过了小桥,见大门虚掩着。推门进去,里面又是一重青瓦门楼,迎着门楼,是一座桔红色的油漆屏风。屏风上画着一棵古松、一个老寿星和两个献桃的童子。

郭祥刚要转过屏风,只听营长在里面说:

"潘先生,真是太麻烦您了!"

另外一个声音接道:

"哪里,哪里,营长你太见外了!"

郭祥转过屏风,看见一个肥墩墩的中年商人,正同一个通讯员把一架紫檀木镶嵌的大穿衣镜,从北房里搬出来,向西厢房走去。营长在西厢房的门口打着竹帘。郭祥见人们没有发现他,就乘机打量了一下这座院落。正面是一溜五间带走廊的高大北房,镶着大玻璃窗,垂着竹帘。两株很大的海棠树分列左右,结着红澄澄的果子。东西两厢房的门前,也各摆着两盆大夹竹桃。总之,在这个院子里,每一种大小摆设,都是二二编制,尽量让它成双成对,也许这里藏着主人的什么吉祥的意念。

穿衣镜抬到西厢房里去了。只听营长又说:

"潘先生,您真太热心了!我真不知道该怎么样地谢您!"

又听那位商人说:"陆营长,您说哪里话,咱们现在都是一家人嘛!您住到敝舍,就够我三生有幸了。再说,成亲这是终身大事,我就算帮你的忙,一辈子能有几回?……"说过哈哈大笑起来,接着又说:"你看这穿衣镜,摆在哪里好些?……"

他们似乎正在那里考虑着。这时候,郭祥按照军人礼节,喊了一声报告,揭开帘子走了进去。这是个两明一暗的房间,有着雕花槅扇。那架穿衣镜还摆在当屋,看来正在等待着最适当的位置。

郭祥向营长行了一个军礼。

"哦,哦……"他点点头,神情有些漠然,仿佛他的思想还没有从什么地方收回来似的。但是他立刻意识到自己不够热情,连忙走上前来握住郭祥的手说:"你回来啦!"

那位潘先生随便看了郭祥一眼,并没有给予过多的注意。他还接续着刚才的话题说:

"这架穿衣镜太陈旧了,放到新房里实在不成体统。不过这镜子是法国玻璃,货色不错,新娘用用也还方便……营长,您住到咱家里,真是请都请不到,需用什么东西,您尽管说。看还需要些什么?"

"不用了,不用了。"营长不胜感谢地说。

那位潘先生似乎沉思了一阵,说:"你看那边床头上是不是还要摆一张茶几儿?"

"实在不用了!"营长又说。

"我看还是有个茶几好。"潘先生神情认真,说着,连忙挑起帘子,对着北房喊道,"老三!老三!你把那个黑漆茶几赶快腾出来给营长用!"

"嗳,嗳!"只听上房屋里娇滴滴的声音应了一声。

潘先生显然为这娇嫩轻妙的应和感到满意,接着又笑嘻嘻地说:

"营长,失陪!等茶几腾好,你就让他搬过来吧!"他指了一下那个通讯员,就走出去了,并没有看郭祥一眼。走到帘子外,又回过头说:"营长,什么时候,喜日子定了,早点告我,您这喜酒我是吃定了!哈哈哈……"说着,一摇一摆地踱回上房去了。

"不知是个什么混蛋玩艺儿!"郭祥望着他的背影暗暗地想。

只听营长感慨地说:

"你瞧,这新解放区的老乡,对待咱们多热情呵!"

说过,他沉吟了一会子,决定让通讯员把那架穿衣镜放到里间屋去。刚搬到里间屋,他左看右看,感到光线太暗,又改变了主意,让通讯员又搬出来,把它摆到外间屋的一个屋角里去了。这才满意地躺到一个帆布躺椅上,对通讯员嘱咐道:

"小张,我告诉你:我们住到这儿可要注意一些。这可不同一般老百姓家!对待房东必要的礼貌是不可少的!衣服鞋袜都要穿得像个样子。不要让人家笑话我们太土气了。去!你先把院子打扫一下!"

营长躺在躺椅上,正面对着穿衣镜,他不断打量着自己潇洒自若的仪容,露出悠然自得的微笑。

"郭祥,你瞅我这新房布置得怎么样?"

郭祥再次打量了一眼那紫檀木的八仙桌、太师椅、自鸣钟和墙上挂的一幅九美图,勉强笑了一笑,没有言语。

"你再到里面看看嘛!"营长又说。

郭祥掀起雪白的门帘,只见里面墙壁上糊着淡蓝色的花纸,一张有棚的雕花木床上,支着粉红色的绸帐。帐子里面摆着一对绣着喜鹊登枝的红缎子枕头。就是那一床绿不绿、黄不黄的粗布军被显得很不调和。

营长兴奋地走过来,扶着郭祥的肩头,再一次欣赏着未来的洞房的陈设。他还特意把那对大红缎子枕头,拿到郭祥面前说:

"这喜鹊登枝,绣得不坏吧!你估计得多少钱?"他没等郭祥回答,就兴奋地说,"其实并不贵!这是我到西安,从旧货摊上买的。可是你瞅瞅,谁也看不出来这是旧的!"

"就是这条花被单稍贵一些。"他放下枕头,把它摆正,又指着被单说,"其实,贵又能贵到哪里去?刚才潘先生的话说得不错,终身大事嘛,一辈子能有几回!"

他的眼睛望着那床黄不黄、绿不绿的旧军被,叹了口气:"就是这床被子太土气了。我已经对管理员说了,再到西安,买不起缎子的,就是麻葛的也换上一床!"

说过,又躺到躺椅上去了。

郭祥自进了这个院子,不知怎的,就有一种不舒服不自在的感觉,就像他小时候到谢家所产生的那种感觉似的。加上营长一个劲地说被子、枕头,心里就有些厌烦。但他一进门就暗暗警惕自己:决不要嫉妒自己的战友,决不要流露出哪怕是一丝一毫的不满。因此,他在极力地压制着。

"营长,"他转换话题说,"最近,有什么情况吗?"

"什么情况?"营长反问。

"我说的是,部队有没有行动的消息?"

"你听到什么了?"营长望着他。

"我完全是瞎估计。"郭祥笑了一笑,接着说,"你看,美国人有没有可能打过来?另外,我们有没有可能去打台湾?"

"咳!"营长笑了一笑,叹了口气,"你这个同志呀,我早说过,是个好同志,可就是太不老练,听见风就是雨!你就不想想,我们打了多少年了?我们哪个人身上不是钻了好几个眼眼?我们老解放区,就说咱们冀中吧,已经快成了女儿国了。我们的经济方面也非常困难。要不然的话,上级为什么叫咱们在这里搞生产呢?现在战争刚刚停下来,我看一时半时决不会再打。再说,再说……"

"现在的形势,确实很紧张。"郭祥打断营长的话,"这次我家去,谣言很多,乌龟王八都猖狂起来了。我们村的一个老地主,竟然敢跑到贫农家里把过去分了的东西抢回去。……所以,所以……"

"所以你就沉不住气了。"营长笑了一笑,"这是很自然的。你分了他的东西,他心里怎么能够满意?当然,一有机会,他就想捣乱。你找几个民兵,把他捆住送县就是了。"

他凝视着郭祥,拍拍郭祥的膝盖,诚恳地说:

"郭祥呀,我劝过你多少次了,你一定要好好提高自己的文化!现在形势不同了。部队进了城,要搞正规化了。战争年代那一套,光凭冲一下子,已经吃不开了。每一个干部在训练部队上,都要真正有一套才行。不然的话,"他瞅瞅郭祥,"那胜任工作就是有困难的。有人埋怨说:'现在不打仗了,咱们老粗吃不开了。'埋怨什么?你积极提高嘛!当然,也难免会有少数人被淘汰!……"

"淘汰了,我就回家种地去。"郭祥说。

"瞧,打中你的要害,你就不高兴了!"营长哈哈笑了一阵。

郭祥忽然想起,口袋里还装着杨雪一封信,就一边掏信,一边说:

"小杨随我一道回来了。"

"她在哪儿?"营长兴冲冲地问,"她怎么没来?"说着把信接过去,笑吟吟地端详了好一会子,才慢慢把信打开:

希荣同志:

你的身体好吧?工作顺利吧?我已经提前回来啦!因为这些日子形势很紧张,我怕部队有行动,把我丢了。

我走以前,你提出的那个问题,我没有意见。就按照你的意见办吧。但是假若部队有新的行动,我的意思是把那个日子推迟。我已经在火车上再三考虑过了。请不要生我的气。

小杨于咸阳车站

营长看着看着,眉头皱起来,刚才嘴边的笑意消失了。

"多幼稚!"他把信往桌上一掷,叹了口气,"整个形势不了解,又不多用脑筋分析,这怎么行!……我要亲自去给她打个电话。"说到这里,他隔着竹帘喊道:"通讯员!"

那个正在院子里扫地的通讯员应了一声。

"等会儿把那个茶几搬过来!然后把门锁上。我先回营部去了!"

郭祥随着营长走出门来,刚刚走到屏风跟前,只听后面一声又尖又怪的声音:

"送客!送客!"

郭祥回头一看,并没有人,原来是上房廊檐下两个绿毛鹦鹉的叫声。郭祥来的时候,竟然没有发现。他带着一身鸡皮疙瘩走出那个朱红大门。

穿过小桥,营长连招呼也没打,就急火火地往营部去了。郭祥不知怎的,心里怪不舒服,慢慢地向连部走着。走不多远,听见有人喊他。一看,原来是本连的司务长老模范。不管离多远,郭祥只要看见他那身破旧的军衣,略略驼背的身影,就知道是他。郭祥兴冲冲地赶上去,几乎要搂住他说:

"老模范!你在这儿干什么?"

"我在这儿等你哩!"

郭祥看见他破旧的军衣上满是尘土,膝头上补着两个大补钉,那双踢死牛的山鞋也张开了口儿,有些怜惜地说:

"你是才从地里回来吧?老模范!岁数不饶人呀,我看你也得注点意了!"

"不说这个!"老模范把头一摆,"我要找你谈谈。"

"咱们回去谈吧!"

"不,"他又把头一摆,"我马上还要到后勤开会。"

说过,他朝着村北的几棵大树走去。郭祥恭敬地跟在后面。

这老模范,名叫康保,原来是梅花渡一户大地主家的长工。前文已经交代,13年前,当小嘎子在那个可怕的黑夜逃到梅花渡的时候,他就是小嘎子在井台上遇见的那个救命恩人。从那时起,郭祥就喊他"大叔",实际上早已是父子般的感情。以后,康保参军去了,本来想把他带走,因为他年纪太小,部队没有收留。两年以后,郭祥参军当司号员,老康已经是机枪班长了。两个人在一个连里,老康还是像父亲一般地关心着他。那个时候,郭祥还叫他大叔呢。老康觉得既是参加了革命,在连队里叫"大叔"总是不够顺耳,就叫郭祥改了。郭祥就叫他"班长",但有时仍不免冒出一两句"大叔"来。郭祥当班长的时候,老康因为负伤体弱,就调到伙房当了炊事班长。等到郭祥当了排长,还是照旧喊他"班长";老康则一直喊他"嘎子"。可是后来郭祥当连长了,在全连面前"嘎子"这两个字就喊不出口了,又怕影响他的威信,也就叫起"连长"来。这时候,郭祥对老康的称呼却比较容易解决,因为老康无论战斗、工作,样样为人表率,不知从什么时候起,这个"老模范"的名字就叫起来了,起初是全连、全营,后来是全团、全师,就是军首长也这样叫他。郭祥也就跟大伙一起喊他"老模范"。但是两个人不管彼此如何称呼,都可以使人体察到那种极其深厚的、无比关切的阶级感情。

老模范在前面走,回过头说:

"这次回去,家里怎么样?"

"我娘还好。我爹已经死了。"

"怎么死的?"

"谢家小子搞倒算死的,膛都开了。"

老模范站住脚步,半晌没有言语,又往前走。

两个人来到那几棵白杨树跟前坐下来。

"他们杀死我们多少人哪,"老模范把头一摆,"这仇没有个完!"他把他的一柞长的小烟管摸出来,拧了一锅烟,"可是有些人老是喊:革命成功了!成功了!该回家抱娃子去了!"

郭祥接过他的黑粗布烟荷包,倒了一些烟在自己的掌心里,一面问:

"出了什么事啦?"

"叫我看,有的人思想不稳定。"老模范说,"还有个老资格公开讲:他的任务已经完成了。……"

"你说的是'调皮骡子'吧?"

"还有谁?"老模范说,"自从开到这儿生产,他没干几天活。一下地,他就装病,还哼哼,一吃饭就是好几大碗。你给他谈话,他就说:'生产?我还回家生产去哩!'指导员批评了他一次,他干脆不起炕了。"

郭祥越听越沉不住气了,把腿一拍:

"哈哈,这样人连革命都不想干啦,你瞧,我得好好整整他!"

"你又来了!"老模范瞪了他一眼,"你可是在这方面犯过错误!"老模范这口气可不大像对待上级。

郭祥偏过头笑了一笑。

老模范掖上烟锅,在苍茫的暮色里站起身来。

"咱们的战士是好的;我看就是思想工作跟不上去。有人一天价盘算着结婚,什么工作也不往心里搁,就不看看现在是什么形势!"说到这儿,他有些气忿,停了停,又说,"你要多经经心!不论什么问题,当干部的,总要在心里多走几个过儿。我怕你不了解情况,一回来又是和通讯员滚蛋子,打扑克,将来一打仗,这个连带不上去可就糟啦!"说着,他站起身来,踏着他那踢死牛的山鞋,走到坡岸下面去了。

天上已经升起一眉新月,郭祥向连队走去。他好几次回过头来,望了望那个略带驼背的身影……

第十四章 争 论

郭祥回到连部，正是人们秋收回来吃晚饭的时候。郭祥刚端起饭碗，那些排长们、班长们和战士们就川流不息地来瞧他们的嘎子连长来了，好像他们已经多年不见似的。那种战士们特有的欢乐与诙谐的谈吐，简直没有个完，小屋子掀起一阵阵的哄笑。郭祥带来的家乡红枣，还没有等待花正芳严格分配，就被人抢光了。满屋子吐了一地枣核儿。郭祥神情振奋，没有一点儿疲劳的样子。要不是老模范的告诫，一场扑克是少不了的。当晚，指导员向他介绍了连队的情况，等睡下来，夜已经很深了。

第二天一早，郭祥就盘算着他的计划。准备首先找调皮骡子个别谈谈。可是刚把手插到洗脸盆里，一班长就手里拿着一张纸片气急败坏地跑来了。

"调皮骡子跑了！"

他打了一个敬礼，就低下了头，摆出一副准备接受申斥的样子。

指导员刚穿上一只袜子，手抖抖索索的，另一只袜子怎么也穿不上去。他指着一班长说：

"你，你……你是怎么搞的？我早给你布置过，他是一个逃亡对象。"

班长的头垂得更低了。这场训斥是他早就预料到的。

郭祥使了个眼色，暗示指导员冷静一下。

"你瞧，叫他抓住时机了！"郭祥说，"这家伙精得很，他看我昨天才回来，睡得晚，就叫他抓住了。你手里拿的是什么？""这是他留下的信。"郭祥接过来一看，是一张字迹歪歪扭扭的纸条：

敬爱的连首长：

现在革命已经完成了，我回去了。是我自己批准的。我知道你们可能受批评，没有法子，请多多原凉！以后到我家，我好好招代，还是朋友！明人不做安事。敬礼！

公物留下，枪也擦了。

王大发

郭祥气得把纸片一甩，从枕头下摸出驳壳枪，搭到肩上，说："估计是什么时候走的？"

"怕是下半夜。"

"可能走哪条路呢？是大路还是小路？"

"我刚追到村外，从那条小路上拣了一条毛巾，是他的。"

"唔！……那就从大路去追！"郭祥敏捷地说，"这家伙打过游击，有点心眼儿。"

说过，提枪要走，指导员拦住他，抢到头里去了。郭祥知道这个老兵不好对付，就喊：

"花正芳！你也跟指导员去，一定要把他抓回来！"

花正芳笑了一笑说：

"叫我说少就少一个吧。像他这样的老调皮兵，别说全团，就是全师也数头一份了。"

"快去！"郭祥摆出连长的架子，"我正要抓典型儿咧！"

花正芳一听这话音，连忙接过连长的短枪，蹿到院里去了。

这突然的事件，一下子破坏了郭祥的心情。他胡乱扒了几口饭，把筷子一摔，就领着部队下地去了。到地里也不说话，砍高粱砍得咔咔的，好像每株高粱也都成了调皮骡子。昨天晚上，听了老模范的劝告，他本来准备把他找来好好地谈谈，进行一番耐心的说服，决心改变自己那种"整一整"的政策。谁知道过了一夜，这家伙却乘自己疏忽麻痹之际跑掉了！

说起调皮骡子，郭祥一向认为"整"他也是不屈的。无论什么任务，他就是干了，也得给你炮几个蹶子。而且谁要说他调皮，他就会瞪着眼说："这叫调皮？我比以前进步多了。你参军日子太浅，要提起我过去的事儿，得吓死你！"是的，他过去确有不止一桩事叫人哭笑不得。就是犯纪律,也比别人更富于创造性。比如有一次行军,他崴了脚脖子,掉了队,路上碰上一个老乡,正愉快地赶着毛驴,一路走,一路唱。原来这地方刚刚经过土改,小毛驴就是老乡分的。他就赶上去,拐着腿,进行宣传,先讲国际形势,又讲国内形势,然后就夸奖老乡的毛驴,最后表达自己坚决保卫胜利果实的决心。说得老乡满脸是笑,嘴都合不拢了,就说:"同志,看你这腿拐得多难受,你骑上去吧!"他一边推辞着,一边就跨上毛驴,在部队后面远远地跟进。这个例子,后来被兵团政委知道了,在政治工作会议上,作为约束不严的典型事例提出过严肃的批评,弄得军首长都脸上无光。虽然如此,但在郭祥的内心深处,也有几分喜爱他的地方。因为他最突出的长处,就是作战勇敢,而且战斗经验相当丰富,在节骨眼上,常常能解决一些问题。比如打徐水城,在进行巷战的时候,有一个大门总是突不进去,因为高房上有一挺机枪,封锁得特别严密。在这里牺牲挂花了20多个,连一向敏捷的花正芳也负了伤。这时候,他满不在乎,并且洋洋自得地说:"瞧老调皮兵给你来一手啵!"说着就装作要冲过去的架势,把他的大衣猛地往大门前一扔,敌人那挺机枪就哗——地扫了一梭子,等敌人发现受骗猛然一愣,调皮骡子已经蹿过去了。不一时,炸药放好,黑烟冲天,那座高房子就像害了大病似的瘫在那里。正是因为如此,他在连队里也颇有一些威信。领导上多次想培养他成为一个干部,因为他确实很老了,和他一起参军的人,有的已经当了营级干部,而他还是一个兵。但他对此毫不介意。你同他谈入党的事,他说:"一天开会,麻烦死了!"你说要提他当干部,他说:"我操不了那个心,哪有当兵自由!"你劝说得他急了,他就说:"别谈了!别谈了!反正我跟你们走就是,革命成功了,我还是回去种我的地!"瞧,他现在真的实践他的诺言去了。

郭祥正在气恼,下午花正芳跑来说,调皮骡子已经抓回来了。果如郭祥所料,他正背着背包在大公路上大摇大摆地走哩!

郭祥急急回到连部的院子,见调皮骡子正坐在自己的大背包上端着小搪瓷碗喝水。他服装整齐,神态自若,完全不像一般开小差的样子。他喝完一碗,又伸出碗说:

"花正芳!还有没有?再来一碗!"

花正芳略显迟疑,他就说:

"怎么？犯一点儿错误，连水都不让喝啦！"

郭祥气更大了，走过去大声说：

"给我讲！你为什么要开小差？"

他端着碗，继续喝他的开水，满不在乎地拉着长声说：

"连长，别发那么大的火嘛！有什么事大不得了？慢慢商量嘛！"

"别耍贫嘴！"郭祥指着他说，"你讲，为什么要开小差？"

"有没有我的民主？"他把小碗放在地上，反问，"要容我说，首先，我这就不能叫开小差。你问指导员，我给他讲过多少次啦。你们光讲空话，不解决人家的实际问题嘛！"

郭祥要压倒他，咬定一条：

"我问你，你经过谁的批准？"

"那，那，"他把头一歪，"那你们都不批准，我就只好自己批准啰！"

气得鼓鼓的通讯员也忍不住笑起来了。小牛说：

"人家是老资格嘛，当然可以自己批准自己了！"

"小毛孩子！"调皮骡子的脸略红了一红，瞪着眼说，"解放军可不许乱讽刺人！"

正在喝水的指导员，把碗一放，站起来说：

"王大发！你仔细想想，全团全师甚至全军，谁像你这么调皮！你也革命好几年了，一贯地调皮、落后，难道你自己就一点也不感到惭愧？"

这句话像是刺中了他，他的脸涨红起来了。

"我，我……"他激动地打了几个嗝儿才说下去，"我，我承认调皮，但我并不落后。你们，你们说，我哪一次战斗不是冲在前面？我哪一次装过孬种，当过草包？从南到北，从东到西，我比你们谁少走了一步？我没有功劳，也有苦劳，没有苦劳，也有疲劳咧！可是你们，你们……"他激动地站起身来，"你们为什么说话不算数呢？……"

"我们什么地方说话不算数？你说！"郭祥气昂昂地指着他问。

"好，我说。"他充满激动，觉得自己十分理直气壮，"首先，打日本那时候，你们说'不打倒日本鬼子不回家'，是吧？打倒了日本鬼子,该让我回家了,你们又提出了一个'不打倒蒋介石不回家',是你们说的吧,嗯?现在这些都实现了,革命已经胜利了,你们为什么还不让我回去呢?……"他的嗓音嘎哑了,似乎流露出一点悲哽。

"你别哼哼唧唧的,"郭祥说,"你自己也得了胜利果实!"

"是,我是分到了土地,"他抹抹鼻子,"可是有了地没人种就能自己长出庄稼来吗?嗯?"

"你别忘了还有敌人!"郭祥声音更高地说。

"敌人?敌人在哪儿哪?你让我看看!"

花正芳插嘴说:"台湾,台湾就没敌人啦?"

"什么时候打台湾你叫我,"调皮骡子说,"哪个孬种不来!"

"昏家伙!"郭祥说,"美国侵略朝鲜,你知不知道?"

"他怎么知道?"小牛也插嘴说,"人家从来不看报,上课的时候画小人人儿!"

他轻蔑地翻了小牛一眼,显出不值一驳的样子,又继续说:"要按你们这么说,那革命就没有个头儿啦!只有当'辈兵'啦!"

郭祥激怒而威严地说:

"先把他关起来!"

花正芳把调皮骡子押往禁闭室去。临出门,他还低声但用郭祥能听到的声音说:

"关禁闭算什么,有人当了排级干部还蹲禁闭哩!"

郭祥又气又恼,正要发作,忽然营部的通讯员气喘喘地闯了进来,打了一个敬礼:

"报告连长,指导员……"他喘得说不出话来。

"发生什么事了?"郭祥问。

"叫你们跑步到团部集合!"

"到底什么事呀?"指导员也问。

通讯员没有回答,一步蹿到门外,回过头说:"你们要误了事,我可不负责任!"说过,到别的连传达命令去了。

"快走吧,伙计!"郭祥立刻挎上枪说,"准是发生什么事了!"说着,出了门就向团部飞跑。已经跑了一天,十分疲劳的指导员喘吁吁地跟在后面。

果然,他们在团部驻地村东的一所古庙里,听到了政委报告的惊人的消息：自从美国侵略军在仁川登陆以后，朝鲜人民军的主力，被隔断在南朝鲜还没有撤回；向北推进的美国侵略军，不顾我国政府的警告，已经越过了三八线；现在朝鲜民主主义人民共和国的临时首都平壤市，已经陷于包围中。朝鲜人民的命运正处于最危急的关头。接着，政委宣布了毛主席、党中央的重大决定：要立即组成"中国人民志愿军"，抗美援朝，出国作战。本部队奉命立即停止秋收，擦洗武器，进行动员，三天后待命开动。

会议结束，已经后半夜了。郭祥刚离开那座倒塌的山门，就擂了他的指导员一拳，说：

"伙计，你的决心怎么样？"

"打呗！"指导员说，"那有什么说的！"

"对！"郭祥十分高兴地说，"毛主席这个决定，真是太英明了，真碰到我的心坎上了。……过去，咱们打过日本鬼子、国民党，就是没有打过美国鬼子，这一回我倒要见识见识！我要问问他们：为什么要漂洋过海来侵略别人？"

两个人沿着村野小路走着，秋风吹得棒子叶飒飒地响。指导员又说：

"老郭，你不觉得动员时间太短吗？咱们连有一些人退坡思想很严重，他们要听说到外国去，能拉得动吗？"

"没有问题！"郭祥乐观地说，"咱们的战士，你还不了解么？尽管平时有人闹些个人问题，真正到了节骨眼上，倒是不含糊的。这是我多年的经验了。咱们俩分分工。一回去连夜开支委会。你跟别的支委专门搞动员；把那些落后家伙全包给我，我有办法！"说着，他鬼笑起来，不知道在打什么鬼主意了。

月色蒙蒙，原野苍茫。郭祥轻快地走着，完全忘记了还没有吃晚饭呢。他越走越高兴，不由得唱起歌儿来了。这是中国工农红军东渡黄河向抗日前线挺进时唱的歌子：

炮火连天响，战号频吹，决战在今朝，
我们抗日先锋军英勇武装上前线，
用我们的刺刀枪炮头颅和热血，
嗨，用我们的刺刀枪炮头颅和热血，

坚决与敌决死战！
…………

"喂，算啰！算啰！"指导员笑着说，"看你这股劲！要是帝国主义知道，准说你是'好战分子'！"

"可我是革命的好战分子呀！"郭祥停住歌声，笑了一笑，"我自己也觉着怪。一说打仗我这身上就来了劲儿！那年打保北战役，我害回归热，一直烧了七天七夜，到厕所去解个手，身子软得像面条似的；后来一听说咱们连担任突击任务了，我一骨碌爬起来，满身力气不知从哪儿来的，一抖劲，全身的骨头节噼啪乱响！"

说着，笑着，前面已经是杨柳镇了。

抗美援朝出国作战的消息，陆希荣在中午紧急召集的团党委会上就听到了。这个消息，使他感到意外。"为什么中央要作出这样的决定呢？为什么在中国大陆上连续22年的战争刚刚结束，国家困难重重，战争创伤十分严重的情况下，会作出这种带有'冒险性'的决定呢？如果在国外能顶住敌人，那倒还好；假若一旦顶不住又怎么办？这将把刚刚成立了一年的新中国置于何地？这将把中国军队的威信置于何地？而且刚刚开始的恢复和建设工作，是否还要继续进行？"这一连串的问题，都浮到他的脑际来。但是他看到团党委的委员们，都在称赞着中央决定的英明，他也就没有勇气提出这些问题，而且在发言中，也勉强举出了几点理由赞美这个决定的正确。

这决定使他慌乱不安的另一原因，很明显对他正在积极进行的结婚准备，是一个意外的打击。回来的路上，他想起了许多事情。在抗日战争结束的那段"和平的日子里"，有人给他介绍了一个姑娘，刚刚见了一次面，几乎没有细谈，战争就爆发了。在解放战争中，东征西战，每天不是一百，就是八十地走，哪里还有闲散的岁月！在一次难得的休整期间，他结识了一家房东的女儿，她是多么温雅而又热情！可是却有人警告他，说那人是"地主成分"，当时正处在森严的土地改革期间，他不得不被迫放弃。今天呢？当他预定的婚期，还不到一个月的时间，又传来了这一个突然的"决定"，马上就要投入一场不可知的战争！这一切使他过去的一个认识更加明确，更加强烈了。他认为：革命是有前途的，而个人却是没有前途的，在元休止的严酷的斗争中,个人的幸福是谈不到的。

他骑着马,缓缓地回到营部。躺下来,仍然思绪不宁。直到后半夜,心神才安定下来,一个鲜明的思想来到他的脑际,他要把婚期提前,尽管离部队出动只不过三天时间。

第二天一早,他匆匆布置了工作,然后就对教导员很客气地说:

"老陈,我到卫生部去一下,很快就回,你看行不?"

这老陈文化程度很低,工作能力也不如他,平时一贯对他百依百顺。听他这么说,就笑了一笑,点头答应。他立刻通知马号备马,又把马肚带亲自紧了一紧,一出镇就向南狂奔而去。

一直到咸阳北关,他才让马放慢了脚步,这匹枣红马,已经通身大汗,像水洗过的一般。连他自己的两条裤腿都湿了好大一片。在马缓缓走着的时候,他对即将到来的谈判作了一番考虑。他估计,杨雪对这仓促的决定,难免会有一些意见,因为一个姑娘对她一生的大事,总是不喜欢过于潦草。但是只要自己耐心说服,协议是可以达成的。

他经过咸阳大街,穿过钟鼓楼,幸好没有碰到军部的首长,就在卫生部看护连的门前高高兴兴地跳下马来,把马拴到大门里的一棵枣树上。

一个小护士正在南房值班,走出来嘻嘻一笑:

"哈,原来是陆营长来了!你找谁来啦?"

"我找你来啦!"陆希荣也开玩笑地说。

"呕!"小护士把头一歪,"我们班长正在北房开会哩,我给你叫去!"说着就想冲北房喊叫。

陆希荣摆摆手,连忙止住她说:

"别大张旗鼓的!"

陆希荣在南房里坐定。不一时,小护士回来说:

"你先等等儿,她马上就来。"

陆希荣同小护士说了阵闲话,等了一阵还不见来,他心情烦躁地说:"去,你再催催!"

一时,小护士又回来说:

"我们班长正发言哩!"

刚说着,杨雪进来了。小护士机灵地躲了出去。也许是天热的缘故,她的头发剪得更短了,看去简直像个男孩子。

"哎呀,我的营长,人家正发言哩,你怎么就不照顾照顾别人的威信!"她的脸色略略有点儿不满。

"嗐,瞧你,"陆希荣笑着说,"从家里回来,也不到我那里去一趟,别人跑了几十里来看你,你还生气!……你瞧瞧这!"他指指自己被马汗浸湿了的裤腿。

几句话,就把杨雪刚才的埋怨吹得无影无踪,她的一双大眼睛瞅着他,笑了一笑:

"你干什么来啦?"

他没有答话,走上去,把她的两只手都握在自己手里。

杨雪红着脸,低声地说:

"情况这么紧,真的,你干什么来啦?"

"我到军司令部有事,顺便看看你,和你商量一件事情。"

"你说吧!"

"不,"陆希荣笑着,亲昵地说,"你要同意我才说哩!"

杨雪也笑着说:"什么事,你可说呀!"

"不,不,你说同意!"陆希荣攥紧她的手说。

"瞧,不知道什么事儿,叫人家怎么同意呢?"她咯咯地笑出声音来了。终于她战胜不了自己的好奇心,把手从陆希荣手里抽出来,挥了一挥,决断地说,"好,我同意!你说吧!"

陆希荣用手点点她的鼻子,说:"好,这可是你说的!"然后他无限亲切地和杨雪并着肩膀坐下来,说:"部队马上要执行新的任务,你想必已经知道了!"

杨雪兴奋地点点头,说:

"我刚才发言已经说了,这次我坚决要去!"

"对,这是一个非常光荣的任务。"陆希荣郑重地说,"可是咱们的事怎么办呢?你看,能不能提前举行?"

"就在这几天?"

"对。"

杨雪犹疑了。她沉思了半晌,然后瞅着他,惶惑不解地说:"我不知道,你为什么这么着急呢?我也跑不了呀!"

"是的,确实太仓促了!"陆希荣显得十分诚恳,"我懂得这是一个姑娘一辈子的大事,太草率是会叫人不愉快的。"

"不,不是为了这个!"

"咳,我知道你们的心理。这样办,我也是很抱歉的。"

"真的,不是为了这个。"

"那,那是为了什么?"

"我刚才说了,我要出国。"

"我同意你出国呀!"陆希荣说,"我就不懂这同结婚有什么矛盾!"

一句话,把杨雪说恼了。她站起身来,说:

"你要我腆着大肚子去看护伤员吗?你要我腆着大肚子去行军吗?"

说过,她跨出门外。"小杨,小杨!"陆希荣连喊了几声,她头也不回地朝北屋去了。

陆希荣怔怔地站在当院里。这时北屋的讨论会,大概还在进行,只听见一个女同志尖尖的声音说道:"人家正处在最困难的时期,我们决不能置之不理,见死不救!我们班决不能落后,还要克服不团结现象!我承认我自己过去爱闹小性子,也有点爱哭,这次我一定克服!希望同志们多多批评!……"

陆希荣看看表,已经下午五点多了,西房凉已经盖满了院子。他走到枣红马跟前,枣红马不断啃着树皮,咴咴地叫着。陆希荣无可奈何地解开了缰绳。

在回去的路上,陆希荣信马由缰地走着。他在想,虽然小杨平日有性急的地方,但从来不像这样。为什么她今天表现得这样决断?这样无情?为什么在婚期提前几天这样一个小小的问题上,竟不允许有商量的余地?很可能这不过是一种借口,用来掩盖其他的问题。他首先想到的就是,郭祥这个"嘎家伙"是不是在起着不好的作用。其根据是:第一,他们是老乡,在自己同小杨结识以前,他们就是很好的朋友。第二,即使自己同小杨建立关系之后,小杨也仍然爱去找他,同他打打闹闹,并不能认为是很规矩的。尤其是第三,小杨这次的假期本来是一个礼拜,可是只呆了三天就同郭祥一道跑回来了。他们究竟在路上谈了些什么,又做了些什么呢?回来以后,她竟然来都没有来,并且来信要求把婚期推迟,这分明是某种迹象的可靠证明。第四,就是这次"谈判"。假如一个女人真正热爱一个男人的话,难道在大战即将开始这样宝贵的时间里,她竟会这样冷淡?此外,他又想到郭祥。这个人在战斗里一向诡计多端,连敌人都害怕他,对待同志也不会没有心眼。令人奇怪的是,最近,他到自己布置的新房里去,对婚事不仅没说半句祝贺的话,还一味谈乡村的阶级斗争,这也是叫人不能不怀疑的……

太阳已经快要落山。那马早就饿了,走几步就把脖子歪到庄稼地里。陆希荣拉马嚼子很费劲,气得他照着马头狠狠地摔了一鞭。

第十五章 政 委

这几天,部队处于极度的紧张和忙乱之中。

自从解放大西北,部队开到这里垦荒生产以来,已经将近一年时间。现在要顷刻间由和平转入战争,是何等的紧迫!秋收停下来了,刚刚收割下来的庄稼,在场里、院里、地里堆得到处都是。

战士们忙碌地擦洗着武器。后勤部门忙碌地领发弹药,缝制米袋,日夜不停地叮叮当当地打着马掌。除此之外,还要把主要时间用来作思想动员工作。为了严格保密,部队大都拉到村外的大庙里或森林里,对于出国作战抗美援朝的问题,每天都进行着热烈的讨论。

动员工作第三天中午,花正芳正在村头井台上洗刷碗筷,看见村外大路上,远远地跑过来一匹枣红马,马上坐着一个人,身量虽然不高,但从那挽缰绳的姿势看来,十分英武有神。一个骑兵通讯员,骑着一匹栗色马,倒挎着冲锋枪,紧紧跟在后面。

花正芳眼尖,早看出了是团政治委员周仆,就连忙跑回来叫郭祥。郭祥正躺在用门扇搭起的床铺上扯着呼噜睡哩。

"连长!连长!政委来啦!"花正芳一边叫,一边推他,推了几把,都没有推醒。

这时政委已经走了进来,惊讶地说:

"郭祥,你怎么睡大觉哇?"

郭祥揉揉眼站起来,冲着政委不好意思地一笑。

花正芳替他解释说:"刚才我叫他迷糊一会儿,他已经一天一宿没合眼了。"

郭祥知道政委的烟瘾全团闻名,就从笔记本上扯下一张宽宽的纸条,抓起烟末,很熟练地卷了一个大喇叭筒,笑嘻嘻地递了过去。

"政委,这又是你常说的,没有调查研究,就没有发言权哪!"

"好,我接受!我接受!"政委接过大喇叭筒哈哈一笑。

"政委,"郭祥两手撑着膝盖,伸着脑瓜,瞅着政委亲切地说,"我看你这几天瘦多了!你的胃病,最近又犯了不?"

"不要紧!"政委挺挺身板,"我看再打几个回合问题不大!"

"你过于费脑筋了,"郭祥说,"你瞧别人30岁没有事儿,你倒谢了顶了。"

"不能不操心哪!嘎子。"政委说,"团长又不在,这担子是够重的。"

"现在他的伤怎么样?"郭祥关切地问。

"他的臂部骨头肯定是断了,腹部还有弹片没有取出来。"政委叹了口气说,"我看这碗饭,他是吃不上了!"

政委把郭祥那个大喇叭筒刚刚抽完,就从口袋里掏出了一个小拳头似的烟斗,要郭祥汇报一下连队动员和准备工作的情况。郭祥的文化程度虽低,但记忆力很强。他把几天来擦洗武器,配备弹药,农产品的处置以及动员工作讲了一遍。最后的结语是:连队情绪异常高涨,今天下午就举行全连签名。据他看,到朝鲜打美国鬼子,那是绝无问题的。惟一有问题的就是调皮骡子。

"哦,调皮骡子!"政委微笑了一下,像是想起了什么有兴趣的事情,接着问,"他说不参加签名吗?"

"哼,这个家伙!"郭祥说,"前几天把他抓回来,我本来想同他好好谈谈,可是他脸都不红,还大喊大嚷,说'革命已经到底'了!"

"经过这几天的动员呢?"

"在禁闭室关着哩,我没有让他参加动员。"

"看!"政委不以为然地敲了一下烟锅子,"你不让人家参加动员,他怎么会签名呢?"

郭祥撇撇嘴说:"你不信,参加也是白闹!"

"不成!"政委用烟斗指着他,用命令的口气说,"马上把他放出来,我亲自找他谈谈!"

郭祥应声站起来,对门外的花正芳说:

"去,快把调皮骡子放出来,带到这儿。"

花正芳去了,呆了好长时间才回来说:

"报告连长!调皮骡子不肯出来。"

"什么?你说什么?"郭祥惊愕地问。

"他不肯出来。"花正芳又重复说,"他还提了两个问题,要求连长答复。第一,按照纪律条令,连首长关战士的禁闭只有36个小时的权力,现在已经超过将近12个小时,这是不是违法行为?他还说……"

"还说什么?"郭祥红着脸问。

"还说,要是违反规定的人不向他亲自道歉,要他出来是不可能的。"

郭祥抓了抓头皮,瞅了政委一眼;意思是:"你瞧瞧这家伙调皮到什么程度!"

政委也瞅了他一眼,笑了笑,没有答话,那意思却是:"我看你怎么处理这个问题。"

郭祥的黑眼珠骨碌骨碌转了一阵。

"这么着……"他把手一挥,"为了执行新任务,道歉算什么!走!"

说着,快步跨出房门,到禁闭室那边去了。

禁闭室隔着几座院落,也是一间农家小屋,门口站着一个枪上上着刺刀的雄赳赳的哨兵。

"喂,王大发!"郭祥这次没有喊他的外号,以便缓和紧张局势,"你出来吧!"

调皮骡子坐在炕沿上不睬。

"哈哈,王大发同志,"郭祥赶到他跟前,亲热地说,"因为战备工作紧,我把时间疏忽了。老战友了,我跟你道个歉还不行吗?"

调皮骡子慢慢悠悠地立起身来。刚才一声"王大发",他那气就消了三分;一声"同志",一声"道歉",他那气就消了大半。这时他用比较平静的语调说:"这并不是我一定要干部儿给我道歉的问题,这主要是正确执行纪律条令的问题!"

哨兵在门外瞅着他偷偷地笑着。他的脚步慢慢地向外移动,绝不肯走快;意思是:"这是你请我出去的,并不是我要出去的。"

"政委找你哩,你快走吧!"郭祥催促着说。

一提政委,他犹豫了一下,然而事已至此,不得不行。

他们来到了连部。一进院子,政委站在屋门口,老远就亲热地打招呼:

"王大发同志吗?快进来!"

调皮骡子赶到适当距离,用老兵才有的熟练动作,打了一个十分标准的敬礼,然后红着脸说:

"报告政委,我最近犯了一个错误……"

"坐下来谈。"政委把面前的一张凳子,朝自己身边移动了一下。

这位老调皮兵,在首长面前从来不拘束,今天倒局促起来了。这一来是刚刚从禁闭室里出来;二来是因为过去的一件事情。那还是在周仆刚刚担任政治委员的时候,部队正攻打一个四面环水的县城,数次冲锋都没有成功。周仆来到突击部队中进行鼓动。他的鼓动十分有力,把大家的情绪鼓得嗷嗷叫。可是,这时候,却听到人丛里有一个不大不小的声音说:"哼,知识分子儿!会讲,打起来还不知道怎么样哩!……"周仆虽然听得清清楚楚,但并不介意。攻击开始时,敌人的子弹极为密集,周仆拿着短枪,首先踊身跳到齐胸深的水里,率领部队向城墙摸去。部队在政委的鼓舞下很快就一举登上了城头。事后这位老调皮兵,也不得不表示钦佩,并且发表评论说:"我看这个政委,还凑合!"事情虽然过去很多年了,但他每逢见到政委,总觉得心里疙疙瘩瘩的。他就是带着这种心情局局促促地坐下来了。

"王大发同志,"政委异常诚恳地说,"你是一个很老的同志了,为什么最近犯了那样的错误?"

王大发的头低下来了。

"大发同志,"政委又说,"你跟党走了这么多年,吃了很多苦,打了很多仗,是吧,大概你还负过两次伤吧,在这中间,虽然也有过一些缺点,但主要是成绩,你对人民还是有贡献的。"

"我,我……"王大发十分激动,"政委,除了你,谁说过我有贡献?他们都叫我调皮骡子,要是闹着玩儿,我没有意见,可他们把我当成不能改变的臭落后分子!"

政委瞅了郭祥和门外的花正芳一眼,磕磕烟斗说:

"谁要这样看,那他就是不对!"

王大发显得活跃起来了,没有等着政委让,就掏出小烟管主动地插到政委的烟荷包里。政委把他的大烟斗伸过来跟他对火。

"谈谈心吧,王大发,"政委说,"你为什么要把自己的光荣扔掉走那样的路呢?我想,你临走那天是不会不难过的。"

"咋不难过哩!"王大发鼻子酸酸的,"实说吧,政委,我不是逃跑了一次,我已经跑了四五次了。有时候,跑到村边,有时候跑出去二三里路,哭一鼻子又回来了。如果有一点儿办法,谁愿意离开咱们的革命部队呢?……可是,最后,最后……我鼓励自己说:走吧,王大发,现在革命到底了,任务完成了,你也算对得起人民了!"

"你究竟为什么一定要回家呢?"政委又问。

王大发低下头,没有说话。

"大发同志,"政委往前凑了凑,望着他的脸说,"是不是家里有什么特殊的困难?"

一句话不打紧,像一颗石子儿扔到古井里,激起了他内心深处的感情,他立刻眼圈发红,啜泣起来了。

"有话说嘛!"郭祥不耐烦地说。政委扫了郭祥一眼,叫他不要打岔。

"我,我,政委……"王大发含着两大颗眼泪,"俺娘在家要饭吃哩!"

"噢!"政委显然感到沉重,又问,"你不是贫农出身吗?"

"怎么不是?"王大发梗梗脖子说,"咱是一个穷得当当响的贫农。"

"那你没有分到土地?"

"分啦,可是又卖给人家喽!"王大发伤心地说,"我记事那当儿,俺爹就给财主家扛长活。我出来抗日了,俺娘在家还是饥一顿饱一顿的。我一抓上军队的白馒头,就想起俺娘,心里就难受!日本投降了,我想,作为中国人民一分子,我的任务完成了。谁知道,蒋介石这老狗又向咱发动进攻。直到实行土改,家里分了房子分了地,才算解决了生活问题。那时候,我探过一次家,俺家住到新分的宅子里,外面插着齐展展的秫秸篱笆,屋子里还有一个红漆大立柜。我在家没有呆三天,就回到了部队。我这心气儿,你就甭提有多高了!可是谁也想不到这几年又起了变化!……"

"后来怎样了？"

王大发接着说："自从家里分了地，俺娘觉得日子有指望了，心气儿比我更高。不管风里、雨里、泥里、水里，熬黄昏，起五更，把命都豁出去了。有一回麦子刚割下来，就下起了瓢泼大雨。俺娘怕粮食糟蹋了，就一趟一趟往家里背，还没背完，就受了寒得了一场大病。一病好几个月，没有起炕，又是请医生，抓药，就借了人家的钱。到底穷人家底儿太薄，没有办法，就把分的那几亩地又卖了！去年临上西北，我家去了一趟，一看屋里立柜也没有了，连秫秸棒篱笆都拔出来烧锅了。最近我又接到信，说俺娘又扯起棍子要饭去了。……我想来想去，心里就结了一个死疙瘩：革命这么多年，到头来还是有穷的，有富的，这革命不是白革了吗？"

"我们村也有这种情况。"郭祥皱了皱眉头，望着政委，"这个事儿我也有点儿纳闷儿。"

政委心情沉重地思索着，小拳头般的大烟斗咝咝地响。

"大发，"他询问道，"你说为什么会发生这样的事？"

"那，那，"王大发把手一摊，"那当然是因为我不在家，要不然，咋会有这宗事哩！"

"不，"政委摇摇烟斗，沉重地说，"大发同志，这就是小农经济的脆弱性呵！"

"什么脆弱性？"王大发第一次听到这个名词儿。

"小农经济的脆弱性。"政委又重复说，"你看看土改以后最近两年的情况：像你们家是因为干活受了累，得了场病，穷了；也有人是因为死了口人，娶了个媳妇穷了；还有的人是因为多生了几个孩子穷了。总之，一场风，一场雹子，一场大水都会使人变穷。你瞧瞧，这一家一户的小农经济，别说什么大风浪，连婚丧嫁娶都经不起，连一场病一个疮也顶不住。简直像是大风大浪里的一根苇眉子，你不知道明年会把你漂到哪里去！"

郭祥点点头说："一点不错，就是这么回事！"

"那怎么办？"王大发困惑地问。

"我也正要问你嘞！"政委笑了一笑，"你不是说革命到底了吗？我问你，现在这个'底'，你满不满意？"

"要是革了这多年命，地又卖了，你想想，我咋能满意呀！"王大发懊丧地说。

"对喽！"政委说，"这就是说：还得要继续往前走！还得要继续干革命！毛主席说，我们的胜利才是万里长征走完了第一步嘛！光实行土地革命，消灭封建主义还不行，我们还要消灭资本主义，建设社会主义，实行工业化，办农业合作社！用拖拉机！我们的贫农，要想在经济上彻底翻身，不继续往前走，肯定是办不到的！"

王大发低着头，十分严肃深沉地思索着。呆了好半晌，喃喃自语地说：

"我的眼光看得太近了……"

屋子里充满了活跃的气氛。政委适时转了话题，悄声问王大发，知不知道部队就要执行新的任务。

"这，对我已经不是什么秘密了！"他眨眨眼，得意地说。

"你是怎么知道的？"郭祥一愣。

"看，人家当兵不是一天两天了嘛！"他老味十足地说。

"那么，你到底是什么态度？"

"什么态度？好比邻居失了火，都忙着去救火哩，我回到家往炕头上一呆，还像个人吗？我不算白受毛主席的教育了？"

"到底是老同志嘛！"政委上去热烈地握住调皮骡子的手说，"王大发同志，关于你家庭困难的问题，我回去就叫政治处给县委写信，帮助你解决。"

这时，王大发红着脸，流露出一种羞涩和感激的表情。

政委收起烟斗，立起身来说：

"走，咱们一起到你们连开会的地方看看吧。"

三个人走出房门。花正芳在后面一拉郭祥的袖子，悄悄地说：

"关了几天禁闭没解决的问题，看人家政委几句话就解决了。"

"谁说不是！"郭祥说，"我这是拿着棒槌认针，真他妈太简单化了。"

王大发跟在政委和连长后面，向村外走去。约走出一二里路，远远地听见前面小树林里，传来了一阵高亢的讲话声、喊声和掌声。

为了不打断会议的进行，政委悄悄站在一棵大树后面，观察着这个立过无数战功的连队。他们整整齐齐地坐在背包上。前面有一张方桌，摆着笔砚，铺着一面洁白的绸子，上面已经写了不少战士的名字。

指导员站在旁边正主持会议。一个黑瘦的、左额角上长着一个小肉瘤的同志正在发言。"同志们，同志们！我就是这个态度儿！"他激昂地挥着拳头，几乎每讲一句就挥动一下，"美帝侵略朝鲜，还霸占我们的台湾，咱们，咱们，无论哪一个，都要把，都要把个人的问题，往后摆一摆！摆一摆！咱们只不过是个困难的问题，可人家朝鲜，朝鲜，是个生死存亡的问题！我，我就是这个态度儿！就是这个态度儿！完了！"

"对！对！"

"疙瘩李说得对！"

下面齐声喊着，热烈地鼓起掌来。

"这是我们的一排长。"郭祥小声介绍说，"这人战斗不错，就是性子急，凡是一句话，到了他嘴里，就不大受听。"

由于过度兴奋，疙瘩李额角上那个肉疱疱变成了紫红色。他抓着毛笔，一个劲地抖动。他还没有写完，调皮骡子王大发就走上去了。

他的突然出现，有人惊讶，有人微笑，使全场沉静了两三秒钟。

"关于，关于……"他的话究竟不像平时那么顺畅，"关于我本人的严重错误问题，我准备在另一次会议上进行专门严肃的检讨。我本人无论在纪律方面、个性方面，还有在眼光远大方面，的确是有很多缺点的……"

下面掀起了一阵低低的笑声。

"人家检讨哩，你们笑什么？"他瞪了瞪眼，又严肃地讲下去，"刚才一排长讲的，我觉得基本上是正确的。在朝鲜人民困难的时候，我们一定要把个人的问题往后头摆。你们都知道，我王大发过去在战斗上的表现。我不是吹牛，这次到了朝鲜，要是美国鬼子叫我瞄上，我说打他的脑袋，不能打中他的肚子！……"他挺着胸，显得十分威武，仿佛已经站在战壕里似的。"同志们！"他喊了一声，"我就是这个决心：不打败美帝不回家！"说着，把右手中指放到嘴边。下面喊：

"不要这样！不要这样！"

"调皮骡子，上级不提倡这个！"

可是,说话间,王大发已经咬破了中指,鲜艳的血珠顺着指尖吐噜吐噜地滚下来了。他就用这个手指在白绸子上歪歪斜斜地画上了"王大发"三个字。

下面热烈的掌声,比对其他人似乎还要鼓得长久。

掌声停下来时,已经上来了一个战士。这个战士长得十分魁伟高大,面貌淳朴,站在那里活像一尊天神。他跨着宽阔沉稳的步子走上台,一句话没讲,就深深地弯下腰抓起笔来。

"乔大个!别把笔杆捏断了,这不是机关枪!"下面有人喊。

"乔大个,你怎么不讲几句?"又有人喊。

"你一年也讲不了几句话,讲几句吧!"

政治委员周仆深深地被这个战士所吸引,他不是意识到,而是感觉到在他身上隐藏着一种极其深厚的东西。他碰碰郭祥:

"他叫什么名字?"

"乔大夯。机枪射手。"郭祥回答,然后笑着说,"怎么样?个头不小吧!每次发军衣,都得拿到后勤部门另换。你瞅他那脚,能顶你两个大,鞋穿特号的还不行。饭量也大,可是干活、挖工事能顶两三个人!"

"讲几句!大个子,讲几句!"下面还在嚷。

乔大夯不得不放下笔,谦和地望着大家笑了一笑。

指导员也催促着说:"乔大夯,叫你讲你就讲嘛!"

"我,我觉着没啥讲的。"他声音虽然不高,但却十分清亮有力地说,"共产党叫我到哪儿,我就到哪儿!"

"好,好,讲得好!"

大家一片声嚷,热烈的掌声持续了几十秒钟之久。

"这是些多么可爱的战士呵!"团政治委员周仆十分激动,瞅瞅郭祥没有注意,就背过脸擦去那因为偶然不慎涌出的泪水。

第十六章 江　边

10月22日午夜,周仆刚刚躺下不久,就被值班参谋喊起来,递过来一封加急电报。他急忙披上衣服,扭亮那盏陪伴他多年的旧马灯,一看,原来是师部转发的兵团首长的电报,命令部队拂晓后立即由现地出发,在咸阳车站登车北上。

这就是说,比原来预定的出发时间,又提早了一天。周仆捏着那张印着红色横线的抄报纸,沉吟了片刻,隐约感到,朝鲜前线的形势,是更加紧急,更加严重了。

他急忙扣好衣服,来到作战室,同副团长和政治处主任商量今天的行动。为了给连营多挤出一些时间,他首先在电话上向各营下达了口头命令。

出发时间虽然只不过提早了一天,但也带给他们不小的忙乱。已经准备好的全团的誓师大会不能举行了。原来考虑到许多战士、干部的家庭生活都存在着困难,预定进行的一部分救济工作,也没有完成。再有一件麻烦事,就是来接管生产的地方部队还没有到,丢下来的鸡鸭猪羊,堆在场上的未曾脱粒的庄稼,如果任其不管,都会要遭受损失。

周仆和团干部研究着这些问题,最后决定:每连留下一个人,协同村里的民兵看管生产物资。对于南瓜、蔬菜等等生产品,就分赠给驻地的贫农们。

当这些问题处理完毕,离天亮还有两个小时。周仆就回到房子里,盖上他那件皮大衣,把灯扭暗,准备休息一会儿。可是总按捺不下激动的心情。两个小时后,他就要同他的团队一起,奔向那陌生的战场了。不消说,他对他的团队抱有坚强的自信。这种信心,不是一时形成的,是同他的十几年的战斗生涯结合在一起的。他坚信任何反革命的敌人,必将被一个一个地粉碎,但同时他也意识到,在他的面前,站着的是全世界黑暗势力的代表,是当今世界上头号的帝国主义。毫无疑问,这是一次严峻的考验。而这场考验,是只能胜利,不能失败的。假若打不垮敌人,顶不住敌人,那将不仅给朝鲜人民和中国人民带来可怕的后果;而且对东方人民和全世界人民的革命进程,都将发生极其不利的影响。他觉得,在这场考验里,作为团政治委员,作为这个部队的党代表,个人的粉身碎骨,那是不值一提的小事,但是,如果由于个人的疏失,工作没有做好,不能完成任务,那就是一件不能饶恕的罪过!

近几天来,当他越意识到任务的重大,对他的老战友团长邓军的思念也就越深。自从兰州战役——大西北决定性的一战,邓军腹部和臂部都负了重伤,已经整整一年不见面了。几次派人到医院里看他,回来都说,他的右臂已经锯掉,腹部的弹片也没有取出来。而且由于前后八次负伤,失血过多,身体过于衰弱,已经无法在部队继续工作了。前几天,据师里透露,准备派一个新的团长来,但是由于这个团是本师的主力,是一个有老红军基础的团队,人选迄今没有确定。这就使得周仆越发觉得肩上的担子是沉重的。周仆知道,即使邓军回来,自己的工作也绝不会减少,甚至两个人仍旧会像从前那样,不断地争吵几句;但是,他现在觉得,即使这个人在这里,不做什么工作,只要能听见他的声音,他也就不会感到自己的担子像现在这样沉重了。

周仆同邓军在一起工作——用他们俏皮的说法是"搭伙计"——是从当连级干部就开始的。那还是1939年的春天,周仆在延安抗大刚刚毕业,就到了敌后抗日根据地。那时候,他还是一个既没有工作经验更没有战斗经验的新手。当时就把他分配到现在本团的三连去做副指导员。临走前一天,许多同来的伙伴,都来为他祝贺。因为这个连队是一个战斗作风很硬的连队,这个连队的连长,就是闻名全军的在大渡河边立有战功的邓军。关于这位勇士惊人的英勇,有着许多纷繁的传说。当时,周仆对于自己能分配到这样一个英雄的连队,是多么高兴!暗暗下定决心要在实战里向这位勇士虚心学习。可是当他第二天到连队去的时候,那位个子并不十分高大、脸色乌黑、左脸上留着一条疤痕的连长,只接过介绍信随便地看了一眼,就勉强把司务长佩带的只能单发不能连发的驳壳枪分给他。当他事后发现这是全连最差最破旧的驳壳枪的时候,心里就颇不愉快。一打仗,又分配他搞一些在他看来是打杂的事情。例如管理伙夫担子,带担架,打扫战场,等等。周仆是一个很聪明、敏锐的人,他很快意识到,自己虽在上级的命令上被公布为这个连队的干部,但在全连尤其在连长的心目中,还没有取得这个英雄连队的战士的资格。直到有一次,敌人迂回到后面,他带领炊事班将敌人打退,才看到邓军脸上的一丝笑容,作为对他这种行为的奖赏。事实上,只有这时候,他才被认可为这个连队花名册中的真正的一员。以后,周仆被提升为指导员,两个人就逐渐成为一对亲密的搭档了。

战火催促着人们的成长,也锤炼着人们的友谊。每当周仆回忆起邓军的时候,都深深地感激他对自己的帮助。这种帮助,不是通过上课,或者其他明显的教导,而是通过一种无形的影响。这种影响,尤其表现在邓军的那种任何时候都要压倒敌人,而决不被任何敌人所压倒的英雄气质。有时,当连队伤亡过重,在周仆看来,已经无法完成任务的时候,他却愈打愈勇,最后终于奇迹般地带领少数战士夺取了敌人的阵地;有时,被敌人团团包围,甚至被敌人"压顶"①,在周仆看来已经无法突围的时候,他却毫不沮丧,吩咐战士们用手榴弹投房顶上的敌人,终于寻隙突围。这种英雄气概,在部队被习惯地称为"硬"的作风,不仅感染了领导的部队,而且也深深地感染了自己。甚至在自己指挥作战中,也不知不觉采用了邓军的语调,仿佛他的某一部分,已经渗入到自己的生命中去了。而邓军在内心里,也非常感激他,尤其是在学文化方面。周仆初来时,邓军还不识多少字,一接到上级的文件,就两手捧着皱起眉头叹气。周仆下定决心,不厌其烦地每天教他几个字,在战斗频繁的日子里,也不忘记催促他,甚至强迫他学习,终于邓军能够看书看报了。当他捧着通俗小说看到有趣之处,像孩子一般笑起来的时候,对他的这位老伙伴也是充满着感谢的。

在周仆来到这个连队之前,曾经听不少人传说他的脾气古怪,

---

① "压顶":抗日战争平原地区的口语。是指我军在房内,敌人占据了房顶。

但在真正接近以后,却感到这位在战斗中令敌人畏惧的勇士,竟像孩子一般的纯真。比如,他最大的乐趣之一就是听人讲故事。在战斗的间隙中,周仆无论是当他的指导员、教导员或政治委员,没有几个故事是交待不过去的。两个人甚至常常枕在一个枕头上讲故事。当讲到动人的地方,即使是千百年以前的事情,也会使他像孩子一般地淌着眼泪。

当然,他也不是没有缺点的。例如他过分地粗率。但是他也有一条最大的好处,就是对同志不抱成见。几个钟头之前,他向你跳起脚来发脾气,几个钟头之后,就会忘记得干干净净。你得罪了他,冲撞了他,也是一样。等你懊悔万分,怀着羞惭去向他道歉的时候,他会惊讶地说:"噢,你还想着这件事呀!"

在战斗上,他也存在着缺点的一面。这就是一打仗,他就要跑到最前面去,顾不得全盘指挥了。随着周仆指挥作战一天天熟练,他的这个缺点,不仅没有克服,反而发展了。每逢打仗,前面的情况稍一紧张,他就把驳壳枪一提,说:"老周,这一摊子我不管了!"说着就跑到战斗最紧张、最危险的地方。直到他面对面地看见敌人,亲眼看见战斗情况的变化,才算放了心。有时甚至要亲自用机关枪把敌人射倒,才觉得解气。他的这个特点,自然会给第一线的战士增添无限的力量和勇气,能够使最危险的阵地稳定下来,或者使最难攻的阵地被我们突破;但同时,也就常常忽略了次要方面。他的这个缺点,不止一次地受过上级的批评,周仆也屡次提醒他,他都满口答应,甚至红着脸承认错误,但是当第一线的情况一旦紧张起来,他就又抑制不住自己。如果这缺点在当连排长的时候,还不显得怎么明显,等到他指挥一个营、一个团,就显得越发突出了。周仆清楚记得,在围攻大同的时候,当他的营数次进攻水塔未下,他的眼都红了,从指挥所里一下跳出来,又说:"老周,这一摊子交给你了!"做教导员的周仆一把没有把他拉住,他已经冲到最前面去了。时间不大,水塔被占领了,但他也满身鲜血地被人背回来,原来他率领突击队冲锋时,冲得过猛,竟一下子冲到投弹组的前面去了。邓军,就是这么一位威猛无比的战士,在他的心目中,只有最危险的战线才是自己的岗位。

也许,正因为这样,周仆不能不分出很大精力来钻研指挥艺术。

这样一来,邓军的勇猛的神威,不断地影响着、培育着部队,使部队保持着老红军的硬骨头作风;而周仆的灵活的指挥,也适当地弥补了邓军的缺陷。同志们私下议论,说上级把他们两个人配搭得很好,说他们是一粗一细,粗细结合。其实,更准确些说,这也同他们的友谊一样,是经过长期战火锤炼的合金!

多好的勇士呵!可惜不能参加战斗了!自己也不能再同他在一起了!周仆想到这里,不由地叹了口气。究竟派谁来当团长呢?他衡量着全军的团长和副团长,在内心里猜测着,判断着……

警卫员小迷糊打饭来了。周仆匆匆吃过,天色已经微明。为了察看部队的情绪,他就提前向村南的集合场走去。小迷糊拉着他那匹枣红马跟在后面。

论节气,还不到霜降,这里已经下了好几场霜。田野里,空荡荡的,只剩下一片片的红薯地和棉花地了。种下的小麦已经露出了绿苗。公路两旁的杨树,从树梢往下叶子已经黄了一半,还绿着一半,望去非常好看。那黄灿灿、厚墩墩的叶子已经落了不少,有几个孩子正在那里扫树叶呢。

周仆刚走出村口,就听见村北大路上由远而近传来一阵粗嘎的激越的歌声:

> 炮火连天响,战号频吹,决战在今朝,
> 我们抗日先锋军英勇武装上前线,
> 用我们的刺刀枪炮头颅和热血,
> 嗨,用我们的刺刀枪炮头颅和热血,
> 坚决与敌决死战!……

"三营过来了。"小迷糊指点着说。

周仆停住脚步,往北一看,前面一面红旗引导,三营在大公路上成四路纵队,排得整整齐齐地走过来。营长孙亮走在最前面,步伐十分英武。他是全团营长中最年轻的,干青年工作出身,一向把部队带得很活跃。今天,不用说,又是他选了这首红军东渡黄河的战歌来鼓舞部队了。

他们远远发现政委站在路边,歌声越发响亮激越起来。队伍走到近前,孙亮从队列里跑步出来,打了一个敬礼。

周仆问:"部队到齐了吗?"

"到齐了。"孙亮很有精神地回答。

"我看小伙子们的情绪很不坏呀!"周仆的嘴角带着满意的笑纹。

"政委,你说怪不?"孙亮凑近政委的身边说,"前些天,全营有80多个病号,昨天只剩了30多,今天早晨,我说把他们集合起来,送到卫生队去,结果一个病号都没有了。"

"一个都没有了?"

"嘿,一说打仗全好了,真比吃药还灵!"

"这是咱们部队的老传统呵!"周仆深有所感地说。他想起日本投降后的1945年和1946年,那时候,面对面的民族敌人打倒了,不少战士认为自己的任务完成了,要求复员,要求回家,要求解决婚姻问题和其他私人问题,曾经闹得很严重,每个部队都有好几十个病号。可是当阶级敌人在解放区的四围响起内战炮声的时候,那些恼人的问题,竟一霎时烟消云散,人人慷慨激昂开上前线,竟像没有发生过那些问题似的。多么叫人感到神奇!这些战士们,这些跟随着党战斗的工农子弟,在历史的重要关头,是真正通晓大义、照顾全局的。这些事,不止一次给了周仆最深的感动,使他对革命部队所具有的深厚的潜力,有着始终不渝的信心。

孙亮回到行列里去了。周仆还站在冷风里观察着在他面前行进的战士们。虽然今天的出发命令,因为要通过城市,明确要求他们"要特别注意着装整齐","尽量把新衣服穿在外面",可是经过整整一个夏秋的劳动,这些草绿色的军衣都几乎褪成白色的了,许多人的肩头上、膝盖上,还打着显眼的补钉。周仆知道,这些衣服,每一天都浸透过多少遍汗水呵!要是有人从他们的服装上来判断他们的战斗力,那就注定要犯绝大的错误。

歌声停下来了,战士们愉快地说笑着前进。

周仆站在路旁问:

"同志们!冷不冷呀?"

"政委,你瞧,我还老出汗哩!"一个扛机枪的战士愉快地回答。

"政委要把大皮袄送了你,怕你更要出汗了!"另一个战士开玩笑地说。

那个战士指指自己的机关枪说：

"我这个皮袄，比他那皮袄还顶事哩！"

大家笑起来。

正谈笑间，只听前面集合场上一片声嚷："截住！截住！"随后，正在公路上行进的队伍，也混乱了，纷纷喧嚷着："截住它！截住它！"

周仆不知道发生了什么事，正要探询，只见炮兵连一匹大黑骡子顺着公路狂奔过来。随后又是两匹跟着那匹没命地奔跑。缰绳都拖落在地上。一个勇敢的战士，刚刚扑上去抓住缰绳，被那匹黑骡子带了几个跟头。等到大家发一声喊，一齐围上去的时候，那几匹骡子又转头跳下公路，向田野里跑去。顷刻间，已经跑出五六里以外去了。

第一天行动，就发生了这样的事故，真叫人心里有气。周仆大步走到集合场上，看见炮兵连的三门步兵炮歪歪斜斜，牲口套弃置在地上，卫生员正给一个被踢倒的战士裹伤。他把炮连的几个干部找到面前，指着说：

"你们是怎么搞的？"

几个干部垂着头，默不作声。

沉了半晌，那个小敦实个儿的连长才说：

"我们大前天才回来，一看炮锈得不像样子，只顾忙着擦炮，没想到骡子搞生产太久了，一见炮就往后捎，怎么也套不上去，气得驭手给了它一鞭，就惊了，大概又跑回我们住的那山庄去了。"

"那你们平常呢？"周仆质问，"平常为什么不注意战备训练？"

"那可不能怨我。"炮兵连长也懊恼地说，"参谋处给了我们训练的时间没有？"

参谋长走过来说：

"政委，时间到了，是不是按时出发？"

"按时出发。"周仆气得挥了挥手，叫他们随后跟进。

部队出发了。集合场周围挤满了老百姓，大部分是那些衣服褴褛的贫农，他们恋恋不舍地望着出征的人们。

周仆在团直属队的先头走着。一路上，他还在想着炮兵连长的那句话:"那可不能怨我。"是的,是不能够怨他。一年以前,当部队驻扎在这里的时候,他自己的一切精力都集中到生产方面去了,当时真有点"刀枪入库,马放南山"的味道,以致今天突然接到战斗任务,枪也锈了,炮也锈了,他亲眼看到井台上擦洗刺刀的水都变成了红的。毛主席说,部队不仅是战斗队,工作队,而且还是生产队。很明显,自己抓住了后两个方面,又忽略了战斗队的方面。仅仅一年的和平生活,竟然就出现了这样的现象,这是多么深刻难忘的教训呵!自己刚才责备那个连长又有什么意义呢?如果邓军同志在这儿,看到这种情形,会多么难过。他心里引起了一阵深深的惭愧之感。他这样想着,想着,踏着落叶,不知不觉间,已经走出十里以外去了。

部队在咸阳登车东下,深夜时分过了郑州,继续北上,第二天下午,就奔驰在冀中平原上了。这里的每一座车站,每一条流水,每一座日本人和国民党反动派遗留下来的残破的碉堡,都可以引起他们长时间兴奋的谈论。他们挤在车窗门口,贪馋地看着目力能及的故乡的村庄、麦田,以及路上的行人,来宽舒一下对家乡的离情。停车的时候,他们在站台上利用短短的几分钟,和站台上的服务员们说上几句话,也觉得特别高兴。看见谁的情绪沉闷了,那些党员们和一些懂事的班长们,就凑过去谈谈故事,扯扯闲篇儿,来宽慰伙伴,也鼓舞自己。直到山海关,车厢里也没有离开和冀中有关的话题,但是谁也没有提起自己的家,只是在心的深处,深深地祝福着自己的亲人!

列车走了三天三夜,于第四天中午时分,赶到鸭绿江边的城市丹东。

部队被指定在镇江山一带休息。他们都是第一次到丹东,这座背山面江的城市这样美丽,大大出乎他们的意想之外。可是走出车站不远,就感觉出她已经被战争的气氛笼罩了。柏油路上已经看到有美国飞机轰炸的弹坑,华丽的玻璃橱窗,没有陈设多少东西,刺眼地贴着纵一道横一道的纸条。街上的各种车辆都在急匆匆地奔驰。市民们脸上带着惶惶不安的神情,扶老携幼,背着行李家具,在向市郊疏散。工人和学生组织起来的纠察队,袖子上戴着红箍,帮助警察维持秩序,指挥着疏散的人们。

管理员在半山上找到了一处民房，算做临时的团部。周仆还没有进房子，就被师部的通讯员喊走了。

师部组织的前方指挥所，是在昨天晚上提前到达的，临时设立在丹东军分区招待所的一间小屋里。师长报告了朝鲜前线的紧急情况：自从美国侵略军在仁川登陆后，不顾周恩来总理代表我国政府的严重警告，于10月1日越过三八线，向朝鲜北部大举进犯。至10月19日，朝鲜民主主义人民共和国临时首都平壤市以及阳德、元山、咸兴等地，都已相继沦陷。朝鲜的临时首都已迁到东北部距鸭绿江不远的江界去了。敌人叫嚣要在感恩节（11月23日）前结束朝鲜战争，正在举行疯狂的追击，向中朝边境逼近。现在敌人共集中了四个军13万余人的兵力，分东西两线多路猛压过来。西线的美军第一军和英军二十七旅正沿铁路指向新义州；美二十四师和伪一师指向碧潼；另两个伪军师一路指向楚山，一路指向江界。东线的敌军，正由元山、咸兴迂回江界。战局是十分严重的。

师长随后传达了兵团的意图。为了控制朝鲜北部一定的地区，制止敌人的进攻，掩护朝鲜人民军北撤整顿，并且为以后的作战创造有利条件，决心占领龟城、秦川、球场洞、德川、宁远、五老里等地区组织防御。本师的任务就是争取在敌人到来之前抢占龟城。要求部队立即完成一切准备工作，于今晚渡江。

会议末尾，师参谋长给每团发了一份朝鲜作战地图。并告诉大家，每连配备的朝鲜族联络员，随后就到，要大家好好注意团结。

周仆回到他那在半山坡的团部，看见警卫班的战士们，正在穿新领来的棉衣，一边吵嚷嬉笑。原来这些棉衣是按照朝鲜人民军的式样做的。有的战士说：

"当了几年兵，还没穿过带大襟的衣服呢！"

"人们别把我们当女兵呀！"

"管它男兵女兵，只要暖和就行！"

他们见政委走来，抢先喊道：

"你那带红道道的军官服也发下来了！快试试吧！"

周仆刚待要穿，就听见山头上响起一排枪声，接着防空警报刺耳地呜呜地响起来。四外都有人喊："防空！防空！"

顷刻间，街上的人们飞跑起来。不一时，一阵隐隐的、沉重的隆隆声由远而近,在新义州的上空出现了敌机。人们开始数着一架、两架、三架,最后数不清了,大约有几十架敌机,像小黑乌鸦一样在新义州的上空盘旋起来。

"俯冲了!俯冲了!"人们喊着。

说话间,一支支黑色的烟柱升腾起来,大地在震动着,像滚过一阵沉雷一般。虽然隔着宽阔的江流,还震得窗玻璃呼哒乱响。

黑烟越来越浓,越升越高,不一时滚滚的黑烟笼罩了江东岸的半面天空,随着风滚到这岸来了。刚才还是碧澄澄的江水,也被照得黑乌乌的。在黑烟下面,穿白衣的朝鲜人向外散跑着,不少人抢向桥头,跑向江边。远远地可以听见他们的呼喊声。这时候,轰炸机停止轰炸,飞走了,野马式战斗机你上我下穿梭式地射杀着逃散的人们。

"政委!你看!"

小迷糊惊叫了一声。周仆顺着他的手指看去,一个背着孩子的朝鲜妇女,正被一架敌机追着踉跄地跑到江边,一梭子机关炮咕咕地扫射过来,那个妇女似乎犹疑了一下,就捂着孩子的眼睛跳到江水中去了。

这时候,周仆的心也像跟着这个妇女沉下去了,眼角上顷刻涌出热辣辣的泪珠。他急忙扶住一棵小树。

警卫班的战士,心像刀扎一样,恨不得立刻飞过江去掐死那些野兽们。许多人哭了,用衣袖擦着眼泪。

滚滚黑烟,继续涌过江来,涌到他们的上空,灰烬、纸片,纷纷落下。天空也显得昏暗起来。

周仆极力压制着自己的感情,正要召集各营汇报准备工作的情况,只听山坡下面喊:

"老周!老周哇!"

声音是这么熟稔和洪亮。由于他思想一下转不过弯来,眼睛也有些模糊,竟一下没有看出来是谁。

"那不是团长和小玲子吗?"

"是团长回来了!"

"团长!小玲子!"

警卫班的战士们乱嚷嚷地喊着。

周仆定睛一看,果然是团长邓军和小玲子正往山坡上走哩。周仆又是激动,又是振奋,同时又感到意外。

"老邓!"周仆激情地喊了一声,三脚两步跑了下去,一边说,"你这个怪人,是从天上掉下来的吗?"

老战友见面,真是无限热情,各人朝对方的胸脯上、臂上擂了好几拳。周仆用两只手去握他的右手,觉得木疙瘩的,一看,戴着一只手套,才想起他的右臂已经断了。这不过是才换上的一只假手。

"伙计,"周仆难过地说,"这只胳膊到底没有留下来吗?"

"少个把零件,问题不大。"邓军笑着说,"就是系裤腰带有点子费事。"

"哼,"周仆指指脑壳说,"要是少了这个零件,你就来不成了!"

"你说得对。"邓军笑着说,"那是发动机嘛!"

两个人说说笑笑,周仆拉着他的左手走到山坡上来。警卫班的战士们围过来,向团长敬礼问好,看他们的神色是很振奋的。

周仆把邓军让到小屋里坐下,亲切地凝视着他。这位负过八次战伤的老战士,比以前消瘦多了,那刚毅、黧黑的面庞,透出一些青黄,从山坡爬上来,已经有些喘息。虽然他尽力地压抑着,不让他的伙伴有所觉察。

周仆说:"老邓啊,你这一年在医院很够呛吧!"

"咳,真把人腻味死喽!"邓军好像刚吃过一服苦药一样,皱了皱眉头。

"你的身体到底怎么样?"周仆又问,"我看你脸上的颜色很不正的。"

"有什么不正?"邓军反驳了,"你让一个好人住一年医院,你试试看!"

周仆笑了笑说:

"我听说你肚子里有两块弹片,还没有取出来呢!回来的人都说,军队这碗饭,你是吃不上了。"

"乱说!"邓军批评道。"据我看,问题不大!"说到这里,他习惯地要挥动右手,只是肩头动了一动,"不谈这个!……先说说你收不收我这个兵吧?"

周仆用疑问的眼色看了他一眼,说道:

"老邓！说真的，你到底是怎么来的？"

"坐火车来的，比你大约晚两个钟头。"

"不，不是这个意思。"周仆说，"我是问你究竟怎么从医院出来的？对你我不能不小心一点。"他用手指点着邓军笑着，"你还记得吧，当连长那时候，你听说打仗了，伤没好，就从医院跑出来，没有多久，伤口化了脓，我挨了上级好大批评，还说我是'自由主义'哩！你这个家伙，倒在一边高兴！"

邓军想起往事，哈哈大笑了一阵，然后说：

"这次受批评我负责嘛！老战友啰，马虎一点！"

"不，不成！"周仆摇了摇头。

"嘿，我就知道你这一关难过。亏得我多了一个心眼儿。"他得意地嘻嘻一笑，用洪亮的嗓音向房外喊道，"小玲子！打开皮包，拿介绍信！"

周仆接过一看，果然是一封出院介绍信，上面盖着鲜红的大印。

"怎么样？没有骗你吧！"邓军说着，仰着脸像孩子似的嘎嘎大笑起来。

小玲子站在一边，龇着牙笑。

"哼！这里面准保有鬼！"周仆看了看他俩的脸色，指着小玲子说，"你说！小玲子，这介绍信究竟是怎么来的？"

小玲子看了邓军一眼，仍然龇着牙笑。

"这小鬼！"周仆说，"对政治委员说话，可要坦白哟！"

"那，那，"小玲子讷讷地说，"那当然要有一个奋斗过程。"

"对，你就说说这个过程。"

"开头儿，他知道这个消息了，一天往院长、党委书记那儿跑好几趟。人家都说要掌握原则。后来，他听说你们要出发了，就给兵团司令员打了一个电话，我看见他的泪蛋蛋都掉到送话器里去了，这才……"

"胡说！"邓军瞪了他一眼，"我是打电话向他问好的。只是顺便提了一下，他就批准了。……哪里有那么多的零碎！乱弹琴！"

"算啰！算啰！"周仆制止道，"我马上通知师里。老邓呀，从我内心说，你不知道多么盼你！只是你这身体……"

"去去去！"邓军把手一挥，"我不承你这个空头人情！……快讲讲情况吧,这次谁当前卫?"

这时候,只见门口人影一晃,进来一个军帽下露着短发的穿着白胶鞋的女同志。大家一看,这不是杨雪吗?只见她神色沮丧,两个眼圈红红的,靠着门边也不说话。

邓军站起来,亲热地招呼说:

"怎么啦?小杨,怎么一见我就哭呀?"

周仆说:"小杨,有事快坐下来说。"

杨雪揉着眼,也不坐下,抽抽噎噎地哭出声音来了。

"有话就讲嘛!"邓军说,"不要婆婆妈妈的。"

"他们不让我出国。"杨雪伤心地说,"我们女的都不让出国。"

邓军问周仆有没有这样的规定。周仆点点头,然后说:

"不过,这也是为了照顾女同志……"

"谁要他照顾!"杨雪有气地说,"解放战争,我哪次不是百二八十地走,我比谁少走了一步!"

"国内究竟不比国外。"周仆笑着说。

"国外又怎么样?"杨雪翻了周仆一眼。

"哈,这丫头!你倒把我当作你的斗争对象了。"周仆笑了一笑,"同志,你的热情当然是好的,但是……"

"又是'但是''但是',"杨雪不耐烦地说,"我就不喜欢你的'但是',你们这些人,就是靠'但是'吃饭!"

"你说对啰!"周仆说,"我就是靠'但是'吃饭。辩证法就少不了'但是'。任何事情都有它的两个方面……"

邓军笑道:"可是,人家现在就是要的一方面哪!"

"好,好,"周仆也笑着说,"你和团长先谈。"说过,到外面开干部会去了。

邓军把杨雪拉到凳子上坐下,说:

"小杨,你听我说。据我想,这不过是一时的规定,主要是朝鲜的情况,现在一点也不了解,等到我们站住脚跟,那时候你们去,就更合适啰!"

"你说得好!"杨雪反驳道,"我问你,朝鲜妇女现在在那边环境合适吗?你把她们搬到哪里去?"

"你看你的嘴多厉害!"邓军找不到新的说辞,就大声说,"小杨,你参军几年了,你还有点儿纪律性没有?"

"你有纪律性!"杨雪翻了他一眼,"你为什么还提出要求呢?……你是怎么出院的?你当我还不知道!"

邓军说不服她,把桌子一拍:

"你这么说,我更不管啦!"

杨雪哭了。

女同志一哭,使这位久经战阵的勇士,也没了主意。邓军正要想几句话来安慰她,又怕更不能脱身。

哭了一阵,杨雪揉揉眼,收住泪,又改变腔调说:

"这样吧,团长,叫你公开批准,也确实有你的难处。"她非常理智地说,"那么,你就……你就……"

"怎么样?"

"你就把我悄悄带过去吧。"

"这怎么行?"邓军吃惊地说,"你又不是一个小物件,我装到腰里把你带过去,你是一个大活人呀!"

"不管什么办法,"杨雪说,"你就是把我装到大口袋里,当成粮食把我运过去也行。"

邓军哈哈大笑起来。

这时候,外面响起了哨音,听见有人喊道:

"集——合——了!"

随后,听见周仆在外面说:

"老邓,走吧!到时候了。"

邓军乘机脱身,和周仆一起下山。杨雪仍旧像孩子一样抽泣着跟在后面。

天色已是薄暮时分。各个部队已经向鸭绿江桥开进了。大街当中行进着骡马挽拉的大炮。新钉的马掌在洋灰马路上发出悦耳的蹄声。虽然他们携带的山炮和野炮,有些已经十分古旧了,但炮兵们并不因此减少自己的威严。他们昂着头,骑在高大的骡马上,神情依然十分威武。步兵们为了赶到炮兵前面,在街道两侧急进。

赶到江边,天已经黑下来了。对岸新义州的大火,不仅没有收敛,反而由于黑夜的到来,把东方的整整半面天都照红了。那大火照到江水里,好像江水也在燃烧。邓军和周仆这个团的先头营,已经在火光里踏上了江桥。

邓军和周仆在桥头停住脚步,回过头来,打算对杨雪最后说几句安慰的话,算作告别。

在火光里,可以看见她眼睛哭得红红的,低着头,额发也乱了,样子委实可怜。

周仆跨上一步,无限温柔地说:

"小杨,你听我说,只要我们过去站定了脚跟,你们一定会过去的。据我看,时间绝不会很久!"

"对,对,时间绝不会太久。"邓军决断地说,一面又拍了拍她戴着军帽的头,"已经这么大了,千万要听话呀!嗯?"

"好吧,我听话。"杨雪头也没抬,一扭身哭着跑开去了,跑了几步,又站住,回过头来,抽抽噎噎地说,"怎么说,对我们妇女还是瞧不起呀!"

邓军和周仆叹息了一声,跨上了江桥。一直走了很远,回过头来,还看见她揉着眼睛,站在火光里。可是渐渐地,新义州越来越近,在眼前是越来越近的火光,耳边是江水愤怒的波声。杨雪的啜泣,早已经被淹没在愤怒的波声和刷刷的脚步声里……

第二部

火　光

第一章 开 进

由于敌情万分紧急,上级拨来50辆卡车,令邓军和周仆的团队改乘汽车前进,务于拂晓前到达龟城附近。

现在,这支车队,已经穿过新义州,直奔东南。新义州的大火,越来越远地落在他们的身后了。

战士们拥挤不堪地坐在卡车上。没有笑语,没有歌声。刚才,从新义州的大街穿过时,那冒着火焰的窗口,那翘到大路上的粗乱的钢筋,倒塌的房屋和密密的炸弹坑,都使他们的心情分外沉重。各连都已作了传达:敌人其中的一路,正沿着这条公路疯狂冒进,时时刻刻有同这路敌人遭遇的可能。所有轻重机关枪都脱去了枪衣,准备随时迎战。

团长邓军和政治委员周仆,这时分坐在两辆卡车的驾驶楼里。他们的位置正处在先头营的后尾。邓军膝上铺着一小张龟城的地图,手里握着一支过去缴获来的美国的绿皮电棒,一时照照地图,一时下车瞅瞅手腕上的指北针,惟恐走错了方向,赶不到预定的地点。对于当前局势的全部严重性,邓军是了解的。根据敌情通报,气焰嚣张、多路猛进的敌人,有可能在一两日内压到鸭绿江边。在这万分危急的时刻,统帅部的决心是:由新义州、长甸河口和辑安三处渡江的大军,必须尽快地赶进,求得能在龟城、泰川、球场洞、德川、宁远、五老里一线阻住敌人,控制朝鲜北部一定的地区。只有这样,才能使自己站定脚跟,并掩护朝鲜人民军北撤整顿。如果进展迟缓,就会在鸭绿江南的狭小阵地上,陷于背水作战的不利境地。因此,他和周仆率领的这支部队,必须在拂晓以前进到龟城附近,争取明晚在龟城以南地区构筑阵地,进行防御。命令还强调说,当前的敌人美军二十四师和英军二十七旅,昨天就从安州突过了清川江,开始向定州和泰川冒进了。如果今晚赶不到龟城附近,天亮以后,敌人空军活动频繁,将给我军增加困难,抢占龟城的任务就难以达成了。

邓军心情焦躁,望望车窗外,真是夜色如海,车队就仿佛在海底里摸索似的。只有定睛细看,才能看出公路像一条若有若无的细蛇隐在夜色里。由于上空时时有敌机袭扰,过江前上级就规定不准开灯,车行得十分缓慢。邓军越发焦急起来,对司机说:

"像这样子,一小时能走几公里呀!"

"超不过十公里去!"司机没好气地说,"我一辈子也没这样开过车,不准开灯,把我的眼睛都使疼了!"

老实说,邓军也不很赞同这种规定。但既然规定了,就只好走一程再说。他转念一想,即使每小时走十公里,天亮以前,赶到第一个目的地新成里,也不是没有可能。想到这里,他的心稍微平静了些。谁知这时,前面车轮子吱呀一声,停下了,司机急忙煞车,也跟着停了下来。

邓军以为前面的车出了毛病,只好压住性子,掏出烟盒,给了司机一支,两个人一起抽起烟来。眼看一支烟抽完了,前边还没有一丝动静。

他打开车门,跳下车,止不住用他的大嗓门喝问道:

"搞什么鬼呀?为什么不开?"

"老邓,我看也许出了什么事了。"是政委的声音。原来他已经下了车,观察着前面的动静。

这时,从前面跑过一个通讯员,报告说:

"团长,前面走不了啦!路堵住啦!"

"什么堵住了?"邓军忙问。

"叫火堵住啦!"

"夸大!"邓军立刻指责说,"火还能把路堵住吗?"

"是这样。"通讯员说,"路两边的房子都起了火,火头子快连起来了,汽车开不过去。"

"能不能从旁边绕过去?"

"孙营长正探路哩,叫我来告诉你们不要着急。"

邓军挥挥手,先让通讯员回去。然后对周仆说:

"伙计,你等等,我先去看看。"

"咱们一起去吧。"

周仆说着,就随邓军沿着公路向前走去。警卫员和几个参谋也跳下车来,跟在后面。

刚刚转过山弯,就看见前面山脚下一大溜火光,好像通红的炭块一般阻住了去路。

他们加快脚步,走到大火跟前,果然,一座夹着公路的村庄,两边房屋都烧着了。房顶上的火苗卷着黑烟,已经连在一起。公路已经成了一个很窄的火胡同了。

邓军仔细观察着这里的地势,一边是山根,另一边是稻田和水塘。山根那里是肯定过不去的,稻田这边即使临时开出一条路来,也费时太多。正沉吟间,只见三营营长孙亮拖着两腿泥水从稻田那边走回来,还没有等邓军发问,就摇摇手说:

"不行!稻田那边河岸太高,就是绕过这个村子也上不去。我看,只有等火小点儿再过吧!"

"什么?"邓军瞪了他一眼,然后转过头对周仆说,"要我看,马上从这条公路上冲过去!"

"你是说从大火里冲过去?"

"对!"邓军把那支独臂一挥,"我看只要开得快,冲劲大,很可能闯过去!"

周仆沉吟了一下,立刻赞同说:"我看可以试试!"

邓军得到支持,立刻转过脸对司机说:"哪个先开?"

一个穿蓝皮猴的年轻司机,把烟蒂一丢,对车上的人说:"同志们,你们先下来,我来试吧试吧!"

说着,他跨上司机棚,把车门咔哒一关,立刻发动起来,好像一个人要往高处跳跃似的,先曲曲身子,做了一个准备;接着就呜噜一下闯进了火门,钻进那个火胡同中去了。那狂卷的火苗与呼呼的黑烟,顷刻像海浪一样分在两边,而后又合在一处。眨眼工夫,汽车看不见了,只听见隆隆的马达声由近而远。时间不大,就听见村庄那边,一个年轻的声音喊道:

"过——来——啵——!没——有——事!"

人们立刻活跃起来。那长长的车队，一辆接一辆地分开火的波浪，又继续向前开进了。

公路盘旋上山。当卡车到达山顶时，邓军南望山下，几乎叫出声来：在那黑茫茫的夜色里，目力所及，远远近近，竟有好几十处火光。真是令人触目惊心。那火光有大有小，有的看去像是人烟稠密的市镇；有的看去像是较小的村落；有的只不过是三五户的山野人家。那火势有的已经减弱、暗淡，像是已经烧尽了；有的却像着火的时间不长，那跃动的火舌，正如凶猛的怪物贪馋地舔着漆黑的夜空。一刹那间，邓军觉得朝鲜整个的土地都在燃烧。在每一处火光里，将有多少户人家世世代代的劳动毁于一旦；将有多少人妻离子散，无家可归！邓军联想起祖国战争的年代，帝国主义和帝国主义的走狗们，为了扑灭人民的革命，也曾经到处纵火想烧尽一切。而他们却无耻地诬蔑别人"杀人放火"，这些人是多么地可恨！想到这里，邓军不禁周身燃烧，热血沸腾，恨不得立刻扑上前去，杀尽这些人间的野兽。

汽车下得山来，沿着一条江流前进。邓军正要查看地图，忽然司机碰了他一下，说：

"团长！看，朝鲜人过来啦！"

路边是一片着了火的树林。借着火光，邓军看见迎面走来十多个身着白衣的朝鲜人，他们扶老携幼，正在公路边艰难地跋涉着。再往前走，迎面而来的朝鲜人三五成群，十个八个一伙，愈来愈多。他们有的背着背架，有的赶着牛车，妇女们头上顶着包袱，背上背着孩子。看来他们已经跋涉多日，脸色憔悴，步履艰难。尤其是那些六七十岁的老人和五六岁的孩子，他们在别人的搀扶下，几乎三步一站，五步一停。有的干脆坐在地上，或者躺在路旁的乱草败叶中。如果不是后面隆隆的炮声，他们真的是再也不愿挪动一步了。

邓军打开车窗，前面的炮声，已经清晰可闻。显然，这北撤的人群，这炮声，都足以说明，敌人是更加迫近了。可是，正当他更加焦急的时候，不知前面出了什么事故，车队又一辆接一辆地停下了。

邓军推开车门，急忙跳下车，迎着撤退的人群向前走去。原来前边是一座江桥，桥头上有一堆大火，火头子直冲天空。邓军只当是桥梁着火，心里蓦地吃了一惊。走到近处，才看见是一辆朝鲜汽车,在桥头被炸起火,正好堵住了去路。火光里,还有一辆被炸翻的牛车,一头被炸断后腿的老牛,血流得半边公路都是红的。桥上拥挤着北撤的人群,他们在火光里叫嚷着,从着火的汽车与被炸翻的牛车边挤过来。

三营营长孙亮站在路边,正同几个干部商量什么,看见邓军来了,指着那辆着火的汽车说:

"我们正准备拴上钢绳去拉呢,你看行吗?"

邓军点了点头。孙亮立刻指挥战士们先把翻了的牛车挪开;把断了腿的黄牛,也移到路边;然后在着火的汽车上拴上了三四根钢绳,好几十名战士一起用力拉起来。由于车轮已经烧坏,车体十分沉重,每次只能移动几寸远近。邓军急了,也混在人群里拉着。

正在这时,桥上有人吆喊着什么,邓军一看,原来是五六个朝鲜人民军的官兵,背着转盘枪,杂在撤退的人群里走过来。其中一个年轻的少尉,神色十分激动,边哭边喊,好像很不愿往北走的样子,前面一个人拉着他,后面几个人推着他。旁边还有一个上尉,像是向他劝说什么。等他们走过桥头,那个年轻的少尉干脆坐在地上不走了,一边哭喊着,一边向邓军他们叫:

"东木①呀!东木呀!东木呀!"

邓军放开绳子,忙把联络员找过来问:

"他在喊什么呢?"

"他不愿往后走了。"朝鲜族的联络员叹了口气说,"他喊:'你们走吧!你们走吧!我是一步也不往北走了呀!我是一寸也不往北走了呀!'"

那位年轻的少尉,发觉是在谈论他,又激动地喊起来。联络员解释说:"他可能把我们当成人民军了,他说他要求军官同志批准他,同我们一道到前方去。"

邓军深深为人民军这个少尉所感动,一种火辣辣的情感冲塞喉头,几乎使他一时不慎流下泪来。他真想冲上去对他们说:可敬可爱的朝鲜同志!你们是多么地英勇呵!你们抵抗的是全世界最大最凶恶的帝国主义!你们不仅对自己的祖国作出了贡献,而且对全

---

① 东木:朝语"同志"。

世界的革命事业作出了伟大的贡献！现在的后撤，只不过是一时的曲折，看吧，人民是完全有力量扭转战局的。……可是邓军是一个不善言辞的人，他的这一切内心深处的情感，都未能表达出来；只是走上去，紧紧握住那位朝鲜少尉的手说：

"同志，你辛苦了！你辛苦了！……你们太疲劳了！你们先到后面去休息一下吧！"

那几位朝鲜同志，原先都把他们当作人民军了，可是看他们没有领章，没有符号，武器装备也不相同，不知这是从哪里来的一支军队。经邓军一说话，这才惊讶地叫起来：

"中国？"

"毛泽东？"

邓军笑了一笑，连忙摇手示意，要他们保守秘密。那位朝鲜上尉和几位士兵也抢上来同邓军拥抱。年轻的少尉用两只手捧着邓军的一只手抖动着，哭起来了，一边说："我知道你们是会来的！我知道你们是会来的！"在火光里，可以看到他年轻的脸上流着两大行眼泪。

邓军这时再也抑制不住自己，一边说："同志们平静一点！平静一点！"可是在他那饱经风霜的像铁块一般的脸上，已经滚过好几滴圆大的泪水。

这时，那位朝鲜上尉讲了下面的情况：自从敌人进迫平壤以来，他们在平壤以南地区，已经抗击了许多天，直到昨天，他们才从阵地上撤下来，全连只剩下这五六个人了。

谈到这里，他指了指那个年轻的少尉，特别激动地说：

"我们接到撤退命令，谁也不愿后退，尤其是他——金银铁同志。他一听说撤退，就哭起来了，无论如何也不肯下阵地一步。他说：'我们身边是战友的尸体，后边是撤退的人民，我活也活在这里，死也死在这里，我们怎么能够丢下他们向后走呢！'我们费尽口舌，对他说：'这是命令！'才把他从阵地上拖下来了。谁知道，刚才他看到美国飞机炸死了几个老百姓，就又哭着不肯走了。……"

"我不是不往后退呀！"那位年轻的少尉金银铁又激动起来，攥着邓军的手说，"军官同志，前面就是我们的国境线哪！我们怎么能离开自己的祖国呢！怎么能抛开自己的人民呢！你再看看他们……"他指指面前川流不息的向北撤退的人群,指指那些牵着父母衣襟艰难跋涉的孩子们,"他们走一步,站一站,一天也走不了多少路呵!再说,让他们走到哪里去呢?……"

"多么优秀的战士!这才是真正的革命军人!"邓军在心里暗暗赞佩地说。他正要安慰他们几句,霍然呼隆一声,火光陡地一暗,原来那一辆燃烧的汽车已经被翻到河岸下面去了。

战士们纷纷上车准备继续开进。

"同志们!再见吧!"邓军懂得安慰战士只有用战士的语言,他说,"我希望你们坚决服从上级的命令。你们暂时后撤,正是为了补充整顿,为了前进。我相信,时间不会很长,我们就会在一起并肩作战。战局一定会扭过来的!让我们在前线再见吧!"

"我们很快就会在前线上再见的!"那几个朝鲜战士洪亮地说。

等到汽车开动的时候,邓军看见那五六个人民军的战士,在那位朝鲜军官的指挥下,已经排成一列异常整齐的横队,一齐举起转盘枪,向车队致敬。

一刹那间,邓军从这几个朝鲜战士身上,看见了这支兄弟军队的不可战胜的威容。

汽车在北撤的人群中缓缓开过江桥,又驶上一座高山。山陡路险,一边是峭峻的陡壁,一边是望不到底的黑魆魆的深涧。由于司机看不见路面,又怕跌下深沟,车队开得越来越慢。邓军看看表,已是午夜时分。

周仆跳下车,赶过来说:

"老邓呀,你看这天气黑得很呀!"

邓军也跳下车,望望天空,不知什么时候,连微弱的星光也隐没了。莫说坐在驾驶楼里,就是对面也看不见人。

"老邓!"周仆说,"你看这样子还能赶到新成里吗?"

"到个鬼!"邓军没好气地说。

"我看咱们开灯干吧!"周仆提议说,"现在的根本问题是争取时间,失掉时间,也就没有意义了。何况,这样子很容易出事故呀!"

邓军立刻表示同意,其实他早就憋不住了。

命令传下去。在盘旋的山道上,车队立刻像一条蜿蜒的火龙急速奔驰。在轰隆的马达声里,你简直可以听到司机的欢腾的心声。

邓军的脸色也显得开朗起来,他拍拍腿说:"哼,像这样子,还有一点机械化的味道!"

汽车一气赶了20公里,下了高山,转到一座狭窄的峡谷里。公路两旁仍然是络绎不绝的北撤的人流。

陡然间,人群乱了,纷纷离开公路,向山根乱跑,一边向汽车摆手:

"边机一索①!边机一索!"

接着,车上的参谋们急促地敲打着司机棚顶。这是事先规定的发现敌机的信号。

附近的几辆车立刻停车闭灯,可是前面的汽车,大约没有听见,仍然继续开灯行进。

邓军立刻下车,命令参谋们鸣枪告警。连发数枪,前面灯才闭了。

邓军正要等敌机过去,继续开进,可这时,接连有好几发红色的信号弹从山后直射天空。

人们一片乱嚷:

"特务打信号了!"

"特务打信号了!"

"这些龟儿子!"邓军狠狠地骂了一句。

时间不大,敌机就在头顶上盘旋起来,发出沉重的隆隆声。紧接着,投下了一长溜照明弹,飘飘下坠,把整个峡谷照得明晃晃的。长长的车队,已经完全暴露在亮光之下。

在这紧急时刻,邓军看见战士们仍然稳坐在车上,竟没有一个人乱动,心里暗暗高兴。遂即让司号员吹号,命令各营连防空,战士们才跳下车,向山脚跑去。

邓军和周仆最后缓步离开公路,刚刚登上一座小山,从天空里咕咕咕,一串火溜子下来,前面一辆汽车被火箭炮击中,烟火升腾直上天空。几架敌机见得着了好目标,大肆轰炸起来,又是打火箭炮,又是扔汽油弹,小小一条峡谷,顷刻间烟火弥漫,整个峡谷都烧红了。

---

① 边机一索:朝语"有飞机"。

敌机整整轰炸了半个多小时才走。许多车辆已被击中起火。各营长都来请示行动问题。

邓军按捺着满心痛楚,说:

"老周呀,我不知道你的意见怎样,我的决心是:汽车没有炸坏的,仍旧乘车开进;其余的,立即丢下汽车,以急行军的速度徒步行进!"

"我完全同意!"周仆坚定地说。

邓军得到政委的支持,又把那支独臂猛地一挥:

"就这么办!"

时间不大,在弥漫着烟火的公路上,这支在中国大地上南征北战的部队,又迎着火光,迎着北撤的人群,在燃烧的土地上前进了。可以听到,前面是愈来愈近的炮声。

第二章 木　屋

在北朝鲜的一处深山里,半山间有一座木屋。这座木屋被风雨剥蚀得成了灰褐色,就像使用了多年的木船,被搁置在山崖上。现在,彭总就正在这木屋里,背着手,踱来踱去。

这里是一座矿山。陈旧的木屋很像是矿山的办公处所。山下有一条小河,小河边有二三百户人家的一个村庄,大约是矿工们聚居的地方。由于战事紧迫,工人们已经撤退了,村子里显得十分空荡。从高山顶倾斜而下的高架矿斗缆线,上面挂着好几个运送矿石的吊斗,此刻一个一个地停在半空中。彭总踱着步子,有时在门口停住,望望山下空虚的村庄和空中凝滞不动的吊斗。尽管他一生饱经忧患,在战地看见过无数惨象,但今天看到这些,还是觉得心头沉重。

自从他奉令入京直到今天,才不过十多天的样子,脸上已经明显消瘦。这是由于过度的思考与紧张的活动所致。10月8日——也就是他被任命为志愿军司令员的当天,他就飞到了沈阳,第二天就召开了高级将领的会议;随后又乘火车赶到了安东,对各作战师的干部,做了动员和部署。11日的晚上,他就飞回了北京,亲自向毛主席作了汇报。12日一早,他连口气也没喘又飞回沈阳,接着又乘火车到了安东。这时候,他本来可以在江边稍事休息,可是考虑到朝鲜政府希望我迅速出动的要求,为了早一点同金日成首相取得联系,也早一点了解前方的情况,他就在部队出动的前一天——10月18日黄昏出发了。前面由朝鲜外相乘坐的一辆华沙牌小轿车引导着,他同一个秘书和两个警卫员共乘一辆小吉普,后面跟着一辆中卡和一辆卡车,由参谋长带着一部电台和工作人员乘坐。就这样,在暮色苍茫中踏上了朝鲜的土地,沿着山间公路向前驰去。前天上午,赶到了一个僻静的山村,在路边一所农舍里会见了金日成首相。在这次历史性的战友的会见中,他们交谈了当前的战况和作战方针,以及成立联合司令部的问题,以后就转移到这里来了。

在这座小木屋里,他已经整整等了一天。此时,可以说他正经历着一种少有的焦急心情。因为敌人是机械化部队,进展相当迅速,而我各路大军却是徒步行军,前进得相当迟缓。据昨天了解的战况,我军秘密渡江的当天,美第八集团军已经攻占平壤。随后,麦克阿瑟乘坐专机,亲自指挥伞兵部队于平壤以北距中朝边境80英里的肃川、顺川降落,以截击朝鲜人民军的后路。按照预定计划,我军本来企图在龟城、泰川、球场洞、德川、宁远、五老里一线构筑防线,阻住敌人,现在看很可能做不到了。另外志愿军的指挥机构和新任命的几个副司令员,正随同部队一起行动,还不知何时来到。还有一件不大也不小的事也使彭总心中不安,就是那辆携带电台的卡车,掉队了。开始还以为很快会赶上来,谁知过了一天多还渺无踪影。彭总的脸就沉下来了。

现在,这个指挥部的全部人马,就是一个秘书,两个警卫员和一个朝语翻译。为了保密,他们都已换上了朝鲜人民军的军服。警卫员小张正在木屋外的一棵大松树下烧水。新调来的警卫员小崔,是延边朝鲜族的一个青年战士,在旁边帮助他。从沈阳带来的一个很精致的煤油炉子,冒着蓝色的火苗,营营地歌唱着。秘书林青坐在松树下的一块大青石上,望望彭总的脸色,心里也不安起来。他长时间地凝望着山谷入口的地方,希望先头部队和载着电台的汽车能够奇迹般地出现。

白铁壶在深秋的寒风中冒着白汽,水开了。小张把祖国带来的饼干,还有特为彭总烤的馒头干拿出来,一面嘟哝着说:"早知道是这环境儿,从沈阳多带点东西来该有多好!"林青怕彭总听见这话,瞪了小张一眼,然后站起来,走到木屋的门口说:

"老总,已经九点多了,咱们开饭吧!"

彭总哼了一声,依然继续踱来踱去。

林青见彭总不动,又催了一句,彭总才慢腾腾地走出来,坐在那块大青石上。小张早把他那个使用了多年的旧茶缸刷洗干净,给他泡了一大缸子湖南绿茶。他随意吃了一块馒头干,就不吃了,只是一味地坐在那里喝茶。

这林青很能体察彭总的心理,一看他那两道浓眉几乎挤到一起去了,立刻宽解地说:

"我看电台可能很快就会上来。"

"本来昨天就该赶上来嘛,乱弹琴!"彭总不高兴地说,两个倔犟的嘴角也深深地弯了下来。

"很可能是走错路了。他们没带向导,又不懂话。"

彭总没说什么,似乎接受了这个解释。他喝了几口闷茶,又说:

"给两个团配了汽车,他们也该上来了嘛!"

这时有机群正从西面上空掠过,林青朝上一指说:

"就是有汽车也不行啊。白天不能走,晚上不敢开灯。也许还不如走路快哩!"

这时,金日成首相的指挥部派人送来两大草袋大米和一份特意用汉文书写的敌情通报。林青看着那份通报,不禁眉毛一扬几乎惊叫起来:

"哎呀,怎么到了我们后边去了?"

彭总一向不喜欢有人在指挥部表现出这种神态,他瞪了林青一眼,然后戴上老花眼镜,接过通报看起来。原来各路敌人都已经接近或越过了我们准备修筑防线的地区,尤其是西线东路的伪六师,已经越过熙川、桧木洞,正向楚山前进。他要过林青口袋里装着的那本袖珍地图一看,果然这路敌人已经到了现在指挥位置的右上方了。其他各路敌人也都逐渐逼近。

他再一次地陷到沉思里。过了半晌,他把地图交还林青,慢吞吞地站起身来,沿着一条山坡小道向上走去。林青一看彭总要上山,知道他心里着急,也不敢多问,就向小张使了个眼色,同小张一起,在后面紧紧跟上。

这时已是秋末冬初,浓艳的秋色已失去了昨日的光泽;加上暗云低垂,西风凄厉,更增添了一片萧森之气。山径上全是一层层的落叶,已由嫣红色变得紫郁郁的。树上的叶子还没有落净,一阵风来,飘飘飒飒,就像急雨一般落到地面。但是,在这暗淡的图画中,仍有一些灌木,密密地长着金灿灿的叶片,十分鲜亮,就像迎春花一般摇曳在秋风里。

彭总踏着厚厚的落叶在山径上走着。论爬山,在他年轻时那是没有比的;即使现在年已五十有二,这个征战半生的人,仍较常人为快。林青和小张在后面跟着,并不显得多么轻松。

彭总上到山顶,向南一望,不禁暗暗吃了一惊。原来山下自南而北一条公路,断断续续都是逃难的人群。他们大部分是身着白衣的农民,有的牵着耕牛,有的赶着牛车。老老小小,走得十分迟慢。仔细看,也有不少城市打扮的人羼杂其间,很可能是从平壤等大城市撤退下来的。彭总看到这般情景,不由暗暗担心:目标这样大,如果敌机一来可怎么办!……正沉吟间,只听小张喊了一声:"敌机!"彭总举头一望,只见两架野马式战斗机,从山后像贼一般突袭过来。人群顷刻大乱,纷纷向公路两侧奔逃。可是公路上有一个人,好像吓傻了,他左盼右顾,只是站着不动。这时那两架野马式已经对准公路自南而北得意洋洋地扫射起来。公路上卜卜卜卜腾起一溜烟尘,烟尘过后,那个人已经倒伏在公路上了。彭总要过望远镜仔细一看,原来是一个壮年男子背着一个白发老翁,他们一起倒在黄土公路上,身旁流了一大摊血。

"这些狗娘养的!"彭总把望远镜递给小张,望着远去的敌机狠狠地骂了一句。小张望望彭总,见他的眼睛浮起一层微红,两个嘴角也搭拉下来。再看看望远镜接触眼圈的地方,湿漉漉,似乎有泪水流过的样子,就掏出手帕来悄悄拭去,没有作声。

彭总转身向北望去,在公路的尽头,依然是连续不断的逃难的人流,连部队的影子也没有。面对着这样紧急的情况,他只好望着连绵的云山兴叹。

"我看老总还是回去吧!"善知人意的林青劝慰地说,"我一再计算,那个配备汽车的先头部队,至迟今晚也就到了。"

彭总依旧望着北方,没有作声。

"要不,这样——"林青笑着说,"首长先回去,我在这里望着;部队一来,我就去报告,也不误事。"

说到这里,彭总才勉强点了点头,缓步向山下走去。

果然,林青的计算不差,黄昏时分,第五军的先头团——邓军的团队已经开到。林青带着邓军来见彭总。邓军听说是去见一位首长,却不料踏进木屋一看,原来是彭总坐在那里。他不由自主地要举起右臂敬礼,肩膀只动了一动,才意识到自己早已失去了右臂。他似乎带着几分抱歉的神情行了一个立正注目礼,凝望着彭总。

"这是第五军的先头团团长邓军同志,他们的部队已经开到。"林青高兴地介绍说。

"好,请坐,请坐!"

邓军的到来,显然使彭总喜出望外。他站起身来,满脸都是笑容,正要上前与邓军握手,才看出只是一个空空的袖管,就握住他的左手,亲热地说:

"怎么,你这个独臂将军也上阵了?"

邓军像小孩似的羞涩地一笑。

彭总等邓军坐定,见他多少还有些拘谨,就笑着说:

"我们还是第一次见面吧?"

"不,"邓军说,"长征路上,行军的时候我见过您;打兰州以前,我还听过您的动员报告。"

"你也参加打兰州了?"

"我这只膀子就是在那里丢的。"

"噢!"彭总回忆着说,"那个仗你们打得不错。我听说有一个团长很能打,就是爱跑到前面去打机枪,后来还负了重伤。……是不是就是你哟?"

邓军红着脸笑了。由于他的面色过黑,那阵红潮也不大看得出来。

"你们来得正是时候!"彭总宽慰地说,"如果你们再不来,可就误了大事。"

他说到这里,又问:

"不是给你们派了几十辆汽车吗?"

"差不多都让飞机给炸毁了,"邓军有些抱愧地说。"以后我们就徒步行军,战士们背得太重,加上粮食和干粮,总有五六十斤。"

彭总"唔"了一声,半晌没有言语,停了一会儿才说:

"确实苦了那些战士们。……一个没有制空权,就带来了一系列困难。归根结底还是国家太穷哟!"

说到这里,他瞅了邓军一眼,又问:

"部队的情绪怎么样?"

"情绪蛮好。"邓军欣然回答。"不过,认识也不一样:一些人在国内打胜仗打惯了,把美军根本不放在眼里;一些人又因为同美军第一次作战,觉得心里没有底;个别怯战的人也有。"

"要特别加强政治工作,来发挥我们的优势!"彭总语气很重地说,"现在情况十分紧急。有一路敌人已经到我们后边去了。你们的任务没有变,要尽快插到龟城。如果龟城已经被敌人占领,你们就在龟城以北构筑阵地,来掩护后面的部队展开。"

"好!"邓军站起身来,表示庄严地受领了任务。

彭总把邓军送出门外,紧紧地握住他的手说:

"要告诉同志们:我们友邦的存亡,我们祖国的安危,还有我们军队的荣辱,都在此一战!"

邓军立刻觉得心里热烘烘的,像有一股强有力的热流,在胸中激荡奔腾。当他走到山坡下的时候,还看见彭总站在那棵大松树下向他招手。

前面有了部队,彭总的心就放下了一半。但是电台没有上来,仍不免使他恼火。熬到第二天晚九时,参谋长和电台队长终于携电台一起到达。参谋长立刻来见彭总。

这个参谋长名叫夏文,是从兵团副司令中选调来的。他担任过团、师、军以至兵团的各级参谋长,富有参谋工作经验,知识面也颇为广博。他身量不高,面孔白皙,温文尔雅,颇有一点文人风度。彭总过去并不认识他,但在这次组织部队渡江工作中,见他思想很有条理,办事精细,已经留下了良好印象。夏文由于电台掉队,心中甚为不安;平时听说彭总非常严厉,更增加了几分胆怯。所以一见彭总,首先把遭到空袭汽车被打坏的情况详细作了报告。彭总只看了他两眼,并没有再说什么。他那悬着的心就放下了一半。接着他把路上收到的电报交给彭总,把当前的敌情和各路大军渡江后到达的位置,也作了详细汇报。彭总的脸色渐渐明朗起来,那威严的下垂的嘴角才开始有了松动。

"我们的行动,敌人到底发觉了没有?"他抬起脸,异常关切地问。

"没有。"夏文的语气十分肯定。

"那些外国通讯社的消息你全看了?"

"全看了。美国人不单没有讲到我们出兵,而且多次讲到我们不会出兵。"

彭总的脸色越发明亮起来,全神贯注地望着夏文。夏文兴致勃勃地讲道:

"有一则美联社的电讯很有意思。它说,在汉城被占之前,对我们是否出兵,确实有过一些揣测;但是,现在倒认为不可能了……"

"为什么?"

"他们说:如果中共打算干涉朝战的话,就会在汉城在共产党手中的时候或者至少平壤在他们手中的时候参加。在两个京城都被攻占之后,大家就断定中国无意干涉了。……"

"蠢家伙!我们不是公开告诉他们,不能置之不理吗?"

"是的,是的,"夏文连声说,"可是他们有他们的逻辑。那则电讯还说:中国官员包括毛泽东、周恩来在内,虽然作过一些刀剑铮铮的声明,从字义上毫无疑问地意味着,他们决不容许共产党朝鲜从地图上消失,可是许多有经验的观察家认为,有两个理由不能把这些声明照字面的意义接受。第一,因为正式出兵干涉,就会使共产党人在联合国取得一个席位的一切希望归于消失;第二,因为毛泽东被认为非常狡黠,决不至于伸手到朝鲜的烈火中取出俄国的热栗子。……"

夏文说着,从电报堆里取出那则电讯递给彭总,彭总看着看着,不自觉地微笑起来,说道:

"这些资产阶级!连他们的细胞也是利己主义。"

夏文也笑起来,继续说:

"从军事上,他们也不相信我们出兵。美国第十兵团的发言人说:'要不首先把我们的空军遮住,中国就不会派大规模的陆上部队。'我们的20多万大军,神不知鬼不觉地过了江,直到今天敌人一点也没有发觉,这在军事上也称得上是一个奇迹。"

彭总见他颇有得意之色,瞅了他一眼,严肃地说:

"这个大意不得!最好到大规模打响之前,一直不要被敌人发觉。"

夏文汇报完了,彭总来回踱着步子。他沉思了好大一阵,才停住脚步缓缓地说：

"现在的敌情还很严重，主要是各路敌人差不多都越过了我们预定的防线，我们的部队除龟城以外，恐怕都赶不到了。毛主席原来让我们构成一道防线，守一个时期，准备明年春天反攻，现在看，这个计划恐怕要改变了。"

"计划要改变？"夏文惊讶地望着彭总。

"是的，要改变。"彭总点点头说，"因为情况变了。这几天我已经再三地考虑到这个问题，现在敌人对我估计不足，正在分兵冒进，正是我们歼灭敌人的有利时机。我看还是用我们的拿手好戏——打运动战，打歼灭战，选择敌人薄弱的一路，予以歼灭。"他说着，右手握拳向左掌心里狠狠一击，说得十分斩钉截铁，显然他的想法已经成熟。

"要拟定新的作战计划吗？"

"不，不忙。"彭总坐下来说，"这只是我个人的想法，各位副司令员和副政委也许明天就会到吧，等他们来到，我们共同研究决定，然后再上报主席和军委批准。"

"好，好，"夏文说，"他们正随第三军行动，大约明天就可以来到。"

夏文在临离开这座木屋时，不自禁地以崇敬的目光，望了望这个身经数百战的人物，这个将要同他一同度过惊涛骇浪的人。心里悄悄地说："他，确是实战经验丰富，善于临机应变，头脑机敏果断，确实名不虚传。"

几位副司令员和一位副政委，果于次日随同志愿军司令部、政治部的人员一起来到。他们就住在山坡下的那些农舍里。这个指挥机关是以一个兵团部为基础编成的，几个领导干部是从各个兵团选调的。第一副司令员秦鹏，十年内战时期就已崭露头角，到解放战争时期，已经是逐鹿中原、纵横大西南的名将了。他生得体魄魁伟，一副络腮胡子，颇有风采。特别是他那豪放不羁的性格，趣事轶闻之多，几乎风传全军。第二副司令员滕云汉，从东北一直打到海南岛，立下不少战功。他是南方人的那种矮个子，但看去极为精干，军事上足智多谋，很有心计。文化程度虽不太高，但战斗经验极为丰富，他从战士、副班长、班长、副排长、排长，一直当到了兵团副司令,作战勇敢,指挥沉着果断,把他放到一条战线上,那条战线立刻就稳定了。第三副司令员冯慧,军事、政治、后勤工作全干过,尤其擅长后勤工作。他高高的个子,脸上还有几颗麻子,性格特别温和,很能与人相处,别人开多大玩笑,他也从不气恼。此外,就是那位副政委齐至真了。这个人坦率乐观,隔几间屋子就能听见他那响亮的笑声。他上过大学,留过洋,做了几十年的政治工作,还出过两本小册子,在政治工作上自然是一个专家了。在干部使用上,彭总一向主张五湖四海,不抱门户之见。他看到,从各个野战军选来了这么多优秀的干部,心里非常高兴。在第一次见面会上,他曾说"敌人自称是'联合国军',其实,我们也是一个联合国哟!"而调来的这些干部,由于彭总在全军的崇高威望,从内心有一种崇敬之情,所以很自然地就形成了领导核心。在各位领导干部来了之后,当天就开了作战会议,经过充分讨论,一致通过了彭总的意见:准备利用敌人分兵冒进之机,机动歼敌。

会后,彭总就回到他的那个木屋中去了,其他人也都回到山下的农舍里。夏文还没有坐定,就听见远处有沉重的隆隆声,接着山头上又响起了尖厉的防空号音。他走到院中一看,一群一群的敌机正凌空而过,总有好几十架,气氛很不寻常。为了怕发生意外,他立即让参谋通知全直属队注意防空,还特意通知了各位首长。当他来到山坡下的防空洞时,看见各位首长都来了,惟独不见彭总。大家也正在心神不安地议论这事。有的说:"彭老总在国内打仗就不注意防空,现在这么多飞机,再不注意怎么行呵!"有的说:"仗还没有打起来,如果统帅部先出了事,那问题可就大了。"大家议论纷纷,一致要参谋长亲自去把彭总拉来。夏文听大家讲得有理,就急火火地走出洞口。

他上了山坡,走到木屋跟前,看见警卫员小张正站在那几棵松树下警惕地望着天空。夏文急冲冲地问:

"小张,你怎么不叫首长去防空呵?"

"你去叫吧!"小张哭丧着脸说。

"林秘书呢?他怎么不去叫?"

"哼,谁也不行。"

夏文踏进木屋,看见彭总端端地坐在案前,面前摆着一个半旧的四四方方的大铜墨盒,正手执毛笔聚精会神地写着什么。林青无可奈何地坐在一边。尽管外面飞机的隆隆声震得窗纸索索颤抖,但对于这个光着头鬓角露出白发的老军人,却仿佛是另外一个世界的事情。

"彭总……"夏文低声试探地叫。

"你有事吗?"彭总摆摆头示意让他坐下。

"没有事。……今天的飞机特别多……"

"晤,很可能敌人的攻势要开始了。"

他说着,头也不抬,把笔伸进墨盒蘸得饱饱的,又继续写下去。

夏文不忍打断他的思路,等他把几句写完,才又慢吞吞地说:

"我看飞机太多,今天得注意了……"

"是的!决不要大意。"彭总边写边说,"要告诉大家注意防空!"

"老总,我说的是您呀!"

"我?"彭总偏过头笑笑,"你们先去。你知道,我正给毛主席写那封电报。"说过,又写下去。

夏文一时语塞。这时,一架敌机声音很大,仿佛已经飞到头顶。远处还响起了沉重的炸弹声。夏文灵机一动,一面上前去盖墨盒,一面乘势说:

"还是到防空洞写吧,你瞧要下蛋了。"

彭总这才离开座位,推开门,仰起脸向上一望,只见一架敌机哇的一声掠了过去。他翻翻眼骂道:

"好个狗娘养的,看你能把老子吃了!"

他手里仍旧拿着那管戴月轩制的七紫三羊毫的毛笔,站在那里观望了一会,用笔指了指山那边盘旋的敌机,笑着对夏文说:

"我的参谋长!你瞧,目标根本不在这里嘛!"说过,又从容地回到座位,伏在桌案上。

敌机在山那边狂轰滥炸了一顿,纷纷离去。彭总的电报已经写就。这已经是他多年的习惯,凡重要的电报都是亲自动手。写完他又细细地看了一遍,改了几个字,才交给夏文说:

"这是第一次战役的设想。请几位副司令和副政委都看一下,一个也不要漏掉。大家没有意见,再发出去。"

夏文拿着电报,走出了木屋。冷风一吹,他才发觉自己额头上都是汗水。他掏出手帕擦了擦,觉得背上也凉浸浸的,原来衬衣也早让汗水湿透了。当他走下山坡的时候,回过头望了望那座风雨剥蚀的木屋,觉得它更像是一只在惊涛骇浪中的船只了。

第三章 侦 察

邓军的团部设在山坡上的一片松林里。枯黄的陈年的松针积了很厚一层,踏上去软绵绵的。警卫员们就在这里铺上了两张淡绿色的雨布,作为他们团长和政委休息的地方。

经过一夜急行军,警卫员们靠着树干很快就睡熟了。尤其小迷糊,头枕着背包不住地打呼噜。邓军和周仆却静静地坐在雨布上,毫无睡意。和师部的电话线已经架通,师长在电话上两次催问敌人的情况。可是派出的侦察员还没有回来。

两个人望望山下,在灰尘飞扬的黄土公路上,向北撤退的人流,仍然三五成群络绎不断。他们的脚步是那样疲惫,行动是那样迟缓,就仿佛凝滞在那黄土路上似的。看到这种情景,邓军和周仆真恨不得立刻赶上前去顶住敌人,扭住敌人,可是现在敌人到底在什么地方还不知道,这是多么叫人凄楚难捱!

将近中午,最先派出的几个侦察员回来了。他们一致报告说:敌人已经到了龟城,炮火已经打到了龟城以北。

邓军立刻抓起耳机向师长报告。师长听完报告,像是沉吟片刻,然后问道:

"他们是亲眼看到的吗?"

邓军转过脸,对着几个侦察员严肃地问:

"你们究竟是不是亲眼看到的?"

"我们确实到了龟城附近。"一个侦察员解释说,"一路上逃难的老百姓都说敌人到了龟城。我们亲眼看到,敌人火炮的弹着点,落到龟城以北不远的地方。"

邓军把侦察员的话,如实做了说明。只听师长在电话里带着责备的意味说：

"这就不对！敌人的炮打到龟城附近，正好说明敌人并没有进占龟城。你听听炮声，这是远射程炮的声音！很可能这是敌人用远程炮火对人民军进行火力追击。"

邓军考虑着，没有答话。只听师长又说：

"这是一场新的战争，比国内解放战争更要严酷的战争。要注意个别人是否有怯战心理。……要教育侦察员，情况一定要搞确实。不然，我们究竟是在龟城以北打击敌人呢，还是在龟城以南打击敌人呢？这就马上要影响我们的行动了。……"师长可能考虑到自己新提升不久，不适合对一位老战斗英雄用这样的口吻，才又改变了调子说："老邓呀！你觉得是不是这样？"

这邓军一向心胸坦荡，襟怀洁白。多年的革命生涯，锤炼了他极为坚强的组织观念。尽管今天的直属上级是不久以前的同级干部，而且是多年以前的下级，在他看来，在革命的道路上，这并不是什么不可理解的现象。刚才师长最后两句话的过分客气，倒反而使他有几分不快。他立刻说："请放心，我马上组织力量查清前面的情况！"

他放下耳机，转过身来，对着几个侦察员不满地瞅了一眼：

"叫你们到前面查明敌情，你们蹲到半路上看弹着点，乱弹琴！"

说着，他大步跨向前去，把正靠着大树酣睡的小玲子推了两把：

"快起！"

周仆见他要行动，瞅着他说：

"老邓呵，你要到哪里去？"

"到前面去！"邓军说着，把他那只假臂也摘下来，往地铺上一扔，"这劳什子打起仗来真碍事，先收起来吧！"

"你又来了！"周仆用食指点着他说，"我批评过你多少次了，什么事都要亲自出马！叫侦察参谋带他们去就不行吗？"

"侦察参谋当然也要去啰！"

"那你……"

"老伙计！"邓军拖长声说，"这一次倒是你盘算错了。你算一下，到天黑还有多长时间？等他回来，就是侦察确实了，我啥时候出发看地形呢？"

周仆脸上终于出现了微笑,算是一种默许。

很快,一支包括侦察参谋、联络员和半个侦察班的轻便小队下了山坡,插到灰尘飞扬的公路上去了。侦察参谋带领着三个侦察员跑步赶到前面,邓军和其余的人随后跟进。

天气灰漾漾的。一路上,依然是时断时续地撤退的人流。这时,邓军更清楚地看到他们疲惫的脚步和焦苦的面颜。他们的脸上、头发上和他们的白衣上,都蒙上了一层厚厚的灰尘。古老的牛车木轮,比人的脚步还要迟缓,咯噔咯噔地发出颠簸的车声。有几个妇女坐在路旁喘息着,一面擦汗,一面给孩子喂奶,以便继续上路。路上不断看到为减少重量而丢弃的包袱,还有那磨透了底的朝鲜的船形胶鞋。

邓军按捺着心头的痛楚疾步前进。一边留意着两边灰苍苍、紫郁郁的山峦,极力把沿路地形记在心底。

为了严守秘密,不暴露是中国人,邓军规定谁也不准说话。只让联络员去查问情况。结果一连问了几个老百姓,都说敌人昨天晚上就到了龟城。这些老百姓为了避开龟城,是从小路绕过来的。

邓军不管这些,命令侦察员继续前进。炮声越来越近了,就好像打在山那边似的。路上行人也越来越少,整个山沟,充塞着一种严森森的气氛。

公路盘旋上山,他们抄着小路爬上山顶。邓军放眼一望,山下是一块小平原。在公路通过的地方,仿佛是一片市镇。

侦察员一指:"那就是龟城了。"

邓军取出望远镜一看,虽然距离并不太远,但因为被一片湿漾漾的云雾笼罩着,混混沌沌,看不清楚。隔一会儿就有三四发炮弹打在城北附近的公路上,白烟缓缓地上升着,与低沉的云雾混在一处。

邓军收起望远镜,正要举步下山,侦察参谋回过身来说:

"三〇一!"他叫着团长的代号,"我看你还是在这里等一下,我们先摸进城去看看。"

邓军装作没有听见,只管向山下走去。侦察参谋见团长不理,只好快步赶到前面,以便防止猝不及防的意外情况。

公路上连一个人影也没有,越来越静得可怕。

在离龟城还有三里多路的时候,侦察参谋又返回来,几乎是用恳求的口气说:

"三〇一!请你还是等一下吧!虽说城里不一定叫敌人占了,敌人的侦察部队是可能有的。"

"好好,听你的。乱弹琴!"

邓军本来想再靠近龟城一些,这时只好甩甩手离开公路。他点起一支烟,用心察看着周围的地形。

时间不大,侦察参谋跑回来报告:龟城果然没有敌人。"他真精细!"邓军心里对师长暗暗佩服。

他们进得城来,穿过整整一条街,还不见一个人影,寂静得像是一座死城。只有自己的脚步声沙沙地响。这里,大约经过多次轰炸,有一些房子炸倒了,有些被震裂得歪歪斜斜,使人觉得仿佛只要用手一推就会坍在地上似的。街道上和住家户的门口,遗落着包袱、枕头和孩子的小胶鞋。可以想见,人们是怎样在侵略者的进迫下,匆匆离开温暖的家宅。

他们很想找到一个人,打探一下情况,走了好几家都失望了。他们转过十字街口,向南走去,有几只野狗被他们的脚步声所惊动,突然奔窜起来,窜到另一条街上去了。过后,全城更显得死一般的静寂。

"这里有人!"忽然,侦察参谋叫了一声。

邓军赶过去一看,原来在一间小茅草屋里躺着一个头上缠着白布的老妈妈。她似乎听见了响动,慢慢地坐起来,眼里流露着惊惧的表情。

"阿妈妮!"联络员首先走上前亲热地叫。

"阿妈妮!"其他人也跟着叫。这是他们作为志愿军学会的第一句朝鲜话。

朝鲜老妈妈拭拭昏花的老眼,看清他们是穿着人民军服装的时候,双手抱着联络员哭起来了。

遵照邓军的规定,仍然只有联络员问话。

"阿妈妮!"联络员掏出手绢替她拭了拭眼泪,"你老人家怎么没有走呀?"

"我走到哪里去呀?"老妈妈说,"前天,我的儿子、媳妇都要我走,我这么大年纪了,走得动吗!我不走还好,我要走,得连他们也拖累死呀!"

联络员指指她头上的伤口,问:

"你这头怎么啦?阿妈妮!"

"就是他们打伤的呀。"

"谁?"

"美国人和李承晚呀!"

大家顿时一惊。联络员急问:

"他们来了多少?"

"好像有……十几个。"老人回忆着说,"他们一来就问人民军逃到哪里去了,我说了一个不知道,他们就一枪把把我打得昏过去了。"

"他们什么时候走的?"

"刚走,时间还不长哩!"

邓军使使眼色,联络员安慰了老妈妈几句,匆匆走出门外。邓军说:

"很可能是敌人的侦察队。赶上去,抓他几个!"

大家兴奋起来。加快脚步出了龟城,一路向南追下去了。

穿过平坝子,来到一座山口。邓军一望,这是一道很狭窄的峡谷,两旁山势陡峭,草深林密,紧紧夹着一条公路,一派阴森森的。邓军正要嘱咐大家注意搜索,只见侦察参谋仓仓忙忙地从山谷里跑回来,兴奋地悄声叫:

"三〇一!三〇一!追上了。"

"哪里!"

"你来看!"

他兴奋得两颊绯红,兴冲冲地领着邓军他们进了山沟。走了不远,他往东面一座最高的山尖上一指,说:

"你看那是什么?"

邓军抬头一望,山尖上站着七八个人,因为他们的背景是天空,看得十分清晰。

机灵的小玲子,马上把望远镜对好,递给邓军,一边说:

"你看穿的还是白衣服哩!"

邓军接过望远镜一看，果然都穿着朝鲜式的白衣，正在那里东张西望，指指划划地谈论什么。

"不可能是朝鲜老百姓。"侦察参谋判断道，"这里正是敌人将要通过的要道，老百姓站在那里干什么呢？"

邓军"噢"了一声，继续凝神观察，见他们身上果然带着枪支。正凝视间，其中一个人挥了挥手，其余的人跟着他沿着一条羊肠小路走下山来。邓军立刻收起望远镜，把几个侦察员布置在靠西面山根的密林里，紧紧卡住一段公路，准备敌人刚一踏上公路，就施行猝不及防的袭击。

"听我的口令！"邓军掏出他的小花口橹子一晃，严厉地说，"谁也不能提前开枪！"

说过，他和小玲子也隐伏在一处深草里，全神贯注地凝视着对面山上。只见那几个人神态自若地、不慌不忙地走着，心里渐渐焦急起来，暗暗地咒骂道："这些龟儿子倒挺自在！"

邓军觉得苦捱了好长时间，那几个人终于一个一个地下到公路上来了。这时，他尽全身力气，大吼了一声：

"站住！举起手来！"

邓军是有名的大嗓门，这时的声音更像洪钟一般，在山谷里惹起一阵回响。那几个人陡地一惊，正要拔枪抵抗，其中一个人摆了摆手，站定脚步大声回道：

"谁呀？是老邓吧？"

"三〇一！"小玲子惊叫了一声，攀住邓军举枪的左手，"你看，是师长来啦！"

邓军定睛一看，果然是师长洪川。他那轻捷矫健的身子，穿着朝鲜人的白背心和一件又肥又大的白裤子，头上还戴着一顶朝鲜老人戴的乌纱帽，粗粗一看，简直认不出来了。邓军瞧见他这身装扮，不由得哈哈大笑起来，连忙收起枪，跳出草丛，赶上去与师长握手。其他人也都纷纷地钻出密林，与师部的侦察员会面。

"老邓，你的八卦阵摆得真不错呀！"师长握着邓军的左手笑了一阵；然后，摘下乌纱帽擦汗。他的前额还不显皱纹，浓密的黑发齐崭崭的，看去比邓军要年轻得多。

"师长，"邓军笑着问，"你怎么跑到我前头啦？"

"这是跟你学的呀!"师长笑着说,"你过去不是常跑到我前头,跟我抢买卖吗?"

邓军知道他说的是过去当自己下级时候的事情,就笑了一笑。

师长吩咐其余的人隐蔽在树林里休息,然后拉了一下邓军的肩膀,坐下来低声说:

"现在的打法有一点改变。出国以前,我们原定在龟城一线构筑阵地,进行防御,阻住敌人,求得先站稳脚跟。但是从昨天出国的部队看,都没有达到预定位置。加上敌人前进的速度很快,如果再采用原来的打法,就会达不到原来的目的。现在敌人还不知道我们已经出国,因此,统帅部决定,利用敌人分兵冒进的弱点,主动地给以反击,争取消灭一路或几路,可能更加有利。……"

"这个改变很好。"邓军插话说,"我们的军事思想向来就不赞成单纯防御。"

"是的,这个改变也特别合乎我的心意。我给你打过电话,就坐上吉普车来看地形,哈哈,想不到赶到你前面来了。"

"你在这大公路上白天行车呀?"邓军惊讶地问。

"管它!"他淡淡一笑,"飞机来了,就暂时避一避。……真没想到有这样大的收获!"

"什么?"

"最理想的打伏击的地形!"师长兴奋地向这条沟一指,"这里你看到的只是一小段。越往里走越险要。来,我再陪你到山上看看!"

说过,他马上扯着邓军的左臂站起来,邓军推辞说要自己去,他马上说:

"老邓,你可不要忘记我是爬山虎呀!"

说着,师长抢步上了山坡,又沿着刚才的小道,嗖嗖嗖地爬上去了。邓军和小玲子跟在后面,看见师长那浑身使不完的精力,那充沛的朝气,真是暗暗地羡慕。

"你看,"师长等邓军爬上山尖,兴奋地一指,"老邓呀,我的老红军,你看像这样打伏击的地形,怕还不多见吧!"

邓军放眼一望,这条山沟曲曲弯弯,长约十里左右,愈往前愈险。许多地方是陡立的峭壁,简直像两道高高的石墙夹着一条通道。山上草深林密,便于屯兵,也便于出击。山沟尽头,又像喇叭口一样地张开了。

"我初步设想,"师长用手一指,"把两个团和另两个营的全部,都摆在这两面山上。由你团派一个营同敌人保持接触,边打边撤。只要能把它引进来,即使是铁,我们也砸得烂它!"说到这里,他指了指喇叭口外 20 余里处,那里烟笼雾绕着一座市镇,"那就是凤鸣里。现在查明美军二十四师的先头部队,已经到达那里。我刚才用望远镜已经看到了敌人的坦克。我们的部队今晚就要埋伏好。你准备派出的那个营,天明以前就要赶到凤鸣里附近。"说着,他又用穿着绿胶鞋的脚点了点地面,"我的指挥所就设在这里!……你看这个想法怎么样?"

"同意!"邓军兴奋地说。

师长得到邓军的支持,非常高兴。又说:

"可别客气,你还是我的老首长哩!"

"老落后喽!"邓军笑着说。

"姜还是老的辣呀!"

"对,我一定让敌人尝尝我的辣味!"

两个老战友爽朗的笑声,长久地萦绕在高高的山尖……

第四章 山　前

邓军和小玲子坐师长的吉普车回到团部,天色已近黄昏。

周仆看见团长不仅毫无倦意,而且满脸是笑,就亲昵地说:

"你这家伙,收获一定不小!"

"可不是么!"邓军说,"差点儿俘虏了一个师长哩。"说着嘎嘎大笑起来。

邓军一连气把一路的情况和师长的意图说了一遍。最后说:

"你我看,打响出国第一炮,问题不大!"

"小迷糊! 快给团长热饭!"周仆兴奋地叫,一边又向小玲子挤挤眼说,"再给他一点奖赏!"

所谓"奖赏",指的就是小玲子饭盒里的油炸辣椒。这邓军有个老胃病,一犯病,常常疼得满头大汗。关于这一点,周仆简直比一个妻子的关怀还要周到,常常劝他少吃一点辣椒。可是邓军什么都可以吃得下,就是没辣椒不行。战争时期,小玲子常年给他背着一个日本饭盒,里面总是盛着满满一盒子辣椒。周仆怕他犯病,有时就不让小玲子给他炒。吃饭时他一看没有辣椒,就发脾气,或者拿着筷子,闷闷地坐在那里,委屈得像个孩子似的。每当这时候,周仆常想,这样一个老同志,从来不怕牺牲,不怕流血,为了党和人民的事业,随时可以抛弃自己的头颅。但他所取于这人间者,既不是名,也不是利,更不是吃喝穿住;平生所好,不过就是抽几支烟,吃饭时能再有一点辣椒,就高兴得什么似的。如果连这一点也让他受委屈,自己心里也觉着难过。于是就在这种矛盾心情下,同他作了妥协,但说话的调子仍然又不免是严肃的:"今后一定要少吃一点啰!"

"好好好,一定少吃一点儿!"一听说让他吃,他连声乖乖地答应着,又像孩子一般地笑了。

不一时,小迷糊端来了一饭盒热腾腾的白米饭。小玲子按照政委的眼色,把那个铝制的旧饭盒打开,拨出了一点炸辣椒,作为奖赏。那么一点辣椒,邓军三口两口就吃完了,又伸过碗来,叫小玲子:

"我的老天爷!你再赏给一点儿行不?"

小玲子看看政委的脸色,发现没有异议,这才用筷子又轻轻地拨了一点。邓军吃得满头大汗,连声说:

"真痛快极啦!"

他擦擦汗,点起一支烟,说:

"老周,你看用哪个营引诱敌人好些?"

周仆略一寻思,说:

"晌午你刚出发,孙亮就到这里坐了半天。东拉拉,西扯扯,我就看出他有心事。果然,最后吞吞吐吐地问团里对他这个营究竟有什么看法……"

"什么看法!他这个营过去打得并不算太好嘛!"邓军打断说。

"是呀,"周仆接下去说,"我还没有回答,他就委屈地说:'你们不说我也知道!'看来,他是有些不够满意。他最后说,三营所以战斗力弱些,并不是这个营的本质不好,是团里对他们的使用太少。据我看,这个意见是对的。战斗力弱的单位,使用在主要方向的机会越少;使用越少,战斗力也越弱。我看,今后可以多使用他们。"

"可以考虑,"邓军说,"不过,这是头一锤子买卖,有钢还是要用在刀刃上呀!"

"你是说让咱们的'才子'去呀?"

"对喽!"邓军说,"我看还是让陆希荣去。这小子有点子鬼名堂,遇到意外情况也好应付。"

这周仆是那样一种政治委员:聪明,识大体,虽然自己担任着团党委书记,但在军事指挥上,从不勉强让指挥员接受自己的意见。尤其是在比较次要的问题上,很能让步。何况,他知道在邓军的心目中,是比较欣赏陆希荣这个干部的。于是就同意了。

因为时间紧迫,邓军一面通知各营作行动准备,一面召开了一个简短的会议,向各营干部传达了战斗任务。

会议结束,周仆把陆希荣单独留下来,问:

"老陆,你觉得这任务有什么困难没有?"

"牵牵牛鼻子,这有什么。"陆希荣满不在乎地说。

"困难是会有的。"周仆说,"第一次同现代化的敌人作战,又是白天在开阔地里转移;既不要硬顶,又不要稀稀拉拉让敌人识破。这就特别需要沉着呀!"

"那,当然要沉着!"陆希荣淡然一笑,"请首长放心好喽!……政委还有什么指示?"

陆希荣话语中隐约的嘲讽意味,使周仆心中有几分不快。但因为是战前,正是需要大家团结的时候,就克制住了。

邓军也听出话头不对,挥挥手说:

"政委的指示很重要嘞!你们回去要好好地研究一下。"

陆希荣潦草地打了个敬礼,走出小树林子去了。

天色刚黑下来,队伍就集合好,向龟城方向前进。为了严格保守秘密,按照师长指示,在接近龟城时,下了公路,沿着小路绕到了龟城以南。这时已近午夜。部队通过那条狭窄的山谷,夜黑风寒,松涛阵阵,抬起头,只能望见一小片星天,仿佛置身在枯井中,越发觉得阴森森的。

邓军指挥二、三两营,在峡谷的南端两列山岭上隐伏。严格命令部队做好伪装,保持静肃,不准发出任何火光,静候着后续部队的到来。一营的部队,由前面回来的侦察员引路,出了峡谷,继续前进。

走在最前面的是一营三连。郭祥在尖兵班之后,带领部队急匆匆地走着。在夜色里可以看到,驳壳枪在他身后卜浪卜浪地摆动,步态轻捷而大胆,好像惯于在夜色里潜行的狸猫一般。多少年来的夜间战斗,夜色不但不能增加他的恐怖,反而使他如鱼得水,真正成了夜色的主人。

出了峡谷,前面豁然开阔起来了。放眼望去,在那披挂着星斗的夜空下,有几堆火光,在寒峭的夜风里不停地摆动。

为了避免敌人的侦察部队提前发现,他们仍旧避开公路,沿着小路行进。部队静悄无声。大约又走了十多里路,来到一座低矮的小山岗下。事先潜伏在这里的师部的侦察员告诉他们:敌人离这里只有几里路了。

部队停止前进。郭祥随着侦察员爬到小山岗上观察。第一眼看到的,就是远处一盏接一盏地奔驰的灯光,并且隐隐听到隆隆的汽车声。那些灯光一到那个黑魆魆的山脚下就熄灭了。侦察员说,那里就是敌人停驻的地方。

"很可能是运送弹药的汽车。"陆希荣判断说,"看来明天进攻是肯定的了!"

他立刻熟练地布置开队伍,就回到后面去了。郭祥到前面察看了地形,在一个小山包上设了一个班,作为全营的警戒阵地。然后回来督促全连积极构筑工事。

启明星升起的时节,已经构成了简单的工事。郭祥在背风处,正想打个盹儿,只听前面"轰隆"地响起了一颗手榴弹声。接着是一阵繁乱的卡宾枪声。他急忙站起身来爬上山头,枪声又沉寂了。

郭祥知道发生了敌情,正要带领一个班到前面支援,只见前面那个班慌慌张张地向回跑。郭祥厉声喊道:

"干吗跑下来?"

"敌人上来了!"

"敌人上来了!"

有几个声音慌张回答着,站住了。

"给我回去!"

郭祥带着他们,冲上去恢复阵地,一看并没有敌人。他心里十分恼火,用手一指:

"刚才是谁带头跑下来的?"

没有回答。

"到底是谁?"郭祥声音更大了。

"是我。"其中一个低声地说。

郭祥一看,是五班班长刘大顺,更有气了。这刘大顺,是解放战争末期他亲自解放过来的。人一向老老实实,不会说,不会道,工作埋头苦干,战斗也很勇敢。特别是在解放兰州的战斗中,同马家军拼刺刀非常英勇,因此提升为班长。不知现在为什么这样。

"哦,是班长带头呵!"郭祥挖苦地说,"你看见敌人了吗?"

"敌人是……是上来了。"

"有多少个?"

"像,像是有七八个……我扔了一个手榴弹,一慌……"

"有七八个,就把你吓死了,咹?"郭祥指着他,"我问你,是叫你来打美国鬼子的,还是叫你来丢人的?"

"我,我……"刘大顺羞愧得几乎要哭出来,"连长,你知道我过去,我过去……没有装过孬呀!"

"这次哩,这次为什么?"

"我,我……"

刘大顺把头垂到胸脯上,呜呜地哭起来了。

"你还哭哩!我干脆毙了你!"

郭祥大步抢上去,正要举起拳头,忽听后面有人叫了一声:

"嘎子!你又要犯错误啦!"

郭祥扭身一看,见老模范严肃地站在那里,就急忙收住了手。

"他又跟上来啦!"有人悄悄地说。

原来这老模范,方才见郭祥气刚刚的,就预料要出事。前面已经交代,郭祥自幼跟随老模范长大,虽然今天是老模范的上级,但在内心深处,仍然把老模范看做长辈;老模范也仍然像长辈一样地关怀着他,惟恐他一时冲动再犯错误。今天一看这情况就赶来了。

"好好,战后再说!"郭祥挥挥手,余怒未息地走到一边,"怕死鬼!我就是见不得这个!"

老模范又走到刘大顺的面前,严肃地说:

"大顺哪,你这个错误可真严重呵!这两天你也看到了,朝鲜人民家破人亡,叫人看着多难受呵!他们死了那么多人,我们的命就那么值钱!你看看你办的这事!……"

"老模范,我,我……我一定……"

不知什么时候,天色已经亮起来。可以清清楚楚看到刘大顺那结实的粗墩墩的个子,那朴实的容貌。他的脸上,有一条斜斜的很深的伤痕。这时,有两大颗眼泪,滚过他的双颊,跌落在熹微的晨光里……

"轰!"

忽然间,一枚炮弹在小山后面爆炸了。

郭祥作战经验极其丰富,立刻就听出是坦克炮的声音。往前一望,在矇眬的晓色里,已经可以清楚看见敌人驻扎的村庄。村庄前面,有一排小黑点,一个接一个地向公路蠕动着,发出轰轰隆隆的声响。再往公路上一看,已经有一辆爬到公路上来了。

说话间,又是"轰"的一声,一枚炮弹落在山前。

"准备战斗!"

郭祥大喊了一声,并且习惯地捋捋袖子,仿佛立刻就要扑上前去似的。他的声音在这清晨听起来,是那样的年轻,那样的洪亮,听不出有一丝一毫的恐惧,顿时给大家增添了力量。

坦克震人的怪声愈来愈近。大家正注意前面,霍然间,一架敌机从左边哇的一声扑了过来。接着是两架,三架,共有七八架敌机盘旋起来。人们不自觉地抬起头来望着天空。

"注意公路!"郭祥又高声喊道。

话音未落,"吭吭吭"一连三发的坦克炮打到山脚。黑烟遮蔽了人们的视线。黑烟过去,已经可以看见坦克后面的步兵。入朝以来的第一次战斗,就这样展开了。

邓军的指挥所,设在离峡谷南端沟门不远的一座较高的山峰上。这里北可以望见师指挥所的山头,南可以望见峡谷以外辽阔的平川——现在正在进行激战的地方。邓军望着前面敌人浓密的炮火节节北移,一切都按照计划进行,心里十分高兴。但兴奋之中又包含着紧张,就好像端着满满一碗水,老怕它洒了似的。

这时,从东南方向出现了一架红头敌机,在峡谷上空盘旋起来。这架敌机很怪,既不扔炸弹,也不打炮,慢条斯理地哼哼着,好像飞不动的样子。有时还侧楞着身子向下面窥探。

"这是什么怪家伙呀!"

"简直像个老病号,真好打!"

战士们议论着。电话铃响起来。邓军连忙抓起耳机,是师长的声音:

"你们看见敌人的侦察机没有?"

"看见了。"邓军回答。

"一定要隐蔽好。"师长嘱咐道,"如果暴露目标,就会破坏整个计划的!要再通知部队一遍。你们的指挥所我看要搬下来一点,山头上留下两个观察员就可以了。……根据情报,敌人对我们的出国行动,并没有发觉。只要我们保持隐蔽,就能取得胜利!"

邓军在深草丛里,对本团埋伏的各个山头,又细心地、逐个地察看了一遍。战士们一个个头戴着用半青半黄的秧草编成的伪装盔,伏在密林和茂草里,没有一个人乱动。整个山峰,静悄无声,更显得无比的威严。只有飞机声、坦克声和枪炮声,在山谷里响着回音。邓军为了慎重,又通知了各营,并按照指示,把指挥所也移到山坡上的一片密林中去了。

中午时分,战火渐渐接近了峡谷的沟门。敌人的坦克炮和榴弹炮,已经开始轰击峡谷两侧的山岭。那十几架野马式飞机也盘旋在峡谷的上空,开始了扫射和轰炸。有几处山林,已经被炸起火,冒起一团一团的黑烟。

这是极其重要的时刻。邓军正要离开指挥所到山顶上掌握情况,师长又来了电话,用严肃的声调问道:

"你看敌人发觉了我们没有?"

"我看没有这种征候。"邓军答道。

"对,"师长说,"我看他们并没有发觉我们。不过是进行威力侦察。通知部队,绝对不要慌乱。如果没有师的统一信号,随便提前开枪,或者轻举妄动,要立即执行战场纪律!"

"老周,我先上去了!"

邓军刚走出几步,只见观察员气急败坏地从山上跑下来说:

"三〇一!三〇一!……敌人的坦克炮堵住沟门,再不往前走了!"

"咱们的部队呢?"邓军问。

"只有少数进来了,其余的离开公路撤到两边山上去了。"

"你说什么?"

"撤到两边山上去了!"

"糟了!"周仆跌脚叫道,"向两边一撤,敌人还肯进来吗!"

邓军大步向山上冲去,一看,敌人的坦克果然停在沟门外,高高地翘着炮口,正向山上猛烈轰击。步兵已经缩到后面去了。一营的部队,除进来一小部分,其余都向两旁的山上撤去。邓军的脸色霎时变得又青又黄,掉下大颗大颗的汗珠。一场计划竟这样被破坏了。

他回到指挥所,沉思了好半晌,才抓起耳机。那小小的耳机,一霎时竟变得像有千百斤重似的。

他向师长报告了这意外的情况。最后请求说:

"看样子,原定计划是无法执行了。……我建议利用敌人犹豫观望的机会,由我带领其余的两个营,用小迂回切断敌人一股,能捞多少就捞多少,总不能让他们白白地回去!"

"也只好这样。"师长沉吟了好半晌才说,"我现在用其余两个团的火力来支援你,希望你千万不要难过,好好完成任务。"

邓军立刻在电话上通知了二、三两营准备出击。接着就到了三营指挥所,亲自带着三营冲下去了。可是当部队刚冲到山下,敌人的坦克已经掩护着步兵退去。最先冲下去的一个连只打死敌人 20 余人,缴获了一支半自动步枪。当连长把这支枪拿到团长的面前时,邓军一阵难受,用那只独臂捂住了心口,小玲子知道他的胃病又患了,连忙上前扶住他,坐在山前的一块石头上……

第五章　胜利声中

疯狂冒进的敌人,遭到我各路大军的突然反击,开始全线后撤。当面的敌人也向泰川方向退去。

师里命令部队撤下阵地,在峡谷两侧隐蔽休息,展开追击。开始全线后准备黄昏后

团部移在一条小山沟里。山坡上有两三户人家,老百姓已经撤退走了。小玲子和周仆把团长扶到屋子里。这邓军不愿在别人的面前显出一副苦相,也不说话,只是拼命地用那只独臂捂着胸口,黄豆般的大汗珠,不断从他的颊上跌落下来。

周仆看见团长疼得这样,真比自己的病痛还要难受。他瞅了小迷糊一眼:

"还愣什么,快去找医生来!"

"不要去!"邓军止住他,"顶一阵儿就过去了。"

"还是吃点药好。"

"不顶事。"邓军摇摇头,站起来,"我马上到一营去! 老伙计呀,罪该万死呀,这是破坏了全师的作战计划呀!"

说着,又是一阵剧痛,邓军又捂住了胸口。周仆赶忙按着他的肩头坐下来,说:

"老邓,等一会儿,咱们俩一起去。"

这时,只听外面声音不高地喊了一声"报告"。小玲子拉开门,一营营长陆希荣低着头,在门口站着。他一向服装整洁,姿态英武,很有军人仪表;现在却满身灰尘,一脸倦容,好像一束尘封的纸花,失去了他不久以前的光彩。

"团长,政委,我,我犯了严重错误……"他的声调里充满了可

怜,"我是来请求首长给我处分的。"

政委让他进来坐下,然后说:

"先把情况谈谈。"

"还有什么可谈的!"他在墙角里,把两手一摊,"我们对党、对人民犯下了这样大的错误,不,简直是造下了罪孽,不管具体情况怎样,反正我这当营长的,都要负绝对责任!我希望首长,绝不要因为我过去的一点点微不足道的功绩姑息我。我请求把我作为全师的典型,给我最严厉的处分。尤其在战争开始的时候,这对人家,对人民的利益,对战争的胜利,都是有好处的。"

"陆希荣!"邓军急了,瞪着他,"说!你为什么不按照指定路线撤退?"

陆希荣的手指,不易察觉地抖动了一下。

"不管具体情况怎样,我也不能把错误推到别人身上。只能怪我自己平时管教得不好。"他看了团长、政委一眼,又接下去说,"战斗一开始,我把三连放到前面,为了不让敌人看出我们的诱兵之计,就先把敌人狠狠地敲了一家伙,打死敌人好几十名。然后就把三连撤到后面去了。一路上实行轮番抗击,交互掩护着往后撤。虽然敌人的地面炮火很猛,飞机又低飞轰炸扫射,我们的撤退还不算是太没次序的。这一点恐怕首长在山上都看到了。……"

说到这里,他又看了团长、政委一眼。

"你讲下去。"邓军嗯了一声。

屋里空气,松活了一些。陆希荣暗暗地吁了口气,又讲下去:

"坏就坏在战斗快接近沟口的时候。……这时候,三连已经进了沟口,其余两个连正在进行最后抗击,敌人的坦克压过来,离得很近。由于二连连长不够沉着,就离开公路,撤到两边山上去了。我一看这情况,就急了,大声喊他们,叫他们,制止他们,也不知道是枪炮声激烈听不见呢,还是别的,就一个劲地撤到两边去了……就这样把整个的计划破坏了。我想,我想……"他显得格外难过,嗓音里有一点悲哽,"我陆希荣跟着团长、政委两位老首长战斗了这么多年,我的战斗表现,首长都是很清楚的,就是这一次,也可以派人调查……"说到这里,他呜呜地哭起来了。

"不要这样。"政委把头一扭,"事情会闹清楚。"

"你先回去。"团长说,"在事情没有处理以前,还要好好抓紧工作,负起自己的责任。"

"是。"陆希荣恭敬地说,"只要我陆希荣有一口气,我就要为党负责到底。"说着,恭恭敬敬地打了一个敬礼,走出去了。

两个人沉默了半晌,邓军说:

"我原来就料想,不会是陆希荣的问题。我们对他都了解嘛!这人战斗上一向不错,还立过大功,他怎么就会办出这样丢人的事?"

"是的,这事要详细调查。"周仆深沉地思虑着说,"不过,这一年的和平生活,我总觉得在他身上起了一些变化。"

"什么变化?"

"首先是兴趣。我发现他在吃、穿、住这些方面兴趣越来越浓厚了。"周仆回忆着说,"例如,他每到一个地方,都要住最漂亮的房子,只好都住在地主家里。有一次,让他住在贫农家里,他不认为这是进行工作的好机会,反而把管理员骂了一顿。这就不仅是住房子的问题,严格说,是阶级感情的问题。此外,还有两件事,使我很吃惊。一件是,他到了一次西安,看到旧货摊上摆着半瓶进口的雪花膏,不知是哪位姨太太使剩下的,价钱高好几倍,他倒把这半瓶雪花膏买到了手,准备结婚送给小杨。我听说以后,真恶心极了,找他谈了话,他硬不承认。还有一件,派他到南方学习兄弟部队的经验,回来时候带回来一张照片。猛一看,我还当是谁的剧照;仔细一看,不是别人,正是他!穿着龙袍,戴着清朝缀着珠玉的顶子。你道这是怎么回事?原来这是乾隆下江南,把自己的龙袍脱下来,赠给了某个寺院。这位老兄竟穿着这套龙袍,照了个相,还拿给人看!……"

"有这样的事?"邓军好像不大相信。

"你去问问他吧。那次,我可真是动了火,立刻把他大骂了一顿。我虽然也常动火,但动这么大火倒是少有的。我说:'你这是生活在20世纪最先进的革命集团,倒装满了一脑子中世纪臭烘烘的垃圾!……'这件事,使他很不满意,背地里说:'一件随便开玩笑的事情,也提到这种原则高度!这种政治委员不是靠本事吃饭,是靠吓人吃饭!彼此资格都差不多,你比谁也强不了多少,用不着摆出这副政治面孔!'……"

"这人恐怕是当了功臣以后骄傲啰。"

"我看不是一般的骄傲。"周仆说,"在杨柳镇上,有一次,我亲眼看到他同一个大皮毛商人在一起散步,谈谈笑笑,亲如家人。说实在话,我的确在注视着他这个人的思想动向,看他向什么方面转化。"

邓军思索了一阵,说:

"这人是有些小资产阶级意识。不过在知识分子中间,我觉得他还是聪明有为的,很有才华的。如果改造好,将来还是会为人民做许多工作的。处理他这次的问题,还是要实事求是。"

"那是自然。"周仆点了点头,又略略提高一点声音,"老邓呀,现在有一些苗头,是很值得注意的!自然,就绝大部分人来说,在长期革命战争里,锤炼了一种最难得的东西,这就是:天不怕,地不怕,敢于蔑视任何敌人的英雄气概。这才真正是革命的东西!可是,是不是还有少数人,脑子里还有资产阶级'唯武器论'的影响呢?他们看到,敌人的飞机多了一点,坦克大炮多了一点,嘴上不说,心里总是觉着这些东西厉害。现在美帝国主义在全世界逞凶作恶,就是利用这种恐惧心理。这种心理,是一种迷信。怕鬼的人,正是因为心里有鬼,才会对鬼那样惧怕;要想不怕鬼,也就要先把思想里的'鬼'去掉。我看,我们还需要做一些赶'鬼'、打'鬼'的工作!……"

"最重要的,是要杀出威风来。"邓军攥了攥拳头。

"对,要杀出威风来。"周仆接着说,"这是联系着的:你要赶'鬼'打'鬼',才会杀出威风来;你杀出威风来,也就最后把'鬼'赶跑了。……我的具体意见是:马上把他们的问题调查清楚,明天开一个军人大会,首先从纪律上严格整顿一下。"

邓军欣然同意。周仆正要出去布置工作,机要参谋拿着电报走进来,兴冲冲地说:

"打胜仗了!打胜仗了!"

周仆忙接过电报,邓军也急忙凑过来看。

这是中国人民志愿军先遣兵团的第一号战报。

电报首先记述了第二军在温井地区同敌人遭遇,一开手就给了敌人一个下马威,全歼了伪六师一个整营和一个炮兵中队;接着又歼灭了四个营。其时,伪六师的先头部队已经占领楚山,正用炮火轰击我国边境,见势不好,急忙回窜,又在古场洞被第二军歼灭了一个整团。这个伪军师几乎完蛋了。电报接着记述了第三军的光辉战绩。该军在云山地区将敌包围,经过两天激战,把美军中有100多年建军历史的骑兵第一师所属第八团和伪军一师的一个团全部歼灭。与此同时,第四军在东线长津湖以南黄草岭、赴战岭等地配合朝鲜人民军,以坚强的阻击,制止住了敌陆战一师和几个伪军师的疯狂进攻,并歼灭了敌人3600余人。

电报最后记述了素负盛名的第一军,正向敌侧翼迂回,敌人在我猛烈的反击和第一军的威胁下,已开始全线撤退。兵团部号召全军投入追击,尤其担负迂回任务的部队,必须行动迅速,以便能把更多的敌人,隔断在清川江以北。

"形势真好极了。"周仆愉快地说。

"瞧,人家是怎么打的!"邓军叹息了一声。

按理说,友邻部队的胜利,该使人多么兴奋呵,可是对此刻的邓军来说,没有完成任务的内疚心情,不仅没有减轻,反而更为加重了。周仆到外面给部队传达胜利消息,警卫员也到外面防空去了。邓军独自一人静静地坐着。他仔细打量了一下这座农舍,突然感到这曾经是多么温暖的一个农家呵!土炕上糊着油纸,明光瓦亮;炕角的一只小炕桌,也干净净的。这一切都使人想到,在这个房间里生活着一个勤劳的女人,一切都经过她勤劳的双手整理过、揩抹过。可是再一看门口,却丢着一顶小孩帽子,墙壁上还挂着一件黑裙,隔壁灶上一摞铜碗摆得整整齐齐,却没有放进碗橱。很可能是她刚刷好碗的时候,发生了敌情,她就匆匆忙忙地抱起孩子,抛开了这所屋子走了。她现在也许随着人群,风尘仆仆地奔走在撤退的路上;也许藏到深山密林中过着风餐露宿的生活;也不是没有可能碰上更为凶险的遭遇。⋯⋯而自己和自己这个团究竟为这个女人和孩子做了些什么呢?想到这里,邓军真是万分难过。⋯⋯

傍晚,接到正式命令,立刻停止正面追击,从东路迂回博川,以便把美二十四师的归路切断。

一路上虽然是山沟小路,但月色明亮,部队行动极为迅速。月亮正南时,已走出四五十里。这时,前面部队忽然停了下来,并且听见一片欢腾的语声:

"过来啦!过来啦!"

"是他们!"

邓军赶上去一看,见是三岔路口,一支部队正从东北方向下来,精神抖擞地向南疾进。邓军马上看出来,这是兄弟部队第三军从左翼插过来了。只听自己的部队悄悄地议论着:

"看,人家缴获的那卡宾枪!"

"一个班总有好几支哩!"

"那是什么,比卡宾枪长多了?"

"许是'自动步',听说一次押八粒子弹。"

有的战士忍不住问:

"同志,是从云山下来的不是?"

"你怎么知道?"对方有人答话了。

"嘿!看那劲头还不知道!你们打得很不错呀!"

"小意思!只两个团,还不够塞牙缝的。"

"还缴获了别的东西吗?"

"汽车、大炮不少;还没打扫战场,就叫狗日的派飞机给炸坏了。"

人们热烈地问答着。

路边,石崖上有一股山泉。第三军的战士有几个下来用小搪瓷碗接水,也被围起来了。有人捅人家的背包:

"这是什么,也是缴获的么?"

"北极睡袋。"

"什么?"

"通俗点说,就是鸭绒被。"

"好用么?"

"上面有拉锁儿。只要钻进去,一拉,正好像个口袋。"

"那抓俘虏才方便哩!"

人们哄笑起来。

第三军的这支部队过去了。还不断地听到人们议论着:"嘿,看看人家!……""看看人家!……"

"嘿!看看人家!"在邓军的心里也是这样想的,但从本团战士的嘴里说出来,却又使他难受起来。刚刚缓和了一些的胃痛,立刻又像刀绞一般。他不由自主地又用那只独臂捂住了胸口,脚步也慢下来了……

"三〇一！三〇一！"小玲子眼尖,三脚两步赶上来说,"胃痛又犯了吧?"

邓军低声喝道:"你嚷什么?"

"歇一会儿再走吧!"

小玲子说着要来扶他,他把那只独臂一甩:

"别让政委看见。去,给我削根小棍儿!"

小玲子知道他的脾气,只好跑上山坡,用小刀削了枝小棍儿,递给他。他拄着小棍儿在山径上走着,虽然脚步略显异常,但任何人都不知道。只有小玲子心里热辣辣的,在朦胧的月光中,望着他那披着军大衣的身影……

第六章　青　坪　里

拂晓,部队抵达青坪里一带。按照预定的迂回路线,此去博川大约还有两夜行程;虽然大家心头火急,但由于敌人的空军限制了我军白天的行动,只好在这里宿营。

这是一座有三五十户人家的小村。四外群山环抱,山上是一片一片的松林。团部和各营都散布在松林里休息,只派各单位的炊事员到村里做饭。

上午,派到一营去的政治处干事,回来向团政治委员周仆作了汇报。二连连长承认了不按照预定路线撤退的错误。至于营长陆希荣当时是否制止了他们,他说没有听见;营长的通讯员刘二发,则一再作证,陆希荣当时确实发出了制止的命令。为了不拖延问题的解决,只好暂时作为悬案。

午饭过后,在一片较大的松树林里,召开了全团的军人大会。邓军当场宣布,将二连连长撤职;刘大顺也撤去班长职务,仍留本连当战士。团政治委员结合纪律问题作了严肃的讲话。在讲话中,对陆希荣作了不指名的批评,郭祥则受了表扬。

会议结束,一营刚刚带回驻地,只听哇的一声,一架野马式敌机擦着山尖突袭过来,盘旋在村庄的上空。

"糟了,"刘二发惊喊道,"发现我们了!"

"这纯粹是自找的。"陆希荣悻悻地说,"大白天,开这样大会,也不看具体情况!"

说话间,又有好几架敌机接连飞过来,一架跟着一架,盘旋着,轰轰的马达声响成一片。

"防空!隐蔽!……"陆希荣一面大声地向部队嘶喊着,一面向山脚的防空洞猛跑。这防空洞,是早晨一到这里的时候就开始挖掘的。入朝以来,每到驻地,这已成为通讯员的第一件工作。

陆希荣一口气跑到防空洞,慌忙钻了进去,又探出头来观望。这时,有几个炊事员,两个抬着大锅,一个挑着油桶,一个拿着菜刀、饭铲,正慢慢吞吞地往这里走。

"快一点嘛!你们快一点嘛!"

他大声嚷叫着;但那几个炊事员仍然不慌不忙,他发怒了:

"哎呀,我的老爷子!你们快一点行不行呵?"

"抬着饭哩,俺们抬着饭哩!"其中一个傻呵呵的声音远远地答道。

陆希荣看出是三连炊事员傻五十,又连忙催道:

"傻五十!你老人家快一点就不行吗?"

"反正不能把饭丢咯!"他一边走一边嘟嘟囔囔地说。一架敌机正转过来,他翻翻眼瞅了瞅,朝上啐了一口,用他那口蠡县话骂道:"娘的,赶先!刚做好饭,它就来咧!"

这傻五十,姓李,叫李五十,是一个老长工的儿子。因为他父亲50岁才娶妻生子,就给他取名李五十。人长得膀乍腰圆,结实无比,一头浓密的黑发,眉眼也很清秀,就是天性过于憨厚,有点缺心眼,人都叫他傻五十。这傻五十是最喜欢表扬,不喜欢批评。刚才听见营长挖苦他,那嘴就噘得老长,把锅一放,也不隐蔽,直橛橛地站在那里。陆希荣又急又恼,又无可奈何,只得改口说:

"这五十真行!不管情况多紧,东西是一点不丢。"

傻五十马上傻呵呵地笑了,说:

"营长,你急啥哩,俺不怕,俺打过飞机!"

"好,好,快去隐蔽。"

炊事员们看见附近有几捆稻草,就搬过来遮住身子,贴着山根坐下。

"咕咕咕","咕咕咕",飞机开始向村子里扫射了。

"傻五十!"陆希荣又从洞里探出头来,"你们把那些反光的东西盖好一点不行吗?"

"什么?"傻五十愣愣地问。

"我说的是你们的油桶,菜刀……"

炊事员把油桶、菜刀又盖了盖。

"还有,那是谁,冲着太阳!"陆希荣喝道,"你的钢笔帽不反光吗?"

"哼,走,咱们到那边去。"傻五十嘟囔着,对其余的人说,"人家嫌咱目标大!"

说着,一伙人不满地抬起大行军锅,挑起油桶,走了。

"等一等!等一等!"陆希荣探出头来喊道,"谁说你们目标大啦?"

傻五十几个头也不回,抬着行军锅到那边树林子里去了。

"真缺乏教育!"陆希荣愤愤地说,"都是跟郭祥学的。在国内打胜仗打惯了,骄气得很!"

"轰隆隆隆……"敌机开始投弹了。

"注意观察!"他向洞外的通讯员喊了一声,然后连忙缩回小洞里去。

敌机投了一阵炸弹,又开始俯冲扫射。美国的"空中勇士"们,由于多日来没有遇到过什么抵抗,胆子越来越大,飞得比山头还低,简直像在山沟里游泳似的。他们把学来的起俯腾挪的本事全都施展出来,得意洋洋地扫射着从村子里跑出来的炊事员们和朝鲜的老弱妇孺们。

在山坡的一棵松树下,郭祥坐在驳壳枪的木壳上,眼睛滴溜乱转,观察着敌机的活动。

"你瞅这些龟儿子多英雄呵!"他学着团长的口头语骂了一句;又指了指转过来的一架敌机,对花正芳说,"你看见了没有?"

"什么?"

"美国人。"

"早看见了。"花正芳说,"他还歪着头朝下瞅哩!"

"真好打极啦!"郭祥一个劲地搓手,"你还记得红山堡打飞机吗?"

"怎么?你又想打啦?"

郭祥笑了。

"那可不行。"花正芳说,"营长说,没有他的命令,任何人不准乱打。"

"你们只要不报告,"郭祥挤了挤眼,鬼笑着说,"他钻在洞里怎么知道?"

说着,他把花正芳脖子上的冲锋枪一摘,满满两盒子子弹也要过去,在皮带上束好,就快步向山顶上走去。

"你可别犯错误呀!"花正芳在后面喊。

"我这是先给全连打个样子。"郭祥回过头说,"有人就是怪!飞机一来,怕得要命,恨不得地下裂条缝钻进去。他就没想想,飞行员是个人,你也是个人嘛!他蹲在你上头,地球一转,你不是也蹲在他上头吗?"

说着,他嘿嘿一笑,放开轻捷的步子,很快就冲到山尖上去了。

花正芳随后跟上。快到山顶的时候,郭祥把手一摆:"你先在下边等着!"说过,他习惯地把帽檐儿一歪,显出一副十足的老战士的派头,哗啦一声把子弹推上了膛,眯细着眼瞄了一瞄,就曲下一条腿来,采用跪射姿势,等待着敌机的临近。

那几架敌机已经转移到团部方向轰炸去了,独有这架敌机,仿佛还舍不得飞走,仍旧向一营隐蔽的小松林俯冲扫射。郭祥早就瞄准了它,等它正向下俯冲扫射刚要仰头升起时,哗哗哗哗地打了一梭子。由于郭祥只顾寻找合适的角度,站在光秃秃的山尖上,时间不大,敌机就发现了他。看样子,郭祥手持步兵火器的这种公然对抗,使这个空中飞贼激怒了。当它又盘旋过来的时候,就没有扫射那片松林,而是照直地猛扑过来。

"连长!"花正芳在下面惊喊道,"小心哪,对着你来啦!"

说话间,那架敌机对着郭祥俯冲下来,"咕咕咕咕咕咕咕",一顿机关炮,打得山头烟火直冒,土石迸飞。那郭祥在多年战争中锻炼得无比敏捷,真像是一只战火中的燕子,早已迎着俯冲相反的方向,跃到一个土坎下面去了。

"怎么样,连长?"花正芳在下面问。

"汗毛也没碰断一根。"郭祥站起身,笑着说。

那架飞机上的美国佬,见没有击中他的对方,而且这个不值一顾的步兵又在那座秃光光的山顶上摆好了射击姿势,简直是更加激怒了。

"连长,"花正芳说,"你瞧,它一个劲儿地歪着脖子瞅你!"

"让它瞅吧,我又不是新媳妇儿!"

"小心,它要出坏主意了!"

说着,敌机又转过来,对着山头,带着吃人的怪叫扑了下来。

"投弹了!投弹了!"

花正芳一句话没完,"轰匉"一声巨响,黑烟升腾起来,顷刻遮住了山头。小石块噗哒噗哒往身上直掉。

"连长!连长!"

花正芳一连声喊。正要冲上山头,只听烟雾里说:

"你嚷什么,它抓不了我的俘虏!"

烟尘飘散,只见郭祥在山头上安安静静地坐着,拍打着他的帽子。

"没有碰着你吗?"花正芳抬起头问。

郭祥笑了一笑:

"要专门炸一个人,也不那么容易。你瞧,它把蛋下到哪里去了?"

花正芳一看,也笑了。那个山背坡的炸弹坑,离他们还有100多米远哩。

这时,郭祥觉得,既然那个飞贼肯同自己单独较量,就索性站起来,两腿擘开,采用立射姿势,向那架敌机猛射起来。

那架敌机,见地上的这个步兵对它愈来愈不放在眼里,竟然直起身子同自己对射,简直怒不可遏,气得连声音都似乎变了。它马上呜呜隆隆地怪响了一阵,连续降低了高度,不知它要耍什么花招,在山头上简直可以看见这个飞贼的嘴脸和听见它愤怒的呼吸。

"它要干什么?"花正芳惊奇地问。

郭祥也判断不出这奇怪的行动,眯细着两个嘎眼睛,凝视着对方。

说话间,那架敌机在远处对准了郭祥之后,猛烈地加快了速度,一阵哇哇声,猛扑过来,眨眼间,带过来一阵极其强烈的飓风,简直像擦着郭祥的头皮似的,哇哇地冲过去了。郭祥站立不住,打了好几个趔趄,弄了一个屁股蹲儿坐在地上。

"糟啦,糟啦!"郭祥一连声喊。

"怎么啦,连长?"花正芳忙问。

"它把我的帽子摘走了!"郭祥骂道,"狗日的,是想把我一风煽倒呀,这叫什么战术?"

那架敌机,正像景阳冈上的老虎,平日谈之令人色变,但其实它那本事,也就是一扑、一剪,等到它那一扑一剪不顶用了,锐气先就减少了一半。但是由于它比起那老虎来更顾全自己的脸面,仍然不肯溜走。这郭祥一时跃到这边,一时跃到那边,一时跪射,一时立射,全随自己的方便,身子真是矫捷极了。没想到一个威风凛凛的、纵横万里的嗜血怪物,一个凭着一双铁翅膀而目中无人的近代化飞贼,同一个手持短兵火器的步兵,直打了一个小时之久,仍然不分胜负。这真是战争史上少有的盛事。这时,只听松林里一片人声欢腾。有人在下面喊:

"连长!连长!让我们排打几下行不行呵?"是三排长的声音。

"连长!乔大个也要求试一试哩,行吗?"是一排长的声音。

"行咋!机枪班可以试试,用穿甲弹!"郭祥在山上兴冲冲地答道,"不过要隐蔽好,注意节省弹药!"

下面一片掌声。

郭祥立刻指定了几个山头,叫花正芳下去传达命令。

"回来,也让我打几枪吧!"花正芳说。

"我的傻兄弟!"郭祥拍拍冲锋枪,老味十足地说,"你就没瞅瞅我这是给大伙打气!这东西不顶事,还是机枪来劲!"

时间不大,在那架敌机飞过的地方,遭到了猝不及防的猛烈的射击。山谷间响起了悦耳的流水一般的回音。眼瞅着,那架敌机抖动着翅膀,升高了,最后,又向郭祥的山头打了一长串机关炮,发泄了满腔的怒火,才无可奈何地、无精打采地飞走了。

"好小子,再见吧!"郭祥向空中挥着手喊,"别抱屈呀,日子长着哩!"

说着,照着那架飞机,又兜屁股给了一梭子,山谷里很久地回响着那支冲锋枪清脆的枪声。但是,紧接着这枪声被松林里一片热烈的掌声淹没了。人们从松林里纷纷走出来,欢呼着。有人简直唱起歌儿来了。

经过近一个小时的滚打,郭祥浑身上下全是土,简直成了"土地爷"了。可是心眼儿里却无比的畅快,总想唱几句儿。按照他往日的习惯,每逢战斗胜利结束,他都是要坐在敌人炮楼的垛口上,两条腿儿垂在半天空,一边悠闲地悠荡着,一边唱几句他爱唱的那些歌儿。

"革命人永远是年轻呀……"

郭祥拍着土,刚唱了一句,就听下面有人拉长声喊:

"郭——连——长——!下——来——啵——!营长——喊你——哩!"

他心里蓦地一跳,停住歌,装作没有听见。下面又喊:

"营长找你哩!下来啵!"

"糟啦!"花正芳叹了口气,"劝你你不听,你瞧……"

"唉,这叫'没法儿'!"郭祥神色懊丧,刚才的一股高兴劲儿,一下子跑到九霄云外去了。他把枪同空空的子弹盒往花正芳手里一递,拍拍自己的脑瓜说,"等着挨批吧!"

当他一拍脑瓜,才想起没有了帽子,着急地说:

"快,快帮我找帽子!看,不讲军人风纪又是一条儿。真没想到,这混蛋给我来了个'摘帽战术'!"

花正芳急得在草丛里乱找乱摸,不见帽子的影儿。

"郭——连——长——!快——点——!"下面又喊。

"下来啦!"郭祥暴躁地没好气地回答,跑上去把花正芳的帽子一摘嵌在自己头上,"我先借着戴一会儿!"说着,迈步下山,一步,一步,慢吞吞的,皱着眉疙瘩儿,一路走,一路编法儿,准备应付营长的询问。

下了山,穿过一道长长的松林,来到营部所在的山脚。陆希荣已经从防空洞里钻出来了,一脸怒容,正背着手,在防空洞口走来走去,走来走去。

郭祥走上前,恭恭敬敬地打了一个敬礼。

陆希荣装作没有看见,仍旧走他的;郭祥一只沾着泥土的手只好在自己的眉梢那里举着。陆希荣又走了两个来回,才停住脚步,问:

"郭连长!刚才,是谁叫你打枪的?"

一听叫"郭连长",而没有称呼"嘎子",郭祥立刻意识到事情严重了。不过他竭力想按照刚才在路上想好的计划,来挽回这不幸的局面。

"是这样,营长,"他满脸堆下笑来,"我是大错不犯,小错不断,有错儿你只管撸我好咧,可别生气……"

"我问的是,刚才,是谁叫你打枪的?"陆希荣的声音更严厉了。

"我,我……"郭祥仍旧按捺着性子,"是这样,营长,刚才我看见全营的伙房,都叫飞机梧到村子里了,我就不知不觉地想掩护他们一下,没想到……"

"你到底回不回答我的问题?"陆希荣用手一指,"我是问你,你知道不知道我的规定?"

"知道。"

"那么,你为什么不遵守我的规定?"

郭祥被挤到死胡同里去了,只好又堆下笑来:

"营长呵,这么多年,你还不知道我的毛病,我是有点儿游击习气!……"说着,走上几步,嘻嘻一笑,"营长,你有烟儿没有?给我一根抽抽,再批我行不?"

"我没有时间跟你打哈哈!"陆希荣严厉地说,"你一贯在首长面前搞这一套,来混过你的错误!今天不行!"

郭祥脸上的笑容消失了。

"我问你,"陆希荣向前跨了一步,然后背着手,又开两腿,站得稳稳的,"你在大众面前,公然违反我的规定,你心目中还有我这个领导吗?我再问你,这个营的营长,究竟是你呀还是我?……哼,我早看出来,你在国内有几仗打得还可以,就觉着自己满不错了,尾巴就翘起来了,处处想把我踹到黑窟窿里,把你显出来。告诉你吧,你还嫩得很,我还没有死!"

"我压根儿没有这种肮脏思想!"郭祥抗声说。

"你有什么思想,你自己知道。"陆希荣冷笑了一声,"今天的事情就是一个明显的例子。你讲讲,你的行动是什么动机?"

"我没有动机。"

"没有动机?"陆希荣又冷笑了一声,"是你不敢说出来!任何人做任何事情都有他的动机。你是看我打伏击没打好,受了批评,上级表扬了你,你就觉着好机会到了。是不是?"

"你,你说什么……"郭祥恼了。

"那么,你为什么不执行我的规定?"

"因为你的规定是挨打战术!"郭祥大声说。

"什么?你说我是挨打战术!"陆希荣黄黄的面皮立时涨得通红,"好哇,你批评我!我问你,敌机本来要走了,你又让它多在这里炸了一个钟头,你这是什么战术?今天全营的损失,你要负完全责任!我要马上讨论对你的处分!"

第七章　团党委会

团部住的这边,也叫青坪里。小山庄的旁边,有一道清俊的溪流。溪边是一块大青石,很像是朝鲜人淘米洗菜的地方,邓军和周仆披着一身灰尘,正蹲在这块大青石上洗脸。刚才在敌机轰炸中,他们亲自率领部队救人救火,大部分老百姓被救了出来,由于提水工具不够,火却没有完全扑灭。有的房舍仍旧旋卷着大团大团的黑烟。

"老邓,"周仆一边捧水洗脸一边说,"敌人对我们一点都不放过,我们也得想点办法呀!"

"我真担心,敌人发觉了我们的行动,这个仗又打不成。"邓军忧虑地说。

周仆擦过脸,看见邓军仄楞着身子用一只手洗,很吃力,手巾老拧不干,就急忙抢过来帮他拧干,递给他。

"咳,"邓军叹了口气,"我简直成了幼儿园的小孩子了。"

正说话,郭祥从那边皱着个眉头走过来,打了个敬礼。

"嘎子,"周仆上下打量了他一眼,"你怎么弄得像个土地爷似的?快来洗洗!"

"我找你们有事。"郭祥刚一张口,泪就吐噜噜噜流下来了。

"哈哈,"周仆笑起来,"你这个乐观派,怎么搞的!"

周仆捺着他的肩膀,一同坐在草地上,把手里的毛巾递给他。他接过来擦了两把,就把政委的毛巾擦得乌黑,自己一瞅,不好意思地放到旁边去了。

"营长要处分我。"

"为什么?"

"嘎家伙!"邓军说,"准是又调皮了。"

"这,这次没有。"郭祥庄重地说,"刚才,飞机欺侮我们,实在太不像话了,我忍不住,就随便给了他两枪,营长就说我违反了规定。"

"什么规定?"周仆忙问。

"不准打飞机。"

"唔?"

周仆沉默了。他低下头,手指在膝盖上不断地捏拢又放开,放开又捏拢,最后握成了拳头,"好,好。"

"政委,你,你……"郭祥的脸色变了。

"不,不,"周仆摇了摇手,"我是说问题暴露得好。"他把脸转向邓军,"我已经在考虑这个问题。这问题看起来小,实际很重要。这是究竟让敌人从精神上压倒我们,还是我们从精神上压倒敌人的问题。你说打,我说不打,这是两种思想,究竟谁的意见对呀?……"他停顿了一会儿,又说下去,"出国以来,天天在敌人飞机翅膀下过日子,咱们对消极防御,恐怕也强调得多了些;有人就觉得敌人的飞机碰不得了,飞机一来,就扎到洞里去,连工作都不做了。这不是叫敌人从精神上压倒了吗?一个部队不怕一次仗两次仗没打好,要是叫敌人从精神上压倒了,那就是很危险的。"

"这几天的确有些人不像样子。"邓军生气地说。

"现在离天黑还有两个钟头,"周仆扭过脸看看太阳,"我看马上召开团党委会,专门讨论这个问题,来统一统一思想。你看怎么样,老邓?"

邓军表示同意。通讯员立刻去传各位党委委员。

周仆让郭祥先到一边休息,等会儿列席这次会议。郭祥站起身要走,周仆又数落他说:

"哼,打起仗来是英雄好汉,哭起来像个娃娃。你说,你像个连长不像?没有一点政治风度!"

"我,我是没有政治风度儿。"他嘻嘻一笑,跑到警卫员那里去了。

小玲子正在房子里给首长烧开水,他一见就喊:

"小玲子,先给我倒一缸子!"

"首长还没喝哩!"小迷糊说。

"快把人干死了,优待优待嘛!"

小玲子倒了一大缸子递给他,笑着说:

"我的大首长,你怎么又犯错误啦?"

"你们这些当通讯员警卫员的,脑子就是简单。"他很认真地说,"我以前当通讯员那当儿,除了打仗,就是两个饱儿,一个倒儿;当了干部,才知道难哪,问题简直复杂得很。你们以后当了干部就知道了。"

"哈哈,"小玲子点着他说,"犯了错误还想教训人哪!"

"错误?"郭祥梗梗脖子,"现在还不知道是东风压倒西风,还是西风压倒东风咧!"

在团长政委那边,郭祥刚刚离开,陆希荣就到了。他竭力抑制着自己的怒火,想在首长面前显得平静。

"政委,"他显出很恭敬的样子,向政委身边靠了一靠,"我觉得出国以来,部队的确存在着一些关键性的问题。如果不好好解决,对执行战斗任务是很不利的。"

"什么问题?"周仆瞅着他问。

"我想首长老早就看到了,"他谦恭地说,"就是纪律问题。我觉得我们营特别严重。上次打伏击,二连连长不执行命令,首长已经正确地解决了。没想到军人大会刚刚结束,紧接着又发生了——"

"什么问题,你可说呀!"周仆又问。

"刚才敌人飞机来了,大家都隐蔽得很好,本来不会发生什么事情,谁知道三连连长不听营里的号令,乱打一气,惹得敌机轰炸了一个多小时,全营伤亡了 20 多人。……"他看了看团长、政委的脸色,又继续说,"郭祥同志的确有许多优点,可是这种不遵守纪律的毛病,如果不管严一点,给以必要的处分,对他本人也没有好处。……"

"你准备给他什么处分?"周仆凝视着他。

"这,这主要靠首长考虑。"

"你的意见呢?"

"我的意见不够成熟。……"他沉吟了一会子,"我觉得,撤职是太重了一些,一般警告似乎又轻了一些,是不是行政上记大过一次,党内给以当众警告比较合适?"

周仆扫了他一眼,没有说话。

邓军忍不住了,瞪着他,严肃地说:

"陆希荣!你是怎么搞的?二连连长是右倾,郭祥是积极求战,怎么能相提并论?……他本质上很好嘛!"

"团长,你说得对。"陆希荣接上说,"过去,我也认为这同志本质很好,后来有些事情,简直不敢相信。不过有些是牵涉到私人问题,我不愿讲。"

"你可以谈。"周仆说。

"我觉得,在上级面前讲一个同志的坏话不好。"他迟迟疑疑地说,"不过,首长一定让我讲,我也只好讲了。"他看看周围无人,小声说,"你们知道,小杨,本来就要同我结婚了,回了趟家,就变了,拒绝举行婚礼。他们俩是一道回来的,走了一路,这里面究竟有什么问题,我还不清楚。这些个人问题,我也不愿追查,上级了解就算了。……"

"先开会吧。"周仆说。

大家站起来,向小玲子烧水的小屋走去。周仆看看门口,已经横七竖八摆了四五双鞋子。还没有进门,就听郭祥在里面嚷:

"谁搞点捐献,提提情绪!"

"对!谁搞点捐献哪?"孙亮也说。

"噢,又冲着我来啦。"周仆一面弯腰脱鞋,一面说,"好,好,小迷糊,给他们拿出一包。"

"小迷糊,拿两包吧!"人们怂恿着。

"这些个烟筒!"小迷糊说,"就不看看什么环境儿!"说着,在皮图囊里摸索了好一阵子,才取出一包红盒的"大生产"牌香烟,丢在炕上。

"小迷糊,你可真保守呀!"

"你这个农民意识!"

人们抽起烟来,靠着墙坐了一个圈圈儿。小屋子里顿时弄得烟腾腾的。

周仆向大家扫了一眼,眼光停住了,他指了指郭祥和孙亮的脚,带有责备的意味说:

"你们俩怎么不脱鞋呀?"

"穿了脱,脱了穿,太费事了。"孙亮红着脸说。

"我穿的是五眼儿鞋!"郭祥把腿一伸。

"五眼鞋就长到脚上啦?"周仆批评说,"已经讲过好多次了,你们当党委委员的,当干部的,都不带头儿,怎么做得彻底呢!遵守朝鲜人民的风俗习惯,这是主席规定的呀,我的同志哥!……好,下次我们要专门召开一次党委会,讨论这方面的问题。"

郭祥和孙亮脱了鞋,放到门口。

团党委委员,除副团长到师里汇报以外,都到齐了。周仆宣布:把"要不要打飞机?"作为本次团党委会的中心议题。

青年干事出身的营长孙亮,年少气盛,一开会就打冲锋,常常是头一个发言。现在大家又笑眯眯地看着他。

"先说就先说!"他笑了一笑,"照我看,这是一个不成问题的问题。过去我们在国内就常打,在红山堡,在二道沟,在大同都打下过。现在敌人飞机一多,好像就成了问题。按我看——"他捋捋袖子,"你不打,它越来越凶,它敢许来揪你的头发哩!"

人们笑起来。

"你们别笑,"他接着说,"昨天晚上行军,我碰到第二军的同志,他们说,有一架敌机追杀撤退的老百姓,俯冲射击,飞得太低了,一下子撞到电线杆子上去了。"

"真疯狂!"

"该死!"

人们愤恨地说。

"所以,一定要打!"他挥挥拳头,"可是现在光搞消极防空,有个别干部,甚至不准战士唱歌、讲话——"

"为什么?"周仆掩住小本儿,停住笔问。

"说是一讲话,飞机就听见了。"

"真是奇谈!"周仆把膝头一拍。

"你们知道,我们营本来比较活跃。"三营是以文化娱乐工作著称的,曾经得过全师歌咏比赛、战士业余演出比赛的奖旗。孙亮说到这里,声音低了些,脸上不好意思地红了一红,"可是现在呢,听不到歌声了。我看再不打,连气也别出了!"

"来,孙营长,抽上一根儿!"郭祥赶忙抽出一根烟,替他对着,亲热地递过去。在孙亮发言的时候,他一会儿直直腰板儿,一会儿咳嗽两声,眼珠儿笑得简直像要发出声音来了。

"说漂亮话容易得很。"陆希荣斜了孙亮一眼,心里暗暗地说。

"打,是应该打,"小学教员出身、外号"老秀才"的二营教导员李芳亭,瘦长脸上出现了极其严肃的表情,"不过,还是要冷静!关键是能不能打得下来。如果打不下来,再弄一大堆伤亡,不但收不到预期的效果,反而会受到上级的批评。我看,可以先等等看,看看其他部队有什么经验,再动手不迟。总之一句话:我们还是要冷静,宁可失之于谨慎,切勿失之于鲁莽!"

陆希荣欠欠身子,看样子要发言了,但是他又抑制住了自己。

"他,他说的什么'字话'?"郭祥在孙亮耳边悄悄地问。

"就是要谨慎!"周仆带有嘲讽意味地说。

"是需要慎重考虑。"正在做记录的组织股长崔国彬停住笔,说,"我们出国还没有正式打仗,在飞机的轰炸下就伤亡了好几十名。我觉得现在不是打不打飞机的问题,而是使大家重视防空的问题。政治工作也要跟上去。现在怕飞机的,固然也有;可是轻视飞机的,满不在乎的,还是绝大多数。飞机一来,不说隐蔽,还照样大摇大摆地走,你劝他躲一躲,他把眼一瞪:'几架破飞机,它能抓了我的俘虏?'……他不知道破飞机也能打死人哩!我们所以有这么多伤亡,就是这些'假大胆'暴露目标造成的!"

"我完全同意以上同志的意见。"陆希荣看到发言的机会已经到来,就立刻接上去说,"我觉得,现在不是该不该打飞机的问题,而是如何强调纪律性,如何加强管理教育的问题。有人讲,部队有些不够活跃,"说到这里,他故意不看孙亮,但是孙亮那只伸在香烟盒边的脚,却不易察觉地动了一动,"这并不是没有打飞机造成的,这是一些人造成了许多无谓的伤亡造成的。"他顿了顿,又说,"飞机上是敌人,当然应该打,这没有什么值得讨论的。值得讨论的,是我们的工作方法。毛主席告诉我们,要一切从实际出发,要按具体情况办事,这是应当引起注意的。无论什么工作,我们都要看看时间、地点、条件。有人讲,在国内也打下过飞机,对!可是那时候蒋介石的飞机有多少,现在美国人的飞机有多少?那时候的飞机有多少种类,现在的飞机有多少种类?那时候的飞机是什么速度,现在的飞机是什么速度？据通报,敌人的飞机有1450多架,集中使用在北朝鲜这个小地方。敌人的通讯联络都是近代化的,你发现了几架敌机,一打,马上就会像捅了蚂蜂窝,勾引来很多架,让你走不脱,弄一大堆伤亡,这对完成战斗任务,有什么好处？你要硬打嘛,那也行,可是用什么去打呀,不要说高射炮,高射机枪也没有,就用步枪、手枪去打吗？用手榴弹往天上扔吗？我们营个别干部就有这种冒险情绪。照我看,打的结果,只能是遭到更大的伤亡！……"

"我问一声,这些日子不打飞机,为什么也有伤亡？"郭祥冷不丁地捅出了一句。

"我是说,打起来,就会有更大的伤亡！"陆希荣的声音更高了,"就以刚才的事件来说,由于你想出风头,乱打一气,使全营伤亡了20多个,不就是活生生的例子吗！"

"不对！"郭祥立刻接上说,"营长,你把事情说颠倒了:是全营伤亡了20多个,把我气坏了,我才打的。哼,要是不打,恐怕还会伤亡得更多哩！"

"再说,打飞机怎么能算是出风头呢？你们为什么不去出这个风头？"孙亮也愤愤不平地说。

"不要激动！"周仆挥挥手,"可以慢慢讨论。"他又回过头,"参谋长！你也讲一讲嘛。"

参谋长扶了扶眼镜,他一向是从容不迫的:

"依我看,消极防空也要注意,积极防空也要注意,好像并没有什么矛盾。不过,在目前说,要是团首长决定打的话,需要严格控制,起码要由团统一掌握。如果每个营连都随便打起来,就会浪费很多弹药。"

"还是不要统得太死吧,"政治处主任说,"如果一个连发现情况有利,报到营,再报到团,等到批准,飞机早跑了！"

周仆看发言差不多了,扛了扛团长的肩膀:

"老邓,还是你来讲一讲吧！"

"我没有什么讲的。"他扫了大家一眼,把那只独臂一挥,"就是要打！只要是敌人,地下的要打,天上的也要打！爬着的,滚着的,飞着的全要打！"

使人顿时觉得,这间小屋容纳不下他那洪钟一般的声音。他的声音,看来更适宜于在荒原大野间,在炮火硝烟中作战斗的呼喊。在这间小屋里,立时震得人耳朵嗡嗡地响。

屋子里空气变了。一种强大的无声的热流,闹嚷嚷的,热辣辣的,倾注到人的血管中去。

郭祥不由自主地把舌头一伸愉快地笑了。炕上那盒烟,别人都抽了一支,他已经抽了两支了;现在他伏下身去,又从里面抽出了一支。

那几句话也使得周仆精神振奋,神采飞扬。他"嚓"地划了根火柴,燃着了自己的烟斗,动人地微笑着,瞅着烟斗里细小的火花。这是多么勇敢、多么热情、多么有力量的手在支持他呵!对于一个党委书记来说,还有什么比得上这种支持更为可贵呢!

"同志们!我看不用多讲了,"他沉了沉,提高声音说,"我看,刚才团长的话,就是我们入朝以来第一次团党委会最好的结论!"

当然,他说不讲了,并不真的就是不讲了;人们知道他燃着他心爱的大烟斗,就是他——一个党委书记,在形形色色思想纷然杂陈的丛林中,已经跋涉过遥远的路程,到达了一个站口的信号。他们,那些党委书记们,他们的职业注定了,在他们的一生中,要永生从事这种没有止境的没有终点的跋涉。而且他们还要力争自己成为党的神经系统中一根尽可能敏锐的神经,来感触,来分析,来鉴别,不仅从词句本身,而且从词句背后洞察出哪种意见真正体现了人民的利益,哪种意见能推动革命的前进。

周仆发言了。从刚才同志们的发言中,他不仅从正面意见中增强了自己的信念,充实了自己的勇气,而且也从反面意见那里汲拾了合理的因素。他严厉批评了消极防空中所发生的右倾现象,要求积极展开对空射击;同时,也指出了那种粗心大意满不在乎的毛病,要求把消极防空同积极防空正确地结合起来。在这里,他觉得毛主席提出的既要在战略上藐视敌人,又要在战术上重视敌人的辩证法,像明灯一样照亮着自己的思想。当他分析着这些情况的时候,还是比较平静的,可是当他提到下面一点,就情不自禁地激动起来。

"出国以来,我们没有强调积极防空,我们也有错误。但是有人就觉得敌人的飞机碰不得了,一到地方就钻洞子,工作也不做了,战士们嘲笑他们,叫他们是'防空司令',你们各营,有这种'防空司令'

没有?"他严肃地问。

孙亮笑着说:"我们那里有个管理员,人就叫他'防空司令'。"

"你们那里呢?"周仆又瞅着陆希荣问。

"有,可能有,"陆希荣红着脸说,"不过还没有发现。"

周仆又接下去说:

"有人害怕有了伤亡,不能完成战斗任务;想一想,如果让'防空司令'多起来,能不能完成战斗任务?"周仆竭力想抑制自己的激动,但是不能做到。接着又说:

"有人讲,做工作要从实际出发,对!这是党的教导,这是毛泽东思想。但是从实际出发有两种态度:一种是积极的态度,用革命的精神,促进事物向积极的方向转化;一种是消极的态度,在现代化敌人的面前,在困难面前,不敢动一动。我们每个人都可以考虑一下,对自己作一个判断。"

说到这里,他瞅了陆希荣一眼,陆希荣像立刻被手指头戳了一下似的低下头去。周仆接着又说:

"有人还讲,做工作要看时间、地点、条件。这也很对。但是他的意见,实际上是说,只有有了空军,有了高射炮,才能打敌人的飞机。大家都清楚,我们的飞行员有的刚跨进航校的大门,有的正在抽调。我附带问一句,昨天来电报调的飞行员,你们选好了没有?"

"还没有哩!"

"不好找!条件太严了。"

人们纷纷回答。还有人问:

"能不能少调几个?"

"不行!少一个也不行。而且要挑最勇敢、最优秀的,纪律性也最好的。这是政治任务!"周仆严肃地说。接着,又回到原来的题目上来,"你们看,我们的飞行员还没有出发,还在这里驾驶'11'号的汽车哩!"人们笑起来。他接着又说,"这就是说,我们还要等他们进学校,学文化,练技术,才能飞上天去。那么,在这以前呢,我们怎么办?按个别同志的意见,就是瞪着眼睛干等。这真是典型的挨打思想,挨打战术!……"

郭祥歪着脖儿,向门外的小玲子挤了挤眼。

"有些人只讲条件,条件,"周仆批评道,"但是他却忘记了一个最重要的条件,这就是人,人的主观能动性。忘记了主观能动性,革命者还能有什么作为呢？当然,客观的可能性是前提,这是丝毫不能背离的;可是,在这个前提下,只有充分发挥主观能动性,这才是一个革命战士应抱的态度！"

"总起来说,"他把烟斗含在嘴里抽了一口,已经早熄灭了,只好重新拿在手里,"今天最重要的问题,就是从精神上压倒敌人或者被敌人压倒的问题。我觉得在我们党的面前,不能有第二个选择！"

最后,他又转向陆希荣说：

"希荣同志,我希望你立即取消你的规定！"

"并没有正式规定,只不过临时讲过那么一次……"陆希荣吞吞吐吐地说。

会议结束了。

在人们走出房门很远的时候,又听见后面喊：

"等一下！等一下！"

大家回头一望,见政委站在门口,迎着明晃晃的夕阳,托着那支熄灭了的烟斗叫道：

"下一次,专门讨论一次尊重朝鲜人民风俗习惯的问题,不要忘了！"

"知道了！"

人们在远远地回答。

第八章　幽　谷

部队迂回到博川附近,敌人又继续向南撤退了。

邓军十分懊恼,脸板得像铁块似的。小玲子看他颜色不对,知道他的老毛病又犯了;吃饭时候,从饭盒子里有意给他多拨了一点油炸辣椒,想讨他的欢喜。哪知道他随便吃了几口饭,就把饭碗一推,到门外房檐下坐着,也不说话,只是一个劲儿地抽烟。

小玲子急得没法儿,想找政委谈谈,政委一早起就到外面去了。只得在大门外等着。小晌午了,才看见政委从山上下来,脸色十分振奋,两只脚在草丛里蹚得湿漉漉的。小玲子赶上去,悄声说:

"政委,你快看看去吧,团长的别扭劲儿又上来了。"

"他怎么啦?"

"谁说话他也不理。我刚才催他出去防空,催得急了,他把眼一瞪:'你怕死,你去!'你看,这是干什么!……敌人跑了,他不高兴;可也不是我下命令让敌人跑的呀!"

"小玲子,"周仆亲切地安慰道,"你跟团长多年了,也不是不知道他的脾气。你别理会,他这是六月天下大雨,就那么一阵。你怎么连这个委屈,都受不了?"

"不,不是这个。"小玲子说,"政委,你不知道,他这几天行军,都是勉强跟着走的,一边走一边捂着肚子,不叫我跟你们说。今天早起,只吃了几口饭。……像这样下去,我瞧着难受……"

小玲子的嗓音里像堵塞着什么。真是,人世上,也许只有从同志和战友的情感里才能找得出这种由衷的关切和无比的纯真。周仆见他快要哭出来的样子,连忙止住他说:

"好好,我劝劝他。"

周仆跨进院子,故意咳嗽了一声。邓军装作没有看见,头也没抬一抬。

"怎么样,老邓,吃了饭吗?"周仆走上前亲切地问。

邓军只管一口一口地抽烟。

周仆走上去,同他并着膀儿坐下。又问:

"老邓,生谁的气呀?"

邓军抽得只剩下一个烟蒂,又取出了一支磕了磕点上,也不答语。

周仆突然想起,过去邓军愁闷时,他曾用过一种有效的办法。这人虽说年纪不算小了,却最爱听故事,时常提出要求:"老周哇,给我讲一段吧!""不行,我没有时间。""讲一小段儿!"他是那么诚挚,使你不能不答复他的要求。他们曾经这样送走了多少等待战机的恼人的时刻。有时候,两个人竟枕在一个枕头上,讲到深夜。讲到动人处,邓军常常像孩子一样含着满眶的眼泪。……周仆想起这事,就拉了邓军一把,说:"有什么大了不起的,来,我给你讲一段《西游》,猪八戒过稀柿胡同,最精彩了!"

"我不听嘛!"他使劲把烟灰一磕。

周仆知道用老办法不成了,站起身,在院子里走了两个来回,停住脚步,严肃地说:

"不讲也罢,我们就谈正事。现在下面对你有很多反映!"

"你讲!"他把头抬起来了。

"可以讲,就怕你受不了。"

周仆扭过头,对着小玲子一笑,然后又绷起脸:

"他们说,团长打仗行是行,就是爱放空炮。党委会作决议打飞机,为什么不打了?"

"见他的鬼!谁说我放空炮?"他拍拍落在腿上的烟灰,站起来,"我马上布置去!"

"你布置,咱们也要商量商量呀!"

"你讲!"他气昂昂地又坐下来。

周仆笑了。他掏出大烟斗,装了满满一锅儿,从容不迫地说出了自己的计划。邓军的脸色,仿佛被一阵阵小风吹得云散天开,渐渐明朗起来,仅仅因为不好意思的缘故,才没有马上露出笑容。他故作平静地问：

"你说的这个鬼地方在哪里？"

"你去看看，过山就是。"周仆用手一指，"那地方真好极了。上次伏击没打成，我们再打它一次。人跑了，我们就打飞机的伏击！对部队既安全，又不要花什么本钱，只要几捆柴禾就够了……"

"我马上布置去！"

邓军说着站起身来，大步跨出院子。临走到门口的时候，忽然停住脚步，头也不回地说："刚才不是对你。"

"好哇！"周仆说，"你给我怄了半天气，还说不是对我！回来再算账吧。"

邓军走出门去，当他独自一人时，羞赧地笑了。

第二天一早，天色似明不明，周仆和邓军他们就匆匆吃过早饭，小玲子和小迷糊灌满水壶，带上干粮，一起动身上路。他们翻过一道山，沿着一条山径，向一座山谷走去。山径草深露浓，走了不远，裤腿已经湿了半截。人朝几天以来，白日是烟，夜晚是火，耳边是日夜不断的隆隆的飞机声，看到的不是撤退的人群就是炸翻的牛车。虽然朝鲜山川秀丽，也无心观赏。今天心里稍稍宽敞一些，几个人一路走，一路看，觉得这山谷十分清幽可爱。秋天，是朝鲜最美丽的季节。许多杂树叶子变成金黄，枫树却一片火红，它们同翠绿的青松错落在一起，真是一匹人间少有的锦缎。现在虽然已是晚秋时候，枫叶变得紫郁郁的，但那青松黄叶，却依然好看。他们走了七八里路，还没有看到一处人家。山径愈来愈窄，有时被很厚的一层落叶遮住。路旁那条山溪也愈来愈细，渐渐地像细蛇一般隐在苍黄的草丛里，只有从它那偶尔消失又偶尔传出的叮咚之声，才知道它还在陪伴着行路的人们。

"这地方可真清静！"小玲子叹赏道。

"要不就叫仙女洞呵！"周仆随口说。

"真有仙女么？"小迷糊问。

"当然有啰，"邓军笑着说，"可是一打盹儿，就看不到了。"显然他是同小迷糊开玩笑，因为小迷糊有一个瞌睡病儿。

"不管你咋说，反正总有个原故。"小迷糊反驳说。

"仙女还不少哩！"周仆也笑着说，"每一座山头，有一位仙女。

小迷糊,你看见了没有?"

小迷糊往山头一瞅,什么也没有看见。大家哄地笑了。

"别瞅了,"周仆笑着说,"这些仙女唱歌唱得可好听哩,等会儿就知道了。"

说话间,来到山谷尽头。半山上有一座小庙,小庙旁有一眼清泉。大家随便掬着泉水喝了几口,就爬上山头。在几株松树下,已经挖好了简单的掩体,土台上摆着一部电话机,一个电话员正守候在那里试线。按照邓军和周仆的策划,全团每个连抽轻机枪两挺,每营抽重机枪一挺,由一位连长指挥,配电话机一部。全团由孙亮统一指挥。这些昨天晚上都已准备完毕。

红日已经露头,山谷里只有一两片淡淡的晓雾。邓军严肃地审视了每座山头,看见伪装作得非常好,心里十分愉快,就说:

"快坐下吧,这就是咱们今天的钓鱼台了。"

说着,点上纸烟。周仆也把他的大烟斗燃起来,含在嘴里,脸上充满微笑。

电话铃响起来,孙亮请示开始的时间。邓军拿着耳机转过头,说:"老周,我看就开始吧!"

周仆点了点头。

"马上开始!"邓军对着送话器发出了命令。

时间不大,只见这个不大不小的山谷里,在一片一片小树林的上空,升起了一二十缕青烟。早晨没有风,一股股青烟正悠然自得地袅袅上升着。

"小玲子,"周仆笑吟吟地说,"你看像炊烟不像?"

小玲子点点头,笑着说:"就凭这个钓鱼呀!"

"不要它来,它紧跟着你;要它来敢许还不来哩!"小迷糊说。

等了半个小时左右,还没有飞机的影子。邓军急了,说:

"打仗时候,就是这个味儿最不好受。……老周,我看还是你来一段吧!"

"你说什么?"

"来一段故事,不论什么。"

"哼,"周仆说,"我追着给你讲,你都不听,现在又想听了?"

"静一下!"小玲子向大家摆了摆手,"你听,来了!"

大家一听,什么声音也没有,只有山腰上的泉水叮叮地响。

"见你的鬼!"邓军说,"你脑子里想的吧!"

"不,不,我肯定有。"小玲子自信地说,"我这耳朵一向是不会错的。"

果然,一句话没完,大家就隐隐听见由远而近的飞机声。转眼间,两架野马式战斗机已经飞到山那边,盘旋在他们驻地的上空。这时候,人们真想伸出一只手把它拉过来。

邓军急忙抓住送话器喊:

"把火加大一点!加大一点!"

终于,那两架野马式敌机飞过来了。围着这座山谷盘旋了不到一圈,接着就降低了高度。

小玲子指指山谷中袅袅上升的"炊烟",高兴地说:

"这些家伙,发现了目标儿,在上面不定多高兴呢!"

"我要是飞行员儿,我就不这么傻。"小迷糊说。

"别吹!"周仆瞅了他一眼,"这就叫各有各的优越性:上面有上面的优越性,下面有下面的优越性。"

说话间,"轰!""轰!"炸弹投下来了。第二架飞机也紧跟着它的伙伴,翘起尾巴扎下来。

几乎与此同时,山头上响起了急促而紧密的机枪声。

"哗哗哗哗……"

"哗哗……"

"哗哗哗哗……"

从枪声里,周仆简直可以听到机关枪手们那极度兴奋的呼吸。多日的闷气,随着枪火喷发出来了。周仆的心也兴奋地跳动起来,快乐地说:

"小迷糊,仙女唱歌了!好听吧!"

邓军挥挥手让他们不要讲话,对着送话器大声喊道:

"孙亮呵,这不是吓麻雀呀,一定要节省弹药!"

只听耳机里回道:"我一定注意!我一定注意!"

时间不大,枪声稀疏下来。由狂热的猛射变成了沉着冷静的狙击。那两架野马式敌机把带来的炸弹倾入山谷之后,似乎已经发现了一两处山头上的狙击手们,立刻调转方向,用机关炮同山头上的人们对射起来。战斗了约一个小时之久,仍然不分胜负。

周仆和邓军都焦急起来。周仆说:

"怎么打不准哪,老邓,是不是前置量①留得不对呀?"

邓军的眉头皱成了一个疙瘩,没有说话。

正沉吟间,小玲子忽然跳起脚兴奋地叫:

"打中啦!看哪,打中啦!"

大家一看,果然其中一架,像醉汉似的蹒跚着,向下坠落,翅膀扑扑啦啦的,连声音都变了。

"打中啦!打中啦!"附近山头上的喊声也传了过来。

"再加几枪!再加几枪!"小迷糊跳起脚喊,仿佛射手们能听见他的喊声似的。

但是,这架飞机眼瞅着就要碰上山头的时候,却没有继续坠落,好像一个病人打了一支强心针似的,渐渐地又趋于平稳,使劲地哼哼着,跟它的伙伴一起飞走了。

人们一直目送它飞了很远,像刚抓到手的一只鸟儿飞去了,脸上带着无限惋惜的表情。谁也没有说话。山谷里飞机炸起的烟柱,已经渐渐飘散。顿然间显得十分岑寂。整个山谷都仿佛在轻轻地叹息。一开始点起的"炊烟",有几缕依然在安静地袅袅上升着……

周仆觉得需要鼓励大家的情绪,把自己本来不高兴的心情,压止住,拿起耳机故作高兴地说:

"头一仗嘛,打伤一架,我看这就不错。好好地鼓励大家,不要泄气。可以把射手们集中起来,开个诸葛亮会,把经验总结一下。休息休息,明天再打。"

周仆讲完,邓军又把耳机接过来,说:

"我完全同意政委的意见。据我看,没有打准的基本原因,恐怕是没有迎头打。一定要提高勇敢性!打飞机是硬碰硬,没有勇敢,是绝打不下来的。"

远远看到,射手们和弹药手们纷纷从树丛里钻出来,到山谷里

---

① 前置量:军事术语。在射击运动中的目标时,要依据目标物运动的速度,瞄在目标物的前方。

集合去了。周仆和邓军两个人席地而坐，研究着刚才对空射击的问题。太阳偏到东南，两个人正准备下山休息，刚刚走下山头，小玲子忽然停住，说：

"停停吧，又来啦！"

大家停住脚步，凝神静听，把耳朵都使疼了，还是什么也没有听到，只有那湾山溪叮叮咚咚的低唱。但是，由于是小玲子讲的，又不敢不信。

果然，时间不大，对面草帽峰上"乓——乓——"地响起了防空枪声。

邓军少有地亲昵地望了小玲子一眼：

"你这个小鬼！真是个好通讯员儿的材料儿！又是千里眼，又是顺风耳！"

"我本来就是通讯员出身嘛！"小玲子扬扬眉毛高兴地说。这邓军当面表扬他的警卫员并不太多。

邓军说着，把小玲子带着的驳壳枪抽出来，向孙亮开会的方向，"乓乓乓"一连打了三枪，这是催促他们迅速进入阵地的信号。

几个人快步返回山头，看见开会的人们正各自向自己的山头飞跑。有的进入阵地，有的还没有进入阵地，这时敌机已经飞到了上空。

人们举目凝望，这次共来了十架敌机。为首的一架是红头的指挥机，紧跟着是一架校正机，再后是四架野马式，最后是四架蚊式飞机。它们排列着威风凛凛的阵势，一来就打圈子，看样子是直扑这个目标而来。沉重的隆隆声，震动着群山。

"都下到工事里去！"邓军命令道。说着，自己也跳下掩体，紧靠着电话机，眼望着天空。

那十架敌机盘旋了两个圈子，忽然，为首的那架红头指挥机，打出好几颗红色的信号弹来，一闪一亮，像小鼓似的"卜、卜、卜"响了一阵。然后就闪开去路，绕到圈外。接着，其余四架野马式和四架蚊式，立刻降低高度，改变队形，成一路纵队，一架跟着一架俯冲下来。顷刻间，山谷中烟火弥漫，群山震动，那架校正机则仍在原来的高度，不慌不忙地哼哼着，给它的伙伴观察着轰炸效果。

轰炸效果当然是有的。最明显的，就是山谷中的一大片树林被炸中起火,有几缕"炊烟"被吞没了。但是边远处有三两缕"炊烟",轰炸过后,仍然舒卷自如,像抒情诗般地袅袅上升……

孙亮几次要求开枪射击,都被邓军制止住了。他对着送话器大声喊:

"孙亮!你沉着一点好不好?敌人的胆子还小得很,等它们再飞低一点!"

敌机轰炸过后,见没有什么动静,胆子渐渐大起来,连续降低高度,向山头低飞扫射。机枪射手们同空中敌人一场激烈的对射战又展开了。

最激烈的对射战,集中在山谷左面的双尖山上。那里隐伏着的不知是哪位射手,射击极其沉着,常常是当飞机俯冲时,发出迎头痛击的火力。开始是几架敌机,最后几乎是全部敌机都集中对付他,一架跟着一架向他俯冲轰炸扫射。但是,由于山势陡峭,多数炸弹全落到山尖下面去了,卷起的黑烟顿时遮住了山尖。就在那黑烟里,仍然听见他那顽强的猛烈的机枪声。

"这家伙真能顶住个儿!"邓军叹赏地说。

"那是谁呀,老邓?"周仆说,"快让大家支援他才好。"

说着,刚要拿起耳机吩咐孙亮,只听小玲子惊叫了一声:

"糟啦,汽油弹落上去了!"

大家一望,一架俯冲的敌机刚刚拉起,山尖上呼地闪出一大溜暗红色的火光,像倒下一股血水似的,顷刻间燃烧成一片。当第二架敌机接着又扎下来俯冲扫射的时候,那火焰中,出人意外地又响起了激烈的机关枪声,可是只打了半梭,射击声就突然中断了……

一种不幸的预感,罩住人们的心头。

周仆抓起耳机,立刻吩咐孙亮派人到双尖山上去了解情况。最后又问:

"你知道这个战士的名字吗?"

"听郭祥刚才说,叫乔大夯。"

"噢,是他呀!"

周仆立刻想起,出国签名会上的那个大个子。他体魄雄伟,性格温厚。据说这人最不爱讲话,但那天的几句话,却是那样扣人心弦,感动得自己当时流下了眼泪。周仆觉得这个一向不引人注意的战士,身上有一种说不出来的极其深厚的东西。现在在双尖山上那堆火焰里的,难道就是他吗!

周仆望着那座跃动着火焰的通红的顶峰,一时觉得这个身材高大的射手,全身都燃烧着烈火,心头上不由得一阵火辣辣的。正在这时,一架敌机又猛扎下来,还没有来得及开火,出人意外地,在那通红的火焰之中,突然间"哒哒哒哒哒","哒哒哒哒哒"又响起了一阵极其猛烈的机枪声。眼看着那架敌机,噗地冒出一股火来。

"打中了!打中了!"小迷糊和电话员都跳起脚喊。

"这次,我完全肯定!"小玲子学着团长的姿势,把手猛地一挥。

果然,那架敌机拖着长长的烟带,斜过双尖山,一头栽到另一座山谷里去了。

远远听到每个山头都传过来欢腾的喊声。

邓军立即命令孙亮派人前去搜捕俘虏。小玲子想去,却不敢提;小迷糊不管这一套,马上说:

"让我也看看去吧。我长这么大,光挨飞机炸了,还没在近处看过飞机哩!"

周仆笑着点了点头。吩咐说:"告诉他们,一定要捉活的!"话音还没落地,小迷糊已经一溜烟跑远了。

邓军正要利用有利时机,布置进一步打击敌人,这群敌机已经争先恐后地往上钻,很快升到了1000公尺的高度,而且拉开了距离,也不俯冲了。可以感觉出,在它们之间,已经产生了一种看不见的无形的恐怖。红头的指挥飞机,大约也被这种恐怖所感染,踉跄地抢先向南飞走了。

双尖山的峰顶,依然烧得通红。周仆正在担心,孙亮在电话里报告:那个名叫乔大夯的战士,已经下了阵地,只负了一点轻伤。这使得周仆更加高兴,很想马上去慰问他。可是又担心家里有事,就同邓军一起动身下山。

当周仆走下山岭时,不知怎的,对这座幽谷颇有一点恋恋不舍的样子。也许人们对他们战斗过的地方,尤其是打了胜仗,实现了他们心愿的地方,都是这样的。他一边走,一边看,这山谷呵,仿佛由于刚才炸弹和枪火的轰鸣,使它显得更加清幽可爱了。仙女洞下的山泉声,又像管弦乐一般传来,忽高忽低,时断时续,有如一根看不见的细丝，抚爱着、缠绕着这座山谷，仿佛不愿立刻走去似的。尤其神奇的，动人的，是那早晨点起的"炊烟"，经过轰炸，依然有三两缕在袅袅上升。也许战士们昨晚堆的柴禾多了一些，此刻，它不仅袅娜多姿，毫无倦意，而且在这无风的中午，经太阳一照，一缕缕蓝莹莹的，像永远扯不断似的上升着，上升着……

第九章　军中便宴

周仆、邓军和小玲子下了山,沿着来路穿行在幽谷里。这是入朝来最和暖的一天。太阳已近中午,山径上湿漉漉的落叶和草丛中的露水,已经晒干了。刚才的轰炸,使那些将要脱枝的黄叶,又落下了一层。由于心情愉快,几个人一遍又一遍谈着刚才的事情,脚步走得分外轻快。

小玲子满脸喜色走在团首长的前面。他十分聪明,只要你说半句话,他就能猜中你下面的意思。尤其是他的机警,真有过人处。你就是在几千人里头,也难挑出这样的警卫员来。他仿佛全身都长着耳朵和眼睛,在别人没有听出声音的时候,他首先听出声音;在夜色如漆失迷道路的深夜,他能首先判断出村落的方向。他不像有些警卫员那样,总是紧紧跟在首长的身后;他常常是根据不同的环境和情况,有时在后,有时在前,有时在你看不见的地方。现在,刚刚下山,他就想到是不是还有没炸的炸弹,会危及首长的安全,这样,他就又跑到周仆和邓军的前面去了。

不消说,邓军此刻十分高兴。早晨那种不愉快的心情,已经一扫而光。他像许多南方人一样,本来不会唱京戏,唱出来也不是个味儿,用他的口语说,就是"乱弹琴",但这"乱弹琴"的京戏,他竟然一连唱了好几句,唱得周仆不由得哈哈大笑起来。

"别笑,别笑。"忽然小玲子停住脚步,向草丛里谛听着。听了一会儿,又蹑手蹑脚地向前走了几步,然后回过头悄声地说,"没错儿,山鸡。"

大家停步静听,果然草丛里有"咯咯咯""咯咯咯"的鸣声。

"老周,那不是么!"邓军兴奋地叫。一面掏出他的小花口撸子,在膝盖上一蹭,哗哒一声,把子弹推上了膛。

由于他说话声音一向过大,噗啦啦地,惊起了五六只羽毛花丽的野鸡。邓军举枪射击,有两只应声落到草丛里,其余的带着悦耳的羽声飞过山那边去了。

小玲子跑过去,把两只野鸡从草丛里捡起来,笑着说:

"刚才轰炸的时候,我就瞧见它们,一时飞到这里,一时飞到那里,最后都飞到山那边去了。没想到这会儿它们又回来了。"

邓军没有理会这话,把小撸子往枪袋里一插,自豪地笑着,说:

"老周,你看我的枪法怎么样?"

"别吹!"周仆也笑着说,"人家打飞机,你打野鸡!"

邓军哈哈笑了一阵。周仆从小玲子手里接过野鸡来掂了一掂,说:

"简直可以炖一大锅!我看把乔大夯也请来吧,慰劳慰劳我们的勇士!"

"好主意!"邓军亲昵地看了自己的伙伴一眼,"你这脑瓜就是来得快呵!"

一回到家,小玲子就忙着烫鸡拔毛。小迷糊也赶到了,腰里掖着一把崭新的手枪,手里提着一大块烧得黑乎乎的铝片,满脸笑嘻嘻的。团长政委正在休息,小迷糊也不管他们睡着了没有,推开门,就嚷着说:

"给,这是那家伙的手枪!"

周仆坐起来,接过枪看了看,交给邓军,忙问:

"这家伙还活着吗?"

"活着?那是下辈子的事。"小迷糊笑了一笑,"这家伙穿着小皮夹克,下巴刮得精光,就是脑壳壳酥了,溅得那玻璃上都是脑浆子了。"

"看,说的多矽碜!"

"本来就矽碜嘛!"小迷糊把头一歪,"我还当飞机有甚了不起哩,就是那么一个小房房,带个翅翅,里面插着不大一门炮……"

周仆瞅了瞅小迷糊提着的一大块飞机皮,说:

"怪不得人说你农民意识,要这干什么?"

"吃饭用手抓呀?"他不满意地反问了一句,"光借老百姓的铜勺勺,丢了又说犯纪律了。用这做小勺勺多理想,又有意义,我们当场就剥了它的皮,把它分了。"说着又从口袋里掏出几张照片,一张纸片,"你们再看看这是什么?"

周仆接过来一看,在其中一张照片上,这个瘦脸的胡子刮得光光的流氓,搂着一个裸体的日本女人,坐在自己的膝盖上。周仆皱着眉,自言自语地说:"这种人无耻到这种程度!使你无法理解,是在什么样的情况下照出来的!"说着把照片往邓军手里一递,说:"来,看看他们的西方文化!……现在他们向全世界推广的就是这种东西。"

邓军接过来,恶心地吐了一口,把它揍成一团,扔给小玲子,让小玲子填到灶膛里去了。

"那是什么?"小迷糊指着那块四四方方的纸片。

周仆独自拿着那块纸片,看着看着,不自禁地微笑起来,抬起头问:

"今天几号了?"

"11月3号。"小玲子在那边屋里回答。

"这可真有意思!"周仆笑着说,"这正是今天晚上日本东京大戏院的戏票!"

"真的么?"小玲子从伙房屋探过身子,抓过一看,大笑着说,"这出戏他肯定是看不上了。"

"这种人!……"周仆指着那位美国飞贼的相片,"白天在人家的国土上追人,杀人,制造孤儿寡妇的血泪,到晚上刮刮脸,洗洗澡,穿得整整齐齐,坐在大戏院里看戏,这就是他们的职业!……今天他们得到了最适当的惩罚!"

"让他们看着吧,现在只不过刚开始哩!"邓军把那只独臂一挥。

这时候,忽然外面喊了一声"报告",周仆推门一看,郭祥领着一个高大的战士站在面前,正是那个被邀来赴宴的机枪射手。他肩宽背厚,十分魁伟,看去比郭祥高一个头还多。他的两个军衣前襟,烧了好几大块,连扣子都扣不上了,只用皮带紧紧束着。他的头上扎着绷带,戴着一顶小得十分不相称的帽子。他敬过礼以后,脸上带着憨厚谦逊的微笑,眼睛温顺地低垂着,显得有些拘谨。

"嘎子,"周仆笑着对郭祥说,"我今天是请乔大夯同志来的,你怎么也跟来了?"

"不管首长请谁,"郭祥嘻嘻一笑,"只要叫我陪客就行!"

"快进来吧!"邓军在屋里亲热地招呼着。

郭祥总是像猴子似的敏捷,脱去鞋就进屋坐下了。那乔大夯却慢腾腾地脱下他那双千缝万补总有好几斤重的大鞋来,小心地、整整齐齐地放在一边,然后才弓着腰进了屋。他一进来,使这房门、小屋顿时显得窄小了许多。他本来最不习惯盘腿,但是那双一尺多长的大脚刚刚伸出,就马上蜷回来了。他仿佛对自己如此奇伟的躯体反而感到有些羞愧似的。

"乔大夯同志,"周仆握住他那只多茧的有力的大手,说,"你这次打得很不错呀!"

"这是咱们团第一次用轻火器打下了喷气式。"邓军也亲热地瞅着他。

乔大夯登时脸红了。他一向最怕首长当面表扬,竟一时找不出恰当的词句,嘴张了几张没有说出话来。

周仆见他有些拘谨,改口开玩笑说:

"今天咱们团长的成绩也不错。人家打飞机,他也打'飞鸡';人家打下了一架飞机,他倒打下了两架'飞鸡',正在锅里炖着哩。也没有什么好准备的,你们就尝尝'飞鸡'肉吧!"

"政委,"郭祥说,"您别谦虚了,我刚才在大门口就闻见香味儿了。"

"呆会儿,你只要别打冲锋就行。"小玲子在厨房里接口说。

经郭祥一提,大家一闻,果然满屋子都是山鸡诱人的香味。入朝以来,谁也没有见过一片肉了。

周仆看见乔大夯两个大襟烧得焦一块煳一块的,头上又裹着伤,就问:

"乔大夯同志,你这伤怎么样?"

"不咋的。汽油弹溅上了一点儿。"他笑了一笑。

"当时真把人急坏了。"周仆说,"我们一看整个山头都烧红了,就知道汽油弹投到你的工事那里去了……"

"离我还有好几步哩!"他又笑了一笑。

"大个儿真行!"郭祥满口称赞说,"我瞅见他上身全着火了,叫他下去,可人家就不慌,把个火帽子一摘,衣服一脱,就穿着白衬衣,又抱着枪打起来……要不是弹药手赶快用土把火扑灭,他这身棉衣就甭要了。"

"帽子呢,"周仆指着乔大夯头上那顶小得很不像样的帽子说,"这准是借来的吧?"

"他那帽子早就成了灰壳壳了。"郭祥眨了眨眼,"有个问题,我附带向上级反映一下:上次我打飞机,敌人给我来了个摘帽战术,我那帽子也找不着了,直到现在我还和通讯员合戴一顶帽子。上级是不是给后勤说说,给我们俩一块儿补充补充?"

"后勤就那么方便?"邓军瞪了他一眼,"你这家伙一打仗就丢帽子,这是老毛病了……"

"也就是怪,"郭祥打断团长的话说,"一打仗,我这脑瓜儿就火烧火燎地,像蒸笼似地直冒热气,有帽子也戴不住。"

"小玲子!"邓军对着灶火间喊了一声,"把我的包袱翻翻,我记得还有一顶单帽,给大夯同志找出来。"说过,又转向郭祥嘲讽地说,"你还和通讯员合着戴一顶吧,我不管。"

在一片欢乐的气氛中,乔大夯也显得比刚才自然了一些,时时随着别人的说话,浮现着微笑。周仆又接着原来的话题说:

"我看还是请大夯同志谈谈打飞机的经验吧!"

"对,谈谈体会。"邓军也说。

"我,我……"乔大夯的脸,又有些涨红。他觉得"经验""体会"这些高级字眼,都是干部们做了什么大工作,做总结报告的时候才使用的,仿佛和自己挂不到一起似的。何况是在首长面前?他笨磕了半天,才说:"我,我觉着没有什么体会……"

"大个儿!你就说吧。"郭祥从旁建议道,"自己的首长嘛,说错了怕什么!"

"我觉着,我觉着……"乔大夯思索了一阵,结实而有力地说,"还是要沉着!比方说,飞机迎着你扎下来了,它恶狠狠的,好像说:'我要吃了你!我要吃了你!'这时候,我连眼也不眨,心想:'你也就是比我多长了个翅膀,你打住我我活不了,我打住你你也活不成!'等它跟我面对面了,我就喊:'哪里逃!开个花吧!'……"

他最后一句声音很大,惹得人们哄笑起来。

"好,好,你说下去。"周仆兴致勃勃地说。

他陪着别人笑了一笑,接着严肃地说:

"我一想起被炸死的朝鲜人,一想起他们把朝鲜炸成这样子,我这气就大了,真恨不得抱着机枪飞上去,把它一个个都揍下来!"

周仆又兴奋地问:

"大夯同志,最紧张那时候,我们看见火焰把山尖包严了,你的机枪突然中断,是不是卡了壳了?"

"不,政委,"乔大夯又憨厚地笑了一笑,"我是给敌人解除顾虑哩!我看他们的胆子还是太小,就收住枪等了一会儿,让他们飞得再低一些,再低一些。果不其然,他们飞得更低了。我就趁它向下猛扎的时候,迎头给了它一梭子,它就冒火了……"

大家听得十分振奋。山鸡的香味也越发诱人。周仆转过脸问:"炖熟了吧?"

小玲子揭开锅,大团的热腾腾的白气扑出来。他用筷子拨了拨,看看颜色,说:"许差不多了。"

不知什么时候,郭祥已经蹲在灶火跟前。他接过小玲子的筷子,说:"我替你尝尝!"说着夹了一块,嚼得满嘴流油,一边说:"真香极啦,再炖可就要烂了!"

"好,好,准备开饭。"周仆说。

小迷糊立时端进来一个小炕桌,上面放着朝鲜老百姓的铜勺铜碗,还有房东大嫂送的一碗酸菜。周仆说:

"你看朝鲜人民多热情,入朝这几天,吃了人家多少酸菜,可别忘给大嫂的小孩盛一碗哪!"

说过,他又转过脸对乔大夯说:

"大夯同志,我和团长商量过了,准备召集全团的轻重机枪射手,请你介绍一次经验。你看怎么样?"

"这,这……"乔大夯又紧张起来了,"政委,你派我别的任务吧,我的情况,连长知道。"一边说,一边直瞅郭祥。

"政委,"郭祥笑着说,"你派他这个任务,比让他再打几架飞机还难。平常班里头开会,他每次都是一句,两句。今天讲的比他几个月讲的还多哩。"

"你这看法不对。"周仆说,"什么都是锻炼。大夯同志讲一讲,这叫现身说法,比我们讲要有作用。这次打下一架飞机,不只是一架飞机的问题,也不单单是军事技术的问题,这是说明了一种思想的胜利。前几天,有一个战士手被飞机打伤了。别人问他是怎么伤的,他就把手一伸,说:'我这是叫纸老虎咬的。'别人说他是讲怪话,他就说:'这算什么怪话?人家本来是铁老虎,你偏瞪着眼说它是纸老虎。纸老虎能把我的手咬一个洞吗?'我让乔大夯同志去讲一讲,就是让有这种思想的同志想一想,为什么乔大夯同志拿着轻火器,在十架飞机的围攻下,能够把一架野马式打下来?这说明什么问题?究竟是帝国主义厉害,还是人民厉害?"

"这么说,大个儿,你就讲讲吧,"郭祥说,"这也很有政治意义!"

山鸡已经端上来了,除了给朝鲜孩子留的,连肉带汤整整三大铜碗。炕上放着一搪瓷盆大米饭。加上小玲子、小迷糊,大家盘着腿围了个圈圈。周仆首先盛了一碗干饭递给乔大夯,大家就动手吃起来。

"这山鸡味儿是不错呀!"周仆叹赏道。

"味儿真鲜!"人们纷纷说。

"这要归功于咱们团长。"周仆称赞道,"真不愧是老长征,举起枪这末乓乓两枪就下来了。"

邓军精神振奋,接上说:

"这算什么!同志们,有机会我亲自下手给你们炖狗肉吃!叫你们看看我的手艺。"

为了对团长表示奖赏,周仆给小玲子使了个眼色。小玲子会意,马上从饭盒子里拨出了一点油炸辣椒。眼瞅着邓军的嘴角那儿出现了笑纹。又是山鸡,又是辣椒,不一时就吃得满头大汗。

关于郭祥吃山鸡的情况,比人们预料的稍显文雅。虽然他吐骨头十分敏捷迅速,但一般来说,抢得并不算太厉害。而且他把主要的着眼点放在鸡爪上。两只鸡的四只爪子,都被他挑出来吃了。吃到痛快处,就把饭碗、筷子一放,两手捏着啃起来,油滴子都滴到袖子里去了。

周仆用他那精细的观察注视着餐桌的情况,立刻发觉宴会的主要对象——乔大夯,过于斯文。他菜吃得很少,每一次从菜盆里挑最小的,半天才夹上一块儿。而且饭也小口小口地吃,吃得很少很慢。最奇异的是他吃饭时的情态。他端着饭碗，不断笑微微地瞅着它，从内心里流露出一种极其珍爱的样子，仿佛不愿意把它一下子吞到肚子里似的。

周仆不断地催他劝他。邓军也从炕桌上抬起头来——他自成了一只臂膀以来，只好伏在桌上吃饭了——挥着筷子：

"冲呀，大个子，往上冲呀！"

"我吃着哩。"他笑了一笑，又夹起一小块儿。

"唉，你这姑娘样子！怎么战斗作风一点也没有了？"

邓军说着，夹起很大一块，放到他碗里。周仆也给他夹了一块。但是他把这两块吃完，又是老样子。周仆不由得叹了口气。

周仆、邓军放下碗，劝大夯再多吃些。"我饱了！"他接着把碗也轻轻地放下了。这时候，郭祥向政委悄悄使了个眼色，走出门外，周仆跟了出去。郭祥悄悄地说：

"你看大个儿吃饱了么？"

"我看没有。"

"嘿，还差得远哩！"郭祥说，"你知道他饭量有多大？他能吃两三斤干面的饭食，四两重的大馒头，不吃不吃就是十几个。要干起活来，也能顶三四个人，三四百斤重的大麻袋，一扛就起，用不着费什么大劲。听人说，在旧社会，给地主扛长活，就因为他吃得多，没人雇他。那些地主老财，专门在农忙时候雇他打短儿，掏一个人的工钱，让他干三四个人的苦活。……政委，你想他今天只吃了两小瓷碗，怎么会够呀？"

"那他平时在班里吃饭怎么办哪？"周仆关切地问。

"在班里他也不肯多吃。"郭祥说，"人家吃三碗，他吃两碗半就放碗了。别人说：'大个儿，你可吃呀！'他就笑一笑，说：'我饱了！'你没听见他刚才说么：'我饱了！'……就是这话。"

"你们可以照顾照顾他嘛。"周仆说，"这是特殊情况。"

"是呀，"郭祥说，"我经常对炊事班讲，打饭给他们班多打一点。他们班也很体贴他，总让他多吃，他有一次感动得哭起来，说：'我这肚子小时候吃糠咽菜把它撑大了，给大家添了多少麻烦！今天我是一个共产党员，怎么能老占大家的便宜呢？'……"

周仆的眼睛湿润了。本来就很敏感而容易激动的周仆，这时又有些压抑不住自己。这是一个多么伟大的战士！对于一个优秀的战士说来，冲锋陷阵、临危授命的那种考验也许是容易度过的，可这是每天每时都存在着的考验呵！周仆答应立即解决这个问题，准备告诉后勤给他们连多发两个人的粮食。最后又叹了口气，对郭祥说：

"可是今天呢，你能不能让他吃够？……据我想，他已经放下饭碗，恐怕是不会再吃的了。"

郭祥两只猴眼，骨碌碌，转了一转，把手一挥：

"我有办法！"

周仆招手要团长出来，一起到门外散步去了。

郭祥回到屋里，立时满面愁容，往墙上一靠，也不言声。

"连长，出了什么事了？"乔大夯轻轻地问。

"唉，别提了。"他叹了一口长气，"团长、政委都生气了。"

"为什么？"

"还不是为你！"

"为我？"乔大夯吃了一惊。

"可不是嘛。"郭祥说，"首长今天是专门请你，一看你这么忸忸怩怩，都生气了。"

"那咋办哩？"

"赶快吃吧。"郭祥把嘴一撇，"还问咋办哩！"

"我已经放下碗啦呀！"大夯为难地说。

"那有什么！"郭祥说着，抓过他的碗，不由分说，就盛了垒尖一碗。

在郭祥严格监督下，不到一刻工夫，剩下的那半盆饭，已经底儿朝天了。

两个人整整衣服，去向首长告辞。

团长、政委正在院子外面站着，用刚刚学来的几句半通不通的朝鲜话，同房东大嫂比划着说话。邓军回过头喊小玲子：

"单帽找出来了没有？"

小玲子早就准备好了，把一顶风吹日晒早就褪色了的旧军帽，递给大夯。邓军让他戴上试试，然后又打量了一眼，品评着说：

"小是小一点，比刚才好看多了。"

小迷糊也把政委的一件单军衣送给大夯,让他拆了补棉衣用。政委没有多余的军帽,小迷糊把自己的单帽拿出来送给郭祥。郭祥一把抓过来,嵌在头上,连声说:

"好事儿!好事儿!"

"好事儿?"小迷糊嘲讽地说,"你只要别再说我农民意识就行。我这人是该拿的就拿,不该拿的,你别想叫我拿出来!"

"首长还有什么指示?没有我们就回去了。"郭祥立正着说。

"好吧,"周仆说,"介绍经验的事儿,好好帮助大夯同志准备一下。"

说过,周仆走上去同乔大夯亲热地握手。他感到自己的一只手显得小了许多,反而被一只多茧的有力的而又是那么热诚的大手紧紧地握住了。他感觉出,一种真正是强大无比的力量,顷刻间传到了自己的全身。

乔大夯跟在郭祥后面向来路走去。一路上,他的脸一直是红通通的,处于深深的感动中。他觉得自己是一个普通而又普通的战士,简直谈不到有什么贡献,而自己受到的尊重却是多么过分呵!当他想到自己是第一次来团部,在首长这里就一气吃下去小半盆干饭时,心里是多么羞愧呵!……

第十章 小 试

云山战后,我各路大军乘胜猛追。在我连续突击下,特别是我左翼志愿军第一军,自清川江左岸迂回敌人,给了敌人极大威胁。迫使敌人只以一部据守清川江北岸的滩头阵地,其主力全部撤到了清川江南。

这是中国人民志愿军出师以来的第一个战役。这一仗共歼灭美伪军1.58万余名,使美国侵略者迅速占领全朝鲜的狂妄企图化成泡影,开始稳定了朝鲜战局。志愿军能不能顶住敌人,能不能站住脚跟,这一个出师以前最令人担心的问题,已经用事实作出答案了。

现在第五军第十三师,包括邓军、周仆的团队,已经进到博川之南。美二十四师主力退到清川江南的安州去了,在江北只留下一部兵力和一部伪军来保障主力的安全。邓军和周仆的团队,正隔着一条山谷与敌对峙。

这天清晨,早雾还没有完全散尽,邓军就爬上山头,观察着敌方的阵地,很想从中找出弱点来,打它一仗。后来,从他脸上浮现出的笑容来看,这种弱点是被他找到了。尽管小玲子几次提醒他注意天空的飞机和敌人的炮弹,他都像没有听见的样子。

"小玲子,请政委来一下。"

说着,他走下山头一坐,点着烟,静静地思考着。不一时,周仆从山背面的隐蔽部里走出来,在半山腰里仰起头问:

"老邓,看出点门道没有?"

"你上来吧。"他笑了一笑。

周仆走上来。他们在山头上隐住身子,邓军兴奋地指了指敌人阵地左翼的一条山腿,说:

"我想把它切下来!"

说过,他把脖子里的望远镜递给周仆。周仆从望远镜里看到这条黄苍苍的山腿,一直伸到我们的阵地前,敌人正在那里三五成群地活动着,很像是修筑工事。周仆又和敌人的整个阵地联系起来观察了一番,觉得这条山腿确实是比较孤立、比较突出的。

"行!"他把望远镜还给邓军。

"就是敌人太少了,看样子最多超不过一个连的兵力。"邓军颇感遗憾地说。

"这样更好!"周仆笑着说,"就是一个排也行,只要歼灭得彻底。反正我们这一次是醉翁之意不在酒呵!"

两个人会心地一笑。

自从上次打伏击没有成功以来,两个人经常商谈着一个问题,就是无论如何要争取打上一仗,使自己的团队能够摸摸敌人的"底"。虽然,第一次战役的胜利,从整个部队说,已经解决了这个问题,但是按照周仆的看法,别人的经验并不等于自己的经验,把别人的经验变成自己的体会,还必须通过自己的实践。尤其是,还要使广大士兵群众都要能获得这种切身的体会。因此,尽管第一次战役已经宣布胜利结束,两个人仍然千方百计地在寻找机会。至于在这种作法的后面,隐藏着什么样的雄心,这就是两个人谁也没有告诉的心灵的秘密了。

小玲子见地形看完,就催促他们下山,但是这两个人望着那条苍黄的山腿,还在那儿兴奋地商谈着一些细节。忽听小玲子叫:

"炮弹过来了,快下去吧!"

话音刚落,一枚炮弹"轰隆"一声落到山后去了。接着,又是两发落到山前,两团白烟缓缓地上升着。

"下去吧,下逐客令了。"周仆笑了一笑,扯着邓军走下来。刚离开不远,有两三发炮弹已经落上了山头。

"你们总是这样,不撵不走。"小玲子有些不高兴地说。

"好好,接受你的批评。"

周仆笑着说,拍拍灰土,同邓军回到山背后的隐蔽部里。这是小玲子他们在山壁上挖出来的一座狭小、潮湿的防空洞,地上铺着些山草和一块雨布,里面摆着一部电话机,只能盛三四个人。周仆坐定，立刻就对邓军说：

"老邓，你就向师里要求吧！说得恳切一点。不行的话，我再要求第二次。"

事情出人意料地顺利，师长批准了。

邓军立即将团的意图通知各营，进行战斗准备。时间不大，一营的通讯员刘二发喘吁吁地跑来，送来营长陆希荣的一封信。周仆拆开一看：

邓团长
周政委 二位首长：

  我怀着最急迫的心情，向你们写这封信。上次打伏击没有完成任务，虽然上级并不认为这是我的过错，但是严格检讨起来，作为一营之长，我毕竟有很大的责任。每当我回想此事，就觉得万分痛心。这次，我希望上级务必给我营一个机会，使我营担任突击任务。我们争取一定要打一个翻身仗！一定要发扬我们团英勇顽强、能攻能守的战斗作风，打得更好，更硬！这绝不是我一个人的问题，这对提高全营今后的士气，都有莫大好处。望首长务必答应我营的要求！千万！千万！盼复。

  此致

 敬礼！

陆希荣
11月5日

周仆把信交给邓军。邓军看着看着微笑起来，他对信中提到的"一定要发扬我们团英勇顽强、能攻能守的战斗作风，打得更好，更硬"的话，感到特别满意。这些话，是入朝以来，邓军一有机会就对干部战士们讲的，今天他觉得自己的下级领会了自己的意思，格外觉得愉快。他把信随手一丢，说道：

"这个家伙！一看打不好就急了，真跟我这脾气差不了许多！"

周仆没有答话。邓军用询问的眼色瞅了他的政治委员一眼。周仆沉静地说：

"我在考虑他写这封信的出发点是什么。"

"咳,你呀,"邓军带出不赞成的语气,"我看你这人也有片面性。因为几件事印象不好,就把他看扁了。……"

电话铃响起来,是陆希荣的电话。

邓军握着耳机,听了几句,就对着送话器喊:

"你这个家伙!真沉不住气,刚来了信,就要答复。我还要同政委好好研究一下嘛!"

只听对方热情地说:"首长可千万考虑一下我们的要求呀!"

"好好作准备!"

邓军放下了耳机,对周仆说:

"干脆答应他们好啰!不管怎么说,一营是我们的拳头。不把他们的威风打出来,下次完成任务还是个问题。"

在这个角度上,周仆也点头同意了。

当晚黄昏以前,陆希荣率领各连长仔细观察了地形,确定以三连从正面进攻,一连迂回切断敌人的归路,二连作为营的预备队。二、三两个营也都选定了佯攻的方向。入朝以来,由于炮兵运动迟缓,一直没有跟上来。团里只有轻型的迫击炮,要想压倒敌人的优势炮火是不可能的。根据两天来的情况,敌人为防止我军进攻,一到晚上就进行拦阻射击,在敌我之间的通路上,筑成一道火墙。为了避免敌人的拦阻,决定在第二天午夜时分进行偷袭。

第二天午夜,月落星明,西风劲烈,敌人的炮火刚刚稀疏下来,我进攻部队已经潜入敌阵。当各佯攻方向打响时,郭祥率领富有夜战经验的三连,已经摸上了第一个小山头。那里的敌人,都睡在长方形的土坑里,一发现情况,只有少数人钻出睡袋,鬼哭狼嗥地逃掉了,大部分被手榴弹和冲锋枪打死在睡袋里。郭祥片刻没停,接着向第二个小山头发展。

由于敌人已经有了准备,照明弹此落彼起,顿时照耀得如同白昼。第二个山头上,好几挺轻重机枪顺着山坡猛扫过来。冲在最前面的四班,冲了好几次都没有冲上去。四班长负了重伤,接着排长也负了重伤,队伍就被压在山坡上的草丛里。

郭祥借着照明弹的亮光,冷静地观察着敌人火力点的位置,正在寻谋对策,只听后面有人喝骂道:

"郭祥!你不要装孬!是不是要我替你带上去呀!"

郭祥听出是营长陆希荣在辱骂他。回头一看,竟一时未能看出他在什么地方。想回他几句,又觉得这绝不是闹意气的场合,就极力压住怒气,继续观察敌人。这时听见后面陆希荣又喊:

"我命令你,亲自给我带上去!带不上去,我要你的脑袋!"

接着,又听见"砰砰"两枪,从背后打过来,落在附近。

郭祥自参军来,虽在别的方面受过批评,但是从来没有在战斗上受过指责,不由心头火起,再也按捺不住。他立刻夺过花正芳的冲锋枪跃身而起,直向山坡上冲去。敌人的机关枪"哗哗"地扫了过来。

花正芳陡然间出了一身冷汗,立刻追上去,不由分说,将郭祥捺倒在草丛里,连声说:

"连长!连长!你可不能这样!"

接着,通讯员小牛也上来紧紧拉住郭祥。

花正芳一面示意小牛将连长拖紧,一面抄起四班长留下的步枪,咔的一声上起了刺刀,对郭祥说:

"连长,你还要指挥全连的呀!……你瞧着,我马上把四班带上去!"

说着,在敌人机枪的间歇里,几个跃进,就扑到前面去了。这花正芳平时腼腆得要命,一说话就脸红;枪声一响,他却立刻变得像一只雄鹰,不仅惊人沉着,而且动作极其敏捷灵活。你真不知道这两种性格是怎样奇妙地统一到一个人身上来的。现在他在照明弹的亮光里,一时跃起,一时卧倒,十分巧妙地利用着地形,就仿佛子弹不足以伤害他那强壮而秀美的身躯似的。不到一刻工夫,他已经跃进到四班那里去了,并且远远地听到他喊:

"不要慌,同志们!我来代理班长。"

花正芳一面指挥机枪射击,吸引敌人的注意;一面让两个战士带着足够的飞雷滚下山坡,从侧后悄悄地迂回过去。不一时,只听"轰轰"几声巨响,像大炮弹落在敌人的工事里,立刻掀起一团团浓烟,敌人的机枪喑哑了。

"冲呵!"花正芳猛喊了一声,一跃而起,带着四班冲上去了。

一顿手榴弹和飞雷,打得整个山头硝烟弥漫。硝烟里发出一阵阵的怪叫声和哭喊声,同战士们狂热的冲杀声混成一片。花正芳看

见有十几个敌人狼狈地向后面逃窜,急忙喊道:

"别让敌人跑了!"

说着,挺着刺刀追上去了。有四五个战士也紧跟着他猛追上去。那些美国兵穿着大皮鞋,又笨又重,跑出来没有20步远,就被他们追上。在花正芳前面的是一个身材又高又大的美国佬,花正芳刚要挺起枪来刺他的后背,他歇斯底里地怪叫了一声,转过身来,挺起刺刀防护着。在照明弹的亮光里,花正芳看见他满脸大胡子,两个眼绿莹莹的,露出恶狼一般的凶光。这个美国佬连声喊了几句什么,其余的敌人也纷纷站住。战士们立刻喊起杀声同他们拼在一处。

那个大胡子美国佬一面向花正芳逼近,一面狂叫着,又喊过两个人来。他们开头仿佛有些胆怯,后来看清了这个中国兵,只不过是一个年轻娃娃,胆气就壮了,三把刺刀一起向花正芳逼近过来。

这花正芳是全连闻名的"蔫大胆",敌情越严重越是沉着。此刻,他清醒地意识到冲上来的人少,如果喊别的同志来相助,就会马上引起慌乱。他想,只要刺死一个,就会改变这不利的局面。于是,他立刻避开三个人的缠绕,闪到大胡子的侧面,一心想把大胡子首先刺倒。那两个美国兵跟过来包围他,他就像车轮子一样打转。那个大胡子,看到三个人整不住他,又气又急,瞪着绿眼珠,一个劲地猛刺过来。由于用力过猛,花正芳一闪,使他扑了个空,摔倒在山坡上了。花正芳手疾眼快,早把刺刀噗哧一声插到他的后背里。那两个家伙像鬼似的尖叫了一声,其中一个由于恐怖发狂地扑了过来。花正芳见来势凶猛,又向侧面一闪,乘那个家伙转身之际,顺手在地上抓了一把沙土,劈脸打去。当那个美国佬正在揉眼的时候,花正芳的刺刀,已经深深地探进他的肚子里去了。剩下的那个年轻的美国兵,拔腿就跑,花正芳没等他跑出几步,就追上去,把他结果在生长着杂草的朝鲜的山坡上……

花正芳正要带人冲向主峰,郭祥在后面叫住他:

"花正芳!你先等等。"

花正芳收住脚步,郭祥赶上来告诉他,主峰上有一挺重机枪打得十分猛烈,要他特别注意。原来花正芳拼刺刀时,精神过于集中,那么激烈的机枪声,竟然没有听见,两只手仍然端着枪,保持着拼刺刀的姿势。一经提醒,他这才注意到那挺重机枪"卜、卜、卜、卜、卜、卜……"一个劲地射击着,简直连一点间隙都没有。抬头一望,连那挺枪出口的红火舌都看得见了。

郭祥立刻调过两挺轻机枪,对着红火舌射击。连着打了好几十发子弹,那挺重机枪竟毫不理会,依然喷着火舌,射击一点也不间断。

"这个敌人真凶得很!"郭祥愤恨地骂着,"战斗一开始,我就发现它了,真是帝国主义的忠实走狗!"他吩咐花正芳,从侧面绕上去,争取首先炸掉它,给大家打开通路。

花正芳等几个人,又要了几个飞雷,就从侧面的深草丛中,悄悄地迂回过去。快接近山头的时候,花正芳发现那挺机枪子弹打得很高,觉得十分奇怪。爬到近处一看,见那挺重机枪在壕沟沿上高高地架着,后面并没有人,而机枪却不停地发射着。他心中犯疑,平日常听说美国科学发达,不知道发明了什么自动化的武器。他本想投出一个飞雷,但为好奇心所驱使,不由地又向前爬了两步。凝神一看,原来坑里趴着两个人,其中一个手里正在牵动着什么。花正芳为了捉活的,立刻瞄着其中一个打了一枪;接着一跃身跳到战壕里,一脚踏在那个美国兵的背上。俯身一看,这才闹清楚,原来重机枪的扳机上垂着一根细绳,这根细绳在他手里还牵着呢!

花正芳立即俘虏了他。郭祥带着人也攻上来了。担任迂回的一连已经切断了敌人的归路,把那些美国佬绝大部分打死在他们自己仓促挖成的长方形的土坑里。由于事先战士们学习的英语口号"缴枪不杀",发音不准,美国兵听不懂,那位担任重机枪射手的美国兵,就成为今天晚上第一次试探性交战的惟一的俘虏。

按照花正芳的介绍,郭祥在那挺带绳子的重机枪旁边好奇地欣赏了好一阵子,正要找人把它搬下阵地,猛不防脚下一滑,跌了个仰巴跤,原来他踩到机枪旁边那好大一堆弹壳上面去了!

"嗬,想不到这儿还有埋伏呢!"他嘻嘻一笑。

人们哈哈大笑起来。

由于这块阵地防守不利,按照团的预定计划,立即将部队撤回。

第二天一早,陆希荣就穿得整整齐齐地到团部汇报战斗情况。他神情活跃,精神愉快,首先把取得胜利的原因,归功于团领导的英明和正确;接着把自己的指挥以及抓俘虏的情况,讲得绘声绘色,使团长、政委和团里的参谋们不时地发出一阵一阵的哄笑。周仆要求马上把俘虏送到团部来。

押送俘虏的是通讯员花正芳和文化教员李风。李风是全连惟一会说英语的大学生。从一早起,就被派去给这个二十六七岁的俘虏反复解释了我军的俘虏政策,还让他饱饱地吃了一餐热饭。俘虏恐惧的神情减少了许多,一听说要往别处带他,顿时又紧张起来。他身子长得又长又细,两条大长腿拖着一双高腰儿皮鞋,像是一个长腿鹭鸶似的在山径上迈着脚步。他的帽子不知丢到哪里去了,蓬着一头乱发,整个下巴都是黑胡茬子。他一边走,不时地回过头来,偷偷地瞅瞅,看花正芳他们有没有什么行动。花正芳由于胜利带给他的兴奋,红脸蛋像涂了油彩似的那么好看。此刻,他内心里警惕,但脸上却显出泰然自若的神情。

转过一道山弯,美国俘虏发现李风落到后面去了,就马上以极其敏捷的动作,从手腕上脱下一只金壳手表,回过头,抖抖索索地向花正芳递过来,脸上浮现着讨好的微笑。

花正芳轻蔑地看了一眼,摆摆手,让他收回去。

俘虏迟疑了一下,又从里衣的口袋里掏出一个皮夹子,摸摸索索地取出两个金戒指和一大卷钞票,同那只手表一并托在掌心里。显然,他以为花正芳不要他的金表,是由于嫌少的缘故。

"这些人,真的只认得钱哪!"花正芳心里嘲笑地想,摆摆手,仍然叫他收回。

俘虏看了花正芳一眼,显出极其惊愕的样子,像木鸡似的呆在那里。等他在这个年轻的中国人民志愿军的脸上发现了怒色,才耸耸肩,两手一摊,把他的东西收回去了。

在他装钞票的时候,皮夹里有一张写得很精致的纸片,掉落在地上,花正芳小心地拣起来交给李风。大家不一时来到团部。

周仆正在半山腰一处较平整的地方同几个通讯员说笑。俘虏看见花正芳和李风都向他敬礼,知道这是一位官长,又显出惊慌的样子。后来发现周仆的脸色并不怎样严厉,而且摆手叫他坐下,他才变得轻松了一些。

"你叫什么名字?"周仆问他。

李凤刚刚翻译过去，他就很快答道：

"我是美军步兵第二十四师第二十五团的上等兵琼斯，美洲南部维尔基尼人。"回答完以后，他又添加道："长官先生，我将尽量地回答您所提出的而为我所知道的一切问题，如果你感到需要的话。"

"很好。"周仆微笑着说，一面想，"这个敌人看来比日本人要好对付。"

周仆首先问了一些当前军事上需要知道的一些情况，琼斯几乎是问一答十，作了非常周详的回答。周仆很想了解当前同自己对阵的资本主义世界最强大的军队，究竟是什么样子，就又向琼斯发问道：

"你能告诉我，你们为什么要侵略朝鲜吗？"

"侵略？"琼斯惊讶地看了周仆一眼，"也许你们这样讲是合适的，但对我们来说，是执行联合国的警察行动，是为了防御共产主义的威胁。麦克阿瑟一开始就对我们讲了。"

"你相信这样的话吗？"

"至少到现在为止，我相信这样的话。"他说，"据我所知，的确，你们有你们的生活方式，我们有我们的生活方式，而你们却不允许我们保有自己的生活方式。"

"那么，我问你一个带有常识性的问题，"周仆说，"你知不知道美国距离朝鲜有多远呢？"

"也许是5000英里，如果我的记忆不错的话。"

"这就对了，"周仆笑着说，"那么5000英里，也就是说1.5万华里之外的朝鲜，怎么会威胁到你们美国的生活方式呢？……就先说你本人吧，你感觉到了这种威胁没有？"

"自然没有。"

"那么，你为什么来参加这场战争？"

琼斯耸了耸肩，沉了半晌，才说：

"我是否可以谈谈纯粹是属于我个人的见解。"

周仆点了点头。琼斯说：

"你们想必可以看出，我不是一个新兵，我已经有十年的军龄。我每月的薪金是185美元。如果再呆上十年，就可以退休，领取

50％的薪金。万没有想到，又发生了这该死的战争。"他摇摇头，叹了口气，"老实说，不管北朝鲜打败南朝鲜，或者南朝鲜打败北朝鲜，对我说来，都没有任何实际意义。也许你们不相信，我是在美国上船的时候，才知道我们要帮助的'李承晚'这个名字的。对共产主义，我既不了解它，也不愿去了解它，而且我相信我这一生也没有要了解它的兴趣。在我看来，赶快让我回家，坐在树阴下喝一杯清凉的啤酒，倒是有趣得多。如果不是麦克阿瑟越过三八线，我此刻也许已经坐在家里准备过圣诞节了。麦克阿瑟本来告诉我们，打到三八线可以回家，谁知道又让我们跨过了三八线，结果把中国人招引来了。我可以确实地告诉你：当我们一听说出现了中国军队，许多人的脸色都变了。我认为，同中国人打仗，这是一件最可怕的事情，除非最愚蠢的人，才会作出这种决定。你试想一想，同中国打起来，即使你一个人打死他十个，你也不能最后战胜他。麦克阿瑟——这是一个骄傲放纵的人——在越过三八线的问题上犯了最愚蠢的错误。想到这一点，我真想用绳子把他吊起来。我们许多人都知道，回家是没有多少指望了……"

周仆听到这里，不禁笑了起来，提醒他说：

"假若到了你可以用绳子把麦克阿瑟吊起来的时候，你也就不会被迫地来进行这场战争了。"

"那，那的确是这样。"他点头承认，但又接着说，"不过，下一次选举，不管是麦克阿瑟，或者是杜鲁门，都再别想得到我的选票了！"

"琼斯，"周仆提着他的名字说，"在这一点上，我觉得你这个老兵还知道得不算太多。你到了俘虏营里可以从容地和你的伙伴去讨论思索这个问题：究竟是你的一张可怜的选票在决定美国的政策，还是华尔街的垄断资本集团在决定美国的政策？"

"我觉得，"琼斯争辩说，"无论如何，我们美国毕竟是最民主的国家。我们有言论自由。我可以站在大街上骂杜鲁门。至少在目前来说，他是我惟一可以理解的政府！"

"是的，你可以一方面站在大街上骂杜鲁门，"周仆嘲笑说，"但是另一方面却又不敢不坐上到朝鲜来的轮船，去从事你所不愿从事的战争。这就是问题的实际！难道你不觉得是这样的吗？"

琼斯低下头去，不说话了。"这就是问题的悲剧所在。"周仆在心里沉痛地想道,"什么时候,当美国人民越来越多的人真正想通了这一点,那也就是他们有希望的时候。不管早一天,晚一天,这一天是终究会到来的。"

琼斯也觉得不宜于破坏刚才谈话所形成的良好气氛,立刻转了话题。

"我是不是可以谈谈对贵军的印象?"他停了停,看看周仆脸上表现出高兴的样子,就接下去说,"我绝不是当面奉承,但是我必须把一个有经验的老兵所作出的判断告诉你们。我觉得贵军的武器虽然差一些,但是作战素养真是高极了。不瞒您说,我同德军、日军都作过战,也见过不少的军队,我可以说,没有任何一支军队有如此熟练的夜战技巧,有如此敏捷的动作,简直像天生的打仗专家。"说到这里,他用敬佩的眼光看了花正芳一眼,"如果我的眼力不差,仿佛就是这位年轻的先生俘虏我的。我简直丝毫没有察觉,他的脚已经踏在了我的背上。这种夜战技巧真是难以想像……"

花正芳想起昨天晚上的情况,微微一笑。琼斯又说:

"但是,我也要附带地解释一件事情。因为他在俘虏我的时候,不免会对我的射击方式感到奇怪。当然不能说这是很正常的。但也不是什么不可理解的。我刚才说过,我参加过第二次世界大战,我可以对你们说,我不是胆小鬼!我得过紫心奖章和奖状。我比我们团里可以称之为勇敢的人要勇敢得多,在这一点上我并不是轻视他们。可是那次大战是什么样的战争呢?我们出发的时候,美国的少女们从大街上涌上来同我们接吻,那么多的人给我们送行,我们是带着满心激动去投入战斗的。而这一次呢?虽然上面也说是保卫朝鲜人的自由,可是我从朝鲜人的脸上,怎么也看不出需要我们的保护。我就是这样丧失了自己的战斗意志。我觉得,既然这个战争同我个人和我的祖国都没有关系,那么,我就看不出为了185美元怎么可以作为我必须付出生命的代价!因此,我就想,只要枪口大致对准了方向,管它子弹飞到什么鬼地方去吧!……"

谈话结束了。周仆告诉他要把他送到俘虏营去。

"长官先生!请允许我向您直接提出一个需要证实的问题,就是生命问题是否有可靠的保证?"

周仆再次向他作了郑重的保证,他的脸上才出现了笑容,并且

跨上一步,显出极其恭敬的样子,说:

"长官先生,我本来不该再麻烦您了,但是在德国人那里我有作俘虏的经验,因此,我必须再向您提出一个问题,就是俘虏营的伙食方面有没有足够的保证?"

"你放心好啰!"周仆笑了一笑,"有我们吃的,就有你吃的。"

琼斯笑了,真是从心里笑了,连忙说:

"那么,再见吧,长官先生。请允许我向您表示一个美国老兵的敬意。可以毫不夸大地说,在我的一生中,我们的谈话够得上是最愉快的一次。"

俘虏带下去了。

李凤把路上拣的四方纸块交给周仆,说:

"政委,还有这个你还没有看呢。"

"你翻翻吧!"

李凤念了一遍。原来是一张"护身符":

"不论是谁,身带此符者,将免除一切危险。上帝将赐予他以神力,不怕刀枪与剑炮,不会受伤或被敌人俘虏。阿门……"

"这大概就是那些混蛋的随军牧师发给他们的。"周仆指着"护身符"说,"他们就用这么一块烂纸,再加上几十个美元,想鼓起一个士兵的勇气。据我看,这是做不到的。"

说过,他扭过头喊团长:

"老邓,快来看看吧!你不是要摸敌人的'底'吗?这个'底'就在这里。"

第十一章 小 鬼 班

在清川江北岸,邓军和周仆为了使大家对美军都来亲自摸摸"底",接连又打了两个小仗。孙亮所在的第三营,一举歼敌一个多连,第二营歼敌两个多排。在对空射击中,又接连击落敌机两架。这时候,在兵团司令部的通报上,第一次出现了步兵第三十七团的番号。通报上还有这样的句子:"尤其值得重视的,该团在我方目前尚缺少高射武器的情况下,竟以轻火器接连击落敌机三架,这一经验是大大值得推广的。"就是这么一句简单的话,给了那些艰辛战斗的人们多少抚慰呵!这时候,你再到三十七团去,就会发现气氛有很大不同:邓军对人真是特别客气,特别热情,一见面就给你倒水、拿烟,甚至会陪你打一场扑克。当然,随着打扑克,那些偷牌、抢牌、赖牌之类的现象,即使对邓军来说,也不是注定可以避免的;如果凡事认真的小迷糊在场,那面红耳赤的事情也就多起来了。不过从总的说,从基本上说,多起来的还是愉快的笑声。

为了照顾该团不致过于疲劳,并且为了准备下一个战役的作战,师里命令他们撤到花溪里一带休整。另派少数部队与敌保持接触。

花溪里在舞童峰下,距此约30余里。部队黄昏出发,一路上,情绪十分活跃。对于一个革命部队来说,胜利就是欢乐,是部队生活的维他命。没有胜利,就如同树林困于干旱,那缺少水分的树叶,就要蔫达达地垂下头来;而有了胜利,即使有很大伤亡,也依然郁郁葱葱,像披着春雨含笑。

三营真是人欢马叫,歌声此落彼起,好像故意显示他们一贯的活跃作风似的。你一听就可以想像到,孙亮此刻不定多得意哩。这种得意，分明还含有这样的意味，就是说："你们瞧瞧嘛，我们一向不被重视的三营，比起团的主力如何？"

郭祥敏感地察觉了这一点，当然不甘示弱。他在他的连队跑前跑后，组织唱歌，碰球，说笑话，真够红火热闹。为了激发大家的情绪，他差点拿出最厉害的法宝。1949年1月古都北京解放，团里举行庆祝时，他和团长邓军两人，扮了两个傻小子，穿着大红裤子，手拿破芭蕉扇子，一老一少，秧歌扭得十分出色，简直全场雷动。郭祥今天一时兴起，又想在路边扭几下，但转念一想，出国只打了两个小胜仗，实在不值一提，心潮涌了几涌，就被他按捺住了。

就三连说，最活跃的要数小鬼班了。他们的歌一支接一支，不重样儿，拍子扣得也准，简直有点文工团的水平。在这次战斗中，小鬼班打死了十几个敌人，并且同敌人拼了刺刀。其中三个小鬼刺死了一个美国佬，还缴获了好几支卡宾枪。难怪今天唱得特别起劲。郭祥一听小鬼班唱歌，脸上就不由自主笑眯眯的，显出一副十分欣赏的样子。

说起小鬼班，不用说是清一色的小鬼，最大的19岁，最小的才16岁。列成班横队，齐崭崭的，简直像一条舍不得轻易使用的精致的手枪子弹那般可爱。对于三连历届的连长、指导员来说，小鬼班都是最受宠的。就是碰上个别脾气暴躁的连长，他们受的委屈也比较少。讲起小鬼班的历史，怕就没有多少人能讲清楚了；这不仅要追溯到抗日战争，还要追溯到十年内战的中国工农红军时代。本师的政治委员（他因病正在国内休养），这位经过长征的老红军，就曾经是这个小鬼班最小的小鬼。据他提供的材料，这个小鬼班的红小鬼们，绝大多数是被国民党惨杀了的红区干部的孤儿和在战斗中牺牲的红军战士的子弟，也有一部分是在地方上不能存身的儿童团的干部。他们多半都是在连长、指导员面前，经过一番哭哭啼啼，才"赖"上那身不合身的军衣的。由于成年人的体恤，就把他们单独编班，在战斗时，摆在次要方向。可是，这些小家伙们，常常表现出惊人的勇敢，他们的战果，往往意料之外地出色。人们渐渐发现，小鬼班的战斗作风，就其韧性来说，是有它的弱点的；但就它的猛劲来说，却仿佛更够味，更像是革命生涯酝酿成的一杯醇酒。尤其是他们那种特有的活跃，常常把全连都带动得人欢马叫。于是无论指挥员还是政治工作人员,都无意再把他们解散了。

岁月在战火中流逝,人们在战斗中成长。小鬼们都以革命的天真无邪的挚诚送走了青春的年华。他们或者成长为干部,或者献出了年轻的生命,一个一个离开了小鬼班。而与此同时,在中国的大地上,又有多少被国民党惨杀的革命群众的子弟,又有多少革命烈士的子弟,更有多少在地主的猪槽边抢猪食的放牛娃放猪娃,他们抛开辛酸的童年、泡在泪水里的童年,来到荒烟漠漠的行军路上,来到传来军号声的大路口,来到正开早饭的军营里,几乎同走在他们前边的小鬼完全相同,也是赖着哭着才穿上那身不合身的军衣,被编在小鬼班里,随后就开始了轰轰烈烈的一生。虽然小鬼班已经过去了多少代,而奇异的是,这个班的作风,却一如当年,仿佛现在生活在这个班的成员,依然是那些几十年前的小鬼们。

至于说到小鬼班的战绩,从来没有人做过这种统计,当然也就更难查考了。如果碰上几个当年小鬼班的成员聊起这些事情,那就可以肯定,小鬼班缴获的步枪不说,单是轻重机枪,恐怕20辆、30辆牛车是拉不动的。至于捉到的俘虏,那也难以数计。如果不怕揭底的话,在现代指挥千军万马的将军中,恐怕也不是没有当年小鬼班的俘虏吧。

要带好小鬼班,有一条基本的经验,这就是选什么样的班长是带有关键性的。历届的连首长为了怕把小鬼班的作风带坏,在选择班长上都是很严格的。总的说,选小鬼班的班长要有两方面的条件:第一,在战斗作风上,要真正是勇猛作风的优秀代表;第二,又要本身非常活跃,适合小鬼们的口味。据了解,在三十七团现有的干部中,三营营长孙亮,就曾经是当年小鬼班最活跃的班长之一。因为他有些文化程度,文化娱乐工作搞得相当出色,以后就当了党支部的青年委员。再以后就当了营、团的青年干事,副教导员和营长。至于本连连长郭祥,你很容易就猜想到他曾经是小鬼班的成员和班长。他自然不能说没有缺点,但在战斗和活跃两方面,都是很理想的。他把这个班带得非常好,立过许多战功。有一次他们班攻下敌人的炮兵阵地,缴获了好几门山炮,把小鬼们高兴坏了,郭祥领着头骑在大炮上高声唱着战歌,却没有小心,被摄影记者拍了去。如果你有时间,在旧日出版的战地画报上还是可以找得到的。

以后历次选择的班长，也都不错。例如那精明能干的小玲子，就是其中之一。花正芳也当过几天副班长。可是自此以后，就越来越难以挑选了。不是战斗很好而本身不够活跃，再不就是本身虽很活跃，但战斗上却不足以作为小鬼班的表率。或者是两者俱备，但却早已经不是小鬼了。因此，在咸阳曾经开了几次支委会，都没有定下来。最后，只得破例，选定七班长爱兵模范陈三作为小鬼班的班长。

这陈三长工出身，是土改后以贫农团长的身份带头儿参军的。听人说，仿佛还当过几天村长。自参军后，战斗一贯英勇沉着。不但本人战斗经验丰富，而且善于带领新战士作战。就第一个条件说，显然是够得上的。就第二个条件说，本人虽没有那种欢蹦乱跳式的活跃，但是人情通达，幽默健谈，并不显得古板。而且最大的特点是，为人十分和气。他对人是不笑不说话，同是一句话，从他嘴里说出来，叫人格外受听。他的宽脸上，贴近鼻子的地方，有那么几颗小浅麻子儿，由于他是那样地和颜悦色，使人觉得连那几粒小浅麻子，也怪叫人喜欢似的。根据以上情况，支委会作了几次分析，才最后作了决定。于是他就以三十八九岁的年龄，破例地荣任了小鬼班的班长。支部的估计不差，在他担任了小鬼班长以后，对小鬼们确是怀着一种特别深沉的挚爱。行军时候，他总是睡在炕底下，让小鬼们睡在炕上。冬天让小鬼们睡热炕头，夏天让他们睡凉炕头。小鬼们行军累了，他给他们烧水烫脚。有人累得睡着了，他就把他们的鞋袜脱下来，帮他们洗脚，然后把针尖消了毒，给他们一个一个地挑泡。分发东西的时候，他总是让小鬼们先挑，剩下来是自己的。由于小鬼们爱丢东西，到用着的时候又急得要命，陈三也就特别注意保存各种各样的物件。他的背包是全连最大的，像一个无所不有的万宝囊。两年前他自己丢了一支钢笔，钢笔帽却保存着；等到别的小鬼丢了笔帽儿，他就取出笔帽来给他配上。在他的万宝囊里，据人说皮带就有好几条；哪位小鬼丢了皮带，他就把他批评一顿，然后抽出一条，嘱咐你仔细使用。他还爱保存各种各样的偏方儿，哪个小鬼有病，药不凑手，他就给你配偏方治病。他对这些小鬼们不但不觉得麻烦，新战士一到连队，他还到连部要求："连长！分给我两个小家伙吧，我把他带出来！"他对这些小鬼们，是怀着多么深沉的热爱呵!小鬼们也特别地喜欢他,给他起了一个外号,叫"老保姆"。遇到出公差勤务,就不让他们的班长去,总是说:"班长,你这么大岁数了,我们一个人多干一点儿,就有了你的啦!"

对郭祥来说,自然是非常喜欢小鬼班的。不妨说,小鬼班是他手里的一张王牌,是战斗的王牌,也是文化娱乐的王牌。今天一听小鬼班的歌声,你瞧他不由自主就笑眯眯的。

在大家的欢迎声中,小鬼班又唱起了一支新歌。这支歌从来没有听到过,怪新鲜的,歌词是:

> 雄赳赳,气昂昂,
> 跨过鸭绿江,
> 保和平,卫祖国,
> 就是保家乡。
> 中国好儿女,
> 齐心团结紧,
> 抗美援朝,
> 打败美国野心狼!

这支歌是这么响亮激越,唱出了在这燃烧的国土上行进的中国儿女的感情。郭祥听着,听着,眼前又出现了火光、波涛、北撤的人流和几千里外的茅屋,心头不由一阵火辣辣的。

郭祥等候在路边。不一时小鬼班过来了,背着一色的小马枪,一个个脸孔红红的,服装也穿得特别整齐,显得十分英武。他们仿佛有意让连长检阅似的,步伐愈加有力,歌声也愈发响亮。走在前面的,是他们的"老保姆"陈三,背着一支大三八和他那全连独一无二的大背包,或者说他的"万宝囊"。他脚下的鞋子已经相当破旧,他一向是补了又缝,缝了又补。但是熟悉情况的人敢予肯定,他那"万宝囊"里藏着新鞋,而且会不止一双,但这都是给他的小鬼们准备的。现在他也很卖劲地唱着,尽管他的声音、嗓门对比之下使自己深感遗憾,但可以觉出来,他在努力使自己的脚步跟上那青春的脚步,使自己的声音跟上那年轻的声音。

郭祥夹进小鬼班的行列里走着。一般说来,郭祥到小鬼班,往往有截然不同的两种姿态。有时他显得相当严肃,摆出一副指示工作的样子;有时却又不分彼此,混打混闹,同小鬼们滚蛋子,滚到炕底下来。也有不少时候本来决定要采取第一种姿态,结果出现了第二种姿态。唉,事实就是这样。现在他是按第一种姿态讲话的:

"陈三哪,这是谁教的歌呀?"

"连长,你瞅瞅,除了咱们的'文艺工作者'还有谁呀!"陈三和气地笑着。

这位"文艺工作者",像个瘦猴似的走在班长的后面。他今年大约16岁了,是北京市一个工人的儿子,高小毕业后上不起学,就在街上卖报。他是在人民解放军举行入城式那天参军的。人聪明伶俐,特别地爱好艺术。小时候拣煤核儿,拾到一小段铅笔头儿,就画起来,画完就收到口袋里,不舍得丢,一直把那铅笔头用完。此外,他也很爱好音乐,常同下来的文艺工作者接近,很快学会了识谱,还不断地在墙报上写个小稿表扬好人好事,也偶尔在小本上写几句诗。因为他有这些长处,也就成为文艺工作通向连队的天然渠道,他不断地把一些新歌介绍到连队里来。这样,很快他就被选为革命军人委员会的文化娱乐委员,并且得到了"文艺工作者"的绰号。但是,他这个"文艺工作者"同别的文艺工作者一样,不是没有缺点的。例如他的军风纪就不见得比别人更整齐,也许由于钢笔漏水,手指头上甚至脸蛋上经常有那么一块块蓝墨水。他还有一个毛病,到老根据地,群众把他拉到家里,给他一些花生、红枣之类的东西,他开始拒绝,但是劝着劝着难免就"坚持不住立场"了。此外,他还有一个特别大的弱点,就是害怕嗝吱,你只要用手一比,装作嗝吱他的样子,手指头还没到,他就嘎嘎地笑个不停。因此,每逢到宿营地,他就抢先挨着墙睡,以便随时对付他的敌手们……

刚才班长提到他,使他多少有点不好意思。

"这歌子很好。"郭祥称赞着,又问,"罗小文!你是跟谁学的?"

"我是从师宣传队抄来的。"罗小文介绍说,"这叫《志愿军战歌》。是一个战士的作品,北京一位有名的作曲家,看他写得很好,就给他配了曲子。"

"嘿,真不简单!这个战士也够得上'文艺工作者'了。"郭祥眨眨眼,半开玩笑地说,"罗小文!在咱们连,你也算作家了,你也写一个嘛!"

"咱,无论政治水平艺术水平,都还差得远哩!"

"你别迷信那个。先把你们小鬼班这次拼刺刀的事编进去,只要能鼓舞士气就行。"

"他写的诗,我瞅见了!""小钢炮"在后面叫。

"你怎么偷看别人的日记?"罗小文脸红了。

"好好,我道歉! 道歉!""小钢炮"一连声说。

这"小钢炮",名叫张墩儿,小圆脸儿,自幼就长得敦敦实实,力气大,声音又响,一说话,就像炮弹出口,连里人就送了他一个绰号,叫他是"小钢炮"。100次班务会,他99次检讨说话冒失,可又改不过来。

"写诗就是为了宣传嘛,还怕人看?"郭祥把话岔开说,"小罗!以后有了新歌儿,就赶快教给全连,不要犯本位主义!"

"连长!"班长陈三忙笑着解释道,"人家小罗可注意整体哩,就是连里集合不容易,没有时间。你说是不?"

"'你说是不?'"郭祥学着他的口头语,神态显出严肃的样子,"你别替他们打掩护了。说实在的,我就担心你这个'老保姆'把他们宠坏了。"

"连长可好! 对我们一点照顾都没有。""小钢炮"在后面又"开炮"了。

"怎么没有照顾?"郭祥笑着问。

"这次战斗,为什么不让我们打突击呢?"

"小钢炮"一开头,其他人也跟上来了,纷纷说:

"是呀,为什么不让我们打头阵?"

"嘿,要让我们当突击班呀,早就突破了。"以消息灵通著称的"小电台"王乐也乘机发表评论。

"嗬! 你们这是来围攻我呀!"郭祥笑着说,"依我看,这小鬼班只有两个老实人:一个是你们班长,一个就是咱们的'小蔫儿'郑小锁。……"

"我也有意见!"郑小锁露出一口小白牙说。

"嗬! 都有意见哪!"郭祥郑重地以教训的口吻说,"我告诉你们:你们如果想担任突击队,就要锻炼拼刺刀。这一次,人家花正芳一个人拼死三个美国佬;你们哪,三个人拼死一个美国佬,这就差多了……"

"我们没有机会嘛!!!"小鬼们欢叫。

"没有机会? 对,是没有机会。"郭祥说,"可是,战前也有人说:'美国佬那么老大个子,拼刺刀怎么拼哪?'现在你们该体会到了:拼刺刀并不决定在个子大小,关键是看有没有压倒敌人的意志!个子小,你可以捅他的肚子嘛!我以前在小鬼班,碰上大个子,我就专门捅他的肚子,我不相信就捅不进去!再说,这次你们缴获了十几支卡宾枪,就想把枪换了;你们以后还拼不拼刺刀啦?没有答应你们,还有人哭鼻子哩! 哼!"

真没想到,连长会把这不光彩的事端出来,一个个红着脸不言语了,步子也没有刚才有劲了。

"唉唉,我的傻同志们!"陈三怕影响小鬼们的情绪,连忙解释道,"咱们连长,他是一连之长,怎么能光照顾咱哩。就是下次战斗,他想让咱当突击班,也不能打嘴里说出来呀! 从另一方面说,他嘴里虽然不说出来,经过咱们一提,脑子里可也就有了印象。等下次打仗,突击班的任务,还能跑得了吗?唉唉,我的傻同志们,你们说是不?"

"嘿嘿,你真能说!"郭祥瞅了陈三一眼。

小鬼们咯咯地笑起来。一度严肃的空气,又松弛了。

"嘿,真美呀!"罗小文往前面一指,"你们看,那大概就是舞童山吧!"

大伙一看,在黄昏的余晖里,东边天际有两座深蓝色的山峦。一高一低,它那分明的轮廓,很像一对对舞的朝鲜少男少女。女孩在抹着腰儿翩翩起舞,男孩蹲下身子仰着天真的头。据说,在那两座山峦下面,就是他们要去的花溪里了。

第十二章　苹　果　园

　　山沟越走越窄，在夜色里越发显得幽深了。看去很近的舞童山，夜晚十时才走到跟前。星光迷离，一切都看不清晰，只能模糊分辨出，三面山坡上都是树林，村庄也不知道在什么地方。耳边是一片飒飒的风声和潺潺的水声。

　　直到提前设营的老模范从半山上下来招呼部队，大家才知道到了花溪里了。

　　小鬼班被指定到半山上的一座独立家屋那里宿营。陈三领着小鬼们爬上坡去。开开柴门，是一座很大的院落，院子里种有不少树木。穿过小径，来到那座房子门前，静悄悄的，没有一点人声。小鬼们喊了几句"阿妈妮"，没有回应，只有风吹着一扇没有关好的房门，呼哒呼哒地响。

　　"唉，老乡还没有回来呢！"人们凄然地说。

　　他们已经不是第一次遇到这样的情况了。陈三命令大家放下枪和背包，先把屋子收拾一下，准备安歇。

　　"小电台"的一只脚，刚刚踏进门里，就惊讶地叫：

　　"班长，你来闻闻，这是什么香味？"

　　"小钢炮"抢到门边，闻了一闻，说："是，可香着哩！"

　　"我早闻出来了，是苹果的香味。"罗小文说。

　　陈三一边脱鞋一边笑着说："小罗，你大概是想吃苹果了吧！"

　　"不信，你就点灯看看。"罗小文又说。

　　陈三脱了鞋，从挎包里摸出一个小蜡头儿，点着一照，果然屋里堆了小半炕苹果，一个个，又大又红。那大个儿的，像小饭碗似的，上面还蒙着一层白霜，像摘下来还不太久。

"好家伙！比我们西山的苹果，看着还个儿大哩！""小钢炮"赞美着。

"那小个儿的，其实也不错。"罗小文评价着，"这种品种，很像咱们的国光苹果，又脆又甜。"

人们七嘴八舌地议论着。

"糟了！"陈三心里暗暗嘀咕道，"怎么把小鬼班偏偏分到这个地方来啦。当然，一般地说，不至于发生什么问题；但是俗话说，不怕一万，就怕万一，假若个别小鬼掌握不住吃了一个，那影响够多不好呵！……现在最好的办法，就是让他们赶快睡觉，只要睡着，就没事了。"

他想到这里，就说：

"同志们！咱们今天走了好几十里，也有点累了。我看咱们先把苹果往一边归拢归拢，早点休息吧。"

小鬼们脱鞋进去，纷纷动手执行班长的命令。陈三又说：

"人家这苹果许是出口的东西，怕碰伤皮，咱们再手轻一点儿！"

苹果被轻轻地堆到墙根去了。

大家打开背包睡下来。陈三本来想挨着苹果睡，以便制造一个隔绝地带，但解背包的动作慢了一步，罗小文已经在那个位子铺好躺下了。

蜡头已经剩了很短，为了省下来下次使用，只好将它熄灭。

苹果的甜香一阵阵怪醉人的。虽然陈三有意把谈话的主题引到别的方面，可是今天晚上不知怎的，谈来谈去又扯到苹果上面去了。

"小罗，你吃过苹果没有？""小钢炮"在黑暗里问。

"你呢？"罗小文反问他。

"我们西山里有，八月十五，我在集上看见过。""小钢炮"回忆着说，"小时候，我要买个尝尝，我奶奶就说，那东西不好吃，还没有红枣甜哩。我们院子里有一棵枣树，一到红屁股门儿的时候，我就用秫秸搒下来吃了。你呢，你吃过没有？"

"我，我当然吃过。"罗小文有些自豪地说，"我以前在北京卖报，卖了钱，实在馋了，就到水果店里买一个。不过回了家，挨打的时候是有的。比较起来，我吃柿子的时候比较多，那东西便宜，个儿又大又甜。"

"柿子不错!""小电台"也插嘴说,"那大磨盘柿子,到冬天结了冰渣子,又凉又甜,比冰激凌还好吃哩!"

"你吃过冰激凌吗?"有人问。

"柿子就很好,我吃冰激凌干什么!""小电台"反击了一句。

人们哄笑起来。

"瞧,又谈起来了!"陈三担心地想。他觉得像这样谈下去,肯定没有好处,尤其是对他们班的"文艺工作者"小罗。他想起小罗在老根据地的时候,一次被房东老大娘拉到家里,一定要他吃花生、红枣,他那立场就表现得不够坚定。而且,陈三注意到,在他刚才收拾苹果的时候,仿佛咽了好几口唾沫。这也不能说是一种好的征候。何况现在他又离那一大堆苹果最近!……想到这里,他想拿出电棒照照,又怕伤害这小鬼的自尊心,影响到团结。正没有主意,只听罗小文说:

"不知道怎么搞的,我老觉着嗓子发干。"

"是呀,我也觉着干得厉害。""小钢炮"说。

"嘿,看他们越来越接近正题了。"陈三觉得事情发展到危险的边缘,就立即坐起来,摸着自己的水壶说:

"同志们! 谁喝水呀,我这里还有多半壶哩!"

"我喝!"

"我喝!"

小鬼们纷纷嚷着。陈三首先把水壶递给罗小文,说:

"小罗,你路上领着大家唱歌辛苦了,你多喝点儿!"

"班长,你先喝吧!"罗小文说。

陈三挡着水壶,装作喝了几口的样子,然后抹抹嘴递给罗小文。罗小文喝过,又递给别的小鬼们,不一时就喝了个精光。

"同志们,你们看天气也不早了。"陈三收起水壶躺下来,说,"我有一个很有趣的小故事,老是装在肚里忘了跟你们说。现在我给你们讲讲,你们听了,就马上睡觉好不好?"

"好,好。"小鬼们抢着表示赞成。

"今天我不给你们讲那些老得没牙的故事,要讲就讲一段新鲜的。"他轻声慢语地开了个头儿,然后问道,"这次咱们出国作战,咱们的毛主席有三天三夜没有睡着觉,这故事你们听说过吗?"

"没有,没有,你快讲吧!"

"我的好班长,你别急人了。"

小鬼们纷纷嚷着,兴趣立时被提起来了。

"对,我就讲讲这个。"陈三说,"你们都听说过,咱们毛主席一直是夜间办公,一工作就是一个通夜。等到天大亮了,才躺下来休息。几十年都是这个样子。可是临到咱们出国以前那几天,他的小鬼白天看他,白天没有休息;晚上看他,晚上没有休息。催他休息一会儿,他躺下来,也翻来覆去睡不着,一会儿就又坐起来了。到了三天头上,小鬼就急了,心想:这样下去,可怎么得了哇! 就走过去说:'主席,不论你多忙,也得休息休息呀! 现在全国刚刚胜利,那么多的事情,当然一定是很忙的;可是一个人不休息,能够支持多久呢?'毛主席听了这话,很感谢他,对他笑了一笑,但是又说:'小鬼呵,我不是不睡,是睡不着呵!'小鬼就又说:'是呵,我也看出来您是睡不着觉,您是有心事呵!'毛主席点点头,笑着说:'一点不错,我是有心事哩!……'"

小鬼们静静地听着,一点声音也没有。陈三很满意故事的效果,又以讲述人的资格发问道:

"你们猜猜,主席有什么心事?"

"依我看是这么回事。"才思敏捷的罗小文立即回答道,"人常说,美国侵略军是资本主义世界的第一流军队,志愿军的武器差得太远,究竟出去顶不顶得住,那当然是会担心的。"

"这看法不对!""小钢炮"立即否定道,"咱们的军队是毛主席一手缔造、培养起来的,放到哪里不打胜仗? 他还不知道咱们吃几碗干饭?"

"是呀,"陈三又接着叙说他的故事,"毛主席的那个小鬼也是这么问他,说:'主席,咱们的志愿军出去,你是不是有点不放心哪?'主席听了哈哈大笑说:'我要是不放心,怎么还让他们出去? 这支军队不管把它放在什么最艰苦、最危险的地方,我都放心得很。跟美国侵略军交战,那更是没有问题。美国少爷兵只有顶不住他们,他们怎么会顶不住美国少爷兵呢!'这个小鬼想了一阵,又说:'那么,主席是不是担心他们出国后的群众纪律问题?'主席这时候摸了摸小鬼的头,说:'你真是个聪明的小鬼!总的来说,咱们的军队有三大纪律八项注意的光荣传统,同志们的纪律观念很强,在这方面不会发生大的问题。但是我担心的就是极个别觉悟不高的同志,比如,比如……见了人家有什么好吃的东西,就坚持不住立场了,结果增加了朝鲜人民的困难,又影响了整个军队、整个国家的声誉。所以我这几天翻来覆去睡不着呵!……'这故事下面就不用再讲了,毛主席亲自作了几项规定:要尊重和爱护朝鲜人民;要尊重朝鲜人民的风俗习惯;要尊重朝鲜的党和政府;尊重朝鲜人民的领袖金日成同志;要爱护朝鲜人民的一山一水、一草一木……"

"哈哈,"罗小文咯咯地笑起来了,"班长,这故事大概是你瞎编的吧!"

"你瞧你这个小罗!"陈三严肃地说,"我怎么能随意瞎编?"

"那你是从哪里听来的呢?"其他小鬼也兴致勃勃地追问。

"反正是有人讲过。"陈三肯定地说,"至于究竟具体是谁,我记不清了。你们知道我是快40岁的人了,我这记忆力,哪能跟你们这些小脑袋瓜比哩!"

"嘿嘿,班长,你是怕我们偷吃朝鲜老乡的苹果吧?"罗小文机灵地笑着。

其他小鬼接着也都悟出了故事的用意,咯咯地笑起来了。

"你瞧你这个小罗!"陈三轻微地责备道,"你瞧你说的这话!我怎么会怕你偷吃老乡的苹果呢?谁不知道,小罗这次一出国,对群众纪律就是非常重视的。上次住在那个什么地方,你看见一个朝鲜老妈妈年老体弱,防空跑不动,不是还替她挖了一个防空洞吗?叫我看这就是体会到朝鲜人民的困难,表现了很高的觉悟!嘿嘿,像这样的同志,别说偷吃苹果,就是你把苹果塞到他嘴里去,他也不会吃的!……其他,像'小钢炮''小电台'等等同志我觉得也是这样。"

"我们还要争取做爱民的模范班呢!""小钢炮"兴奋地叫。

"依我看,到明天咱们把老乡的苹果拾掇起来。"罗小文建议道,"我刚才看见那间屋里有许多草袋子,可能是敌人一来,老乡们顾不得装就逃难去了。咱们帮助老乡装起来,贴上封条,免得别的班里个别觉悟差的来串门,少了一个两个对我们也影响不好。你们都赞成不?"

"好主意！好主意！"小鬼们纷纷地叫。

"小罗的脑子真灵！"陈三乘机鼓劲说，"咱们明天一早起来就干！"

罗小文和那些小鬼们都高兴得什么似的。

这陈三自调到小鬼班工作以来，对小鬼们的脾气摸得透熟。比如吃表扬不吃批评就是这个班显著的特点。他的前任们，由于一些人对这方面掌握不善，小鬼班的情绪常常忽高忽低，高起来一跳八丈高，低时候就耷拉着脑瓜哭鼻子。在这一点上，陈三比起他的前任来要熟练得多。他把表扬同批评结合得非常好。他紧紧掌握住以表扬为主，决不以批评为主。但是为了不使小鬼们骄傲，表扬的时候，也挂一点批评，而批评的时候，又夹一些表扬。他这种工作方法，使全班经常处在生气勃勃、热气腾腾的情绪之中。此外，小鬼们还有一个特点，就是爱听故事。陈三识字虽不多，但是为了领导好这个班，千方百计地从报刊上搜集一些故事，以便随时使用。以上两个方法，再加上他一贯的模范作用，就使他的小鬼班，渐渐跑到全连的前面去了。

陈三见大家情绪很高，在黑地里得意地笑了一笑。又说：

"同志们，你们该实现我的条件：赶快睡了。明天起来还要评功呢，咱们战斗不错，工作也别落后了！你们说是不？"

小鬼们甜滋滋地入睡了。

陈三从小鬼们各不相同的鼾声里，分辨着他们先后入睡的时间。等他们全部都睡熟的时候，他悄悄地摸出那一小段蜡头点着，照了照小鬼们各自的睡姿，替他们把被窝一个个盖好。那些红艳艳的苹果，因为堆得太高，有几个滚下来了，滚到罗小文的脸蛋旁边，好像要同他红红的脸蛋比美似的。

"唉唉，我的小鬼们多听话呵！"陈三熄了蜡头躺下来。这时候，如果你站在窗外细听的话，在小鬼们的鼾声里，你完全可以分辨出他那壮年人的声息，就像在白天的合唱里，你可以分辨出他那力求与年轻人合拍的歌声……

第十三章　溪　畔

沿着花溪里向北，走上七八里，就是团部的驻地。在这一带，蜿蜒着一道浅浅的山溪。山溪两边，全是苹果林，一直连到半山。树上的叶子已经落了大半，剩下的也变得紫郁郁的；但是因为战事的缘故，苹果却没有摘完。有的剩下半树，一眼望去，红澄澄的；有的还剩下少数留在高高的枝头；有的已经落到地下枯黄的草丛里。大约它的主人们，刚开始采摘，就匆匆地向北撤退了。

自从邓军、周仆的团队移到这里，向北撤退的朝鲜群众，已经陆续回来。在条条山径上，到处可以看到面目黧黑的憔悴的人们，三五成群地重新返回他们的家园。尽管在长途跋涉中，有人失去了年老的父母，有人失去了年幼的儿女，但是毕竟他们又回到故土来了。第一次战役的胜利，有如一声震天的春雷，劈开了阴霾的长空，立即改变了黑云压城的局势。人们已经重新站定脚跟，对未来充满了新的希望。

邓军和周仆的团队，驻在舞童山下，正利用战役间隙，进行评功、总结战斗经验和练兵。每逢战斗下来，简直比战斗还要紧张，这已经是中国革命军队的老传统了。部队移来的第三天早晨，邓军和周仆吃过早饭，准备到各营看看。刚刚走出院子，下面山径上远远走过一个人来。小玲子兴奋地叫：

"你看，那是不是小杨来了？"

大家一看，那人穿着志愿军的棉军衣，走得十分轻快，倒是有点像是女同志，但怎么会是小杨呢？周仆随口说：

"别胡诌了，小杨恐怕还站在鸭绿江边哭哩！"

小玲子又凝视了一会儿，说：

"我肯定是她!"

因为小玲子在这方面有压倒的威望,人们也就不急于争辩了。

大家立在山坡上等着。那人越来越近,果然是护士班长杨雪,小玲子用刚学来的朝鲜话,开玩笑地喊:

"夭东木①!这里来!"

杨雪也看见了他们,脸上现出微笑。她紧跑了几步,上了坡,打了一个敬礼。

周仆抢上去同她握手,笑着说:

"刚才我还以为是人民军的夭东木呢,原来是你呀!"

"你是怎么来的,小杨?"邓军嘿嘿笑着,也伸出手来。但杨雪却不同他握手,一边掏出小手绢擦汗,一边说:

"怎么来的?我是一不靠情面,二不靠照顾,光明正大,正南巴北,奉了命令来的。"

邓军望着周仆笑了一笑:"你们看,小杨对我意见蛮大嘞!"

"拍你的桌子去吧!"杨雪笑着,半真半假地说,"从今后,什么事我也不找你了!"

"你不要逞强!"邓军说,"要不是我们站住了脚跟,怕你现在还来不了嘞!"

"哦,这么说,这'抗美援朝',叫你们男的包了算了!"

周仆和小玲子、小迷糊在一旁只是笑。

"老邓!我看你有三张嘴也斗不住她。"周仆笑着说,"你这军事指挥员也不判断一下情况,军后勤离这里30里地,人家一大清早跑来了,想必天不亮就动身了。快招呼人家吃饭去吧,恐怕还有别的紧急任务哩!"

"什么紧急任务?"杨雪红着脸反问。

"我怎么知道哪!"

人们说说笑笑又回到院子里。这也是一座幽雅的小苹果园,人们围着一个小石桌坐下。小玲子忙着给杨雪打饭,邓军忙着给陆希荣打电话,通知他这个喜讯。

杨雪心里高兴,嘴里反说:

---

① 夭东木:朝语"女同志"。

"给他打电话干什么？我主要并不是为了看他！"

"那主要是为了看谁呢？"周仆笑嘻嘻地问。

"这么多老战友，还有你这老首长，哪个不许看哪！"

饭打来了，杨雪一边吃，一边谈着别后的情况。周仆说：

"上次在鸭绿江边，我只顾应付你哭鼻子了，也忘了问杨大妈她老人家怎么样了？"

"还是老样子，就是情绪不高。"杨雪说。

"为什么？"周仆有些惊奇。

"你想想嘛，周政委，"杨雪说，"你是了解她的，我妈一看不见'八路'，任干什么也没心思了。她说：'我那"八路"都开到什么地方去了，怎么连信也不打一封？是不是把我这个碜老婆子忘了？'她还特别说到你。"

"说我什么？"

"她说：'别人文化低，写信困难，那老周写信也困难吗？他在我这儿的时候，大妈长，大妈短，叫得倒很甜哪！'"

周仆的脸色不易察觉地红了一红，赶忙说：

"你就没解释几句，工作忙呵！"

"不说忙还好；一说忙，我妈那气就更大了。"

"好，好，我一定给大妈写信去。"

杨雪吃完饭，已经坐不住了。周仆向邓军眨眨眼说：

"还是让人家执行主要任务去吧！"

"对对，"邓军笑着说，"我几乎又犯了一个错误。"

人们哄笑起来。杨雪红着脸恫吓说：

"你们等着，将来也有我说嘴的时候！"

说着，她站起身来，连跑几步，已经出了园门，向着一营的方向走去。

这杨雪入朝已经好几天了。正如她宣称的那样，她们是奉兵团的命令过江来的。人们没有忘记，志愿军分三路大军渡江的时候，她们为了那不愉快的命令，流下了大量的眼泪。尽管当时的命令，具有显明易见的理由，而且确实是出于对女同志的爱护，但她们却无论如何也"搞不通"。那几天晚上，眼巴巴望着自己的部队前进而滚下眼泪的，绝不止是杨雪一人。被战火照得通红的鸭绿江水为证,全志愿军各军的女战士们,她们洒下的眼泪,就是用几只汽油桶也装不完。这真是中国革命史上最动人的景象之一。这些革命的女战士们,是有着多么忠诚、纯洁而又勇敢的灵魂!她们在平时被认为是狭窄、好计较小事的性格,突然间变得又光辉又伟大,简直比某些男性更真纯!

尽管这样,但是坐在统帅部的并不是老妈妈,他们决不为既定的决心而动摇。还是在第一次战役胜利之后,部队站稳了脚跟,才宣布了女同志入朝的命令。这一来,女同志的情绪来了个180度的大转变,你看她们跳呵,笑呵,唱呵,在鸭绿江里洗呵,涮呵,简直把鸭绿江都要吵翻了。嘿,确实的,女同志们的性格,有一部分是同儿童相近的。

可是在宣布命令以前的十多天里,她们的日子却不是那么容易度过的。她们天天到江边上望着对岸的火光,听对岸传来的炮声,猜测着、议论着战事的进展。尤其是那些有了爱人的女同志,她们一方面担心自己的爱人完不成任务,愿意他们成为英勇无比的杀敌英雄,一方面又担心他们的安全,不愿意他们受到意外的危难。总之,就是这种矛盾心理,既要他们成为英雄,而又活着回来。战争呵,最激烈的战争,与其说是在炮火弥天的战场,不如说是在女人们的心中。

在留驻鸭绿江边的这些日子里,杨雪第一次出现了不眠的夜晚。大军渡江那天,杨雪本来有机会同陆希荣话别,但由于她的整个情绪都集中在要求出国的问题上,竟把这件事情忘了。她含着眼泪在江边站了一个通夜,等天亮转回驻地的时候,她才想起是办了一件多大的憾事!

此外,还有一件事,使她感到特别不安。那是在咸阳临出发的前三天,她怀着慷慨激昂的情绪,正在班上发言,陆希荣来了,同她谈结婚的事情。她当时真是怒不可遏,同他大发了一场脾气,说出了最难听的话。事后想来,她觉得自己的意见还是对的,可是态度再好一点就不行吗?这不会使他感到难受吗?想到这里,她觉得有一点对不起他。想再见面的时候,好好同他解释一下。可是到了鸭绿江边,因为自己一心一意要求出国,竟把这件事情忘在脑后了。现在到哪里去同他解释呢?让他背着这种不愉快的情绪走上陌生的战场,该是多么难受呵!

在过去的战斗中,陆希荣的功臣的称号和文武全才的声誉,早就在杨雪的脑海里积累了一个英雄的形象。她丝毫没想到并且根本没有去想他是不是能经得起这场新的考验。她更担心的,恰恰相反,倒是他会不会由于过度的轻率招致不必要的损失。有些从前方回来的人,常常有意无意夸大前方战争的激烈程度,尤其是把敌人的飞机,说得厉害得不得了。一天晚上,杨雪就做了一个梦,梦见满天的飞机,乱飞乱撞,就像小时候看到的风雨之前的蜻蜓一般,把陆希荣带的部队压住了。正在着急的时候,只听有人大喝了一声:"不要怕!"接着站起来一个顶天立地的巨人,手里拿着一把大扫帚,在天空里一抡,就把那些烂蜻蜓似的飞机,打得纷纷落地。下面掀起一片喝彩声。她仰起头一看,这个巨人正是她的未婚夫在对着她笑呢。可是醒来以后,又不免使她担心,不知道如此激烈的朝鲜战场,自己的未婚夫究竟在怎样度过。

终于传来了第一次战役的胜利,杨雪随着她的伙伴们无限兴奋地来到前方。来到前方,不但没有宽舒对陆希荣的思念,反而更加急迫地想看看他。医院的政委也许是猜到了自己的心情,或者是按一般的人情世故,提出来要他们见一见面。可是她却说:"去看他干什么!才分别了几天哪!"过后,她又为自己这样的回答有些后悔。幸亏陆希荣的团队移防到近处,政委又一次提出了这个问题,她才说:"好吧,既是你们一定要我去,我就只好去一趟吧!"周仆的判断不差,她确实在天不亮的时候就动身了。

山沟里静悄悄的。杨雪顺着舞童山下的一条山径走得十分轻快,就像那路旁轻盈的山溪似的。她那黑里透红的脸膛不时地浮现着害羞的微笑,仿佛面前的山山水水,都是有情有意地在那儿看她,迎接她,善意地取笑她。

七八里路,对这位南征北战的女战士,简直不要很多时间。可是快要走到花溪里的时候,她的脚步慢下来了。"入朝才几天哪,就主动跑来了,多不害臊呵!"她嘲笑着自己。她相信一营的人们也都会这样嘲笑自己。一般地说,当着众人,她是有办法对付这样那样的嘲笑的,可是在心里来说,对这种嘲笑不是没有几分畏惧。正在这时候,在她低头走着的时候,猛听得前面有人喊了一声:

"小杨!"

她的心怦怦地跳起来。这熟稔的声音呵,就是不抬起头,也知道是谁。一点不差,是陆希荣站在路边等她。

"也许他没有生我的气吧!"她高兴地想,真想立刻跑上前去,跑到他的身边。不知怎的,她的脚步反而更慢了。还是陆希荣大步赶过来,把她的两只手都握在自己的手里。

"你瘦了!"她望着他,低声地说。

"在这个地方儿,还胖得了?"他淡淡地一笑。

两个人拉着手儿走着。

"这一阵儿你工作上还顺利吧?"沉了一会儿,她问。

"你从团部过,关于我,你听到了什么?"

"没有。"

"唉,我告诉你,"他叹了口气,"这次出国,头一仗就挨了批。本来是一个连长的错误,政委也记在我账上了……你说什么?跟他提提,我才不提呢!我要用事实来纠正他的认识。最近这一仗,我坚决要求主攻,就是要他们看看,我陆希荣是怎样的。"他又从鼻子里笑了一笑。

"你也别忒骄傲了!"杨雪告诫他,又笑着问,"这次打得大概不错吧?"

"马马虎虎。歼灭了敌人一个整连。"他笑了一笑,"一上阵地,我就发现了敌人的弱点。方案是我提出来的。战斗开始,只十多分钟就突破了敌人的阵地。哼,想不到你的那位老乡,在敌人的火力下可表现得不算太好,后来硬让我用驳壳枪把他逼上去了。我当时对他说:'你要不上去,我马上砍了你的脑袋!'……"

"你说的是嘎子吗?"

"不是他是谁!"

"他一贯勇敢,不怕死呀!"

"哼,不怕死!"他又从鼻孔里笑了一声,"谁也没钻到谁肚子里去看。……小杨,有一件事,我早想问问你。"

"什么事?"小杨看他很严肃,停住了脚步。

"就是……就是……"

"干吗吞吞吐吐的!"

"我想问你：你从家里回来以后，为什么不答应同我结婚？"

"哈哈，是这个呀！"杨雪笑起来了，"我正要向你解释哩，我当时态度是不够好。不过，你这个人哪，也不替我想想，我结了婚，有了孩子，还能在前方呆得住么？"

陆希荣并不相信这种解释，勉强地笑着说：

"此外，还有没有别的原因？"

"什么原因？"

"比如，比如……在这个期间，你是不是对别人比对我有更大的兴趣？"

"噢，你还会怀疑人哪！"杨雪把手从陆希荣的手里抽出来，用指头点着他说。

"这没有什么奇怪。"陆希荣说，"爱情本身就是自私的东西。在这个问题上，是谈不上什么拱手相让的。"

"你……你这是什么怪论？"

"这怎么是怪论呢？"陆希荣笑着说，"正是因为我爱你，才怀疑你呀；如果一点怀疑都没有，还能说有爱情吗？"

"要这样说，我可以不要你的爱情。"杨雪生气了。

"算了，算了，"陆希荣见杨雪咕嘟着嘴，连忙走上去扶着她的肩膀抚慰地说，"干吗一见面就争论这无聊的问题？你只要答应我结婚，我就什么怀疑也没有了。你知道离开了这些日子，我……"

杨雪没有说话，心中想道："我本来是怕他生气才来的，干吗又引起他的不愉快呢？"

"小杨，你能不能说上一句？"

"还说什么！……头天抗美援朝胜利，第二天就举行……你只要不怀疑我就好。"

她又把手放在他的手里，跟他走去了。刚才由于激动、着急，一时说不明白，她眼角里出现了一颗小小的几乎看不出来的泪珠……

第三部

风 雪

第一章 寂 寞

　　自从在柳叶黄落的村头,送走了女儿,送走了郭祥,杨大妈心里就空落落的不好受。是担心儿女们的远行么?不是。是想把孩子拴在自己的身边么?更不是。大妈不是这样的母亲。当战争与革命的风暴在这块土地上旋卷的时候,孩子们也有来有去,有时候,连丢到锅里的鸡蛋没煮熟就匆匆走了,大妈却从来没有这样的心境。

　　可是,自从轰轰烈烈的土改斗争平息下来之后,尤其是自从她心爱的"八路"离开她远征他方,就好像把她的心,把她的生命带走了一半多。此后,随着革命的发展,一批又一批的老干部、老伙伴,也随军南下,更使她觉得村子空旷冷落了许多,生出了一种深深的寂寞之感,仿佛人们把她生命中最繁华的年月也带走了。这次女儿和郭祥的离去,只不过使她这种寂寞的心情更加难捱罢了。

　　此外,村子里的工作状况,也是她心情不愉快的一个原因。按理说,全国解放了,强大的敌人打倒了,事情应当更为顺手;但情况恰恰相反,有许多事情是叫人不满意的。例如,地主谢清斋利用美军出兵朝鲜的时机,大造谣言,反攻倒算,如果放在过去,支部一定会立即召开紧急会议,商讨果断的对策,可是大妈找到村长兼代理支部书记李能的门上,得到的却是漠不关心的回答。这个村子里的"大能人",更关心的却是个人的发家致富。大妈觉得同志们过去半宿半宿地坐在一起,热情地、亲密地研究问题的情景,仿佛已经很遥远了。这一切,究竟在起着一种什么变化?这一切变化,究竟说明了什么问题?大妈虽然说不清楚,但这种景象带给她的却是忧虑和不安。她仿佛觉得在村子里的什么地方,生长起一片黑森森的暗影,在威胁着人们。

每逢大妈心情不好的时候,跟小契谈谈,就觉得畅快一些。可是最近几天小契也不来了,不知道他家里发生了什么变故。按照历年情况,秋后庄稼一倒,小契最快活的节气就算到来了。他常常不等庄稼打完,就擦好了火枪,准备了足够的火药。这时候,你们谁也不能再责备小契懒散了。天还不亮,他就从炕上一骨碌爬起来,在黑影里摸着饽饽篮子,抓两块干饽饽掖在怀里,然后就背起火枪走了。窗户纸似明不明的时候,就可以听见他那充满情致的枪声。平原上,林不密,草不深,庄稼一倒,狐狸、野兔只有钻到菜畦里躲藏。小契,这位热情的业余猎人,对这个规律抓得很紧。顺手的时候,一天能够打到二十几只。如果拿到集上,能换不少钱,可是,小契有小契的看法:"人对东西不能看得那么值重。"在他闪着快乐的红眼睛,哼着梆子腔回来的路上,不等到家,他的收获物就剩不下多少了。因为一路上,总是会碰到赞美他枪法的人,或是赞美野兔肥美的人。剩下一两只,他就拿到卖卤煮鸡的老头那儿代煮,然后同他的朋友"下酒"。从凤凰堡到梅花渡,三里五乡,有多少人尝过小契的野味呵!尝过野味的人,免不了要热烈地称赞;越称赞就引出小契越多的诺言。这种循环法就不断促进了这种"不取分文"的业务的发展。这样,他一天比一天出去得早,一天比一天回来得迟,并且常常怀着未能按期完成的遗憾心情,把猎获物送到别人家里,向人致以深深的歉意。由于我们的治安员这种热情非凡的性格,用他的话说,从县区干部一直到剃头的、修脚的、劁猪的、镟驴蹄子的,都有他的朋友。谈起这一切,小契是多么地惬意呵!……可是,今年当这个快活的季节来临的时候,却不仅没有听见他的枪声,连面也没有露。

这天中午,大妈耩完麦子回来,忽然想起,早些时,小契叫给他留几升麦种儿,想必他的秋播还没有插手呢。匆匆吃过午饭,就让大乱撑着口袋挖麦种儿。大伯连着摆手说:

"不用喽!"

"为什么?"

"看!我说不用喽就是不用喽!"大伯长长地叹了口气。

大妈觉得话中有因,就停住手追问。大伯只是咂巴着小烟管,不言声儿。急得大妈把口袋一摔:

"你这个老家伙!倒是说呀还是不说?"

大伯这才吞吞吐吐,神色凄然地说:

"他又卖了地了!……"

大妈顿时心里一惊:"你干吗不告诉我?"

"他怕你再批评他,叫我千万别对你说。"

大妈脸色发黄,无力地坐在炕上,低垂着头,心中十分难过。这小契家几辈儿都是房无一间、地无一垄的贫农,他本人曾经同大伯一起在谢家扛活。自从八路军来了以后,手里才有了七八亩地。可是他今天卖去一亩,明天卖去二亩,已经卖了三次,只剩下不到四亩地了。他分的三间房子也卖给了别人。要不是他哥哥参军在外没有回来,他搬到他哥哥分的房子里暂住,连个遮避风雨的地方也没有了。小契每次卖地,大妈的心都像刀割一般地疼,曾经含着眼泪对他进行过多次的批评。小契也发誓照大妈的话做,可是现在又第四次卖地了。眼瞅着他又回到从前赤贫的境地。他同他的孩子今后可怎样生活呢!……想到这里,一向坚强的大妈,不由得飘下一点泪来。

"我一定要去问问他,看他倒是怎么想的!"

大妈拾起她那个蓝褂子的前襟拭拭泪水,走出门外。大伯在后面说:

"你可别净跟人家吵呵!"

大妈理也不理,走出院子去了。

她脚步沉重,觉得走了很久,才望见小契那个你走遍天下也难得遇见的大门——没有任何院墙的大门。大妈每逢看见这个大门,没有一次不叹气的。

她正要进屋,听见小契仿佛给什么人劝酒:

"来,来,再喝一盅!"

"不,够啦,够啦!"

"你想想,咱们多少日子不见面了?"

"好好,再添一丁点儿!"

"真没治了!"大妈懊恼地想,"刚刚卖过地,就又同人们喝起来了!"

大妈进了当屋,正想冲进去刺打他几句,揭开门帘,见小契陪着的是两个生人,正围着小炕桌兴致勃勃地喝着。小契的儿子小旦儿

也守着一个桌子角,两只手抱着一个猪蹄儿正在啃呢。小契见大妈进来,急忙抓起酒壶斟酒,满脸堆笑地叫:

"快上来坐,嫂子!没有外人!"

大妈勉强压住火,打量了两位来客一眼,一个20多岁,乡村干部打扮,穿着紫花布的庄稼小褂,戴着顶蓝色的解放帽儿;另一个却是六七十岁的白胡子老头儿。真奇怪,这么不同年龄的朋友,不知道他是怎么弄到一个炕桌上来的。

小契见大妈不动,又跳下炕来,端起酒盅劝说:

"嫂子,快上去!我说没有外人就是没有外人,这位是——"他指了指那位乡村干部模样的青年,"这位是大楼底的治安员,我的同行。我们认识好几年了。"他又指了指那个白胡子老头儿,"这一位大伯是,是……"他显然忘记了老人的名字和村名,卡住壳了。

"我是河那边小王庄的。"那个老头挺有精神地接上去说。

"对对,他是小王庄的王大伯,织铜罗的。"小契说到这儿,又对那老者一笑,"我们认识也快有一年了吧?"

"可不是,我今年春天过你这儿……"老头也哈哈一笑,"这才叫'有缘千里来相会'哩!"

大妈一听,这大楼底,这小王庄,一南一北,都在30里以外。心里又急又气,当着人不好细问,又不好发作,勉强笑一笑,然后对小契说:"今儿晚上,你到我那儿去一下。"说过,就回身走了。

傍黑时候,小契来了。他头发长长的,穿了件破黑褂子,少了两三个扣门儿。他往炕上的被摞子上一仰,懒懒散散地说:

"嫂子,你喊我什么事呵?"

大妈把头一扭,没好气地说:

"你出了这么大事,都不告我一声儿!"

"没什么大事呀!"他眨巴眨巴眼。

气得大妈用烟袋锅冲他一指:

"我问你,又卖地了没有?"

"哦,是这事儿呀!"他像儿童一般羞赧地笑了一下,然后满不在乎地说,"是,又去了他娘的二亩!"

"小契!"大妈沉痛地说,"你今天'去了他娘的二亩',明天'去了他娘的二亩',你有几个二亩?我问你现时还剩下多少?"

"还有一亩半。"

"是村北那一亩半不是?"

"是。"

"那地紧傍着大路,还有一条小道儿,一亩半也不够了。"大妈叹了口气,"你就没想想,你就是不吃不喝,孩子还要吃呢!你让他跟着你喝西北风么?"

"这有么法儿!"小契神色凄然地说。

"你就非卖地不行?"

"你说可有么法儿!"小契又苦笑了一下,"前年你弟妹得了那么一场大病,请先生吃药,欠了好几十万。临死,用了一个棺材,又欠了好几十万。最近一天价堵住门要账,弄得我门都出不去了,还怎么搞工作呀!气得我一咬牙就把地卖了。……唉,车到山前必有路,像咱们这种主儿,也就是走一时说一时吧!……"

小契的嗓子像被什么堵住了。大妈也难过起来,沉了沉说:

"这事儿,你怎么就不事先告我一声儿?"

"你一家紧抓紧挠,还不够吃哩,"小契叹了口气,"告诉你,不是叫你白替我难受么!"

大妈半晌不语,把小烟笸箩推到小契面前,声音比刚才柔和了一些,又劝说道:

"我知道你有你的难处。可是,小契,你也忒价的没志气了。你那胡吃胡喝,怎么就不改改?你刚卖了地,就又请人吃喝去了,我要不是亲眼碰见,你敢许还不承认哩!"

"嫂子,这你可就误会了。"小契从被摞子上抬起身来,一边卷着烟一边说,"这两个人,都是好几年的老朋友了。人家大远来瞧我,我能让人家饿着肚子回去?我小契宁肯自己挨饿,也不能把财帛看得那么值重!"

大妈把烟袋锅子一搕,说:

"兄弟,你别这么说,我并不是劝你小气。有人把一个钱看得比磨盘还大,那种人我最看不上眼。可是你那朋友多得像满天星,你想想,你一天到晚,还有干活的工夫没有?……再瞧瞧你那认识'好几年的老朋友',连人家的名字都不知道!我问你,那一老一少你是怎么认识他们的?"

说到这儿,小契禁不住笑了:

"要说也简单。前年有一回出门,刚出村一上堤坡儿,就碰见一个人守住辆破自行车子叹气。我本来已经走过去了,心里忽然估摸了一下子:'他想必是车子坏了,人家走到咱这地方儿,不帮忙也得出个主意。'回转身一问,果然是车子上丢了个螺丝。我一瞅车上驮了一小捆烟叶,车把上挂着一个小手巾包儿,兜着四五个小窝窝头。我一想,这绝不是跑买卖的,那些投机倒把的家伙,在集上大吃大喝,用不着带这个。一问,果然是个村干部,生活有了难处,驮一点家里的烟叶到县城里去卖。家里孩子还等着吃哩。我就由不得自己,转来转去帮他找那个丢了的螺丝。找了一阵,没有找见。我就给他出主意,到马店集上去修。怕他走岔了道儿,就领了他一截儿,离咱这家门口就不远了。这时候,我这心由不得又估摸了一下子:'我一天价玩车子,车子兜里,或许那个破抽屉里,说不定有这么个螺丝,要能找到,就省得人家到集上去了。'这样,我就把他让到家里。东翻西找,找了好半天,也就算是巧,把那种螺丝找出来了。也就到了吃饭的时候。他立刻推车子要走,我这心就由不得又估摸了一下子:'他耽搁了这么长时间,集也散了,烟叶还没有卖,那几个小窝窝头哪里够吃?晚上回不到家,准得挨饿。何况这是同志们哩!'我就不管他怎么推辞,吃了饭才让他走了。……"

大妈笑着说:

"这时候,你那心眼里就不估摸了,是不?"

小契也笑了一笑,又接着说:

"说起认识那个老头儿,那更简单。今年春上,有一天,我正在屋里吃饭,见一个人,老向我院子里张望,我当是坏人,就立刻放下饭碗,从小玻璃镜里仔细看他。原来是一个白胡子白眉毛老头,像个老仙翁似的,挑着一副担儿站着,脸上笑眯眯地正望我那月季花哩。看那样儿都出了神了。像他那样爱花的人,我还是第一次遇见。我就想,既是劳动人,请他进来看看何妨。我在屋子里招呼了一声,他竟没有听见。我就赶到院子里说:'老大伯,进来看吧!'老头儿也不客气,就进来了,说他平生就是爱花,还夸这花千好万好。到这时候,你就不能那么小气,一共两棵月季,就挖给了他一棵。可就是忘了问他的名字,今天给你一介绍,就出了笑话:光知道他是织铜罗的。……"

屋子里的空气和缓了许多。小契想必是喝酒口渴,从缸里舀起半瓢凉水,咕咚咕咚一喝,就立在当屋发表他的论点:

"人一穷,就有人戳脊梁骨。说我小契是好交朋友穷的。嫂子,你可别信这话。人交朋友怎么会穷？我交朋友是工作需要。我以前作情报工作,现在作治安工作,两个眼黑达糊的还行？言谈笑语间,情况就掌握了。再说,朋友们也没有亏待我。就说大楼底的治安员,人家听说我卖了地,怕我不痛快,走了三四十里来瞧我,这是你花钱也买不到的。那织铜罗的老头,养了菊花,就赶快给我送来了两盆:一盆紫的,一盆黄的。可喜欢人哩。要说我的朋友多,嘿嘿,是不少！说句逗笑的话,我在集上理发都不用花钱。……"说到这儿,他的脸上走过一道自豪的笑纹。接着又说:"有人说我懒派。是,是有一点懒派,有缺点,你不承认还行？可不能说我全是懒派。一年到头,不管五冬六夏,为了防止出事儿,整个后半夜,我都在村里村外转游。大白天,你不让我多少睡一会儿,我这身子骨能不能顶住？……"

大妈心如明镜,知道小契说的全是事实,不能屈他,就说:

"小契,你说的这些,别人不知道,你嫂子我还不知道？你心眼好,工作积极,对党,对群众,都是一百成,没有半点虚假。数九寒天,全村人都在被窝里睡得暖和和的,你穿着个小薄棉袄儿,挟着个单打一,大半夜大半夜地转游,饿急了,就回去啃块凉饽饽。到底是谁在村里支持着工作,你嫂子嘴里不说,心儿里明白。"

几句贴心话,说得小契黑胡茬子都充满了笑意,连声说:

"嫂子,你也别净夸我。"

"不是夸你,这都是实事儿。"大妈接着说,"可是,小契呀,有一件事儿,我不知道你经心了没有。你想想,闹土改那时候,咱村分了地的贫雇农,这几年有多少户又卖地了？"

"总有个一二十户。"小契说,"反正头一份是我。"

"一二十户？30户也出头了！"大妈说,"那天,我让你大哥帮我算了一下,全村323户贫雇农已经有33户卖了地,有卖一亩二亩的,也有卖三分五分的。你想想,咱们那'八路'打了多少年的仗,死了多少人,才分到手里几亩地,每一亩一分地,都是用血换来的。可是没有几年工夫,那地又转到别人手里了,转到老中农、暴发户手里了。我一听说有人卖地,脑瓜仁儿就疼,就像割我的肉似的。要是听说党员卖地,不光难受,还加上有气。翻身,翻身,好不容易翻过来了,这不是又往人家磨盘底下钻么?年上秋里发大水,今年春上闹春荒,听说咱那贫农,东家卖地,西家卖庄窝,我这心就像地陷似的往下沉。这可怎么着呵?这样下去,不是要咱政府实行第二次土改么?小契,这些情况,你就不想一想?……今天,我一听说你卖地,我这气就大了,真恨不得把你抓过来,劈头揍你两个耳刮子!"

"嫂子,"小契在黑影里难受地说:"你当这卖地的滋味儿好受?前些时,我听说吕黑棍想要地,就托人去说,你猜这个老中农说什么?他说:'那"翻身地"再好我也不要,我要就要正南巴北的"祖业地"!'我一听就火了,难受得我好几天吃不下饭。要不是怕犯政策,我,我……后来,听说咱们的村长'大能人'想要地,又托人去说,你猜他说什么?他说:'我本来不想要地,可是同志们有了困难,我也不能瞪着眼瞅着,就算帮把手吧!'他买了我的地,给我最便宜的价钱,还算是帮我!要不是卖棺材的堵着门口要账,我就是把地白送了人,也不给他。……"

"哦!他又买了你的地啦?"大妈精神震动,手指哆嗦着,半晌没有言语。停了一刻,才气愤地说,"党员买党员的地,你说说这叫什么!……我看他现在是变了,你跟他说句话,他哼哼哈哈,都不想睬你,会他也不想参加,你说怎么办?连个支委会都开不成!"

"他瞧不上我,我还瞧不上他咧!"小契把腿一拍,"他是'大能人',我也不是实疙瘩傻子。可是,人跟人思想不一样,我就是饿死,也不走他那条道儿。……人不能叫财帛迷了心窍!"

天黑下来了,只有靠近窗口的地方,有一点微弱的光亮。大妈难受地低垂着头。

"算啦!算啦!"小契从炕上跳下来,"嫂子,你别难受。用不着费那么多脑子,车到山前必有路!什么事情到时候就有办法!"

"你倒心宽!"大妈抬起头看了他一眼,"又是'车到山前必有路'!你父儿俩靠这亩半地真够吃么?现在车已经到了山前啦,你那路在哪儿呢?"

"我说有办法就有办法。"小契嘿嘿一笑。

"什么办法？"

"我去找周政委去。让他给我谋个事儿，给公家看仓库也行。"

"你是要离开这里？"大妈吃了一惊。

"实说吧，这乡村工作我也觉得没意思了。过去虽说残酷一点儿，干着倒挺有劲儿，这会儿种二亩地，交十斤八斤公粮就叫革命？"

大妈一听急了，身向前倾，点着小契说：

"哈哈，怪不得！你是想把地卖了，远走高飞呀！我问你，这村儿里的贫下中农怎么办？军烈属怎么办？让他们都去找周政委么？你工作还管不管？地主还管不管？"

小契闷着头不言语了。

大妈正要说服他，只听墙外一个女人的声音喊道：

"小契叔在这里吗？"

小契走到屋门口，冲着墙外答道："在哩。"

"快回家去吧，你家小旦儿正哭着找爹哩！"

小契叹了口气说："我回去看看。等安置小旦儿睡了，我还得查夜哩！"说过，跨出门去。

大妈急忙下炕，追到院子里说：

"小契！反正你不能走！"

小契没有回答，走出大门去了，脚步声愈来愈远。

一种无可言状的孤寂之感涌上心头，大妈悄悄地哭了。她哭，不是因为她不坚强，是因为她没有找出眼前的路。

第二章 取 经

大妈怀着彷徨苦闷的心情,到县里找张书记谈了很长时间,就像一阵清风那样,吹散了眼前的迷雾。她匆匆忙忙吃了两块红山药,喝了一碗菜白粥,就跑到小契家来。

小契父儿俩正蹲在当屋小炕桌旁边吃饭。炕桌上堆着七八个白面卷子,还有一盘紫乌乌的熟猪肉。小旦儿那孩子一只手攥着个大白面卷子,一只手抓着肥猪肉片子,吃得正香着呢。大妈一看就知道这是用粮食在街上换的,不由得叹了口气。

"小契呀,别人的话,你怎么一句也不听呵?像你这样个吃法,还能吃几天哪?"

小契把头一摆,用下巴颏朝屋角盛粮食的瓦罐一指,说:"嫂子,你瞅瞅!我们父儿俩就是变成小家雀儿,也吃不了几天了。"

大妈走过去一看,灰瓦罐里只剩下小半罐棒子糁儿;再往盛粮食的大缸探了探手,最多也不过几十斤红高粱。大妈把手缩回来,神色有些凄然。

小契看看大妈的脸色,宽解地笑了一笑,说:

"这也没啥!……过一时说一时!反正我也不打算在这儿呆多少天了。"

"你就当真要走?"

"这还有假?!"小契又笑了一笑,"把这点粮食吃完就走!人常说'人逢喜事精神爽,闷来愁肠瞌睡多',一点不假!我今儿个往炕上一仰就睡误了。一听,门口有敲梆子的,孩子跑来说,卖白面卷子的来了,说着口水都流出来。看着真叫人可怜!我想,反正快走了,还给谁细着!就摇了两升高粱,换了两斤卷子。这时候,正好又来了个卖熟猪肉的,一问,是条瘟猪,也不贵,我就一不做,二不休,让孩子吃了再说。早吃完早走!"

"依我看,你走不了。"大妈说。

"你看我离不开孩子,是不?"小契看了旦儿一眼,凄然地说,"我准备送他到姥姥家去。"

"不,不,我说的不是这个,"大妈摆摆手,凑到小契耳边,悄声地说,"上面下来任务了!"

"什么任务?"

"党的任务。"大妈严肃而有点神秘地说,"社会往前走了。上级叫咱们先试验办农业合作社哩!"

"什么合作社?"

"也就是集体农庄,把地统统伙在一起,搞社会主义。"

"你别诳人了吧!"小契不相信地笑了一笑。

"怎么诳你?"大妈镇着脸说,"自从那天你一说要走,我就到县里找大老张去了。……"

"你见着他了?"

"我们直谈了大半宿哩。"

小契眨巴着眼问:

"他提我了没有?"

"他还能忘了你?"大妈说,"我一见他,还没说上二三句话,他就问:'我的老伙伴呢,他现时生活怎么样?'我就照实说了,我说:'他生牛活可是不强,房也去了,地也卖了!'……"

"唉唉,"小契立刻打断她的话,"你看你说这个干什么!他批评我了没有?"

"没有。"大妈摇了摇头,"他只是叹了口气,半天才说:'这也是难免哪!像小契这样的干部,一心扑革命,扑工作,饭也顾不上吃,觉也顾不得睡,地里打粮食自然就没有别人多,遇见三灾两难,不去地怎么办?'……"

"还是他,他……了解我。"小契的红眼睛里闪着隐约可见的泪光。

大妈沉了沉,又接着说:

"我把这村困难户的情况都跟他谈了,他说,不光咱这个村,别的村,全县也都是这样。没有想到土改以后,阶级分化这么快。他还说,要不办合作社,过不了几年,连小契这样的人都得端人家的饭碗,给人家当长工去。"

小契的手指头像风里的小树叶子似的颤抖着,低下头去,没有说话。沉了半晌,站起来说:

"照我看,咱们老区就是该迈这一步了。咱们辛辛苦苦闹革命为了什么?死了这么多人为了什么?你看,现在有些人,一心发财致富,捣腾买卖,连个会都不愿开,这革命就是为了他们革的吧?"

小契气呼呼的,攥了半瓢凉水咕咚咕咚一喝,把那个空瓢乓地往缸里一丢:"叫我看,咱们干脆把地,把东西都伙伙在一块儿,吃饭干活最好。"

大妈见小契情绪有些起来了,心中暗暗高兴,就乘势说:

"我听大老张一说,心花都开了。我就对他说:'樱桃好吃树难栽呀,这样的好事,没有人领头去办,也是枉然。'说到这儿,大老张就说:'小契呢,你不会叫他领着头干么?'我说:'咳,你别提小契了,人家正忙着到外头找工作哩!你去亲自跟他谈谈吧,我说下大天来也是不行。'……"

"看看,"小契把手一甩,"你在那儿老提这干什么!他骂了我没有?"

"大老张听我这么一说,就哈哈一笑,说:'你别听他,那是故意给你说着玩的。只要你把这件大事跟他一提,你就是用大棍子抡他他也不走。'他还说:'你想想,嫂子,八路乍来那时候,很多庄稼人想出头又不敢出头,在凤凰堡头一个站出来的是谁?抗日,土改,站在最前面的是谁?不都是我那个老伙伴么?你这次跟他一说,他要不冲到前头那才怪哩!'"

"这,这大老张……"小契的嘴唇颤抖着,一颗圆大的热泪珠,跌到他粗糙的大手上。沉了半晌,才抬起头来说,"嫂子,别提那些事了,你看该怎么办,就分派我吧!"

"你不走了?"

"不走啦!"小契把腿一拍。

"那就好。……"大妈的眼角里也像有一颗明亮的露珠闪落下来,笑了。她说,"你是不知道我这心哪,自从那天你一说要走,我这心就像吊到半天云里,没着没落的。咱村的复杂情况,你也不是不知道哇!"

小契长长地叹了口气,说:"我要有一点办法,也不会想到走这一步。"

两个人谈话的工夫,小旦这孩子竟吃了两三个卷子,一盘紫乌乌的瘟猪肉,剩得也不多了。吃完,也像他父亲那样,抓起大瓢咕咚咕咚喝了一气凉水,然后把大瓢乓地扔到水缸里。接着,就跑到院子里玩起来,不是学他父亲追小牲口,就是两腿擘开,摆出架势学撒网打鱼,还在外面喊:

"爹,咱到河边去吧,再撒它一网!"

"你瞅瞅,"大妈笑着说,"长大了,又是一个小契!"

小契站起来,冲着门外喊:"你给我滚到一边去!"一面又回过头嘿嘿一笑,"不知道什么时候,我这作风都叫他学上了。"

大妈听说小契不走了,像千斤重担落地,多日来的抑郁孤寂之感,为之一扫。由于心情愉快,她把到城里去同张书记谈的话,都同小契谈了。小契也像饮了一杯浓酒似的,精神振奋起来。共同的新任务,又一次锤炼着他们的友谊,使他们彼此都觉得心头热烘烘的,像听到新的冲锋号音,渴望着继续奋发前进。

小契从他的口袋里翻了半天,翻出一个烟头抽着说:

"嫂子,这办社好是好,可是咱们一点经验都没有,真是狗咬刺猬,不知道从哪儿下嘴。"

"我也不知道两条腿该先迈哪一步。"大妈面带愁容地说,"咱们是不是先在支委会上研究一下?"

"跟谁研究?"小契气虎虎地说,"七个支委:两个南下了;一个不在家;王老好工作没找着,在北京他女婿那儿享福;大能人不照面,你耽误他一分钟,就像挖他二两肉似的。前几天,他刚从天津捣腾洋布回来,今天天不明又去北京,不知道捣腾什么。我查完夜,刚往回走,影影绰绰看见一个人往村外奔,我当是坏人呢,扑到跟前一看,原来是他。……"

"反正咱们不能等着!"大妈决断地说,"听大老张说,饶阳县有个耿长锁,办了一个'土地合伙组',到现在已经七年了。我真想去看看,可又一想,离咱这儿好几百里,要走着去,来回得半个月,咱俩手头都紧,连个盘缠钱也没有。……"

听到这里,小契忽然眼睛一亮,说:

"嫂子,你可认得姚长腿么?"

"咋不认得?"大妈说,"那年他扒上火车,砍死了两个日本兵,还撒了好多传单,以后选上民兵英雄,我们还一道去边区参加过群英会哩!"

"对对,就是他!"小契说,"我上个月在集上听人说,他到耿长锁那儿去过,回来净讲耿长锁的事儿。咱们是不是去找找他?"

大妈兴奋地把两手一拍,说:

"这倒好!"

"可也不近哪,小二百里子哩!"

"那算什么!"大妈把头一摆,"我当年跟着八路行军,还不是一样地走!"

"嫂子,年纪不饶人哪!"小契笑了一笑,指着外间屋放的一辆破车子说,"我到集上找点零件,抓紧时间把它修修。然后把你带上,要是顺利,有大半天也就到了。你看行不?"

大妈把手一挥:"好,就这么办!"

事情就这么定了。大妈心情愉快,脚步轻松地回到家里,对待老大伯的态度也颇与平时不同。第二天一早,天还不甚明,就推老大伯起来,到集上去卖烟叶。小契饭都吃不上了,当然不能让他准备盘缠。小契这边也忙碌起来。他的这辆破车,还是抗日末期部队送给他的胜利品,由于零件缺损太多,好几年没有骑了。当然也正因为过于破旧,没有被他的主人卖掉。大妈刚走,小契就跑到镇子上,东找一个零件,西找一个零件,因为那些人都尝过他那"小牲口"的美味,也都热情地帮助他。小契又经过整整一天的时间,才勉勉强强修理上了。第三天一早,就把那辆破车子推到大妈门口。大妈早已准备好干粮,并且换了一身干净衣服。大伯把他们送到村口上路。

那小契由于这些日子情绪不佳,头也没剃,脸也没刮,头发、胡子都长得很长。不知临时从哪里扯出一件小破棉袄披着,看去很不像样。但却精神抖擞,就像过去执行战斗任务似的,有说有笑,推着那辆破车子,一直走在前面。刚到村口,他就停住车,指指车座后的

行李架说:

"上车吧,嫂子,这就是你的宝座。"

"小契,"大伯瞅着那辆破车不放心地说,"到底行不行呵?"

"没问题!"小契把头一扬。

"我这还是大姑娘坐轿——头一回哩!"大妈笑了笑,侧着身子,坐在车座后面,一只手还提着盛干粮的手巾包儿。

小契等大妈坐好,紧推几步,就飞身上车。刚一上去,那车就吱吱哑哑地响起来。没有走出多远,遇到一个水垄沟,由于没有前后闸,小契一时来不及,就把大妈翻到水垄沟里去了。

大伯急忙跑过去,大妈已经站起来,幸好垄沟里没水,大妈拍了拍土。

"小契呀,你,你……"大伯结结巴巴地,"我说你骑慢一点!你嫂子这身子骨可不算强!"

"快回去吧!"大妈斥打着大伯,笑了一笑,又上了车,"这么大年纪了,说这话叫人听着多寒碜哪!"

"到底是老夫老妻哟!"

小契也笑了一笑。这次他手握双把,聚精会神地蹬起来。这一对亲密的战友,这一对贫农出身的共产党员,在晨风里踏上了正南的土路。破车吱吱哑哑地响着,在早晨布满白霜的大野上,留下一道清晰的印痕。……

从凤凰堡到徐水的姚家庄有一百七八十里,小契鼓着劲想一天赶到。开头也还算顺利。谁知五六十里以后,由于齿轮过于老旧,链子就不断脱落。三里一停,五里一站,还不到一百里路,天就黑了。只好在一个村庄里借宿。为了省钱,两个人没进饭铺,吃了点携带的干粮,喝了点凉水。小契又连夜修车,很晚才安歇。不料第二天车子的里带又出了毛病,漏了气,只好步行,天黑也没有赶到。第三天早晨,将车子推到一个镇店地方,把带补好,这才在上午十时左右赶到了姚家庄;不巧长腿姚刚刚出门,到十五里以外赶集去了。

大妈一向性急,自然不愿久等,两个人又赶到集上来找老姚。幸而集不大,只转了半趟街,大妈就停住脚步,往前一指,说:"你看,那不是老姚是谁?"小契一看,路旁人丛里有一个出奇的高个子,30多岁年纪,小头,长腿,穿着一件褪了色的日本人的破军大衣,只搭

到膝盖那里。他正同人高谈阔论,不时地嘎嘎笑着。集上人多声杂,大妈连着喊了好几声,长腿姚才转过脸来,惊讶地说:

"是你呀,杨大妈!"

说着分开众人,迈开大长腿,三脚两步就赶了过来,双手捧住大妈的手摇晃着说:

"大妈,你是从天上掉下来的,还是从地下钻出来的?"

"我是叫人家背了来的!"大妈指指小契的破车子,微微一笑。接着给他们两个作了介绍。

"大妈,"长腿姚满脸是笑地说,"自从那年咱们到边区开会,眨眼好几年了,老想去看你,总也不得空。"

"别说漂亮话了!"大妈说,"你大妈要不来,谁也不去看我。"

"哈哈,大妈还是这个脾气。"长腿姚嘎嘎笑了一阵,"这回来,怕有什么重要的事儿吧?"

"就是找你!"大妈用指头点着他说。

"走,到我家去!"

长腿姚拉着大妈。大妈告诉他已经去过了,要找个清静地方谈谈。长腿姚拗不过,只好跟大妈来到村外,小契推着破车子跟在后面,三个人避开人多的地方,在一个打麦场里靠着麦秸垛坐下来。

老姚掏出半盒纸烟,大家抽着。大妈开门见山地说:

"老姚,听说你这个大长腿到耿长锁那儿去过?"

老姚笑着说:"你是不是想成立合作社呀?"

"咳,我这么大年纪了,还能办合作社?"大妈笑了一笑,"是别人托我问的。我问你,你到他那儿去过吗?"

"去是没有去过,他的事儿我还是听到不少。"老姚说,"我老想见见他,跟他谈谈,可总是没有机会。前两个月,我从北京开战斗英雄大会回来,路过保定,住在招待所里,碰到一个庄稼老头儿,穿个小白粗布褂儿,蒙着块白手巾,留着稀零零两撇小胡子,非常和善,说话也细声细气的,说实话,我当时没有怎么注意他,后来才知道他就是咱冀中鼎鼎大名的耿长锁!真是把人后悔死了!"

"我问你,他那社办得怎么样?"

"听说,气派大极了!"老姚兴奋地说,"过去咱们这里的财主,一说家里拴几套马车、轿车,槽上有十几匹大牲口,就算了不起了;可耿长锁那社,早晨钟一响,人欢马叫,花轱辘大马车能摆出大半道街,干起活来,你说是小伙老头儿,你说是闺女媳妇,都是唱着歌往前冲。"

大妈笑了,眼睛瞅着老姚,笑得动人极啦。

"不说别人,我就纳闷儿,"大妈说,"这一家一户还吵包子闹分家哩,这么多户合到一块儿能行么?"

"分的粮食多呀!"老姚说,"他们每户比起单干那阵儿能多分好几百斤,他们怎么不干?真是拆都拆不开。听说,他村里有一个富裕中农,是个种地把式,又是个土圣人,一直不服气,跟他们竞赛了好几年,看谁的产量高,到底还是输了!再说,再说……"长腿姚又点起一支烟,带着无限敬佩的神情说道,"人家耿长锁那真可以说是大公无私,公家的便宜硬是一丝不沾,这就把大家团结住了。他在村里还当着支部书记,土改时候分房子,他自己不分,让贫雇农多分;临到扩兵,先把自己的小子送出去;社里要盖油房,没有砖瓦木料,就把自己准备的砖瓦木料借出来。这耿长锁年纪也不小了,身子骨不算强,常到这里那里开会,又不会骑车子,社里人怜惜他,说给咱们长锁买个小毛驴吧,让他骑着也省点劲。可是耿长锁笑着说:'这可使不得!你们想想,过去地主催租子,就是骑着个小毛驴儿,背着个算盘,这儿串串,那儿串串,我也骑上这个,成了什么啦?'所以这会儿,他不管到哪儿开会,还是蔫不唧地在地下走。开完会回来,哪怕还有一个钟头,也得到地里去,跟大伙一块劳动。夏天耪地,又热又累,到地头上谁也不愿动了,这时候,他总是蔫不唧地提起水罐子,到井台上拔了水来,说:'同志们,喝水!喝水!'……"

"真不赖呆!"小契眨巴着红红的眼睛,羡慕地问:"他是什么时候入党的?"

"入党嘛,跟咱们也差不许多。"老姚说,"可是人家心里有路数呀!什么问题,都想得远,想得宽。你比如说,他们村有四个孤儿,大的十一二岁,小的六七岁,托给本家管,到时候给那么一点粮食,饿得孩子直啼哭。孩子的姥姥来了,一手拉着一个,哭哭啼啼地要入社。这时候,社才办起四年,只有十五户,家底也确实很薄,有人就说:'多来了两个长嘴物,咱们的社就办好咧?'有的说:'多来些这样的人,大伙再拿上棍子要饭吧!破篮子和打狗棍还在棚子底下放着哩!'可是耿长锁还是耐心说服呵,说服呵,把孩子收下了。冬天有棉,夏天有单,柴米油盐样样都得结记。长锁在县里开会,一下大雨就坐不住了,怕房子不结实,砸住了孩子们。……"

"这人思想就是好!"小契点头赞叹着。

"思想好,这是一方面;另一方面,也是成社的优越性。"老姚纠正说,"要不是成社,这些没爹没娘的苦孩子,就是想安插也没法安插呀!"

大妈沉在思索里,想起小契、金丝、郭祥他娘、瞎老齐……这些凤凰堡的穷户们。

长腿姚看看太阳,已是正午寸分,就立起身来,把沾到他那件日本军大衣上的麦秸拍打了拍打,说:

"大妈,也就是这些材料了。"

"怎么,你要走?"大妈抬起头问。

"我下午还有事儿哩!"

"不行!"大妈果断地摆摆手,要他坐在原来的地方,"我还有好多问题没问哩。我问你,他这个社倒是怎么办起来的?"

老姚又坐下来说:

"1943年腊月天,毛主席让咱们组织起来闹生产这件事,你还记得不?"

大妈手扶额头,思索了一阵,说:

"仿佛谁在地道里给我念叨过。"

"对,就是这个时候。"老姚说,"他那地方,虽然不像咱们这里残酷,也是三里二里一个炮楼,加上闹灾荒,卖儿卖女的,无其数。耿长锁还饿死了一次,又被救过来,他的老婆也带着孩子讨吃去了。这时候,党根据毛主席的指示,在这里组织了个隐蔽经济组,拨给他们二百斤小米,让他组织几户打绳卖,好救个活命。开头只有四户人家,白天黑夜在一块打绳,赚一点钱糊口。可是等到开春种地,问题来了:各家回去种地,就顾不上打绳,打绳组就得散;打绳组散了,又没得吃。他们就干脆把地合起来,成了一个土地合伙组,一班种地,一班打绳。这耿长锁,你别看他绵绵软软的,他是一条道走到黑。他这社也经过几起几落,变大又变小,变小又变大,可是一直坚持下来。嘿嘿,没想到,这就是咱冀中的第一个农业合作社!转眼间,人家早跑到咱们前头去了。"

大妈笑着说:"你这个长腿,也没人家跑得快呀!"

"可不,"老姚说,"那时候,我专门研究怎么扒火车了!"

长腿姚说到这里,又立起身子,赔笑说:

"大妈,我可真该走了。"

"你到底有什么急事呵?"

"大妈,我给你实说吧,"老姚显出一副神秘的样子,弯着腰,附在大妈耳边,悄悄地说,"我也结记着成社哩。今天区干部来,我们商量开头一次会。"

"好好,那我不留你。"大妈说着,朝小契丢了个眼色,仰起脸望望太阳说,"到吃饭时候了吧?"

小契立刻会意,跳起来双手拉住老姚:

"对对,这饭可不能不吃呀! 走,咱们在集上喝两盅去!"

"下一次,下一次……"老姚想挣脱身子。

"你听我说,老姚,"小契紧紧抓住他的肩膀,"你同我这老嫂子是熟人了,可咱俩是头一回见面呀,是不? 你要不去,那就是瞧不起我。"

大妈也站起身,拍拍土,从旁挖苦说:

"老姚,你是不是怕花钱哪? 嗯?"

几句话说得老姚没了主意。大妈又使了一个眼色,小契一手推起破车子,一手拉着老姚,往集市中心走去。街道旁边,搭了一溜布棚,都是卖小吃的,有卖烧饼馃子的,卖熟猪肉的,还有卖大碗面、豆腐脑儿的。热闹的叫卖声,使那些食物增添了格外诱人的香味。小契支起车子,选了一处有卖酒的地方坐下,用他那在客人面前素有的慷慨豪爽的风度喊道:

"先打半斤!"

两个人热热闹闹地喝起来。大妈量不大,心思又不在酒上,只喝了小半盅儿,就问:

"老姚,你还没有说,那入社的人,有的劳力多,有的劳力少,有的地多,有的地少,打下粮食,可怎么个分法?"

"先搞地五劳五!"

"什么叫地五劳五?"

"你干吗问这么细呀?"老姚擎起酒盅笑着,"你是不是也想成立社呀?"

"这个你就不用问了!"大妈也笑着说。

"你呀,心眼就是多!"

"这可是一贯的了。"小契附和着说。

三个人都嘎嘎地笑了。

第三章　待月儿圆时(一)

当凤凰堡的贫农们,在古老的土地上探索一条新路时,朝鲜战场正酝酿着一个震动世界的战役。

朝鲜的11月,已经弥漫着漫天风雪。整个朝鲜地势,东部高,西部低,愈往东风雪愈大,长津湖已经封冻,成了一片白茫茫的雪原。西部战线,虽然较为和暖,但清川江和大同江靠边岸的地方,也都结了一层薄冰。

经过第一次战役,中国人民志愿军已经站定脚跟,清川江以北的朝鲜人民在陆续返回自己的家园。但是,在弥漫着风雪的大路上,仍旧不时可以看到背着孩子的妇女和无家可归的孤儿。他们还穿着单薄的衣服,在战线的附近徘徊彷徨,等候着战线的推进,等候着去找失散的亲人,等候着回到清川江南、大同江南、临津江南。

社会秩序依然相当混乱。地主、富农分子,乘机猖狂活动。志愿军初战的声威,并没有也不可能熄灭他们复辟的渴望。不论白天夜晚,他们都在暗处给敌机指示目标。尤其一到夜晚,在部队集结的地方,在车队行动的地方,在指挥部,在临时仓库的周围,只要敌机一来,就会有暗红色的信号弹,从丛林里,从山背后,接二连三纷纷飞起。只要稍有疏忽,他们就会在志愿军汽车的车厢下,偷偷地塞上燃烧物,使汽车在开动以后燃烧起来。他们还在朝鲜人民中拼命地散布谣言,说"中国人是呆不住的"。但是与此同时,必胜的信念,革命与复仇的烈火,也在朝鲜人民的心中熊熊燃烧着。公路上开始出现了修路的人群,其中绝大多数是朝鲜妇女,有的还背着孩子。他们在呼啸的寒风里穿着单薄的衣裙,拿着铁锹大镐,填补着炸弹坑,好让志愿军的车队能在黄昏以后通过。黄昏一来,公路上就更加热闹了。在志愿军车队的两侧,还有一列列"牛爬犁"的长队,帮助志愿军把粮食弹药运送到前方。赶车的也多半是老人们和妇女们。朝鲜的青壮年大多数到前方打仗去了,他们就把生产和战争勤务的重担,英勇地担承起来。从中国来的战士们,看到这种种情景,看到他们那单薄的衣裙、英勇的姿态,心里热烘烘的,真说不出是怜惜,是钦佩,还是感动!通过这一切,都使人感觉出一个英勇的党,正在进行着坚忍不拔的活动。

激烈的战争迅速冶炼着两国人民的友谊,正像严冬孕育着春天最美好的花蕾。志愿军出国还不到一个月,就同朝鲜人民无比亲密地生活在一起了。在一个月以前,这些生活在中国茅屋里的农家子弟们,对朝鲜是多么陌生呵,而现在他们同朝鲜父老是那么亲近,到处都可以听到"阿妈妮""吉文衮东木"①的亲切呼唤,到处都可以看到志愿军战士给朝鲜农家劈柴,朝鲜姐妹到清泉边为志愿军顶水,就好像他们本来就是一个和睦的家庭。他们都很快学会了彼此语言中最需要的词汇。他们彼此讲的既不是朝语,又不是汉语,而是被混合起来的第三种语言。他们就用这种语言,配合眼神和手势来倾谈当前的斗争。"米国撒拉米","李承晚","嘟嘟嘟","统统地死掉",这就是他们共同的心愿。

雪在飘落。轻盈的雪花盖住了森林,盖住了山峦,盖住了被燃烧弹烧成的灰烬,也盖住了被残杀者的新坟,似乎这土地上的一切,都被那单纯美丽的颜色掩盖住了。但是,在风雪迷茫的旷野,在要路口,在大道边,却树立着一支支令人注目的标语牌。它钉在一支支木棍上,插在混着焦土的雪地里。上面用粗黑的毛笔字写着:"欢迎中国人民志愿军!""朝中人民友谊万岁!"……北风一阵阵卷过,木牌摆动起来,就仿佛有人拿着它、摇着它呼喊似的,就仿佛要让人懂得它更深刻的含义似的。志愿军战士们,每当他们披着风雪走过,心头该是如何激动!他们懂得朝鲜人民的愿望,这是要胜利者继续胜利,前进者继续前进!

这时,为了巩固与发展胜利,在长江南岸组成的志愿军部队继续渡江入朝。这些南国的儿女们,穿着只适合于他们故乡的薄薄的

---

① "吉文衮东木":朝语"志愿军同志"。

棉衣，戴着大檐帽，正顶着棉花桃一般大的雪片，向东线急进。西线也调整了部署。第五军由博川调到西部战线的左翼——德川、宁远地区。现在郭祥所在的这个团，正同李承晚的第八师对抗在德川以南。

一次战役结束后的这段时间内，敌我双方都只限于争夺有利的前进阵地。从敌人方面来说，半个月以前，中国人民志愿军在朝鲜战场上极其隐蔽极其突然地出现，是完全出乎他们意料之外的。他们颇像是一群准备就餐的食客，杯盘已经摆好，饭菜已经端来，正要系上餐巾，举起刀叉，却从窗外突然飞进一块砖头，把桌上的一切砸得粉碎；又好像一个将要跑到终点的人，突然挨了一闷棍，而昏倒在地。因为从他们资产阶级的思维方法看来，一个刚刚诞生一年的新中国，满身战伤，满眼困难，自己尚且没有站稳脚跟，怎么能又怎么敢站起来支援他人呢？尽管周恩来总理发出了"不能置之不理"的庄严警告，在他们看来，不过是作作样子虚张声势而已。他们不懂得，大概也永远不会懂得，中国共产党人，在枪林弹雨中成长起来的中国的战略家们，尤其是在惊涛骇浪中掌舵的英明的舵手，是不会依据他们那种卑鄙又愚蠢的思维方法办事的。这就使得杜鲁门、麦克阿瑟这些蠢家伙犯了一个绝大的错误。但是犯了错误不等于即刻认识到这一错误。他们把部队撤到清川江南，稍作整顿，就又企图抢占有利阵地，积极准备下一步的行动。

郭祥的连队在德川以南的阵地上，连续进行了几天的战斗。这里有一座苍鹰岭，是附近的制高点，敌我反复争夺数次，终于被我夺取到手。此处山势陡峭，地高风寒，时令又正值秋末冬初，开始是连绵的秋雨，转眼间就变成了漫天的雪花。由于敌机日夜狂轰滥炸，给运输工作造成极大困难。虽然丹东、辑安等处物资堆积如山，却不能按时运到阵地上来。炊事员能够送来一些煮熟的棒子粒儿和冰冻的山药蛋，就算很不错了。郭祥见战士们体力不足，惟恐挖工事犯"形式主义"，就到各个班的阵地上串，用他那"鼓动工作和模范作用相结合"的老办法干起来了。大家有圆锹的用圆锹，没有圆锹的用刺刀，从冻得梆硬的山头上，挖出了一些掩体来。郭祥满心高兴，准备给敌人一个重重的打击。谁知道第二天早晨，敌人攻上来，只打了个把小时，就传来了撤下苍鹰岭的命令。郭祥满心眼的不舒服,不知发生了什么变故。

部队撤回到比苍鹰岭矮得多的一块高地上。排长疙瘩李这位全连有名的急性子,急冲冲地说:

"连长,这到底是怎么搞的?"

郭祥还没回答,他就又说:

"一天讲苍鹰岭这么重要,那么重要,怎么刚抓到手,就放弃啦?"

"叫我说呀,谁也别问。"调皮骡子王大发坐在他的掩体里,擦着枪,慢条斯理地说,"当兵的说当兵的事儿:叫你攻,你就攻,叫你撤,你就撤。攻有攻的理由,撤有撤的理由。"

人们笑起来。郭祥说:

"调皮骡子,你出国好长时间不讲怪话啦,现在大概又憋不住了!"

"这怎么也叫怪话?"调皮骡子神色自若,继续擦枪,"比如说,要让你攻,那当然就要讲:苍鹰岭是战略要地喽,是通熙川的要道喽,是通江界的要道喽;要让你撤呢,那当然也有一大堆理由。"

"照你看,撤退的理由是什么呢?"有人发问。

"我?我是什么水平儿?"调皮骡子笑了一笑,"现时恐怕咱们连首长还不知道哩!"

调皮骡子的话一点不错,郭祥也在歪着脑袋纳闷。

下午,占领苍鹰岭的敌人,继续向我进攻。这次抗击的时间稍微长了一点,就又接到命令,让撤退了。

"说不定,有点名堂哩!"郭祥暗暗地想,"这次我得好好地掌握掌握上级的意图!"

第二天,敌人进攻时,郭祥这个连打得噼噼啪啪、稀稀拉拉的,敌人虽然占领了阵地,但是不前进了。

时间不大,团里来了电话:

"你是郭祥吗?"电话里传来团长威严的声音。

"嗯嗯,我是郭祥。"

"你是怎么搞的?"团长发脾气了,"为什么打得这么稀泥软蛋?你的作风到哪里去了?"

郭祥正要回答,立刻又传过来严厉的声音:

"今天晚上,你把阵地给我反回来!"

说过,不容回话,只听耳朵咔的一声就挂上了。

这天晚上,郭祥的连队打得很猛,一个反击就把上午失去的阵地夺回来了。第三天早晨,敌人继续前进。郭祥正在周密地组织火力,准备硬顶,团长又来了电话:

"你是郭祥吗?"电话里又传来团长威严的声音。

"嗯嗯,我是郭祥。"

"你是怎么搞的?"团长质问道,"我看打消耗战你倒是个能手。你的灵活性到哪里去了?"

郭祥刚要回话,对方咔的一声又挂上了。

郭祥放下耳机,缩了缩脖儿:

"怪怪! 软又说忒软了,硬又说忒硬了,这个劲儿可真难拿呀!"。

由于郭祥所在的第一营,过于疲劳,第三营接换了他们,继续抗击。在郭祥看来,已经到了十分有利的阵地,但是仍旧看不出我方有任何动静,心里不免焦躁起来。

这天黄昏,西天上刚刚露出一弯小金月牙儿,团部通讯员来传郭祥,叫他即刻到团部去。郭祥自然十分高兴。按照以往的经验,只要到了团部,他就可以对当前的行动,猜出七成八成。

团部设在一个很狭窄的小山沟里,只有一户人家。郭祥沿着小径,踏着月色,哼哼着小曲儿,不一时就来到小屋门前。小玲子同小迷糊正在洗碗,顺手指了指屋后的山坡,说团长政委刚刚吃过晚饭,到那边散步去了。

郭祥举头一望,山坡上有三五株高大的古松,松树下抽烟的火星一闪一闪。郭祥沿着小径向山坡上走,看见两个人披着军大衣,在两块大石头上坐着,正在那儿举头赏月呢。

郭祥刚要走上前去,只听两个人在悄悄谈话。

"老周,你看,上钩了吗?"

"怕是上钩了。……不过还要攻一两下。"

"太猛又不行!"

"那当然。"

"彭总对情况的估计,就是准得很哪!"

"当然。……我看妙就妙在这一次极其成功地利用了敌人的错觉。我记得在《论持久战》里,主席就专门讲到过这个问题。"

"是的,直到现在,敌人还认为我们是'象征性的出兵'呢!"

"蠢家伙!一开始,他们就估计我们不敢出兵,后来又猜测我们是保卫鸭绿江水电站。"

"怪!这些反动派都是主观主义者。"

"这是由他们反动的立场决定的。第一,他们瞧不起刚刚站起来的中国人民;第二,把我们也看成是民族利己主义者,怕打烂自己的坛坛罐罐。"

"可是,他这个弱点给抓住了。……从军事上说,这一步退得实在好,敌人会更觉得它的估计是正确的。"

"老邓,这才叫指挥艺术咧。退一步可以进两步哟!"

接着是轻微的笑声。停了片刻,谈话又继续着。

"今天旧历几号了,老周?"

"看它的样子,可能初四五吧。"

"不不,初二三,月牙儿尖。我小时候放牛,每天都回来得很迟,看惯了的,这我知道。"

说到这儿,只见团长用手指头点着月亮说:"这家伙!你要不理会它呀,快得很,几天就圆了;你要盼它圆哪,它就硬是不圆!"

郭祥仰头看看月亮,果然还缺大半边呢。

政委嘎嘎地笑了起来,接着说:

"老邓呵,路还没有走到,光圆也不行呵!"

郭祥也偷偷地笑了。他猛然觉得偷听首长讲话不大好,就故意把脚步弄得很响,然后又喊了一声"报告"。

"是嘎子吗?你什么时候来的?"邓军瞪了他一眼。

"我刚到呀,"郭祥笑着,打了一个敬礼。

"怎么一点声音也没听到?"周仆问。

"刚才我看首长正在这儿赏月哩,就没敢大声惊动你们。"

"是呀,我们正在这儿赏月哩!"周仆急忙接上去,笑着说,"团长想家喽!叫我陪他看看月亮。"接着又问:"你喜欢月亮吗,嘎子?"

"我呀,"郭祥笑了一笑,"我喜欢月亮圆了的时候。像大银盘似的,往天上一挂,多喜欢人哪!"

听到这儿,周仆不笑了,和邓军对看了一眼。郭祥赶忙改口说:

"不过,月亮太圆了我也不喜欢。那年打松林店,月亮真圆,敌人的火力又稠,打了好几个冲锋,都没有打上去。当时我抬起头看看它,真想一枪把它揍下来!"

"是呀,太圆了,对作战也很不利。"周仆说着,放心地笑了。

"走,到房子里谈正事去吧!"邓军说,"上级要材料,让我们写一写李伪军的作战特点,咱们凑凑去!"

"行行,"郭祥高兴地说,"这些家伙,是有些特点儿。"

他们一起走下山坡,到屋子里去了。

郭祥回到连里的时候,战士们纷纷围过来问:

"连长,带回来什么好消息呀?"

"好消息可真不少。"郭祥嘻嘻笑着,高兴地说。

"快给我们讲讲。"

"头一件,"郭祥一板一眼地说,"各民主党派发表了联合宣言,拥护咱们志愿军抗美援朝。"

战士们吵嚷道:

"我们早就知道了!"

"连长,你别给我们打喜诨了!"

"好,你再听第二件,"郭祥又绷着脸说,"咱们祖国成立了抗美援朝总会,专门来支援咱们。"

战士们吵嚷得更厉害了:

"哎呀,这消息更老得没了牙了!"

"别逗了,连长,说真的!"

"说说咱们现在的行动!"

"到底撤到哪里才算完哪!"

"噢,你们问的这个?"郭祥装作醒悟过来的样子,接着摇了摇头,"团里是纹丝没露。"

可是他说到这儿,不由自主地仰起脸,对着月亮笑了一笑。

"你就连一句半句也没听到吗?"

"没有。"

"连长,那你就判断判断!"

"我的好同志!"郭祥把两只手一摊,"团里纹丝不露,叫我可怎么判断哪!"郭祥说到这儿,又情不自禁地仰望着弯弯的月牙儿笑了。

"连长,"小钢炮诧异地问,"你老望着月亮笑什么哪?"

"我呀,"郭祥蓦地一惊,随口说,"各人有各人的心事呗!"

"那,你有什么心事呀,连长?"

"我呀,"郭祥说,"咱们这些天净吃煮棒子粒儿了。我一看见月亮,就觉着它像一张大白面饼似的,要是一钢炮轰下来,咱们全连也够吃几天的。"

人们笑起来,情知再也挖不出东西,也就带着惋惜的神情散了。

第四章　待月儿圆时(二)

一弯偃月,像把金色的镰刀,照着这座停产的矿山,照着半山间的木屋。木屋前的几棵古松,把树影投了一地,就像浓墨泼洒的水墨画一般。彭总披着军大衣,在松树下走来走去。他不时地抬起头望望月亮,似乎在思索着什么。清冷的山风一阵阵传过来山谷间小河的水声。

警卫员小张,常常是从他的脸色上来判断前线情况的。刚刚入朝时,他那脸绷得像铁板似的,充满着一种无畏和刚毅之气。直到一次战役结束,才显得轻松了些,脸上有时露出笑容。现在呢？小张不好判断了。因为他既不显得高兴,也绝不是忧愁,似乎是一种不安在袭扰着他,饭也吃得不多。

中国志愿军在朝鲜的出现,引起了全世界的纷纷议论。对这支部队的实力,人们尤其注意猜测。尽管志愿军已经进行了第一次战役,但在美军的统帅部里,却认为这只不过是一支"象征性的部队"。当彭总最初听到这个消息时,不禁喜形于色,就像我们的诗人捕捉住了灵感一般。当时,在作战室里,参谋长正端着蜡烛同彭总一起看地图,从烛光里看见他的脸色非常动人。对于敌人暂时撤退之后重新发起的攻势,他本来说还要再看一看,现在他却用有力的手指向图上的清川江南一指,决断地说：

"那就放他们进来吧！"

"放他们进来？"夏文不禁一惊,端蜡烛的手也停住了。

"嗯。"彭总点点头,又指了指地图上清川江北浓密得几乎成了黑色的线团,说,"他要飞虎山也送给他。"

"飞虎山也送给他？"

"对，"彭总用手指一扫，指了指纳清亭、安心洞、新兴洞、牛岘洞、凤德山一线说，"可以一直让他们进到这里。"

"噢！原来是利用敌人的错觉，诱敌深入呵！"聪明的夏文没有言语，望着彭总含有深意地一笑。这时一串灼热的蜡液，滴落在他的手上，他似乎也不觉得，连连地点头说，"好，后面这个战场我们比较熟悉，供应线也可以缩短一点。"

彭总眼角一扫，见夏文的手上落了许多蜡油，就轻轻地接过蜡烛放在桌案上。接着在地图下来回踱着步子，一面沉思着说：

"但是，诱敌部队一定要注意动作适度。既不能死顶，也不能一触即退。特别要告诉他们，不能使用重火器！"

夏文坐在桌子旁边，仔细地倾听着，记在一个小本上。

"还有，绝对不能丢一个伤员，也不能有一个人被俘。如果哪个部队发生这种事，部队首长就要负完全责任！"

彭总说到这里，声调显得有些严厉。

最后，彭总同夏文一起走出作战室，西面山顶正悬着一弯细眉般的新月。彭总停住脚步，指指那弯新月轻松地说：

"大概等到她圆了的时候，我们就可以动手了！"

彭总的计划，得到志愿军几位领导人的一致赞同，而且很快得到毛主席的批准。彭总本人的雄心就更足了。他把整整两个军——第一军和第五军隐蔽地摆在左翼，就像两只时刻可以扑出的猛虎，准备随时向敌后猛插迂回；而正面却故意向敌人示弱，进行着有一搭没一搭的抗击。但是这计划实施以来的一周内，却发现敌人异常谨慎，每天只前进两三公里。特别是自我撤出飞虎山阵地之后，敌人没有前进多远就停住了。在一连三天里，敌人每天出动五六百架以至一千架各种类型的飞机轰炸鸭绿江口的公路桥梁，海军的"空中袭击者"和"空中海盗"，以每枚重两千磅至三千磅的炸弹轰炸新义州至惠山镇，但地面部队却没有什么动静。这就不能不使彭总产生疑问：为什么敌人不前进了？就好像一条大鱼，刚刚接近钓钩却忽然停住，似乎要游开的样子。这又是为什么呢？

彭总抽烟一向不算太多，现在却抽了好几支了。他抽烟很猛，几口就抽下小半截子，烟蒂的火光不断在月阴里明明灭灭。天上，那把金色的镰刀，离山岗只有几丈高了。

他终于停住脚步，把林青叫过来说：

"马上请参谋长来，把敌情资料也带着。"

不一时，夏文就披着大衣从山坡下急匆匆走来，彭总同他一起回到木屋里。

这座木屋经过小张的反复整顿，已较前整洁。但变化却不多，桌椅还是原来矿上的，只不过添了彭总的一张行军床，墙上挂满了作战地图罢了。

彭总让参谋长在椅子上坐下来，然后自己坐在行军床上。

"为什么这几天敌人不前进了？"他问。

"我也很纳闷。"夏文说，"几个副司令也很着急。"

"是不是我们的企图暴露了？"

"不会，现在还没有这种迹象。"

"伤员呢，有没有丢？还是个别人被俘虏了？"

"这个，各部队都执行得很严格。同时战斗很从容，也不会发生这种事情。"

"那么，是不是有人用了重火器，顶得太厉害了？"

"各部队连迫击炮都不准使用，我还落了不少的埋怨呢！"

彭总默然。他沉思了一会儿，又问：

"那么，敌人究竟是怎样估计我们的呢？"

"到现在为止，敌人仍然估计我们不过六七万人。"夏文说，"不过我们的撤退把敌人搞迷糊了。各通讯社都说，共军的撤退使联合国的统帅部莫测高深。他们对我们为什么要撤退猜测很多。一家通讯社综合为五条：第一，估计我们可能在等待政治解决；第二，估计我们在聚集供应品；第三，估计我们可能在等待援军；第四，估计我们可能转移到另一条战线；最后一条估计说，也许是他们完全不知道的一回事。……"

彭总听到最后一条，几乎要笑起来。他问：

"有军队方面的资料吗？"

"这里有一份美军第八集团军发言人的估计。"

夏文说着，找出那份材料递给彭总。彭总戴上老花镜看起来：

"中国军队在其高级领导人没有采取对战争进程有影响的行动以前，可能与联军避免发生战斗。四天来，我们很少与敌军接触，甚至不知中共军的所在地,这是一个非常令人迷惘的局势。"

彭总看到这里停了一会,又接着看下去:

"中共军几乎和他们的出现一样出人意外地撤退了。他们在联军采取守势的时候,没有受到压力就自行撤退,从他们撤退的范围之大来看,他们的撤退仿佛是有意的。"

彭总的心猛地跳动了一下,把"仿佛是有意的"那一句,又重复看了一次。然后把那篇电讯放在行军床上,沉吟了一会儿,说:

"可见战术上还有毛病。为了示弱,没有掌握住分寸,撤退得快了,面也大了。"

夏文的脸不易察觉地红了一红,没有作声。

彭总又问:

"还有其他的材料吗?"

"今天的电讯正在翻译,可能快送来了。"夏文说,"路透社的消息讲,英军认为当前的局势是一种'假'局势。'假'局势的形成有三条:第一,由于中共的干涉已经挽回了他们的面子感到满意;第二,由于他们想建立一条缓冲地带;第三,或许是由于寒冬的将临,他们企图借严冬的帮助,使联合国军遭到拿破仑式的大溃败。"

彭总听到最后一句,感到兴趣了。他摸了一下自己的嘴角,微微一笑:

"只有这个估计还差不多!"

但紧接着他的脸色又严肃起来:

"可见一个秘密想长久保持不容易噢!"

这时,一个参谋送材料来了。彭总抬头一看,却是毛岸英。此刻他身着人民军的绿呢子军服,已经是姿态英挺的青年军官了。他恭恭敬敬地行了一个军礼,然后笑眯眯地递过材料来,说:

"彭叔叔,现在全世界都在猜测我们的行动呢!"

彭总接过材料,让他坐在身边,亲切地问:

"你的目的达到了吧,现在习惯不习惯?"

"彭叔叔,"毛岸英说,"我在晋西北农村还是吃过一点苦的,在陕北也种过地,这里不过飞机多一些就是了。"

"他小时候在上海流浪,也吃了不少苦头。"夏文插上说。

"彭叔叔,你看过《三毛流浪记》吧?"毛岸英说,"我除了没偷人东西,没给有钱人当干儿子,别的都跟三毛一样。睡马路呀,给人拖地板呀,擦皮鞋呀,从垃圾箱里找破烂呀,全干了。上海有个外白渡桥,黄包车拉上去很费力,我跟弟弟岸青就在后面帮着推,推上去人家给几个钱。……"

"那时候,你多大?"彭总问。

"我十岁,岸青八岁,还有个小弟弟才三岁。"

"不是组织上把你们送去的吗?"

"是的,可是后来组织被破坏了,经济来源断绝了,那家房东就翻了脸,叫我们出去给他挣钱,挣不来就劈头盖脸打我们。有一次,把我弟弟的头都打破了,我就背起弟弟去流浪……"

"你那个小弟弟,到底哪里去了?"

"不知道。"毛岸英痛苦地说,"有一天,我跟岸青出去讨饭,回来一看,没有他了,直到现在也不知道他在哪里。"

彭总听到这里,凄然无语。毛岸英也就把话收住。

他望了望墙上的作战地图,作为敌军标志的小蓝旗,又插到了清川江以北,就冲口问道:

"彭叔叔,为什么还要向后退呀?"

"你觉得退一下不好吗?"彭总笑着反问。

"不好!"毛岸英说,"我觉得,开始出国没有底,慎重还是对的;但是第一次战役已经打赢了,敌人很恐慌,为什么反而撤退呢?"

"那么,你的看法?……"

"我的意见就是乘胜发起进攻,从清川江打过去。"

这个年轻人,在统帅面前如此唐突,无异班门弄斧,夏文确实吃了一惊。他偷眼望了望彭总,见彭总的脸色并没有变化,还眯着眼笑眯眯地问:

"听说你参加过苏德战争?"

"是的,那时我是苏军的坦克中尉,曾经乘着坦克一直打到波兰。"

"听说斯大林还奖了你一支小手枪,是吗?"夏文插了一句。

"是的。"毛岸英略显腼腆地一笑。

彭总眯着眼睛又问:

"你觉得那个战争,和这里的味道一样吗?"

"不一样！大不一样！"毛岸英说，"那里是飞机对飞机，大炮对大炮，坦克对坦克，现在咱们同敌人的装备相比太悬殊了。"

"这就对啰！"彭总说，"条件不同，战术也就不同。现在敌人是高度现代化的装备，我们呢，武器倒很齐全，什么日本的，德国的，美国的，甚至还有北洋军阀时代的，简直像个历史兵器展览会了。你拿这样的装备，去进行阵地战，展开粗鲁的进攻，正是以我之短击敌之长，你觉得有胜利的把握吗？"

夏文也望着毛岸英，和气地解释道：

"这次撤退，是有深意的。彭总利用敌人的狂妄心理，故意示弱，是将计就计。这一着是很高明的！"

"什么高明不高明哟！"彭总笑道，"这都是我们在长期革命战争中形成的一套，也可以说是中国独特的战术。现在我们就是要用这套战术，使美国人吃点苦头！"说到这里，他望着毛岸英亲切地说："《中国革命战争的战略问题》你看过吗？"

毛岸英笑着点了点头。彭总说：

"不过，还要深刻地领会哟！"

毛岸英用钦敬的眼光望着彭总，说：

"我确实需要很好学习，我父亲就说我还不懂中国的东西。"

"彭叔叔，夏叔叔，你们商议军机大事吧，我走了。"

他走到门口时，又回过身来说：

"材料里有一个麦克阿瑟总部发言人的谈话，比较重要，请叔叔们看看。"

说过，又打了一个敬礼，径自去了。

彭总没儿没女，特别喜欢孩子和年轻人，一到了他们面前，他那铁板一样的脸，就立刻明朗生动起来。同毛岸英的几次接触，觉得他和那些娇生惯养的孩子颇不相同。他泼辣大胆，有斗争勇气，不怕吃苦，而且谦恭有礼。所以心里很喜欢他。等毛岸英走出很远，他还望着门外笑眯眯的，自言自语地说：

"这孩子不错！"

"我看这孩子很有出息。"夏文也说，"他一天同参谋们滚在一起，一点都不特殊。晚上睡在地铺上，就铺那么一点点草，盖一床薄薄的毯子，还说，这比我在上海流浪时睡马路强多了。"

"真是苦难折磨人也锻炼人!"彭总深有感触地说,"毛岸英八岁就跟他母亲一起蹲监狱,据说,把杨开慧绑赴刑场的时候,他还抱住妈妈的腿不让走,被国民党兵一枪托就打开了。我想这些他是不会忘记的。"

这时,夏文已经把那份麦克阿瑟总部发言人谈话的报道找了出来。

"我还是念一下吧!"说过,他凑到蜡烛下念道:

"发言人说:总部仍然弄不明白,在通往鸭绿江的路上,敌人究竟是想进行防御战,还是准备新的攻势。发言人意味深长地说,除非了解敌军的实力,对于这问题是不能答复的。又说,过去敌人在进攻之前先行撤退,这种撤退与近十天来在西北前线上的撤退一样,但也不能断定,敌人已经决心退到他们事先选定的防御阵地。这个声明也许部分地解释了联合国军在西北前线采取谨慎态度的原因。"

彭总眯着眼聚精会神地听着,念完以后,他又要过那份材料反反复复地看过,然后点起一支烟,在屋子里来来回回地踱着步子。

"也许敌人有一半猜中了我们的意图。"夏文满脸忧色,叹了口气,"也许这个鱼钓不成了!"

彭总没有立刻回话,又转了好多来回,才又坐到行军床上,声调缓缓地说:

"还不能那样认为。"他习惯地摸了摸嘴角,"敌人基本上还是处在迷惑不解的状态。他们对我们的企图虽有猜测,但有几个基本方面没有改变。第一,由于第一次战役并没有打疼他,敌人至今仍然估计我们不过六七万人,仍然过高地估计他们自己。前几天还有个美国将军说,在当前的战线上,没有任何东西可以阻止他们。如果中国共产党要一个十五英里的缓冲地带,就让他们在鸭绿江的那边来建立吧。至于说,他们的统帅麦克阿瑟,自从仁川登陆之后,尾巴已经翘到天上去了,根本不把中国人放在眼里。他们的狂妄心理,到现在并没有改变;第二,他们的战略方针是速决战,随着严冬降临,他们急欲摊牌的心理,只会越来越迫切;现在他们很谨慎,只不过是暂时的现象,很快就会改变的。"

说到这里,他注视着夏文说:

"一个决心下定,就不要轻易改变。就说钓鱼,也要有耐心噢!"

夏文点了点头,眼睛里流露出一种敬佩之情。他望望地图上彭总那披着军大衣的身影,背微微地弓着,一霎时觉得他真像是一个老渔翁,沉着而又坚忍地坐在波涛汹涌的岸上。

"当然,战术上也要采取一点措施。抗击不要太稀拉了,有时还可以适当地反击。这样前一个时候的缺点就弥补了。你还可以同几位副司令研究一下。"

蜡烛将尽。木屋中已觉寒气袭人。彭总送夏文走出门外时,那弯偃月,已经将要落山。彭总在那几棵古松下停住脚步,举头望了望月亮,带有鼓励、安慰的意味说:

"不会呆几天了,你看她不是快圆了吗!"

夏文含笑点头,把大衣裹紧,走到山坡下而去了。

第五章　待月儿圆时(三)

每逢吃饭,常常是志愿军首长们议事的时候。但是今天吃早饭,彭总一直心事重重,沉默无语,而且匆匆喝了两小碗稀粥就回去了。

自从那天晚上他同参谋长研究军情以来,又是一周过去了。其间诱敌部队虽然进行了局部反击,迷惑了敌人,但敌人仅前进了几公里,就又止步观望。彭总心里也不禁忧烦起来。几位副司令员知道他的心事,也不怪他。

彭总一走,人们就活跃了。首先是那位第一副司令员秦鹏。他大约半个月没有刮胡子,在那张赤红的脸膛上,黑乎乎的络腮胡子,已经斐然可观。他一向爱同女同志和年轻战士开玩笑,这里没有女同志,那几个警卫员就成了他开玩笑的主要对象。

"小鬼,我提个意见行不行呵?"他对值班警卫员说。

"首长对伙食有意见,你就多指示吧!"警卫员含着笑说。

"什么手掌脚掌!"他把头一摆,"我是说,往后开饭,能不能早通知我一声?"

"怎么,先通知你一声?"

"对,先通知我,我先吃个半饱,不然司令员吃得快,我们吃得慢,显得我们都是大肚儿汉了。"

因为他同警卫员玩笑惯了,警卫员也开玩笑说:

"你本来吃得就不少嘛!"

大家笑起来。

第二副司令员滕云汉,是南方人中典型的小个子。他黑而瘦,两眼炯炯发光。他看了秦鹏一眼,也开玩笑说:

"刚才,司令员在这里,你怎么不提意见哪!"

那个高个子一说话就笑的冯副司令,像忽地想起了什么,笑眯眯地问:

"咱们军队里都传说,你是天不怕地不怕,在毛主席家里也很随便,就是有点怕彭总,这话可是真的?"

秦鹏仰起下巴颏哈哈一笑:

"也不能说是怕。只能说,在别人面前,我都放得开,就是到了他那儿,我就有点拘住了!"

"那是为什么呢?"其余的人也都有兴趣地问。

"说起来,也是从吃饭上起的。"他边吃边说,"我总觉得他是个怪人,又是个苦命人。打了一辈子的仗,苦差使都是他,享受的事从不沾边儿。红军时候,别人到下面去,都是加一个菜,他下去就没有了。不是不给他,是一加菜他就骂人,谁愿讨这个没趣!抗战开始那一两年,还不算困难,他同国民党一个将军谈判回来,经过我那个地区。那地方出鳜鱼,我就想招待招待他。可是,我不敢哟,我想起他那怪脾气,就不免顾虑重重。而不招待呢,又确实于心不忍。于是,我还真是从他的随行人员那里作了一点调查研究,并且再三说明只是一点鳜鱼而已。等到吃饭时候,先上了一大盘鳜鱼,我特意观察了一下他的神色,仿佛颇为高兴的样子,我这心就放下来了。心想,老总到外面跑了一趟,可能见了世面,也开通了。谁晓得第二道菜——一只清炖鸡刚端上来,还没有放稳,他那脸色就起了变化,从春天冷不丁一下变成了秋天。大家刚才还是欢声笑语,这时候气氛一下变了。我那心就嗵嗵地打起鼓来。彭总也像在极力克制着,没有立刻说出什么。但沉默了一两分钟,他还是说出来了:'秦鹏,你不是说请我吃鳜鱼吗?'我知道,这是一个信号,说明什么事情要发生了。管理员也傻了眼,神色慌乱,不知所措。他站在我对面,一个劲给我使眼色,意思是下面还有两个菜,究竟还上不上呢?我心里七上八下。一面想,算了算了,别给自己找麻烦了;一面又想,我那苦命的副总司令!多么可怜!他享受过什么呢?什么也没有。他当团长后的第一道命令,讲的就是两件事:第一件是军官不许拿鞭子,不许打骂士兵;第二件就是取消连排长的小伙房,同士兵一起吃饭。平江起义以后,他对自己就约束得更严格了。论功劳是功勋盖世,论享受是两袖清风!一身破军衣,再加一双破草鞋!说实话,世界上哪有这样的将军!想到这儿,我就下了决心:上!豁出来挨批吧!我就向管理员悄悄地把头一摆,那道鳜鱼丸子就冒着热气端上来了。果然,不出所料,彭总的眉头立刻拧成了一个疙瘩,两个嘴角也搭拉下来,鼻子里哼了一声,说:'你们是向延安看齐呀,还是向西安看齐?'我连忙赔笑说:'彭副总司令,这也是鳜鱼,不过做成丸子罢了。'彭总听也不听,为了给我一点面子,不至于把我弄得太难堪,勉强扒了两口饭,把碗一推,就下席去了。……"

"好厉害家伙!"冯副司令笑眯眯地说。

"嘿,在这一类事情上,他对我还算是客气的哩。"秦鹏颇为得意地说,"不过,从此以后,我在他面前也就再也不敢随随便便。有什么办法,我天生是一匹野马,他天生是一个拿笼头的,我见他自然也就有点……"

人们又笑起来。那个警卫员也笑眯眯的,仿佛说:"谁不让你戴上笼头呢!"

人们刚要离开饭桌,防空号就响起来,接着传来敌机沉重的隆隆声。参谋长夏文向门外探头一看,说:

"快出来吧,阵势好大哟!"

几个人全走出来,站在一棵大核桃树下抬头观望。只见大队的流星型喷气式敌机,正编着整整齐齐的队形向北飞行。过去一批,又是一批,像是没完没了的样子。

"看起来,敌人的攻势要开始了!"秦鹏望了望众人说。

"恐怕已经开始了。"滕云汉闪动着一双小而明亮的眼睛。

说着,从南方飞来一架大型座机,显出一副慢悠悠的不慌不忙的样子,上下左右都有战斗机护卫着,向北飞来。由于早晨高空的寒气,喷气式战斗机划过一道道白烟,这些白烟把那架大型座机严严实实地包括住了。大家惊奇地注视着这架座机,它向北飞了一程,就回过头兜起圈子来。接着,飞机上放出一阵广播喇叭声,一个粗嘎的男低音在说着什么。那声音时高时低,飘忽不定,一时听不清楚。

"你听,用英语广播呢。"秦鹏说,一面又招呼参谋长,"老夏,你注意听听吧,这里都是土包子,就你还学过几天洋文,我学过几句早就忘光了。"

"我也不行。"夏文谦虚地笑了一笑,一面支起耳朵谛听着。

说话间,飞机又从南面转过来,飞得近了,声音也更清楚了一些。

"是麦克阿瑟这老家伙在广播。"夏文扫了大家一眼。

"什么,是他?"人们惊奇地问。

夏文挥挥手,叫大家不要说话,又继续谛听着。

直到飞机远远地飞到东面,夏文才转过身来,为大家翻译:

"麦克阿瑟说,这个战争本来在感恩节就可以结束。后来由于不明国籍的军队的出现,使形势复杂化了。但是他认为,在联合国军面前,并没有什么不可克服的障碍。从本日起发动的攻势,是圣诞节结束朝鲜战争的总攻势。也就是说,这场战争将在圣诞节之前结束,他的士兵们就可以回到家里和家人一起过圣诞节了。……"

"哈哈,到底还是来了。"秦鹏笑着说,"那就请他们到天堂过圣诞节吧!"

正说话间,山那边嗵嗵几声巨响,接着有四架敌机,一架跟着一架窜过来,飞得很低。秦鹏机警地用眼一扫,然后对参谋长说:

"恐怕要对我们打主意了。你快点去把彭总请出来吧!"

"我上次就没有完成任务……"夏文有点儿为难地说。

冯副司令微微一笑,说:

"我去。"

"好,好,"秦鹏说,"你是他的棋友,你去合适。"

所谓"合适"者,一来他是彭总亲密的棋友,两人于楚河汉界之间,厮杀与和谈交织,笑语共棋子齐飞,自然颇不拘谨;二来这位副司令肚子大,脾气好,平时与别人笑骂中应付自如,无论别人开多大玩笑,也从不气恼。有了这两条,执行这个特殊任务,自然最合适不过的了。

这冯慧个子高,步子大,一面仰着脸观望低飞的敌机,一面快步上了山坡。等他穿过那几棵古松,踏进那座木屋时,看见彭总站在地图下,手里拿着他那个象牙包边的放大镜,正凝思默想地看地图呢。桌案上电报稿纸铺得平平的,墨盒已经打开,一支七紫三羊毫的毛笔,也脱去笔帽,搁在墨盒沿上,就像他刚刚离开桌案。林青和

小张正立在门口愁眉苦脸,彷徨无主。冯慧一看这里还若无其事,就急了,忙说:

"彭老总,敌人的攻势开始了,今天飞机很多,你知道吗?"

"知道了。"彭总显出一脸轻松的神色,说,"总算把他们盼来了。"

冯慧见彭总不动声色,仍然拿着放大镜看地图,就轮了林青和小张一眼,假意训斥说:

"飞机快下蛋了,你们也不着急,对首长的安全怎么这样不负责呀!快,搀司令员到洞里去!"

冯慧又是说又是挤眉弄眼。林青和小张心里明白,正迟迟疑疑地动手来搀彭总,彭总已经走到桌案前坐下来。他搁下放大镜,慢吞吞地拿起那管毛笔,说:

"去去,你们先走,我写个电报马上就来。"

冯慧一听外面满山满谷都震荡着隆隆的飞机声,不容再迟疑了,就笑眯眯地走上前去,夺过了毛笔,盖上了墨盒,一并交给了小张,说:

"司令员,你还是到洞里写吧!"

"冯麻子!你这是干什么?"彭总瞪着冯慧。

"我这是配合你防空嘛!"冯慧嘻嘻一笑。

"你太不沉着!"

"对对,我太不沉着。"

"你这是怕死!"

"对对,不光我怕死,我还怕你死哩!"

冯慧嬉皮笑脸,不容分说就把彭总的膀子架起来,林青也趁势上来搀着,一齐拥出了木屋。

这时,第一架敌机已经开始俯冲扫射。等到彭总几个人走到松树下时,第二架敌机又俯冲下来。冯慧一看不好,连忙把彭总摁在地上。"咕咕咕"一阵机关炮,打得前后左右都是烟尘,松枝纷纷落地。冯慧看看彭总没事,就喊了一声:"快跑!"连忙搀起彭总跑进防空洞去了。

大家刚定了定神,小张在后而一手拿着电报纸、铜墨盒,一手提着暖瓶,也气喘吁吁地跑进来。彭总见他脸色苍白,一点血色也没

有了,就说:

"小鬼,怎么把你吓成这个样子?"

"谁知道为什么!"小张噘着嘴,满脸不高兴地说,"你刚离开屋子,你那行军床就让机关炮穿了四个大洞。我看着那几个大洞,越想越后怕,腿都软了。以后再这样我就调动工作。"

"你看连警卫员也提意见了不是!"冯慧笑着说,"还说我怕死哩,要不是我采取果断措施,恐怕咱俩就下不成棋了。"

彭总双手抚在胸前,笑着说:

"感谢马克思在天之灵!"

说过,又拍了拍小张的肩膀说:

"小鬼,我就向你道个歉吧!"

小张这才笑了。

这时,洞外急火火地跑来一个年轻参谋,站在洞口说:

"彭司令员,参谋长让我向您报告:毛岸英和高参谋没有跑出来!"

"为什么不出来呀?"彭总着急地问。

"他们正在作战室值班,一步也没有离开。"

彭总默然,知道这两个年轻人,为了忠于职守,在铁与火的瀑布中,仍镇定地坚守在自己的岗位。

"去,快把他们救出来!"彭总说。

"已经去人了。"

彭总的脸绷得像铁板似的。林青挤过来,望了望彭总:

"还是我去一趟吧!"

"好,快,你去一趟!"彭总把手一挥。

林青略停了停,乘一架敌机刚刚过去,就窜出了洞口,向山坡下跑去。彭总站在洞口,向村中一望,只见几架敌机正此伏彼起,得意洋洋地进行轰炸扫射。其中一架敌机向下俯冲投弹时,没有声响,却立刻腾起一大片火光,随着滚滚的浓烟蔓延开来。附近一片喊声:"投汽油弹了!投汽油弹了!"接着敌机又投下不少汽油弹,火光愈来愈大,黑烟也愈来愈浓,整个村子烟尘弥漫,浓烈的汽油味已经飘到洞口。小张几次劝彭总到里面去,彭总仿佛没有听见的样子,只呆呆地望着村中的烟火一动不动。

半小时后,林青从烟雾中跑回来,浑身上下都是灰尘泥土。他站在洞口外拍了拍帽子,喘着气低声说:

"他俩都不行了!"

"还能抢救吗?"彭总急迫地问。

"不,已经烧得不像样子。"

"尸体还有吗?"

"不要问了。"

林青说到这里,从口袋里取出一块手表,抖抖索索地递给彭总,说:

"这是毛岸英的,我从地上捡起来了。"

彭总接在手里,面色顿时变得苍白。他垂下眼睛,望着这块已经破旧的罗马牌手表,久久不动。他不禁想起中南海的那个月冷风寒之夜,这个年轻人追着他要求出国的情态,是多么诚挚,多么动人。而且事后才知道,他那时还正处在新婚未久的甜蜜之中。出国以后,尽管艰苦不同一般,他还颇有一点革命乐观主义的精神,就在前几天的晚上,他还热情地提出自己的建议。这是一个多么可爱的年轻人呵!可是出国刚刚一个月,他就为这个伟大的斗争献出了生命,怎不令人难过!何况他还是中国人民领袖的爱子呢!彭总想到这里,觉得热泪将要涌出,就急忙背过脸去,向洞子的暗影里走了几步。

"将来回国,把表交给他的妻子吧。"彭总把表交给了林青。

敌机已去。几个小时后,在一个僻静的小山坡上,举行了两位烈士的简单的安葬仪式。彭总到场,在墓前脱帽致礼,默立甚久。其他志愿军首长也都来了。在他们走到山坡下时,参谋长夏文问道:

"这件事,要向毛主席报告吗?"

彭总沉吟半晌,未曾回答。几位副司令员纷纷建议,此事可暂时不报主席。理由是朝鲜战争爆发以来,主席焦心苦虑,每日休息甚少,听说已经瘦了。在这种情况下,如果听到此不幸消息,精神上将会受到很大打击,不如以后情况缓和时再说。

彭总一时无语,在那个小山洼里往返走了好儿趟,才站下来:

"不,还是要告诉他。他是个伟大的政治家,不会受不住的。……他把孩子送到这里,自然会有精神准备。"

既然彭总说了,大家也就不再坚持。夏文又问:

"高参谋呢,通知他家里吗?"

彭总又沉思了一会儿,说道:

"那就先不要说,因为他的妻子再过三个月就要生孩子,听了这消息,年轻人怎么受得了哟!"

大家点头称是。彭总又补充说:

"打听一下,最近有谁回国,可以买几件小孩儿衣服,给她捎去。……"

下午,彭总在作战室召开会议,专门研究当前作战问题。第二次战役的方案早已作过研究,现在又根据新的情况加以调整。战役的中心环节,是将进攻之敌诱到预定战场以后,在西线左翼首先歼灭几个伪军师取得突破,然后以大力实施迂回,切断西线美军退路,加以歼灭。在迂回的兵力上,原定是两个军,毛主席来电认为不够,提出要三个军。彭总和其他将领都认为这是一个异常卓越的意见,但是由于后勤保障有问题,如左翼再增加一个军,存在着很大困难。大家决定再次向上请示。会议临近结束时,又研究了成立西线前线指挥所的问题,副司令员滕云汉提出愿担负此项任务。彭总深知他实战经验极为丰富,常常能使危急的战线趋于稳定,也就欣然同意。

晚饭后,滕云汉准备乘车登程。彭总和其他几位首长一面散步,一面送行。他们来到公路边,一辆插着伪装的吉普车正整装待发。

滕云汉行动敏捷,快步走到车旁,回过身来说:

"彭总,你还有什么指示吗?"

"什么指示哟!"彭总微微一笑,"本来是我的差使,都让你抢了!"

滕云汉一笑,登车而去,很快就消失在淡淡的月色中。

大家回转身来,猛一抬头,一轮饱饱满满的黄铜色的圆月,已从山岗上涌起,犹如巨大的车轮一般。秦鹏不禁失声叫道:

"好圆的月亮呵!"

彭总停住脚步,默默地望着那轮圆月,自言自语地说:

"等到这一天,好不容易呵!"

第六章　大炮与手榴弹

当敌人正向前推进的时候,完全没有料到,隐蔽得很好的我军,突然发起了强大而猛烈的反击。这一反击,首先是我西线集团的左翼第三军和第五军开始的。当面的敌人李伪军第七师和第八师支持不住,连夜向德川、宁远方向后退。但是被毛泽东军事思想所武装的中国部队,是不会以击溃敌人为满足的,他们一方面从正面紧紧地抓住敌人,一方面迅速地大胆地从侧翼迂回包围。

郭祥所在的第十三师,正向德川、宁远之间急进,准备迅速插到德川以南,完成对伪七师的包围。

但是,在部队将要到达大同江边的时候,敌人的侦察部队提前发觉了我军的行动。日寸问不长,敌人便把浓密的炮火转移过来,封锁了我军前进的道路。邓军和周仆所率领的前卫团,便被阻止住了。

那炮声像滚雷一般,"轰隆隆隆""轰隆隆隆"响得简直不分个儿。邓军和周仆登高一望,见山口外火光闪闪,把山谷照得通红,像砌起了一道火墙一般。为了避免无益伤亡,指令部队停止前进,但是等了好长时间,炮火仍然没有间歇。看来,敌人是用许多门炮组成了交互射击。邓军和周仆怕这样等下去延误时间,影响全军行动,就命令前卫营的孙亮,利用敌人炮火的短小间隙,猛突过去。

时间不长,孙亮就派人报告,说一个排还没有突过去就伤亡了一半。

邓军和周仆焦虑不安,看看表,已经过半夜了。师里两次派人来催,说决不能影响全军的行动。邓军猛然站起来说:"老周,我到前面看看。"

"怎么,你要带部队去冲?"周仆问。

"过不去,我就不信!"

说着邓军要走,周仆拦住他,说:

"你先等等。你能听出炮弹的出口声有多远么?"

"多不过十多里路。"

"那就好。"周仆说,"看咱们能不能找到他的位置。"

说着,他邀邓军一起爬上山去,作战参谋和小玲子跟在后面。

到了山顶,周仆和邓军站定脚步,向前方凝神观察。这里弥漫的硝烟已经不能遮住他们的视线。凭着明亮的月色,望见两三道错错落落的山岭外,是一道宽阔的大川,升腾着白茫茫的雾气。就在正前方那一带雾气里,一片火光,一明一暗,就同打闪一般。周仆用手一指:

"你瞧,就在那里。……就是看不出是在江南是在江北。"

"在江对岸的可能性较大。"邓军寻思着说。

"我看,先把这些鬼家伙干掉!"周仆瞧着他的伙伴,"可以派一支小部队,向东绕十几里路偷渡过江,然后插到他们的后面。……老伙计,你看行不行呵?"

邓军沉思了一会儿,把手一挥:

"行! 就这么办。"

"你看叫谁去呀?"

"叫三连去。我看嘎子还灵活一点。"

决心一定,他们立刻下山。

"老伙计!"邓军在路上说,"你这家伙,脑袋里还真有些点子。"

"你们听,团长表扬我啰。"周仆笑了一笑,接着说,"确实,我总在想,我们在政治上是处于绝对优势,可是在装备上却处于劣势。敌人正好相反。这就是敌我双方的基本情况。这样我就考虑:以劣势装备怎样来战胜优势装备呢? 这里面的规律就需要找一找。……"

"嗯,你把你考虑的结果讲讲。"

"咳,现在还只是一种想法。"周仆笑了一笑,"不过我觉得,我们既然拥有政治上的绝对优势,就应该把这个优势充分发挥出来。用我们的长处来弥补我们的短处,来抵消敌人的长处。我们在战术上也需要多从这方面着眼。"

邓军和周仆下得山来,立时派参谋把任务传达给一营。郭祥接到任务,真是高兴万分,用他的话说,这是"天上掉下来的好差使","团部这一次还表现得慷慨大方"。这里到东南江边,完全是高山大岭,没有正经道路,他们就凭着北极星,在山腰里摸索前进。

他们爬过一座高山,沿着狭窄的小沟走了很长时间,还没走到江边。正在焦急时,听到花正芳说:

"连长,你听,这不是水声吗?"

郭祥仔细谛听,山那边好像起了大风似的,急忙登上山头,往下一望,几乎惊喜得叫了起来。偏南一轮圆月照着江水,白茫茫一片,像一条白色巨蟒,蜷曲在山谷里。敌人的炮兵阵地,就在江对岸偏西十数里处,那里不断腾起一片红色的火光和一阵阵炮弹的出口声。那闪光一时把江水照得通红,随着又暗淡下去,变成白色,好像这条巨蟒不断变换着颜色似的。看来敌人正聚精会神地用炮火拦阻我正面部队的前进,而对于这支小部队的到来并未察觉。郭祥喜不自胜,即刻带领部队下山,来到江岸。

部队伏卧在冰冷的沙滩上,静等着渡江的号令。但郭祥却不动声色,一时望望敌人的炮兵阵地,一时抬起头望望月亮,仿佛并不着急的样子。跟在他旁边的花正芳,不免心中纳闷:"怎么这时候连长还有心赏月呀?"就忍不住说:

"连长,快过去吧!"

郭祥没有理他,仍旧抬头望着那轮明月。花正芳又说:

"可千万别把时间误了。"

"稍等一等。"郭祥用肩膀碰了碰他,并且顺手指了指月亮旁边的一大块黑云,那块黑云正向着月亮飞驰。花正芳才会心地笑了。果然几分钟工夫,那轮明月已被黑云遮住,地上昏蒙一片。郭祥陡然立起身来,把手一挥,压低嗓音说:

"快,过江!"

说着,抢先跳进冰冷的江水里。随着战士们的脚步,江边的薄冰发出一片碎裂的响声。

到了中流,江水已经齐了人们的腰部。激流卷起的波浪,溅到人们的脖子里,棉裤成了千斤重的水袋,坠得迈不开脚步。冰冷的江水就像刀割一般。但是战士们高高地举着枪支,互相搀扶着,顽强地向对岸前进。郭祥不断地压低嗓音喊着:"把步子放稳一点!""不要掉队!""小钢炮!把小罗搀起来!""快到江边啦!"他的语声,有力地驱散着寒冷,鼓舞着人们。

过了江,郭祥立即指挥部队向敌人炮兵阵地的后侧斜插过去。没有走出多远,在呼啸的北风里,棉裤就冻得硬邦邦的,打不过弯来。郭祥往地下猛然一蹲,噼嚦啪啪,碎裂的冰块立时落了一地。战士们也都学着他们连长的样子,走一阵,就往下蹲一蹲。不一时,就从侧后接近了敌人。

这时,在炮火的闪光里,清清楚楚看见敌人的牵引车,在公路上摆了一大溜,前面是大炮,约有十五六门。眼看离敌人一二百米了,敌人还没有辨清他们是谁,仍然一个劲儿地向我正面部队发射。多么有利的战机!如果来一个突然开火该有多好。可是人们这时才发现,枪栓已经冻得拉不动了,手榴弹盖子也拧不开了。"怎么办哪?""班长,怎么办哪?"人们纷纷悄声地问。这时候,敌人已经发觉了他们,好几挺机枪一齐横扫过来。调皮骡子大声喊道:

"嚷什么!还不快往枪栓上尿尿!"

一句话提醒了人们。这办法果然很灵,枪栓拉开了,手榴弹盖也拧开了。郭祥扬起驳壳枪朝前"啪啪"地打了三枪,接着高声喊道:"同志们,立功的时候到了!冲呵!"人们跟着郭祥呐喊着,一顿手榴弹盖过去,敌人的炮兵阵地顿时烟雾弥漫。还没有拉开枪栓的战士,就挺着结着冰花的刺刀冲了上去,也有人抓起石头猛投过去,砸得大炮的钢板叮当乱响。敌人的炮兵哪见过这个阵势,吓得扔下炮弹乱钻乱跑。警戒炮阵地的步兵,还企图抵抗,也都被战士们用刺刀、枪托打翻在地。不到几分钟的工夫,敌人的炮兵和他们的十五六门大炮,已经做了俘虏了。

郭祥心中高兴,坐在大炮上,像一位威严的将军一样在那儿发号施令,指挥战士们看管俘虏,清查缴获。时间不大,我正面部队就突破了敌人的阵地,压了过来。团长、政委也随后赶到,他们显得特别高兴。周仆笑眯眯地,用慰问的口气说:

"同志们,今天够冷了吧?"

"不冷!!!"大家愉快地说。

"不冷？"周仆笑着说，"刚才过江，连我的马都叫冰水扎得一蹦一蹦的，差点儿把我翻到江里……"

"可是人不是马呀！"

战士们豪迈地笑着。郭祥也笑嘻嘻地说：

"首长，这次我算尝到了甜头儿，找到了窍门儿。"

"什么窍门儿？"邓军问。

"以后，我希望上级专门组织小部队摸敌人的炮兵。这些笨家伙，只要摸到它跟前，还不如咱们的手榴弹顶事哩！"

邓军含笑点头。接着命令郭祥立即整理部队，向德川以南的公路猛进。

后续部队也都赶上来了。拂晓以前，在德川西南的一带高地上，完成了对李伪军第七师的包围。使郭祥感到遗憾的是，他们这个连没有参加最后的围歼，只不过是在远远的一带山林里担任警戒罢了。

天已经亮了。这时大家才发现，棉衣外结着白花花的一层薄冰，像是冰甲似的，上面还疙疙瘩瘩粘着许多沙子和石子儿。战士们抽出刺刀往下刮着。嗖嗖的西北风一阵阵吹来，这时候人们才觉得彻骨的寒冷。

"冰棍儿！冰棍儿！大同江的冰棍儿！"小钢炮在地上蹦跳着，笑谑地喊。

调皮骡子见他背上还粘着两三颗鸭蛋大的鹅卵石，就笑他说："我看，你去卖冰糖葫芦去吧！"

人们笑起来。

"调皮骡子这回可表现得不错！"小钢炮说，"一泡尿就把问题解决了！"

"赶评功的时候，我提议给他记上一功！"小罗也凑热闹说。

"这算什么？"调皮骡子把脖子一扭，老味十足地说，"革命战士嘛！有一分热，发一分光嘛！"

人们又笑起来。

刚刚过午，就传来了胜利消息：友邻第三军已将包围在宁远城的李伪军第八师全部消灭。下午，太阳偏西时候，这里战场上的枪炮声，也突然激烈起来。看样子我军已经发动了总攻。人们站在山头上远望着,突然看见敌人阵地上,有一个像大蜻蜓似的黑东西,慢慢地离开地面,愈升愈高。

"看,那是什么?"

"直升机!"

人们纷纷嚷吵着。说话间,那架直升机像醉汉一般地飞过来,郭祥刚要组织对空射击,直升机已经噗噗啦啦地向南飞过去了。半个小时以后,传来了消息:被包围的伪七师,除一小股溃散外,已被全部歼灭,还抓了七个美国顾问。只有伪七师师长灵活,抛下他的部队和美国顾问,抢上了那架直升机。郭祥直抓脑瓜子,觉得刚才没有打掉它,可惜得很。

郭祥接到命令:立刻到苍鹰岭以南的大山里去搜剿一股溃散的敌人。

第七章 课 本

郭祥的连队，立即同兄弟连队插到了苍鹰岭以南，封锁了大小道路，第二天拂晓以前开始搜山。果然在树丛里，雪窝里抓到了好几十名又冻又饿的俘虏。郭祥派人把俘虏送往营部，随即整队下山。山脚下有一座较大的村镇，这就是他们被指定休息的地方。

天色阴暗，乌云低垂，仿佛又要下雪的样子。远远向山下望去，那座村镇有好几十缕升起的黑烟，一时高，一时低，正在断断续续地飘散着。

"那里怕还有敌人吧？"花正芳提醒郭祥。

郭祥没有回答，加快了脚步。

背坡的雪很深，阳坡的雪却将要化尽。山径已经清楚地显露出来，人们走得更快了。将要下到山脚，郭祥让部队停止下来，在山坡上观察了一会儿。这个村庄就像死了的一样，看不见一个人影，听不见一点人声。

为了预防万一，一向机警的郭祥，把小鬼班派到前面搜索，随后带队下山，向村庄前进。在快要赶到村边的时候，只见小鬼班站住了，并且有人吃惊地叫了一声。

接着小罗跑回来报告，说村外发现了两具朝鲜人民的尸体。

郭祥赶过去一看，只见路边一株松树下，躺着一个浑身都是泥土的朝鲜姑娘的尸体。她的短小的白上衣被撕破了，两个乳房已被割去，血肉模糊的胸膛露在外面，鲜血已经凝成紫黑色，头发散乱，嘴半张着，眼睛瞪得怕人。在离她十几步远的地方，是一个防空洞，防空洞门口倒着一个30多岁朝鲜男子的尸体，紧握着拳头，从侧面也能看出他狂怒的脸形。他的头被打破了，鲜血流了一地，旁边丢着一根沾满血迹的铁棍。……

　　围过来的战士们,禁不住打了一个寒战,有的人眼泪立刻模糊了眼睛。郭祥脸色铁青,命令战士们把姑娘的尸体移到僻静处,自己折了两枝很大的松枝遮住了她的身子。然后向村子里继续搜索。

　　刚刚走到村口,一幅骇人的景象,又把人们惊呆了。这里有一株高大的白杨,杨树上用铁丝捆绑着一个赤身裸体的老人。面前是一大堆柴火的灰烬。他的全身都成了赤红色,上身前倾,早被烧成弓形。连白色的树干,也被熏黑了一截。最刺眼的,在他的小腹上,还用长钉子钉着一张四四方方的印刷品,上面盖着朱红色的大印。郭祥以为是敌人贴的什么传单,凑近一看,原来是一张朝鲜民主主义人民共和国的土地证。

　　郭祥不禁打了一个寒战,猛地想起自己的父亲被"还乡团"开肠破肚,把血淋淋的心肝挂在树上的情景,心里一阵剧痛,就好像那根钉子是钉在自己身上似的。他让战士把老人从树上解下来,自己伸手把那根钉子拔掉,把沾着血迹的土地证仔细折好,压在死者的身体下面,然后忍痛继续向村子里搜索。

　　他们穿过几条街,满街都是鸡毛、猪毛。除了一些狼藉的尸体以外,仍然看不见一个人影,听不见一点人声。这是连一点哭声也听不见的村庄!

　　郭祥在村南口停住脚步,正要吩咐战士们去掩埋死者,猛然瞥见村南洼地里有一个穿着白衣白裙的朝鲜女人,正弯着腰在那里挖掘什么。那个女人一抬头,看见郭祥他们在村口出现,突然惊叫一声,连忙丢下她挖掘的东西,向近处的一片松林里飞跑。

　　"快喊住她!"郭祥吩咐人们。

　　"吽咆!吽咆哮①!"花正芳用他尖尖的声音喊着。

　　"阿姊妈妮②!"郭祥也喊。

　　那位朝鲜妇女听见喊声,反而跑得更快了。花正芳见她不肯站住,一边喊一边追了上去。

　　郭祥正要喊住小花子,叫他不要追,只见那个朝鲜妇女猛然停

---

① 吽咆哮:朝语"喂,喂"。"吽咆哮"表示更客气些。
② 阿姊妈妮:朝语"大嫂"。

住脚步,转过身来,显出十分英勇果敢的样子,一挥手,狠狠地扔过来一个圆圆的小东西,接着"轰"的一声,在树林边上霎时腾起了一一片蓝烟。

郭祥知道她误会了,连忙对联络员小李说:

"快告诉她,我们是志愿军!"

"吙咆哞! 我们是中国人民志愿军!"小李用朝语一连喊了几声。

"我们是中国人民志愿军!!!"大伙也跟着喊。

对方没有答话,躲在一棵松树后面,沉着地窥视着。

呆了好半晌,她试探着在松树后面露出身子。等她完全看清出现在她面前的这支部队时,她才走出树林,向花正芳连跑了几步,喊了一声"吉文衮东木",就抱着花正芳的臂膀哭了。

郭祥他们立刻赶上前去。看样子这是一个二十七八岁的十分强壮的劳动妇女,手里握着一个小甜瓜手榴弹,身上沾满了泥土。她紧紧地拉着花正芳,哭个不停。

"阿姊嬷妮! 别哭! 阿姊嬷妮!"郭祥心里火辣辣的,连声地说。

联络员小李把郭祥的话翻译过去,朝鲜妇女拾起胸前的飘带,拭着眼泪,呆了好半晌才说:

"我的男人和孩子全叫治安队杀死了! ……我一颗泪也没掉,可是见了你们,就再也忍不住了!"

"治安队跑远了么?"郭祥急问。

"早晨跑的。"女人收住泪说,"我在大山上看见他们向南跑了,就下山来刨我的孩子。孩子叫他们活活摔死,扔到那边大坑里啦!"

"在哪里?"

"就在那里。"她顺手一指刚才刨土的地方,"他们摔死了50多个劳动党员的孩子,都丢到那个大坑里了。我想把我的孩子挖出来,再看他一眼,给他另埋一个地方。可是刨出来一个看看不是,再刨出一个看看又不是……"

说着,她把手榴弹系在腰际,领着大家来到大坑旁边。这是一个两丈见方的新挖的土坑,上面只盖了一层薄薄的新土。一个地方露出了半个孩子头,一个地方露出一只肥胖的小脚丫儿。在一个角里,扒开了一个坑,湿土上显露着深深的指印。大概就是这个朝鲜女人刚才伏在那里扒土的地方。

同志们再也忍不住了,许多人背过脸,眼泪洒在土坑旁边的湿土上。……

"阿姊嬷妮!"郭祥声音喑哑地说,"我看你就别再找了,既然都是党员的孩子,就让他们在一起吧!"

"可也是……"朝鲜女人点了点头,"你们不知道,他爸爸多喜欢他!我总觉得把他们父子俩埋在一处,也是对他的一点安慰似的。他临死也没有见这孩子一面。……"

"他爸爸是怎么死的呢?"

"被活埋的。"女人说,"那还是敌人第一次打到这里的时候,他在山上当游击队。有一夜下山侦察,被治安队抓住了。这些坏蛋,在村西挖了一个大坑,把党员和群众活埋了200多个。他们把我的男人也绑到那里,叫他对着大坑站着,然后对他说:'你的死就临头了!快认错吧,你为什么分我家的土地?'我男人就说:'认错?我当初留下你一条狗命,这就是我最大的错。'那些家伙就往坑里推他,他瞪着眼说:'滚开!你们瞅着,我下去站着死,不能眨一眨眼!'他高声喊着:'朝鲜劳动党万岁!金日成万岁!'就跳下去了。志愿军打过来,敌人逃走了,我才把他挖出来,他真是站着死的!……"

朝鲜妇女的脸上,这时候流露出一种庄严、自豪的神情。沉了沉,她又说:

"敌人害了我的男人,这回又来害我的孩子。治安队说:'孩子虽然不是党员,可他是党员的孩子,也不能留!'"

"孩子几岁了?"一个战士问。

"才刚刚四岁呀!"女人说。她目光直直地望着土坑,"同志,你不知道,我这孩子长大多不容易。……解放以前,我们一家一坪土地也没有,是给日本人看坟地的,生活苦得不用提了。解放以后,我们家分了九百坪水田、八百坪旱田。看见生活有指望了,心里一痛快,这劲儿就像用不完似的。我们两口就不分白天黑夜没命地干活。我白天下地,夜间织布;我男人白天种地,夜间开会,没有一点空闲。我怕孩子耽误干活,种地、打场就把他放在家,拴在柱子上,下面用东西垫着,让他觉得像背在妈妈背上似的。我就是这么哄他。晚上织布,我把大枕头竖起来,把他拴上,一边织布,一边逗着他笑。小孩长大了,不能拴他了,我一下地,他就追到地里吃奶,我就又吓唬他：'你要吃奶，我就叫内务署把你抓去。'我的孩子，就是这么长大的。……这孩子，谁都夸他好！还不到四岁，你把钱放到小筐里，他就能端着小筐去买东西。村里人都喜欢他，不是这家把他藏起来，就是那家把他藏起来，故意让我着急，把我急得快要哭了，他们才把他放出来。……他爸爸死了，我没有让他知道。别的小孩说：'你爸爸叫治安队抓去打死了！'他说：'我爸爸没有死，我爸爸到平壤去了，金日成将军叫他赶大车呢！'说到这儿，他还把小拳头一伸：'我叫我爸爸回来，把治安队统统杀死！'就是这话，也传到治安队耳朵里去了，他们就下狠心要害我这个四岁的孩子……"

大家静静地听着。朝鲜女人又接着说：

"治安队一来，就把我和孩子抓去，关在村西仓库里。那里陆陆续续抓来了三百多人。孩子不懂事，看见这里又黑又闷，就哭着说：'妈妈呀，妈妈呀，把我放出去吧，放出去吧，我以后再不碍你干活了！'叫得许多人滴了眼泪。头一天，治安队没有动手，谁知道他们正在挖坑呢。第二天一早，仓库门唰啦一声打开，进来三四个狗东西，治安队长就指着我说：'朴贞淑！你们一家过去有点太高兴了吧。你们分了我几坪地，把孩子绑在柱子上干活，我看你高兴得着了迷了。今天，我来替你照看照看这个孩子，让你往后干活也清静清静！'我一看，他们要抢我的孩子，就急了，我就说：'你们这群没有人性的狗东西！你们杀了他的爹还不够，连这个不懂事的孩子也要毁掉么？告诉你，你们在这里是呆不长的！'这个坏蛋，嘿嘿冷笑了一声，说：'朴贞淑！我也告诉你：日本人在这里呆了50年；这次美国人进来，要呆上一千万年！'说着就来夺我的孩子。孩子哇哇地哭着，朝我的怀里钻，两只小手紧紧地拉住我的裙子不放。这时候，我的心都要炸了，可是全身捆绑着动转不了，我就用脚踢他们，用牙咬他们。他们一枪把就将我打昏过去。等我醒过来，孩子已经没有了。整个屋子的人都哭个不住。他们告诉我，孩子临被抢走的时候，那些狗东西还在后面哗啦哗啦地拉着枪栓吓唬他，孩子一个劲地哭喊着：'我不敢啦，我不淘气啦，我再不吃奶啦！'时间不大，治安队就进来说：'你们别哭啰！你们的孩子已经埋起来了，到明年春天让他发芽！'……"

土坑周围的战士们，起初是悄悄地抹泪，这时已经有人抽抽搭搭地哭出了声。

"是谁在哭?!"只听郭祥大声喊道。他目光炯炯地扫视着自己的连队,"今天,朝鲜老百姓,需要的是报仇,是敌人的血,不是我们的眼泪!"

他的喊声立刻止住了哭声。

"他们让我们的孩子发芽!"郭祥咬着牙说,"让他们瞧着吧,我们先要这群狗杂种在地下发芽!"

同志们静静地凝视着郭祥,只见他的嘴唇咬出了一排血印。……

"阿妈妮!"郭祥转过脸问,"关着的三百多人呢?"

"已经烧死啦!"朴贞淑说。

"全烧死了么?"人们惊问。

"统统烧死了。"朴贞淑说,"治安队把我的孩子摔死以后,又逼着我们去给他摘棉花,我就偷跑了。我一个人坐在大山顶上,想哭,又哭不出一滴眼泪,就是把我的心割开,也出不了这口恶气。我想,古话说,仇要以血来报。我们是独木桥上遇到的对头,有你无我,有我无你,我真恨不得把敌人抓过来,把他们咬死,吃了他们的肉。我就跑到深山里找到了游击队,恳求他们给我两颗手榴弹,准备下来报仇。天亮以后,我在大山头上,望见仓库起火了,接着治安队向南逃跑。游击队去追敌人,我才回到村里,一看关在仓库里的乡亲们全烧死了。……我就跑到这里来刨我的孩子……"

"同志们!"郭祥用他那燃烧得成了玫瑰色的眼睛扫了大家一眼,庄严地喊道,"大家看看这些阶级敌人,这些反革命,残忍到什么程度!他们不是人,他们是两条腿的野兽!他们想用血洗来镇压革命,想用斩草除根把人民吓倒;但是人民是斩不尽杀不绝的,是吓不倒的!这里被惨杀的,都是我们的阶级兄弟,他们的仇就是我们的仇!他们的恨,就是我们的恨!我们出国,就是要坚决为朝鲜人民报仇,让那些狗杂种多付出几倍的血!……"

"坚决为朝鲜人民报仇!!!"

"坚决消灭敌人!!!"

大家掀起怒涛般的口号声。

郭祥又继续大声讲道:

"现在,我们马上行动,到街上去,到仓库那里去掩埋朝鲜同志的尸体,不要让他们的尸体暴露在外面……"

"不要动!"有人突然打断郭祥的讲话,在人群后面喊了一声。

郭祥回头一望,见政委周仆,披着他那件半旧的军大衣站在那里。原来他已经来了多时,由于人们精神过于集中,没有发现。

人们静静地注视着他。他的脸上似乎也有几滴泪痕。他走向前来,同朴贞淑握了握手,然后转向大家。

"同志们,关于掩埋尸体的事,其他连正在做,你们不必去了。我建议你们立刻展开一个讨论。"他提高声音说,"今天,你们看到的事情,听到的事情,就是咱们出国以来最重要的一课。这是敌人用人民的鲜血给我们上的一课。他们既然给我们上课,我们就要好好讨论。我希望每个同志都好好想想:这些反动家伙为什么这样的残暴?他们是依靠什么势力竟敢这样疯狂?根据同志们的体会,中国的地主同朝鲜的地主有什么不同?如果美帝国主义打到我们的祖国,会不会出现这样的情况?甚至更严重的情况?我认为,要多想想这些问题,对提高我们的觉悟是有好处的。……"

"现在就讨论么?"郭祥问。

"马上讨论。把部队带到那片树林子里去。"

郭祥从一个战士的背包上,抽出一把圆锹,铲了几锹土,把露出来的半个孩子头和一条小孩腿盖上,然后就带着他的连队往小树林子里去了。

周仆让联络员小李留下来,陪同自己安慰朴贞淑,同时动员她到别的连队讲述自己的经历,来教育部队。朴贞淑点头答应,随着小李向别的连队走去。

周仆来到松树林的时候,战士们已经开始了讨论。他们坐在自己的背包上,枪靠右肩,深深地低垂着头。他们每一个人都在思索着自己的经历、自己的一生。这些在中国苦难的大地上生活过来战斗过来的人们,每个人都不缺少苦难的过去。这些苦难,就像地下深厚的炭层一般埋藏在他们内心深处。没有人能够说出这些炭层的蓄量和它的深度。刚才政委提示的问题,正像一把深入地层的大火一样,把这一切又重新照亮,重新燃烧起来。

阴沉的天空,不知什么时候飘起了雪花。它静静地落在战士们的栽绒帽,落在战士们的肩头,很快就积了薄薄一层。但是战士们仍然低头沉思,仿佛没有觉察似的。

在初战中,以刺死三名美国兵而闻名全团的花正芳也站起来发言了。这个平时温和腼腆的青年,一向说话不多,今天却攥着斜挂在胸前的冲锋枪,气昂昂的。一开始他的声音又尖又亮,但是一提过去,就说不下去了。

"我是在老解放区长大的,俺爹是贫农团长。……"他断断续续地说,"自从实行土地改革,地主就把我们恨死了。国民党拿着美国武器一过来,他们就组织了'还乡团',跟在后面。就同这里的'治安队'一模一样。他们专门做了一块很大的钉板,上面是一排排的长钉子,走到哪里就抬到哪里。俺爹被抓住以后,他们就把他浑身上下扒个精光,然后就指着俺爹说:'你不是领着头闹翻身吗?今儿个,我们就叫你来个大翻身!'说着,就把俺爹推倒,逼着在钉板上滚。他们还举着鞭子叫:'翻哪!再翻!给我翻个够!'没有多大工夫,俺爹就半死不活,全身上下连一块好地方也没有了。……最后,这些狗东西又把俺爹扔到大河里,还恶狠狠地说:'共产党不是叫你们吐苦水吗?今儿个我叫你给我统统喝进去!'……"

花正芳哽咽着说不下去,停了好半晌,才握紧冲锋枪大声说道:

"看了今天的事情,我更清楚了,天底下的穷苦人是一家呀!我一定要坚决为朝鲜人民报仇,把那些披着人皮的豺狼统统消灭!……"

花正芳的话音未落,调皮骡子王大发就挺身而起。他的眼睛不知什么时候哭得红红的,但神态仍然十分矜持,不愿意叫人看出他是很悲伤的样子。

"要诉苦,我的苦比谁也不算少;要讲地主的反攻倒算,我也不是见过一次两次。"他竭力使自己的发言,保持着平静的语调,"我不记事的时候,就被卖到别人家里,刚脱了开裆裤就给地主放猪。你们再苦,恐怕还是跟爹娘一块睡觉的吧,糠糠菜菜总还有得吃吧,我呢,大冬天,冻得我和猪一块睡觉,饿得我从石槽里抓猪食吃。……"他倔强地把头一摆,"这全不说。再说,你们再苦,总是有父母的吧,受了冤屈,总是可以找父母去哭一场吧,我呢,直到八路军来了,父母才把我找回。以后国民党又来了,就因为分了几亩地,狗地主把我父亲捆上,从高房上往下面摔,一次不行,两次,三次,直到把我父亲摔得七窍出血……狗地主说:'这就叫彻底大翻身!'……"他咬着牙控制着自己的感情,终于没掉下一滴眼泪。停了一会儿,又接着说,"今天,我不想多谈这一方面的问题。我想谈的主要是我自己的检讨。现在回想起来,自从全国解放,蒋介石王八蛋逃到台湾,我就对形势的认识发生了错误。我觉得反动派的八百万军队全消灭了,他们再成不了大气候了。人民的江山已经坐牢稳了,我可以歇歇气去鼓捣鼓捣我那个穷家了。可我就没有想到,天底下还有受苦的人们,就在离我们不远的地方就有人受苦。特别是还有帝国主义、反动派兴妖作乱,时时刻刻都想推翻我们,让我们把吐出来的苦水再喝进去。现在想起来,我完全不符合革命战士的水平!我觉得我对不起党,对不起祖国人民,也对不起这些被杀害的朝鲜人,对不起那个朝鲜大嫂,更对不起埋在大坑里的50多个三四岁的孩子。……"

说到这里,他再也克制不住自己,抱着枪,坐在背包上,哭了。

这时,只听后面"噗咚"一声,一个战士歪倒在地上,接着几个人围上去喊:

"刘大顺!刘大顺!"

"他怎么啦?"郭祥忙问。

"他晕倒了!"六班长一面把刘大顺托在肘弯里,一面回答。

郭祥抢过去一看,只见刘大顺满脸泪痕,脸色煞白。他急忙招呼卫生员打针,六班长摇摇头说:

"不要紧,他这人有个气迷心症,呆一会儿就过来了。"

讨论会行将结束,周仆正准备给战士们讲讲话,这时,只听树林外传来一阵急雨般的踏踏的马蹄声。他往林外一看,只见两个骑兵通讯员带着他的枣红马飞奔而来,到了面前,跳下马打了个敬礼。

"报告政委,团长说有紧急任务,请你马上回去。越快越好。诉苦教育也马上停止进行,叫部队赶快准备干粮。"

周仆点点头,立即翻身上马,随着通讯员,向团部驰去。

雪在不停地飘落着,越下越大了。鹅毛般的雪片,顷刻间已经盖住了森林,盖住了山峦,也盖住了还在冒烟的灰烬和那一处处被残害者的新坟。白雪呵,飘扬的白雪,你是惯于用你那单纯美丽的颜色,来掩饰这人间的一切的;纵然你暂时遮掩住这块土地上的斑斑血迹,但是你怎能掩盖住人民心头的伤痛,平息人们燃烧的仇恨呢!医治这伤痛的,平息这怒火的,在这世界上只有一种东西,这就是这伤痛和仇恨制造者的血。……

第八章 闸 门(一)

周仆飞马赶回团部,在山沟沟门的一家茅屋前翻身下马。

他一面扑打着雪花,朝屋里一望,只见邓军正迎着门口的光亮,伏在炕上看地图呢。他手里拿着一根火柴棒,在地图上聚精会神地量着。直到周仆走到门口,开始脱鞋,他才抬起头来,把火柴棒往地图上一丢,说:

"哎呀,老周,你跑到哪里去啦?"

他没等周仆回答,就从口袋里掏出一封电报,说:

"快瞧瞧吧,大买卖来啰!"

周仆接过来,坐下一看,这是一封志司转发军委的特急电报:

庆祝你们歼灭伪二军团主力的大胜利。

这一胜利,已经造成战役迂回的有利条件。望我左翼第五军迅速迂回缚龙里一带,第四军迂回肃川、顺川一带,坚决截断美二师、二十五师及骑一师自价川至平壤的逃路。以上部队应该不怕一切疲劳,排除万难,勇猛前进。

周仆一连读了几遍,一时挺挺腰板,咳嗽几声,一时又摘下帽子,搔搔头发。他的头发上冒着热气,脸色红彤彤的,显得格外兴奋。

"能轮上咱们团吗?"他问。

"这你就不用操心啰!"邓军冲他一笑,"咱们团的前卫。"

"是你争取的吧?"

"当然。"邓军又笑了一笑,"不过,命令很严,限我们明天早晨八点以前必须赶到。"

"这缚龙里到底有多远哪？"周仆一边问，一边伏下身子望着地图。

邓军拾起火柴棒，指指德川，然后顺着大同江弯弯曲曲的黑线，一直指到价川下面的缚龙里，说：

"我量了好几遍了，140多里，不会再少。"

"敌人离缚龙里呢？"

"比我们近多了，最多50多里。"

"唔，这就是说，我们在远两倍的路程上，用两条腿同摩托车赛跑。"

"对啰。"

周仆沉吟了片刻，说：

"你看能不能提前出发？"

"你说是白天出发吗？"邓军抬起头问。

周仆点了点头。

"这恐怕不行。"邓军说，"如果暴露了企图，敌人跑得更快，就更难抓住它了。"

"要是把伪装搞得好一点呢？"周仆寻思着说，"今天正好下雪，大家把棉衣翻穿，飞机不大容易发现目标，这样就争取了时间。……不过要经过师里的同意。"

邓军立刻抓起耳机同师里通话，竟得到了批准。

半个小时以后，邓军和周仆率领的前卫团，已经出现在风雪弥漫的大道上。这支部队的每个成员，都按照严格的规定，把棉衣棉裤的白里冲外穿着，绿色的栽绒帽也蒙上白毛巾，小向包袱皮系在脖子里，像斗篷一样披在身后，霎时间变成了一支白盔白甲的队伍，在白色的山峦间向前急进。

为了免得动员工作延误时间，周仆把大部机关于部分插在各个连队，一边走，一边向战士们说明任务的重要。邓军和周仆把自己的乘马留在后面，收容病号。他俩在队伍里串来串去，同战士们亲热地打着招呼，给大家鼓劲。

有两批敌机在上空出现，部队就隐伏在路边的雪地里，一点也没有暴露目标。天黑以前已经走出20余里。随后就拐上了一条通向西南的山间小公路。虽然上空乌云沉沉,但毕竟是月黑夜,再加上白雪的反光,道路并不算太黑,这支部队就放开脚步奔驰起来。在静静的山谷里,只听见一片唰唰的脚步声。这支军队,在井冈山以来的几十年的革命战争中,练就了一种罕见的行军力。它既不是一般的走,又不是跑,而是介于走与跑之间的飞速地、坚韧地移动。在朦胧的夜色里,有时你觉得它轻悄得竟仿佛像离开地面似的,远远望去,真如同一条长蛇向前飞行。

午夜时分,已经赶了80多里。疲劳和困倦开始袭扰着人们,速度慢下来了,而且这时,部队已经离开小公路来到大同江边,走的是蜿蜒曲折的江边小路。这里一边是山,一边是水,山势陡峻,路径窄小,那些习惯于一边行军一边睡觉的老兵们,在这里也不能充分发挥他们的特长了。不断地有人跌下山坡,接着又爬上来,跑几步跟上部队。尤其在黎明之前的这段时刻,人们的困倦达到顶点,整个部队就像喝醉了烧酒一般,歪歪斜斜,简直是在睡梦中行进。前面如果有一个人停下来,后面马上就会有一连串"车厢"顶撞上去。

郭祥的连队,同样被这恼人的困倦袭扰着。但那些老兵们,例如调皮骡子这样的人,自有其一贯地对付这种困倦的方法。他们不但善于在行进中睡觉,尤其能利用三五分钟的小休息。一般人惟恐掉队,是不敢在这短暂的时间里放胆熟睡的;他却不然。他同他的背包一起拦路躺着,大模大样地像睡在自家的热炕上似的。只要部队一走,就会有人把他踩醒。虽然挨上一脚,却能够睡上甜甜的一觉。得失相较,还是比较合算的。

天亮时,已经赶出了120里路,人们的精神振奋起来。再加早晨的冷风一吹,顿时清爽了许多。这时雪早停了,但大家被汗水浸透的棉衣棉帽,却结了很厚一层霜雪,连眉毛、胡须都成了白的,简直像从喜马拉雅山来的"雪人"。大家彼此谑笑着,也使一夜的困倦为之一扫。

离缚龙里越来越近了。朝鲜向导说,再过一道山就是缚龙里了。人们的心情越发不安起来,不知敌人是否跑掉。大家不由自主地加快了脚步,最后的十几里路,简直是跑步前进。

郭祥率领着自己的连队,滋滋地往前直钻。因为他们是前卫连,生怕误事,他那栽绒帽的帽耳朵,早在几十里以外就翻起来,可是又没有系好,一走就呼扇呼扇的。驳壳枪在身后卜浪卜浪的,他嫌碍事,把它插在背后的皮带上。他一边往山上爬,一对黑眼珠骨碌碌地观察着周围的动静。还没有爬上山顶,就听见一阵嗡隆嗡隆的摩托声。开头他还当是敌人的飞机,正要招呼部队注意防空,跑到山顶的花正芳喊:

"连长,快快,敌人的汽车过来了!"

郭祥三脚两步嗖嗖地爬上去,往山下一看,只见贴着对面山脚一条公路,有十多辆十轮大卡车正一辆接着一辆由北向南急驰。"好,兔崽子,到底赶到我们前边来了!"郭祥在肚子里咕噜了一句,立时喊:

"六〇炮快上!快给我堵住!"

六〇炮手赶上来,没有使用炮盘就发射了。顿时在卡车中间升起了几团灰黑色的浓烟。前面的卡车飞快地跑过去了,后面的三辆犹豫了一下,慢下来。郭祥立时命令三排冲了下去。

坐在车上的敌人,为数不多,他们仓皇地还击着,时间不大,就结束了战斗。三排的战士们欢腾地吵嚷着,说笑着走上山来。郭祥一看,前面押着的是十多名惊慌的俘虏;战士们走在后面,每个人怀里都抱着一大抱饼干、罐头、香烟和酒。小鬼班的小鬼们,一个个笑嘻嘻的。有的说:"我还没打过这样的仗哩,一开头就先来个慰劳!"有的说:"他知道咱们赶路辛苦了嘛!"有的说:"过去是蒋介石当运输队,现在是他们亲自来搞运输了!"还有人说:"什么运输队,这是不折不扣的慰劳队!"

他们一上来,抢着把东西放在连长面前。还有人当场把成条的纸烟打开,十分大方地一盒一盒往人的怀里扔。整个连队都沉在欢腾的气氛里。可是郭祥的脸色却显得不太高兴。小钢炮说:

"连长,你怎么啦,打了胜仗你还不高兴呀?"

"我的傻同志!"郭祥说,"你看我们跑了140多里路只咬着敌人一个尾巴,大队人马怕是过去了吧?"

他立时把文化教员李凤找来审讯俘虏。原来这是美二师的后勤部队,准备先把物资运往平壤。整个美二师、二十五师和骑一师的主力都还在后面呢。郭祥一听,立刻神采飞扬,如果不是在俘虏面前,他真会跳起来,翻几个跟斗,才能发泄他那股高兴劲儿。

刚把俘虏押送下去，营长陆希荣和邓军、周仆已经赶上来了。郭祥报告了情况，邓军的黑脸上露出极其动人的笑容。他聚精会神地察看了周围的地形。北面不远处就是缚龙里，骑着公路，错错落落地约有几百户人家，南面不远处是大同江，一条正南正北的公路正穿过这道长长的峡谷。在峡谷最狭窄的地方，有一座六七十米高的小山，像一只大拳头似的正好卡住公路。邓军和周仆、陆希荣商量了一会儿，确定把这里作为防御的重点，由郭祥带领三连扼守。二连作预备队。陆希荣带领营部和一连伸到大同江边，打击南面可能增援的敌人。其他两个营也分别布置在公路东西两侧较后面的山岭上作为机动。团指挥所和迫击炮连设在后面的高山上，部署完毕，邓军命令部队立刻带开，尽快地挖掘工事，准备死守，坚决不能放过一个敌人。

郭祥兴冲冲地把部队带到指定的小山上。他知道敌人的炮火会比较猛烈，阵地上不宜布置过多的兵力，正面只放了两个排，把一个排隐蔽在侧翼，为了突击方便，还把一个班伸到山脚贴近公路的地方。郭祥深知即将到来的将是一场恶战，对工事的要求分外严格。为了给大家鼓劲，他把棉衣一脱，撂得远远的，露出他在运动会上赛跑得奖的背心，挖掘起来。整个阵地上，发出一片小锹小镐和冻土搏战的叮叮当当的响声。

八时许，太阳已经升起老高了，望望北方，静悄悄的公路上还不见一个人影。人们焦躁起来，纷纷问道：

"连长，敌人怎么还不来呀？"

"许是俘虏撒谎了吧？"

正在这时候，由远而近，传来轰隆轰隆的摩托声。郭祥往远处一望，公路尽头，出现了几辆汽车，红色的霞光照得挡风玻璃明晃晃的。接着又出现了坦克，随后又足无数的汽车和坦克急驰而来。顷刻间，汽车和坦克连成的长队，一眼看不到头，看去总有七八百辆、千把辆的样子。汽车上满载着戴着钢盔的步兵，车后拖着大炮，气势汹汹地涌了过来。

"准备战斗！"郭祥无限威严地大喊了一声。

在第一声枪响之前，即使老战士也不免处于一刹那的紧张状态，何况敌人今天是这样的阵势！虽然郭祥明明看到战士们的手指已经贴近了扳机,仍然习惯地大喊了一声,来给同志们助威壮胆。

敌人越来越近。现在已经清楚看到:前面是四辆吉普,后面是十多辆卡车,再后是十多辆坦克,再后又是数不尽的汽车和坦克。沉重的摩托声和坦克嘎啦嘎啦的怪响,响成一片,就像发了大水似的,整个山谷都震动起来。

"关键问题,是先打坏前面的汽车,来堵住坦克,这仗就好打了。"郭祥冷静地想。

"听我的口令!"郭祥又喊道,"集中火力,先打汽车!"

直到汽车开近山脚,郭祥才把驳壳枪举起来,"乓、乓、乓"一连打了三枪。

三枪过后,轻重机枪和六〇炮突然猛烈地开火了。顿时,卡车上的美国兵,恐怖地怪叫着,纷纷跳下车来,乱藏乱躲。有的钻到汽车下,有的往坦克的后面涌,鬼哭狼嗥,乱成一片。六〇炮很快地修正了偏差,准确地打在卡车上,有几辆卡车立时冒烟起火,有两辆小吉普,本来已经开过去了,这时又懵头转向地掉过头来,翻在路旁的车沟里。有一辆通讯车,由于它的突然刹车,后面的车辆仰着两个前轮,好像一匹马扬起前蹄,搭在它的车身上面去了。

"好哇!打得好哇!"

战士们在战壕里跳起脚高喊着,各个山头上都传过来雷动的欢呼声。

团里的迫击炮和重机枪也开火了,他们集中轰击和扫射着后面卡车上的步兵和跳下车向后逃命的步兵。那些步兵成堆地死在汽车下和离开汽车不远的地方。有的还没跳下车就被打死,头冲下从车厢上倒挂下来。

郭祥为了彻底把公路堵死,吩咐前沿班立刻出击,把前面的十几辆卡车统统击毁。在一片手榴弹的火光中,汽车纷纷冒起几丈高的黑烟。滚滚的黑烟立时布满了山谷的上空。

"好哇,到底把狗日的堵起来啦!"郭祥微微一笑。

被打蒙了的敌人,逐渐清醒过来。他们开始明白,如果不夺出一条路来,全军覆灭就在眼前,于是,卡车后面的那辆坦克嘎啦嘎啦地向前爬着,像猪拱地一般,把前面冒烟起火的卡车一辆一辆地都拱翻到公路下面的深沟里。

郭祥一看急了,正要派人去打坦克,这时候,只见从前沿小鬼班的散兵坑里跃出一个人来,提着手榴弹向坦克追去。坦克一边跑,他一边追,向坦克滚动的履带里插手榴弹,连插了两次都滚落下来。这个战士见不成功,抓住坦克上的铁环,一腾身就攀了上去。他拼命地去掀坦克上面的盖子,但是怎么也掀不开。坦克已经驮着他走出老远了。只听小鬼班班长陈三粗喉咙大嗓地喊:

"小钢炮下来!小钢炮快下来!"

"下来啵!别让敌人把你驮走啰!"小鬼班的小鬼们也用他们尖尖的声音喊着。

眼看坦克开出有一里多路,小钢炮才无可奈何地跳下来了。

第二辆坦克也开动了,一边跑一边示威性地连续开了几炮。郭祥一看第一辆坦克跑了,第二辆眼看又要跑脱,急得额头上的汗珠乒乒直掉,马上大声喊道:

"谁去打第二辆坦克?"

阵地上忽地站出30多个人来,一片声嚷:

"我去!"

"我去!"

花正芳扯扯连长的袖子,无限诚恳地几乎是用哀求的语调说:

"连长,你不是早就答应过我啦?"

"我就不行吗?"调皮骡子王大发在那边喊,"什么任务也挑不上我!"

"还是花正芳有把握些。"郭祥心里咕哝了一句,立即说道,"花正芳,你去!"

郭祥的话还没有落音,花正芳已经放下冲锋枪,提着一支从别人手里抢过来的爆破筒,冲下去了。他的动作极其敏捷,很快地就追上了第二辆坦克。他巧妙地避开坦克上机枪的射击,把那支爆破筒牢牢插进履带里。为了不使爆破筒滚落下来,拉了火以后,还扶着它走了几步,直到快爆炸时,才跳到路旁的车沟里。只听轰隆一声巨响,坦克的履带哗里哗啦碎断在地上,不动了。阵地上顿时掀起一阵欢呼声。

这时候,第三辆坦克惊惶地、焦急地开动起来,一面用机枪疯狂地扫射,一面向前急驰。花正芳早已从路沟里露出头来,等到这辆坦克开到身边,一腾身就攀上去了。他这时的棉衣还是白里冲外,在硝烟弥漫之中,远远望去,就宛如一只白鹤,高高地站在乌龟背上。这小伙子真沉着得惊人,他慢慢地坐下来,就仿佛坐在自己的车上,不慌不忙地揭去手榴弹的盖子,把导火索用舌尖舐出来,套在手指上,然后向前探着身子,就像一个有经验的捉蝈蝈的孩子一样,悄悄地把手榴弹向坦克的瞭望孔伸近。不料此刻,盖子突然打开,一个美国兵的头露出来,花正芳急忙转身去抓美国兵的头发,已经迟了,只听"砰砰"两声枪响,花正芳身子一歪从坦克上滚了下来。……

郭祥眼都红了。正要找人打这辆坦克,不知什么时候,调皮骡子早已站到面前,怀里抱着一捆集束手榴弹,腰里还插着两个飞雷。他用一种哀求的眼光望着郭祥,激动地说:

"连长,我一辈子不说软话,现在非说不可了! ……不管我多么落后,咱们也是老战友了……咱俩有意见是另外一个问题,可你不该不给我任务……"

"你是要炸这辆坦克吗?"

"这还用说! ……连长,人家都打坦克立功,你就不许给我一个机会,叫我补补过吗?"

调皮骡子说着,眼泪都快要掉下来了。郭祥把手一挥:

"好好,你去。"

"你瞅着吧。"调皮骡子喊了一声,顺着山坡扑了下去。

王大发刚要接近坦克,坦克上的机枪向他疯狂地扫射着,逼得他抬不起头来。这时,只见这个饱有战斗经验的老兵,一扬手投过去一颗手榴弹,倏地腾起一团浓烟,接着就钻进浓烟里逼近了坦克。他把一捆集束手榴弹放在履带下拉了火。只听"轰隆"一声巨响,坦克不动了。

"这家伙倒是有战斗经验!"

阵地上的人们赞叹着,正为他的成功高兴,哪知这辆坦克仅仅受了伤,履带并未炸断,呆会儿又呼隆呼隆地响起来。它向前爬了几步,想从那辆被击毁的坦克旁边硬挤过去。试了几试没有成功,为了离开这个危险地带,就倒着向北开去。调皮骡子看见坦克要跑,就飞也似的追上去,攀上了坦克。为了接受刚才花正芳的教训,就干脆坐在顶盖上,一边冷静地寻找窍门。坦克向北越开越快,眼看接近了大队汽车,隐伏在道沟里的敌人一齐向他开枪射击。阵地上的人们都替他捏了一把汗,纷纷喊着:

"快下来,调皮骡子!"

"不要大意呀!"

但调皮骡子并没有跳下来,而是在密集的弹雨中,不慌不忙地把他那个瘦身子贴在坦克上。他的一只手似乎在油箱处摸索着什么。突然一个腾身滚下来,接着火光一闪,顷刻腾起一大团浓烟和沉重的雷声,那辆坦克已经不动了。

"好哇！起火了！起火了！"人们欢腾地喊着。

这时,花正芳已经被救起,背到山后。

郭祥连忙走过去,看见花正芳静静地躺在山坡上,肩胛上流出了一大片鲜血,把棉衣的白里染得通红。他那俊秀的脸,越发显得苍白,眼睛微微闭着,就像睡着了一般。卫生员正剪开他的袖子,匆忙地包扎着。

"小花子！怎么样呵?"郭祥伏下身子轻声地问。

他微微睁开眼睛,望着郭祥。

"我大意了……"他抱歉地并且有几分羞涩地笑了一笑。

"伤口很疼吧?"

"几天就好了……"他又温和地一笑。

郭祥仔细看看负伤的部位,不像伤了肺,才放了心,叫卫生员赶快把他送到绑扎所去。卫生员刚背起他走了几步,他又叫卫生员停下,回过头,低低地叫了一声:

"连长……"

郭祥看他有话要说,连忙赶上去。

"连长,你的两双袜子已经补好……打在我的背包里了,你叫他们取出来吧！……"

"好,好。"郭祥连声答应着,心里热烘烘的。

"我很快就会回来的!"花正芳又笑了一下,把头搭在卫生员的肩头上,走下山坡去了。

郭祥回到原来的位置,见调皮骡子喘吁吁地飞跑上来。他的帽子不知什么时候掉了,满头满脸的土,就像土地爷似的。

"刚才打住你了没有?"人们问。

"枪子儿什么时候也不找我。"他傲慢地一笑。

"好好,"郭祥上前握住他的手说,"打完仗马上给你评功!"

"什么功不功的……"调皮骡子满不在乎地把手一摆,"连长,先别说这,我要马上向你报告一个非常重要的情况!"

"什么情况?"

"你来看,"调皮骡子转过身,往北一指,"在那辆破坦克后面,第三辆和第四辆都是弹药车。"

"看准了吗?"

"我刚才在坦克上看得真真的。"

郭祥兴奋地把手一挥,高声叫道:

"乔大夯!"

"有。"乔大夯在机枪阵地上用粗憨的声音应了一声。

"准备燃烧弹!"

乔大夯把燃烧弹推上了枪膛。

郭祥发出射击口令,只打了半梭,第三辆和第四辆卡车的车头已经扑出火来。不一时,就听见"轰轰"几声巨响,接着震天动地的爆炸声不分个儿地响起来。隐蔽在路沟里的步兵,又是一阵鬼哭狼嚎,乱跑乱钻。附近的坦克、汽车也争着向后倒退,搅成一团。顷刻间,烟雾弥漫,充塞了整个山谷,炮弹皮和被炸起来的汽车碎片在阵地上"日日"地飞落着,连我们的战士也不得不暂时躲在战壕里。

战士们纷纷嚷着:

"连长,你也快蹲下来吧!"

"好好。"郭祥连声答应,取出一支美国纸烟点着,脸上出现了得意的孩子式的微笑。

第九章　闸　门(二)

弹药车的爆炸,给人们带来了一种特有的欢乐气氛。尽管山谷里硝烟弥漫,乱飞的弹片和土块,在阵地上噼啪乱掉,人们还是从工事里伸出头来探视着,那种兴致,真好似正月十五看红火热闹一般。直等爆炸声渐渐稀落。浓烈的硝烟渐渐飘散,才看见公路一旁的稻田里,尸体狼藉像是秋收时节的谷个子,一个个地横倒在那里。那些没有炸死的美国兵,发出一阵阵呼天唤地的哭叫。有人吃力地想爬到比较隐蔽的地方,有人把头伸到泥沟里喝水。公路旁边的五六株白杨树,只剩下了一棵,其他几株都被炸断,连同树脑袋歪到地上去了。附近的汽车被炸得东倒西歪,残缺不全地匍匐在公路上,冒着一缕缕的烟火在燃烧着。还有一辆,四轮朝天仰在路边,很像是向后抢路逃走的时候滚下去的。公路已经严严实实地堵起来了。

这日寸候,敌人大概已经明白,如果不摧毁卡在公路上的这个小小的支点,单凭坦克、汽车猛闯过去是办不到的。郭祥偏着脑瓜冷静地观察着战场上的动静。只见缚龙里以北的敌人纷纷跳下汽车,在路旁集结。车队里夹着的坦克,也一辆接一辆地离开车队,在缚龙里以南一字儿排开。汽车牵引的大炮,也在公路上掉过头来,把炮口对准我军的阵地。郭祥意识到,一场恶战即将到来,在阵地上巡行了一遭,命令大家充分地做好准备。

果然时间不大,有十几发炮弹在阵地前后左右爆炸了。郭祥根据经验,知道敌人开始了试射,随即命令部队迅速隐蔽。接着,一发烟幕弹打在山坡上,腾起一团乳白色的烟雾。随后,就是成排的坦克炮弹和榴弹炮弹如急风骤雨一般猛袭过来。这座50多米长、10多米宽的山脊,顿时像惊涛骇浪中的船只那样颠簸着,郭祥坐在小土洞里,身子不断地被掀动起来,冰冷的泥沙不住地灌进脖领里,硝烟呛得喘不过气。他把鼻子用袖筒笼着,肚子里狠狠地骂道:"好狗日的,反正有你露面的时候!"

这场疯狂的轰击,大约进行了 20 分钟。轰击刚停,郭祥就从工事里露出头来。一看,敌人约有一个连的兵力,已经像羊群一般接近山脚。这些装备齐全的戴着钢盔的美国武士们,正弓着身子,伸着大长脖子,好像鹳鸟一样地迈着大长腿,小心翼翼地向前移动。

"同志们!为朝鲜人民报仇的时候到了!"

郭祥大喊了一声,想鼓舞大家的情绪,但自己却听见这声音出乎意料的微小,才知道自己的耳朵被炮弹震得有些不好使了。

阵地上的工事,有的已被炸坍,战士们纷纷地从泥土里钻出来。幸好他们事先塞住了枪口,包住了枪机,立即把泥土抖掉,摆好了射击姿势。乔大夯刚才脱去了棉衣,把机枪包着像婴儿一般地搂在怀里,现在又把它摆在射台上。

郭祥本来想把敌人放得近近的,却没有料到前沿的小鬼班已经开火了。主阵地上的两个排接着也开了火。敌人被打死二十几名,其余的跟头趔趄地窜了回去。

郭祥很有气,立时跑到小鬼班那里,大声地问:

"是谁叫你们先开枪的?"

小鬼们本来情绪很高,喊喊喳喳地议论着什么,现在你瞅我,我瞅你,傻眼了。班长陈三这个温和的中年人也涨得满脸通红。

"这事怨我。"陈三急忙承担责任说,"是我一时没有制止住他们。"

郭祥不理他的回答,继续质问说:

"你们是从哪里学来的'赶鸭子'战术?"

说着,他往前一指:

"你们瞅瞅!你们打死了多少?跑了多少?……对敌人,我们不是要赶跑他,是要消灭它!你把他赶跑,他会第二次来进攻你。你们说合算不合算?"

"当然不合算。"小罗回答说,"是刚才那阵炮把我们打恼了,一瞅见敌人就忍不住了。"

"忍不住也要忍!"郭祥使劲把臂一挥,"要咬着牙忍着,把敌人放得近近地打! 光把敌人赶跑,我们对得起昨天那位朝鲜大嫂吗? 对得起一大坑被惨杀的孩子吗?"

大家默然无语,仇恨的火再一次燃烧着人们的心。陈三咬着牙说:

"连长,你就瞧下一次的!"

郭祥又跑到几个排长那里,一一吩咐他们:

"如果谁再把敌人远远地赶跑,要受到严格的处分!"

郭祥刚刚布置完毕,敌人的第二次炮击开始了。接着又是一个连的步兵开始冲锋。大家眼看着敌人爬上了山坡,郭祥还没有发出射击信号。

山坡上寂静得可怕,连美国兵爬山呼哧呼哧的喘气声都听得真真的。

小司号员的心怦怦地跳着,他把号嘴儿贴在嘴唇上,悄声地问:

"该吹了吧?"

郭祥没有言声,目不转睛地盯着敌人。

敌人以为经过如此猛烈的炮击,山上已经没有人了,就大着胆子爬到山洼里。这里距我阵地只有 25 米左右。此刻,只听山头上吹响了"嘟——嘟——嘟——"三声长号音,接着,手榴弹像一片黑乌鸦一般纷纷盖下来,事前早已测好距离的几门六〇炮,也一个劲地向敌群里猛砸。山洼里,顷刻腾起一片蓝色的烟海。敌人四散奔逃。战士们纷纷跃出工事,居高临下地用机枪、冲锋枪猛扫着,就好像围猎一群乱冲乱窜的野兽一般。等到这股伤亡过半的敌人狼狈回窜的时候,隐伏在山侧的机动排早已迂回到山脚等候,又是一阵猛打。敌人纵有坦克、大炮也无法支援这批可怜的家伙。时间不大,他们就横躺竖卧在这片小小的洼地里。能够最后逃出这围歼的,已经没有多少了。

战士们打得兴致高极了。机动排的战士们穷追不舍地痛打着逃下阵地的敌人。为防止敌炮杀伤,郭祥赶忙让司号员发出信号把他们撤回。

"对,对,就是这么个打法!"郭祥连声称赞着,鼓励着他的连队。

战士们迅速地从敌人的尸体上搜集着武器弹药。这一切还没做完,阵地上空,接连不断地出现了敌机。总有30多架,围着这一带山峰盘旋起来。敌人的坦克炮又打过来一发烟幕弹,白烟缓缓地上升着。郭祥知道,这是地面火力在为它的飞机指示目标。果然时间不大,为首的一架敌机俯冲下来,向阵地轰炸扫射。有几颗炸弹落到山后去了。

郭祥见来势不善,正在思谋新的对策,调皮骡子跑过来说:

"连长,我这个小兵子提个建议行不?"

郭祥瞪了他一眼:

"这是什么时候,你还说俏皮话咧?"

"咳,我这穷嘴,成了习惯!"调皮骡子抱歉地一笑,"连长,你看先把主力撤到山侧面行不?……等一会专门来揍敌人的步兵。"

郭祥一向重视军事民主,见他说得有理,立即采纳,把一个多排撤到山侧面去了。

这30多架敌机的轮番轰炸,以后再加上坦克炮和榴弹炮的集中轰击,简直像要把这块狭小的山头翻转过来,整个一座山陷于烟笼火绕之中。等到敌人的步兵接近阵地,炮火和轰炸暂时停止的时候,郭祥率领部队立即冲上阵地。山头和山坡,全是大炸弹坑套小炸弹坑,焦煳煳的一片。所有的工事,几乎全被摧平。

这一次郭祥的连队打得更猛了,像前次一样,又把敌人的一个连大部歼灭在山洼里。一堆一堆的死尸,堆满了山洼,连脚都插不进去;一摊一摊的血,涂红了山岗,低洼处已经积起了血水……

这时,团部的通讯员捎来了团首长的慰问信,说要给全连立功,还询问有什么困难。郭祥指着山坡上敌人的尸体,对通讯员说:

"你回去告诉首长,叫他们放心吧,就说我们情况很好,没有困难。你还要对政委说:昨天的事,我们绝不会忘记,今天就是为朝鲜人民讨还血债的时候!我们准备把这座小山变成一座闸门,不管敌人来多少,都要让他们碰死,一个也过不去!"

通讯员把话带回团部,邓军和周仆听了都非常感动。

"这样的干部,放到什么地方,就是叫人放心。"周仆满脸是笑,赞赏地说。

"今天打得还可以啰!"邓军也微微一笑。

按照这位身经百战的团长的习惯,能够称上"打得可以",这已经就是了不起的评价了。

"这样的干部,"周仆显然兴犹未尽地说,"你就是把他放在水里火里,他也硬是顶得住,一点也不叫苦。你看,他还懂得给我们做工作,来鼓励上级的情绪!"

"哼,"邓军嘲笑说,"像这样的人你还不愿要哪!"

"你说什么,我不愿要?"

"你忘啰,政治委员!"邓军说,"人家参军的时候,又黄又瘦,你还说,小鬼呀,你走得动呵?"

周仆想起当时的情景,也笑起来了。

他们的指挥所设在高山尖稍稍下面一点的地方,在山坡背面挖了一个简陋的土洞。但他们并没有躲在土洞里,而是在山尖上观察着整个战场。他们刚才是多么担心哪,生怕敌人从公路上闯过去,尤其是在30多架飞机和几十门火炮集中轰击三连阵地的时候,这座小山已经被飞腾的烟火完全吞没。看到这种危险情况,邓军一方面组织火力来支援他们,组织对空射击来减少敌机对他们的威胁,一方面也作了阵地万一失守的准备。谁知烟火散去,这个经过洪涛冲击的闸门,仍旧顽强地屹立在那里。那一眼望不到尽头的千把辆汽车和坦克组成的长队,仍旧像一条长蛇似的僵卧着不能移动一步。看到这种情景,怎么会不叫人高兴呢!

邓军和周仆正在商量下一步如何支援三连,忽然上空响起炮弹的啸声,接着在缚龙里村南的稻田里爆炸了。有几团蓝烟缓缓地上升着。

小玲子急匆匆地走过来说:

"报告首长,这炮打得很奇怪呀!"

"怎么回事?"邓军回过头问。因为他正同政委商量问题没有在意。

"你看,要是敌人打的,怎么会落在那个地方?要是我们打的,我们又没有这样的大炮!"

邓军和周仆凝视着那团缓缓腾起的蓝烟,沉吟间,又是连续两发,在原来的地方爆炸了。

"莫不是从南边打过来的?"邓军机警的眼睛闪了一闪。

"我百分之九十可以肯定。"小玲子说,"我仿佛听见出口声是从南边传过来的。"

"很可能,是增援的敌人。"邓军沉思着说。

他立即命令山尖下面的步行机员,通知一营营长注意观察南面的情况。时间不大,就来了报告:远方公路上已经发现了敌人的坦克。

"听见了没有,你们一定要把南面的敌人坚决顶住!"邓军对着步行机喊。

"请首长放心吧,"耳机里回答,"只要有我陆希荣在,阵地就不会丢掉。"

邓军带着微笑取下了耳机。

他急忙返回山尖向南观察。终于在大同江南的公路上,看见敌人的坦克像绿色的小甲虫一样一辆一辆地出现了。他急忙举起望远镜,在十几辆坦克的后面,已可看见满载步兵的汽车,正沿着公路向江边急驰。

一直等到看见敌人的后尾,邓军才放下望远镜,轻蔑地一笑:

"最多不超过一个团的兵力。……看样子,我们防御的重点还是北面,转移了注意力可就要上当啰!"

周仆点点头,同意团长的看法。

不一时,敌人的坦克已经开到大同江南岸。他们发现江桥已被我军炸断,随即展开战斗队形涉水渡江。一面开进,一面向北岸我军阵地疯狂地打炮。步兵也都下了汽车,躲躲藏藏地挤在坦克后面跟进,一连阵地上的轻重机枪和六〇炮也开了火,有不少的美国兵被打死在大同江的冰水里。

天空中盘旋的敌机,开始在一连和一营营部的阵地上扫射轰炸,顷刻间腾起了一片滚滚的烟火。

南面增援部队的到来和那突然激烈的枪炮声,使北面被阻的敌人得到极大的鼓舞。显然他们认为最后突破围困的时刻已经来临。缚龙里村南的坦克和北面公路上的榴弹炮群,以空前猛烈的火力,又盖住了三连的阵地。飞机在拼命地狂炸着。敌人的步兵也在缚龙里以北迅速集结,准备作最后的猛攻。

邓军预料到这会是规模最大的一次猛攻,如果不给三连以强大的支援,阵地就会有突破的可能。他立刻想到,必须更周密地组织火力,特别是充分发挥迫击炮的威力,在敌人步兵冲击的开始,就给以大量的杀伤,这样才能帮助郭祥守住这个狂涛冲击中的闸门。

想到这里,他立刻跑下山尖与迫击炮连通话。可是当他抓住电话耳机,还没说完,就看见小玲子从山尖上跑下来,脸色也变了,一连声急迫地叫:

"团长!团长!阵地被突破了!"

邓军蓦地一惊,但脸上神色不露,仍旧把话说完,然后放下耳机,上了山头。

"老邓呀,你看这是怎么搞的?"

周仆向南面一指。邓军一看,敌人的坦克已经过了江到达北岸,前面几辆已经爬上了公路,正向前呜噜呜噜地开进。在一连和一营营部的阵地上,人们正纷纷向下撤退。

邓军登时气得脸都黄了。

他把驳壳枪从小玲子身上抽出来,话也没有交代一句,就气昂昂地大步跨下山尖。过去在情况危急的时刻,他临到前边去还说一句:"老周,这一摊你掌握吧!"现在连这句话也没有,就向山下飞步走去。

"老邓!老邓!你等一等!"

周仆在后面喊,邓军理也不理,顺着山坡向南去了。

小玲子知道拦阻无用,就紧紧跟上。周仆对两个通讯员使使眼色,让他们也跟着去了。

他们在山腰里穿行着,在一个山垭口碰上了撤退的人们。

"站住!"邓军威严地用驳壳枪一指,"谁叫你们撤退?"

"是营长叫我们撤退的。"人们纷纷说。

"我们本来打得很好,忽然传下命令叫我们撤退。"其中一个说。

"你们的连长、指导员呢?"邓军问。

"都牺牲了。"

"营长呢?"

"我们也不知道。"

邓军立刻命令他们占领阵地,射击敌人的步兵。

小玲子眼尖,在山梁上发现了陆希荣。他正弯着他那细长漂亮的身材向北奔跑。

"截住他!"邓军大声喊道。

通讯员飞步跑上山梁,把陆希荣截回来了。

他脸色苍白,强作镇静地站在邓军面前。

"说!你为什么撤退?"邓军用驳壳枪一指。

"团……团长,你别生气……"陆希荣口吃地说。

"我问你,你为什么撤退?"

"不……不是我要撤退,是坦克冲到我们后面去了。"

"怕死鬼!"邓军斥骂着,"冲到后面就不能打啦?"

邓军当着战士的怒骂,显然刺痛了他。

"我希望上级不要随便污辱一个同志。"他抗议地说,"我陆希荣绝不是担心自己的生命,我是顾惜一二百个战士的生命。留在那里,是让他们白白送死!别人可以对他们的生命不负责任,我是营长,我不能不对他们负责!……"

"好个狗娘养的,我算认识你了!"

邓军那只独臂把驳壳枪一挥,照着陆希荣哗哗哗哗地打了一梭子。

小玲子是个有心眼的人,惟恐首长一时激怒,处理问题发生偏差,早把团长的臂膀轻轻一碰,一梭子弹从陆希荣的头顶上飞了过去。

小玲子接着解劝了几句,让人把陆希荣押往团部。

前面传来一片"哈罗、哈罗"的怪叫声。邓军抬头一看,原来一连丢掉的山头,敌人已经爬上去了。这座山比附近几个山头都高,如果让敌人占去,对于三连和其他阵地都将处于不利地位。邓军迅速下定决心,必须乘敌人立足未稳之际,立刻把阵地夺回,然后再进一步消灭公路上的步兵和坦克。

他迅速整理了部队,指定了代理连长,指示了反击的道路,然后走到一架重机关枪面前,用他那洪钟一般的声音喊道:

"同志们!共产党员们!现在我们已经把几万敌人包围住了,北面的部队很快就要压过来了,敌人马上就要完蛋了。我们放走一个敌人,就是对祖国人民对朝鲜人民犯罪。现在我命令你们,马上夺回自己的阵地!……你们都知道,我是掩护十七勇士强渡大渡河的机枪射手,今天,我要亲自掩护你们夺回阵地!……"

说过,他立刻在重机枪后面卧倒。重机枪立刻发出激烈而又匀称的哒哒哒哒的点射声。其他的轻重机关枪也随着发射了。对面山头上的敌人纷纷倒下。战士们勇气百倍,哇的一声冲了上去。

已经进入沟口的坦克,显然发现了目标。"吭、吭、吭"几发坦克炮弹打过来,落在附近。飞起的弹片和土块噼里啪啦地落了他们一身。

"团长!团长!快转移一下。"小玲子在旁边叫。

邓军不理,一个劲地射击着。他刚才的满腔怒气,仿佛都要倾注到这个重机枪筒里喷发出来。他脸颊上的那条伤痕,越发像一条红色的蚕趴在那里。"吭!吭!"又是几发坦克炮打在附近。

小玲子见情况十分危险,连忙上去扯邓军的衣服,邓军把眼一瞪:

"什么事你都拦我,你看这是什么时候?"

话没落音,"吭、吭、吭"几发炮弹在眼前爆炸了。

小玲子急忙把团长扑倒,用身体来掩护他,已经来不及了。硝烟飞散,看见他的裤腿上,炸开很大一团棉花,血从裤管里汩汩地流出来。小玲子急忙把他背到背坡石崖底下,掏出救急包施行急救。由于失血过多,他一时陷于昏厥状态。小玲子怕发生危险,一面找通讯员回团报告,一面背负团长下山向绑扎所走去。此时小玲子非常懊悔,他想如果刚才自己再坚决一点,把团长硬拖下阵地,或者自己的动作再快当一些,就不会使这个老红军战士再负第九次伤了。自己跟他多年,熟悉他的一切脾性,而今天竟连这一点也没有做到,这是多么严重的失职呵!想到这里,他的泪水随同他的汗水一起洒落在地上。其实他自己的腿上也负了轻伤,一面走一面洒着血滴,却一点也没有察觉……

一连已经顺利地恢复了失去的阵地,把敌人打下去了。周仆正自高兴,却没有想到传来团长再次负伤的消息。在战场上负伤,这是常事,但是这个负伤过多,带着未愈的战伤赶到鸭绿江边的老红军战士,仅仅在一个月后又负了伤,却使他深为难过。他一面埋怨自己没有拦住他,一面又痛恨陆希荣由于动摇招致了严重后果。想到这里,他的牙咬得紧绷绷的。

但是,当前紧张的情况,却不允许他去想这方面的问题。他看到一连虽然恢复了阵地,而敌人的坦克和步兵却从公路上涌了过来。先头一辆坦克,已经将要接近三连的阵地,快要同原先被三连击毁的坦克碰头了。南北两方的敌人虽然中间隔着一些被击毁的坦克和汽车,但他们都已经彼此看到了。这使双方的情绪顿时都高涨起来,"哈罗、哈罗"的吵嚷声,"嘘、嘘"的怪叫声,响成一片。情况是这样的危急:现在三连要应付的,不是一方面的坦克而是两方面的坦克,不是一方面的炮击而是两方面的炮击,不是一方面的步兵而是两方面的步兵……

沉着!沉着!绝对不要慌乱!这对指挥员是最重要的。在这危急的时刻,周仆再一次提醒自己。这也是邓军平常谈到战斗经验时对自己一再说过的话。

"当今之计,是如何给三连以强大的支援。"周仆心中想道。他准备一方面继续采纳邓军的方案,在北面,以集中的迫击炮火,来杀伤进攻的步兵;在南面,他准备以孙亮的三营,突击敌人的后尾,减轻对三连的威胁。

决定之后,他立即在步行机里对孙亮作了布置。话还没有说完,南北两个方面的敌军,已经对三连的阵地同时发起了进攻。

两方面的坦克和榴弹炮的轰击,加上飞机的狂炸,使三连的阵地又笼罩在浓烈的烟火中,瞅不见了。两个方面的步兵也开始了行动。这次北面的敌人,大约出动了一个营左右的兵力。按这个狭窄的地形来说,本来是展不开的,但是敌人为了拼命争夺最后的出路,已经不顾一切。密密麻麻的戴着钢盔的美国兵,拥挤在狭窄的公路上向前蠕动着。依照周仆的命令,具有高度素养的迫击炮手们,大大发挥了他们的威力,打得敌人一片一片地倒下去,相当有效地迟滞了敌人的前进。而南面的敌人,却由于我军火力的薄弱,很快地攻上了三连的阵地。

可是在三连烟笼火绕的阵地上,不仅看不见一个人影,也听不见一声还击的枪声。直等敌人爬到半山,还不见一点动静。周仆捏着一把汗,心中也狐疑起来。正在着急,只听烟雾里发出一片杀声,接着手榴弹在山坡上开了一片蓝花,敌人跌跌爬爬地滚了下去。

南面的敌人刚打下去,空中的敌机一架接一架地向三连的阵地俯冲,凝固汽油弹一个接一个地投掷下来。每投下一个,噗的一声闷响,阵地上就立刻腾起一大团赤红色的烈火。顷刻间,整个阵地都陷入赤红色的火焰之中,就像一座火焰山一般。此时,北面的敌人乘势涌到山脚,很快地向山上冲去。在这最紧急的时刻,周仆的心陡然间就像地陷似的往下一沉。他嘴里没说,心里却意识到三连的阵地怕是保不住了。正要命令其他的连队前去接应,突然间,从蒸腾的大火中飞出二三十个火人,头上身上冒着呼呼的火苗,发出惊人的杀声向敌人扑去。他们有的人挺着明晃晃的刺刀,有的端着黑乌乌的机枪,有的人提着手榴弹,有的人高高地举着枪把,一齐狂喊着向敌人扑过去了。在这一刹那间,正在向上涌的敌人,发出一片惊慌的惨叫,正要掉头逃窜时,英勇的战士们已经赶上去同他们扭在一处,拼在一处……

就在这时,在北面敌人的后方,有许多支灿烂的绿色的信号弹,已经在朦胧的暮色里一支接一支地飞起来了。

阵地上立刻欢腾起来。

周仆吁了一口气,在步行机里对孙亮说:

"行动吧,你们要立刻插断南面敌人的后路,让他们一个也跑不掉!"

第十章 闸 门(三)

随着黄昏的降临,一场大围歼战开始了。

我正面各军的到来,使周仆大大出了一口长气。看来本团所担负的最沉重的任务,已经接近完成。但是紧接着师里就来了电话,让他们提高警惕,防止敌人在受到正面的压力时继续向南突围。

周仆重新作了一番布置,把全团的指挥交给副团长,然后向三连走去。他要亲自去慰问这个经过残酷战斗的连队,并设法加强三连的阵地。

周仆一生经历过无数次的战斗,但今天在三连阵地上发生的一切却使他毕生难忘。这样一支仅仅持着轻火器的连队,竟然在要冲上阻住了数万现代化的敌军。他们不仅抗住了地面的敌人,而且抗住了天上成千上万吨钢铁与烈火的倾泻;不仅抗拒了一面的敌人,而且抗拒了两面敌人的夹击。他们真像是一座不可动摇的闸门,硬是阻住了铁的狂涛与火的洪流。尤其当阵地就要失守的最危急的时刻,从滚滚的烈火里,竟然跃出几十个火人来,这种壮烈景象,连他自己都惊呆了。就像一个栽培花木的匠人,反而为那些奇丽非凡的花朵感到惊异一样,他真为自己的部队骄傲,为自己的战士骄傲。他觉得一种更强大的信心油然而生。在日常工作中,他把党的意志辛勤地灌输到部队中去,而这种意志现在反以更强大的力量像经过变压器的电流一般倾注到自己的心田。

在整整一天的鏖战中,他随着这块阵地的安危心潮起伏。时而焦急,时而担心,时而兴奋。当成吨的炸弹、炮弹和燃烧弹落在三连阵地的时候,就像砸在自己心上似的。他真恨不得飞上这块阵地,同战士们一起把敌人推下去。中午时分,他就知道郭祥的连队有了很大伤亡。经过刚才那场惊心动魄的激战,他们的伤亡如何,郭祥的安危如何,不能不使他更加系念。

他下了山,脚步愈走愈快,连小迷糊和通讯员都有点跟不上了。在接近三连所占的小山时,望见山坡上焦糊糊的弹坑愈来愈密,战斗开始前的积雪,已经无影无踪,剩下来的枯黄的草丛已经染成了黑色。他们爬上山坡,深一脚浅一脚地向上走,接近山顶的地方,完全是炮火翻犁了好几遍的虚土。山上的工事已经看不到了,变得凸凸凹凹奇形怪状。这就是他的勇士们据守的地方。

山上静寂无声。周仆大声问道:

"三连在哪里?"

没有回应。

"三连连长!"小迷糊也跟着喊。

还是没人应声。

两个通讯员看见这般情景,就抢到周仆前面,嗖嗖嗖往山顶跑去。刚跑出几步,迎面霍地从炸弹坑里跳出一个人,大喝了一声,挺着刺刀猛扑过来。等他看清是自己人时,才收住脚步。

这个战士身躯高大,浑身上下的棉衣烧得一片一片的,露出焦糊糊的棉花。他脸上被硝烟熏成了黑色,两眼通红。周仆赶过去一看,才认出是乔大夯。他的机枪想必打坏了,此刻握着一支步枪,上着明晃晃的刺刀。

周仆没有等他敬礼,就用两只手紧紧攥着他那只被硝烟熏黑的大手,感动地说:

"大夯同志!你辛苦了!"

"俺们红三连要坚决守住阵地!"他大声说。

"你们的连长呢?"

"俺们红三连,就是剩下一个人,也要守住阵地!"他又宣誓一般地说。

小迷糊以为他没有听清,忙说:

"政委问你,连长在哪儿?"

"请首长放心!"他舐了舐干裂的嘴唇,"俺们红三连还有23名战士,5个共产党员,23支步枪!"

大家才知道他的耳朵被震聋了。

小迷糊就蹲下来,用手指头在虚土上写了一个"郭"字。

"他,他负了重伤,抬下去了……"乔大夯嗓音嘎哑地说,"刚才敌人往下撂汽油弹,噗的一个,噗的一个,俺们身上都烧着了。他就领着俺们在地下滚。火没弄灭,敌人就上来了。他就跳起来,大喊了一声:'同志们,为朝鲜人民报仇的时候到啦!为祖国为毛主席增光的时候到啦!一、三排掩护,二排的同志跟我冲啊!'说着,他顺手拎起一把小圆锹,就冲下去了……"

大家睁大眼睛听着,乔大夯又接着说:

"这时候,同志们就跳起来,跟着他冲下去。炮班的人,急得抱着六〇炮弹,也冲下去了。伤员们还没有绑扎好,把卫生员一推,就拖着白绷带冲下去了,卫生员也举着夹板冲下去了。我看见他们身上还呼呼地冒着红火苗,我就拼命地喊:'脱棉衣呀!脱棉衣呀!'他们也顾不得,就带着火扑到敌人群里。连长用小圆锹劈死了好几个敌人,最后负了重伤。我赶忙跑上去,把他的棉衣扒下来,他已经不省人事。我摸摸他的心口,还有热气,就把他背下来。指导员和副连长也牺牲了,我就喊:'同志们!不要慌,现在我代理连长!'……你看,这就是他劈死敌人的铁锹!"他指了指烧黑的地面上,一把沾满血迹的圆锹。

郭祥的负伤,使周仆的心头感到异常沉重。

接着,乔大夯告诉周仆:他已经把剩下来的战士们编成了两个班,一个班隐蔽在小山的侧后,一个班到前面山坡上抢运烈士的遗体去了。

周仆又握了握乔大夯硝烟染黑的大手,转向了小山的侧后。他们在炸弹坑里爬进爬出地走了一阵,看见陡峭的山壁上,挖了一排小洞。许多炸弹和炮弹不是落上山顶就是落在山下的大沟里,小洞并没有炸塌。他暗暗赞叹郭祥的精细。这里的十几个战士正在洞口擦枪,不知谁喊了一声"政委来了",就都纷纷跑过来。周仆看见他们每一个人的棉衣,都被烧得焦一片煳一片的,不少人的头上、臂上、腿上扎着绷带。他怀着无限的感动同他们一一握手。激战以后同志们、上下级的相聚,是多么令人激动呵!他们觉得面前的政委,就是他们在这世界上亲人中的亲人,或者说是一切亲人的化身。他们仿佛多少年没有见到政委,眼泪直在眼眶里打转。

终于有人忍不住了,那是小罗。

班长陈三斜了他一眼,意思是提醒他注意上下级之间的礼仪。

"怎么样,小罗?"周仆抚摩着他肩头上一块被燃烧弹烧过的地方,亲切地问,"还顶得住吗?"

"小罗这次可打得不错!"陈三夸奖说,"在节骨眼上,人家还提口号哩。南面的敌人上来的时候,有人慌了,他就立刻喊:'同志们,沉住气!不要忘记昨天那个朝鲜大嫂,不要忘记被活埋的孩子!'他这口号可真起了作用,同志们的火头子呼地又上来了,一个反冲锋,就把敌人砸下去了。……看起来,不怕战斗经验少,就怕没有锻炼的勇气!"

周仆微笑地看了陈三一眼,心里说:"怪不得人家说陈三会做工作,你瞧他又抓紧我在这儿的机会,给他的战士打气哩!"

那小罗见班长当着上级表扬他,又感动又不好意思,挺挺腰板,严肃地说:

"请上级瞅着吧,我小罗一定要锻炼成红三连合格的战士!"

"好好。"周仆连声称赞说,"你的业余文艺工作是全团都知道的,你还要锻炼得能文能武!"

周仆又望着虎头虎脑的"小钢炮",见他头上缠着绷带,就笑着问:

"小钢炮,你怎么样?伤重不重?"

"不重不重!"小钢炮显出不屑一提的样子,"这伤简直没有一点价值!"

"怎么没有价值?"

"你看,我满心眼想打一辆坦克,急得满脑瓜子汗,也没找到下嘴的地方,还叫敌人推下来摔了一家伙!"

"小钢炮后来打死敌人不少!"陈三又见缝插针地鼓励他。

"到底打死多少敌人,我也记不得了。"小钢炮说,"我是个没心人。开头儿,我还记着数,准备给我妈写信,一打到热闹工夫,就统统忘了!"

周仆看同志们情绪很高,鼓励了大家几句,就转到了小山的前面。

走下山顶不远,他突然停住脚步。眼前出现的是一幅多么惊心动魄的景象呵！这就是刚才烈士们带着满身的火焰同敌人进行壮烈搏斗的地方！

在浅淡的暮色里，周仆看到烈士身上的棉衣，有一些余烬还在燃烧，断断续续地冒着丝丝缕缕的青烟。他们有人掐着敌人的脖子把敌人捺倒在地上；有人同敌人死死地抱着烧死在一起；有人紧紧地握着手榴弹，弹体上沾满了敌人的脑浆；有人的嘴里还衔着敌人的半块耳朵。附近还有几个六〇炮的弹坑，弹坑边躺着烈士，成堆的美国人倒在烈士的周围……

周仆再往下一望，从山腰到山脚，美国人遗弃的尸体，乱糟糟地盖住了整整一面山坡。尤其在那个山洼，那些戴着钢盔、穿着皮靴的长大而笨拙的尸体，密集得一个压着一个，一堆连着一堆。他们以各种各样的姿势，横七竖八地躺在积了很深的血水里。其中许多尸体，头冲北，脚朝南，看得出他们是遭到突然的反击惊慌后退中被击毙的。郭祥的"闸门"，就是这样把那些远渡重洋的恶狼一批一批地砸死在这里，碰死在这里。看见这种情形，周仆真想大喊一声：杀人犯们！那些以侵略别人的国家、破坏别人的幸福为职业的杀人犯们，那些在手无寸铁的人民面前无比残忍而在战士面前胆小如鼠的卑劣的野兽们，你们认真地瞧瞧吧，这才是你们迟迟早早必然会得到的下场！

周仆站在山坡上，热血上涌，思绪翻腾。眼前仿佛又飞出火人的巨大身影，耳朵里仿佛又听到他们震天动地的呐喊。这些火人们，这些不知恐惧为何物的人们，他们究竟是一种什么样的部队，什么样的战士呵！他们是下凡的天神吗？不，他们不是天神，他们就是那些朴素得不能再朴素的战士，是同自己朝夕相处的战友和同志。然而，他们却的的确确像无畏的天神，也可以说他们就是为劳苦大众复仇的天神。世界上有任何一种反动力量，可以打败这样的部队吗？没有，过去没有，今后就更不会有，而是相反，它们终久要被这样的战士所打败！

周仆沉吟间，只听有人"哎"了一声。

他转眼寻视，只见一个抢运烈士遗体的战士，抱着烈士的头坐在地上，好像在低声哭泣的样子。他赶过去一看，是刘大顺，他低着头，眼泪像小泉水似的涌流下来。

"你，你怎么啦？"周仆忙问。

调皮骡子和其他战士也赶过来问："你怎么啦，刘大顺？"

"断了……"他指了指烈士的手指，难受地说。

周仆一看，那位烈士紧紧地抱着敌人，嘴里衔着敌人半块耳朵。由于双手抱得过紧，分都分不开，以致烈士的手指被掰断了。

周仆的心，不禁引起一阵酸辣辣的疼痛。在场的人，也都十分难过。停了一会儿，周仆才说：

"别难过啦，同志们。我们应该很好地向烈士学习。你看他们对敌人多么仇恨。对敌人不仇恨，或是恨得不够，就不会有真正的勇敢！……"

话是对大伙说的，可是刘大顺却觉得，政委仿佛是针对自己讲的。

"政委……"他并没有抬起头，"我，我想找你谈一次话。"

周仆亲切地说：

"我也早就想找你谈谈，可惜没有抓紧时间。……昨天在诉苦会上，我见你昏倒了，我知道你心里是很难过的。"

"我，我……政委，"他被政委的话所激动，流下了眼泪，话也说不成句了，"我越想越不该犯那样的错误；看看同志们，我觉得我够不上一个红三连的战士……"

周仆上前握着他的手，安慰他说：

"大顺同志，我们决不会根据一时的表现，来断定一个同志的。……大家还是快把烈士的遗体运到后边去吧，免得呆会儿炮火再伤着他们。"

刘大顺恋恋不舍地撒开手，望望政委，眼睛里流露出一种坚决的与感激的神情。

周仆亲自用手理了理烈士的遗体，由刘大顺他们抬往后面去了。

随着夜色的降临，北面的战斗越发激烈起来。炮火的闪光，有如打闪一般，照得山谷一明一暗。红色的曳光弹在夜空里纵横交叉，来往飞驰。不一时，敌人的照明弹也打起来了，越打越多，照得山谷如同白昼一般明亮。夜航机也轰隆轰隆地出现在阵地的上空。

周仆回到山顶的时候，二连已经按照命令前来接防。三连的代理连长乔大夯,班长陈三和代理班长调皮骡子围着政委,要求把他们继续留在阵地上。

"让我们打到底吧,俺们红三连能坚决守住阵地!"乔大夯说。

周仆摆摆手说:

"你们已经很辛苦了,下去休息一下再说。"

"战斗还没结束呀,政委,我们怎么能下去哪?"陈三说,

"这不是我个人的意见,我个人倒没什么,这是战士们的意见哪!"

"我们人少,顶一个排还不行吗?"调皮骡子也接上说。

"不行,这是命令!"周仆决断地说。

"俺们红三连……"乔大夯又要说他的红三连了。

小迷糊打断他的话,附在他耳朵上使劲地喊:

"政委说啰,这是命令!"

大家看政委脸色严峻,才不言语了。乔大夯慢腾腾地卸下刺刀,插在皮鞘里,又从地上拣起他们连长那把带血的圆锹,扛在肩上,迅速地整理了部队,带着 22 名战士,走下凸凹不平的阵地。

"真不愧是井冈山下来的连队!"

周仆自言自语地说,在炮火的闪光里,望着他们坚强的背影。

第十一章 追 击

周仆向新上来的连队介绍了三连的经验,帮助做了动员,然后就回到指挥所里。

这次到三连去,一方面,使他受到强烈的感动,对自己的部队增强了高度的自信;一方面,也使他对陆希荣的可耻行为愈加愤慨。这个动摇怕死的家伙!几乎使整个的战役行动落空,几乎使数万的杀人犯从眼前溜掉。局面虽然挽救过来了,但却使部队遭到了多大的损失!带着未愈的战伤赶到鸭绿江边的团长,又再次负伤;遭受两面夹击的郭祥,至今生死未知;还有许许多多人,为他的行径付出生命和鲜血。想到这里,他真想把陆希荣叫来,痛骂他一顿,叫这个怕死鬼明白他犯下的是什么罪。

但是,他不能这样做,他是政治委员,他没有任性行事的权利,同时,紧张的战斗情况也不允许。他只好抑制住满腔的怒火,来策划当前的战斗。

这一夜,围歼战打得十分热闹。陷入包围的美军第九军的主力,包括美二师、美二十五师、骑一师一部和土耳其旅,拼命地抢夺有利阵地,企图混过这个难捱的长夜;而出现在公路两侧的我第二军和第三军,却利用这个难得的黑夜,大施身手,向敌人展开了猛烈的进攻。枪炮声,喊杀声,以及令敌人丧魂落魄的呜呜哇哇的小铜号,此起彼落,有如阵阵狂潮,在几十里长的山谷里回旋激荡。越来越多的汽车、坦克被击中起火,仿佛一条长长的火龙。周仆利用这个有利时机,命令本团的第二营、第三营立刻发起突击,集中力量歼灭由南向北增援的敌人。

至拂晓时,这部分增援的敌人,已被周仆的团队消灭在山谷里。

整个的围歼战又打了一天一夜,已经歼灭了敌军的大部。枪声逐渐稀落下来。11月30日傍晚,师长来了电话,说一部残敌正向西面安州方向逃窜,命令部队即刻转入追击。

周朴的团队即刻撤离阵地,沿着山沟小道向西北方向插过去了。

三连这时只有23个战斗力,加上司务长老模范所率领的8名炊事员,1名运输员,总共只有32人。但他们这支短短的小行列,在整个大队里,情绪仍然十分高涨。暂时代理连长的乔大夯,扛着一支步枪,一个劲地在前面传话:"三连,跟上!跟上!"

刘大顺今天特别显得与众不同。别的战士们穿的是焦一片煳一片的棉衣,他却在棉衣上套上了崭新的单军衣,脖子上围一条崭新的白毛巾,脚上也换上了崭新的球鞋。这双球鞋,同志们只在过年的时候看见他穿过一次,以后就收到小包袱里去了。他背上的背包也不见了,只背着一个炒面袋,一个水壶,一双新鞋。他的这身穿戴,无疑引起了同志们的注意。

"刘大顺,你的背包呢?"走在他后面的小罗问他。

"出发时候,我,我……找不到了。"他含含糊糊地说。

"你干吗穿这么新哪?"小钢炮也问。

"我,我……"他没有回答出来。

"说呀,大顺,"小钢炮开玩笑地说,"你是不是走亲戚去呀!"

刘大顺被大家问急了,板起脸,愣乎乎地说:

"我,我冷得慌!"

大家看他话音里露出不满,也就不往下问了。

调皮骡子瞪了小罗和小钢炮一眼,用教训口吻说:

"咳,你们这些新兵蛋子!见什么都觉着稀罕。像这么简单的问题,你们动动脑筋不就明白了吗!"

在薄明的山路上,部队飞快地行进着。大约走出20多里,就听见前面闹吵吵的,说有的连队已经抓到俘虏了。乔大夯怕他的"红三连"落后,带着人们一个劲地朝前钻。前面是一座四五百米高的大山,山头正罩在旭日的玫瑰色红光里。大家喘着粗气,拼命地向山顶上爬着。

快爬到山顶的时候,乔大夯让大家隐蔽在下面,自己先爬上山顶进行观察。太阳虽然出来了,但是早雾很大,山谷里白茫茫一片,背坡的积雪也有些晃眼,看了好大一阵子,才看见山脚下小树林附近有三个敌人,好像是坐在那里吃东西的样子。乔大夯叹了口气,咕咕哝哝自言自语地说:"追了半天,还不够塞牙缝子!……唉,抓几个就算几个吧!"

小罗、小钢炮和其他战士都纷纷嚷着说:

"我去!"

"我去!"

刘大顺看见这么多人来争,急得满脸通红,话也说不成句了:

"同……同志们!同……同志们!……"

一个将近30岁的人了,因为嘴头笨,说不出来,竟急得像要哭出来的样子。

调皮骡子把头一歪,不满地说:

"嗳,你们这些人,就不看看人家是什么心情!"

说着,他对乔大夯使了个眼色,把头向刘大顺一摆。

乔大夯会意,接着说:

"同志们别争了,还是把这个任务给了刘大顺吧!"

刘大顺用感激的眼光,望了调皮骡子和他们的代理连长一眼。

乔大夯对刘大顺说:

"大顺同志,我们在山上掩护你,你可要一定完成任务。"

说着,又派了两个新下班的炊事员跟上他。

刘大顺早已看好了接近敌人的道路,就带着两个新战士悄悄地钻进树林里。

这片松树林一直延伸到敌人左边。他们迅速隐蔽地穿行着,踏着积雪下了山坡。看看到了树林尽头,才发现离那三个敌人还有一段距离。那三个敌人正在那里坐着吃东西。有一个人仿佛吃完了,手一挥,把一个罐头盒子当啷啷地扔到旁边。刘大顺提着枪沉吟了一下。他想,如果贸然钻出树林,敌人发现,势必拼命逃跑,也就难得抓住活的。他再一看,敌人后面有一块一丈多高的大红石头。如果绕到大石头后面,从那儿突然出现,这几个家伙就跑不掉了。想到这里,他就吩咐那两个新战士就地停止,瞄好敌人,然后就向旁边悄悄地绕了过去。

他是一个老兵,利用地形地物异常熟练,一切坡坎、灌木丛、小坑小洼都成了他隐身的地方。不一时,就来到大石头后面。由于即将到手的胜利,使他的心兴奋得怦怦直跳。他想,即使你插上翅膀,也逃不出我的手心了。想到这里,他紧握着冲锋枪跃身而起,从大石头后边猛然跳了出去⋯⋯

呵哈!哪知就在这一瞬间,面前出现了完全意想不到的情况。原来山坡上坐着二三百美国兵正在仓仓皇皇地用饭,一见他,发出一片惊喊声,乱哄哄地都站了起来。刘大顺一愣,正要开枪射击,他的枪口已经被一个满脸黄胡茬子的美国兵紧紧抓住。接着慌乱的敌人趋于镇定。他们发现,这个中国志愿兵只不过是一个人,于是发出一阵狂叫,拿着卡宾枪成扇面队形包围过来。

即将陷入重围的刘大顺,一看敌人要来捉他活的,心想:"我是共产党的兵,决不能当俘虏。今天就是死了,也要找几个垫背的!"说话间,他抽出手猛力地向敌人脸上挥了一拳,接着飞快地从腰里掏出一颗飞雷,一拉导火索就投在地上。他的意思本来是要与敌人同归于尽,没想到脚下是一面斜坡,那颗飞雷咕咕噜噜地滚了下去,接着"轰通"一声巨响,就像落下一颗大炮弹似的。黑烟起处,正在扑过来的敌人和那个满脸胡茬的家伙,不知道他使的是什么武器,掉过头乱吼乱叫地跑开了。

飞雷的浓烟一散,刘大顺看见敌人没命地乱哄哄地向前逃去,精神为之一振,心想:"今天我非削倒你几个不行!"就端着冲锋枪猛扫起来。那两个新战士也赶了上来,他们一面扫,一面追,一面喊:"兔崽子们!哪里跑!"紧紧跟着混乱的敌群,打得十分痛快。山上的同志们也纷纷开枪射击。这时敌人只嫌跑得慢,把身上的东西纷纷丢掉,卡宾枪也扔了。其中一个军官,皮带不知何时丢掉,用一根绳子串着手枪束在腰里。现在他也感到不便,一面跑一面将绳子解开,把手枪丢在地上。这时满地都是卡宾枪,刘大顺干脆把自己的冲锋枪往身后一背,随手捡起一支卡宾枪就打。子弹打完,往旁边一丢再换一支。打得真是万分高兴!心想:"哈哈,连子弹都替我压好啦!今天我就打个便宜枪吧!"

这些魂不附体的美国兵,虽然个大腿长,拼命猛跑,但他们平常都是坐汽车的,又穿着笨重的大皮靴,哪里有我们的战士行动迅速?

不一时，刘大顺就插在了敌群中间。前面一股，后面一股，夹着刘大顺向前猛跑。刘大顺忽然一转念头：如果像这样追下去，还是难得抓住多少活的，说不定敌人还有跑掉的可能，不如先抓住一股再说。于是他陡然返过身来，大喝了一声："站住！"接着朝天空"哗哗哗哗哗哗"地横扫了半梭子。后面那股敌人就纷纷地举起手来，在稻田里"扑通""扑通"地全跪倒了。有些人不知什么时候把皮靴也脱下扔了，光着两只脚。一个一个用充满恐惧的蓝眼睛，望着刘大顺，哆哆嗦嗦像筛糠一般抖个不停。

刘大顺巡视了一遍，见没有一个带枪的，就命令他们放下手来，跟他一起到山上去。但是他的话那些人一句也听不懂，还是高举着手跪在那里发抖。刘大顺没有办法，就走到俘虏身边，一个一个地往起拉，谁知拉起一个，他马上"扑通"一声又跪下了，两只手举得更高更规矩了。刘大顺忽然想起，挎包里还带着一搭子英语传单，也许能解决这个问题，就立刻掏出来往人群里一撒，那些俘虏惟恐发生误会，一只手捡起传单抖抖索索地看，另一只手还照样举着不放。看完传单，他们高兴了，恐惧情绪有了很大缓和，但是那些人仍然没有放下手站起来的样子。

"老天，这可怎么办哪！"刘大顺在肚子里咕哝了一句。如果这样下去，说不定还会出现什么意外。他左思右想，忽然灵机一动，想起自己还会一句朝鲜话，说一说看灵不灵。想到这里，他就比了一个投降动作，把帽檐冲后一歪，向东面山上一指，然后大喊了一声：

"巴利巴利卡①！"

谁知这句朝语倒收到了意外的效果，俘虏里有一个懂朝鲜话的，他向人们咕哝了几句，接着就跟着刘大顺喊起来：

"巴利巴利卡！巴利巴利卡！"

眼看着俘虏们呼噜呼噜地全站起来了。刘大顺心里真是惊喜莫名，想不到自己学会的一句朝鲜话，今天竟发挥了这样大的作用。于是他又兴奋地挥着手喊："巴利巴利卡！"那位会朝语的美国兵，像特别表示友好似的，跟着刘大顺喊。刘大顺喊一句，他喊两句："巴利巴利卡！巴利巴利卡！"俘虏们就一个跟一个爬上了山坡。

---

① 巴利巴利卡：朝语"快快走"。

刘大顺和两个新战士在旁边押着他们。他们一只手抓住灌木丛的枝条，另一只手还照旧举着。刘大顺虽然看着别扭，但又无可奈何。俘虏们一面向山上爬，一面偷偷瞅刘大顺，指指他腰里的飞雷，咕咕哝哝地议论着，意思是：好厉害的家伙！他带的究竟是什么武器？

刘大顺注视着那个帮他喊"巴利巴利卡"的美国兵。他苍白而瘦弱，穿着破烂的呢子服，两只赤脚已经在石头上碰破了。刘大顺就把自己背着的一双新布鞋取出来，一挥手扔给了他。他用感激的眼光望了望刘大顺，穿上了新鞋，"巴利巴利卡"喊得更卖劲了，简直像俘虏群里的指挥官一般。俘虏们也走得更快了。

刘大顺在山顶上受到了人生难得的欢迎。同志们像是多少天没有见过他似的，都跑过来跳过来抢着跟他握手。这个说："大顺同志，你这次可打得不错！"那个说："大顺同志，你辛苦了！"刘大顺黑乎乎的方脸盘充满了笑意，连嘴也合不拢了，一连声地说："没啥！没啥！好打！好打！这一回我算彻底摸着纸老虎的底了！"

同志们哄笑着。小钢炮本来吵嚷得最凶，可是他却敞着嗓子，制止别人：

"同志们！我说同志们！你们别嚷行不行呵？你们让大顺同志多少歇一会儿行不行啊？"

小罗不知从哪里找来一件大衣，连忙铺在地上，不由分说地就把刘大顺捺到大衣上坐下了。

调皮骡子的脸上充满得意之色，他以刘大顺积极支持者的身份说：

"看，我这点预见性怎么样！"

乔大夯笑眯眯的，立刻把俘虏清点了一下，然后对两个战士说：

"快把俘虏送到营部，就说刘大顺同志活捉美国鬼子64名！"

"不不，"刘大顺急忙站起来，指着行列里一个黄脸皮高鼻梁的土耳其兵说，"我看这个不准是正牌的，咱还是向上报63吧！"

人们又哄笑起来。

这一天，各个连都抓到不少俘虏，只有极少数敌人逃到安州。

由清川江北撤回安州的所谓"联合国军"第一军，包括美军第二十四师、英军第二十七旅，以及李伪军第一师，也正由安州向平壤狼狈溃退。因此，周仆的团队没有得到休息，就继续向南追击。

这支敌军害怕遭到与美第九军同样的命运，逃跑得异常狼狈。他们抛弃了一切辎重，焚毁了自己的粮食仓库和军火仓库；汽油用完的汽车，引擎发生故障的坦克，都立即炸毁在路边；他们把大量的将要在圣诞节分发的包裹、邮件，也都投到火堆里。由于他们不断遭到我军的打击，不少汽车被打坏了，他们不得不一部分人乘车，一部分人步行。那些步行的士兵们，一见汽车、坦克，就狂喊乱叫地去追，想爬到汽车、坦克上去，不少人被压死在公路上。还有许多人，为了走得快些，扔掉了自己的皮靴，随后，北朝鲜的严寒，又逼得他们不得不用破布片缠着自己的脚，这样反而使他们在冰冻的公路上走得更加艰难。他们之中，许许多多的人得了"吃惊病"，只要有一声枪响，就会把他们吓得乱嚷乱叫，呜呜地大哭，发狂地乱跑。当他们被我军俘虏以后，还神志不清，只要有一点响动，就又哭喊起来："共军！共军！""中国军队！中国军队！""我要回东京去！""我要回美国去！""我要回檀香山去！""我不要呆在这可怕的地方！"

这就是美国人自称的，美国历史上空前未有的"黑暗时代"，或者叫做"黑暗的十二月"。

然而，就在这个"黑暗的十二月"里，他们对朝鲜人民残忍的烧杀，不仅没有放松，并且创造了"辉煌"的记录。他们为了把不得不退出的地方变成荒漠无人的地带，他们逼迫一切居民离开自己的房子，先把房子放火焚烧，然后把年轻的妇女运走，把其余的居民，用机关枪和卡宾枪杀死在田野里。那些为虎作伥的地主武装治安队，还编出谎言恐吓人们："你们退不退？美国人就要往这里丢原子弹了！你们快到三八线以南过自由幸福的生活去吧！"当人们被逼着走出村庄不远，就死在猝不及防的枪声里。有谁能够计算出他们在这次撤退中究竟屠杀了多少善良的人民！在公路两侧，到处是尸体和鲜血，到处是灰烬和大火，向南追击的中国人民志愿军部队，就是这样踏着血泊，穿过大火向前疾进。

这天傍晚，三连路过一个较大的村镇，想找一个向导，可是一个人影也看不见。出得村来，看见前面一个小山头上白花花的，大家当做是一片没有融化的积雪，也不以为意。当前面的部队刚刚接近山头，霍地黑压压的一大片乌鸦飞了起来。大家心里蓦地一惊。走近一看,原来是被残杀的朝鲜人民的尸体,有老人,有妇女,有孩子,一个挨着一个,约有八九百人。不知道有多少战士在这里洒下了他们的眼泪。可是他们不能停下来,他们没有时间去掩埋他们。等部队一过,那一大片乌鸦在天空中打了几个旋子又黑压压地落在那个小山头上去了。战士们回头远望,看见这种情景,心里真像是刀绞一样。有不少的战士哭出声来。他们一面擦着眼泪,一面加快脚步,踏着敌人的坦克、汽车留下的印痕飞速前进。

可是,当大家正着急向前赶路的时候,三连发生了一件相当意外的事情:炊事班的傻五十躺下来不走了。他背着一口很大的行军锅,正正地横躺在公路上。

乔大夯来到他跟前说:

"傻五十,你怎么啦?"

傻五十闷着头不说话,还把脖子往旁边一扭。

"五十,有话你可说呀!"老模范说。

傻五十照旧一声不吭。

乔大夯感到急躁解决不了问题,亲切地说:

"你是不是病了,五十?"他有意去掉了那个"傻"字。

"我没有病!"他硬撅撅地冲出了一句。

"那你为啥不往前走哇?"

傻五十把脖子又扭到另一边去了。

"我知道啦,"老模范和颜悦色地说,"人家五十每天行军,一步也不掉队,到地方还要挑水做饭,也真够累的。来,这行军锅让我背着!"

老模范本来已经替别人背了两个背包,像个小驮子似的,现在他又来抓行军锅上的背带,傻五十把他一推:

"我自个儿会背嘛!"

调皮骡子赶过来说:

"你们怎么忘啦,一把钥匙开一把锁呀!看我来帮助你们动员动员,保准一说就灵!"

这傻五十,从小爹娘就去世了,一直在地主家里当小做活的。土地改革以后,分了地,还分了三间大北屋。就是因为缺个心眼儿,闺女们都不愿嫁他。可是傻五十着实地忠诚憨厚。村里动员参军,他第一个报名。他对这一点也很自豪,动不动就说:"我是翻身来的!"他一贯工作很好。但凡有什么不顺心的事儿,只要说给他找个对象,就立刻乐得眉开眼笑,一天愁云都不见了。现在调皮骡子又想起这个办法,就往傻五十面前一蹲,有眉有眼地说:

"五十儿!依我看,他们说的都不对你的心坎儿。你一不是病,二不是累,就是有一桩不顺心的事儿。你干脆放心好了,俺们村有一个闺女,也是孤苦伶仃,从小就没了爹妈,托我给她说个婆家,说非要嫁个解放军不行。等打败美国鬼子,咱们回国的时候,我给你介绍介绍,你说行不?"

调皮骡子自料他的这番贴心话,其成功是毫无疑问的,哪知傻五十把眼一瞪:

"去!你这个臭调皮骡子!"

说过,他的脖子扭得更厉害了。

事情不单没有成功,调皮骡子上面还加上了一个"臭"字,这真是完全出人意料之外。

大家真不知道怎样才好。

直属队过来了。政委周仆从队伍里走出来问:

"什么事呀?"

人们纷纷说:

"五十,首长来了,你还不起来?"

傻五十欠欠身子,又不动了。

周仆带着笑弯下腰来,说:

"李五十同志!你心里有什么不痛快的事,给我说说,我来给你解决。"

"你诓我不?"他把脖子扭过来问。

周仆噗哧一声笑了,说:

"我是政委,诓人还行么?"

"我对乔大个有意见!"傻五十把脖子一梗。

"有什么意见哪?"

"我对老模范也有意见!"他又说。

乔大夯和老模范都愣了,想不到扣儿结在自己身上。

周仆连声说:

"好,好,对什么人有意见都可以提。"

傻五十把头仰起来,望着乔大夯质问:

"为啥你们有俘虏不让我抓?为啥你们不让我给朝鲜人民报仇?"

乔大夯解释道:

"这是你没有机会嘛!"

"五十,咱们在伙房也是为了革命呵!"老模范说。

傻五十挺挺腰板,坐起来:

"为啥让别的炊事员下班?就是不让俺去?俺是不是翻身来的?"

问题明白了:原来今天早上,乔大夯找老模范商量,为了加强战斗班,把伙房四个比较年轻的炊事员都调到班里。他直憋了一天气没有吭声,刚才看见被残杀的朝鲜人,就再也憋不住了。

至于说为什么没有要他去,自然因为他"缺个心眼儿",而这是无论如何也不能作为正面理由来解释的。因此大家都默然了。

周仆略微沉吟了一下,问了问炊事班确实不需要那样多的人,就说:

"好吧,李五十同志,你就到战斗班里去吧。你是'翻身来的',可要好好干哪!"

傻五十笑了,像成熟的石榴那样自自然然地咧开了嘴儿。

"刘大顺是解放来的,还抓了俘虏哩!我,我是翻身来的!"

他说着一跃而起,向政委打了一个敬礼。

"五十同志,"周仆又嘱咐说,"什么时候伙房需要调你回来,你可得服从组织分配呀!"

"行!行!"他慌慌张张地答应了一声,也不管众人,就背起大行军锅飞也似的追赶队伍去了。

周仆出神地望着傻五十背着大行军锅的背影,融没在苍茫的暮色里。

周仆耳边,是一片刷刷的脚步声,有如横扫的急雨一般,向平壤方向急进。

第十二章　会　师

　　1950年12月5日,周仆率领的团队进入了烟火弥漫的平壤城。

　　美国军队是在10月21日侵占这座城市的。在这一个半月的短短的时间里,他们做尽了一切坏事。他们抢走了这里的一切珍奇之物,作为出征的"纪念";他们在"接收"的一座大酿酒厂里大喝特喝,然后任意闯进住宅里去强奸妇女,行凶杀人;他们把朝鲜人拴在吉普车上活活地拖死,用开水把人活活地烫死,作为自己行乐的手段;他们用细长的卡宾枪子弹,使整个的城市泡在血水里……然后在他们撤离的时候,又纵火焚毁了这座闻名的东方古城。

　　整个城市都在燃烧。一栋栋的平房,在烈火里轰轰地倒塌着,楼房的窗口喷着长长的火舌。升腾的黑烟遮没了太阳。在街上追击的部队,灰烬在肩头上顷刻就落了一层。枪声还没有停下来,在燃烧的街道上,已经出现了一伙一伙欢迎的人群。市民们有的抬着木桶,有的顶着饭罐、菜盆,一面挥着热泪,一面向中国战士们欢呼致敬。

　　然而,战士们一步也不肯停,他们挥挥手来表示心中的谢意,又飞步追赶敌人去了。

　　大同江桥,也在烈火中燃烧着,战士们不顾一切地在钢架上爬行。

　　第二天薄暮时分,周仆率领的追击部队进抵沙里院附近。听到前面十余里处的山谷里枪声大作,周仆心中诧异,急忙问团参谋长雷华:

　　"老雷,是不是别的部队插到咱们前面去了?"

　　"不大可能。"雷华边走边说,"咱们是全军的先头团,走得又不慢,谁的腿那么长呀!"

"那么,这枪声是怎么回事?"

"据我看,很可能是敌人自己发生了误会。"

周仆沉吟了一会儿,摇摇头说:

"也不大可能:第一,天还没黑;第二,敌人的通讯联络是很方便的。……会不会是朝鲜的游击队同敌人接触?"

"游击队?战斗规模不会这样大。"雷华又说。

周仆点点头,承认雷华说的也有道理。他笑了一笑:

"不管怎么说,只要敌人肯把他的胶皮轮停上一停,就是好事。"

于是,他命令部队加快速度,向枪声响的地方驰进。

但是部队向前走了半个小时左右,前面的枪声渐渐疏落下来,又听不到了。

周仆实在纳闷。走在先头的二营来人报告,说在前面的公路上,发现了大批敌人,已经掉过头来,看来要对我军的追击行动进行反扑。

"这太好了!"周仆高兴得几乎喊出声来,心想,"你只要让我粘住,再跑就没有那么容易了。"随即命令部队就地停止,吩咐二营迅速抢占附近一座高山。自己同参谋长也急忙登山,准备仔细观察情况。

他们刚刚爬上山顶,前面已经接火,发出断断续续的枪声。

周仆在暮色苍茫中向前眺望,看见二营的一个连已经爬上那座较高的山头上去了;从公路上上来的敌人,也在抢同一座山头,由于朝鲜地势北高南低,才刚刚爬到半山。山顶上的火力哗哗地向下面倾泻着,阻挡着他们的前进。但是这股敌人显得很不寻常,他们在倾泻的弹雨里,丝毫没有害怕的样子,照旧沉着地勇敢地向山上猛扑过来。周仆越看越觉得不对劲儿,碰了碰雷华说:

"老雷,我看恐怕不是敌人吧?敌人哪有这样勇敢哪!"

"噢,不像,不像!"参谋长说。

周仆急忙向小迷糊要过望远镜,在朦胧的暮色里,看了好一会子,说:

"敌人怎么没有戴钢盔呀?"

雷华在望远镜里看了一会儿,也说:

"转盘枪！背的是转盘枪！"

"看准了吗？"

"看准了，看准了。"

周仆兴奋地说：

"老雷，你看是不是从南朝鲜撤回来的人民军哪？"

"唔，很有可能。"

于是，周仆立即命令司号员发出停止射击的号音，然后让旗手把团队的军旗在高山尖上树立起来。

先头连的枪声停下来了。旗手站在山尖上高高地举着军旗。红色的军旗，好像一只将要展翅飞腾的红色的大鸟一般，翻舞在晚风里。

时间不大，对方的山头上，也出现了一支镶着蓝边的红旗，接着枪声也停止了。

"同志们！走！快看看他们去吧！"

周仆兴奋地喊了一声，带领人们飞快下山，赶到前面去了。

前面公路上一片欢腾。两支无产阶级的军队已经不分彼此不分行列地拥在一起。周仆看见人民军的战士们，还穿着夏季服装，由于长途跋涉，许多人鞋子破了，还有人打着赤脚。但是他们佩着肩章，背着转盘枪，依然是那么精神抖擞。他们狂热地拥抱着志愿军战士；那些一向不习惯于拥抱的中国战士，也紧紧地拥抱着他们的战友们。"同志，你们辛苦啦！辛苦啦！""冬木，苏格哈斯米达！苏格哈斯米达①！"人群里传出无限深情的语声。由于他们彼此心情激动，语言不通，他们只能以自己的热泪来补充自己的语言。

周仆还没有走到人群里面，就有一个年轻的人民军战士紧紧地把他搂抱住了，嘴里说着他听不懂的话。周仆抱着他，看着他那年轻的脸，看着他那单薄的在山林里挂破的夏季服装，是多么地激动呵！他想对他说：亲爱的朝鲜同志！你们打了多少仗，吃了多少苦，走了多远的路呵！你们是多么勇敢呵！全世界都称赞你们是英雄的人民，你们的确是受之无愧的。你们遭受的一切艰难困苦，难道仅仅是为了自己的祖国吗？不，你们是为了整个东方，为了全世界

---

① 苏格哈斯米达：朝语"辛苦"。

进步人类的革命事业。周仆的眼泪也悄悄地流到那个年轻战士的肩头上去了。

正在这时,不知哪个人民军战士领着头喊了一句:

"中国共产党满塞!毛泽东满塞!"

人民军的战士们跟着大声呼喊起来。

周仆的心震动得更加厉害,他从那个战士的肩头上,举起手臂高呼着:

"朝鲜劳动党万岁!金日成将军万岁!"

他的战士们也跟着他喊起来了。

口号声此伏彼起,震动着山谷。两支语言不通的军队,在这两句口号里倾泻着自己的感情。

这时,人群里传来一阵纷乱的低语声,接着自动地闪开一条通路,有几个朝鲜人民军的军官挤了过来。联络员碰了碰周仆,低声地说:"人民军的师长过来了!"周仆抬头一望,为首的一位中年人,身材高大魁伟,红脸膛,褪色的呢制服上,佩着将军的军衔。周仆立刻迎上去,打了一个敬礼。

"是你呀,老周!"

将军握着他的手,惊喜地用汉语喊了一声。

周仆端详了一下,也惊喜地喊着:

"你!你是崔俊同志!"

两个人紧紧地拥抱起来。崔俊轻轻地拍着周仆的肩膀,充满激动地说:

"我的老战友!我的好同志!现在你们可来到啦!"

周仆也紧紧握着崔俊的手,激动地说:

"自从敌人在仁川登陆,同志们的心里都像着了火似的,恨不得飞到朝鲜战场……"

"周仆同志,这我是能够想像到的。"崔俊说,"从大邱、釜山北撤的时候,我就对同志们说:中国同志是会来的!他们不可能不来,不可能不动。果然时间不长,就听到了你们出国的消息。同志们都从内心里感谢你们,在最困难的时候,给了我们这样大的援助……"

"快别说这样的话了,崔俊同志。"周仆说,"你和许多朝鲜同志过去在中国,同我们一道吃苦菜,吃黑豆,难道是为了你们自己?我还记得你负伤的时候……"

"老周,别提这些旧事了。"崔俊打断他的话说,"事实会证明我们两国人民的友谊,是最深厚、最纯洁的友谊。让历史学家们去评价它们吧!"

战士们也都纷纷地围拢过来,来看这一对老战友的会面。

周仆转了话题说:

"崔俊同志,前面的情况怎么样?敌人跑出很远了么?"

"不远,刚才被我敲掉了一股。"

崔俊指了指远处的一大堆美国俘虏,豪迈地一笑。接着又用手指头敲着旁边一个人民军战士枪上的转盘,轻轻叹了口气:"可惜这个空了,不然的话,我看他们是跑不掉的。……"

周仆命令参谋长通知部队准备继续前进。又紧握着崔俊的手说:

"你们这次北撤,恐怕遇见了不少困难!"

"困难?隔断在敌人后方,自然会有一些困难。"崔俊淡淡一笑,"可是敌人要想把我们吃掉,也不那么容易。……我们已经在敌人后方,打了两个多月的游击,什么野草都吃遍了。就是缺乏子弹,这枪饿肚子比人饿肚子还叫人难受。只要补充些弹药,我们就可以立即投入大规模作战。"说到这里,他又微笑了一下,说:"周仆同志,要说困难,难道你们到这里作战会没有困难?不,不能没有困难,但现在不是谈困难的时候。"

周仆团队的战士们,这时纷纷从自己的背包上取下鞋来,还有人把少量的烟末,也倒出来分给人民军的战友们。但是人民军的战士们推让着不接受。志愿军的战士说:"同志,你辛苦啦!"人民军的战士就说:"你的辛苦,我的辛苦的没有。"人民军的战士绕着弯跑,志愿军的战士们就捧着鞋在后面追。周仆和崔俊看见这种情景都深受感动,战士们总是更加能体会到战士的困难。

周仆说:

"崔俊同志,你就让他们收下吧!"

"好,"崔俊欣然点头,转向大家用朝语说,"同志们,这是我们最亲密的战友,既然他们赠送你们,你们就谢谢他们吧!"

周仆乘崔俊讲话的时候,走到了小迷糊旁边,悄声地问:

"皮包里还有几包烟哪?"

"可能还有五包。"

"什么可能,到底还有几包?"

"五包。"

"通通拿出来,交给师长的警卫员。"

被称为"老保守"的小迷糊,这次异常慷慨,把五包"大生产"牌香烟一古脑儿取了出来。

崔俊眼尖,急忙拦住说:

"你要干什么,老周?烟我早就戒了。"

"不不,你那烟瘾是戒不掉的。"周仆嘻嘻一笑,"你还记得,反扫荡的时候,咱俩一块在山洞里抽树叶吗?"

"你的记性真好!"崔俊也笑了,转过头对警卫员说,"那就收下来吧。"

周仆这个团的战士们,已经回到他们的行列里,又继续前进了。

周仆再一次紧紧握住崔俊的一双大手,说:

"再见吧,崔俊同志,以后我们见面的机会恐怕是很多的。"

"是的,我们很快就会赶上来的!"

崔俊也使劲握了握周仆的手,让他去了。但是周仆刚刚走出不远,崔俊又赶上去说:

"老周,你等一等。"

周仆停住脚步。崔俊说:

"我忘了问你,我熟悉的老战友,还有哪些来啦?你的老伙计呢,来了没有?"

"你说的是老邓吧?"

"对呀,我们的战斗英雄,他来了没有?"

"他还能不来?原来出国没有他,他伤没好就赶来了,前几天才负伤下去。"

"伤重不重?"崔俊关切地问。

周仆本来想说不轻,但临时又改口说:"不……重。"

崔俊半晌不语,接着又问:

"洪川呢?他现在在哪里?"

"现在是我们的师长。"周仆看看表说,"一个小时以后,他就会赶到这里。"

"那太好了，我等着他。"

崔俊又挥挥手，叹口气说：

"老周，你去吧！老战友见面话总是说不完的……"

周仆随着部队走出很远，很远，还看见崔俊和他的衣着单薄的战士们站在那里，向他们不住地招手。他发现连续追击的战士们，不但不感到疲劳，步伐反而更加有力。他知道，一种新的力量，又注入到战士的心中。毫无疑问，两国军队的会师，使得我方的战斗力量更加强大了。

第十三章　另一个"围歼"

周仆所在的第五军追到海州郡以东地区,乘着十轮大卡车的敌人已经逃到三八线以南去了。兵团司令部考虑到徒步追击难以收效,遂下令停止追击。

东线部队在冰天雪地的长津湖畔的作战,也接近尾声。被围攻的美军第十军,遭受了惨重的伤亡,其残部逃到东海岸的连浦、兴南港地区,在大量的海空军掩护下,正狼狈地从海上逃跑。

轰轰烈烈的第二次战役结束了。这次战役,由于志愿军指战员的高度牺牲精神,取得了震撼世界的伟大胜利。东西两线我共歼敌军三万六千余人。其中美军两万四千余人。解放了朝鲜民主主义人民共和国的首都平壤以及北半部的广大土地,迫使敌军全部撤退到三八线以南,从进攻转入防御。特别是被隔断在敌后的朝鲜人民军与志愿军胜利会师,大大增强了我方的力量。战争的主动权,已经转入我方。全军上下都浸沉在极度兴奋的胜利的气氛里。

然而,在这胜利的喜悦里,周仆心中却总有一种隐隐约约的不快之感。这种情绪,随着战役的结束而更加明显了。他一遍又一遍地想着在缚龙里发生的事情。为什么在本团一个重要干部身上会发生那样严重的问题?如果当时不是团长和郭祥他们挽救了危局,阵地真的被敌人突破,那造成的会是什么局面哪!想到这里,心里越来越惦记邓军和郭祥的伤势,也越来越憎恶陆希荣,甚至一想起他那长长的个子都觉得可厌。

这天早晨,因为菜蔬困难,伙房给他炸了一盘辣椒下饭。本来是一番好意,谁知这盘辣椒往上一端,他的脸色就起了变化,瞅着辣椒半晌没有说话。

小迷糊还以为政委不喜欢吃,就解释说:

"就这还是找了半个村子才买来的哩!"

周仆哼了一声,抬起筷子懒洋洋地吃着。小迷糊哪里知道这盘辣椒触动了政委的心事,使他又想起了他的伙伴邓军。他胡乱吃过早饭,就给军后勤打电话,了解邓军和郭祥的伤势。军后勤回话说,他们的伤势很重,尤其郭祥仍处于昏迷状态。

周仆感到一种难忍的痛楚,本来预定明天召开的团党委会议,改在当天下午举行。

天又落起了大雪。刚刚过午,党委委员们已经冒雪先后来到。到会的有三营营长孙亮,二营教导员李芳亭,参谋长雷华,政治处主任马骏,组织股长崔国彬。一营教导员陈国发,也被扩大来列席会议。副团长没有到会,他在前几天就已被调往俘虏营管理俘虏去了。最后到来的是一营营长陆希荣,他脸色阴沉地挤在墙角里,装出一副故作镇静的样子。

孙亮带来了几包缴获的美国香烟,相当地活跃了会场的气氛。尽管他表现得十分大方,但仍不免最后被同志们"打了土豪"。大家盘着腿围在一起,热烈地谈叙着战役中一切有趣的事情。陆希荣局促不安地坐在一旁,觉得无话可说,即使插上两句话,别人也表现相当冷淡。他突然变得仿佛像一个陌生人一样坐在那里。而他的旁边却是一个热闹的、无比亲热的战斗家庭。

周仆竭力使自己的情绪与屋里的气氛相调和,但是他的脸色仍然显得严峻。

"政委谈谈形势吧,"孙亮活泼地说,"东线打得怎么样呵?"

"比我们这里可艰苦多喽!"周仆说,"昨天师长讲,东线部队出国太仓促了,还穿着长江以南的棉衣,戴着大檐帽,就投入了作战。那地方山又高,雪又大,零下30多度。发生了许多冻伤。粮食也接济不上,大概有几天没有吃上饭。听说有的连队看见敌人逃跑干着急冲不上去,又冻又饿,有些班成散兵队形趴在雪地上起不来。……可是就在这种条件下,还是在新兴里歼灭了美七师的一个团零两个营,把柳潭里、下竭隅里的美陆战第一师打成了残废。"

人们纷纷赞叹着。

"听说这陆战一师是敌人的王牌?"孙亮问。

"吹得凶！"周仆说，"美国人吹嘘，说这个师有175年建军的历史，曾经四次出国，从来没有打过败仗。还说，如果共军能打败这伙人，那么他们就赢得了朝鲜战争，甚至也许全世界的战争！……他们还吹，这个陆战师承认他们也许有一天会被打败，如果那一天太阳从西边出来的话。……"

人们笑起来。

"我倒希望下次战役能碰碰它！"孙亮搓了搓手。

"下次战役？恐怕你碰不上它吧，"周仆笑了一笑，"听说它们被运到大邱、釜山休养去了。"

"这些可怜的家伙！"周仆接着说道，"在十几天以前，他们还把麦克阿瑟看做是穿军服的圣诞老人，还相信他的话，准备打到鸭绿江过圣诞节呢！"

"依我看，人家也部分地达到目的了。"孙亮慢条斯理地说，"好多人不是到碧潼俘虏营过圣诞节去了吗？"

人们又是一阵哄笑。

周仆看时间已到，就宣布会议开始。他简略谈了谈当前的形势和工作，接着就转入正题，略略提高了声音说：

"今天的会议，主要是讨论陆希荣同志严重的右倾错误和对他的处分问题。"

尽管会议的内容，早已通知了人们，但因为"严重右倾"这个字眼本身的分量，还是产生了一种少有的严肃气氛。顿时屋里一静，连雪花打着细格门窗的轻微的沙沙声，都能听见。

人们斜视着陆希荣，沉静了好几秒钟，眼睛里流露着鄙视、不满和愤怒的神情。

"这是党的会议！"终于陆希荣的脖子梗起来了，"我希望我们的党代表说话公正一些。"

周仆极力控制着自己，不使自己的行动和语言超出一个政治委员的身份。他勉强地笑了一下，放缓语调说：

"有什么不公正的地方，可以讲。"

政委出人意料的平静，使陆希荣感到几分慌乱，也因此更加激怒了他：

"我要求周政委客观地全面地来审查我陆希荣的历史。我陆希荣参加革命,不说身经百战,大小仗也打过几十次了,我要求一次一次地来审查我在战斗上的表现。我要求个别领导人不要急于下结论,不要夹杂任何个人的情绪。……"

"好嘛,让我们就来首先研究一下你在缚龙里战斗中的表现。"周仆舍弃开陆希荣设置的重重障碍,平静地说。他好像是领导冲锋的班长,在对方重重的鹿砦、铁丝网的前面发现可以接近目标的地方。

陆希荣的手指不易觉察地抖动了一下。他用激愤的脸色掩饰着自己的慌乱。

"审查任何一次战斗都可以。"他大声地说,"缚龙里战斗,缚龙里以前的任何一次战斗,摩天岭战斗,南天门战斗,大小胡庄战斗,南北齐战斗,太原登城战斗都可以,如果能够说明我右倾怕死,我可以立刻把我的大功功臣的奖状交出来,也可以把它扯掉。"

"好好,大家来讨论吧。"周仆说,"陆希荣同志,据我看,不要说一张立功奖状,就是十张奖状也不能管一辈子。……既然你不是右倾怕死,为什么临阵脱逃,把部队撤下来?"

陆希荣像被挤到墙角里似的,不得不面对这个问题。

"我要求上级认真地了解一下具体情况。"他说,"撤退?不错,是撤退了。但是在什么情况下发生的?是在敌人的坦克突破阵地之后,我才同部队一起撤下来的。在这种情况下,这个连不撤下来,就会被敌人消灭,就等于给敌人送礼。我不能不对战士的生命负责。我没有权力使战士的生命遭到无谓的牺牲。"

坐在陆希荣旁边的孙亮咳嗽了一声,这是他发言的信号。

"希荣同志,"他侧过脸瞅着陆希荣,"你说你要对战士的生命负责,那么,你为什么就不对三连,不对郭祥他们的生命负责呢?你说你的阵地被突破,你为什么就不想到全团的阵地被敌人突破?"

陆希荣受到猛力的一击,有些慌张,连声说:

"唉唉,老孙,你不了解实际情况嘛!"

孙亮斜了一营教导员一眼。这位教导员一直神色不安地坐在那里,脑子里像正进行着激烈的斗争。

"还是让陈国发同志讲讲吧,他是很了解具体情况的。"

大家都听得出来,这是孙亮有意将他一军。

"对对,老陈讲讲。"大家也跟着说。

陈国发感受到强大的压力,立时满脸通红,彷徨四顾,不知说什么好。

周仆实在看不下去,瞅着陈国发说:

"陈国发同志,你这自由主义可不是一天半天了!你对他的问题总是包着不讲,问题发展得这样严重,你要负一定的责任!"

"我我……我这不是准备讲嘛!"陈国发摊摊手,又胆怯地瞅了陆希荣一眼,"我也觉得他似乎有一点儿情绪不够太饱满。……向缚龙里穿插的时候,路上他就说:'你看我们这些上级!要像这样用兵,不等打仗就拖死了。'到了缚龙里,大家一听说敌人还没有过去,都高兴得嗷嗷叫,可是他那脸色非常难看。我估摸着,他的思想是还不如敌人已经过去,在后面追一追更好一些……"

"老陈!"陆希荣愤怒地叫道,"大家是要你讲事实,并不是叫你来这里讲脸色,讲估摸!你怎么知道我有这种思想?"

"让人家讲下去嘛!"孙亮给陈国发助劲。

"事实?我后面有事实!"陈国发的声音也略略大了一点,显然陆希荣的质问某种程度激怒了他,"到了缚龙里,他虽然不高兴,还是向团里要求把我们营放在正面。我就想,他的战斗责任心究竟还是强的。谁知道团里真的批准了,他的脸色都变了。他悄悄跟我说:'老陈!这一回可是拖不过去了,我这一百多斤肯定要撂到这里了!'还说,还说:'我死了,我的家当都送给你,我的这块表,请你给我保存着,以后替我送给小杨,做一个最后的纪念。'……"

"老陈哪!老陈哪!"陆希荣一连声叫着,"我们可是老战友呀!我们在一块就伴儿可不是一天半天呀!你你你,你把这些开玩笑的话搬到党委会上,是什么意思?……再说,再说,我那些话正是表明我为革命牺牲的决心!我是说,就是扔掉这一百多斤,也要坚决地完成这个重要任务!"

听了陆希荣的一番话,陈国发又有些犹豫不决起来。周仆发现刚刚出现的突破口,眼看又被对方用感情的火网缝合在一处,立刻说:

"老战友是崇高的称号,但是不能用它来藏垢纳污。越是老战友,就应该更加不讲情面,就应该讲得比别人更加深刻、更加彻底。

不然,老战友还有什么意义呀!……陈国发同志,你说对不对?"

"对,你讲得对。"陈国发低着头说,"我过去领会错了。我总是怕伤了感情,影响双方的关系,工作也不好搞。遇见事,我就想,老战友了,出生入死的不容易,哪里有那么多原则好讲,一天价摆着个政治面孔干啥?凡事不如大事化小,小事化了,你给上级讲了,他还得受批评,弄得双方都不好看。"

"哼,瞧瞧你这思想!"周仆瞅了他一眼,"你接着讲下去。"

一度动摇的战线又趋于稳定,陈国发恢复了勇气说:

"我们把部队带上阵地,我就发现营长把指挥所选得离前面太远了。我说,如果敌人的炮火切断了我们的联系,我们掌握不住部队的情况,是要犯错误的。他就说:'这不是打游击,这是近代化的战争!你还是考虑考虑你的政治工作去吧!'我怕影响两个人的关系,也就没有坚持。后来南边增援的敌人攻上来了,南北两面的炮火都打到我们的阵地上,他就钻在洞里不出来了,还悄悄对我说:'老陈哪,怎么办哪?你看两面的敌人都来夹击我们,就凭这稀稀拉拉几个步兵能顶得住吗?'我说:'守不住也得守,不然要犯严重的错误。'他就不言声了。接着,前面报告,敌人的坦克开始渡河。他又对我说:'老陈哪,你可要认真地考虑一下现在的形势。郭祥那人可是个滑头鬼,如果他要一撤,我俩会要当俘虏的!'我怕争论起来,弄得双方都不愉快,就没有理他。不一时,又报告敌人的坦克冲过了河。前面的战斗十分激烈。我怕阵地有失,就坐不住了。我对他说,我到前边看看去,亲自去掌握一下。他就说:'那很好,我就在这里掌握全盘。'可是我还没有走到一连的阵地,就看见一连撤下来了,说是营长让他们撤下来的。……据我估摸,他开头想让我先说出来后撤的话,好让我跟他一块儿分担责任;我没有同意。后来,他觉着一个人跑下去错误太明显了,就传下了后撤的命令。据我后来了解,前面战士们已经打退了敌人一次冲锋,守得是很好的。"

这时,陆希荣的眼睛里射出一种类似仇恨的凶光,看了陈国发好几秒钟,然后低下头去。

"随你去说!对一个同志的错误任意扩大,是不会有人相信的。"他喃喃地说。

陈国发涨红着脸,不满地说:

"我夸大你的错误了吗？有些事我还没有说哩。一次战役，二连连长不按照预定的路线撤退，也是向你请示过的。"

周仆惊奇地问：

"二连连长不是承认是自己的责任吗？"

"不是这样，政委，"陈国发说，"当时敌人的炮火封锁了山口，二连连长就向他请示，可不可以向旁边撤退，他就点了头。事后政治处下来调查，他怕暴露，就悄悄找到二连连长说：'你先把责任承担起来，我保证不让你受处分！要不咱俩都得挨批，事情就不好办了。'二连连长受了处分，才知道上了当，跟我偷偷地讲了……"

"通讯员不是说，他下了制止撤退的命令吗？"

"那也是假的，都是他布置的。"

周仆长长地叹了口气，用烟斗冲着陆希荣一指：

"唉！老陆，你瞧瞧你这叫什么作风！"

孙亮挺挺身板儿，瞧着陈国发说：

"有一件怪事儿，我想问问。传说陆希荣同志，一听说出国就缝了一个大白被单子，据说是专门防原子弹用的，到底有没有这样的事儿？"

问题提得令人吃惊，顿时引起一阵轻微的骚动。

"说呀，老陈，有没有这样的事儿？"人们纷纷追问。

"我，我这不是准备说嘛！"陈国发又胆怯地看了陆希荣一眼，低着头说，"是在出国头一天让房东做的。"

屋子里发出一阵沉重的叹息声和嘲笑声。

陆希荣满脸通红，接着像一头狮子似的暴怒了。

"这是造谣！这是诽谤！"他叫喊起来，"不错，我是做了一条白被单，但是，陈国发同志，你怎么能证明我是害怕原子弹呢？"

"你，你你……"陈国发一时急得说不出话来，"你说，这回打仗可跟以前不一样了，美国人是很可能要丢原子弹的。……你还劝我也做一条。"

陆希荣几乎要站起来的样子，声音越来越大了：

"陈国发同志！我有什么对不起你的地方？你对我有意见的话，你可以明讲嘛，为什么要起害人之心呢？你的话不是歪曲、扩大，就是你估摸着，你怎么能用自己不很干净的心理来估摸别人呢？

你这些估摸的话,有谁相信呢?不要说别人,首先咱们英明的周政委就不会相信,我们的孙营长、李教导员以及在座的每一个同志都是不会相信的。……"

"陆希荣!你老实一点!"周仆厉声说,"你不要在党的会议上玩弄旧社会的一套。"他本来并没有准备这时候发言,可是陆希荣刚才的丑相实在引起他深深的厌恶,"依你说,陈国发同志把你估摸错了,照我看,他还没有认清你的本质。依你说,陈国发同志起了害人之心,照我看,有害人之心的是你!一点不错,是你!"他用手向陆希荣一指。

"有什么事实?"陆希荣抗争地说。

"你听我讲。"周仆说,"第一,出国不久你三番五次地跟我们讲,郭祥同志勾引小杨,要挖你的'墙脚',要我们开展对郭祥的斗争。我后来问小杨,知道你完全是无中生有,陷害同志。第二,清川江北岸的战斗,你继续在火线上打击报复,企图借刀杀人,来达到你陷害郭祥的目的。第三,就是这次缚龙里战斗,你私自下令后撤,不但是出于你的右倾保命,而且同样有一个不可告人的目的,你想让郭祥腹背受敌,被敌人消灭。……我看,你还是把这种丑恶的个人主义思想、右倾怕死的思想,向同志们作个交待吧!"

陆希荣脸色煞白,浑身发抖,连嘴唇都哆嗦起来。

这沉重的打击,激起了他的狂怒。他陡然间站起来,哆哆嗦嗦解着胸前的纽扣,然后猛地把衣襟扯开,露出他的伤疤。

"好哇,你个周仆!"他狂怒地指着自己的伤疤,"我问你,这是不是个人主义?这是不是右倾怕死?"他接着又弯下腰去挽自己的裤腿,指着另一块伤疤,"我再问你,这些伤疤是不是狼叼的?狗啃的?我对人民的贡献,不单全团知道,全师知道,全军都知道,连兵团司令他都知道!今天你朝我的头上倒屎罐子,你想把我陆希荣搞臭,这是办不到的!我再告诉你一句:这是办不到的!"

他气昂昂地大步跨到门口,把门咔的一声拉开,立刻冲进来一股寒气,雪花也飘进来了。他又回过头说:

"我早就把你看透啦!你一不懂军事,二不懂政治,你就是专门靠整人吃饭。你不是组织这批人整那批人,就是组织那批人整这批人。你就用这种手段打击别人,抬高自己,来树立你的威信。你看哪个同志多少露一点头儿，在上级面前比你吃得开，在群众面前比你威信高，你就拼命地打击他，好把你显出来。你一贯居心不良，你惟恐天下不乱，你把我们团整个党的生活搅得乌烟瘴气！我今天对在座的所有同志都没有意见，就是对你周仆有意见！你今天成心打击我，我正式告诉你：我不参加你组织的会议！"

说着，他探身拿起一只棉鞋，扑打着雪花，就要离开会场。

"陆希荣同志！你给我回来！"周仆充满威严地喊道，"你蔑视党的会议是不允许的。"

陆希荣拿着棉鞋刚要穿，迟疑了一下。

周仆继续响亮地说道：

"你退出会场，只能说明你害怕真理，害怕揭露你的问题。如果你还有一点党的观念，如果你对在座的同志还有一点点尊重，你就不应该出现这种行动！"

政治处主任马骏也激怒了：

"陆希荣同志，不管怎么讲，你这种行动是错误的！"

"坐下嘛，有话慢慢讲嘛！"一向老成持重的二营教导员李芳亭说。

"坐下！坐下！"大家纷纷地说。

在陆希荣迟疑的一刹那，孙亮机灵地站起来，咔哒一声，关起了那扇细格窗门。他拍了拍陆希荣的肩膀说：

"老伙计！坐下吧，这可是党的会议呀！"

陆希荣走又不是，回又不是，犹豫片刻，只好尴尬地回到原来的位子坐下来。

"我向同志们郑重声明，"他为了掩饰自己的尴尬，立刻来了个急转弯，放低声音说，"我并不是蔑视党的会议，蔑视在座的同志，也不是害怕揭露我的问题。……我确实是对政委个人有意见，当然我刚才的冲动是不对的。"

"这种人，总忘不了耍花招！"周仆心中暗笑，"一个个人主义者，即使是一个有才能的人，也是多么愚蠢哪！"

"好嘛，那很好嘛！"大家纷纷趁坡下驴地说。

陆希荣突然察觉，那只沾着雪花的棉鞋还在手上，一时不知放在哪里才好。陈国发接过来，给他放到门外。

战线总算又趋于稳定。

"我刚才也未免着急了一些。"周仆暗暗检查道,"这种会议,还要耐心,再耐心才是!"

"希荣同志,"他把语调放缓和了许多,"你过去的功绩,同志们是不会否认的,但是你入朝以来的右倾保命,也是事实。我们不能用功绩掩盖错误,用优点抹杀缺点。还要很好地挖出问题的根子:为什么你过去勇敢现在勇敢不起来啦?为什么你的战斗意志衰退了?只有挖出根子,虚心改正,才能解决问题。每个同志都要动动脑子,帮助希荣同志找找这个根子是在什么地方。"

他的语调虽然和缓,事实上是发出了新的战斗号召。就好比一个打开突破口的指挥员,又指挥他的部队进入纵深战斗,向着最强固而又最隐蔽的核心堡垒接近。

"还是让陈国发同志多谈谈吧!"孙亮提议。

"哼,这家伙对我倒抓得紧!"陈国发心里咕哝了一句,不满地看了孙亮一眼。

"对,对。"大家也响应说。

"我,我这不是正准备说嘛!"陈国发带着几分焦躁回答,而心里却想,"唉,说就说吧,反正我们的关系也保持不住了。"

"我思谋着,他的斗志到了解放战争末期就似乎起了变化。"他沉吟了一阵,慢腾腾地试探着说,"眼看全国快胜利了,他的变化就越明显了。有一次,他从医院养伤回来,我说:'你回来得太好啦,新的战役快开始啦,我们又在一起就伴儿啦。'他就叹了口气说:'老陈哪!你算算你是我的第几个教导员哪!第五个啦!我怕陪你陪不到底啦。'我说:'别说泄气话了,你看全国眼看就解放了。'他就扒开衣服,让我看他过去的伤口。他说:'老陈,你数一数这伤,有多少处了?每一次都是差这么一点儿!下一次,就是打不住致命的地方,我也顶不住了。血流得太多了!我现在一听枪响,脑瓜仁就苏苏地痛。你瞧一个战役要死多少人哪!'我就说:'快别说这话了,要是让同志们听见,不开展你的斗争才怪!'……"

"你你,这是什么时候的事情?"陆希荣眨眨眼,装出异常惊讶的样子。

"太原战役以前。"陈国发说。

"这就不对了!"陆希荣冷笑了一声,"如果我抱定这种思想,咱们营能够先登城吗?上级给我记的大功是错误的决定吗?我的指挥位置比你靠前得多吧?"

"那你是有自己的企图。"陈国发也有些急了。

"什么企图?"

"你自己知道。"

"我不知道,你说。"

"那时候,团里缺参谋长。你……"

"你这是纯粹的诬蔑!"

"不,是你自己讲的。"

"我?我说什么?"

"你你,你说:'老陈,打完仗,我恐怕要到团里工作去喽!'我说:'有消息吗?'你说:'这还不明显!你把几个营长比一下嘛!'那时候,你的情绪唿噜一下子高涨起来。你还说:'老陈那!好好干哪!沙锅子捣蒜,一锤子买卖呀!'……"

大家几乎同时冷冷地望了陆希荣一眼。

陆希荣把头往旁边一扭,悻悻他说:

"看,几句玩笑话,今天都成了原则问题!"

周仆示意陈国发,继续讲下去。陈国发说:

"打下太原,他一看提拔的不是他,当团参谋长的是三营长雷华同志,本营的副营长孙亮同志也到三营当了营长,他的情绪就唿噜一下子又下来了。他抱着上级发下来的提升命令发呆了,坐在那里总看了有两个钟头。那天,太原城里锣鼓喧天,大街上的老百姓扭着秧歌欢庆解放;他一个人买了两瓶酒,喝得醺醺大醉,还搂着我的脖子说:'老陈哪!老陈哪!我的前途完啦!'我说:'老陆,你看全国的形势多好,革命都快胜利啦,怎么能说没有前途?'他说:'革命有前途,个人没前途哇!……过去打仗,不能说我不勇敢吧;工作方面不能说我不积极吧;这次攻城,第一个打开突破口的是谁?上次打姚家寨,第一个登上城墙的是谁?不说别的,单说我缴获的轻重机枪,一个房子也盛不下。可是革命给我的是啥,我个人得到的是啥?现在全国快解放了,革命也成功了,农民得到了土地,工人改善了生活,连那些不革命、反革命的人都当起大官来了,我得到了什么呢?

连一个老婆都没捞着！我得到的就是这么一身伤疤，一身臭汗！这不成了革命不如不革命，不革命不如反革命么？这不是革命有前途，个人没前途么？……'我忙说：'快别说了，叫战士听见影响多不好呵！你这不是从个人主义立场看问题吗？'他把眼一翻：'老陈哪！你也来给我上政治课了，别说漂亮话打官腔吧，谁能够没有一点儿个人主义？没有个人打算的人是没有的！'我就说：'算了，算了，等你思想搞通就好了。'他就大声说：'我一辈子也搞不通！我躺在棺材里也搞不通！为什么提拔别人不提拔我？上次没有，这次又没有！雷华是什么东西，我哪一点比不上他！你说是德的方面，才的方面，资的方面，大家可以摊开来，逐点逐条地比嘛！哈哈，他现在爬到我的头上去了。还有孙亮，过去我一直领导他，我当排长的时候，他还在家端着大黑碗喝白粥哩，我当连长的时候，才不过是我们连小鬼班的班长，现在也跟我一般齐了。周仆当排长，比我早不了几天，现在人家是团政委了。某某和我是同一期军校的同学，当时也并不怎么突出，现在是师长了。跟我的几个通讯员，现在都是连级干部了，再打一两仗，说不定还赶过我去哩。老陈哪！我辛辛苦苦地闹革命，打了十年仗，我现在算是个什么呀？我的前途在哪里呀？……'我当时看他情绪很坏，就说：'你这些意见，如果不好意思提，我可以帮你提提。'他马上说：'那可绝对不能提，你只要提一个字，他们就会说你是个人主义！'……"

"陈国发！"陆希荣尖锐地质问道，"一个同志酒后说了几句可能不太妥当的话，能不能拿到党委会上作为批判材料？"

"你平时也说过的。"陈国发说，"你还说过你有一个'十年计划'？"

"什么十年计划？"大家惊奇地问。

"他平时很佩服咱们兵团的齐司令员，说他二十七八岁就当了师长。他说：'按我这份才能，你看我多大岁数上能当师长？'我说我判断不出来。他说：'按我的计划，我不希望超过这个年龄。'"

人们几乎笑出声来，有人嘲弄地说：

"这个计划不是没有完成吗？"

"是呀，"陈国发说，"他自己就讲：'我今年已经快30岁了，已经超过齐司令作师级干部的年龄两三年了，连团级也不是，还有什么干头？我觉得一点精神劲也提不起来了。我这点革命性就像是用完了似的。'……"

人们忍不住笑起来了。陆希荣又羞又恼，悻悻地说：

"大家可以想想嘛！上级的干部政策是不是没有一点问题?!"

"当然有问题啰！"参谋长雷华涨红着脸说，"上级专门提一些'不是东西'的人，却不提那些盖世无双的才子！叫我看问题大啦！"

周仆严肃地瞅了雷华一眼，带着批评的意味，意思是：不要在党的会议上讲反话，这会有损于一个党委委员的风度。

他又示意陈国发继续讲下去。陈国发说：

"自从解放大西北，咱们住在杨柳镇，他同一个皮毛商人关系特别亲热。他经常到那个商人家里，同他的女儿、姨太太喝酒，打牌。……"

"什么？你说什么?"周仆一惊。

"他经常到商人家里喝酒、打牌。"陈国发又重复说。

"你说清楚一些！"陆希荣愤怒地叫道，"并不是我要去，是人家三番五次地请我。人家对咱解放军那样热情，我们应该冷冷淡淡吗？这是一个军民关系问题，党的影响问题，政策纪律问题。再说，打牌只是随便地玩玩，并没有赌钱。你要向上级谈清楚些！"

"是，我是要谈清楚。"陈国发也强硬地说，"他们还送给他一对绣花枕头，一个上面绣着'甜蜜之梦'，一个上面绣着'祝君晚安'。都是商人的女儿亲手绣的。他们还结了干亲。……"

"什么？什么干亲?"周仆追问。

"商人有个一个多月的小孙子，拜他作了干爹。他同商人的女儿平常都是哥哥妹妹相称，叫得可热乎着哪！……他准备结婚买的那些东西，钱都是从商人那里借的。"

周仆气得脸都变了，沉了半响才咬着牙说：

"陈国发，你真可以说是个自由主义的典型了。他同资产阶级发生了这样密切的关系，你都没有讲呀！"

"我看，不能说这个人是一般的资产阶级。"陆希荣立即反驳说，"人家原来也是劳动出身，因为遭了天灾，从山西逃到西北，开头用两个肩膀挑东西，每天挣的还不够吃哩！以后摇拨浪鼓儿，卖布头儿，人家的家产是这么一点一滴积起来的。……"

"这浑家伙，立场已经完全变了！"周仆愤怒地咬咬嘴唇，没有冲出口来。

"从这以后，他的思想变得更厉害了。"陈国发继续说道，"有一回，他跟我说：'老陈，我过去太傻了，现在我对一切都看透了。古人说，富贵于我如浮云，弄个一官半职又值得几何！人一辈子归根结底还不是吃一点儿，喝一点儿，痛快一点儿。只要有一个好老婆，一个温暖的小家庭，手头稍许宽裕些，风吹不着，雨打不着，日子过得平平妥妥，不要老是打仗流血，也就很不错了。像人家潘掌柜的，不是照样生活得很快活吗？'此后，他的思想就完全集中到组织小家庭的上头去了。他还说，小杨长得不错，就是太土气了；那个商人的女儿很大方，可又不太漂亮。要是两个人的条件结合起来有多好呵！……"

陈国发说到这儿，又痛切地检讨了自己的自由主义的错误。随后大家展开了批评，几乎每个人都谈到过去对于陆希荣的认识是很不够的。

孙亮对陆希荣的批评特别尖锐、猛烈，最后还说：

"我想对团的领导同志提点意见。"

周仆把一个烟蒂撕碎，装到烟斗里，正要擦火，停住了。

"陆希荣同志的问题发展得这样严重，我看团的领导也要负一定的责任。"孙亮极其坦率地说，"过去团的领导对他是一贯地迁就，只有表扬，很少批评。总认为他特别能干，说他'军事来得，政治也来得'；群众也夸他是'才子'，是'司令员兼政委的材料儿'，他自己也就不知道吃几碗干饭了。实际上，他的工作很漂浮，他能把准备干的工作，汇报是已经作的，说得头头是道，天花乱坠；他也能把已经做过的工作，向你请示作法，来表示对上级的尊重。可是团里也不检查就相信了。我们提出意见还说我们不虚心！我希望领导上以后接受这种教训，别再把干部给惯坏了。"

"这一炮开得好。"周仆心中想道；一面点起烟斗，对着孙亮微微一笑。

随后讨论了对陆希荣的处分问题。孙亮、雷华、马骏都主张开除党籍，李芳亭、崔国彬主张留党察看。最后，周仆作了总结发言。他早已把烟斗灌得满满的，做了充分准备。

"关于陆希荣同志的问题,同志们谈了很多,我不准备多讲了。"他竭力使自己的发言保持平静的语调,"我认为,他的问题是十分严重的。他已经由极端的个人主义发展到了严重的立场动摇。"周仆观察了一下大家的脸色,看对自己的结论有无异议,然后又接着说:"在胜利前夕,在党的七届二中全会上,毛主席曾经指出,我们之中的一些人,会被资产阶级的糖衣炮弹击败。据我看,陆希荣就是第一批被这种糖衣炮弹击中的一个……"他本来想说"一个可怜虫",但话到了嘴边,又觉得不合一个党委书记的身份,就把那个词删略去了。他又用分析的语气说:"为什么呢?为什么他会被击中呢?这就因为他本身具有浓厚的个人主义。"他转脸向着陆希荣说:"陆希荣同志,我们并不否认你有一定的才能,也不否认你过去的功绩,但是你有一个最根本的也是最起码的问题没有得到解决,这就是你参加革命究竟是为了什么。是为全世界劳动人民的解放呢,或者是为了把自己造就成一个'伟大人物'?是全心全意为人民服务呢,或者是为了向人民索取优厚的报酬?根据刚才揭发的材料,我看你的动机是不纯的。我们需要告诉你,参加革命不是经商,不是放高利贷,不是把自己放入银行收取利息!假如有谁抱定这样的目的参加革命,那他是肯定达不到目的的。……我希望你要好好地考虑!"

"关于对你的处分……"周仆说到这里沉吟了一阵,脑海里引起了一阵斗争。一个声音说:"开除他!开除他!一个多么令人憎恶的家伙!"另一个声音却说:"要慎重!要按党的精神办事!只要有一线可能,就要给他以自新之路!"这时,他又惟恐人们看出他的犹豫,便划了一根火柴,慢腾腾地燃着熄灭了的烟斗,然后才说:"我看还是留党察看为好。"

周仆的话音未落,就听陆希荣怒冲冲地喊了一声:

"我不同意!我不同意!"

大家一看,陆希荣面孔抽搐着,再一次地狂怒了。他站起身来,大声地说:

"周仆!今天你组织的会议,完全是造谣、诬蔑和打击人的会议!我要到上级党委去控告你!"

他说着,咔的一声把门拉开,蹬上鞋子,头也不回地去了。

屋子里霎时又冲进来一股寒气,雪花在门外已经积起了很厚一层。

"哼,我看还是开除的好!"孙亮愤怒地叫。

"不,还是留党察看。"周仆在地上乓乓地搕着烟灰……

第十四章　在亲人心里

好消息亲人知道得最早,坏消息亲人知道得最迟。

陆希荣犯错误的事,后方医院很快就传开了,杨雪却蒙在鼓里。在一次偶然的机会里,她才知道。

医院设在德川以南几条偏僻狭窄的山沟里。汽车开不进来。她同伙伴们每天夜里到沟口的公路上接收伤员。担架少,伤员多,杨雪自恃体力强健,常常背着伤员向山沟里运送。

那些负伤的战士们,真有一股硬劲。尽管深夜的寒气和卡车的颠簸使他们的伤口疼痛难禁,也不愿一个女同志来背负自己。可是杨雪有杨雪的办法,她的头发一向剪得很短,在执行任务的时候,就通通塞到帽檐里,再加上她的个儿稍高,这样就把许多战士瞒过去了。当别的女护士还在公路上同伤员们争执的时候,杨雪早就走到前面去了。

前方的伤员下来得越来越多,杨雪也就越发挂念陆希荣,挂念前方的战斗。尽管她的性格泼辣大胆,也还是害怕打听消息会受到同伴们的嘲笑。一次,她背着伤员走到半路上,看看前后无人,才问:

"同志,你是哪个单位的?"

伤员听出背他的是个女同志,在她背上不自在地动了一下,说:

"十三师三十七团的。"

"哪个营的?"

"同志,我下来走吧,我的伤并不重呵!"

"不不,"杨雪继续问,"你是哪个营的?"

"一营红三连的。"

"真巧!"杨雪的心扑通了一下,又问:

"你们……你们连打得不错吧?"

"我们打退了敌人15次冲锋,生把几万敌人给卡住了。"他的声音充满着兴奋。

"你们……连长打得怎么样?"她本来想说"营长",到了嘴边又改口了。

"嘿,真是难比!"他带着无限敬佩的口气。

"营长呢?"

"一个大熊包!"战士气愤地骂道。

"什么?你说什么?"

"要不是他贪生怕死,我或许不会负伤哩!"

伤员很气愤,把他们受夹击的情形简要地说了一遍。

杨雪像被石子绊了一下似的,打了个趔趄,步子慢下来。

"同志,让我下来走吧!"伤员以为她走不动了。

"不,不。"杨雪艰难地迈着脚步。

听到亲人的丑事,真比自己劈头挨了两记耳光还要难受。但接着她又想:这可能吗?这个一向在战斗上表现很好的人,有可能做出这样丢人的事吗?一个战士在战场上看到的有限,事情未必会是这样。

"刚才说的情况,是你亲眼看到的吗?"

"我到了绑扎所,同志们都这样说。"

"这就对了,"杨雪带有批驳的意味,"自己没有弄清,还是不要乱讲的好。"

"怎么,你认识我们营长吗?"

"我,我……不认识。"她含含糊糊地说。

这个出人意料的消息,给杨雪带来深深的震动。尽管她设想了许多理由来否定它,还是不能驱除心情上的不安。她迫不及待地想证实事情的真相。

拂晓时,她听说郭祥也负伤到医院里来了,就急忙跑去看他。

郭祥被安置在九号病房——山沟最里面的一间农舍里。杨雪轻轻推开房门,看见地下躺着五六个伤号,一个女护士正在厨房间里给他们烧水。那些伤员都是在前方绑扎所临时急救后就抬下来的,血衣也没有换,冻得梆硬。蒙着的小绿被子上结着一层霜花。杨雪看见郭祥闭着眼挨墙躺着,连被子也没有,只盖着一件大衣。头上缠着厚厚的绷带,脸色蜡黄。棉军裤被烧得焦煳一片,露出发黑的棉花。一双黑胶底棉鞋,鞋带系得紧紧的,鞋底上沾满了血泥,好像是在血水里蹚过似的。杨雪轻轻地揭开大衣,看见郭祥只穿着运动背心,臂上也裹着伤。下肢又是一片一片的烧伤。杨雪看见自己所熟悉的人,自己少年时的伙伴,伤得这样重,止不住心里难过。她不忍心叫醒他,轻轻地给他盖好,然后帮他去脱沾满血泥的鞋子。

鞋子刚脱下一只,郭祥睁开了眼睛,茫然地望着她,说:
"小牛,你为什么还在这里?"
"嘎子,我是小杨。"杨雪凑近他说。
"我问你,你为什么还在这里?"他的脸色充满怒容,"我要你给团首长报告情况,你为什么还呆在这里?说!你是不是害怕?"

旁边烧水的女护士插嘴说:
"郭连长,这是你的老乡看你来了。"
"快去,没什么道理好讲!"他的臂膀动了一动,没有抬得起来,"你快去告诉首长:我们决不能给祖国,给毛主席丢脸!我们红三连的阵地是守得住的!……南面的阵地丢了,敌人要夹击我们,问题不大!据我看,问题不大!让他们来吧,来吧,我有办法对付!来得越多越好,我要让他们通通碰死在这里!你告诉首长,我用党性保证!……"

"嘎子哥,你,你真的不认识我啦?"杨雪的眼里涌出泪水。
"不要开玩笑,快去!"郭祥喷着脸说,"有手榴弹的话抬几筐来!……其他的意见,对营长的意见,以后再提……"

杨雪心中一跳,忙问:
"你对他有什么意见哪?"
"意见?当然有意见!"他满脸怒容地说,"我什么也不提,这不是提意见的时候!……"

其他几个伤员,都被惊醒了,纷纷说:
"以后再谈吧,他的伤很重呵!"
女护士也对杨雪说:
"班长,等会儿换了药再来看他吧,送伤员的说,他头上还有弹片没有取出来呢!"

杨雪不听。等郭祥睡熟,又去给他脱另一只沾满血泥的鞋子。鞋子脱去,袜子却扒不下来,原来郭祥的脚早冻肿了,用手一摸,冰凉冰凉。杨雪坐下来,毫不犹豫地解开怀,把郭祥的两只冻脚紧紧地抱在胸前,用棉衣严严实实地捂住。不知是由于感动,还是由于对少年朋友的怜惜,或者是一种隐隐约约的未经证实的羞愧,她的泪扑簌簌地洒在胸前的棉衣上……

但是,她仍然不能相信,不愿相信,也不敢相信自己的未婚夫真的犯了那种可怕的错误。假若那是一件真实的事情,那是多么可怕呀!她甚至想都不敢想了。

野战医院的工作,是十分繁重和困难的。那些年轻的女孩子们,白天在病房里值班,夜间要到公路上去接收伤员。还要挤出时间,到山上砍柴给伤员烧火取暖,砸开冰冻的溪流给伤员洗绷带和血衣。每天只能轮流睡上三四个小时。杨雪是争强好胜的人,又是一个班长,样样不愿落后,休息的时间就更少了。但即使在这样忙碌和劳累中,这个恼人的问题,还是像粘在脑膜上似的不能驱掉。而且她明显感到,在这以前,但凡提起前方,提起战斗,人们,尤其是她的女伴们,总是少不了提起陆希荣给她开几句玩笑;而现在却表示出明显的冷淡,或者故意从话题中避开。这也不能不使她的心里增添了难受。

几天以后,有人告诉她,邓军团长也负伤到医院里来了,住在另一个所里,只隔着一个山梁。她决定抽空去看看她。

这天,杨雪照顾伤员们吃过午饭,就一路小跑爬过山梁。她踏着积雪一边走一边张望,看见山坳坳里有一座孤独的茅屋,有三两株乌黑的松树盘着屋顶。小玲子正背向着她,猫着腰儿在山坡上劈劈柴呢。

要是平时,杨雪一定会悄悄地扑上去,给他开个玩笑,可是现在一点这样的心思也没有了。她蔫蔫唧唧地走到小玲子身边。

小玲子的斧头被劈柴夹住了,累得他满头冒着热气,没有转过身就说:

"小杨,你先屋里去吧,我马上就完。"

"你怎么知道是我来啦?"杨雪笑着说。

小玲子直到把那根劈柴挣开,才直起腰来,笑着说:

"嘿,你在山梁上走着,我就看出是你。……怎么啦?你比前些时可瘦多啦!"

杨雪轻轻地叹了口气,向屋子里一指说:

"他……伤重不重?"

"炮弹皮已经取出来了,好多了。"

杨雪脱了黑胶棉鞋,露出一双半旧的绿线袜,轻轻地推开门走了进去。

炕上放着一个火盆。邓军的枕头垫得高高的,正躺在那儿静静地看书。

"小杨来啦!"他掩起书,微微一笑。

杨雪把火盆朝邓军那边移了移,盘着腿坐下来。她打量了邓军一眼,看见他那严峻的黑脸,比以前更加消瘦了。

"又负伤了,出国还不到一个月呢!"她心疼地说。

"这也是件好事,连过去没有取出的炮弹皮子都取出来了!"他满意地笑了一笑,"他们还要把我送回国去!别人在这里能治,我就不能治?我这命比别人就那么值钱?现在还不是治了?……哼,我知道他们的计划!"

"你说的是谁呀?"

"谁?还不是军首长他们!他们老想叫我住学。你别看这条鸭绿江,过去容易,要再过来可就难啰!"

他收住笑,细细地打量了杨雪一眼,说:

"小杨,你怎么瘦得这么厉害?"

"我死我活,你们别管!"杨雪把脖子一扭。

"干吗这么大的气呀?"

"你说说你们对别人的关心表现在什么地方?……我问你,老陆在前方到底怎么样了?他到底是不是犯了错误?"

邓军脸色沉重,半响没有说话。

"有就是有,没有就是没有。我不希望你们瞒我。……"杨雪的眼睛含着泪花。

话虽这样说,但杨雪却在内心里希望邓军的回答是否定的。她像等待判决一样睁着大大的眼睛望着邓军。

邓军叹了一口长气,说:

"小杨,我觉得实在对不住你!……过去我看错这个人了!"

杨雪的脸立时变得煞白,手也在火盆上索索地发抖。

"唉,真正认识一个人,不容易呀!"邓军无限感慨地说,"过去,我只看重了他才的方面,只看重了他能说会道,只看了他一些表面现象。……没有想到他是这样一个人,几乎害了我们全军。我不仅对不住你,也对不住党,对不住革命。我回到前方,要向同志们检讨我的错误……"

杨雪最迫切知道的问题,已经得到了回答。杨雪最害怕证实的问题,也终于得到了证实。她再也控制不住自己的感情,她觉得屈辱、难过,她想在这里大哭一场,又怕正在隔壁屋烧火的小玲子嘲笑,就两只手捂着脸,推开房门,匆忙地蹬上鞋子跑出去了……

邓军、小玲子都没有喊住她。她一直向山梁上跑去。她爬过山梁,看看四处无人,才坐在一块石头上嘤嘤地哭泣起来。

世界上那些没有出息的男人,为自己的亲人带来多少这样屈辱的眼泪呵!

杨雪哭了足足有一个小时,心里惦记快到了给伤员打水的时间,就急忙收住眼泪,系好鞋带,站起来向山下走去。她蹲在小溪边,从冰窟窿里掏了两捧水洗了洗脸,拢拢乱发,在水里照了照,才装作没有发生任何事情的样子,回到病房。

杨雪虽然工作照常,但精神上却起了显著的变化。她话说得少了,而且变得不敢看人。她处处怀疑伙伴们在嘲笑自己。三十七团的战友们谈起缚龙里战斗,她也觉得是有意地议论她,讥讽她。她平常那种爱说爱笑爱逗的风度,也像落叶一样不知道被吹到什么地方去了。

几天以后,她终于病倒了,发着高烧。她同陆希荣前前后后的事情,好像演电影片子似的在眼前重现。她几十次几百次地向自己提出同一个问题:为什么自己一向认为很好的人,会发生这样的丑事?在脑子里,一时出现的是一个崇高的、可爱的、聪明能干的形象,一时出现的却是一个卑琐的、可耻的、丑恶的形象,仿佛这两者结合不到一起似的。她开始搜索他们认识以来记忆中的每一件事情,从新的角度上来思索它们的含义。她把她平时绝对不愿考虑的甚至带有反感的同志们的反映,也重新思考。思想上渐渐露出一线光亮。陆希荣的个人英雄主义的面貌渐渐地清晰起来了。她觉得一切都是由于自己筑起了一道感情的帐幕,才把那些丑恶的自私的东西掩盖起来。是的,这是一道多么可怕的帐幕呵!有了这道帐幕,自己不但看不出坏的,而且把坏的也看成是美好的。她回想起入朝前夕,陆希荣竟丝毫不考虑自己入朝的热情和心愿,要求在入朝之前的三天时间里结婚,他表现得是多么自私!这件事她本来在当时就不满意,但是接着自己就为他辩护:他是为了爱自己才这样做的。她又想起,她同郭祥一起结伴回队,也引起他很大怀疑,这本来使自己感到不快,但是接着自己也以同样的理由为他找到合理的解释。她还想起今年夏天他从南方回来,笑嘻嘻地送给她一张照片,照片上的陆希荣竟穿着皇帝的龙袍。她当时十分生气,就把这张照片撕了,但过后自己又为他解释,这不过是一时的玩笑。现在平心一想,在陆希荣的内心深处:考虑的是人民的利益么?是无产阶级的利益么?不,不,考虑的是他个人。可是这一切都被个人情感的帐幕掩盖住了。现在才看清楚:在他那堂皇的外表下,掩盖着一个多么卑鄙丑恶的灵魂!想到这里,她深深地痛恨自己……

在翻腾的思绪中,母亲的面容也浮现在自己的面前。她想起回家的第一个夜晚,她曾在母亲的耳边透露了自己的婚事。当时母亲的反应就是冷淡的。母亲曾经明明白白地告诉她:这人不老实。可是她当时是多么的反感哪!母亲老早就告诫过她:"你的婚姻我不管,随你自己。可是我告诉你,我们家是一个革命家庭,你要找一个跟穷人不一心的人,找一个嘎渣子回来,你不要登我这个门!"可是看看现在,自己找的不正是一个跟穷人不一心的嘎渣子吗?我的母亲是一个革命的母亲、英雄的母亲,我是她的女儿,从小就跟着党闹革命,难道我能够同一个资产阶级的个人主义者在一起生活么?我能同这样贪生怕死的家伙在一起白头到老吗?不,不能,不能,不能!我要立刻同他一刀两断!……

她决定立刻给他写信。屋子里墙上挂着一盏小小的油灯,半明半暗,女伴们因为劳累一天,睡得很熟。她看了看那只嘀嘀哒哒的马蹄表,已经五点多了,再过一个多小时值夜班的同志就回来了。她鼓了鼓劲,挣扎着身子坐起来,披上衣服。深夜的寒气,从挂着的雨布缝隙里吹进来,使她咳嗽了一阵。她从墙上取下那盏小油灯,放在枕头附近,然后又拿过军用挎包,打算取出几张纸来。她首先一摸,摸出自己保存的一大叠陆希荣的信件,又一摸,摸出一本信笺,也是陆希荣买来送给她的。过去她都是当作珍品保存,今天却使她起了一种深深的厌恶之感,甚至不愿用手指去触动它。她立刻拉开厨房的隔扇门,把那些东西在灯头上点着,投到灶洞里去了。她守住灶洞门直等那些信件烧尽,才从挎包里取出自己用白报纸订的小本子,伏在枕头上写信。……她那支金星钢笔是多么不好用呵,一点点墨水也早已冻住,需要不断地呵气。她写了又撕,撕了又写,扯下了十几张纸来,才把那封信写成。写成以后,想了一想,又在信封后面写了"请军邮同志速送快交"几个大字,然后,小心地用手绢擦去因偶然不慎洒到信封上的两滴眼泪,才装到衣袋里,准备一早寄发。

这时,天色已近拂晓。敌人的夜航机,还在时远时近地嗡嗡着。杨雪正要准备躺下,忽然听见一阵轰轰隆隆的爆炸声,把小小的灯头也震熄了。她揭开雨布推开房门一望,只见南面一片火光。看样子轰炸点正在沟口的公路上。杨雪心里一惊,一定是送伤员的卡车到得晚了,被发现了目标。她急忙穿衣,准备前去抢救。衣服还未穿好,就听外面响起了急促的哨音,随后是看护长的喊声:"集合!集合!快到公路上救人去!"等护士们起身的时候,杨雪已经在厨房里喝了半瓢凉水,把短发通通塞在帽檐里,向着火光冲天的地方跑去。……

第十五章 琴 声

郭祥施行手术后的第三天,渐渐清醒过来了。

担任特殊护理的小刘,显得格外轻松愉快。早晨一面给郭祥喂饭,一面喋喋不休地数说着他几天来处于昏迷状态中的"笑料"。

"嘎子连长,"她笑吟吟地说,"你知道你把我当成谁啦?"

"当成谁啦?"郭祥笑着问。

"你把我当成你们的团政委啦。"她吃吃地笑着说,"你还举起拳头喊:'报告政委,我一定坚决地完成任务!我们红三连是不含糊的!'……想想看,你是不是这么说的?"

"你怕是胡编的吧?"

"你问问别人哪!"小刘朝别的伤员扫了一眼,又说,"你再想想,你把小杨当成谁啦?"

"当成谁啦?"

"你呀,你把她当成你的通讯员啦。人家给你脱鞋,你逼着人家去团部报告。人家说:'我是小杨。'你就说:'知道,我知道你是小牛!你要不马上走,我把你毙在这儿!'"

郭祥不好意思地笑了一笑。

"咱们所长也来看你了,你想想你把他当成谁啦?"小刘又笑着说,"你把他当成美国鬼儿啦。人家来慰问你,你喊着:'你上!你上!我一铁锹劈死你!'……"

小刘绘声绘色地说着,还举起汤匙猛地朝下一劈,逗得别的伤员也笑起来。郭祥也像孩子一般羞涩地笑了。

小刘把落到眉眼上的一缕短发掠到耳边,又说:

"现在说起来怪逗笑的,可当时就像怀里揣着二十五个小老鼠,真是百爪挠心哪！给你输血的时候,差点儿没把人急死！咱们这个护士班,血型不是 A 型的,就是 B 型的,再不就是 AB 型的,一查你的血型是 O 型的,把人们都快急哭啦。咱们小杨的泪蛋子,一个跟着一个乒乓地掉。她的血型是 AB 型的,她说:'我这没出息的,真是个天生的剥削阶级呀！到真正需要我的时候就没用了。'文工团的一个女同志也来给你献血,一查是 O 型的,就是血管太细,像是跟针头捉迷藏似的,把人家也给急哭啦！……"

"我到底输的是谁的血呀？"郭祥忙问。

"谁的？就是她的呀！"小刘说,"人家给你输了 200CC。抽到 100CC,她的脸色就变白了。医生说:'停停吧,你支持得住么？'她满不在乎地把头一摇,笑眯眯地说:'你是看我这血管太保守吧,医生,你别看我这血管细,血并不少。再说,这血是给谁的？是献给一个英雄的。我的血能够流在英雄的血管里,跟英雄的血流在一块儿,真是我最大的愉快！'瞧人家文艺工作者,也真叫会说,咱就是有这个感情,也表达不出来呀！"

"她叫什么？"郭祥深受感动地问。

"她叫徐芳。"小刘说,"人家是个提琴手。歌也唱得好听着呢！乍一听,那嗓门就像广播里的。"

"唉,"郭祥叹了口气,难受地说,"人家是个女同志,怎么能让她输这么多血呢！"

郭祥把手伸在面前,久久地望着,好像要辨认出那个女同志的鲜血,是怎样在他体内流动似的。小刘送到他嘴边的一匙米汤,他也忘记喝了。

"小刘,你能把她找来么？我想看看她。"

"行行,"小刘一口答应着,"你快喝完,我马上去。"

小刘打发伤员们吃完饭,拾掇了屋子,就跑出去了。不一时,就回来说:

"稍呆一会儿就来,她正在三病房给同志们拉小提琴呢。"

郭祥只好耐心等着。他觉得等了好长时间,才听门外有一个非常清脆悦耳而又有些稚嫩的声音说:

"小刘,倒是谁找我呀？"

"快进来看看就知道了。"小刘笑着说。

在照满阳光的细格窗门上,出现了一个戴着军帽、身材苗条的女孩子的身影。

接着窗门呱哒一声,随着一股新鲜而凉爽的空气,进来了一个脸色红润、眼睛乌亮的女孩子。她梳着双辫,背着一把提琴。蓝色的大头皮靴上,沾了一圈积雪。

她微笑着,用乌亮乌亮的眼睛看了大家一眼。

屋子里出现了一刹那的静寂,这个美丽的女孩子的到来,仿佛使屋子里增添了某种欢悦的可是又不安的气氛。连郭祥这个一向活泼的、无拘无束的洋相鬼,也不知道从哪说起了。

"你,你是徐芳同志吧?"郭祥结结巴巴地说。

"你,你是嘎子连长吧?"徐芳学着他的口吻顽皮地说。一面伸出冻得红红的冰凉的小手去跟他握手。

屋子里的人们都笑起来。

郭祥没有料到,这位姑娘初次乍见,就跟他开了个小小的玩笑。

郭祥等她坐定,又结结巴巴地说:

"我非常感谢你。……听说,你给我输血的时候,脸都变白了……我……"

"是谁说的?"她用那乌亮的眼睛翻了小刘一眼,"小刘,准是你说的,我什么时候脸变白了?"

"你,你当时……"

徐芳立刻打断她的话,对郭祥说:

"你别听她胡嘞。我这么大一个人,抽这么一丁点儿血就变色了?……我要是个男的,打仗负了伤,我还要你们给我输血呢!可是……唉,"她长长地叹了口气,"我要是睡了一宿觉,忽然间变成一个男的有多好哇!在那炮火连天的地方,同敌人一枪一刀地干,该多有意思!就是负了伤也多有趣呀!当然,当然,我又想,也别一上战场就打中我最重要的地方……"

人们哄地笑起来。郭祥笑得嘎嘎的,因为震得伤口发疼,皱了皱眉头。

"笑什么!"徐芳认真地说,"坦白嘛,有什么说什么嘛!"

小刘笑得眼泪都流出来了,上气不接下气地说:

"还,还打仗哪!……连臭袜子都不洗,穿脏了就往被子底下一掖；衬衣扣子掉了也不缝，也这么往怀里一掖；鞋穿脏了也不刷，去穿别人的鞋子。你要说她，她就那么对你噗哧一笑……"

"你别揭人家的老底了。"徐芳也不由得笑着说，"人家不是正在改造着嘛！"

屋子里充满了欢愉的、活跃的气氛。刚才那种男女之间的拘谨状态，已经被这位天真活泼的姑娘给打破了。

郭祥恢复了常态，说话也不眼望着别处了。

"小徐，"他改变了称呼，"你是咱军文工团的么？"

"是呀！"

"我怎么没见你演过戏呢！"

"我是搞音乐的。"徐芳拍拍搁在腿上的提琴，"有时候，偶尔演一下。要我演姑娘，行；要我演媳妇儿，我就不干！"

"这是为什么呢？"郭祥笑着问。

"反正我就是不干。"她沉着脸儿，用乌亮的眼睛望着大家，"为什么我非得给人家当老婆呢？"

人们又笑起来了。

"小徐，"郭祥带着笑问，"你是什么时候参军的？"

"你瞧我像个新兵蛋子，对吧？"她瞅着郭祥。

"不不，不是这个意思。"郭祥连忙改口说，"我是问你怎么参军的！"

"说起参军，可逗人呢！"她兴致勃勃地说，"我是去年10月1日参军的。你知道这是什么日子？"她吃吃一笑，"看，你们猜不到！这还是我16岁的生日。听说国庆节定在这一天，可把我乐坏了，乐得我一跳八丈高，还在妈妈的床上打了好几个滚儿。你看多巧！多有意思！我们的祖国新生啦，我也新生啦，碰到一块儿啦！上午，我在天安门前面游行，看见毛主席把红旗升起来，许多老同志，许多解放军都兴奋得掉泪啦。我想这新中国的到来，恐怕是非常非常不容易的，我也就跟着哭啦。我拿着一束紫色的西番莲，我的小泪点子就洒在西番莲上。我望着毛主席，高高地举起花跳起脚欢呼着，很想把我的这朵小花举到天安门上，举到他的胸前。我一个劲地喊：'共产党万岁！毛主席万岁！'我的声音非常大，连我自己听起来都觉着奇怪，好像不是我自己的声音似的。下午回到家里，把花裙子脱了，想休息一会儿,一点也睡不着,心情还是那么激动。我想,就在今天,我一定要作一件不平凡的事情,应当是最美好最有意义的。就在这天半夜,我悄悄地离开家,参加了咱们的军队。……我的参军经过,要简单说呢,就是这样;如果你们不讨厌,我还可以说详细点儿。"她嘻嘻一笑。

"你说,你说。"郭祥连忙应声。

"说吧!"其他几个伤员也兴致勃勃地说。

"这可从哪儿说起呢,"她低头一笑,望着她的小提琴,"好,就从这儿说起吧。……你们猜,我小时候,在这世界上最喜欢的是什么?猜不着吧,我最喜爱的,就是好听的声音。文学我也爱,美术我也爱,一切好看的风景、好看的色彩我都爱,可是比较起来,我最喜欢的,还是好听的声音。各种各样好听的乐器不必说了,就是自然界的声音,也让我特别动心。我爱听春天早晨布谷鸟叫,我爱听黄昏时候小河哗哗哗哗的流水声;响午的时候,一只蝈蝈在庄稼地里也叫得特别有味;夜里起了大雾,我爱听大杨树上一整夜噗嗒嗒、噗嗒嗒地向下滴水。我还爱听那高空的风声,盛夏的雷声,黄河的波涛声,暴风雨来临以前天空中轰轰隆隆的响声。我觉得它们特别叫人振奋。清明时节孩子们吹起柳哨,呜呜咪咪,乡村过年,用高粱秆儿做成的谷穗,风一吹,噼里噼崩乱响,我都觉着特别迷人。真是的,我觉着没有一种好听的声音,不叫我喜爱的。我听见这些声音,就入了迷,能站在那儿听好半天。我妈总说:'傻孩子,你傻呆呆地站在那里干什么?'她不知道,这些声音已经悄悄地钻到我心里去啦。我总傻想着,如果一个写曲的人,能把这些声音都写进音乐里该有多好。也许我将来能把这些写进去吧。在乐器里面,各种乐器,大鼓,小锣,管子,胡胡,各种琴类,我没有一样不爱。要是比较起来,我最喜欢的要算小提琴了。为了买一把小提琴,我哭了36次,才到了手。因为我父亲死了以后,家里很不富裕,买一把好提琴,要好多钱哪。我买到小提琴那几天,夜里连觉都不愿睡了,整半夜拉着它,早晨醒来,发觉我还抱着它睡呢。我在学校里简直是混日子,那些乱七八糟的功课,一点儿也听不进去,一天到晚想着我的提琴。这都是解放以前的事情。解放以后,咱们军的文工团到我们学校演出,你不知道我当时瞧着他们多羡慕呀!特别是那些女同志,穿着军衣,梳着双辫,在马路上咔咔一走,多神气呀!她们把我的魂儿都勾了去了。我就三天两头去找她们。她们还听了我的演奏。她们说我拉得不错,很有才能,就是内容不好,只是一派田园牧歌,既没有旧中国人民的苦难,更没有人民的斗争。她们说我还不懂得生活,不懂得革命。她们给我讲了许多英雄故事,许多她们在前线上的活动,还给我抄了许多革命歌曲。一下子给我打开了一个新的世界。我拉着那些革命歌曲,革命英雄们的形象像高高的山峰一样出现在我的面前。我从聂耳、星海的曲子里,像真的听到了黄河的涛声、战斗的炮火和千军万马的呐喊。我想着,什么时候我也像这些女同志一样,在炮火连天的战场上,同我们的英雄们在一起战斗,一起前进呵!这才真正是人生最有价值的事情。那些女同志参军的时候,不正是我这样的年龄吗!我为什么就不能这样呢?这个念头一产生,就再也去不掉了。可是同我妈妈一谈,妈妈却不同意,这样一直拖到我刚才说的10月1日这天。这天晚上,我像着了魔似的,再也抑制不住了,我决定用最大的努力来说服妈妈。谁知道跟妈妈一提,妈妈哭啦,她说我爸爸死后,她带我长大是如何如何地不容易。我看不能说服她,灵机一动,就说:'妈妈,你放心吧,我不去也就是了。'她说:'好,这样才是好孩子呢。'到了半夜,我怕她没有完全睡熟,就故意地咳嗽了两声,听听没有一点动静,我这个'好孩子',才轻手轻脚地起来,就像小耗子似的,悄悄地从墙上取下小提琴,背在身上走了。一直走出胡同口,我才回过头来,鞠了一个躬,说了两声:'再见吧,妈妈!再见吧,妈妈!'……"

"不简单!不简单!"郭祥又是赞赏又是鼓励地说。

一个伤员指指她腿上的提琴,插嘴问道:

"这就是你带出来的那把提琴吗?"

"是呀!"她用手抚摸了一下已经破旧了的黑皮琴套,又接着说,"要说决心哪,不能说没有;要说锻炼哪,可就差得太远太远了,简直等于零。这次抗美援朝,我的情绪真是高极了。我坐在鸭绿江边,望着滚滚江水,我想呵,想呵,在那过去的年代,中国的革命英雄们,中国的劳苦大众,创造了多少震天动地的革命业绩!只要一想起这些,我的心就像我的琴弦一样颤动不停。我想,我为什么出生得那么迟呢?为什么我不早几年赶上那轰轰烈烈的战斗呢?我究竟是块钢铁还是一块废渣呢?现在好了,伟大的战斗到来了,一个最好的锻炼考验的机会到来了。我一定要锻炼,要考验,要同英雄们一道前进。我一定要把自己锻炼成为一块钢铁,哪怕不是第一等的优质钢也好,但是绝对不能成为一块废渣。我坐在鸭绿江边,听着对岸的炸弹声,看着对岸的火光,我甚至想到我和我的小提琴一起倒在血泊里,可是小徐芳不是在血泊中悲伤而是在血泊中微笑。唉,唉,你简直不能想像我激动到什么程度!就在这种心情下,我给母亲写了一封信,还附了一首小诗……"

"什么诗呀?"郭祥有兴致地问。

"算啦,算啦,说这干什么!"徐芳低下头吃吃一笑,有点害臊的样子。

"说一说嘛!"伤员们催问。

"你们可不要笑!要笑我就不说了。"

"念一念看!"

"一共也就是那么四句儿。"

徐芳非常不好意思地慢腾腾地念道:

> 身为中华女儿,
> 来到朝鲜战场,
> 一旦壮烈牺牲,
> 且莫哀怨悲伤。

徐芳念过,把头一低,笑着说:"看你们这些人,多臊人哪!"

"诗写得不错嘛!"大家笑着说。

"什么不错呀,"徐芳说,"倒闯出祸来了。我妈接到信,就哭起来。她老人家不看这个'一旦',只看这个'牺牲',还跑到天桥找到张铁嘴去算了一卦。你看,这完全是没有意料到的。"

"你当时不提什么牺牲不牺牲的,可能好点儿。"郭祥抑制着笑说。

"对呀!对呀!可是当时太激动了呀!"徐芳说,"现在看,首先想到牺牲,不首先想到胜利,这种情感本身就有点儿不太健康,不不,很不健康!你说对吧?"

郭祥笑了一笑。

"你,你这个嘎连长怎么不说话呀?"徐芳说,"你在战斗里是怎么想的?"

"我?"郭祥笑了一笑,"我只有一个字儿:狠!我琢磨的是,怎么能多敲掉它几个!"

"生死问题,你一点儿都不考虑?"徐芳乌亮的眼珠闪也不闪地望着郭祥。

"生死?"郭祥一笑,"我这一百多斤,撂哪儿算哪儿,反正跑不到地球外面去。只要对人民有利,我就干。革命少我一个人,没有什么了不起的!"

徐芳把乌亮的眼睛睁得大大的,望着郭祥,深思着,显出无限景慕的样子,最后从口袋里掏出一个红皮小本子,把郭祥的话抄在扉页上。

郭祥怪不好意思,把头一偏:

"咳,你抄这个干吗?这些平常话!"

"不不,"徐芳咬着下嘴唇儿抄自己的,抄完了才说,"这可不是平常话。很可能,问题的关键就在这里。一个人要是把自己看得太重,是不会有牺牲精神的。你的话是不是这个意思?"

"对,是这个意思。"郭祥兴致勃勃地说,"干革命,豁不出一百多斤儿不行!集体利益,个人利益,哪头轻哪头重,绝不能含糊。人民大众本来是'一万',你看成个'一',自己本来是个'一',你看成'一万',这就非出毛病不可!一个人如果老想着我多么了不起,我一死地球就不转了,他怎么肯为大众去牺牲呢?好战士死了千千万,从个人说生命是停止了,可是斗争胜利了,历史前进了,人民大众生活得更好了,革命向前发展了。这就是他们用生命换来的代价。……"

"毛主席说:'人应该毫无自私自利之心。'"

"对,对!就要这样。"

"咳,"徐芳叹了口气,"比起你们,真叫人惭愧死啦。我这人一会儿骄傲得不行,一会儿又泄气得不行。这次文工团分做两半儿,一半儿到前方,一半儿到后方。没想到把我分到后方,我就怄气,觉得上级瞧不起我。谁知道来这儿一考验哪,我觉得处处不如人家。

特别是小杨,人家真是一枝开放在炮火硝烟里的红花,而我不过是一棵可怜的小草儿。人家不管作什么事儿,都毫不犹豫,真是英勇果敢,快马利索。你就说洗血衣吧,人家砸开冰窟窿,一洗就是几十件,把手冻得像小红萝卜似的,叫冰碴儿划成小血口子,也不喊一声疼,叫一声冷,还哼歌呢,可我呢,一看那么多的血,就不敢正眼去看,就捧着血衣哭啦。小杨说:'小徐,你是不是嫌脏呀?'我说:'我怎么会嫌脏呢?这是革命战士的血,这是世界上最干净的东西。……可是他们怎么流了这么多的血呀?'小杨说:'傻妹子,革命是要代价的呀,没有这么多人流血,革命怎么能胜利呢!'我就把我的眼泪和战士们的鲜血一起冲洗在冰水里。……你看,这也是一个感情问题。平常我以为自己很聪明,在实际工作里,却不如他们有办法。伤员们乍来,没有大小便器,这可怎么办哪,急得我直想哭。可是人家小杨,仰着下巴颏儿,眼皮翻了两翻,就说:'别犯愁,你跟我到山上去。'我想,山上有大小便器呀?就跟着她去了。我们爬山越岭,到了战斗过的地方,小杨从雪地里扒拉出许多美国兵扔掉的罐头盒子,还有好多死美国兵的钢盔。小杨笑着说:'你看,这不是大小便器!'把我也逗笑了,我说:'小杨姐,你可真有办法。不过当初那些造钢盔的人,可是没想到它还有这样的用处!'我俩咭咭嘎嘎地在山头上笑了好半天。你们现在用的不就是这些东西吗?恐怕世界上还没有任何一个医院用美国兵的钢盔来做大小便器吧!……"

郭祥他们嘿嘿地笑着。徐芳又讲下去:

"可是叫我给伤员们去接大小便的时候,哎呀,我觉着真个要臊死人了。小杨就对我说:'勇敢一点儿!小徐,勇敢一点儿!这都是咱们的阶级弟兄!这都是咱们的亲哥哥,为什么要这样害臊呢!'她这话果然很灵,我也就不那么害臊了。可是我去接大小便,不是使劲捏着鼻子,就是戴个大口罩。端着大小便往外走,把胳膊伸得直直的,远远的,看也不看就倒出去了。这是为什么?这还不是嫌臭嫌脏吗?人家小杨,就一点儿也不嫌脏,一切干得挺自然。她对我说:'小徐,你慢慢就习惯了。世界上只有脏的思想,没有脏的工作。我们小时候,妈妈给我们擦屎刮尿,没有人说妈妈的工作是下贱的,妈妈也并不嫌我们脏呀!这是为什么呢?就是因为她从心里爱我们。只要我们从心眼里热爱我们的阶级弟兄,也就不嫌脏了。'听小杨一说,哎呀,我觉着我还有许多问题没有解决,我的思想实在太差劲了。想起这,我真惭愧死啦!为什么我就不能跟她一样?"

"这得慢慢来呀!"郭祥笑着说。

"我知道,你这是安慰我呢!"她翻了郭祥一眼,"我去年16今年17,比刘胡兰牺牲的时候还大两岁呢。"

"你……你父亲是做什么工作的?"

"你是问我的家庭成分吧?"她机灵地一笑,"小资产阶级呗!干我们这行的,你不用问,十个有八个是小资产阶级。我爸爸当了一辈子中学教员,已经死了,像我这成分还要算好的哪!"

他们正在热烈地谈着,只听厨房间里扑通一声,把人们吓了一跳。一看,原来小刘坐在小凳子上打盹,一下子摔倒在地上去了。人们不由得笑起来。徐芳急忙要去扶她,她已经从地上爬起来,揉着眼说:

"真把人困死了。将来胜利回国,我非睡他个八天八夜不行!"

"我今天替你值夜班吧。"徐芳说。

"你呀!你睡得像个死猪,把你卖了还不知道谁卖的呢!……你在这里净穷扯些什么呀?干吗不把你的宝贝提琴拉一拉呢?"

她的建议立刻得到热烈的响应。

"好好,小徐拉一个吧!"大伙纷纷说。

"拉个什么曲儿好呢?"她歪着头儿。

"来个《雪花满天飘》吧!"郭祥兴高采烈地说,"我最喜欢这个歌儿了。"

"我也喜欢这个曲子。"徐芳说,"我一拉起这个曲子,我自己就好像看见满天飘着雪花,刘胡兰扛着一个竹篮,带着笑,正在那山野路上走呢!"

徐芳说着,把她那不长不短的乌黑的发辫扔到后面,打开黑皮琴套,取出一把擦拭得十分光洁的提琴。她调了调音,就把那红润的脸儿微微一偏,轻轻地贴在提琴上演奏起来。

这是多么优美的悦耳的声音哪!郭祥、小刘和那几个伤员的脸上,都不自觉地出现了微微的笑容。开始郭祥还想,这么一个小小的东西,怎么会发出这么好听的声音来呢,究竟是那几根丝弦的奥妙或者是她那奇异的手指呢？接着他就忘了这个念头，随着那乐曲的抑扬，郭祥的面前好像飘起了漫天的雪花，一个英勇果敢的姑娘，正面含笑容，扛着竹篮儿行走在那山野路上，她的身上也像披着一层美丽的雪花似的。……

徐芳演奏的第一段，只是乐曲，演奏第二段的时候，就随着乐曲轻声唱了起来。她的音色，真是奇妙无比，也许因为年龄的缘故，略显尖嫩一点儿。大家正沉浸在美的享受中，突然听到门外有一个声音叫：

"徐芳！徐芳！"

叫喊的人，声音里似乎还带着一点不满的意味。

"徐芳！你出来一下！"外面又喊。

"你们文工团的谢同志叫你呢！"小刘说。

"讨厌！"徐芳只好停下来，带着愠怒，蹬上鞋子，走出去了。

门口不远的地方，站着一个个头不高的青年。他穿着军衣，围着花围脖儿，白皙的脸孔上还戴着一副黑边眼镜。

徐芳走到他面前说：

"谢福畴！你叫我干什么？"

"我想跟你谈谈。"他笑着说。

"你没听见我正给伤员演奏么？"

"没有听见哪。"他扬扬眉毛，"要是听见，我怎么能打断你哪！"

"你有话快说。"

"咱们到那边谈好不好？别吵了人家伤员。"

徐芳跟在谢福畴后面，来到离病房稍远的地方。

"你快说吧！"徐芳说。

"小徐！"谢福畴亲切地说，"你看，咱们来到这儿执行任务，时间不短了，也许快回去了。团里规定，叫咱们创作个小歌剧，现在还没有影儿。每天不是上山砍柴，就是端大小便，回去可怎么交账呀？"

"依你说，这大小便就不要端了？"

"不不，我绝不是这个意思。"谢福畴分辩说，"这里都是我们的阶级弟兄，我们能够为他们服务，这是求之不得的，是我们一生莫大的荣幸。你最初还有点儿嫌脏，我连眉头都不皱，这你是知道的。问题是这两项任务都要完成。如果光是照顾伤员，我们文艺工作者同一般的护士还有什么区别呢？现在虽然艰苦,睡眠严重不足,还是要发扬艰苦奋斗的精神,挤出一部分时间来搞创作。而且我们搞出的东西,艺术性还不能太低。你觉得怎么样？"

徐芳垂着头,没有说话。

"徐芳,"谢福畴轻声地唤了一声,走近她,"我觉得,最近你对我的态度是不是有点儿冷淡？"

徐芳仍然不响。

"我觉得,我们之间是否产生了什么误解？"谢福畴望着她,显出一副痛苦的样子,"我觉得,你从前对我并不是这样的。你从前曾经给了我许多鼓励,也给了我较高的评价。尤其是决定出国的前夕,我在咱们文工团第一个报名,还写了血书。虽然上级不提倡这个,但我确实抑制不住心头的激动。我觉得我必须这么办,才能表达我的决心,表达我对党的热爱！在旧社会,我也是一个穷孩子出身,是贫农成分,我尝够了人们的白眼。我只是靠了一个亲戚的帮助,才上了几年大学。如果不是党解放了我,我有什么出路？我觉得就是粉身碎骨,也难以报答党的恩情。因此,党的号召我必须积极响应,我必须报名参战。你那天晚上看见我写血书,把你感动得哭了,你说我是一个有革命志气的青年。我难以形容内心是多么感激你。我觉得你的鼓励给我增加了巨大的、无比的力量。在我的内心里,对你充满了崇敬。我认为你是一个少见的女子。你有崇高的思想,火一般的热情和不同寻常的艺术天才！你的提琴有着无限的前途,将来成为第一流的小提琴手,我敢肯定是有希望的。你的……"

"谢福畴！"徐芳涨红着脸打断他,"你倒是想说什么呀,你直爽点儿。"

"我我……"谢福畴的眼珠在眼镜后面转了一转,然后停在眼镜边上望着她,"我这是蕴藏在内心里的感情。如果再不把它说出来,是不对的。真的,我觉得你对我的每一句话都有莫大的价值。我已经发现,我在生活里不能缺少你对我的鼓励、安慰、批评和劝导。假若没有这一切,我就会觉得寂寞和难受。可是,可是我觉得你对我的态度发生了变化。也许我的神经有点儿过敏,而你的态度并没有改变。不过,从我主观上感到,来到这里以后,你对我不那么亲热了,而对那些伤员们,对那些对你毫不了解的人,倒是亲近得多。徐芳！我希望向你说明,我俩彼此之间还是比别人更了解。从文工团的人说,也没有比我俩更了解的。我俩的感情……"

"哈哈,你对我还安着这个心哪!"徐芳冷漠地笑了一声,"要知道你这样,我早离你远远的了。"

徐芳说过,扭头就走。

"徐芳！徐芳!"谢福畴追上来说,"我希望你不要误会,我并没有要求你马上确定什么关系呀!"

徐芳不理,继续走着。

"你等一下！你等一下!"谢福畴着急地说,"咱们那个小歌剧,我已经有个构思,咱们研究一下不好吗?"

"你自己研究去吧。"

徐芳说过,就回到郭祥所在的病房去了。

在她的背后,是一对充满着冷漠而恶毒的眼睛。

第十六章 雪 夜

雪夜。在前方,也有动听的锣鼓声。

锣鼓声总是很喜欢人的。一听它那"咚咚锵、咚咚锵"的声音,就立刻带给人一种欢乐的情调。这一点,别的乐器就难以媲美了。这大概是因为,只有欢乐的人才肯去击打欢乐的锣鼓。当然,也有人觉得它太聒噪了一些,可是你在远处听它,尤其在深夜听它,你就不会有这种感觉了。它比笙箫管笛更令人振奋,但却同样的韵调悠扬。

现在周仆正坐在知琴里的一个茅屋里,守着他那盏旧马灯,动情地听着远远近近的锣鼓声。这是各连的战士们,正在赶排节目,准备明天的庆功大会。几天以前,各兄弟军已经从100公里到180公里的远处,隐蔽地突然地迫近了三八线。一场新的搏战就要开始了。

二次战役结束以来的十多天里,周仆虽然忙碌,但却特别愉快。整个师的穿插成功,受到了志愿军司令部的通报表扬。本团虽然因为陆希荣的事件受到批评,但整个成绩是肯定的。红三连的事迹轰动了全师全军,军党委决定给全连记一大功,并且准备赠"红上加红"的锦旗一面,明天由军政治部主任前来授奖。三连在缚龙里表现出色的干部和战士们,如郭祥、花正芳、王大发、乔大夯等都记了大功。带火扑敌的烈士们追赠了英雄称号。军的油印小报《古田报》专门发表了《学习红三连的战斗作风,作到攻如猛虎守如泰山》的社论。整个部队充满着喜悦和欢腾。周仆是一个敏锐的人,他很懂得抓住当前的有利形势,就像军事上扩大突破口那样,把部队从实战中生长起来的强大信心和战斗意志变得更加坚韧,并且把它注入到下一次战役中去,使它进一步开花结果。

在这期间,陆希荣的问题也得到了处理。师党委根据批判从严、处理从宽的原则,党内给以留党察看的处分,行政上降职,到第六连担任连长,在下一次的战斗里继续考验。

周仆正在准备明天庆功大会的讲话,电话铃丁丁零零地响起来。

他拿起耳机,是师长的声音。

"老周哇!派出的侦察组回来了没有?"

"可能快回来了。"周仆听出师长的声音有些焦急,又添加说,"等他们回来,我立刻向您报告。"

"千万不能大意。"师长说,"如果回不来,要再派一个侦察组去。你知道,这件事关系到全军的行动。"

周仆连声答应,又宽解地说:

"现在雪下得很大,我量了一下,已经有一尺深了。我估计咱们最担心的事情,可能没有问题。"

"靠估计不行!"对方纠正道,"我刚才也到外面走了一下,雪是不小,但是风并不大。现在风比雪重要,能够厉厉害害地刮上半夜才好。"

"请首长放心吧,"周仆说,"如果两个小时内他们回不来,我马上再派一个组去。"

说完,他挂上了耳机。

周仆原来的构思被打断了。他的心飞到了几十里外白茫茫的临津江畔。现在离新的战役发起只有两天时间,而这条江水还没有完全封冻。据昨晚报告,靠近江的两岸倒是结冰了,但江心的激流,却翻滚着黑魆魆的波浪。这正是全军上下所一致关心焦虑的问题。

周仆在屋子里呆不住,披上他那件半旧的羊皮大衣正想到外面看看,只听门外喊了一声报告,是陆希荣的声音。

"政委在么?"他在门外低声地说,带着可怜的音调。

"你进来吧。"周仆说。

他在门外扑打了雪花,脱去靴子,弓着腰走了进来,带着从来少有的恭谨打了一个敬礼。

"政委,我想找您谈一件事。"他脸色忧戚地说。

"坐下谈吧。"周仆说。

他拘拘束束地坐在周仆的对面。

"政委,我想向您声明,我对您并没有意见。"他望着周仆,显出十分诚恳的样子,"过去,我总认为您打击我,现在我从内心里觉得我的认识错了。您不但不是打击我,而且是真正的关心我,爱护我。通过这次教育,使我认识到您那坚强的党性。我参军这么多年了,经历过的政委,也不是一个两个了;我不是故意当面奉承您,像您那高度的原则性和爱护干部的精神,的确是很少见的。……"

"你究竟要谈什么事呀?"周仆皱皱眉,平静地问。

"我的错误的确是极端严重的。"他停了停,显出十分痛心的样子,"其实我的毛病,政委您早给我敲过警钟了,可是我不自觉,一直沿着错误的道路走。我要早听了政委您的话,也不至于发展得这样严重。现在回想起来,真叫人痛心!"他低下头去,掏出手绢拭了拭眼睛,"就是在这次犯错误以后,您还万分诚恳地耐心地来教育我,挽救我。政委这样对我,真使我说不出来的感动,我一辈子也忘不了政委……"

他说着说着,哭出声音来了。

"快不要这样。"周仆说,"问题不在于犯这样那样的错误,更重要的是对错误的态度。革命的道路还长得很,只要真心改正,还是来得及的。"

"政委,你不要误会呀,政委,我这可是真心改正呵!"他抬起头望望周仆,敏感地分辩着。

"是真心就好。"周仆点了点头,"你找我,还有没有其他的事?"

"有一件事……我想请政委帮助。"他吞吞吐吐地说。一面从口袋里取出一封揉皱了的信,交给周仆。

周仆展开信,就着马灯来看。

"你仔细地看看吧,政委,"他忧伤而又气愤地说,"我真万万没有想到,在我处境最困难的时期,接到小杨这样的来信!你瞧瞧,她把侮辱的字眼,什么'怕死鬼',什么'个人主义',什么'罪恶',都加在我的头上!她说她把我看错了;依我看,我是把她看错了!就是普通的同志关系,应该在这样的时候,来增加我的痛苦么?依我看,她同我脱离关系,原因并不在这里,这不过是一种借口!"

周仆把信交还给他,神情严肃地问:

"那么,依你看,原因在哪里呢?"

"这不是很明显吗?任何人都可以看得出来。"他从鼻子里冷笑了一声,"她是听说我降职了,如果我还是营长,她就不会提出这样的问题!当然,也还有另外的原因……"

"什么原因?"周仆凝视着他。

"这不必再说了,我过去向首长反映过这个问题。"

"你说的是她同郭祥?……"

"就是这么回事。"他气愤地说,"我接到这信,已经三天三夜没合眼了,我翻来覆去地分析这个问题。我敢肯定出不了这两个原因。"

周仆半晌没有说话,抑制住愠怒,冷冷地说:

"那么,你要求我帮助什么呢?"

"她脱离,我不脱离!"

"你对她印象这样坏,为什么要同她保持关系呢?这是什么问题?"

陆希荣没有即刻作出回答。

"你可说呀!"

"我……我……"他嗫嚅了半天,仍然没有能够讲出来。

周仆瞪了他一眼,问道:

"那么,你要我作些什么事呢?"

"我要求政委:以党委的名义给她去一封信,指出她这种思想是要不得的!"

周仆已经按捺不住了,但仍极力用平静的语调说:

"不行!"他把手一挥,"这是个人问题,你不要想利用组织来达到你的目的。"

"组织也应当关怀个人哪,政委!"

"组织应当关怀个人,但是个人任何时候也没有权力把组织当作利用的工具!"周仆望着他说,"陆希荣同志,你参加了这么些年的革命,当了这么长时间的党员,但是你根本不懂什么叫组织。你把一切关系都看成是个人的利害关系,组织在你眼里不过是可供利用的工具!我对你说,你们的关系能否维持,个人可以商量,组织也可以帮助调解,但是想利用组织这是办不到的!"

周仆显然有些激动,又继续说道:

"同时,我还要奉劝你,在党内生活中,还是要老实一些,不要从个人利害出发,在背后随意地诬蔑一个同志。你刚才谈到,你对小杨的印象那样坏,可为什么又抓住她不放呢?问你,你没有回答。你是不是认为她给你增加了痛苦,你也拖住她,来给她增加痛苦你才愉快呢?"

陆希荣突然改变了刚才毕恭毕敬的态度,满脸愠怒地说:

"好吧,那我们就谈到这里。"他立起身来,"我现在才明白,我俩任何时候都没有共同语言。我还想坦白地告诉你,周仆同志,你虽然可以当政治委员,上级也很重视你,但你并不能理解人,理解人的痛苦,我在你领导下工作是不愉快的。"

他说过这话,哗啦推开屋门,急匆匆地走出去了。

两个小时以后,响起了一阵急促的电话铃声。

二营教导员李芳亭报告说:陆希荣在查哨时被特务打伤,倒在雪地里。

周仆立刻打电话,命令团保卫股长前去搜查。

过了一段时间,电话铃又急促地响起来。保卫股长要求周仆最好能够亲临现场。

周仆喊起了小迷糊,匆匆披起了他那件旧羊皮大衣,出了门,沿着山径向靠近沟口的一簇人家走去。夜色被雪光照得相当明亮,但是雪很深,山径完全被大雪掩盖住了,没有走出几步,雪就灌到靴筒里。大雪仍在继续飘落,大朵大朵的雪片不断地飞到脸颊上。

周仆赶到二营六连的驻地,陆希荣已经被抬到屋子里去了。大门口站着一簇人正在喊喊喳喳地低声议论。周仆赶到跟前一看,这里有二营教导员李芳亭、保卫股长李刚、政治处主任马骏,还有团卫生队的医生和几个担架员。

"特务捉住了没有?"周仆忙问。

"捉个鬼吧!"那个低矮粗胖的保卫股长冷笑了一声,"这是自伤。"

"自伤?"周仆一惊,"确实吗?有根据吗?"

"这种事别想瞒我。"保卫股长摸摸他的少白头,又冷笑了一声,"你去看看,连伤口都是黑的。"

"的确是自伤。"医生也说。

"要搞确实。"周仆说,"这种事可不能马虎。"

"这还有什么不确实的?"保卫股长说,"他还事先伪造了特务的脚印,结果一查是他老先生自己的脚印。……这个怕死鬼还真是煞费心机哪!依我看,他还是没有经验。"

周仆怒火上升,推开院门,大步闯到屋子里。

陆希荣长长的身子蜷曲在地上,正在大声小声地呻吟。一看政委进来,哼得更起劲了。

"政委呀,政委呀,"他带着哭腔喊,"我这个人怎么这样倒霉呀!……眼看新的战役要打响了,我下定决心要进一步地考验自己,洗刷自己的错误,没想到狗特务一枪就把我打倒在雪地上了!"

周仆弯下腰往他的裤腿一看,果然腿肚子上黑乌乌的一片。

"我,我真倒霉呀,政委,"他还在喊,"我真想不到呀!"

"你真不觉得可耻!"

周仆厉声地说,把门一关,就走了出去。

"把他马上送卫生队!"他吩咐人们,"处分问题以后另外讨论。"

"他们都不愿抬他。"医生指指几个担架员说。

"让他自个儿走吧!"一个担架员说,"我是干革命来的,不是来抬怕死鬼的!"

"我还怕脏了我的担架呢!"另一个说。

"还抬他干什么?"第三个说,"这种人你只要让他到后方去,叫他在地上爬他也干。"

人们止不住哄笑起来。

"快抬走吧!"周仆把手一挥,"他不愿革命,就让他走。这种渣子,什么时候都会有的!"

"叫抬就抬吧!"几个担架员扛起担架,嘟嘟囔囔地朝院里走。

周仆叹了口气,若有所思地说:

"看起来还是估计不足,想不到他会走这一步。"

"这也难怪。"李芳亭说,"他感到他追求的一切都破灭了。前几天,他降了职来到六连,我就赶忙跑去跟他做工作,劝解他,安慰他,他反而说:'老李,你别再给我上政治课了,我一切都完了。你们都是前程远大的人,你们就好好干吧!'……瞧,这是什么话!"

周仆点点头说：

"确实,这是一个个人主义者的毁灭!"

周仆回身向团部走,胸脯里像塞了一团脏东西似的恶心和难受。

走了不远,忽听前面路边有人唤他。是侦察班长老牛的声音。周仆大步赶过去,见雪地里站着三个人,浑身上下都是雪,像三尊白皑皑的石膏像一般。

"你们可回来啦!"周仆抢上去同他们握手。一只只大手,全冻得像冰棍似的。

"没问题啦,政委,没问题啦!"老牛兴奋地说。

"江心也封冻啦?"

"都冻住了!"

"冻得结实不结实呵?"

"结实极了!"老牛说,"我们在冰上爬到江心,江面上的冰咔叽咔叽直响,这里一声,那里一声,我们生怕冰薄,把我们漏下去。后来我们站起来,跺一跺脚,没事儿,跺了好几十脚也没事儿。正好这时候,咻的一声来了一发炮弹,在附近爆炸了。我走过去一看,冰窟窿呼呼地朝外冒水,伸手往下一摸,冰层足有半尺来厚,别说是人,就是大炮也过得去! 我们当时真想把这冰背一块回来给首长看!"

周仆高兴得哈哈大笑,从内心里涌起一股强烈的热爱,他真想用双手抱着来亲亲这些可爱的战士们。

"你们到南岸去了没有?"周仆又问。

"去啦,去啦,"老牛说,"我们还怕别的地方冻得不实,一直爬到南岸,身子也冻麻了。这时候,要能站起来跺跺脚,活动一下,搓搓手,那可太美啦! 可是我们一动也不敢动。我们要一享这个'福',暴露了秘密可不是玩的。这个滋味,可不如打几个冲锋痛快!"

"好好,我马上把这情况向上级报告。"周仆又亲热地握握他们的手,"你们赶快吃饭休息去吧!"

周仆心中十分愉快,迈开快步向团部走去。敌人的夜航机在云层里时远时近地嗡嗡着,丢着照明弹。在照明弹的亮光里,可以看到大朵大朵的雪片,好像万万千千只白蝴蝶,得意洋洋地翩跹飞舞。各个连队赶排节目的锣鼓声,也显得更加起劲、更加动听了。

第十七章　狂欢声中

志愿军总部充满一片欢快的气氛。

第三次战役,于1950年的除夕之夜突然发动,迅速突破了敌三八线的防御阵地。中国人民志愿军与朝鲜人民军并肩作战,经过连续七昼夜的进攻,前进了80至110公里,歼敌一万九千余人,将敌驱赶到北纬37°线南北地区,使汉城又重获解放。这一胜利使全世界为之震动,敌人内部吵成了一片,而全世界的进步人士却眉开眼笑。许多人都认为,把敌人赶下海去,解放全朝鲜,已经是指日可待,而坐在志愿军总部的这位53岁的光头军人,披着一件旧大衣在雪地上转来转去,经过反复考虑,却下了一道命令,让他指挥下的数十万大军断然停止追击,就地休整。

二次战役之后,志愿军总部已经移到平壤附近的君子里了。彭总也就离开了他那个半山坡上的木屋,搬进这里的新居。由于他在个人防空上那种众所周知的不在乎的态度,早有人向军委反映,毛主席和周总理都来过电报,要求指挥所"速建坚固的防空洞,万勿疏忽"。指出"疏忽"已经是一种批评,"万勿疏忽"那就带有足够的严格意味。参谋长拿到这样的电报,自然笑逐颜开,彭总也就失去了最后的抵抗能力。但是也考虑到这位司令员不愿住防空洞的心情,于是聪明的参谋长就想了一个办法,紧紧衔接着石洞口,盖了一间木板房。里面是洞,外面是房,平时就在房内办公,遇到空袭,不用出屋就到了洞内。这无疑是一个绝妙的折衷方案,彭总自然乐于接受。于是他就搬到这个新居来了。

由于小张的辛苦经营,室内已经布置得很像样子。四处板壁上糊了旧报纸,挂着军用地图。除了那张遭子弹打穿又经过补缀的行军床外,小张还用空子弹箱垒了一个颇大的写字台,上面铺着黄色军毯,摆着他那个象牙包边的放大镜和大铜墨盒,乍一看相当堂皇。窗外,树木不少,如果是夏天,浓密的绿荫将会严严实实地盖住这座新居;而现在不过是疏枝朗朗,霜花满树而已。

今天,彭总显得特别悠闲。昨晚我驻朝大使来电话说,苏联大使将于今天前来拜访,但不知何时可到。今天又是星期日,没有计划别的事情。小张升起了一大盆木炭火,给彭总沏了杯湖南绿茶。彭总一面喝茶,想起了几乎忘记的前几天吩咐小张的事。原来小张在家里有一个未婚妻,在兰州时彼此通信很勤,前几天,彭总忽然发觉小张很长时间不去信了。彭总问起这事,小张满不在乎地说:

"我已经去过信,跟她吹了。"

"为么事吹了?"

"我嫌她土。"

"嗅,你嫌她土?"彭总火了,"我问你,你是从哪里来的?你晓得我是干什么的?告你说,我就是挢扁担出身。没有农民,我们能把天下打下来吗?"

小张挨了一顿猛批,不言声了。沉了半晌,才结结巴巴地说:

"我本来还是挺喜欢她的,就怕将来别人说她土。"

彭总哼了一声,指着他说:

"土?我看就是有点土气好。刚进城几天,你就忘了本。明天赶快给她去封信道歉!"

小张连忙点头答应。但是,因为军务繁忙,彭总却把这件事忘了。今天才又想起来。

"小鬼,我跟你说的那封信,你写了吗?"彭总喝着茶问。

"写了。"小张红红脸说。

"能给我看看吗?"

小张很不好意思地从上衣口袋里把信掏出来。彭总戴上老花镜,接过信看道:

小绵同志:

我狠对不住你,我们的事叫首长知到了,我认识到自己耽误了,我狠难受,我是一个革命战士,这是不应该的,我愿和你好,请你元凉。

张秋囤　1951年1月7日

彭总看完信,点点头说:

"这就对头了嘛!就是错别字太多,来,我替你改改。"

说完,他烤了烤手,从桌子上捡了一支粗大的铅笔,把里面的错别字一个个改正了,还指着这些字对小张说:

"'知道'不能写成这个'到',我跟你说过好几次了。'错'字你也给搬了家,来来,我看着你写一遍。"

小张红着脸,接过铅笔,像拿着几十斤重的东西似的,一笔一画,把几个错字都重新写了一遍。彭总笑着说:

"后面再添个'敬礼'呀!想想还有别的话没有,真是个傻家伙!"

小张嘿嘿一笑,听见外面有脚步声响,就慌慌张张把信收到口袋里。彭总抬头一看,几位副司令员已经说笑着走了进来。冯慧手里还提着一个小白口袋,他在彭总眼前晃了一晃,笑着说:

"今天是个空儿,咱们杀一盘吧!"

"好,杀一盘!你这个臭棋……"彭总说。

"嘿,先别这么说,咱们三盘两胜,定个名次,由老秦当裁判,往后就别瞎吹了。"

"好好,由秦鹏当裁判。"

冯慧在桌案上把棋盘铺好,然后解开小白口袋,哗哗啦啦就把那又白又大的象牙棋子倒出来。这副象棋,是林青特为彭总从国内带来的。因为彭总没有别的嗜好,偶有空闲,也就是看看书下下棋罢了。没有想到这副象棋,倒为他们送走了不少令指挥员担心不安和焦虑难捱的时间。今天彭总看见阵势摆开,非常高兴。第一轮就由他同冯慧对阵,两个人分坐在桌案两侧,秦鹏和滕云汉坐在桌案正中观战。小张给每人沏了一杯湖南绿茶。炭火红得像桃花一般好看,室内真是温暖如春。

彭总与冯慧是老对手,各人都很熟悉对方棋路,所以下起来就像急风骤雨夹着冰雹,棋盘上一片乒乓之声。很快彭总就胜了一局。那冯慧也不甘落后,接着也赢了一盘。第三盘是关键的一局,双方都慎重起来。最后彭总一步不慎,陷入重围,急得额头上渗出小小的汗珠。那冯慧为人随和,下棋并不特别当真,他平时常笑嘻嘻地来找彭总"杀一盘",无非看他昼夜劳神几无宁时,让其稍舒心胸而已。现在看到这般情景,就走了两次闲步,果然彭总反败为胜,乐得眉开眼笑。

接着,下面是彭总与滕云汉对阵。这滕云汉与冯慧风格不同,就像他真的在打仗一样,每一步每一子都是死打硬拼,寸步不让。两个人都认真起来,这棋就下得有看头了。双方刚刚展开,滕云汉的边炮一个偷袭,就将彭总的一个"车"吃了,而且他手疾眼快,早把那个"车"紧紧捏在手里。彭总尚未出师就折了一员大将,很不甘心,就说:"这个不算!"那滕云汉哪里肯依,连声说:"君子举手无悔!举手无悔!我们住的是君子里,大家都要学君子嘛!老秦,小张,你们都来评判评判。"秦鹏以裁判员的身份笑道:"这个棋也不算怎么高明,不过事先约定不能悔棋,那就给了他吧!"彭总挥挥手说:"好好,那就让你一步!"说过,就皱起眉头想新的步子。果然经过惨淡经营,把滕云汉一个"车"弄成了死车。"这就叫瓮中捉鳖!"彭总笑着说,"有意见吗?没有意见,我要拿起来了。"说着,把那"车"轻轻地捏在手里。

这时,林青拿着几页油墨未干的新闻消息推门进来,脸上堆满笑容,兴冲冲地说:

"都是好消息!解放汉城把全世界都震动了,全国人民高兴极了,天安门前彻夜都在狂欢!"

"什么?天安门前彻夜狂欢?"彭总的眼睛离开棋盘,严肃地问。

"是呀,男女青年们唱歌呀,跳舞呀,闹腾了一夜,跟五一节、国庆节差不多了。"

"噢,你念一念。"

林青带着极其兴奋的情绪念了好几页,果然,国际国内一片赞扬之声。彭总摆摆手,让他停住。他刚刚吃掉的那个"车",也从他手里秃噜落到棋盘上,从脸色看已陷入庄严的沉思,似乎吃掉那个"死车"的兴奋也消失了。大家望着彭总,不免有些诧异。

"现在汉城在手里,大家狂欢;如果丢了呢,该怎么办?"

大家一时沉默无语。彭总沉了沉,又说:

"这样不行！我们的宣传有毛病。前些时我就发现，总是把胜利写得那么轻易。有的文章还说，要把敌人赶到大海里去，如果赶不到海里，你怎么办？汉城也保不住，丢了汉城你怎么办？我觉得，越是困难，越要看到有利条件，越要有信心；越是胜利，就越要冷静，越要看到不利方面。这才是指挥战争的辩证法嘛！那个大名鼎鼎的麦克阿瑟，不就吃了这个亏吗？"

人们笑了起来。

"这是个真理，也很通俗易懂。"秦鹏笑着说，"就是做起来不容易哟！"

彭总郑重地说：

"今后，不管司令部、政治部，发消息都要特别注意。为这件事，我还要向军委写个电报。"

这时，司令部电话报告，中国驻朝大使已经陪同苏联大使拉古列耶夫来到。大家忙收拾了棋盘，连刚才那个成为斗争焦点的"死车"也收到小白口袋中去了。滕云汉望着自己已经渐居优势的棋局被收去，还带着没有征服对方的遗憾心情，静静地喝着绿茶。不一时，山坡下响起了汽车喇叭声。彭总和几位副司令员迎出门外，看见拉古列耶夫同蔡大使已经从山坡下走了上来，后面还各带了一名翻译。那位苏联大使头戴皮帽，身穿貂绒领的藏青色大衣，不过40多岁，面孔红润，精力充沛，还颇有一点矜持的神气。经蔡大使介绍后，他握着彭总的手既热情而又有节制地说："今天我能见到中国最有名的将军之一而深感荣幸。"彭总也笑着说："我非常欢迎您的来访。"然后把他们迎入屋内。拉古列耶夫脱去大衣，摘掉帽子，由小张挂在门旁。彭总请大家坐下，自己同秦鹏坐在行军床上，小屋子竟挤得满满的了。彭总让小张给大家沏上绿茶，端上一大盘色彩鲜艳的朝鲜苹果，作为待客之礼。

"拉古列耶夫同志来，是想同司令员探讨一下当前朝鲜战局的问题。"蔡大使说。

"很好。"彭总点点头，望着拉古列耶夫等待下文。

"我们得到一个很重要的情报。"拉古列耶夫望着彭总郑重地说，"自从我们收复汉城之后，美国人正准备全面撤退。"

"全面撤退？"彭总等翻译讲完，怀疑地看了拉古列耶夫一眼，摇了摇头,"不知道,也靠不住。"

"即使靠不住,但敌人全线动摇却是不容置辩的事实。"拉古列耶夫立即反驳了一句。他肚子里像早就藏着什么火气,仅仅为外交官某种礼貌的外壳克制着。"我有一个疑问,不知是否可以提出来?"

"请讲吧。"

"现在,敌人已经面临着全面崩溃的总形势,朝鲜战争完全可以一气呵成,我不能理解,为什么志愿军突然停止追击,在37°线按兵不动?"

"噢,原来是这样。"彭总望了望这位年少气盛看来并未经过多少磨炼的大使,觉得有点啼笑皆非。他苦笑了一下,望了望秦鹏,示意他做番解释。

秦鹏绝顶聪明,立刻会意,略微寻思了一下,从容说道:

"关于停止追击的问题,司令员是同我们慎重研究才决定下来的。我们所以要这样做,有下面几个原因:第一,自志愿军入朝已连续进行了三个战役,没有得到休整补充,部队已经十分疲劳;第二,补给相当困难,大量汽车被炸毁,粮食和弹药都供应不上;第三,也许这是最重要的原因,就是我们如果继续追击,补给线势必延长,供应会更加困难,而敌人却可以利用朝鲜地形狭长的特点和海空优势,随时在我们后方登陆,那是十分危险的……"

彭总听到这里,脸色严峻,缓缓地说:

"再说,敌人绝不是什么全面撤退。这是假象,是在诱我南下。我彭德怀不是麦克阿瑟,我是不会上这个当的!"

"那就要失去一次最有利的时机和一次最难得的机会!"拉古列耶夫两手一摊,耸了耸肩,带有轻蔑意味地笑了一笑,"事实上这也就等于延长了朝鲜战争。在世界战争史上,还从来没有看到过胜利之师不追击的! 这真使人感到奇怪。"

彭总的脸色难看起来了。所有在座的人都为拉古列耶夫这句刺耳的话感到不安。彭总终于站起来说:

"战争不是儿戏!像你这样搞法,是会把军队和人民都送掉的!难道你要敌人第二次在我们后面登陆吗?"

彭总说过,只说了一句"我还有事",就转身走出去了。

谁也没想到,今天的会谈是这个结局。蔡大使和几位将领都深为不安。无论如何,也不应使这位大使感到冷落。大家纷纷用"兄弟之间也难免会有分歧"的话来打圆场,尤其是蔡大使和冯慧都发挥了突出的作用。拉古列耶夫也感到自己作为外交官未免失礼,气氛才渐渐缓和下来。但是由于拉古列耶夫的预定目标无法达成,坐了不久也就起身告辞。

当几位副司令员最后离开这个房间的时候,外面已经飘起轻盈的雪花。几个人在山径上一面走,一面还在窃窃私语。

"今天的事会算完吗?"滕云汉轻声地问。

"当然不算完。"秦鹏说,"他还会告状的。"

"向哪里告状?"

"自然是向斯大林。"

"斯大林会听他那些话吗?"冯慧插问。

"我看不会。"秦鹏说,"斯大林同志也是伟大的军事家。"

秦鹏说到这里,不禁回过头去,望着彭总那个防空洞兼木板房的居室,满怀感慨地默默想道:他确实是个难得的统帅!不管敌人多强大,情况多危急,他都从不畏惧;而漫天的凯歌也不能使他陶醉,在大胜利面前,又是如此冷静。今天,脾气虽然大了一些,但朝鲜战场上可能出现的一场巨大不幸,已经避免了。

他们走到山下时,雪花在地上树上已经落了一层,山径上那些大大小小的树,都显得更加美丽了……深为不安。无论如何,也不应使这位大使感到冷落。大家纷纷用"兄弟之间也难免会有分歧"的话来打圆场,尤其是蔡大使和冯慧都发挥了突出的作用。拉古列耶夫也感到自己作为外交官未免失礼,气氛才渐渐缓和下来。但是由于拉古列耶夫的预定目标无法达成,坐了不久也就起身告辞。

当几位副司令员最后离开这个房间的时候,外面已经飘起轻盈的雪花。几个人在山径上一面走,一面还在窃窃私语。

"今天的事会算完吗?"滕云汉轻声地问。

"当然不算完。"秦鹏说,"他还会告状的。"

"向哪里告状?"

"自然是向斯大林。"

"斯大林会听他那些话吗?"冯慧插问。

"我看不会。"秦鹏说,"斯大林同志也是伟大的军事家。"

秦鹏说到这里,不禁回过头去,望着彭总那个防空洞兼木板房的居室,满怀感慨地默默想道:他确实是个难得的统帅!不管敌人多强大,情况多危急,他都从不畏惧;而漫天的凯歌也不能使他陶醉,在大胜利面前,又是如此冷静。今天,脾气虽然大了一些,但朝鲜战场上可能出现的一场巨大不幸,已经避免了。

他们走到山下时,雪花在地上树上已经落了一层,山径上那些大大小小的树,都显得更加美丽了……